· 楚辭研究集成 ·

楚 辭 注 釋

主 編

馬　茂　元

注 釋

楊金鼎 · 王從仁
劉德重 · 殷光熹

文 津 出 版 社

總　序

　　公元前三世紀，繼《詩經》而出現的《楚辭》，把我國詩歌的發展推進到一個新的階段；標志着由羣衆文學進入作家創作的時代。《楚辭》奠基者偉大詩人屈原，成爲我國文學之父、詞章家百世不祧之宗。它不僅如劉勰所云："叙情怨，則鬱伊而易感；述離居，則愴怏而難懷；論山水，則循聲而得貌；言節候，則披文而見時"，驚采絕艷，在藝術上達到高度完美的境地。更重要的是，《楚辭》裏所表現的屈原追求光明、抗擊黑暗、堅持真理、熱愛祖國，鍥而不舍的獻身精神，千百年來，一直鼓舞着人們前進。許多志士仁人從中吸取力量，譜寫了一曲又一曲可歌可泣的篇章，它的影響是不可估量的。近世以來，屈原被列入世界最偉大的文學家之林，成爲中華民族的驕傲；《楚辭》進入世界文學寶庫，成爲全人類的精神財富。

　　"漢武好《騷》，淮南作《傳》。"自從劉安對屈原代表作《離騷》的思想意義及其藝術特色進行深入的探索，作出精當論述以來，二千多年中，歷代學者對屈原及《楚辭》的研究蔚然成風，延綿不絕，在學術領域中自成體系，構成一項專門之學。有關這方面的專著見于著錄者，現存二百種以上，至于單篇散論見于各書者，更是數量繁多，難以統紀。隨着國際文化交流的日益發展，海外研究屈原及《楚辭》的專家也不乏其人，可惜的是絕大部分尚未譯成漢文；對于多數人來説，尚存在着文字的隔閡。

歷史是割不斷的。任何研究工作都有它的繼承性、連續性。前人步武的終極，應該是後繼者發軔的起點。這樣才能推動這門科學不斷向前發展。從這個意義來説，清理、吸收和參考前人以及近代學者的學術成果，去粗取精，從而使自己更進一步向新的目標邁進，對于研究工作者，是十分重要的。四十年來，在學界及全國人們的努力奮鬥下，屈原和《楚辭》的研究，通過有關紀念活動，曾經掀起高潮，并取得可喜的成績。然而，無可諱言，在大量的著作和論文中，敷凑成篇，并無真知灼見者，也往往有之。其重要原因之一，是没有很好地利用有關文獻資料。師心臆測，游説無根，就必然流于掠影浮光，而不可能進行深入的探討。

目前，我國正處在發揚中華民族優良文化傳統、建設高度民生主義精神文明的偉大歷史時期，對屈原及《楚辭》的研究，自應在過去已經取得的成就的基礎上有所提高，有所突破，開創一個新局面。然而對一般有志于

《楚辭》研究的同志來説，文獻資料的困難，仍然是未能解决的問題。這不僅是由于對散見雜出的資料，還没有進行清理，即使是有關《楚辭》的專著，除了近年來出版的幾種而外，許多權威性的注本，如汪瑗的《楚辭集解》、戴震的《屈原賦校正》等，要想求得一部，也非易事；至于歷代和近時以及國外的研究情况，更是缺乏歷史的、全面的了解。爲給解决這方面的問題提供綫索，并幫助一般文學愛好者通過閱讀欣賞《楚辭》原作，進入研究領域，湖北人民出版社約請我們編撰這部《楚辭研究集成》。内容共分以下五個部分：

第一編:《楚辭注釋》

注釋的篇目是：王逸《楚辭章句》所輯楚人的作品，即屈原《離騷》、《九歌》、《天問》、《九章》、《遠游》、《卜居》、《漁父》、《招魂》、《大招》(一曰景差作)；宋玉《九辯》。注釋的範圍主要包括掃除語言障礙，闡述作品意義與作家思想，分析篇章結構和其他藝術手法。

本書持論力求公允。對歷史上有影響的説法，擇要予以并存，并提出作者的看法。一般情况下，擇善而從，以一説爲主。

第二編：《楚辭要籍解題》

擇選歷代學術價值較高、影響較大的《楚辭》專著，寫出提要。選目方面，注意詳今略古和有裨實用。主要内容爲作者生平、成書經過、基本内容、學術評價、版刻與館藏情況等。

　　附：《楚辭專著目錄》

　　收錄歷代《楚辭》研究專書，注明書名、卷數、作者、版本、館藏諸項。

　　第三編：《楚辭評論資料選》

　　收錄五四運動以前的《楚辭》專著和文人別集、讀書札記、詩話、詞話等書中有關楚辭評論的資料，分以下七類編排：一、屈原、楚辭和屈賦總論，二、離騷，三、九歌，四、天問，五、九章，六、遠游、卜居、漁父和二招，七、宋玉。

　　第四編：《楚辭研究論文選》

　　選取近、現代較有影響的《楚辭》研究論文，分類編排；門類同第三編。

　　附：《楚辭研究論文目錄索引》

　　第五編：《楚辭資料海外編》

　　此編選譯海外研究楚辭的專著和論文，按內容分類。每篇文章之後，附譯後記，簡介作者情況、本文的內容及其學術價值。爲了使讀者對世界各國研究《楚辭》情況有較全面的了解，譯者還就上述問題撰有概況綜述；最後附以《國外楚辭研究論著目錄索引》，以備查閱。

　　本書由馬茂元任總主編兼第一編分冊主編，洪湛侯任第二編分冊主編，楊金鼎任第三、四兩編分冊主編，

尹錫康、周發祥任第五編分冊主編，王從仁協助總主編
審閱、修訂全稿。

　　　　　　　　　　　　　　馬　茂　元

目　録

離　騷

劉德重　　　　　注釋
劉德重解題、說明

　　《離騷》是屈原的代表作。全篇共三百七十多句，二千四百多字，是我國古代最長的抒情詩。

　　關於《離騷》篇名的涵義，古今各家說法不一。最早的解釋見於司馬遷《史記‧屈原列傳》引淮南王劉安《離騷傳》中的話：“‘離騷’者，猶‘離憂’也。”但這話說得不太明確，很容易使人把“離”和“騷”分開來理解，以爲是兩個詞。段玉裁《說文解字注》說：“此於‘騷’古音與‘憂’同部得之。”可見“騷”、“憂”當爲古音同部通轉，所謂“離騷”即“離憂”，也當是一個完整的意義。後人大都誤會了這句話的原意，以致分訓“離騷”二字，引出許多歧義來。首先是班固，他在《離騷贊序》中說：“‘離’，猶遭也。‘騷’，憂也。明己遭憂作辭也。”這是訓“離”爲“罹”，從而得出“遭”的意思，“離憂”便成了“遭憂”。朱熹《楚辭集注》即從此說。其次是王逸，他在《楚辭章句》中說：“‘離’，別也。‘騷’，愁也。”這是把“離”解作“離別”，“愁”從“憂”字而來，“離憂”於是成了“別愁”。汪瑗《楚辭集解》、閔齊華《文選瀹注》、屈復《楚辭新注》均從此說。又，項安世《項氏家說》云：“《楚語》伍舉曰：德義不行，則邇者騷離，而遠者距違。韋昭注曰：‘騷’，愁也。‘離’，畔也。蓋楚人之語、自古如此。屈原

《離騷》，必是以離畔爲愁而賦之。其後詞人仿之，作《畔牢愁》，蓋如此矣。‘畔’謂散去，非必叛亂也。”他注意到《國語・楚語》中的“騷離”、揚雄仿作的《畔牢愁》，認爲出自楚地方言，這是很有見地的。但囿於韋昭的注釋，仍然分訓“離騷”二字，説成是“以離畔爲愁”，還是未能得出正確的結論。王應麟《困學紀聞》從此説，但説得較爲圓活一些。此外，還有一些説法，如李陳玉《楚辭箋註》云：“‘騷’乃文章之名。若‘離’之爲解，有隔離、別離、與時乖離三義。”其實，“騷”作爲一種文體，原是得名於《離騷》；説《離騷》的“騷”即爲“文章之名”，可謂本末倒置。同時，他又根據《離騷》中的三句話，把“離”的三種意義牽合在一起，更加不得要領。再如戴震的《屈原賦注》云：“‘離’，猶隔也。‘騷’者，動擾有聲之謂。”訓“離”爲“隔”，本自李説。釋“騷”爲“動擾有聲”，則由顏師古《漢書・賈誼傳注》“擾動曰‘騷’”而來。凡此種種，看來都是由於不明“離騷”二字的詞性所致。直到近人游國恩，才較好地解決了這個問題。他指出：《離騷》這一名稱具有雙重涵義。從音樂方面來説，《離騷》“乃是楚國當時一種曲名”。“《楚辭・大招》有‘伏羲《駕辯》，楚《勞商》只’之文，王逸注云：‘《駕辯》、《勞商》，皆曲名也。’”“‘勞商’與‘離騷’爲雙聲字，古音勞在‘宵’部，商在‘陽’部，離在‘歌’部，騷在‘幽’部，‘宵’‘歌’‘陽’‘幽’，並以旁紐通轉，故‘勞’即‘離’，‘商’即‘騷’，然則‘勞商’與‘離騷’原來是一物而異名罷了。”從意義方面來説，“‘離騷’二字可能又有牢騷不平的意思”。“《漢書・揚雄傳》載雄旁《惜誦》以下至《懷沙》一卷，名曰《畔牢愁》。‘牢愁’古叠韵字，同在‘幽’部；韋昭訓爲‘牢騷’，後人常語謂發泄不平的氣爲‘發牢騷’，蓋本於此。‘牢愁’、

·牢騷’與‘離騷’，古並以雙聲叠韵通轉；然則‘離騷’者，殆有不平的義。”（引文分別見《楚辭概論》、《楚辭論文集》）按，游氏的這一論證是正確的。屈原的創作，從楚國的民間文學汲取了豐富的養料，既然其作品的內容“書楚語，作楚聲，紀楚地，名楚物”（黄伯思《翼騷序》），那麼，作品的名稱襲用民間歌曲的舊題，自然是極有可能的。而這一名稱的本身，又並非有聲無義。除了游氏所說“離騷”、“勞商”與“牢愁”、“牢騷”分別爲雙聲或叠韵的聯綿詞外，劉安、司馬遷所説的“離憂”也是雙聲聯綿詞，“憂”在“幽”部，也可以與“騷”通轉。它們實際上都是一聲之轉的同義詞，同是表示一種抑鬱不平的感情。而《離騷》所抒發的正是這樣一種感情。可見作品的標題取決於作品的内容，標題的音樂意義與作品的内容是統一的。

　　關於《離騷》的篇名，還有幾個問題需要説明。一是把《離騷》稱之爲“經”的問題。在《楚辭章句》中，本篇題作《離騷經》。王逸解釋“經”字説：“經，徑也。……猶依道徑以風諫君也。”這顯然是牽强附會。宋代洪興祖在《楚辭補注》中指出：“古人引《離騷》，未有言‘經’者，蓋後世之士祖述其詞，尊之爲‘經’耳。”可見“經”字當係後人所加，是尊之爲“經典”的意思。王逸竟以爲原來就有“經”字，又曲爲解説，以致錯上加錯。一是把《離騷》用作泛稱的問題。這也始於王逸。他在《楚辭章句》中，把凡認爲是屈原的作品概題爲《離騷》，凡模仿屈原的作品概題爲《續離騷》。如《九歌》題作《離騷·九歌》，《九辯》題作《續離騷·九辯》。這樣，《離騷》就有了廣狹二義：狹義是指本篇，廣義是泛指屈原的作品。後人更進一步用“騷”來概括全部《楚辭》。如劉勰的《文心雕龍》以《辨騷》名篇；蕭統的《文選》單列“騷”

類；屈原的作品以及後來的仿作，都被稱爲"騷體"，等等。這些稱呼，雖然相沿成習，其實並不合邏輯。一是把《離騷》稱之爲"賦"的問題。這是由於漢朝人對"辭"、"賦"的概念混淆不清所造成的。司馬遷《史記·屈原列傳》中有"乃作《懷沙》之賦"的說法，又說："屈原既死之後，楚有宋玉、唐勒、景差之徒者，皆好'辭'而以'賦'見稱。"這裏所說的"賦"，實際上指的是"楚辭"。後來班固在《漢書·賈誼傳》中更稱："屈原，楚賢臣也；被讒放逐，作《離騷賦》。"他在《漢書·藝文志》中還明標"《屈原賦》二十五篇"。實際上，"賦"到漢朝才成爲文學的一種體制。由於"漢賦"是從"楚辭"演化而來的，漢朝人只看到它們的同，沒有區分它們的異，所以在他們的眼光中，屈原的作品無一不屬於"賦"的範疇。直到今天，不少人仍習慣地稱屈原的作品爲"屈原賦"或"屈賦"。從嚴格的意義上說，這種稱呼也是不恰當的。

　　關於《離騷》的寫作年代，舊說多以爲作於懷王朝屈原被疏（或被放）以後，但未說明具體時間。洪興祖《楚辭補注》引《史記》的《楚世家》、《屈原列傳》、《六國年表》和劉向《新序》等記載，定爲懷王十六年左右。近古及現代學者，據《史記·屈原列傳》和其他資料　又提出了種種解釋：陸侃如《屈原評傳》以爲作於懷王十三四年，在"造爲憲令"，遭讒去職之後。姜亮夫《屈原賦校注》認爲始於懷王十六年，成於頃襄王初年。游國恩《楚辭概論》推爲頃襄王三年或三年後。郭沫若《屈原研究》則認爲作於自沉之年，即頃襄王二十一年。我們認爲，《史記·屈原列傳》關於《離騷》的一大段文字放在上官大夫奪稿、"王怒而疏屈平"之後，並不等於說《離騷》的寫作就是這一年的事，而只是說明，《離騷》是屈原政治上失意以後的作品。至於究竟是哪一年，早在二千年前的司馬遷已經感到文獻不足的困難，因而沒有作出明確的判斷；但在他的提示下，通過對作品深入的研究和探討，還是可以作出合乎情理的推論的。《離騷》既然是一篇抒情詩，而它的具體內容又帶有自敘生平的性質，則作品本身對有關客觀事件的敘述和個人遭遇因由的揭示，情感上所發抒的憂憤之深廣，創作上所表現的氣魄之雄偉，這一切無不透露了它產生的時期，既不可能是少時，也不至於是晚年，最適合的便是四十左右的中年時期。篇中關於年齡的敘述，處處都證實了這點。試把篇首"恐美人之遲暮"，篇中"老冉冉其將至兮"，篇末"及年歲之未晏兮，時亦其猶未央"等句綜合起來，互相印證，便不難得出一個整體的理解：假如是三十以下的青年人，無論怎樣多愁善感，也不會説出這樣老聲老氣的話；但要把它作為五十以上的老年人的語氣，也不妥貼，因為那就談不上"時亦其猶未央"了。如果再要説得具體一些，那麼，以三十九歲至四十一歲之間，亦即楚懷王二十八年（前301）至三十年（前299）之間，最有可能（關於屈原的生卒年，各家推算不一，詳見本篇第一段注③；這裏對屈原年齡的計算，從浦江清説）。為什麼這樣説呢？先看這以前的情況：懷王十八年，屈原諫阻釋張儀；二十年，齊楚復交；二十四年，楚又背齊合秦；二十五年，秦楚盟於黃棘；二十六年，齊、韓、魏共伐楚，秦遣客卿救楚，三國引兵去；二十七年，楚太子殺秦大夫逃歸，秦楚始絕交（參見本篇第二段注⑫）。可見在這十年中，楚懷王雖然主意不定，但一般地説，楚國的情況還算是比較穩定的。而尋繹《離騷》的語氣和感情，不免大聲疾呼，痛哭流涕，説明楚國的危機已全部呈露，不象是這十年間危機還處於潛伏狀態的樣子。再看這以後的情況：懷王三十年即被騙入秦，從此一去不返。《史記》記懷王之死，一再説"楚人憐之"，"楚人皆憐之，如悲親戚"；

以屈原與懷王的關係之深，他當時的心情，更可想見。然而，《離騷》裏對此卻只字未提；相反，篇中倒有"哲王又不寤"的話，與懷王入秦後能抵制要挾、有悔悟表現不合。這樣看來，有可能寫作《離騷》的時間，就只剩下秦楚絕交之後、懷王入秦之前這三年了。這三年，正是楚國最危急的一段時期。從二十八年起，秦、齊、韓、魏三面夾攻，楚國屢次兵敗地削，完全陷於孤立無援的境地。這時，屈原又正好四十上下，處於思想成熟、生命力旺盛的階段。他在不斷的、劇烈的政治鬥爭中，眼看祖國的命運一步步地發展到這般田地，於是以不可抑制的悲憤心情，爆發出像長江大河一般雄偉的詩篇，是完全可以理解的。因此，不論是從當時的歷史背景看，還是從作者的年齡特徵看，《離騷》作於這一時期的可能性是很大的。

關於《離騷》的創作緣由和抒情主題，《史記·屈原列傳》說："屈平疾王聽之不聰也，讒陷之蔽明也，邪曲之害公也，方正之不容也，故憂愁幽思而作《離騷》。"又說："屈平正道直行，竭忠盡智，以事其君，讒人間之，可謂窮矣。信而見疑，忠而被謗，能無怨乎？屈平之作《離騷》，蓋自怨生也。"還指出：屈原"雖放流，睠顧楚國，繫心懷王，不忘欲反，冀幸君之一悟，俗之一改也。其存君興國，而欲反復之，一篇之中，三致志焉。"聯繫上述關於《離騷》寫作的時代背景來看，顯而易見，屈原的"疾"、"怨"和"憂愁幽思"，是與楚國的政治現實緊密聯繫在一起的。《離騷》就是屈原根據楚國的現實和自己的遭遇，"發憤以抒情"而創作的一篇政治抒情詩。其中曲折而又盡情地抒寫了自己的身世境遇、思想感情、理想抱負，展現了一個具有崇高人格和鮮明個性的詩人形象。從這個意義上說，《離騷》也可以看作是詩人的自敘傳。

帝高陽之苗裔兮，①朕皇考曰伯庸。②攝提貞于孟陬兮，惟庚寅吾以降。③

皇覽揆余于初度兮，④肇錫余以嘉名；⑤名余曰正則兮，字余曰靈均。⑥

紛吾既有此內美兮，⑦又重之以修能。⑧扈江離與辟芷兮，⑨紉秋蘭以爲佩。⑩

汩余若將不及兮，恐年歲之不吾與。⑪朝搴阰之木蘭兮，⑫夕攬洲之宿莽。⑬日月忽其不淹兮，春與秋其代序。⑭惟草木之零落兮，恐美人之遲暮。⑮

不撫壯而棄穢兮，何不改乎此度？⑯乘騏驥以馳騁兮，來吾道夫先路！⑰

①高陽：古帝顓頊（讀如：專須）的稱號。《史記·五帝本紀》索隱引宋衷云：“顓頊，名；高陽，有天下號也。”據王應麟《通鑑地理通釋》引《郡縣志》，高陽原係地名，故城在汴州雍丘縣（今河南杞縣）西南二十九里，顓頊因輔佐少昊（音：浩）有功，受封於此，因號高陽氏。又據《史記·楚世家》：“楚之先祖出自帝顓頊高陽。高陽者，黃帝之孫，昌意之子也。”王逸《楚辭章句》（以下略去書名，簡稱“王逸注”或“王逸云”，所引各家仿此）：“《帝繫》曰：顓頊娶於騰隍氏女而生老僮，是爲楚先。其後熊繹事周成王，封爲楚子，居於丹陽。周幽王時生若敖，奄征南海，北至江漢。其孫武王求尊爵於周，周不與，遂僭號稱王，始都於郢（音：影）。是時生子瑕，受屈爲客卿，因以爲氏。”則顓頊爲楚之先祖，也是屈原的先祖。屈原本屈瑕之後，屈瑕是楚武王熊通（一作達）之子，因受封於屈地，遂以屈爲氏。所以追本溯源，屈原與楚王同姓

共祖，都是高陽氏的後裔。　　　苗裔(音:義)：指遠末的後代子孫。朱熹《楚辭集注》："苗裔，遠孫也。苗者，草之莖葉，根所生也。裔者，衣裾之末，衣之余也。故以爲遠末子孫之稱也。"

②朕（音：振）：第一人稱代詞，猶言我。古代貴賤通用，秦以後成爲帝王自稱的專用詞。《文選》呂延濟注："屈原自稱也。古人質，與君同稱朕。"　　　皇考：對死去的父親的美稱。"皇"是光大的意思王逸注："皇，美也。父死稱考。"《禮記》："（祭）父曰皇考，母曰皇妣。"按，"皇考"亦可指曾祖（見葉夢得《石林燕語》、陳直《楚辭拾遺》）或遠祖（見王闓運《楚辭釋》、聞一多《離騷解詁》），但聯繫下文"皇覽"句，此處當以指父親爲是。　　　伯庸：屈原父親的表字；其名與生平事迹已不可考。王逸注："伯庸，字也。"也有人以爲是名或化名。　　　開頭二句，屈原自述世系，言出身貴冑，與楚同宗共祖。張德純《離騷節解》云："首溯與楚同源共本，世爲宗臣，便有不能傳舍其國、行路其君之意。"馬其昶《屈賦微》云："同姓之臣，義無可去，死國之志，已定於此。"可參。

③攝提：有二說。一說是"攝提格"的簡稱，亦爲寅年的別名。王逸注引《爾雅》："太歲在寅曰攝提格。"李巡注《爾雅》此句云："言萬物承陽而起，故曰攝提格。格，起也。"戰國秦漢時以歲星紀年，劃周天黃道爲十二等分，用恆星斗、牛、女、虛等二十八宿定位，名星紀、玄枵（音:消）、娵訾（音：居資）、降婁、大梁、實沈、鶉（音:純）首、鶉火、鶉尾、壽星、大火、析木十二宮，又以寅、卯、辰、巳、午、未、申、酉、戌、亥、子、丑十二支與之相應，歲星一年移一宮，移入斗、牛之間的星紀宮時稱太歲在寅，該年即寅年，亦稱攝提格。一說是星名。朱熹注："攝提，星名，隨斗柄以指十

二辰者也。"其《楚辭辯證》又云:"攝提貞于孟陬（音:鄒）:乃謂斗柄正指寅位之月耳，非太歲在寅之名也。"據此，則屈原之生，"月日雖寅，而歲則未必寅也"。按，二說迄無定論，現一般多從王說。　　　貞于孟陬:"貞"是當的意思。"孟"是始的意思。"陬"即陬月，正月的別稱。"孟陬"猶言孟春正月。夏歷建寅，以正月爲寅月。　　　庚寅;紀日干支。戰國時以干支紀日，不以紀歲。　　　降:降生。　　　這兩句說，自己降生在攝提格之年，當孟春正月的庚寅日，也即寅年、寅月、寅日。按，近人多據此二句推算屈原降生的年、月、日，但結論並不完全一致。鄒漢勛用殷歷推算，劉師培用夏歷推算，均爲楚宣王二十七年（前343）正月二十一日（鄒說見《敩藝齋文存》卷一《屈子生卒年月日考》，劉說見《古歷管窺》）；陳瑒用周歷推算，爲同年同月二十二日，相差一天（見《屈子生卒年月考》）；郭沫若用太歲超辰法推算，定爲楚宣王三十年（前340）正月初七日（見《屈原研究》）;浦江清則定爲楚威王元年（前339）正月十四日（見《屈原生年月日的推算問題》）；胡念貽又定爲楚宣王五十七年（前353）正月二十三日或二十二日（《屈原生年新考》）；另外，林庚從朱熹說，但也結合別的根據推算爲楚威王五年（前335）正月初七日（見《詩人屈原及其作品研究》）。其中以浦江清的推算較爲精細。

　　④皇:即上文"皇考"的簡稱，是古代漢語中略去主詞而單獨存留形容詞的習慣用法。　　　覽揆（音:葵）:"覽"，觀也，含有觀察、審視的意思。"揆"，度也，含有揣度、衡量的意思。"覽揆"，猶言觀察研究。　　　初度:初生時的氣度。戰國時陰陽五行學說已很盛行，屈原生於寅年、寅月、寅日，被認爲是得人道之正。王逸注:"寅爲陽正，故男始生而立於寅。"朱熹《論語集注》:"天開於子，地闢於丑，人生於寅。"所以，

父親一看到他初生時的情況，便覺得他的氣度與衆不同。按，"初度"之"度"，諸説不一：王逸以爲指"其日月皆合天地之正中"；朱熹以爲指"時節"；錢杲之《離騷集傳》以爲指"態度"；蔣驥《山帶閣注楚辭》以爲指"器度"，亦即下文所云"内美"。兹從蔣注。　　　又，一本"初度"前無"于"字。

⑤肇錫余以嘉名："肇"，始也。"錫"，同賜。"嘉名"，美名。按，古代貴族男孩一出生，便由父親命名。《左傳·桓公六年》載，九月丁卯子同（莊公）生，桓公問名於申繻，即其例證。林雲銘《楚辭燈》云："初生時氣象便與凡人不同，父視而揣之，知余長成時必無邪行，始擇其名之美者而命之。"又，聞一多《離騷解詁》從陳直《楚辭拾遺》説，引劉向《九嘆》："兆出名曰正則兮，卦發字曰靈均。"謂"肇"即"兆"之假借，屈原名、字均由告於祖爲卜兆而得，亦可備一説。

⑥名余曰正則兮，字余曰靈均：屈原名平，字原。"正則"係闡明名平之義，言其公正而有法則。"靈均"係闡明字原之義，言其靈善、均一，靈善可引申爲高，均一可申引爲平，高平合起來就是"原"的含義。朱熹注："高平曰原，故名平而字原也。"錢杲之注："名余平者，謂其平正可法則也。字余靈均者，謂如原野之靈而均一也。"王夫之《楚辭通釋》云："平者，正之則也。原者，地之善而均平者也。隱其名而取其義，以屬辭賦體然也。"屈原之所以被賜予這樣的名字，跟他出生的年、月、日"得人道之正"有關，也與下文所説的"内美"相應。或説屈原名原字平，或説"正則"、"靈均"爲小字小名，或爲化名，但根據多不足，兹不取。又，此二句"名余"是説初生時的事，申足上文"肇錫余以嘉名"之意；"字余"則是接着説後來的事。古人二十行冠禮，標誌着已經成年，才有表字。《禮記》："二十則使賓友冠而字之。"雖然字是由賓友提出的，

但冠禮由父親主持，所以也可算作父命。故《孟子》云："男子之冠也，父命之。"洪興祖《楚辭補注》云："字雖朋友之職，亦父命也。"

⑦紛：美盛貌。"紛吾既有此內美"，即"吾既紛有此內美"。狀語提前冠於句首，是楚地方言的習慣用法。下文"紛獨有此姱節"句同。吳世尚《楚辭疏》云："楚辭中凡施於句首之字，如紛、汩、忽、羌、謇、耿、溘、時雲者，大抵多屬方言。而其意之或承上，或總下，或發端，或繼事，或轉語，或證言，或正疏，或反仆，讀者各就其上下文義以意會之，斯可矣。"內美：內在的本質的美。戴震《屈原賦注》："內美，生而質性容度之粹美。"胡文英《屈騷指掌》："內美，本質也。"又，汪瑗《楚辭集解》云："內美總言上二章祖、父、家世之美，日月生時之美，所取名字之美，故曰紛其盛也。"按，內在的本質的美自當與上述家世、生辰、名字之美有關，汪說可補足"內美"的涵義。

⑧重（音：蟲）：再，與"加"義近。洪興祖注："重，再也；非輕重之重。"錢杲之注："重，猶加也。"　修能：美好的容態。"能"通"態"。朱駿聲《離騷補注》："能，讀爲態，姿有余也。按巧藝高材曰態，經傳多借能字爲之。"一說，"修"即長，"能"即才能。如胡文英《屈騷指掌》云："修能，學力也。"　按，此二句上句就內在的品質而言，下句就外在的表現而言。"能"無論作容態解或作才能解，均無不合。

⑨扈：披也。楚地方言。王逸注："扈，被也。楚人名被爲扈。""被"同"披"。　江離：香草名。蘼蕪的一種。一作"江蘺"。朱熹注："離，香草，生於江中，故曰江離。"李時珍《本草綱目》："《別錄》言：蘼蕪，一名江蘺，芎藭苗也。而司馬相如《子虛賦》稱：'芎藭菖蒲，江蘺蘼蕪。'《上林賦》云：'被

以江離，揉以蘪蕪。'似非一物，何耶？蓋嫩苗未結根時，則爲蘪蕪；既結根後，乃爲芎藭。大葉似芹者爲江離；細葉似蛇床者爲蘪蕪。如此分別，自明白矣。又海中苔髮，亦名江離，與此同名耳。"　　按，江離與蘪蕪究竟是否一物，生於水中還是陸上，各家説法不一。游國恩《離騷纂義》引《九歌·少司命》"蘪蕪羅生堂下"，謂"江離蘪蕪，同中有異，要皆生之陸物"，亦可備一説。　　辟芷（音：止）："辟"，同"僻"。"芷"，即白芷，也是香草，生於幽僻之處，所以叫做"辟芷"。王逸注："辟，幽也。芷幽而香。"

　　⑩紉：繩索，這裏作動詞用，貫串聯綴的意思。王逸訓爲"索"，洪興祖訓爲"續"，蔣驥訓爲"結"，戴震訓爲"貫"，義并相似。　　秋蘭：香草，一名茼，與今所謂蘭花不同。李時珍《本草綱目》云："近世所謂蘭花，非古之蘭草也。蘭有數種：蘭草、澤蘭，生水旁；山蘭，即蘭草之生山中者。蘭花亦生山中，與三蘭迥別。"按，蘭花屬蘭科，其花幽香，葉則無香氣；秋蘭屬菊科，多年生草本，高三四尺，莖葉均有香氣，秋天開淡紫色小花，所以叫做"秋蘭"。《楚辭》裏所説的"蘭"，除《九歌·禮魂》中的"春蘭"是指蘭花外，都是指蘭草、澤蘭和山蘭。　　佩：佩帶。古人的服飾。這裏指佩帶在身上的香物。古代男女同樣佩用，以被除不祥，防止惡濁氣味的侵襲。洪興祖注："古者男女皆佩容臭；臭，香物也。"　　按，上二句言内質外容之美，此二句言用各種香草裝飾自己，與"内美"、"修能"相一致，通體芳潔，成爲一個完美的人。

　　⑪汩（音：玉）：水流疾貌。一作"汩（音：覓或音：骨）"。二字古多通借，而義實有別。王逸注："汩，去貌，疾若水流也。"汪瑗注："首句倒文耳，本謂余汩汩乎若將不及也。"參見本段注⑦。　　不吾與：不與吾的倒文，猶言不等待我。朱熹注：

"言己之汲汲自修，常若不及者，恐年歲不待我而過去也。"

⑫搴（音：牽）：拔取。楚地方言。洪興祖注："《説文》：攓，拔取也，南楚語。引朝攓阰之木蘭。""攓"亦作"攐"，同"搴"。　　阰（音：皮）小的山坡叫"岯"，大的山坡叫"阰"。楚地方言。戴震注："南楚語：小阜曰岯，大阜曰阰。"又，汪瑗認爲"阰"通"岯"，亦作"坒"，"地之相次而比者"；王夫之認爲通"陂"；王闓運認爲通"毗"，"山坡相連處也"：義相近，要皆指山坡也。　　木蘭：香木，辛夷的一種。其花似蓮，"蓮"、"蘭"古字通，所以叫做"木蘭"。王逸注："木蘭去皮不死。"洪興祖注："《本草》云：木蘭皮似桂而香，狀如楠樹，高數仞。任昉《述異記》云：木蘭川在尋陽江，地多木蘭。"

⑬攬：採也。一作"擥"，字同。　　洲：水中小渚。王逸引《爾雅》："水中可居者曰洲。"　　宿莽：經冬不枯的芥草。王逸注："草冬生而不死者，楚人名曰宿莽。""莽"是楚地方言，泛指草。《方言》："蘇、草、莽，草也。江淮南楚之間曰蘇，自關而西曰草，南楚江湘之間謂之莽。"一作"薶"，係"莽"的俗字。　　按，以上二句有雙重涵義：一方面，木蘭去皮不死、宿莽經冬不枯，隱喻自己在勤勉的修身中所養成的獨立不移的堅强個性；另一方面，從"朝"到"夕"，承上"若將不及"之意，"木蘭""宿莽"，又隱含着自春經冬的過程，暗示出時間流逝之速，啓下"日月不淹，春秋代序"之意。

⑭忽其不淹："忽"，速也。"淹"，久留也。王逸注："言日月晝夜常行，忽然不久。"　　代序：輪換的意思，即代謝，古人讀"序"爲"謝"。王逸注："春往秋來，以次相代。言天時易過，人年易老也。"汪瑗注："二句即上'年歲不吾與'之意。"

⑮惟：思也。與下句的"恐"對擧成文。朱熹注："念草木之零落，而恐美人之遲暮。"　　草木：指前面所説的各種香

草。屈復《楚辭新注》：“總上離、芷、宿莽諸物也。”　　美
人：諸說不一：王逸、呂延濟、洪興祖、朱熹以爲喻君，黃文
煥、李陳玉、錢澄之、朱冀以爲自喻，朱駿聲、馬其昶以爲泛
言賢士，戴震、紀昀以爲喻壯盛之年。按，“美”有壯盛的
意思，既曰“恐美人之遲暮”，自然是指壯年的人；而其具體
對象，聯繫上下文觀之，當以自喻近是。　　這兩句是承前“恐
年歲之不吾與”而說的，意爲想到草木的由盛而衰，聯繫到人
的由壯而老，惟恐不能及時施展自己的抱負，因而心中感到不
安。

　　⑯不：何不的省文，與下句的“何不”義同。徐煥龍《屈
辭洗髓》注下句“何不”云：“何不，與上句互文，上不字已暗
合一何字，而又帶起下文之詞。”一說，“不”爲語氣詞。《文
選》無“不”字，誤。　　撫壯而棄穢：“撫”，循也。與《懷
沙》“撫情效志兮”的“撫”字用法相同。“壯”，古通“莊”，
美盛的意思。“穢”，指穢政。朱冀《離騷辯》：“壯者，強也，
盛也，以國勢而言。穢者，政事之雜亂，如草之荒穢而不治。”
按，“撫壯”與“棄穢”爲對偶語，指當時楚國現實的兩個方
面：“撫壯”，謂循撫楚國的民心士氣，利用楚國的各種優越條
件；“棄穢”，謂摒棄楚國腐敗黑暗的政治法度，革除弊端。
此度：猶言此種態度，是承上句未能“撫壯”、“棄穢”而說
的。錢杲之注：“今何久而不能改此態度乎？”一本“度”下有
“也”字。　　這兩句是用反詰語氣表示自己對楚國統治者的
希望。

　　⑰騏驥：駿馬。用以比喻賢才。閔齊華《文選瀹注》：“乘
騏驥喻用賢也，正是棄穢而改度所在。”　　來：招邀之詞，讀
時宜稍頓。　　道夫先路：“道”，一作“導”，二字通借，即引導
的意思。“夫”，語詞，讀作第二聲。本篇除“仆夫悲余馬懷兮”

的“夫”讀作本字外，余均仿此。“道夫先路”，猶言在前面帶
路。汪瑗注：“導，引也。先路，前驅以啓路也。”一本“路”下
有“也”字。　　這兩句説，倘能任用賢才來治理國家，自己
願爲前驅，導君以上正路。方苞《離騷正義》云：“欲君之棄
穢，故下言三后之用衆芳。欲導君以先路，故陳堯舜之遵道，
桀紂之窘步，邪徑之幽險，憂皇輿之傾敗，而奔走先後，以及前王
之踵武，皆所謂導以先路也。”可見這兩句具有承上啓下的作用。

以上第一段。

這一段自叙世系、生辰、名字、品性、修養和抱負。一開
始，詩人便不無自豪地追溯自己的祖先，表明自己出身貴胄，
是楚國的宗室之臣，這就把自己的命運與楚國的命運緊密地連
結在一起了。接着，又詳記自己出生的年、月、日和名、字的
由來，强調自己具有卓異不凡的稟賦。這些，是他先天的優越
條件。在此基礎上，詩人更進一步叙述了自己及時修身，爲培
養品德、鍛煉才能而作的努力，表現了他積極進取的生活態度。
他渴望能施展抱負、輔佐楚王、報效祖國。這種愛國主義的思
想感情，成爲他一生中前進的動力，奠定了他那種堅强不屈的
戰鬥性格的基礎。

昔三后之純粹兮，①固衆芳之所在。②雜申椒與菌桂
兮，豈維紉夫蕙茝？③彼堯舜之耿介兮，既遵道而得路；
何桀紂之昌被兮，夫唯捷徑以窘步。④惟夫黨人之偷樂
兮，路幽昧以險隘。⑤豈余身之憚殃兮，恐皇輿之敗績。⑥
忽奔走以先後兮，及前王之踵武。⑦荃不察余之中情
兮，反信讒而齌怒。⑧

余固知謇謇之爲患兮，忍而不能舍也。⑨指九天以爲正兮，夫唯靈修之故也！⑩初既與余成言兮，後悔遁而有他。⑪余既不難夫離別兮，傷靈修之數化。⑫

①三后：“后”，君也。“三后”指哪三君，諸説不一：王逸以爲“謂禹、湯、文王”，朱熹、錢杲之、林雲銘等從之，然朱熹在《楚辭辯證》中又自疑其説，以爲“三后若果如舊説，不應其下方言堯、舜，疑謂三皇，或少昊、顓頊、高辛也”。蔣驥則以爲“謂伯夷、禹、稷”。汪瑗、王夫之、戴震、馬其昶等主張“三后”爲楚之先君，然具體所指亦不盡相同。戴震云：“‘三后’謂楚之先君賢而昭顯者，故徑省其辭，以國人共知之也。今未聞在楚言楚，其熊繹、若敖、蚡冒三君乎？”馬其昶從而申之，云：“熊繹爲楚始封君，若敖、蚡冒爲楚人之所常誦，‘三后’當指此。”按，戴、馬之説近是。熊繹是楚國開國的君主，若敖和蚡冒對楚國疆宇的開拓、生産的發展，同樣有很大的貢獻。《左傳·昭公十三年》載右尹子革曰：“昔我先王熊繹，辟（僻）在荆山。篳（ㄅ一ˋ）路藍縷，以處草莽；跋涉山林，以事天子。”《左傳·宣公十二年》又載晉欒書曰：“楚自克庸以來，其君無日不討國人而訓之於民生之不易，禍至之無日，戒懼之不可以怠；……訓之以若敖、蚡冒篳路藍縷，以啓山林。”可見熊繹、若敖、蚡冒三人的名字，是楚人所經常紀念，普遍熟悉的。楚人稱他們爲“三后”，正如周人對太王、王季、文王一樣，人所共知，用不着詳舉其名。　　　純粹：精美而没有雜質。王逸注：“至美曰純，齊同曰粹。”這裏用以形容公正無私的君德。

②衆芳：比喻賢能的人，即下文的“申椒”、“菌桂”、“蕙”、“茝（音：止）”。王逸注：“衆芳，喻羣賢。”　　　在：猶

言聚集。　　　這兩句説，因爲"三后"的君德純粹，所以能使羣賢畢集。

③雜：這裏是多種聚合的意思。《文選》李周翰注："雜，非一也。"此三句中的"雜"、"與"、"豈維"，都是表示求賢的普遍和賢才的衆多。　　　申椒："椒"，香的木實，即花椒。"申"，諸説不一。王逸注："申，重也。椒，香木也。其香小，重之乃香。"朱熹注："椒，木實之香者。申或地名，或其美名耳。"按，王説難通。朱説疑是地名，較爲合理。申，春秋時國名，後併於楚。但申地是否以産椒著名，仍無法證實。姜亮夫《屈原賦校注》："申椒，大椒也。《爾雅》：'檓，大椒。'郭注云：'今椒木叢生實大者名爲檓。'《本草》陶注：'秦椒今從西來，形似椒而大，色黃黑，味亦頗有椒氣，或呼爲大椒。'申字本有大義（王訓重，亦大也），故大椒得名申椒也。"説亦可取。菌桂：當作"箘桂"。戴震注："以其似箘竹，故名。譌作菌，非。"沈德鴻（即沈雁冰）《楚辭選注》云："箘桂，即今肉桂也。凡經傳言桂，皆非今之木犀。唐以後，始名木犀爲桂花。"　　　豈維：當作"豈唯"。"維"、"唯"古通用。　　　蕙茝（音：止）："蕙"、"茝"皆香草名。蕙草又名薰草，生于濕地，麻葉方莖，赤花黑實，氣如蘼蕪。洪興祖注："《本草》云：薰草一名蕙草，生下濕地。陶隱居云：俗人呼鸇草，狀如茅而香，爲薰草，人家頗種之。引《山海經》云：薰草麻葉而方莖，赤花而黑實，氣如蘼蕪，可以已厲。""茝"，同"芷"，即白芷。　　　這兩句是對上文"固衆芳之所在"的具體補充，"申椒"、"菌桂"、"蕙"、"茝"均喻賢才。朱熹云："言雜用衆賢以致治，非獨專任一二人而已也。"

④耿介：光明正大。王逸注："耿，光也。介，大也。"遵道而得路："遵"，循也。"道"，正道。"路"，大道。猶言

循着正確的路而走上康莊大道。　　　昌被（音：批）：一作“猖
披”，義同。“昌被”原是指衣不繫帶的樣子，引申爲猖狂邪亂。
捷徑：邪出的小路。洪興祖注：“《左傳》曰：待我不如捷之速
也。捷，邪出也。《論語》曰：行不由徑。徑，步道也。”窘
步：猶言“寸步難行”。“窘”，困也。汪瑗注：“窘步，謂不由正
道而所行蹙迫，多踣仆之虞也。”　　　按，前面“三后”四句，
係就楚言楚；這四句則把徵引史實的範圍擴大了一層。堯、舜
是有道的君主，桀、紂是暴虐的帝王，這是人人皆知的。以堯、
舜與桀、紂作對比，説明兩種做法、兩種結果，給楚王提供了
歷史的借鑒。

　　⑤黨人：指包圍在楚王周圍的一羣小人。“黨”字古今涵
義不同，古指朋比爲奸的不正當的結合。所以孔子説：“君子羣而
不黨。”（《論語》）　　　偷樂：猶言苟且偷安。王逸注：“偷，
苟且也。”　　　路幽昧而險隘：“路”，承上文“遵道得路”而
言，指政治上的道路。“幽昧”，黑暗。“隘”，狹窄。閔齊華注：
“幽昧險隘，正道君以捷徑而窘步者也。”　　　按，此二句揭露
楚國的政治現實，指斥那些結黨營私的小人，只顧自己苟且偷
安，將國家引向了黑暗而又危險的道路。

　　⑥憚（音：但）殃：猶言害怕禍患。“憚”是畏懼的意思。
皇輿（音：于）：君王的車乘，這裏用以代表楚國。王逸注：“皇，
君也。輿，君之所乘，以喻國也。”　　　敗績：猶言翻車。按，
“敗績”是先秦軍事上的術語，有廣狹二義：狹義指作戰時戰
車的翻覆，廣義指戰爭的潰敗。這裏與“皇輿”連用，是取其
翻車之義以喻國家的覆亡。汪瑗云：“敗績則指車之覆敗，以喻
君國之傾危也。”同時，從當時的軍事形勢來看，楚懷王十六年
（前311）後，由於楚國改變了聯齊抗秦的國策，軍事上由優勢
轉爲劣勢，也確實在不斷地打敗仗，損兵割地，史不絶書。“恐

皇輿之敗績”,當也包含這一層意思在内。　　這兩句說,自己並不害怕個人遭到禍殃,所擔心的是國家命運。

⑦忽奔走以先後:“忽”,迅疾貌,猶言“匆忙地”。“奔走先後”,猶言效力左右,是承上文“皇輿”而説的。聞一多《離騷解詁》云:“‘忽奔走以先後’承上‘皇輿’言,謂奔走於皇輿之先後也。　王逸注曰‘奔走先後,四輔之職也’者,四輔《尚書·大傳》謂之四鄰,曰:‘前曰疑,後曰丞,左曰輔,右曰弼。’案疑之言礙也,礙,止也。丞承古通。車前覆則礙止之,後傾則承持之,輔弼之義亦然。”在車子前後左右奔跑,即“四輔”之職。　　按,《史記》本傳説,屈原任左徒時,“入則與王圖議國事,以出號令;出則接遇賓客,應對諸侯。王甚任之。”可見屈原原是在懷王左右效力的親近之臣。　　前王:即上文的“三后”。　　踵武:“踵”,脚後跟。“武”,足迹。“及前王之踵武”,猶言走前王所走過的道路,繼承前王的事業。　　朱熹云:“(此二句)言所以奔走以趨君之所鄉(向),而或出其前,或追其後,以相導之者,欲其有以躡先王之遺迹也。”

⑧荃(音:全):又名蓀,石菖蒲一類的香草。這裏用以隱喻懷王。洪興祖云:“荃與蓀同。……陶隱居云,東間溪側有名溪蓀者,根形氣色極似石上菖蒲,而葉正如蒲,無脊,詩詠多云蘭蓀,正謂此也。”朱熹厶:“荃亦香草,故時人以爲彼此相謂之通稱,此又借以寓意於君也。”　　齋(音:記)怒:指盛怒。楚地方言。“齋”,因忿怒、煩躁而發出一種急遽的、不正常的動作和聲音。王逸注:“齋,疾也。”《文選》作“齊”,或係形近而誤讀。　　按,屈原被讒的事實,除《史記》本傳所載上官奪稿外,劉向《新序》曰:“原有博通之知,清潔之行,懷王用之。秦欲吞滅諸侯,併兼天下。原爲楚東使于齊,以結强黨。

秦患之，使張儀之楚。貨楚貴臣上官大夫靳尚之屬，上及令尹
子蘭（據《史記》，子蘭在頃襄王時始爲令尹，此處疑有誤），
司馬子椒，內賂夫人鄭袖，共讒屈原。"可見這一鬥爭，有着極
其複雜的政治歷史背景。這些記載，與這裏所說的完全吻合，
可以相互印證。

⑨謇（音：簡）：本義是指口吃難於說話，這裏指無法
完全表達的忠貞的語言。王逸注："謇謇，忠貞貌也。"朱熹注：
"謇謇，難於言也。直詞進諫，己所難言，而君亦難聽，故其
言之出有不易者，如謇吃然也。"　　忍而不能捨："忍"，忍
耐。汪瑗注："忍，甘受其害而不辭之意。""舍"，捨棄、丟下。
舊訓"止"，王萌《楚辭評注》云："舍，《說文》：釋也。不必
訓止。"

⑩九天：猶言至高之天。"九"係虛指，與下文"九畹"、
"九死"之"九"相類。按，"九天"舊有二說：王逸以爲"謂
中央、八方"，洪興祖從而論之，而引《淮南子》及《廣雅》，
謂中央鈞天，東方蒼天（《廣雅》作皥天），東北變天，北方玄
天，西北幽天，西方昊天（《廣雅》作成天），西南朱天，南
方炎天（《廣雅》作赤天），東南陽天。朱熹以爲"九天"謂"天
有九重"，朱琦從而論之，並引王元啓《史記正譌・九天說》，
謂自上而下爲幽天、玄天、皓天、炎天、朱天、蒼天、旻天、
鈞天、陽天。似泥。　　正：同"證"。"指九天以爲正"，即憑
天發誓，意謂自己的衷情只有天知道，可以爲證。　　靈修：
楚人謂神爲"靈"；"修"，意同賢。"靈修"，這裏用以指懷王，
與後來稱君爲神聖，大意相同。一說，"靈"，善也（與"靈均"
的"靈"字義同）；"修"，長也。王夫之注："稱君爲靈修者，
其所爲善而國祚長也。"義亦可通。此外異說尚多，不俱錄。
按，一本"夫惟靈修之故也"下有"曰黃昏以爲期兮，羌中道

而改路”兩句。洪興祖云:“一本有此二句,王逸無注,至下文‘羌内恕己以量人’,始釋‘羌’義。疑此二句後人所增耳。《九章》曰:‘昔君與我成言兮,曰黄昏以爲期。羌中道而回畔兮,反既有此他志。’與此語同。”可見古本無此二句,當係後人所增。兹據洪説校删。

⑪成言:彼此約定的話。朱熹注:“成言,謂成其要約之言也。”這原是古代婚禮中的用語,指媒妁的成言(把男女雙方的話都説好了)。這裏是借用。　　悔遁:由於内心的翻悔表現在言語上的借故推托。“遁”,遁辭,即借故推托的話。　　有他:有另外的打算。　　王夫之云:“原所與懷王成言者不傳;史稱屈平爲楚合齊以擯秦,懷王惑於張儀,合秦以絶齊。或謂此歟?”　　按,據《史記》本傳和《新序》的記載,屈原任左徒時,曾得到懷王的信任,後被讒見疏,懷王在秦國間諜張儀的誘惑下,又受了一羣小人的慫恿,爲了取得張儀所許的商於之地六百里,竟和齊國絶交,以致形勢發生了逆轉。這兩句當即指此。

⑫不難夫離别:“難”,憚也(見《釋名》),畏懼的意思。“不難離别”,是説不害怕離别。屈原既遭讒見疏,就有被排擠出去與懷王離别的可能。這句是就個人的遭遇來説的。　　數化:屢次變化。　　按,據《史記》本傳、《楚世家》及《新序》記載,懷王十六年,楚、齊絶交以後,懷王發現受了張儀的欺騙,怒不可遏,興兵伐秦。十七年,與秦先後戰於丹陽、藍田,但兩次戰役都失敗了,韓、魏又乘機襲擊楚國的後方,楚國在外交上陷於孤立無援的境地;懷王悔悟,復派屈原使齊。十八年,正當屈原使齊之時,張儀又來到楚國,懷王本要殺他,但聽信鄭袖和靳尚的話,又把他放了回去;等到屈原回國,揭穿他們的陰謀,懷王再派人去追張儀,已經來不及了。二十年,

楚、齊復交。二十四年，楚又絕齊合秦。二十六年，齊、韓、魏共伐楚。二十七年，楚太子殺秦大夫，楚、秦關係又破裂。此後，楚國接連受到秦、齊、韓、魏的圍攻。上述歷史事實，正貫串着屈原和他的政敵親秦派一段曲折而尖銳的鬥爭過程。在這一過程中，由於懷王的態度搖擺不定，屢次變更，終於使得楚國的局勢日益惡化。這句就楚國的國運興衰而言，是屈原認為最可悲傷的。

以上第二段。

這一段從回顧歷史到分析楚國的現實，申說自己的政治主張，表白自己的耿耿忠心，也交待了自己事君不合的經過。詩人所標舉的"三后"和堯、舜，正是他心目中實施美政的典範；明君賢臣，相輔致治，"遵道得路"，也正是他所追求的政治目標。同時，在與桀、紂的正反對比中，提出了值得借鑒的歷史經驗教訓。在古代社會裏，凡是想在政治上有所作為的士大夫，都必然會把自己的理想寄托在最高統治者身上。屈原也不例外，他希望能依靠楚懷王來實現自己的政治主張。可是，"黨人偷樂"、"靈修數化"，現實的狀況是令人失望的。矛盾的客觀存在，決定了屈原和"黨人"之間必然要發生尖銳劇烈的衝突；而懷王的動搖不定、反覆無常以至"信讒齋怒"，又決定了屈原在這場政治鬥爭中的悲劇命運。這一段叙述，具有為下文張本的作用。

余既滋蘭之九畹兮，又樹蕙之百畝；畦留夷與揭車兮，雜杜衡與芳芷。[1] 冀枝葉之峻茂兮，願竢時乎吾將刈。[2] 雖萎絕其亦何傷兮，哀眾芳之蕪穢。[3]

眾皆競進以貪婪兮，憑不厭乎求索。[4] 羌內恕己以量人兮，各興心而嫉妒。[5] 忽馳騖以追逐兮，非余心之

所急。老冉冉其將至兮，恐修名之不立。⑥朝飲木蘭之
墜露兮，夕餐秋菊之落英。苟余情其信姱以練要兮，長
顑頷亦何傷！⑦

　　擥木根以結茝兮，貫薜荔之落蕊；矯菌桂以紉蕙兮，
索胡繩之纚纚。⑧謇吾法夫前修兮，非世俗之所服；雖不
周於今之人兮，願依彭咸之遺則。⑨

　　長太息以掩涕兮，哀民生之多艱。⑩余雖好修姱以
鞿羈兮，謇朝誶而夕替；⑪既替余以蕙纕兮，又申之以
攬茝。亦余心之所善兮，雖九死其猶未悔。⑫

　　怨靈修之浩蕩兮，終不察夫民心。⑬衆女嫉余之蛾
眉兮，謠諑謂余以善淫。⑭固時俗之工巧兮，偭規矩而
改錯；背繩墨以追曲兮，競周容以爲度。⑮

　　忳鬱邑余侘傺兮，吾獨窮困乎此時也！⑯寧溘死以
流亡兮，余不忍爲此態也！⑰鷙鳥之不羣兮，自前世而
固然。何方圜之能周兮，夫孰異道而相安？⑱屈心而抑
志兮，忍尤而攘詬。伏清白以死直兮，固前聖之所厚。⑲

　　①余既滋蘭之九畹（音：晚）兮，又樹蕙之百畝：“滋”，培
植。錢杲之注：“滋，猶溉也。”“樹”，作動詞用，種也。“蘭”、
“蕙”，香草名，均見前注。“畹”、“畝”，都是田地單位。洪興
祖注：“《說文》：田三十畝曰畹。《司馬法》：六尺爲步，步
百爲畝。”但這裏的“畹”和“畝”並不是表明固定的面積。
“九”和“百”言其多，也不表確數。“九畹”、“百畝”只
是說好多塊田地。畦（音：其）：四面有界埂的田叫做“畦”，這
裏作動詞用，是說一塊一塊地種着。朱熹注：“畦，隴種也。”
留夷與揭車：皆楚地所產香草。王引之謂“留夷”即芍藥（附

見王念孫《廣雅疏證》）。王逸謂“揭車”一名艺輿。洪興祖注：“揭，一作蘮。《爾雅》：蘮車，芞輿。《本草拾遺》云：蘮車味辛，生彭城，高數尺，白花。”　　杜衡與芳芷：也都是香草名。“芷”見第一段注⑨。“杜衡”似葵而香，俗名馬蹄香。洪興祖注：“《山海經》云：天帝山有草，狀似葵，其臭如蘼蕪，名曰杜衡。《本草》云：葉似葵，形如馬蹄，故俗云馬蹄香。”按，這四句中的香草，都是用以象征賢才，說自己曾經做了這樣廣泛培植人才的工作。

②冀：希望。　　峻茂：高大茂盛。王逸注：“峻，長也。”竢（音寺）：同俟，等待。　　刈（音：義）：收割。王逸注：“刈，獲也。”　　這兩句是說，希望所培植的人才條件成熟之後，能够團結在自己周圍，爲國效勞，發揮作用。

③萎絕：因枯萎而絕滅。　　何傷：“何傷”與下句的“哀”在語氣上是相對比較而言的。“萎絕”固亦可傷，然以不得進用而萎絕，其香質未變，故曰“何傷”。　　蕪穢：因荒蕪而污穢，含有變質的意思。亦即後文所謂“何昔日之芳草兮，今直爲此蕭艾也”之意。李光地《離騷經注》云：“言我昔者有志於爲國培植，冀其及時收用。今則不傷其萎絕，而哀其蕪穢。雖萎絕，芳性猶在也。蕪穢，則將化而蕭艾，是乃重可哀已！”這兩句沉痛地表示：自己所培植的人才，不但不能和自己一同致力於國事，相反地却蛻化變質、誤國殃民，從而成了自己的政敵。這正是使屈原所深爲哀痛的。

④競進：猶言争着營謀位置。“競”，争也。“進”，指仕進。以：一作“而”。　　貪婪（音：蘭）：“婪”亦貪也。　　憑：滿也。楚地方言，作副詞用。王逸注：“楚人名滿曰憑。”一作“馮”，通“凭（憑）”。　　厭：滿足。　　求索：向別人索取財物。　　此二句言羣小争逐地位利禄，貪得無厭。

⑤羌（音：腔）：發語詞，楚地方言。洪興祖注：“羌，楚人發語端也。一云嘆聲也。”　　内恕己以量人：自己寬恕自己，並以此去衡量別人。猶言以小人之心，度君子之腹。　　興心而嫉妒：猶言起心不良，打主意去排擠別人。　　《文選》呂延濟注：“言貪婪之人，乃内恕於己，以量度他人，謂與己同貪。若否，則各生嫉妒之心，讒譖之使不得進用。”按，以上四句，勾畫了羣小的醜惡嘴臉。

⑥馳騖（音:務）：猶言到處奔走。“騖”是亂跑的意思。洪興祖注:“騖，亂馳也。”　　冉冉：漸漸。　　修名：美名。這四句表白自己的心情，與上四句對舉而言。

⑦落英：“英”，花的別名。王逸注:“英，華也。”“落”，始也。“落英”，指初生的嫩的花瓣。孫奕《示兒編》:“《楚辭》云夕飡秋菊之落英，謂始生之英可以當夕糧也。落與《訪落》（《周頌》）及章華台成則落（昭公七年）之落同。蓋嗣王謀之於始則曰訪落，宮室始成而祭則曰落成。”吳曾《能改齋漫錄》:“夕餐秋菊之落英非零落之落。落者，始也。故築室始成謂之落成。《爾雅》曰：俶、落、權輿，始也。”下文“貫薜荔之落蕊”的“落”字義同。一說，“落英”與“墜露”爲對文，“落”即隕落之落。　　苟：如果、只要的意思。　　信姱（音:誇）：真正美好。“信”真誠、確實。“姱”，美也。洪興祖注:“信姱，言實好也。與信芳、信美同意。”　　練要:猶言精要。這裏是指自己的操守而言。朱熹注:“練要，言所修精練，所守要約也。　　顑頷（讀如：砍旱）：因饑餓而面色枯黃的樣子。洪興祖注:“顑頷，食不飽，面黃貌。”又云:“（此二句）言我中情實美，又擇要道而行，雖顏色憔悴，形容枯槁，亦何傷乎？”　　馬其昶云:“此四句言餐飲之清潔，下四句言佩服之芬芳。”

⑧擥（音：覽）：同"攬"。　　木根：未詳何木。汪瑗以爲
"泛言香木之根"。徐煥龍、蔣驥、陳本禮以爲指木蘭之根。
貫：串連。　　薜荔（音：畢利）：一種蔓生的香草。王逸注：
"薜荔，香草也，緣木而生。"洪興祖注："《山海經》：小華之
山，其草多薜荔，狀如烏韭，而生於石上。注云：亦緣木生。"
吳仁杰云："《本草》有絡石，《嘉祐圖經》云：今在處有之，
官寺及人家亭圃山石間，種以爲飾。葉圓細如橘，正青，冬夏
不凋。其莖蔓延，節著處即生根，鬚包絡石上，以此得名。花
白子黑。薜荔、木蓮、地錦、石血，皆其類也。薜荔與此極相
類，但莖葉粗大、如藤狀。"楊慎《丹鉛錄》亦云："薜荔，據
《本草》，絡石也。在石曰石鮫，在地曰地錦，繞叢木曰常春
藤，又曰龍鱗薜荔，又曰扶芳藤。今京師人家假山上種巴山虎
是也。"又云："凡木蔓生，皆曰薜荔。"　　蕊：花心。一作"蘂"，
字同。《文選》呂延濟注："蘂，花心也。"洪興祖注："花外曰蕚，
內曰蘂。蘂，花鬚頭點也。"一說，就是指花。　　矯：舉也，
猶言取用。　　菌桂："菌"當作箘，見第二段注③。　　索胡
繩："索"，本義是繩索，這裏作動詞用，即搓繩的意思。汪瑗
注："索，以手搓繩之名。""胡繩"，香草名。朱熹注："胡繩，亦
香草，有莖葉，可作繩索。""索胡繩"，是說把胡繩搓成繩索。
纚（音：喜）纚：糾結繚繞貌，形容編結起來很好看的樣子。王
逸注："纚纚，索好貌。"　　汪瑗云："此四句言己佩飾之芬芳，
以喻己之所行也。"

⑨謇：發語詞。楚地方言。與"余固知謇謇之爲患兮"的
"謇"意義各別。胡紹煐《文選箋證》："謇爲楚人語詞矣。下
'謇朝誶而夕替'，義當同。"一說作"難"字解，一說作"乃"
字解，一說作"竟"字解，於義均未洽。　　前修：猶言前賢。
汪瑗注："前修，前代修習道德之聖賢也。或曰泛言，或曰暗指

卜彭咸也。”　　服：服用、習用。指上文自己的服食和服飾與世俗不同。　　周：合也。　　依：依照，這裏有效法的意思。

彭咸：人名。究係何人，諸說不一。王逸注：“彭咸，殷賢大夫，諫其君不聽，自投水而死。”洪興祖注引顏師古云：“彭咸，殷之介士，不得其志，投江而死。”朱熹却說“二說皆不知其所據也”。此外，有人以爲即比干；有人以爲即《論語》中所稱的老彭；有人懷疑可能是彭祖之後，與屈原同爲高陽氏後裔；還有人說彭、咸是兩個人。然皆無確證。按，彭咸其人生平無考，僅屈原作品中一再提到，大致可知爲屈原所仰慕的殷代人。遺則：遺留下來的法則。指彭咸所樹立的榜樣。王逸注：“遺，餘也；則，法也。言已所行忠信，雖不合於今之世，願依古之賢者彭咸餘法，以自率厲也。”　　俞樾《讀楚辭》云：“四句相承而言。不周於今之人，即所云非世俗之所服也。願依彭咸之遺則，即所云謇吾法夫前修也。”按，此四句承上修身潔行而言，表示自己願學前賢的榜樣，決不苟且從俗。

⑩太息：即嘆息。　　掩涕：“涕”，泣也。“掩涕”，猶言掩泣。人哭泣時，常以手掩面，擦抹涕淚，故云。洪興祖注：“掩泣，猶抆淚也。”　　哀民生之多艱：主要有以下三種不同的說法：一說，“民”指人民。王逸注：“哀念萬民受命而生，遭遇多難，以隕其身。”朱熹注：“哀此民生，遭亂世而多難也。”一說，“民”即人，屈原自指，爲其自傷之詞。汪瑗注：“哀人生之多艱與終不察夫人心，人字是屈原自謂也。一作民字。舊注謂指萬民百姓而言，非是。”陳第《屈宋古音義》云：“人生多艱，謂遇合之難。”一說，“民”指同列的小人，“艱”言其用心之艱險。王夫之注：“民，人也，謂同列之小人，如靳尚之黨。艱，險也。”按，尋繹文義，似以第一說近是。林雲銘《楚辭燈》云：“可憐這些百姓，征戍則危其身，賦斂則奪其財，謀生

多少艱難，如何再當得滿朝求索！"據此，則這句與"憑不厭乎求索"相呼應。不僅如此，它與前面"恐皇輿之敗績"句亦互爲層次：就對外的策略來說，屈原之所以反對"黨人"走"險隘"的道路，是因爲"恐皇輿之敗績"；就對內的政治來說，屈原之所以反對衆人的"求索"，是因爲"哀民生之多艱"。說明他愛國家和愛人民的思想是一個不可分割的整體。又，第二說以"民生"爲"人生"，解作屈原自傷之詞，亦通。

　　⑪余雖好修姱以羈（音：機機）兮："好"，愛好。"修姱"，洪興祖注："謂修潔而姱美也。"汪瑗注："修姱皆美好貌。""羈"，馬韁繩；"羈"，馬絡頭。這裏以馬自喻，"羈羈"作動詞用，即牽累的意思。王逸注："羈羈，以馬自喻。韁在口曰羈，革絡頭曰羈。言爲人所系累也。"整句是說，我雖然愛好修潔姱美，不肯同流合污，但也因此而受到牽累。一說，"好"字爲衍文，此句當作"余雖修姱以羈羈兮"，與上"苟余情其信姱以練要兮"句法同（見臧庸《拜經日記》）。又，一說，"羈羈"喻自我約束，朱熹云："言自繩束，不放縱也。"　　朝誶（音：碎）而夕替："誶"，誚讓責罵的意思（見《說文》、《玉篇》及《增韻》）。馬其昶注："案《漢書》注：誶，誚讓也。""替"，虧損，這裏指讒毀。王夫之注："替，虧替之也，謂讒毀也。""朝誶夕替"，是說一輩小人朝朝暮暮在排擠他，不是當面打擊，就是背後暗算。一說，"誶"，諫也；"替"，廢也。"朝誶夕替"謂朝進諫而夕被廢。說雖可通，然與屈原初爲左徒時甚得懷王信任不合。　　　以上四句，言朝政腐敗，民生多艱；自己雖然同情人民，但不能見容於同列，無法貫徹自己的主張。

　　⑫既替余以蕙纕兮，又申之以攬茝："替"，承上文而言，補充說明讒毀的具體內容。"申"，重也，加上的意思。讒毀的內容不止一項，所以用關聯詞"既"、"又"分述，表明對方打擊

自己的一貫過程。林雲銘云：“重叠以修姱得罪，不止一次。”
“纕”，佩帶也。“蕙纕”是“纕蕙”的倒文，即以蕙爲佩帶。
“攬茝”，即上文所説的攬取芷草爲飾。這些本來都是屈原的美
德善行，現在却成了人們攻擊他的罪狀。一説，既以蕙纕見廢，
又復重引芳茝，執志彌篤也。則“既替”句主語爲懷王，“又
申”句主語爲屈原。似嫌迂曲。　　　亦：這裏有轉折的語氣。
表示自己雖受讒毀，但決不因此而動搖。　　　雖九死其猶未悔：
即使犧牲生命也決不後悔。極言自己不妥協、不屈服的鬥争精
神。《文選》陸善經注：“亦心之所善，雖死無恨。九，言其多
也。”　　　這四句寫自己在接連不斷的打擊面前，決不改變主張
的堅定態度。

⑬浩蕩：本義是水大貌，猶言浩浩蕩蕩；這裏用以形容人
無思無慮的樣子，與“糊塗”義近。王逸注：“浩猶浩浩，蕩猶
蕩蕩，無思慮貌也。”　　　民心：人心。這裏的“民”字，也有
三説：一説，指人民。王逸注：“終不省察萬民善惡之心。”朱熹
注：“民，謂衆人也。”一説，指自己。汪瑗注：“人心，屈原自謂
也。不曰己而曰人者，婉其詞也。”戴震注：“泛云不察民心，以
謂君之不己察，而毁譖得行也。”一説，兼指自己和黨人兩方面。
魯筆《楚辭達》：“意民心作人心，邪正俱在，雖原自指，亦兼
指黨人，所以接衆女二句。”按，三説均可通。然細繹此處文意，
上承“亦余心之所善兮，雖九死其猶未悔”，下接“衆女嫉余之
蛾眉兮，謡諑謂余以善淫”，均謂自己内心美好而枉遭譖毀，則
此處所“怨”，當是針對“靈修”（懷王）不了解自己的内心而
發。諸説中似以戴震之説最爲明切。

⑭衆女：指包圍在懷王左右的一羣小人。《文選》李周翰
注：“衆女，喻讒臣也。”　　　蛾眉：象蠶蛾一樣細長而彎曲的眉
毛。蛾眉本是女性美麗的特征之一，這裏即用以代表美貌，系

屈原自喻。　　謠諑（音：濁）：造謠中傷。楚地方言。王逸注:“諑，猶譖也。”　　善淫：這是小人們所謠諑的罪名。美貌的女子不一定就淫蕩，但說美貌的女子淫蕩，是容易使人相信的。徐煥龍云:“蛾子眉最修，故女人眉美曰蛾眉。蛾眉本天質之美，而迹類冶容，衆女嫉之，遂以善淫相加。”按，據《史記》本傳，屈原任左徒時，“博聞强志，明於治亂，嫻於辭令。入則與王圖議國事，以出號令；出則接遇賓客，應對諸侯。王甚任之。上官大夫與之同列，爭寵，而心害其能。……因讒之曰：‘王使屈平爲令，衆莫不知。每一令出，平伐其功，曰，以爲非我莫能爲也。’王怒而疏屈平。”由此可見，屈原之所以被懷王信任，是由於他有卓越的才能；而上官大夫也正是以此爲進讒的借口，說他“自伐其功”。這兩句，即借女性間的爭寵，來比喻小人們如何卑鄙地巧言進讒。

⑮固：本來的意思。　　時俗：指時俗之人。　　工巧：善於取巧。“工”作動詞用。　　偭（音：免）：違背。王逸注:“偭，背也。”一說，“偭”是面向的意思。《説文》:“偭，向也。”然古多反義互訓之例，如以“治”訓“亂”，以“亂”訓“理”等，“偭”本義即便作向，此處亦可解作違背。焦竑《焦氏筆乘》云:“古文多倒語。面規矩而改錯，以面訓背也。”　　規矩:“規”，用以量圓；“矩”，用以量方：都是匠人所用的工具。　　改錯:“錯”通“措”，猶言措施。“改錯”，指改變正確的措施,系就“偭規矩”而言。不用規矩而畫方圓,貪圖便捷,但不是正確的做法。　　背繩墨:“繩墨”是匠人用以畫直綫的工具。朱熹注:“繩墨，引繩彈墨以取直者,今墨斗繩是也。”“背繩墨”與“偭規矩”都是指違背正常的法則。　　追曲：隨意曲直。王逸注:“追，猶隨也。”王夫之注:“追曲，隨意曲直，無定則也。”“追曲”是就“背繩墨”而言的，背棄繩墨;自然畫不直。

周容：猶言苟合取容。王逸注：“苟合于世，以求容媚。”　　度：法度。這裏是借用，意思説，這種善于取巧的方法，就是時俗之人的“法度”。朱熹注：“言争以苟合求容，爲常法也。”　　洪興祖云：“偭規矩而改錯者，反常而妄作。背繩墨以追曲者，枉道以從時。”這四句説，自己就處在這樣一個不正常的環境中。

⑯忳（音：屯）鬱邑余侘傺（讀如：詫斥）兮：“忳”，憂愁深沉貌。王夫之注：“忳，積憂也。”徐焕龍注：“忳，憂盛貌。”“鬱邑”，郁結的意思。徐焕龍注：“鬱邑，氣不能舒發也。”“邑”，一作“悒”，字同。“侘傺”，失意中心情不定的樣子。楚地方言。徐焕龍注：“侘傺，坐立俯伸俱無生趣，亦方言也。”　　按，本句爲倒裝句。“忳鬱邑余侘傺”，就是“余忳鬱邑而侘傺”，主語放在句中，是《楚辭》中常見的句法。下文“延佇乎吾將反”、“曾歔欷余鬱邑”、“溘埃風余上征”，都是這種用法。　　吾獨窮困乎此時也：這句説自己不見容于當世，語中包含着無限的憤慨。錢澄之注：“窮困于此時，承時俗之工巧如此，己獨不能，固應窮困也。”朱冀云：“此句無限神情，在‘獨’字、‘也’字内，蓋大夫遙想從前一片婆心、滿腔熱血，不意今日到此地位！”

⑰溘（音：克）死：猶言忽然死去。洪興祖注：“溘，奄忽也。”　　流亡：流放以亡。與“溘死”爲對文。“溘死”、“流亡”系就目前遭遇推其終極言之，與上文“雖九死其猶未悔”、下文“伏清白以死直”等句用意相同。　　此態：指苟合取容之態。與前“競周容以爲度”句相呼應。汪瑗云：“不忍，謂中心媿耻羞惡也。此態，即指上章所言者也。”

⑱鷙（音：志）鳥：鷹鸇（音：占）之類的猛禽。汪瑗注：“鷙鳥，鵰鶚鷹鳶（音：淵）之屬，此取其威猛英杰，凌雲摩霄之志，非謂悍厲搏執之惡也。”　　不羣：不與凡鳥爲伍。

汪瑗注：“不羣，言不與衆鳥爲羣也，猶剛正之君子于闒茸（讀如：踏冗）之小人也。”　　固然：本來就是如此。汪瑗注：“固然，謂理勢之必然也。”何方圓（音：圓）之能周：“方”指方枘，即方的木榫（音：損）或木柄。“圜”通“圓”，一作“圓”，指圓鑿，即圓的鑿孔。榫頭與鑿孔原應相合，一方一圓則無法裝配。“周”即合的意思。方圓不能相合，用以比喻下句“異道”不能相安。王逸注：“言何所有圜鑿受方枘而能合者？誰有異道而相安耶？言忠佞不相爲謀也。”朱熹注：“員（按，通圓）鑿方枘，不能相合，以其異道，故不能相安，賢者之居亂世，亦猶是也。”　　這四句以鷙鳥不羣、方圜不周爲例，說明自己與羣小的矛盾對立是不可調和的。

　　⑲屈心而抑志：“屈”，委曲的意思。“抑”，抑制、按壓。“屈心”與“抑志”爲互文，猶言屈抑心志，指精神上受盡委曲抑制。　　忍尤而攘詬（音：構）：“尤”，罪過。“攘”，取也，含有承受的意思。“詬”，一作“訽”，字同；又作“垢”。原意是污垢，引申作恥辱解。王逸注：“詬，恥也。”洪興祖注：“《禮記》曰：以儒相詬病。詬病，恥辱也。”“忍尤攘詬”，猶言忍辱含恥。此承上“衆女嫉余之蛾眉兮，謠諑謂余以善淫”而言，故下句又云“伏清白以死直”。　　伏：行也。古通“服”，與後文“孰非善而可服”的“服”同義。一說，即伏罪之伏，於義未洽。　　死直：死於正道。　　厚：看重，厚許。　　這四句寫自己忍辱負重，不改初衷，並從古代聖賢那裏汲取了精神力量。

　　以上第三段。

　　這一段敘述自己爲改革政治跟黑暗勢力所進行的激烈鬥爭，表現了詩人決不同流合污的高尚品質和決不妥協屈服的堅定信念。首先，詩人回顧了自己爲國家培植人材的經過。他曾經希望依靠這批力量來改變楚國的政治局面，然而，想不到後來"衆芳"變質，希望落空，自己反在羣小的包圍中陷於孤立，這不能不使他感到哀傷。其次，詩人揭露了羣小卑鄙、醜惡的嘴臉。這些人結黨營私、貪得無厭、造謠中傷、排斥異己，正是敗壞楚國政治的禍根。而懷王的昏庸糊塗、不辨黑白，也助長了邪氣的高漲。同時，詩人還表明了自己的心迹。即使身處逆境，他也決不變節從俗，而決心以古代聖賢爲榜樣，堅持理想，修身潔行，並准備爲此而不惜作出任何犧牲。這說明，詩人與腐化没落的貴族勢力是絶不相容的，雙方的矛盾也是不可調和的。詩人崇高的人格、堅貞的節操、"九死未悔"的信念，就是在這樣一個齷齪的政治環境中，放射出了耀眼的光輝。這一段爲下文詩人展開劇烈的思想鬥爭並終於取得了勝利，打下了基礎。

　　悔相道之不察兮，延佇乎吾將反。回朕車以復路兮，及行迷之未遠。[1]步余馬於蘭皋兮，馳椒丘且焉止息。[2]進不入以離尤兮，退將復修吾初服。[3]

　　製芰荷以爲衣兮，集芙蓉以爲裳。[4]不吾知其亦已兮，苟余情其信芳。[5]高余冠之岌岌兮，長余佩之陸離。[6]芳與澤其雜糅兮，惟昭質其猶未虧。[7]

　　忽反顧以游目兮，將往觀乎四荒。[8]佩繽紛其繁飾兮，芳菲菲其彌章。[9]民生各有所樂兮，余獨好修以爲常。雖體解吾猶未變兮，豈余心之可懲？[10]

　　[1]相（讀如:向）道：猶言輔佐。"相"，輔也。"道"即"來

吾道夫先路”之“道”，同“導”。李陳玉《楚辭箋注》：“相道，
即前所云來吾道夫先路也。”　　察：體察。與“荃不察余之中
情兮”、“終不察夫民心”的“察”同義。“相道不察”，言自己
一心輔佐君王，而不爲君王所明察。一説：“相，視也。察，審
也。”以視察道路比喻反省、選擇自己的處世之道，亦通。
延佇（音：住）：“延”，延頸，伸長脖子。“佇”，蹠起脚跟站立。
朱熹注：“延，引頸也。佇，佇立也。”“延佇”，引頸跂立而望，
是有所盼望的樣子。一説，“佇立”爲久立，是不忍離去的樣
子。　“反：同“返”。“延佇”之後，終於決定返回，去另
尋一種理想的生活。　　回朕車以復路：猶言掉轉我的車頭，
回到原來的路上去。　　及行迷之未遠：“及”，趁着。“行迷”，
行入迷途。“行迷未遠”，正當及早返歸。　　顧成天《離騷解》
云：“此言仕路不能行其道，隱居獨善，庶乎可也。蓋叙自放之由。”
又云：“前言九死未悔，至此不能不悔，兩悔字緊應。”按，此四
句及下面一整段，都是屈原想像的設辭，反映了他的矛盾心情。

　　②步：通“騁”，解駕使馬散行也。步馬即習馬，猶今所謂
“遛馬”。俞樾云：“襄二十六年《左傳》：左師見夫人之步馬
者，杜注曰：步馬，習馬。步余馬於蘭皋，當從此解。字亦作
騁，《玉篇》馬部：騁，盆故切，習馬，今作步。”　　蘭
皋（音：高）：長着蘭草的紆曲水邊。朱熹注：“澤曲曰皋，其
中有蘭，故曰蘭皋。”錢杲之注：“皋，澤旁岸也。”　　椒丘：長
着椒木的小山。《文選》呂延濟注：“椒丘，丘上有椒也。”“椒
丘”與上句“蘭皋”對舉。　　焉：猶於是、在此。“且焉止
息”，猶言姑且在這裏（指椒丘）停留休息。　　這兩句想像“回
車復路”的情況，蔣驥注：“步余馬，止椒丘，所謂回朕車以復
路也。”這裏的蘭和“椒”都是美好的生活理想的象徵。《文
選》呂延濟注：“行息依蘭、椒，不忘芳香以自潔也。”

③進不入："進"，指仕進；"不入"，猶言不得意。這裏的
"進不入"與前面"衆皆競進以貪婪兮"、後面"既干進而務
入兮"的"進"字、"入"字，用法相同，但涵義各別。　　離
尤：猶言獲罪。"離"，這裏通"罹"，遭受的意思；"尤"，罪過，
與前"忍尤攘詬"之"尤"同。　　退：指退隱。與上句"進"
相對而言。汪瑗注："進謂仕也"；"退謂隱也"。　　初服：未
仕時的服裝，亦即隱士的服裝。蔣驥注："初服，未仕時之服
也。"屈復注："初服，隱者之服也。"　　這兩句說，既然進仕不
能施展抱負，那就不如退隱以潔一身。

④製芰(音:記) 荷以爲衣兮，集芙蓉以爲裳：上衣曰"衣"，
下衣曰"裳"。"芰荷"，荷葉。楚地方言。王逸以爲"芰"是菱，
"荷"是芙蕖。按，此處"芰荷"與"芙蓉"對舉，一用以製
衣，一用以爲裳；"芙蓉"是一物，"芰荷"不應爲二物。且
"芙蕖"即"芙蓉"，一物而異名，亦不應重復。胡藴玉《離騷
補釋》云："漢昭帝《淋池歌》：'秋素景兮泛洪波，揮纖手兮
折芰荷。'唐人詩言芰荷者甚多，玩其文義，皆爲一物。而《大
業記》云：'池沼之內，冬月亦剪綵爲芰荷。' 若芰是菱，菱
生必在水中，非剪綵所能爲。近董桂新《毛詩多識録》引
《埤雅》云：'荷，總名也。其的中有青爲薏，皆倒生兩芽，
一成芰荷，一藕荷也。又生一芽爲華。藕荷帖水生藕者也；
芰荷無藕，卷荷也。與華俱生，出水上亭亭爲繳者，
亦或謂之距荷。藕荷一本，其枝旁行爲藕節。一葉一藕。'
而《本草》亦云：'嫩者荷錢（象形），帖水者藕荷（生藕
者），出水者芰荷（生花者）。 據諸說，荷爲總名，即亭出
水面之荷葉也（芰荷有花，故諸詩人詠之）。芰從支，象葉支
散之形，故曰芰荷。"據胡氏說，則芰荷是荷的一種，指亭出水面
的荷，兼花與葉言，但在文學作品裏，說芰荷，有時是指芰荷

的花，有時是指芰荷的葉，各視具體情況而定，讀者自能以意得之。例如説桃，有時是指花，有時是指果實，不一定明言爲桃花或桃實也。這裏當是指以葉爲衣，以花爲裳。又，《招魂》：“芙蓉始發，雜芰荷些。”説荷開時，花葉相間，“芰荷”與“芙蓉”對舉，“芰荷”也是指荷葉而言的（“芙蓉”爲別名，專指花而不指葉；“芰荷”爲共名，但因與花對舉，就專指葉而不指花。詞具體所指的對象由於用法不同而有所變化。）

芙蓉：已開的蓮花。洪興祖注：“《本草》云：其葉名荷，其花未發爲菡萏，已發爲芙蓉。芰，荷葉也，故以爲衣；芙蓉，華也，故以爲裳。”“集”，一作“擎”，古字同。　　此二句即上文“退將復修吾初服”之意。

⑤不吾知：不知吾的倒文，指無人了解自己。汪瑗注：“不吾知，言世俗之溷濁，不知己之奇服也。《涉江》曰：‘余幼好此奇服兮，年既老而不衰。’又曰：‘世溷濁而莫余知兮，吾方高馳而不顧。’是也。”　　已：猶言算了、罷了。　　苟：與前“苟余情其信姱以練要兮”的“苟”字同。　　信芳：真正芬芳。與“信姱”、“信美”意同。　　此二句承上荷衣蓉裳而言，又與前“苟余情其信姱以練要兮，長顑頷亦何傷”相呼應。汪瑗云：“二句乃倒文法，本謂苟余情其信芳，則雖不吾知其亦已矣，又何傷哉。”

⑥岌岌(音:及)：高的樣子。　　陸離：有三種解釋：一説，形容參差不齊。王逸注：“陸離，猶嵾嵯，衆貌也。”汪瑗注：“陸離，參錯美好之貌。”一説，形容曼長的樣子。王念孫《讀書雜志》云：“陸離，有二義：一爲參差貌，一爲長貌。下文云：‘紛總總其離合兮，斑陸離其上下。’司馬相如《大人賦》云：‘攢羅列聚叢以龍茸兮，衍曼流爛痍以陸離。’皆參差之貌也。此云：‘高余冠之岌岌兮，長余佩之陸離。’岌岌爲高

貌,則陸離爲長貌,非謂參差也。《九章》:'帶長鋏之陸離兮,
冠切雲之崔嵬。'義與此同。"一説,凡形狀、顏色美麗而又奇
特者,都可用陸離來形容。如通常所説的"光怪陸離",下文的
"斑陸離其上下"。這是對前二説的綜合與引申。按,這裏的
"陸離"與"岌岌"對舉,當釋作長貌。　　　這兩句中所説的
高冠長佩,用以表明自己行爲的特異;與上文用"衣"、"裳"
比喻內心的芳潔相對應。

⑦芳與澤其雜糅(音:柔):舊説,"芳"指衣飾之芬芳,
"澤"指佩玉之潤澤。王逸注:"芳,德之臭也。《易》曰:其
臭如蘭。澤,質之潤也。玉堅而有潤澤。"朱熹注:"芳,謂以香
物爲衣裳。澤,謂玉佩有澤潤也。"則"芳澤雜糅",正如《橘頌》
所説"青黃雜糅,文章爛兮"的句法一樣,是美上加美的意思。
但此説顯然與下句的轉折語氣不合。至錢杲之始謂:"己之才
美,雖雜糅於小人,唯昭然之質,猶未虧損。"魯筆進而認爲:
"澤,垢澤,指小人污穢者。"郭沫若《屈原賦今譯》注文則云:
"澤字舊未得其解。今按《毛詩·秦風》:'子(按:當作豈)曰
無衣,與子同澤。'鄭注:'澤,褻衣也,近污垢。'即此澤字
之義。"又云:"説到'雜糅',必然是混淆着兩種相反的東西,如
象'同糅玉石'之例。故'澤'字應該是'芳'的反對,不能
解爲光澤、色澤或德澤。"按,郭説近是。惟"澤"本可作山澤
之澤解,指卑下之處,引申即爲污濁之意。要之,"芳澤雜糅"
是説芬芳和污濁混合在一起。《思美人》、《惜往日》也有此
句,用意均同。"糅"即混雜的意思。　　　唯昭質其猶未虧:
"昭質",猶言清白的本質。王逸注:"昭,明也。""虧",虧損的
意思。《文選》李周翰注:"唯獨守其明潔之質,猶未爲自虧損
也。"　　　這兩句説,自己雖在小人當道、邪正不分的朝廷裏從
事政治活動,但始終保持芳潔的品性和清白的本質,絲毫無損。

⑧反顧：回頭看。汪瑗注：“反顧，回首而視也。” 游目：
縱目遠望。汪瑗注：“游目，謂縱目以流觀也。” 四荒：極遠
的地方叫做“荒”。“四荒”是指四方的邊際。 這兩句表明
自己不能忘情現實，仍然有所追求。

⑨佩繽紛其繁飾：“佩”，即前文“紉秋蘭以爲佩”、後文
“惟茲佩之可貴”的“佩”，用以代表自身的品德和才能。“繽
紛”，盛貌。“繁飾”，繁盛的裝飾。 芳菲菲其彌章：“芳菲
菲”，猶言香氣勃勃。“彌”，更加。“章”，同彰，明顯。這裏指
香氣四溢。朱熹云：“佩服愈盛而明，志意愈修而潔也。”這兩句
表明對自己的追求充滿了信心。

⑩民生各有所樂：“民生”，泛言人生。“樂”，猶言喜愛。朱
熹云：“言人生各隨氣習有所好樂，或邪或正，或清或濁，種種
不同，而我獨好修潔以爲常。” 體解：“體”即肢體。“體解”
即肢解，古代的一種酷刑。錢杲之注：“體解，支裂之也。” 豈
余心之可懲：“心”，謂堅持理想之心，進行鬥爭之心。“心”是
對“體”而言的。“體”可肢解，而“心”不可懲。“懲”是懲
戒的意思。劉夢鵬《屈子章句》：“懲，猶戒也。” 按，這四
句是一個小結。就本段説，是設想獨善其身而終不能放棄理想，
所以仍歸結到“好修以爲常”、“雖體解吾猶未變”上來。“雖
體解吾猶未變”，與前面一再表示的“九死其猶未悔”、“寧溘死
以流亡”、“伏清白以死直”一樣，都是以死爲誓，表明了屈原
寧死不屈的堅定信念。就全篇看，這四句亦是一大關節。蔣驥
云：“民生四句，總承篇首至此之意而結之，以起下文，實一篇
之樞紐也。蓋始之事君以修能；其遇讒以修姱；其見廢而誓死，
則法前修；即欲退以相君，亦修初服：固始終一好修也。自此
以下又承往觀四荒，而以好修之有合與否，反覆設辭，而終歸
於爲彭咸之意。”可參。

以上第四段。

這一段承接上文，寫自己在極端苦悶中的矛盾心情。既然理想不能實現，那麼，作退一步的設想又將如何呢？倘若退隱獨善其身，爲個人計，也未嘗不是一條出路；但這種逃避現實的態度，和屈原的思想性格是絶不相容的。因此，他的内心並未獲得真正的安寧。通過這樣的設想，結果是更堅定了他的決心，寧死也不改變初衷。從這一段起，所寫的都是詩人思想意識的反映，并非事實的叙述。

以上自第一段至第四段，總述己志，爲全文的第一部分。汪瑗云：“自篇首至此當一氣講下，而所謂‘離騷’之意已略盡矣。下文不過設爲女嬃之詈、重華之陳、靈氛、巫咸之占，而反覆推衍其好修之美、遠游之興耳。”王夫之云：“此上原述己志已悉。自‘女嬃’以下至末，復設爲愛己者之勸慰，及鬼神之告，以廣言之。言己悲憤之獨心，人不能爲謀，神不能爲決也。”王邦采云：“文勢至此，爲第一段大結束，而全文已包舉。後兩大段雖另闢神境，實即第一段之意而反復申言之，所謂言之不足又嗟嘆之也。”

女嬃之嬋媛兮，申申其詈予。[1]曰：“鯀婞直以亡身兮，終然殀乎羽之野。[2]汝何博謇而好修兮，紛獨有此姱節？[3]薋菉葹以盈室兮，判獨離而不服。[4]衆不可户説兮，孰云察余之中情？[5]世并舉而好朋兮，夫何煢獨而不予聽？[6]”

依前聖以節中兮，喟憑心而歷兹。[7]濟沅湘以南征兮，就重華而陳詞：[8]

啓《九辯》與《九歌》兮，夏康娱以自縱。不顧

難以圖後兮，五子用失乎家巷。[9] 羿淫游以佚畋兮，又
好射夫封狐；固亂流其鮮終兮，浞又貪夫厥家。[10] 澆身
被服强圉兮，縱欲而不忍；日康娛而自忘兮，厥首用夫
顛隕。[11] 夏桀之常違兮，乃遂焉而逢殃。[12] 后辛之菹醢兮，
殷宗用之不長。[13] 湯禹儼而祗敬兮，周論道而莫差；舉
賢才而授能兮，循繩墨而不頗。[14]

　　"皇天無私阿兮，覽民德焉錯輔。[15] 夫維聖哲以茂
行兮，苟得用此下土。[16] 瞻前而顧後兮，相觀民之計極：
夫孰非義而可用兮，孰非善而可服？[17]

　　"阽余身而危死兮，覽余初其猶未悔。[18] 不量鑿而
正枘兮，固前修以菹醢。[19]"

　　曾歔欷余鬱邑兮，哀朕時之不當。[20] 攬茹蕙以掩涕
兮，霑余襟之浪浪。[21]

　　1 女嬃（音：須）衆說紛紜：或以爲屈原之姊，王逸注："女
嬃、屈原姊也。"或以爲屈原之妹，《詩經正義》引《周易》鄭
玄注："屈原之妹名女嬃。"或以爲女巫，周拱辰《離騷拾細》：
"嬃乃女巫之稱，與靈氛之詹卜，同一流人。"或以爲賤妾，喻
黨人，汪瑗注："嬃者，賤妾之稱，以比黨人也。"或以爲侍女，
陳遠新《屈子說志》："嬃：侍女也。"郭沫若從侍女說，並譯爲
"女伴"，其《屈原賦今譯》注文云："女須舊以爲人名，或說爲
屈原姊，或說爲屈原妹，均不確。今姑譯爲'女伴'，疑是屈
原之侍女。"按、郭說較爲圓通。"嬃"的本義爲女，楚語謂
女爲"嬃"，因而"女嬃"應當作爲廣義的女性來解釋。　　嬋
媛（讀如：蟬元）：由於內心的關切而表現出牽持不舍的
樣子。朱熹注："嬋媛，眷戀牽持之意。"　　申申：重疊不休

的樣子，即一遍又一遍的意思。錢杲之注：“申申，重復也”。
詈(音：利)：從旁的婉曲的告誡。一作“罵”。按，“罵”是直
接的斥責，與“詈”意義有所區別。《韻會》：“正斥曰罵，旁
及曰詈。”尋繹下文語氣，當以“詈”爲是。

　　②曰：女嬃曰。王逸注：“曰，女嬃詞也。”此下十句，都是
女嬃告誡屈原的話。　　鮌(音：滾)：同“鯀”，人名。夏禹的
父親。據說因治水不成，被帝舜殺于羽山。　　婞(音：幸)
直：“婞”同“悻”很也。“婞直”猶言剛直。　　亡身：一
作“忘身”（見《五百家音注韓昌黎集》三祝注引）。“亡”
當作“忘”。“婞直忘身”，猶言持正而不顧身。按，舊說以“亡”
作死亡解，與下句意復。王闓運《楚辭釋》：“‘亡身’當作‘忘
身’。鮌方命圮族，忘身勤死，當聖世而獨夭枉，故當引以自
比”。　　終然：猶言終于。“然”是語氣詞。馬其昶注：“終然，
猶終焉”。　　殀(音：)于：死於非命。王逸注：“蚤（早）死曰
殀”。汪瑗注：“不得善終而死曰殀”。王夫之注：“不以考終曰殀”。
義并相近。一作“夭”。聞一多《楚辭校補》云：“鮌非短折，焉
得稱殀？殀當從一本作夭。夭之爲言夭遏也”。又云：“夭遏雙聲
連語，二字同義，此曰‘夭乎羽之野’，猶《天問》曰‘永遏
在羽山’矣”。并引《禮記·祭義》疏引鄭志答趙商曰：“鮌非誅
死，鮌放諸東裔，至死不得反于朝”。以爲“夭”即“遏止
之使不得反于朝也”。亦是一說。　　羽之野：羽山之原野。羽
山，據胡謂《禹貢錐指》說，在山東蓬萊縣東南。　　這兩句
是告誡屈原，直道而行，將會招致與鮌同樣的結果。朱熹注：
“女嬃以屈原剛直太過，恐亦將如鯀之遇禍也”。據《帝繫》說，
鯀是顓頊的第五代孫，與屈原同爲高陽苗裔，所以女嬃稱引這
一事例來告誡他。黃文煥《楚辭聽直》云：“嬃之舉鮌（鯀）者，
顓頊五世而鮌生，屈原同出顓頊之後，故引本宗以爲戒也”。按，

關於鯀，古代有兩種不同的傳說：一說，鯀不善治水，他的被殺是大快人心的（見《尚書》、《孟子》）；一說，鯀是一位爲人民所熱愛的神聖，死後並有化爲黃熊的靈異事迹，而他的死則是冤枉的（見《山海經》、《左傳》、《吳越春秋》）。屈原在《天問》中就曾提出這一問題，並表示憤慨。這裏也是把鯀置於直道危身的例子之列，可以互相印證。

③博謇：“博”多也。“謇”，即“余固知謇謇之爲患兮”的“謇”。“博謇”，猶言過甚的忠貞。王夫之注：“博，過其幅量之謂，猶言過也”。馬其昶注：“博謇，謂謇諤之甚”。　　紛：與“紛吾既有此內美兮”的“紛”意義、用法均同。參見第一段注⑦。

婞節：美好的節操。朱熹注：“婞節，婞美之節也”。一說，“婞”是異的意思，“婞節”猶言奇行（張鳳翼、王夫之）　又，一說“節”爲“飾”之誤，“婞飾”即上文所謂繁飾（朱駿聲、王樹枏）　均可通。

④賷（音：瓷）　菉（音：錄）　葹（音：施）：舊說，“賷菉葹”爲三惡草名，“賷”即蒺藜。非是。“賷”與下句“判”是對偶詞，當均爲動詞。段玉裁云：“《說文》：‘賷，草多貌’，《離騷》曰：‘賷菉葹以盈室。’據許君說，正謂多積菉葹盈實，賷非草名”。據此，則“賷”的本義是草多的樣子，這裏用作動詞，即把許多草堆積起來的意思。一說，“賷”同“茨”，“茨”也是積聚的意思。“菉”，又名王芻（音：除），惡草，有色能染壞人衣服。“葹”，一名枲（音：洗）耳，也是惡草。洪興祖注：“《爾雅》云：菉，王芻。注：菉，蓐也。《本草》云：藎草，葉似竹而細薄，莖亦圓小，生澤溪澗之側，俗名菉蓐草。葹，商支切，形似鼠耳，詩人謂之卷耳，《爾雅》謂之苓耳，《廣雅》謂之枲耳，皆以實得名。《本草》：枲耳，一名葹”。“菉”、“葹”，這裏用來象徵一羣小人。“判”，分也，即區別開來的意思。與

“判然有別”的“判”義同。“服”，見第三段注⑨。這裏是佩用的意思。王夫之注：“言汝獨別異，不佩服之。”　這兩句説，衆人都把菉葹之類的惡草堆積得充房塞户，只有屈原過於明辨美惡，**遠離它們而不佩用**。

⑤户説：挨家挨户地説明。　余：這裏的“余”猶言“我們”。女嬃爲了表示親切，説屈原也把自己包括在内，是站在屈原一邊對其他人説話的語氣。郭沫若《屈原賦今譯》注文：“余字在此當解作復數。古人用代名詞，單複數之形每無別，如《詩》言‘我車既攻，我馬既同’，‘母氏聖善，我無令人’，我均是我們。此句余字亦正是我們。前人坐此字不得其解，以此節爲屈原之語非是。”　朱熹云：（此二句）“言衆人不可户户而説，必不能察己之中情。”

⑥亚舉：互相抬舉。　好朋：習慣於成羣結黨。　煢（音：窮）獨：無兄弟爲“煢”，無子爲“獨”。這裏就是孤單的意思。　不予聽：不聽予的倒文，猶言不聽我的話。“予”係女嬃自指，是她對屈原説話的語氣。錢澄之云：“上‘余’字爲原言也，下‘予’字自指。”錢杲之云：“女嬃謂人皆好朋，汝何煢苦獨處，而不聽我言。”　女嬃勸告屈原的話，到這裏結束。馬其昶云：“懼其婞直取禍，所謂垂涕泣而道之也。”舊説以爲女嬃言僅六句，“衆不可户説”以下四句爲屈原的答話，非；當係溺於“孰云察余之中情”的“余”字而誤解。趙南星《離騷經訂註》：“舊説溺‘余’字，以爲屈原之言。”

⑦前聖：指下文的“重華”。　節中：猶言折中，謂公正、不偏頗地判斷事理的是非曲直。林雲銘注：“節中，即折中，乃持平之意。”林仲懿《離騷中正》：“節中者，裁制事理，以協於中，正是《中庸》執兩用中確義。”　喟（音：愧）：嘆息。王逸注：“喟，嘆也。”　憑心：憤懣充滿了内心。《説文》：

“凭，懣也。”　　歷茲：經歷至此，猶言到了現在。朱熹注：“歷，經歷之意。”戴震注：“歷茲，猶言至此也。”　　按，此二句爲倒文，言己喟然嘆息，憤懣填膺，已至於今，故欲就“前聖”以求“節中”，即下文“就重華而陳詞”者也。此承上女嬃之詈而來，聞詈而不能自決，復欲依前聖以正之。

⑧濟：渡也。　　沅湘：沅水、湘水。均在今湖南境內，注入洞庭湖。南征——南行。重華——即舜。王逸注：“重華，舜名也。《帝繫》曰：瞽叟生重華，是爲帝舜，葬於九疑山，在沅、湘之南。”一說，“重華”爲舜之號。　　陳詞：“陳”，列也。把要說的話一一列舉出來，叫做“陳詞”。　　此下自“啓《九辯》與《九歌》兮”至“固前修以菹醢”三十二句爲“陳詞”的內容。“陳”一作“敶”，古字同。　　按，《禮記》：“舜葬於蒼梧之野。”蒼梧，山名，即九嶷山，或作九疑，在今湖南寧遠縣境內。爲了向重華陳詞，就要渡過沅水和湘水向南進發。這是幻想中的聯想。至於爲什麼單找舜陳詞，李陳玉云：“蓋當日殛（音：極）鮌者，重華也。吾所以事吾者，有一不合中正，則果是婞直，與鮌同歸，爲重華之罪人矣。以下皆敷陳其所以事君者。”蔣驥云：“因女嬃之言而自疑，故就前聖以正之。又以鯀爲舜所殛，而九疑於楚爲近，故正之於舜也。”可參。

⑨啓：夏代帝王，禹的兒子。　　《九辯》與《九歌》：據說都是天上的樂章，被啓偷了帶到人間。洪興祖注：“《山海經》云：夏后上三嬪於天，得《九辯》與《九歌》以下。注云：皆天帝樂名，啓登天而竊以下，用之。《天問》亦云：‘啓棘賓商，《九辯》《九歌》。’”一說，“《九辯》《九歌》，禹樂也。”（王逸、朱熹）　　夏康娛：“夏”，大也。“夏”訓大，如《詩經·秦風·權輿》：“夏屋渠渠。”毛傳：“夏，大也。”（《爾雅·釋詁》同）“康娛”，猶言無憂無慮地娛樂。舊說以

“夏康”二字連文，謂即“夏太康”，王逸注：“夏康，啓子太康也。娛，樂也。”此爲一説。汪瑗、王遠、戴震以“康娛”二字連文，釋“夏”爲夏朝，戴震注：“言啓作《九辯》《九歌》，示法後王，而夏之失德也，康娛自縱，以致喪亂（康娛二字連文，篇内凡三見）。”此又一説。此外，還有謂“夏”與上句之“啓”爲互文，“夏”即夏啓者；謂“夏”當作“下”，即啓得天樂以下，作樂於下界者。按，本篇下文還有“日康娛而自忘”、“日康娛以淫游”二句，與此處“夏康娛以自縱”屬同一句法，固知“康娛”二字當連文，“夏康娛”與“日康娛”亦當同例，故“夏”字訓“大”爲切。　　　自縱：任意放縱。不顧難：“難”，指禍患。王逸注：“不顧患難。”　　圖後：猶言考慮將來。王逸注：“不謀後世。”　　五子用失乎家巷：“五”，古通“武”。“五子”即武觀，人名，啓的小兒子（據《國語・楚語》）。一説是啓的兄弟（見郭沫若《屈原賦今譯》）。“用失乎”，王引之謂當作“用乎”，“失”字衍（附見王念孫《讀書雜志》）。聞一多謂當作“用夫”，“失”乃“夫”之誤，“乎”字衍（《楚辭校補》）。郭沫若亦主此説，並推測造成衍誤的原因，謂：“蓋古本一作夫，一作乎，作夫者譌爲失，後録書者遂合二本而成爲此語。”（《屈原賦今譯》注文）。“用夫”或“用乎”都是“因之”的意思。“五子用夫（乎）家巷”與後文“厥首用夫顛隕”、“殷宗用之不長”句法相同。“巷”，一作“衖”（音：缸），同“鬨”，鬥也。“家巷”指内部的争鬥，猶言内哄。“五子家衖”的事實，《逸周書》有“五子忘伯禹之命，胥興作亂”的記載。《竹書紀年》云：“帝啓十年巡狩，舞《九招》（舞曲名，即《九韶》）于大穆之野。十一年，放王季子武觀於西河。十五年，武觀以西河叛。”又，《墨子・非樂上》引武觀的話，也説：“啓乃淫溢康樂，野於飲食；將將鍠鍠，筦磬以方；湛濁于酒，渝食于野；萬舞翼翼，章聞于天，天用弗式。”（引文據《墨子閒詁》）可見武觀的叛亂與啓的沉溺於音樂歌舞有關。　　　這四句是說，啓偷下《九辯》《九歌》以後，就大大地娛樂放縱起來，不顧到可能發生禍患，也不作日後的長遠打算，因而招致了“五子家閧”的結果。

　　10羿（音：義）：夏代部落有窮氏的君長，善射。當啓的兒子太康時代，因夏亂奪取政權。洪興祖注：“羿，……《說文》云：帝嚳（音：庫）射官也，夏少康滅之。賈逵云：羿之先祖也，爲先王射官。帝嚳時有羿，堯時亦有羿，羿是善射之號。此羿，商時諸侯，有窮後也。”按，“商”當作“夏”。《文選》陸善經注：“羿，夏諸侯，《左傳》云：羿因夏人以代夏政。”　　淫游：無節制地游樂。“淫”，過甚也。汪瑗注：“淫，過也。無事而漫遨曰游。”　　佚畋（讀如：義田）：過度地田獵。“佚”，與“淫”義近，指過分的享樂。“畋”，田獵。一作“田”，古字通。“淫游”與“佚畋”爲互文，即淫佚於游獵。封狐：大狐。一說，“狐”當作“豬”。聞一多《楚辭校補》：“案夷考古籍，不聞羿射封狐之說，狐疑當爲豬字之誤也”。　　亂流：猶言篡亂之徒。錢澄之注：“亂流，謂亂逆之流，統諸凶言也”。　　鮮終：很少有好的結果。汪瑗注：“鮮終，謂少有得善其終也。”　　浞（音：濁）又貪夫厥（音：決）家：“浞”，人名，即寒浞，羿所親信的國相。王逸注：“浞，寒浞，羿相也。”“貪”，貪取。“厥”，與“其”義同，這裏指羿。“家”，指妻室，猶後來所說的家小。《文選》劉良注：“厥，其；家，妻也。”據《左傳》記載，羿奪取政權後，荒淫佚樂，不理政事，寒浞命令他的家臣有名的射手逢蒙射殺了羿（據《孟子》說，逢蒙的射法是從羿學來的），並霸佔了羿的妻子，生子過澆。

　　⑪澆（音：傲）：人名，即過澆，寒浞的兒子。　　被服強

圉（音:宇）：猶言自恃强暴。“被服”，本義作穿戴和裝飾解，引申之，是指思想上的信仰和平素的作風。“强圉”，多力也。汪瑗注:“被服强圉謂無尚猛力，如被服之在身而不舍也。”聞一多《離騷解詁》訓“强圉”爲“堅甲”，謂此句“猶言澆身被服堅甲耳”，亦通。　　縱欲而不忍:謂放縱嗜欲而不能節制。張鳳翼《文選纂注》云:“不忍，不能自制也。”　　自忘:忘自身之危也。　　厥首用夫顛隕（音:允）：猶言其人頭因之落地。“顛隕”，墜落。按，寒浞霸佔羿妻以後，生子過澆，武勇多力，殺死夏后相（太康弟仲康之子）；後來，澆又爲相的兒子少康所殺。有窮氏遂亡。

⑫夏桀：夏代亡國的暴君。《史記・夏本紀》:“湯修德，諸侯皆歸湯。湯遂率兵以伐夏桀。桀走鳴條，遂放而死。”常違：違常的倒文，即違背了正常的道理。一說，“常違”就是常常違背天道的意思。汪瑗注:“常違，謂屢背乎道也。或曰倒文耳，謂背乎常道也。”　　遂焉而逢殃:“遂”字衆說紛紜，或訓“乃”，或訓“忽”，或訓“竟”，或訓“安”，或謂“遂非”、“長惡不悛”，或以爲地名，即聆遂，言桀於聆遂被禍。按，“遂”，《玉篇》:“安也”。“焉”當指代上句之“常違”。“遂焉逢殃”，猶言夏桀安於無道而招致禍殃。“逢殃”即遭殃，指湯放桀於南巢。

⑬后辛：即紂，商代亡國的暴君。王逸注：“后，君也。辛，殷之亡王紂名也。”《史記・殷本紀》:“周武王於是遂率諸侯伐紂。紂亦發兵距之牧野。甲子日紂兵敗，紂走入，登鹿台，衣其寶玉衣，赴火而死。周武王遂斬紂頭，縣（懸）之白旗。”菹醢（讀如:租海）：剁成肉醬。王逸注:“藏菜曰菹，肉醬曰醢。”按，《漢書・刑法志》:“菹其骨肉於市。”則“菹”也有剁碎的意思，與“醢”同義。洪興祖注：“《禮記》云：昔殷紂

亂天下，脯鬼侯以饗諸侯。《史記》曰：“紂醢九侯，脯鄂侯。”
《淮南子》云：“菹醢鬼侯之女，梅伯之骸。”所引都是關於紂以
人爲肉醬或肉脯的記載。這裏的“菹醢”，是泛指紂對臣民的殘
暴行爲，不必拘泥於某一固定事實。　　　　殷宗：殷朝。古代把
國家看作君主的私產，父子兄弟相傳，所以帝王的宗支世系，
就成爲一個朝代的標誌。汪瑗注：“宗，猶統也。”　　　　用之：一
作“用而”，與前“厥首用夫顛隕”、“五子用夫（乎）家巷”
的“用夫”同，都是“因之”、“因而”的意思。錢杲之注：
“殷宗以此遂絕，不長久。”　　　　以上十六句，歷舉啓、羿、
澆、桀、紂五個暴君亡國危身的史實，來證明下面所說的“夫
孰非義而可用兮，孰非善而可服”的真理。

　　⑭湯禹：“湯”，商湯；“禹”，夏禹。向無異説。今人姜亮
夫謂“古無倒稱湯禹之例”，因訓“湯”爲“大”，“湯禹”即
“大禹”，並認爲下文“湯禹儼而求合兮”句法相同。雖可備一
説，但根據似欠充分。　　　　儼（音：演）而祗（音：枝）敬：
“儼”，一作“嚴”，二字相通。王逸注：“儼，畏也。”即因敬畏而
小心謹慎、不敢放縱的意思。“祗”與“敬”同義，“祗敬”
也就是敬。　　　　周：周朝。王逸謂指文王，洪興祖謂包括文王、
武王。按，此“周”字當泛指周初的聖王賢相，文、武、周公
都可包括在内，似不必過於坐實。　　　　論道而莫差：“論道”，
議論政治上的道理。“差”，差錯的意思。汪瑗注：“謂講論治道
而無有一毫之差錯也。”又云：“此（二句）亦互文，非謂禹、湯
能祗敬而不能論道，文、武能論道而不能祗敬也。”　　　　舉賢才
而授能：一本無“才”字。“舉賢”與“授能”亦互文，猶言
提拔、任用賢能。　　　　循繩墨而不頗：“循繩墨”，猶言遵循法
度。“繩墨”，見第三段注⑮。“頗”，偏也。朱熹注：“舉賢才，
遵法度，而無偏頗。”　　　　這四句歷舉夏、商、周三代開國的史實，

來證明下面所説的“夫惟聖哲以茂行兮，苟得用此下土”的道理。

⑮私阿(音:婀)：“私”，偏愛；“阿”，偏祖、庇護。錢杲之注:“偏愛曰私，徇私曰阿。”　　民德：人德，指人君之德。一説，指“人君有德被民生者”（朱冀）；一説，指“爲民所德者”（林雲銘）、“民心之所歸”者（王邦采）；一説，指“萬民之中有道德者”（王逸）。　　錯輔：“錯”，通“措”，措置的意思。“輔”，輔佐、幫助。戴震注:“言德可以君天下，天爲之篤生賢哲佐之。”一説，“錯”即“交錯”，王邦采《離騷彙訂》云:“錯當作參錯之錯，禹而湯，湯而文，有德則輔，未嘗私阿一姓，是其爲輔參錯而出者也。”亦通。　　這兩句説，上天無所偏私，它視人君的德行來安置輔佐。即“皇天無私，唯德是輔”之意。

⑯維：一作“惟”，二字相通。　　聖哲:“哲”，明也。“聖哲”猶言聖明。　　茂行:美盛的德行。錢杲之注:“茂行，美行也。”劉夢鵬注:“茂行，盛德也。”　　苟得：猶言乃能。王夫之注:“苟，乃也。”　　用：享有。汪瑗注:“用，猶有也。”　　下土：猶言國土。“下”是對上天而説的。古人認爲天是宇宙萬物的主宰，故稱土地爲“下土”,稱人民爲“下民”。劉夢鵬注:“茂行有德者，故天輔之，得有此下土也。”　　此二句承上二句而來，係就前面所舉的事例得出結論:人君必須修德茂行，才能獲得天佑，享有天下。

⑰瞻前而顧後：猶言歷覽古今。洪興祖注：“《説文》：瞻，臨視也。顧，還視也。”錢杲之注:“前謂古也，後謂今也。”相觀：“相”與“觀”同義。王逸注:“相，視也。”洪興祖注:“相觀，重言之也。”本篇動詞多用重字，如下文“覽相觀於四極兮”,“覽”、“相”、“觀”三字同義。　　民之計極:“民”,

人們，人民。“計”，計算，衡量。“極”，終極、極則。“民之計極”，猶言人民衡量事物的終極標準。“相觀民之計極”，亦即通過觀察民意來看歷史發展的規律。　　夫孰非義而可用兮，孰非善而可服：二句互文，猶言哪裏有非義、非善而可用、可服的呢？即不義、不善的事是行不通的。“用”、“服”，這裏都是“行”的意思。　　前面四句是從天意看，要求修德茂行；這四句是從民意看，要求行義、行善。兩層意思，都是根據前面所列舉的反面和正面的歷史事實而得出的結論。

　　⑱阽（音：店）：挨近危險的樣子。洪興祖注：“阽，臨危也。《小爾雅》曰：疾甚謂之阽。《前漢》注云：阽，近邊欲墮之意。”　　危死：猶言險些死去。朱熹注：“危死，言幾死也。”　　初：初心、初志。　　此二句，《文選》陸善經注：“臨我身於死地，亦未悔於初。”猶前所云“九死其猶未悔”也。

　　⑲量鑿而正枘（音:瑞）：“鑿”，指器物上用以嵌木榫的鑿孔。“枘”，指嵌入鑿孔的木榫或木柄。見第三段注⑱。“量鑿正枘”，是説根據鑿孔的形狀、口徑來削正與之相配合的木柄。這裏借以比喻苟合取容只知應付環境的處世作風。前面加上“不”字，表示否定。王逸注：“言工不量度其鑿．而方正其枘，則物不固而木破矣。”直諫之臣不會或不願取媚于君，不配其胃口，亦猶“不量鑿而正枘”也。　　前修：猶言前賢。　　前兩句説自己抱定初衷，死也不後悔。此二句復引前賢與自己印證，言前賢遭到不幸的結果，也是因爲不“量鑿正枘”，自己正與之相同。這四句是“就重華而陳詞”的結束語，重申自己堅定的立場，作爲對女嬃的答復。與女嬃所勸誡的“鮌婞直以亡身兮，終然殀乎羽之野”針鋒相對，遥相呼應，態度鮮明地作了否定。

⑳曾：累也，不止一次的意思。一作“增”，二字相通。
歔欷（讀如：虛希）：悲泣時因氣哽而發出一種抽抽噎噎的聲
音。趙南星注：“歔欷，悲泣氣咽而抽息也。”　　鬱邑：見第三
段注⑯。　　　時之不當：猶言生不逢時。“當”，遇也。這裏的
“時”，指上面所説的明君在位、舉賢授能的時代。王逸注：“自
哀生不當舉賢之時，而值菹醢之世也。”徐焕龍注：“前修菹醢，
無非生不逢時，今我增歔欷鬱邑，惟有哀朕時之不當而已。”

㉑攬茹蕙以掩涕：“茹蕙”，柔軟的蕙草。王逸注：“茹，柔軟
也。”“攬茹蕙以掩涕”，猶言拿着柔軟的蕙草掩面哭泣。李陳
玉《楚辭箋注》：“柔茹之蕙，攬之在手，而人不愛，國事顛倒，
尚忍言哉！”魏元曠《離騷逆志》：“攬茹蕙以掩涕者，蓋自傷其
修美也。”一説，“茹”亦香草名，雖未必，然義亦可通。又，
或訓“茹”爲“食”，爲“藏”，爲“香”，爲“萌”，爲“相牽引”，
或以爲攬茹蕙用以拭淚，均於義未洽。　　　浪浪：水流不止的
聲音。這裏極言淚水之多。王逸注：“浪浪，流貌也。”　　　以上
四句，是自述“陳詞”後的感慨。朱冀雲：“言陳詞已畢，追惟
往事，悲痛轉增。所以然者，由余之中情誠鬱邑而不舒也。”

　　以上第五段。

　　這一段寫女嬃的勸告和向重華陳詞。女嬃擔心屈原的正道
直行不見容於當世，希望他改變一下孤忠耿直的性格，隨流從
俗，明哲保身。從一般的人情常理來説，女嬃作爲屈原在人世
間的唯一親人，她設身處地地爲屈原着想，這是可以理解的。
但提高到思想原則上來説，她並不能真正了解屈原。她的告誡，
顯然是屈原所無法做到的。於是，詩人便只有去向自己所崇拜
的古代聖君傾訴衷腸了。他假托向重華陳詞，列舉了正反兩方
面的史實，再次抒發了自己的政治見解。陳詞中所作的反覆論

證，與前面第二段中徵引堯舜、桀紂的歷史經驗教訓互相補充、照應，都證明了自己所堅信不渝的一條真理：一切"非義"、"非善"的政治，都不會有好的結果；祇有"儼而祇敬"、"論道莫差"、"舉賢才而授能"、"循繩墨而不頗"，行"義"行"善"，順從民意，一句話，實施理想中的"美政"，才能使國祚昌盛。**詩人所堅持的，正是這樣一個關係到楚國國運興衰的根本問題。任何出自個人安危的考慮，都無法與之相比。**這種認識所構成的理論上的完整體系，使得屈原對於自己信念的恪守更加堅定不移。通過向重華陳詞，實際上對女嬃的勸告作出了回答，並引出了下文的幻想境界。

　　跪敷衽以陳辭兮，耿吾既得此中正。① 駟玉虬以乘鷖兮，溘埃風余上征。②

　　朝發軔於蒼梧兮，夕余至乎縣圃。③ 欲少留此靈瑣兮，日忽忽其將暮。④ 吾令羲和弭節兮，望崦嵫而勿迫。路曼曼其修遠兮，吾將上下而求索。⑤

　　飲余馬於咸池兮，總余轡乎扶桑。⑥ 折若木以拂日兮，聊逍遙以相羊。⑦ 前望舒使先驅兮，後飛廉使奔屬。⑧ 鸞皇為余先戒兮，雷師告余以未具。⑨ 吾令鳳鳥飛騰兮，繼之以日夜。⑩ 飄風屯其相離兮，帥雲霓而來御。⑪ 紛總總其離合兮，斑陸離其上下。⑫

　　吾令帝閽開關兮，倚閶闔而望予。⑬ 時曖曖其將罷兮，結幽蘭而延佇。⑭ 世溷濁而不分兮，好蔽美而嫉妒。⑮

　　朝吾將濟於白水兮，登閬風而緤馬。⑯ 忽反顧以流涕兮，哀高丘之無女。⑰

　　溘吾游此春宮兮，折瓊枝以繼佩。⑱ 及榮華之未落兮，相下女之可詒。⑲

　　吾令豐隆乘雲兮，求宓妃之所在。解佩纕以結言兮，吾令蹇修以爲理。⑳紛總總其離合兮，忽緯繣其難遷㉑。夕歸次於窮石兮，朝濯髮乎洧盤。㉒保厥美以驕傲兮，日康娛以淫游。㉓雖信美而無禮兮，來違棄而改求。㉔

　　覽相觀於四極兮，周流乎天余乃下。㉕望瑤台之偃蹇兮，見有娀之佚女。㉖吾令鴆爲媒兮，鴆告余以不好㉗雄鳩之鳴逝兮，余猶惡其佻巧。㉘心猶豫而狐疑兮，欲自適而不可。㉙鳳皇既受詒兮，恐高辛之先我㉚

　　欲遠集而無所止兮，聊浮游以逍遥。㉛及少康之未家兮，留有虞之二姚。㉜理弱而媒拙兮，恐導言之不固。㉝

　　世溷濁而嫉賢兮，好蔽美而稱惡。㉞閨中既以邃遠兮，哲王又不寤。㉟懷朕情而不發兮，余焉能忍與此終古！㊱

　　①跪敷衽（音：認）：指向舜陳詞時，鋪開衣服的前下擺跪。跪着，“敷”是鋪開的意思。“衽”即衣服的前下擺。王逸注：“敷，布也。衽，衣前也”。　　陳辭：“辭”一作“詞”、字同。即上文“就重華而陳詞”的“陳詞”。　　耿：清楚明白。這裏指向舜陳詞後心中洞明的樣子。王逸注：“耿，明也”。又云：“中心曉明”。　　中正：中正的道理。汪瑗注：“中者無過不及之謂，正者不偏不倚之謂，指己所陳之詞得聖人中正之道也。己既陳畢而舜無答詞，其意若將深有以許之矣，故以‘既得此中正’自信也”。按，所謂中正之道，實際上就是指上述陳詞中所説的那些道理。向舜陳詞，原是一種設想，這裏没有設想舜的答詞，意謂陳詞已爲舜所首肯，由是堅定了自己的信念。　　這兩句

在結構上具有承上啓下的作用。承上，爲女嬃勸告、陳詞重華的歸結；啓下，謂既得中正，乃神游天地。朱熹云：“此言跪而敷衽，以陳如上之詞於舜，而耿然自覺，吾心已得此中正之道，上與天通，無所間隔，所以埃風忽起，而余遂乘龍跨鳳以上征也”。汪瑗云：“此二句與上‘依前聖以節中’章相照應，結上起下之詞”。

②駟（音：四）玉虯（音：球）以乘鷖（音：醫）：猶言駕龍乘鳳。“駟”，本義是駕車的四匹馬，這裏作動詞用，就是駕的意思。“虯”，沒有角的龍。王逸注：“有角曰龍，無角曰虯”。“玉虯”，指白色的虯。錢杲之注：“玉虯，色白如玉也”。“鷖”，鳳一類的鳥。王逸注：“鷖，鳳皇別名也”。　　溘（音：克）：速也，與前“寧溘死以流亡”之“溘”義近。　　埃：當作“竢”，同“俟”，等待也。與前“願竢時乎吾將刈”之“竢”義同。王夫之注：“埃當作竢，傳寫之譌”。“溘埃風余上征”，猶言等待風來就很快地上征。舊說，“埃”就是塵土的意思。王逸注：“埃，塵也”。難通。　　這兩句接着上兩句而言：因陳詞於舜，更加堅定了自己的信念；既然如此，那麼理想是可以追求的了，所以準備“竢風上征”。這裏的“竢風上征”，又與前文的“往觀四荒”遙遙接應。“駟虯乘鷖”，以及下面的驅雲使月等，則都含有像於自己品德才能之盛及不同凡俗的意義。這以下，馳騁想像，展現了瑰麗的幻想境界。

③發軔（音：刃）：“軔”是止住車輪轉動的木頭。“發軔”即將軔木拿開，表示出發的意思。洪興祖注：“《戰國策》云：陛下嘗軔車於趙矣。軔，止車之木，將行則發之”。　　蒼梧：山名。舜南巡，葬此。詳見上段注⑧。因爲這是想像向舜陳詞以後的活動，所以就以蒼梧爲起點，與前“濟沅湘以南征”相呼應。王慎中云：“就重華而陳詞，故發軔於蒼梧”。（見

錢澄之《屈詁》引）　　　縣圃（音:普）：傳說中的神山，在崑崙之上。“縣”是“懸”的古字。洪興祖注：“《淮南子》言傾宮旋室，縣圃、閬風、樊桐，在崑崙閶闔之中。……又曰：崑崙之丘，或上倍之，是謂凉風（按即閬風）之山，登之而不死；或上倍之，是謂縣圃之山，登之乃靈，能使風雨；或上倍之，乃維上天，登之乃神，是謂太帝之居。東方朔《十洲記》曰：崑崙山有三角，一角正北，上干北辰星之燿，名閬風巓；其一角正西，名曰玄圃台；其一角正東，名曰崑崙宮。玄與縣古字通。《天問》曰：崑崙縣圃，其居安在。”　　　這兩句說，早上從南方的蒼梧出發，晚上便到了崑崙之上的縣圃。

④靈瑣：“靈”，楚人謂神爲“靈”，已見前注。朱熹注：“靈，神也。”“瑣”，門扇上所刻的花紋，這裏即作爲門的代稱。王逸注：“瑣，門鏤也，文如連瑣。”“靈瑣”，指神靈境界中的門。蔣驥注:“《山海經》：崑崙山帝之下都，南有九門，百神之所在，故曰靈瑣。”聞一多《離騷解詁》謂“瑣”當作“璅”，“璅可通藪，是靈璅即靈藪也。靈藪者何？以上下文義求之，殆即縣圃”。可備一說。　　　這兩句說，自己本想在“靈瑣”這裏稍作停留，但日色已漸漸地晚了。劉夢鵬云：“崑崙三重，最上一重，是維上天，是爲太帝之居。原欲上征者，欲上至太帝之居，下文所謂開關，即其處也。縣圃近帝關而尚未到者，故不敢少留，恐日暮不及上征者也。”

⑤羲（音:希）和弭（音:米）節：“羲和”，太陽神。在我國古代神話中，天上十個太陽都是她所生，她是太陽的母親，又是太陽的駕車人。洪興祖引《山海經》:“東南海外，有羲和之國，有女子名曰羲和，是生十日，常浴日於甘淵。”又據《初學記》引《淮南子》許慎注：“日乘車，駕以六龍，羲和御之。”“弭”，止也。“節”，一說指車行的節奏，蔣驥注:“節，行車進

退之節。”一説指鞭、策一類駕車的工具，王樹枏《離騷注》：“弭節，謂止其策。”二説皆可通。“弭節”，猶言停車不前。車上載的是太陽，停車是要太陽不要西下。　　崦嵫（讀如：淹資）：西方神山，太陽歸宿的地方。王逸注：“崦嵫，日所入山也。”朱珔《文選集釋》：“案《西山經》：鳥鼠同穴之山西南三百六十里，曰崦嵫之山。郭注云：日没所入山也。”＼　迫：迫近的意思。　　曼曼：遙遠的樣子。一作“漫漫”。《文選》呂延濟注：“漫漫，遠貌。”洪興祖注：“《集韵》：曼曼，長也”。修遠：長遠。王逸注：“修，長也。”　求索：指追求尋索理想中的女子。與下文“來違棄而改求”、“聊浮游而求女”的“求”字同義。錢澄之《屈詁》云：“上下求索，下文叩閽求女，總摯於此。”　　這四句是承上文“日忽忽其將暮”而説的，日將暮而路修遠，所以令日神駐車，勿近崦嵫，以便“上下求索”。徐焕龍云：“惟恐日之將暮，故令羲和按節徐行，雖望崦嵫之山，幸勿迫近其地，蓋以吾之路途方曼曼修遠，吾將上天下地，求索美女，日暮斯難徧索矣。”

⑥馬：這裏的“馬”並非實指，當即上文的“虬”和“鷖”。

咸池：神話中的地名，太陽洗澡的地方。《淮南子》云：“日出於暘谷，浴於咸池。”　　總余轡（音：配）乎扶桑：“總”，整理繫結的意思。王逸注：“總，結也。”“轡”，馬繮繩，此當指“虬”、“鷖”身上的繮繩。“扶桑”，神話中的樹名，太陽出自其下。《山海經》云：“扶桑，木名，日出其下。”又云：“黑齒之北，日湯（按即暘）谷，有扶木，九日居下枝，一日居上枝，皆戴烏。”郭璞注：“扶木，扶桑也。天有十日，迭出運照。”此句有二説，汪瑗云：“言飲馬于咸池，庶使道遠無渴，而總攬六轡於手以控乎馬，自扶桑而啓行耳。或謂飲馬必去其轡，故總結其轡于扶桑之樹，以便飲馬也。亦通。”

⑦若木：神話中的樹名，生在崑崙山的西極，青葉紅花，光華下照。王逸注：“若木在崑崙西極，其華照下地。”洪興祖引《山海經》云：“灰野之山，有樹青葉赤華，名曰若木，日所入處，生崑崙西，附西極也。”　　拂日：拂拭太陽，使它的光綫不要昏暗下去。朱熹注：“若木拂日者，日欲入則光微，拂拭之欲其明也。”　　聊：姑且。王逸注：“聊，且也。”　　相羊：猶徜徉，從容貌。與“逍遙”義近。　　　這兩句也是承“日暮”而言，折若木拂日，讓太陽繼續放出光明，便可從容遨游求索。王觀國《學林》云：“折若木以拂日者，日既西矣，猶能折若木以揮拂其日，使之不暮，而我尚逍遙安舒以游也。”汪瑗云：“逍遙、相羊，皆優游求索之意，非行樂之意。”

⑧望舒：月亮的駕車人，亦可即指爲月神。洪興祖注：“《淮南子》曰：月御曰望舒，亦曰纖阿。”此處出現“望舒”，表示已進入夜間。　　飛廉：風神，又稱風伯或風師。洪興祖注：“《呂氏春秋》曰：風師曰飛廉。應劭曰：飛廉，神禽，能致風氣。晋灼曰：飛廉，鹿身，頭如雀，有角，而蛇尾豹文。”奔屬（ㄓㄨㄟ）：“奔”，快跑。“屬”，相連的意思。汪瑗注：“奔，疾走也。屬，連續也。”“奔屬”，猶言在後面緊緊追隨，與上句“前驅”爲對文。錢杲之注：“奔屬，奔而相連屬也。”按，從“羲和”到“望舒”，表示由日到夜的行程，所以下文説“繼之以日夜”。錢澄之云：“折若木以拂日，日終不可反，故使月御先驅。下文所謂繼之以日夜也。月前而風後，欲其行速也”。

⑨鸞（音：鸞）皇：一説，“鸞”和“皇”爲兩種靈鳥。“鸞”，形似鷄，色赤，有五彩。“皇”，同“凰”，鳳凰雄者叫鳳，雌者叫凰。王逸注：“鸞，俊鳥也。皇，雌鳳也。”洪興祖注：“《山海經》：女床山有鳥，狀如翟而五彩畢備，聲似雄而

尾長，名曰鸞，見則天下安寧。《瑞應圖》曰：鸞者，赤神之精，鳳皇之佐也。《爾雅》曰：鶠鳳，其雌皇，皇或作凰。"《山海經》又云："有五彩鳥三，名一曰皇鳥，一曰鸞鳥，一曰鳳鳥。"均謂"鸞"、"皇"有別。一說，"鸞皇"就是一種鳥，或以爲即初生之鳳凰（見《初學記》引《毛詩草蟲經》）；或以爲即雌鸞，錢杲之注："鸞皇，亦鸞之雌也。"徐煥龍注："雄曰鳳，雌曰凰，鸞其總名。鸞皇謂雌者。"　　先戒：在前面擔任警衛的意思。汪瑗注："戒謂戒嚴其道，先戒猶先驅也。"一說，"先戒"是准備車駕的意思，劉夢鵬："戒，備駕也。"亦通。

　　雷師：雷神。一說即下文的"豐隆。"　　未具：尚未具備，指"望舒先驅"、"飛廉奔屬"、"鸞皇先戒"等前後隨從、儀仗還沒有准備齊全。"雷師告余以未具"，含有阻礙的意思。而尚未准備齊全便急着出發，又可見屈原心情之迫切。王夫之注："雷師未具，極言其情之迫也。"

　　⑩鳳鳥：參見上注。又洪興祖云："《山海經》云：丹穴之山有鳥焉，其狀如鷄，五彩而文，曰鳳鳥。是鳥也，飲食則自歌自舞，見則天下大康寧。"　　按，前已"駟玉虬以乘鷖"，"鷖"即"鳳"也，故復令鳳鳥飛騰。屈復云："急欲上行，故令鳳鳥飛騰，不待雷師之具，而日夜疾驅。"

　　⑪飄風：指忽然吹來的旋風。王逸注："回風爲飄；飄風，無常之風。"洪興祖注："《爾雅》注云：飄風，旋風。"　　屯：聚集的意思。洪興祖注："屯，聚也。"　　相離："離"作"附麗"解。王夫之注："離，麗也，附也。"指"飄風"聚結在一起。帥雲霓："帥"，率領。汪瑗注："帥，統而率之也。""霓"，通"蜺"，即虹霓。洪興祖注："《說文》：霓，屈虹，青赤或白色，陰氣也。郭氏云：雄曰虹，謂明盛者；雌曰霓，謂暗微者。""帥雲霓"，言雲、霓隨風飄聚，猶如由風率領着一般。　　御：

同“禦”，抵御、阻擋的意思。一說，“御”是“迎”的意思。按，對此二句，有不同的理解：一說，是指夜行時受到“飄風”和“雲霓”的侵襲。“飄風”、“雲霓”喻邪佞小人。戴震云：“飄風雲蜺，言其沮隔也。”一說，“飄風”、“雲霓”係想像途中種種情景，並無深意。朱熹云：“望舒、飛廉、鸞鳳、雷師、飄風、雲霓，但言神靈爲之擁護服役，以見其杖衛威儀之盛耳，初無善惡之分也。”聯繫上文“雷師告余以未具”、下文帝閽“倚閶闔而望予”，均有受阻之意，疑前一說近是。

⑫紛總總：“紛”，盛多貌。“總總”，聚貌。“紛總總”，指飄風和雲霓湧現紛繁、聚散不定的樣子。底下“離合”、“上下”也都是指飄風和雲霓的動態。　　斑陸離：“斑”，雜色也。一作“班”。“陸離”，參見第四段注⑥。“斑陸離”是形容雲霓的五光十色。　　這兩句描寫行進途中的情景。胡文英云：“紛總二句，皆飄風雲霓相交爲敝之象也。”其用意在於說明，終於戰勝了一切困難，來到了天國的門前。

⑬帝閽（音：昏）：替天帝守門的人。王逸注：“帝，謂天帝。閽，主門者也。”《說文》：“閽，常以昏閉門隸也。”　　開關：猶言開門。“關”，門栓。《說文》：“關，以木橫持門户也。”閶闔（讀如：昌盒）：天門。王逸注：“閶闔，天門也。”洪興祖注：“《說文》云：閶，天門也。闔，門扇也。楚人名門曰閶闔。”“倚閶闔而望予”，意謂天國的守門人靠在門邊望着自己，却不肯開門。　　這兩句説，雖然來到天國的門前，但爲守門人所阻，無由得入。至於爲什麽要“帝閽開關”，詩中並未明言。王逸認爲是“求賢不得，疾讒惡佞，將上訴天帝”，説雖可通，但與下文缺乏聯繫。聞一多云：“自此以下一大段皆言求女事，此二句若解爲上訴天帝，則與下文語氣不屬。下文曰：‘時曖曖其將罷兮，結幽蘭而延佇。世溷濁而不分兮，好蔽美

而嫉妬。'詳審文義，確爲求女不得而發。'結幽蘭而延佇'
與《九歌·大司命》篇：'結桂枝兮延佇，羌愈思兮愁人。
《九章·思美人》篇：'思美人兮，擥涕而竚眙，媒絕路阻兮，
言不可結而詒。'語意同。結幽蘭，謂結言於幽蘭（詳下），
將以貽諸彼美，以致欽慕之忱也。'世溷濁而不分兮，好蔽美
而嫉妬。'與下文'世溷濁而嫉賢兮，好蔽美而稱惡。'語意
又同。彼爲求有虞二姚不得而發，則此亦爲求女不得而發也。
然則此之求女爲求何女乎？司馬相如《大人賦》曰：'排閶闔
而入帝宮兮，載玉女而與之歸。'以此推之，《離騷》之叩閶
闔，蓋爲求玉女矣。"（《離騷解詁》）按，聞說甚確。所引《大
人賦》的那兩句話可以證明上天求女是我國古代神話中最常見
的題材，而屈原的作品則往往是以古代神話爲背景的。不過在
這裏應當理解爲泛指，即進天國求女。假如坐實爲《大人賦》
裏所說的"玉女"，則未免失之主觀臆測，因爲在本篇和屈原的
其他作品中還找不到更充分的根據。

　　⑭曖（音:愛）曖：光綫昏暗的樣子。《文選》陸善經注：
"曖曖，光漸微之貌。"　　罷：極也，即完盡的意思。　　結
幽蘭：用幽蘭結言以寄意。錢澄之注："幽蘭之佩，可以結言
也。"聞一多云："結蘭者，蘭謂蘭佩，結猶結繩之結。本篇屢言
蘭佩，'紉秋蘭以爲佩。'　'謂幽蘭其不可佩。'又言以佩結言，
'解佩纕以結言兮。'蓋楚俗男女相慕，欲致其意，則解其所
佩之芳草，束結爲記，以詒之其人。結佩以寄意，蓋上世結繩
以記事之遺。己所欲言，皆寓結中，故謂之結言。"（《離騷解
詁》）　　延佇：見第四段注①。　　這兩句，上句言等待之
久，下句言寄情之深。由於所追求的女子在天國之中，而天門
阻隔，寄意難通，只得空結幽蘭，在閶闔外面延佇着。按，解
所佩的芳草贈給自己所愛慕的人，是古代男女戀愛生活中常見

的一種表情達意的方式。所謂“漢皋解佩”，即鄭交甫與江妃二女的人神戀愛故事，見於《魯詩》（載劉向《列仙傳》），可證。這種社會風俗，也不限於楚地。《詩經・鄭風・溱洧》云：“士與女，方秉蕑兮”。“蕑”就是蘭。又云：“惟士與女，伊其相謔，贈之以勺藥”。鄭玄箋：“贈女以勺藥，結恩情也”。可見以芳草結愛情的方式，流行的地域是很廣的。

⑮溷（音:混）濁：混濁。“溷”，通“混”。　　這兩句寫追求天國女子遭受挫折後的感慨，象徵着理想的第一次破滅。朱熹云:“既不得入天門，以見上帝，於是嘆息世之溷濁而嫉妬。蓋其意若曰，不意天門之下，亦復如此，於是去而它適也。”可參。

⑯白水：神話中一條發源於崑崙山的河流，飲其水，可以不死。王逸注:“《淮南子》言，白水出崑崙之山，飲之不死。”閬（音:浪）風：神話中的山名，在崑崙之上。見本段注③。緤（xie泄）馬：把馬拴住，表示在這裏停留。王逸注:“緤，繫也”。　　此二句言，天門既不能進，將朝渡白水，登閬風山而繫馬，意欲他求也。

⑰反顧：見第四段注⑧，這裏有轉身四望的意思。前云：“忽反顧以游目兮，將往觀乎四方”。此云:“忽反顧以流涕兮，哀高丘之無女”。遙相呼應。朱冀注：“兩‘忽反顧’遙應。”高丘：高的山丘，指閬風山。一說，“高丘”是楚山名。　　無女：沒有理想的女子可以追求。閬風是神山，“女”當然是指神女。　　此二句言，神山上亦無神女可求，令人悲哀。林雲銘注：“閬風山上無神女可求，故哀之”。關於“求女”，參見本段小結。

⑱溘：已見前注，此處可解作“匆忙地”。　　春宮：東方青帝所居之宮。　　折瓊枝：謂折取瓊枝上的花朵，即下句的

"榮華"。"瓊"是美玉。"瓊枝"猶言玉樹之枝。　　繼佩：
"繼"，續也，這裏有添加的意思。"佩"，佩帶。意謂用瓊枝上
的花朵添續在自己的佩帶上。　　這兩句的意思是，既然高丘
無女，于是又匆匆地去到東方的春宮裏折取玉樹之花，用以添
續佩飾，准備贈送給求索的對象。

　　⑲榮華：草本植物開的花叫做"榮"，木本植物開的花叫做
"華"。"華"即"花"的古字。分言之，"榮"、"華"各有專
義；合言之，"榮華"即花朵的通稱。這裏是指上句所折取的
瓊枝之花。汪瑗注："榮華，草木之英也。草曰榮、木曰華"。
落：衰落，凋謝。　　相：視也，這裏有觀察的意思。
下女：與天宮、高丘的神女對舉，指下文的宓妃、簡狄和二姚。
聞一多云："下女者，謂宓妃、簡狄及有虞二姚，此皆人神，
對帝宮、高丘二天神言之，故曰下女耳。"（《離騷解詁》）
詒（音：儀）：通貽，贈予的意思。閔齊華注："貽，即貽之以瓊
枝之佩也"。　　這兩句緊接上兩句，意謂趁着佩飾上所添續的
玉樹之花尚未枯萎，看看天國、高丘以外的"下女"有沒有可
以贈送的。聞一多云："帝宮之玉女既不可求，高丘之神女復不
可見，故翻然改圖，求諸下女"。（《離騷解詁》）

　　⑳豐隆：雲神。一說雷神。王逸注："豐隆，雲師。一曰雷
師"。蔣驥注："《離騷》曰：豐隆乘雲。《思美人》曰：願寄言
於浮雲，過豐隆而不將。蓋皆以爲雲師也"。按，上文已有"雷
師告余以未具"，則此處"豐隆"以作雲神爲是。　　宓（音：
伏）妃：傳說是伏羲氏的女兒，溺死洛水的成爲洛水的女神。
"宓"，一作"虙"，字同。洪興祖引《洛神賦》注云："宓妃，伏
羲氏女，溺洛水而死，遂爲河神"。一說，宓妃爲伏羲氏之妃。
屈復云："下文佚女爲高辛妃，二姚爲少康妃，若以此意例之，
則虙妃當是伏羲之妃，非女也"。

佩纕：　　佩用的絲帶。　　結言：猶言致愛慕之意。詳見本
段注⑭。　　　蹇（音：簡）修：舊說爲伏羲氏之臣。按，關於宓
妃的傳說，現在僅存有屈原《天問》和曹植《洛神賦序》的片
段記載，《淮南子・俶真訓》還有"妾宓妃，妻織女"的話，
但都不够完整。"蹇修"可能是以宓妃爲中心的人神戀愛故事
中的人物之一，其詳則不可考。舊說雖無事實根據，但時代是
吻合的。又，或以爲"蹇修"不是人名，戴震認爲是"媒之美
稱"；聞一多認爲是"令謇吃之人爲媒"，"亦後文理弱媒拙
（詘），導言不固之意也"（《楚辭校補》）；章炳麟則認爲
"'蹇修爲理'者，謂以聲樂爲使，如司馬相如傳所謂以琴心
挑之"（《菿漢閑話》）。錄以備考。　　　理：使者。《左傳
・昭公十三年》："行理之命，無月不至"。杜預注："行理，使人
通聘問者"。舊說，這裏的使者就是媒使。或據《廣雅・釋言》：
"理，媒也。"直接訓"理"爲"媒"。郭沫若云："《九章・抽
思》'理弱而媒不通'，又《思美人》'令薜荔以爲理⋯⋯因
芙蓉而爲媒'，均理與媒對文。⋯⋯'吾令蹇修以爲理'句與
'吾令鴆爲媒'語例辭意均相類。蓋古者提婚人與媒介人有別
（今世習俗亦每如是），提婚人謂之'理'也"。（《屈原賦今
譯》注文）據此，則這裏的使者當爲提親人。　　　這兩句說，
解下佩帶，表示情意，讓蹇修做媒，到宓妃那裏去提親。

　　㉑紛總總其離合：已見本段注⑫。這裏指蹇修去了之後，
宓妃所表示的態度，若即若離，不易捉摸。李陳玉云："紛總總
其離合，所言無頭緒，忽離忽合，不能結言之狀也。"龔景瀚
《離騷箋》云："紛總總句，與上辭同意異。此言宓妃之意無定，
一合一離，而後遂乖戾"。　　　緯繣（讀如：偉畫：）乖違、不
相投合的意思。王逸注："緯繣，乖戾也"。《博雅》作"敳愩"，
訓爲"乖剌"。《廣韵》作"徽繣"，訓爲"乖違"。義並同。此言

宓妃乖違難合。　　難遷：一說，"遷"是變移的意思，洪興
祖注："其意難移也"。是說宓妃的態度難以改變。一說，"遷"
是遷就的意思。意謂對宓妃的這種態度難以遷就。均可通。
這兩句是從宓妃的態度來看，說求愛難以成功。下文進一步分
析她的性情行為，根本就不是理想的對象。

㉒次於窮石：猶言在窮石過夜。"次"，舍也，即住宿的意
思。"窮石"，西極的山名，弱水的發源地。王逸注："次，舍也。
再宿為信，過信為次。《淮南子》言，弱水出於窮石，入於流
沙也"。　　濯髮：洗頭髮。"濯"，洗也。　　洧（音：偉）
盤：神話中的水名，發源於崦嵫山。王逸注："《禹大傳》曰：
洧盤之水，出崦嵫之山"。　　"夕次窮石"，郭沫若認為是寫宓
妃的淫蕩（見《屈原賦今譯》注文）。《天問》："帝降夷羿，
革孽夏民，胡射夫河伯，而妻彼洛嬪？""洛嬪"即宓妃。《左
傳·襄公四年》："後羿自鉏遷於窮石"。"窮石"是後羿所居之
地，後羿與宓妃的關係又如上述，則此句決非泛稱，當確有所
指。下句"濯髮洧盤"，雖無本事可考，但亦似屬於一種炫耀
自己美色，引誘別人的放蕩行為，故下文云"信美無禮"。劉夢
鵬亦云："夕歸朝濯，即下淫游之意"。可參。一說，這兩句的主
語是屈原，與上下文難合。

㉓保厥美："保"，恃也。《左傳·僖公二十三年》："保君父
之命。"注："保，猶恃也"。"保厥美"是自恃其美的意思。
康娛：見第五段注⑨。　　淫游：見第五段注⑩。此猶言恣意
地游樂。　　此二句言宓妃自恃其美而放縱游樂，並不是理想
的對象。

㉔無禮：不循禮法。指上文的"次窮石"、"濯洧盤"、
"驕傲"、"淫游"而言。　　來：這裏是"乃"的意思。
違棄：猶言丟開宓妃。王逸注："違，去也。"　　改

求：改變追求的對象。　　　朱熹云："言宓妃驕傲淫游，雖美而不循禮法，故棄去而改求也。"按，自"吾令豐隆乘雲兮"以下十二句，都是向宓妃求愛不成的經過。前面寫天門難進，並未明言求女；"哀高丘之無女"，也只是虛寫。正面寫求女，宓妃是第一個具體對象，結果並未達到目的。

㉕覽相觀：疊字，"覽"、"相"、"觀"同義而連用，都是看的意思。　　　四極：指天空的四邊。閔齊華注："四極，天之四極也。""極"，猶言盡頭。　　　周流：猶言"周游"，即遍游的意思。汪瑗注："周流，遍游也。"　　此二句言游遍天界，無女可求，乃自天而下，意欲另尋對象，正應前"上下求索"之意。

㉖瑤台：用美玉砌的台，極言其華美高貴。《説文》："瑤，玉之美者。"　　偃（音：演）蹇：高聳貌。　　有娀（音：松）之佚女："有娀"，即有娀氏，古代部落名。"佚女"，美女。作"妖"，字同。"佚女"指商代祖先契的母親簡狄。王逸注："佚，美也。謂帝嚳之妃，契母簡狄也。"簡狄是有娀氏的女兒，嫁爲帝嚳的次妃；未嫁時，住在高臺上面。《帝繫》："帝嚳次妃有娀氏女，生契。"《吕氏春秋》："有娀氏有美女，爲之高臺而飲食之。"　　這兩句説，望見了住在高聳的瑤臺上的有娀氏美女。

㉗鴆（音：振）：惡鳥。雄名運日，雌名陰諧。好食蛇，羽毛紫綠色，有毒；用以浸酒，能毒死人。《説文》："鴆，毒鳥也。從鳥，冘聲，一名運日。"洪興祖注："《廣志》云：其鳥大如鴞，紫綠色，有毒，食蛇蝮，雄名運日，雌名陰諧，以其毛歷飲巵，則殺人。"　　鴆告余以不好：王逸注："言我使鴆鳥爲媒，以求簡狄，其性讒賊，不可信用，還詐告我言不好也。"意指鴆從中破壞。　　此二句言令鴆爲媒，鴆非但不撮合，反

從中挑撥離間。

㉘雄鳩："鳩"即斑鳩。《文選》張銑注："雄鳩多聲。"謝濟
世《離騷解》："鳴鳩，雄者尤善鳴，人常養爲媒，以誘他鳩。"

鳴逝：邊飛邊叫。錢杲之注："鳴逝，鳴而逝也。"猶言叫着飛走
了。　　佻（音：挑）巧："佻"，輕佻。"巧"，猶言巧舌利口，
"佻巧"，指言詞不誠實。王逸注："佻，輕也。巧，利也。言又
使雄鳩銜命而往，其性輕佻巧利，多語言而無要實，復不可信
用也。"　　以上四句謂追求對象而無良媒從中撮合。隱喻自己
在政治活動中所遭遇的種種阻撓，多半是由於小人的搬弄是非，
巧言中傷。

㉙猶豫而狐疑："猶豫"和"狐疑"皆今常用詞。"猶豫"
謂拿不定主意，"狐疑"謂多疑。求其本義，據洪興祖《楚辭
補注》，則"猶豫"有三說：一說，"猶"是小犬，"豫"同"預"，
具有敏感的意思。"《顏氏家訓》曰：《尸子》云，五（原作六）
尺犬爲猶。《說文》，隴西謂犬子爲猶。吾以爲人將犬行，犬好
豫在人前，待人不得，又來迎候。此乃豫之所以爲未定也。故
謂不決曰猶豫。"一說，"或以《爾雅》曰：猶如麂，善登木。
猶，獸名也。既聞人聲，乃豫緣木，如此上下，故稱猶豫。"一
說，"《禮記》曰：決嫌疑，定猶豫。疏云：猶是玃（音：覺）
屬，豫是虎屬。《說文》云：豫，象之大者。又《老子》曰：
豫兮若冬涉川，猶兮若畏四鄰。則猶與豫皆未定之詞。"以上三
說，內容雖不同，而訓"猶豫"之義無別。然此處"猶豫"與
"狐疑"對舉，前一字"猶"和"狐"當均爲名詞作形容詞，
修飾後一字"豫"和"疑"，則第三說以"猶"和"豫"並列，
在結構上似不相稱。當以前二說近是。"狐疑"，洪興祖云：
"《水經注》引郭緣生《述征記》云：河津冰始合，車馬不敢
過，要須狐行，云此物善聽，冰下無水乃過，人見狐行，方渡。

按《風俗通》云：里語稱狐欲渡河，無如尾何。且狐性多疑，故俗有狐疑之説，未必一如緣生之言也。”又，王念孫謂“猶豫”、“狐疑”皆雙聲字，姜亮夫從之，並謂“狐疑”爲“惑疑”之聲轉，説亦可通。　　欲自適而不可：“自適”，自己去。“不可”，謂於禮不可。古代認爲男女的正當結合，必須經過媒人的介紹才符合手續。王逸注：“言己令鴆爲媒，其心讒賊，以善爲惡；又使雄鳩銜命而往，多言無實。故中心狐疑猶豫，意欲自往，禮又不可，女當須媒，士必待介也。”

　　㉚鳳皇既受詒：猶言鳳皇已經下了聘禮。“受”，古通“授”，授予的意思。“詒”，贈送，這裏作名詞用，指聘禮。“受詒”，猶言致送聘禮。傳説簡狄住在高臺，帝嚳派玄鳥去替他做媒。這裏的“鳳皇”，一作“鳳鳥”，就是玄鳥。按，玄鳥古有二義：一指燕，一指鳳皇。《禮記·月令》：“仲春之月，玄鳥至。”此“玄鳥”指燕。《天問》：“玄鳥致詒，女何嘉?”《九章·思美人》：“高辛之靈晟兮，遭玄鳥而致詒。”這兩句中的“玄鳥”，就是這裏所説的“鳳皇”。後來鳳皇之義漸晦，玄鳥就成了燕的專稱。《詩經·商頌》云：“天命玄鳥，降而生商。”《史記·殷本紀》謂姜嫄等“三人行浴，見玄鳥墜其卵，簡狄取吞之，因孕生契。”雖與《楚辭》所説傳聞異詞，但可知簡狄的婚姻總是和玄鳥有關。相互印證，則《詩經》和《史記》所説的玄鳥，當亦指鳳皇而非指燕。後人謂簡狄吞燕卵而生契，是由於不明“玄鳥”古義的緣故。　　高辛：帝嚳的稱號。王逸注：“高辛，帝嚳有天下號也。《帝繫》曰：高辛氏爲帝嚳。”　　這兩句説，鳳皇已經致送過聘禮，恐怕帝嚳先我而得簡狄了。簡狄是“求女”的第二個具體對象，但由於沒有好的媒人，仍然沒有成功。

　　㉛欲遠集而無所止：“欲遠集”，想到遠處去；“無所止”，又沒有可去的地方。“集”與“止”同義，即止居的意思。汪

瑗注：“遠集猶言遠去也。《惜誦》曰‘欲高飛而遠集’是也。或曰，集亦止也。止，居也。初止曰集，既集曰止。羣居曰集，久居曰止。”　　浮游：心情没有着落地漫游。　　這兩句寫追求中的彷徨心情。王逸云：“言己既求簡狄，復後高辛，欲遠集它方，又無所之，故且遊戲觀望以忘憂，用以自適也。”

　　㉜少康：夏后相之子，夏代中興的君主。參見第三段注⑪。未家：未成家，指没有結婚。《文選》陸善經注：“幸及少康未有室家。”　　有虞：夏代的一個部落，姚姓。　　二姚：指有虞君長的兩個女兒。據《左傳·哀公元年》載，過澆滅夏后相，相的兒子少康逃難到有虞，有虞君長把自己的兩個女兒嫁給了他。　　這兩句説，趁着少康未娶，二姚尚留，還可追求。朱熹云：“言既失簡狄，欲適遠方，又無所向，故願及少康未娶於有虞之時，留此二姚也。”錢杲之云：“少康未有室家，則二姚尚留，可得而求也。”

　　㉝理弱而媒拙：“理”，見本段注⑳。“弱”，無能。“拙”，笨拙。“理弱而媒拙”，意謂没有能够勝任的“理”和“媒”，與前“蹇修”、“鴆”、“雄鳩”相聯繫。　　導言之不固：“導”，誘導的意思。“導言”，指媒人撮合的言詞。“不固”，意謂不能使愛情牢固。汪瑗注：“導言不固，蓋媒理者，所以傳達二家之言以成二姓之婚者也。今才質拙弱，則不長於言詞，而不能固結二家之好合矣。”　　按，在接連兩次求女不成之後，“二姚”成爲第三次追求的具體對象。但前面對宓妃和簡狄的求愛，都是在進行當中因故而廢止的；這裏對“二姚”的求愛，則僅僅停留於設想，根本就没有進行。

　　㉞蔽美而稱惡：即顛倒是非的意思。“稱”，稱贊。　　按，這兩句是上文“世溷濁而不分兮，好蔽美而嫉妒”的重複和引申。上文只説到“蔽美”，這裏則以“蔽美”與“稱惡”對舉，

更進一步說明周圍環境的黑暗。《文選》李周翰注:"言時代亂
濁，嫉妒賢良，蔽隱美行，稱揚邪佞。"洪興祖云:"再言世溷濁
者，甚之也。"

㉟閨中: "閨"，王逸注:"小門謂之閨。"《爾雅》:"宮中之
門謂之闈，其小者謂之閨，小閨謂之閤。""閨中"，指女子所居
之處，這裏用作女子的代稱，和後來用"閨閤"代女子義同。
邃（音:碎）遠: 深遠。王逸注: "邃，深也。"朱熹注:"閨中深
遠，蓋言宓妃之屬不可求也。" 林雲銘注: "總上求女一段。"
哲王: 指懷王。本篇共有四次說到懷王，前面都用"荃""靈
修"影射，這裏是最後一次，所以直接點明。或以爲《離騷》
作於頃襄王世，此處的"哲王"指頃襄王，非。參見本篇題解。
寤（音:悟）: 同"悟"，覺醒。 　　閔齊華云:"閨中邃遠，哲
王不寤，總結上朝濟白水以下數段也。借帝閽、宓妃諸事而嘆
爲君者之不己聽也。"可參。

㊱發: 抒發。 　　焉能:"焉"，何也。"焉能"即怎麼能。
忍: 隱忍。一本"忍"下有"而"字。 　　此:指自己的理想，
即"朕情"。 　　終古: 猶言到死。 　　這兩句總結全段，表現
出主觀願望與客觀現實發生矛盾的一種無可忍耐的焦灼的心
情。意思是說，決不能讓自己的理想隨着短暫生命的消失而消
失。

以上第六段。

這一段展現了神游天地、"上下求索"的幻想境界，表現
了詩人對於理想的執着追求。通過上一段的陳詞，詩人更加堅
信自己的主張是正確的，但在現實中却找不到出路，於是馳騁
想像、上天下地，在精神領域裏開拓了一個更爲寬廣的世界。
這就産生了以"求女"爲中心的一系列幻境。之所以要以"求

女”爲中心，是因爲詩人那種熾熱、强烈、發自內心而不可抑制的愛國主義感情，惟有愛情的追求可以仿佛其萬一。詩中描寫這種追求的過程，是很不順利的。當詩人乘龍駕鳳、驅雲使月，克服了重重障礙來到天庭門前時，却受到帝閽的阻撓，無由得進。九重天女既不可求，高丘神女復不可見，已經連續遭到挫折。而改求下女，於宓妃則因其信美無禮，中途違棄；於簡狄則因鳩媒弄舌，高辛先我；於二姚則恐理弱媒拙、導言不固，根本就沒有進行。同時，詩人“求女”的心情是急切的，但要求又是很高的。他不僅追求美麗的容貌，而且更注重於高尚的道德品質，還堅持必須有正當的媒介。這裏隱含着的意思，就是要求政治上的結合必須有共同的思想基礎；在任何情況下，都不能不擇手段地謷求進身。就這樣，他一次次的追求都失敗了。實際上，詩人在幻覺中的這些感受和遭遇，正是“溷濁嫉賢、蔽美稱惡”的丑惡現實的反映。關於“求女”，舊說以爲隱喻思君，大體是符合屈原當時的心理狀態的。但理解應當寬泛一些，“女”並不僅僅是象徵“君”。張惠言認爲這裏是“以道誘掖楚之君臣卒不能悟”，最爲切合原文文意。這一段最後歸結到“閨中既邃遠，哲王又不寤”，便點出了其中的深意。至於說到哪一類女性是影射哪一些人，則沒有必要去附會、坐實。

以上第五、第六段，由女嬃的勸告引入幻想的境界，爲全文的第二部分。王邦采云：“自‘女嬃’至此，爲第二段大結束。”林雲銘云：“以上叙舉世無知之後，繼有往觀四荒之說；及上下求索，皆與世之溷濁無異，竟無一知我、類我者，則君必不能冀其一悟，俗必不能冀其一改，可知矣。”

　　索藑茅以筳篿兮，命靈氛爲余占之。①曰：“兩美其必合兮，孰信修而慕之？②思九州之博大兮，豈惟是其有女？③”

　　曰：“勉遠逝而無狐疑兮，孰求美而釋女？④何所獨無芳草兮，爾何懷乎故宇？⑤世幽昧以眩曜兮，孰云察余之善惡？⑥民好惡其不同兮，惟此黨人其獨異。⁷戶服艾以盈要兮，謂幽蘭其不可佩。⁸覽察草木其猶未得兮，豈珵美之能當？⑨蘇糞壤以充幃兮，謂申椒其不芳。⑩”

　　欲從靈氛之吉占兮，心猶豫而狐疑。⑪巫咸將夕降兮，懷椒糈而要之。⑫

　　百神翳其備降兮，九疑繽其並迎。⑬皇剡剡其揚靈兮，告余以吉故。⑭曰：“勉陞降以上下兮，求榘矱之所同。⑮湯禹儼而求合兮，摯咎繇而能調。⑯苟中情其好修兮，又何必用夫行媒？⑰說操築於傅巖兮，武丁用而不疑。⑱呂望之鼓刀兮，遭周文而得舉。⑲甯戚之謳歌兮，齊桓聞以該輔。⑳及年歲之未晏兮，時亦猶其未央。㉑恐鵜鴃之先鳴兮，使夫百草爲之不芳。㉒”

　　何瓊佩之偃蹇兮，衆薆然而蔽之？㉓惟此黨人之不諒兮，恐嫉妒而折之。㉔時繽紛其變易兮，又何可以淹留！蘭芷變而不芳兮，荃蕙化而爲茅。㉕何昔日之芳草兮，今直爲此蕭艾也？㉖豈其有他故兮，莫好修之害也！㉗余既以蘭爲可恃兮，羌無實而容長。委厥美以從俗兮，苟得列乎衆芳。㉘椒專佞以慢慆兮，樧又欲充夫佩幃。㉙既干進而務入兮，又何芳之能祗？㉚固時俗之流從兮，又孰能無變化？㉛覽察椒蘭其若茲兮，又況揭車與江離！㉜

惟兹佩之可貴兮，委厥美而歷兹；芳菲菲其難虧兮，芬至今猶未沫。㉝

　　和調度以自娛兮，聊浮游以求女。及余飾之方壯兮，周流觀乎上下。㉞

　　①索：取也。　　　蔓（音：瓊）茅：占卜用的茅草。王逸注："蔓茅，靈草也。"或以爲即葍（音：伏）蔓草。胡文英注："蔓茅，蓍（音：師）茅也，一名絲茅，似蘭而狹，長三四尺，赤葉無中莖，鄭中産。《爾雅》：葍，蔓茅。即此物也。"　　　以：這裏是"與"的意思。汪瑗注："以，猶與也。"連接"蔓茅"和"筳"。　　　筳（音：廷）：占卜用的小竹片。王逸注："筳，小折竹也。"《文選》呂向注："筳，竹箅（讀如：計算用的竹籌）也。"　　　篿（讀如：專）：楚人把結草折竹進行占卜叫做"篿"，即指下句的"占"。王逸注："楚人名結草折竹以卜曰篿。"靈氛：卜師之名。王逸注："靈氛，古明佔吉凶者。"按，"靈"的本義爲神，巫能降神，所以楚人稱巫爲靈。這裏指的是卜師而不是巫，卜師雖不能降神，但能卜知吉凶，具有神異，所以也稱之爲靈。一說，靈氛也是巫。聞一多《離騷解詁》："王注曰：'靈氛，古明占吉凶者。'案下文又言求占於巫咸。《淮南子·墜形》篇高注曰：'巫咸知天道，明吉凶。'是靈氛之職司，與巫咸同無疑。《九歌·雲中君》篇注曰：'楚人名巫爲靈。'然則靈氛亦巫也。《山海經·大荒西經》曰：'大荒之中，有靈山，巫咸，巫即，巫肦，巫彭，巫姑，巫真，巫禮，巫抵，巫謝，巫羅十巫，從此升降，百藥爰在。'靈巫義同，氛肦音同，靈氛殆即巫肦歟？巫咸、巫肦並在靈山十巫之列，故《離騷》以靈氛與巫咸并稱。"　　　占：占卜。　　　在神游天地、上下求索而不得之後，轉而請靈氛占卜以定去留。這也是

假想之詞。

　②曰：此下四句，係屈原問卜之詞；下一個“曰”字，才是靈氛的答詞。有人以爲都是靈氛的話，非。一人之詞非自問自答而中間又用“曰”字之例，在古書中雖不罕見（參看俞樾《古書疑義舉例》二），但尋繹文義，在這裏是不適合的。魯筆云：“此曰字乃原問詞，下章曰字方是靈氛答詞。人都概作靈氛語，大謬。不但複而無味，一問一答不可偏廢，豈有命占不先陳疑之理？”　　兩美其必合：“兩美必合”是當時流行的諺語，意謂兩美一定會遇合。也就是説，無論男女任何一方，只要美，就必然能找到理想的對象。董國英《楚辭貫》：“言以我之美求女之美，兩美自有必合之理。”　　孰：誰。　　信修：真正美好。與前“信芳”、“信姱”、“信美”義近。　　慕：愛慕。　　這兩句説，雖然社會上流行着“兩美必合”的話，但在楚國有誰是真正美好而值得去愛慕呢？郭沫若謂：“‘慕’字意難通，與上句占字亦不合韵。余以爲當是‘莫心’二字誤合而爲一者也。”（《屈原賦今譯》注文）聞一多則認爲“慕”係“莫念”二字之誤：“‘念’缺其上半，以所遺之‘心’上合於‘莫’，即‘慕’之古體‘蟇’（《楊統碑》《繁陽令碑》慕字如此作）矣。”（《楚辭校補》）按，《孟子·萬章》：“人少則慕父母，知好色則慕少艾，有妻子則慕妻子，仕則慕君。”“慕”字作愛慕解，在古書中是最常見的。郭氏及聞氏皆謂其字義難通，不知何指。又，關於叶韵問題，亦衆説紛紜。朱熹云：“‘占之’、‘慕之’兩‘之’字自爲韵。”張德純云：“篇中惟此韵不知所從，考古亦無據。朱子以爲兩‘之’字自相叶，又無此例。今仍缺之。”王樹枏云：“‘占’當爲‘卜’，與‘慕’爲韵。後人誤從下文‘欲從靈氛之吉占’句，妄添‘口’于‘卜’下耳。”劉永濟《屈賦通箋》、文懷沙《讀騷拾

遺》從王説。姜亮夫《屈原賦校注》又謂“占”爲“卜”之誤，
“慕”爲“莫”之誤，“卜”、“莫”叶韵。聞一多則認爲
“占”字不誤，“慕”當作“莫念”（見上述），“占”、“念”
爲韵。北大《先秦文學史參考資料》云：“《楚辭》中亦尚有其
它以‘之’字爲韵脚的句子，《九辯》云：‘願皓日之顯行兮，
雲蒙蒙而蔽之；竊不自聊而願忠兮，或耽點而污之。’又：‘甯
戚謳于車下兮，桓公聞而知之；無伯樂之善相兮，今誰使乎譽
之！罔流涕以聊慮兮，惟著意而得之；紛純純之願忠兮，妬被
離而障（鄣）之。’則朱熹之説亦非無據，張説疑未確。”據此，則朱
熹以兩“之”字叶韵之説似可成立。

　　③九州：古分中國爲九州。《尚書·禹貢》、《爾雅》、
《周禮》所載各有不同。在習慣用法上，“九州”就是泛指天
下。　　　是：這裏指楚國。　　一説，“指前所經上下四方之處
而言，則楚在其中矣”（汪瑗）；或云：“惟是謂宓妃之所在，
及有娀、有虞也。承前求女徒拘於是數地，而更言九州之廣，
何地無賢，卜其往有所遇否也”（戴震）。聯繫下文靈氛的答
詞“爾何懷乎故宇”來看，似以指楚國近是。　　　這兩句緊接
着上兩句，換一個角度提出問題。上兩句説楚國没有值得追求
的對象，這兩句進而想到，天下那麼廣闊，難道除了楚國就没
有可以追求的女子嗎？魯筆云：“此開合兩層法：上層難必其有
女，下層不必其無女。”

　　④曰：此下至“謂申椒其不芳”十四句爲靈氛的答詞。　　勉
遠逝：“勉”，黽（音：敏）勉，努力。“遠逝”，猶言遠去。“勉
遠逝”，《文選》吕延濟注爲“勤力遠去”。　　　無狐疑：一作
“無疑”。胡文英注：“無狐疑，見原之不忍去而令其決計也。”
孰求美而釋女：“求美”，指女方求美。“釋”，丟開。“女”，同
“汝”，指屈原。　　　朱熹云：“言天下之大，非獨楚有美女，但

當遠逝而無疑，豈有美女求賢夫而舍汝者乎?"此承上"兩美必合"而言。閔齊華云:"孰求美而釋女，正是兩美必合也。"魯筆云:"上二句答'兩美'二句。下二句答'思九州'二句。"

⑤何所：何處。"所"是處所的意思。　　芳草：這裏用以象徵理想的美女。　　故宇：舊居。這裏指楚國。王逸注:"宇，居也。"一作"宅"，不叶韵，誤。　　此二句承上"思九州之博大兮，豈惟是其有女"言。朱熹注:"何所獨無芳草，即上章'豈惟是其有女'之意。"汪瑗注:"'勉遠逝'二句，承'兩美必合'二句而推言之。'芳草'二句，承'九州博大'二句而推言之。"以上四句，是靈氛針對屈原所提出的懷疑，勉勵他努力自奮，指出去則必有遇合。下面十句，申論留則難以見容，都是靈氛的話。舊説，靈氛之詞止此，語意不夠完整，誤。

⑥幽昧：黑暗的意思。參見第二段注⑤。王夫之注:"是非不察曰'幽昧'。"　　眩曜（讀如：渲耀）：迷亂貌。"眩"一作"眩"。洪興祖注:"眩一作眩。眩，日光也，其字從日。眩，目無常主也，其字從目。"徐煥龍注:"眩曜，目當日曜，眩然不辨黑白也。"是"眩"、"眩"二字皆可通。　　余：這是卜者站在屈原一邊的説話語氣，猶言"我們"，與前面女嬃代屈原説"孰云察余之中情"屬同一用法。參見第五段注⑤。舊説拘泥于"余"字，以爲屈原答靈氛語或自念之詞，非。　　善惡：一作美惡。　　王夫之云:"'世幽昧'以下，極言楚君臣之不足有爲，以見不可復留之意。"按，王説近是。此幽昧眩曜之"世"，當指屈原所居之"世"，亦即楚國而言。舊説作舉世，朱熹云:"言雖往而亦將無所合也。"與靈氛勸其去國之意不合。

⑦民：人也。這裏指一般的人們，但不包括下句的黨人在內。　　不同：不盡相同的意思。　　獨異：獨異于衆。　　朱

熹云:"言人性固有不同，而黨人爲尤甚也。"王夫之云:"好惡不
齊者，雖凡民之情，拂人之性者，尤小人之異。"按，上句爲鋪
墊。重在下句，意謂黨人的嫉賢害能，超出常情，不可想象。

⑧戶:與前"衆不可戶說兮"的"戶"字相同，猶言家家
戶戶，這裏指楚國的黨人們。　　服艾以盈要:猶言掛着滿腰
的野艾。"艾"，野草名，有怪味，即下文所說"蕭艾"之
"艾"。"要"，古"腰"字。　　這兩句說，楚國被黨人們搞得
香臭顛倒，善惡不分。

⑨得:指得出正確的評價。　　珵(讀如:呈):美玉。
當:合也，宜也。　　此二句"覽察"、"得"、"當"皆互文，
其義上下兼用，猶言覽察草木猶未得其當，覽察美玉豈能得其
當乎? 意謂對草木尚且缺乏辨別的能力，寶玉當然更不能鑒賞;
因而珵儘管再美，也不會適合於他們的需要了。張鳳翼云:"言
視草木猶未知香臭之宜，豈能辨玉而得當乎?"按，此二句承前
攝後，所謂"草木"，即指前面的"艾"和"幽蘭"，以及後面的
"申椒"，

⑩蘇:索取也。　　糞壤:"糞"，糞便。"壤"，塵土。"糞
壤"用以代表最骯髒的東西，並非實指。　　幃:指佩在身上的
香囊。一說，"幃，單帳也。"(錢杲之)　　申椒:見第二段
注③。　　以上六句反覆申言黨人之"獨異"，說明"世幽昧以
眩曜"。靈氛的這些話，都是爲了堅定屈原的去志而說的。靈氛
的答詞，到此爲止。夏大霖《屈騷心印》云:"氛言止此。按氛
之言全不占，第據事理以斷，勸以去國爲是也。"

⑪吉占:占卜所得的吉利的判斷。指上文所說的去必有合。
心猶豫而狐疑:見第六段注㉙。此謂得靈氛吉占，而心仍不
能决。於是下文又設想請巫咸降神。錢澄之云:"原以靈氛之占
爲然，故曰吉占。靈氛勉以無狐疑，而不能不狐疑也。知遠逝

之當從，復去國之不忍，戀闕之情，未能決絕。故復決於巫咸。"

⑫巫咸：古代著名的神巫。參見本段注①。王逸注："巫咸，古神巫也，當殷中宗之世。"　　夕降："降"，指降神。古代把巫看作人神間的橋梁、巫能事神，人向神的祈求，由巫轉達，巫又可以用她的虔誠使神下降，神通過她給人以指示。《國語·楚語》云："古者民神不雜，民之精爽不携貳者，而又能齊肅衷正，……如此，則神明降之，在男曰覡(音：習)，在女曰巫。"祀神一般都在晚上。"夕降"即指晚上降神。洪興祖注："言夕降者，神多降以夜。"　　懷：揣在懷裏。　　椒糈(音：許)："椒"，香草，用以降神，等於後來祭神時所燒的香。"糈"，精米，用以享神，等於後來祭神時所用的祭品。王逸注："椒，香物，所以降神。糈，精米，所以享神。"一說，"椒糈"就是粽子，李陳玉云："椒糈，即今粽子，以椒裹之，所以享神。"　　要（音：邀）：通"邀"，這裏是祈求的意思。　　此二句言，巫咸將於晚上降神，因而懷揣着椒糈去祈求她。奚祿詒《楚辭詳解》云："疑靈氛勸去之言，而又卜巫咸，仍是眷念不去也。"

⑬百神：猶言許許多多的神。汪瑗注："百神，謂天之羣神。百者，概言其數之盛也。"　　翳(音：義)：遮蔽的意思。形容百神備降、蔽空而下的盛況。　　備：齊也。　　九疑：九疑山之神的略文。"九疑"，山名，見第五段注⑧。錢杲之注："九疑，九疑山之神也。九疑，舜所葬也。"與前"發軔於蒼梧"遙應。　　繽：繁盛貌。這裏是紛紛的意思。　　並迎：猶言齊接。"迎"，當作"迓"，義同。　　按，上句的"百神"，泛指天上諸神。下句的"九疑"，專指楚國當地的山川之神。就神與神之間賓主和尊卑的關係來說，當"百神備降"的時候，自然應當是"九疑並迎"了。

⑭皇剡（音：演）剡："皇"，指百神中最尊貴的神，可能就

是《九歌》裏的東皇太一。說詳《九歌・東皇太一》題解及注。一說，“皇”即輝煌光大的意思，指百神而言。朱熹注：“皇即謂百神。”“剡剡”，光芒四射的樣子。汪瑗以爲“猶焰焰，輝光貌”。一說，仿佛貌。王夫之注：“剡剡，猶冉冉，彷彿之貌。”又，游國恩謂：“竊疑皇剡剡三字爲一聯綿詞，剡當作欻，或作歘，此字之誤也。皇剡剡者，即恍惚惚也。”“皇剡剡者，殆承上言恍惚見神之降臨，形容其揚靈之狀歟?”亦可備一說。　　揚靈：猶言顯靈。王樹枏注：“《湘君》篇：‘橫大江兮揚靈。’揚靈猶顯其神也。”　　吉故：“吉”，吉利。“故”，過去的事。“吉故”指下文傅說、呂望、甯戚諸例，說明可以留以求合。王邦采注：“告余以吉故者，是會下文之意以立言。大夫欲求吉之故而不得，百神告以如下文榘矱之同云云也。”一說，“吉故”是說明靈氛“吉占”之故。李陳玉云：“靈氛說吉，不知其故，此下乃告之。”按，巫咸所說之意與靈氛不同，此說非是。

⑮曰：以下至“使夫百草爲之不芳”十六句是巫咸傳述百神的話。汪瑗注：“曰，巫咸詞也。此下至‘百草不芳’四章十六句皆是。王（逸）、洪（興祖）、五臣（《文選》五臣注）只以升降二句爲巫咸之言，餘爲屈原語，非也。”　　勉升降以上下：“勉”，勉強。與前“勉遠逝而無狐疑兮”的“勉”義異。王逸注：“勉，强也。”“升降”與“上下”義同，猶言“上升下降”。汪瑗注：“升降上下，重言之也。”這裏含有隨高就低、與世浮沉的意思，是針對屈原的行爲和作風而言的，叫他遷就一些，適應環境，縮短與現實的距離。　　榘矱（音：獲）：“榘”，同矩，一作矩，是用以量方的工具，已見第三段注⑮。“矱”，是用以量長短的工具，即尺度。“榘矱”猶言規矩法度，這裏用以代表政治上的主張。　　所同：指政治上的求同存異。　　這兩句話是巫咸所說的話的中心意旨，即要屈原遷就現實，留以求合。舊說多

以“陞降”、“上下”與前“上下求索”相聯繫，以爲巫咸也
勸屈原遠逝周求，與靈氛意同，實係誤解。惟梅曾亮云：“靈氛
勸其去而之他，巫咸則欲其留以求合。勉陞降二句，是求合大
指。”（馬其昶《屈賦微》引）得之。以下歷擧往古事例，都是
爲了證明“求合”這一觀點的。

⑯湯禹：商湯、夏禹。姜亮夫訓“湯”爲大，謂“湯禹”
即大禹。參見第五段注⑭。　　　儼：一作“嚴”，二字相通。王
逸注：“嚴，敬也。”這裏並含有真心誠意的意思。　　　求合：
即上句“求榘矱之所同”的意思，參見上注。　　　摯：湯時賢
臣伊尹的名字。傳說伊尹曾做過厨師，五次見湯，五次見桀，
初以烹調技術爲湯賞識，後被重用。王逸注：“摯，伊尹名，湯
臣也。”姜亮夫於上句既訓“湯”爲大，於此句則訓“摯”爲摯
引，以爲非人名。　　咎繇（讀如：高堯）：即皋陶（讀如：
高堯），古代賢人，曾爲禹臣。王逸注：“咎繇，禹臣也。”　　調：
協調。“能調”與上句“求合”相應。　　這兩句說，君
臣間的合作是雙方面的。即使有了賢明君主象湯和禹那樣的
“儼而求合”，也必須有象伊尹、皋陶那樣的臣子能够適應於
“求合”的作風，林仲懿云：“言湯禹敬以求合，而摯、咎能
合之也。”

⑰苟中情其好修兮，又何必用夫行媒：這兩句是借男女
間的關係來比擬君臣的遇合，與前文“欲自適而不可”相應。
伊尹、皋陶與下文所擧的傅說、呂望、甯戚等人，都是無“媒”
自合的。黃文焕云：“專翻求女之案。求女之難，使鴆鳩兩爲媒
而不堪用，欲無媒自適而又不可，最爲狐疑，莫深於此，而忽
然決之曰：何必媒也！”徐焕龍云：“苟中心情實，惟以好修，則
君臣邂逅斯合，何必用夫行媒？摯、咎繇、說、望、戚皆未有
爲之作合者，承上以起下也。”可參。

⑱説（音：悦）人名，即傅説，殷高宗時賢相。　　操築：「操」，拿着。「築」，打墙用的木杵。汪瑗注：「謂操杵築土而爲賤役也。」　　傅巖地名。朱琦云：「案傅巖，《史記》作傅險，巖險音義通。《書》孔傳：傅氏巖在虞虢之界。據《漢志》，宏農郡陝縣，故虢國，此南虢也。北虢在大陽，又有吳城，爲虞封。大陽今解州平陸縣，與陝州接壤。閻氏若璩《四書釋地》云，傅巖在平陸縣東三十五里，俗名聖人窟，説所傭隱止息處，非于此築也。」按，平陸縣今屬山西省。　　武丁：殷高宗的名字。　　用而不疑：傅説，傅説最初是傅巖一個從事於版築勞動的奴隸，武丁曾經夢見一位賢人和他相似，後來找到他就加以重用。「用而不疑」就是指這件事。陳耀文《正楊》引《帝王世紀》云：「高宗夢天賜賢人，胥靡之衣，蒙而來曰：我徒也，姓傅名説，天下得我者，豈徒也哉！武丁寤而推之曰：傅者，相也。説者，歡説也。天下豈有傅我而説民者哉？明日以夢視百官，百官皆非也。乃使百工，寫其形象，求諸天下。果兒築者胥靡衣褐帶索，執役於虞虢之間，傅巖之野，名説。以其得之傅巖，謂之傅説。」　　此二句與下面四句列舉傅説、呂望、甯戚之事，都是關於君臣遇合的例子。錢杲之云：「傅説、太公、甯戚，皆臣得君，亦不以‘媒’。」閔齊華云：「‘説築’六句，言有臣必有君也。」

⑲呂望：人名。本姓姜，即姜尚。因先代封邑在呂，所以又姓呂。傳説他未遇時曾在朝歌做過屠夫，年老釣於渭水之濱，遇文王；被重用，成爲周朝的開國賢臣。汪瑗云：「余嘗備觀諸書，所載呂望出處多有異同，而名姓之註，亦無一定之説。大抵呂爲封姓是也，姜爲本姓是也。牙字即古之雅字，通用，《尚書》有《君牙篇》是也。曰牙曰尚，或字或名，今無所考，亦難懸斷。……或曰賣飯，或曰屠牛，或曰釣魚，或曰爲婦所逐，

此乃貧賤窮困，或曾備嘗艱苦，如舜之耕稼陶漁,多所經歷；而
朱買臣亦有見棄於妻之事,皆無足怪也"。按，呂望事見於《戰
國策》,《呂氏春秋》、《淮南子》、《史記》、劉向《別錄》、
《韓詩外傳》、《鹽鐵論》、《水經注》等，不具錄。　　鼓刀:
指呂望屠牛于朝歌之事。汪瑗注:"鼓，動也。一曰鳴也"。又,
《天問》:"師望在肆，昌何識？鼓刀揚聲，后何喜？"　王逸
注:"呂望鼓刀在列肆,文王親往問之,呂望對曰:‘下屠屠牛,上屠
屠國"。　　　周文:周文王的簡稱。　　　舉:提拔的意思，與前
"舉賢才而任能兮"的"舉"字相同。

　　⑳甯戚:春秋時衛國的賢士。傳說他未遇時，是一個窮困
的小商人，曾擊牛角而歌，齊桓公聽見了，即用他做客卿。其
事見《呂氏春秋》、《晏子春秋》、《三齊記》、《淮南子》、
《說苑》等。《呂氏春秋》載:"甯戚欲干齊桓公，窮困無以自
進，於是爲商旅將任車以至齊。暮宿於郭門之外。桓公郊迎客,
夜開門，闢任車，燭火甚盛，從者甚衆。甯戚飯牛居車下，望
桓公而悲，擊牛角疾歌。桓公聞之，撫其僕之手曰:‘異哉，之
歌者非常人也!'命後車載之"。高誘注:"歌《碩鼠》也"。《三齊
記》所載則爲飯牛歌:"南山矸(音:同岸)，白石爛，生不遭堯
與舜禪。短布單衣適至骭(音:幹，小腿)，從昏飲牛薄夜
半。長夜漫漫何時旦!"又，《藝文類聚》、《文選》李善注亦引
此歌，詞句各異。　　　謳歌:即唱歌。詳上。　　　齊桓:齊桓
公的簡稱。　　　該輔:"該",備也。"輔",輔佐，指大臣。"該
輔",意謂任用他，使之成爲輔佐大臣中的一員。　　　吳世尚釋
"勉陞降以上下兮"至本句大意云:"巫咸告我曰:勉之，勉之，
道固不可執，事固自有時也。子且從俗浮沉，與時俯仰，以待
一心一德之人焉。自古明君求賢以圖治，原有甚於賢士得君以
行道。彼湯於伊尹，禹於咎繇，君臣相遇，何其志同而道洽也。

故天下苟有中心好賢之君，則其於賢也，自有夢寐兆之，**鬼神**通之，**聲氣**達之也者。又何待左右爲之先容、先達，爲之薦引、如女之必用夫行媒乃相知名也哉。是故傅説操築，武丁用之；吕望鼓刀，周文舉之；甯戚牛歌，齊桓任之。蓋君求士，士無求君，自古而然矣。此以上皆勸其從容待時之意也”。可參。

㉑未晏：未晚，指年歲未老。　　猶其：當作“其猶”。聞一多《楚辭校補》：“案‘猶其’二字當互乙。上文‘雖九死其猶未悔’，‘唯昭質其猶未虧’，‘覽余初其猶未悔’，‘覽察草木其猶未得兮’，並作‘其猶未’，可證。王注曰‘然年時亦尚未盡’，正以‘尚未’釋‘猶未’，是王本未倒”。　　央：極也，盡也。　　此二句爲對文，上句是說屈原年紀還没有老，下句是說他來日方長，意謂尚有可爲。汪瑗云：“上句是言其既往之年歲尚未至於遲暮，（下句言）將來之時光方至而未遽已，互文也”。

㉒恐鵜（音：題）　鴂（音：決）之先鳴兮，使夫百草爲之不芳：“鵜鴂”，一作“鶗鴂”，即子規鳥，又名杜宇或杜鵑。這裏用以影射在政治上和屈原對立的“黨人”。“先鳴”，提前鳴叫。《漢書》顏師古注：“鶗（音：題）鴂（音：決）……一名杜鵑，常以立夏鳴，鳴則衆芳皆歇”。按，鵜鴂即鶗鴂，亦即子規。子規暮春即鳴，到了夏至時鳴得更厲害；它的鳴聲是落花時節的標誌，那時花已開過，百草也都生機茂暢。這種由春而下的節序推移，是自然界的正常現象；假如子規先鳴，則春天的活力還没有發舒便已窒息，自然是百花無色，百草不芳了。一說，“鵜鴂”即“鵙（jú桔）”，又名伯勞，秋天鳴叫。朱熹云：“子規以三月鳴，乃衆芳極盛之時；鵙以七月鳴，則陰氣至而衆芳歇矣”。游國恩引劉禹錫《鶗（同鵜）鴂吟》云：“鶗鴂催衆芳，畏聞先入耳。秋風白露曉，從是爾啼時。如何上春日，唧唧滿庭飛？”

謂：“明確如此，堪爲此文注脚。”（《離騷纂義》）亦通。
這兩句勉勵屈原抓緊時機，施展抱負，不要等政權完全落到小
人手裏，那時就無可如何了。朱熹云：“鵜鴂先鳴，以比時一過
則事愈變而愈不可爲也。”巫咸之言止此。

㉓瓊佩：這裏用來借代自己。“瓊”由上文“折瓊枝以繼
佩”的“瓊”字而來。“佩”在本篇中有兩種用法：“紉秋蘭以
爲佩”、“折瓊枝以繼佩”的“佩”是佩帶，上面點綴着花、
草、珠、玉，作爲裝飾品，用以比擬自己的品德和才能，具有
象徵的意義；本句和下面“惟兹佩之可貴兮”的“佩”，則直接
用來代表自己，這是前一種用法意義的引申。　　偓僙：繁盛
而高貴的樣子。係上文“望瑶臺之偓僙兮”的“偓僙”的引申
義。　　薆(音：愛）然：掩蔽的意思。洪興祖注：“《方言》云：
掩、翳，薆也。注云：謂薆蔽也。”《爾雅》：“薆，隱也。”注：
“謂隱蔽。”　　這以下都是屈原的話。此二句意謂自己的美德
爲“黨人”們所掩蔽。朱熹云：“此下至終篇，又原自序之詞。
言我所佩瓊玉，德美之盛，蓋以自況也。薆亦蔽之盛也。”

㉔不諒：指“黨人”的顛倒是非。“諒”是直的意思，説
話可靠爲“諒”。一説，“諒”是相信的意思，此謂“黨人”不
信自己。　　恐：這裏作“共”解，與上二句“衆薆然而蔽之”
的“蔽”對應。意謂衆多的“黨人”共同嫉妒自己。王逸注：
“共嫉妒我正直。”　　折：猶言損害。王夫之注：“折，傷也。”
以上四句是屈原聽了巫咸的話之後的感想，意謂楚國小人當道，
邪正不能相容，難於留以求合。下文則就此意加以申論。一説，
這四句也是巫咸的話，底下才是屈原的感想。按，巫咸所説的中
心意思是要屈原留以求合，細繹此四句文義,當作屈原語爲是。

㉕繽紛：這裏是形容錯亂而混雜的樣子。與前“佩繽紛其
繁飾兮”的“繽紛”義異。《文選》呂延濟注：“繽紛，亂也。”

變易：變化。　　　淹留：久留。《文選》呂延濟注：“淹，久也。言世亂變易，不可住也。”　　蘭芷變而不芳兮，荃蕙化而爲茅：“茅”，茅草。汪瑗注：“二句參錯，互文見意。本謂蘭芷荃蕙變化而爲茅草，不芬芳耳。指而斥之之詞。”　　這四句是説當時楚國的情況變化得很快，而且愈變愈惡劣，許多人都蜕化變質了，自己又怎麽可以在這樣的環境中久留呢？

㉖直：直接，猶言一下子。表示一種奇怪和感嘆的語氣。汪瑗注：“直者，變易太甚之意。”“二句怪而嘆之之詞。”　　蕭艾：“蕭”，就是野蒿，有怪味的惡草。“艾”，見本段注⑧。

“芳草”變成“蕭艾”，承前“蘭芷變而不芳”二句而言，指一輩最初表現得很好的人中道變節。

㉗莫好修：與前“余獨好修以爲常”的“獨好修”相應。洪興祖注：“時人莫有好自修潔者，故其害至於荃蕙爲茅，芳草爲艾也。”　　這兩句承前四句而來，點明上述那些中道變節者之所以如此，都是由於不好修潔、不自愛重的緣故。

㉘可恃：猶言靠得住。汪瑗注：“可恃，謂始而信其節之不改也。”　　無實而容長：“容”，指外表。“長”，多也。朱熹注：“容長，謂徒有外好耳。”馬其昶注：“謂容飾多而無實德。”“無實容長”，猶言虛有外表而無實際。　　委：棄也。　　苟：且也。“苟得列乎衆芳”，也是徒有虛名的意思。錢杲之注：“苟且得列乎衆賢之中，蓋似賢而非。”　　按，這裏的“蘭”和下文的“椒”，舊説以爲影射楚懷王的小兒子子蘭和司馬子椒，從字面看，似乎吻合，但實際上是錯誤的。朱熹在《楚辭辯證》中已經指出了這一點。根據屈原的作品及有關記載，可以知道，在楚國當時的政治鬥爭中有兩個派系：屈原代表進步勢力；與之相對立的，是以子蘭、子椒和上官大夫靳尚（一説上官與靳尚爲兩人）爲核心的代表楚國腐化貴族的黑暗勢力。這兩派的

鬥争，一開始就非常尖銳，而且旗幟鮮明。原來屬於屈原這一派系並爲屈原所辛勤培植、引爲同志的，並不乏其人。可是在鬥争的過程中，由於個人功名利祿的引誘和不良思想的影響，這些人都一一變壞而與惡勢力合流了。這裏所説的“蘭”，就是第三段“余既滋蘭之九畹兮”的“蘭”。“以蘭爲可恃”，是指望“蘭”能够和自己志同道合，經得起考驗，語意非常明白。如果説“蘭”是影射子蘭，這話就根本談不上了。至於司馬子椒的生平事實雖然無考，但根據《新序》的片斷記録（引文見第二段注⑧），他也是一開始就公開站在反對屈原的一邊的，是一個徹頭徹尾的小人。因此，説原爲香草的“椒”是指司馬子椒，也是同樣不合適的。“余既以蘭爲可恃兮”，含有“願竢時乎吾將刈”之意；下文“又何芳之能祗”，又含有“哀衆芳之蕪穢”之意。前面提出事件，這裏進一步具體分析原因，前後呼應，原是處處都有綫索可尋的。“蘭”和“椒”以及下文的“揭車”、“江離”，可能是泛指，也可能是影射具體的人。如果屬於後者，則限於現存材料，尚無法考證。

㉙專佞以慢慆（音：濤）：“專”，指專擅政權，作威作福。“佞”，指善於諛諂。“慢慆”，傲慢放浪。謂“椒”變得專權而讒佞，傲慢而放浪。　　樧（音：殺）：茱萸一類的草，外形似椒而無香味。王逸注：“樧，茱萸也，似椒而非。”　　佩幃：佩帶的香囊。“幃”即前“蘇糞壤以充幃”的“幃”。王萌《楚辭評注》引王遠云：“　以非類而濫列香囊。”

㉚干進而務入：指鑽營謀求個人的利祿和名位。“干”、“務”都是求的意思。“進”、“入”猶言向上爬。　　祗（ㄓ）：這裏是振的意思。王引之注：“祗之言振也。言干進務入之人，委蛇從俗，必不能自振其芬芳，……祗與振聲近而義同，故字或相通。”　　這兩句説，既然“干進務入”，即使有些才能也無

法自振了。

㉛流從：從流的倒文。一作“從流”。言從惡如從水下流，一往而不可返。徐煥龍注：“如流之從以下，今時之俗固然，又孰能自貞其德，無變化於時流者乎？”　　上文“豈其有他故兮，莫好修之害也”，說的是“蘭”、“蕙”變化的主觀原因；這裏揭示了變化的客觀原因。

㉜揭車與江離：參見第三段注①。“揭車”與“江離”是一般的芳草，比喻過去所培植的一般人材，對“椒”、“蘭”而言。　　此二句，意謂“椒”、“蘭”在芳草中最爲名貴，尚且如此；何況一般的“揭車”、“江離”，那就更不用談了。張鳳翼云：“椒蘭香物，猶之賢人也，尚變節若此；況眾臣之若揭車、江離者，又何望哉！”

㉝兹佩：借指自己。參見本段注㉓。　　委厥美而歷兹：即“厥美委而歷兹”。這裏的“委厥美”與上文“委厥美而從俗”的“委厥美”含義不同：上面是說“蘭”拋棄了美德而從俗，這裏是說美德爲人們所拋棄而自己始終能夠堅持。“歷兹”，與“喟凭心而歷兹”的“歷兹”義同。徐煥龍云：“惟兹可貴，非原自誇，謂羣小意中惟恨兹佩獨貴，相形舉朝之陋賤，是以必不見容，委棄其美而歷於今兹。前‘委厥美’，蘭之自棄；此‘委厥美’，眾共棄之。歷兹者，見棄久於時也。”　　芳菲菲而難虧兮，芬至今猶未沬：二句對舉成文，即前“惟昭質其猶未虧”、“芳菲菲其彌章”之意。“沬”是消失的意思。何焯《義門讀書記》云：“二句緣上‘昭質未虧’、‘芳菲彌章’來。”　　這四句是屈原聽了巫咸談話以後，從具體情況的分析中得出的一個結論：他知道自己的作風非常特出，以致備受攻擊排擠，陷於孤立；可是他的遭遇，也正表明了他久經考驗毫不動搖的堅強個性。另一方面，那些中途變節的人，則由於

“莫好修之害”，隨俗從流，完全喪失了人格。失之毫厘，差以千里，說明在這種不調和的鬥爭中，非此即彼，要想“求榘矱之所同”，是不可能的。

　㉞和調度：古人身上佩帶玉器，節制着行動有調有度。“和調度”就是使調度和諧的意思。錢澄之注：“調度，指玉音之璆（音：求）然，有調有度也。古者佩玉，進則抑之，退則揚之，然後玉聲鏘鳴。和者，鳴之中節也。”　　聊浮游而求女：“聊”，姑且。“浮游”，隨意漫游。錢澄之云：“浮游求女，隨其所遇，不似向者之汲汲於所求也。向者志在求女，而浮游皆屬有心；此則志在浮游，而求女聽諸無意。”　　余飾之方壯：與前“佩繽紛其繁飾”意同。“壯”，通“莊”，美盛的意思。與前“不撫壯而棄穢”的“壯”本義相同。朱熹注：“余飾，謂瓊佩及前章冠服之盛。方壯，亦巫咸所謂年未晏、時未央之意。”　　上下：——指天地之間。與前“吾得上下而求索”的“上下”意同。這四句是說，留以求合，既不可能；那就不如姑且寬散心懷，聽從靈氛的勸告，及早離開吧。錢澄之云：“及年歲之未晏，飾之方壯，猶可以周流上下。蓋欲從靈氛遠逝之占也。”

　以上第七段。

　這一段是寫遍索求女不得之後，轉而請靈氛占卜、巫咸降神，探詢出路。先是問卜於靈氛，靈氛認爲黑暗、腐敗的楚國已經没有希望，絲毫不值得留戀，勸他去國遠游。可是對楚國懷着深厚感情的屈原，輕易下不了這樣的決心，於是又去請巫咸決疑。巫咸則舉出歷史上許多君臣際遇的例子，勸他留以求合。是去？是留？假托靈氛、巫咸之口說出來的這種看法，實際上正是詩人内心痛苦失望、複雜矛盾心情的反映。聯繫當時的歷史背景來看，戰國時代處於中國大一統局面出現的前夕許多賢才辯士從事政治活動的範圍都不限於本國。那些謀求個人功名富貴的"朝秦暮楚"之徒如蘇秦、張儀固不用説，就是儒家大師孟軻，也終身過着周游列國、"傳食於諸侯"的生活。荀卿則以趙人終老於齊。法家的韓非、李斯也都不是爲故國效力。以屈原的卓越才能，在這樣的社會風氣下，當他在政治上一次次遭受打擊，理想已不可能在本國實現的時候，考慮到去留問題是非常自然的。司馬遷就曾説過："以彼其材，游諸侯，何國不容？"（《史記·屈原列傳》贊語）詩人正是在這樣的思想矛盾中，再一次對楚國的現實和自己的處境作了深入具體的分析。關鍵的問題在於整個環境的日益惡化：蘭芷不芳，荃蕙化茅，黨人專佞慢慆、干進務入。盡管自己堅持理想、潔身自好，但留下來，希望又在哪裏呢？這樣，便排除了留以求合的可能，而使得靈氛的勸告暫時佔了上風。於是，下文衝破了楚國的範圍，進入了"周流上下"、"浮游求女"的另一幻境，把他那深刻複雜的内心矛盾推向了高潮。

　　靈氛既告余以吉占兮，歷吉日乎吾將行。①折瓊枝以爲羞兮，精瓊靡以爲粻。②爲余駕飛龍兮，雜瑤象以爲車。③何離心之可同兮，吾將遠逝以自疏。④

　　邅吾道夫崑崙兮，路修遠以周流。⑤揚雲霓之晻藹兮，鳴玉鸞之啾啾。⑥朝發軔於天津兮，夕余至乎西極。⑦鳳皇翼其承旂兮，高翺翔之翼翼。⑧忽吾行此流沙兮，遵赤水而容與。⑨麾蛟龍使梁津兮，詔西皇使涉予。⑩路修遠以多艱兮，騰衆車使徑待。⑪路不周以左轉兮，指西海以爲期。⑫屯余車其千乘兮，齊玉軑而並馳。⑬駕八龍之蜿蜿兮，載雲旗之委蛇。⑭抑志而弭節兮，神高馳之邈邈。⑮奏《九歌》而舞《韶》兮，聊假日以媮樂。⑯

　　陟陞皇之赫戲兮，忽臨睨夫舊鄉。僕夫悲余馬懷兮，蜷局顧而不行。⑰

　　①歷："遴"（音：臨）的同聲假借字，挑選的意思。朱熹注："歷，遍數而實選也。"　這兩句說，決定聽從靈氛的勸告，去國遠游。底下整段都是關於遠行的設想。朱冀云："以下乃姑從靈氛之占，而聊設遠行之想，非真有是事也。"馬其昶引梅曾亮云："靈氛欲其去，既答以去之無益；巫咸欲其留以求合，尤有所不能。嗚呼，爲屈子者，去耳，留耳，死耳，故不得已仍從靈氛之吉占焉。而卒亦不忍，則死從彭咸焉而已。"王闓運云："楚士盡變，留國無益，故仍從靈氛吉占決去也。"所說均可參。

　　②羞："庶羞"之"羞"，即珍異的食品，這裏是指路菜，與下句的"粻"對舉。　精：這裏作動詞用，搗碎的意思，與上句"折"對應。《文選》呂延濟注："精，搗也。"王夫之注："精，春之精鑿。"　瓊麋（音：米）：玉屑。王逸注："麋，屑也。"《說文》："糜，碎也。"段玉裁注："麋即糜字。"　粻（讀如：張）——即糧。王逸注："粻，糧也。"　這兩句是說在爲上路作准備。

　　③爲余駕飛龍：猶言給我駕飛龍。這是呼喚"僕夫"備駕的語氣。汪瑗注："爲余者，命左右侍者之詞也。""駕飛龍"與前"駟玉虬"相應。　雜瑤象以爲車：意謂雜用美玉、象牙裝飾車子。王逸注："象，象牙也。"朱熹注："雜用象玉，以飾其車也。"　前二句言所備食物之精美，此二句言所備車駕之珍異。王夫之云："駕飛龍而乘象玉之輅，所以自旌高貴而殊於俗也。"

　　④何離心之可同："離心"，心志相背離。"同"，指形迹同在

一起。意謂既然離心離德，形迹豈可同處耶？　　遠逝以自疏：
“遠逝”，猶言遠去。“自疏”，自動遠走。《文選》呂向注：“吾
將遠去，自疏遠也。”　　這兩句再一次說明楚國不堪留，打算
遠遠離去，自我放疏。

　　⑤邅（音：沾）：轉向的意思。楚地方言。王逸注：“邅，轉
也。楚人名轉曰邅。”　　崑崙：山名。在古代傳說中是西方的
神山。王逸注：“《河圖·括地象》言：崑崙在西北，其高萬
一千里，上有瓊玉之樹也。”黃文煥云：“篇內言昆侖者，與此而
三。玄圃為一至，閬風為再至，皆崑崙之巔。至矣未周也。此
則欲環而周之，語復而意則遞換矣。”汪瑗云：“屈子之所用崑
崙、閬風、懸圃等山，即如《列子》之所謂蓬萊、方丈、員嶠、
方壺諸山耳。蓋雖有是名而本無是山，假設其號以為神仙清
淨高遠之居也。”所說皆可參。　　修遠以周流：“修遠”，與前
“路曼曼其修遠兮”的“修遠”義同，見第六段注⑤。“周流”，
與前“周流乎天余乃下”的“周流”義同，見第六段注㉕。這
裏以“修遠”與“周流”並舉，“修遠”言其長，“周流”言
其寬廣。　　這兩句是設想到崑崙山去。王逸注：“言己設去楚
國遠行，乃轉至崑崙神明之山，其路遙遠，周流天下，以求同
志也。”

　　⑥揚雲霓：“揚”，這裏是舉起的意思。《文選》李周翰注：
“揚，舉也。”“雲霓”，這裏指代旌旗。因為是在天空飛行，所
以把雲霓當作旌旗。林仲懿注：“雲霓為旌旗，即下文雲旗是
也。”一說，旌旗上畫着雲霓。《文選》李周翰注：“雲霓，虹也，
畫之于旌旗。”亦通。但不如以雲霓為旌旗之意境為佳。　　晻
（音：掩）藹：日光被遮蔽而陰翳的樣子。王逸注：“晻藹，猶郁，
陰貌也。”《文選》李周翰注：“晻藹，旌旗蔽日貌。”　　鳴玉鸞
之啾啾：“玉鸞”，指車衡上所掛的鈴，用玉制成，作鸞鳥形。“啾

啾”，指鸞鈴的聲音。王逸注：“鸞，鸞鳥也，以玉爲之，著於衡，和著於軾。啾啾，鳴聲也。”汪瑗注：“鸞者，乃車上之鈴，以玉雕成，象鸞鳥之形象耳。”　　這兩句寫出發時的情景。

⑦發軔：見第六段注③。　　天津：天河。一說，在東極箕、斗二星之間。王逸注：“天津，東極箕、斗之間，漢津也。”一說，在天的當中。錢澄之注：“天津居天之中。”　　西極：西方的盡頭。劉夢鵬注：“西極，西方之極。”　　此二句亦設想之詞，言朝發於東，夕至於西，即所謂“周流乎天”之意。

⑧鳳皇翼其承旂(音:祈)兮：“翼”，翅膀，這裏作動詞用，猶言展翅。　　“承”，奉，托舉。一作“紛”，多也，義亦可通。“旂”，通“旗”，旌旗的共名。一說，指有鈴的旗。《爾雅》：“有鈴曰旂。”一說，指畫有龍蛇圖案的旗。《周禮》：“交龍爲旂，熊虎爲旗。”“翼其承旂”，意謂張開翅膀在下面托起旌旗。按，此句又見于《遠游》。　　翱翔：翅膀一上一下地飛叫“翱”，張開翅膀不動地飛叫“翔”。洪興祖引《淮南子》注：“鳥之高飛，翼一上一下曰翱，直刺不動曰翔。”　　翼翼：整齊之狀。徐煥龍注：“兩翅均齊爲翼翼。”　　這兩句寫在空中飛行的情景。

⑨流沙：遥遠的西方沙漠。因望去似水流而其實無水，故名。王逸注：“流沙，流沙如水也。”關於“流沙”的具體所在，洪興祖云：“《山海經》：流沙出鐘山西行。注云：今西海居延澤，《尚書》所謂流沙者，形如月生五日。張揖云：流沙，沙與水流行也。顏師古曰：流沙但有沙流，本無水也。”《吕氏春秋·孝行覽》高誘注：“流沙，沙自流行，故曰流沙。在敦煌西八百里。”所說當指我國新疆地區的沙漠。但這裏係想像之詞，不宜坐實。《文選》吕向注：“流沙，西極。”以“流沙”在西極，與前“至西極”、後“指西海”相應，較爲圓活。　　遵：循也。與前“既遵道而得路”的“遵”義同。　　赤水：神話中

發源於崑崙山的水名。王逸注：“赤水，出崑崙山。”洪興祖注：
“《博雅》云：崑崙墟，赤水出其東南陬，……《穆天子傳》
曰：遂宿於崑崙之阿，赤水之陽。《莊子》曰：黃帝游乎赤水
之北，登乎崑崙之丘。”是赤水在崑崙山東南。　　容與：寬適
的樣子。錢杲之注：“容與，雍容暇豫也。”林仲懿注：“容與，從
容也。”一說，“容與”即猶豫，亦即夷猶，爲躊躇不前之意，
蓋因流沙、赤水相阻也。　　此二句言西行至於流沙、赤水。

⑩麾（音：揮）：指揮。與下句“詔”對應。王逸注：“舉手
曰麾。……或言以手教曰麾。”　　蛟龍：蛟是龍的一種。錢杲
之注：“蛟亦龍屬，無角。”王逸以爲“小曰蛟，大曰龍”；洪興
祖引《廣雅》以爲“有鱗曰蛟龍”，又引郭璞云：“蛟似蛇，四
足，小頭，細頸，卵生，子如三斛瓮，能吞人，龍屬也。”所說
不一。　　梁津：“梁”是橋梁，“津”是津渡。《說文》：
“梁，水橋也。”“津，水渡也。”“梁津”猶言橋渡，合起來作
動詞，意謂以蛟龍作爲橋梁和渡口。王逸注：“以蛟龍爲橋，乘
之以渡，似周穆王之越海，比黿鼉（讀如：駝元）以爲梁也。”
詔：命令。　　西皇：西方的尊神，指古帝少昊（音：浩），昊
亦作皞。王逸注：“西皇，帝少皞也。”洪興祖注：“少皞以金德
王，白精之君，故曰西皇。”一說，泛指西方之神。朱冀注：“西
皇者，西方主宰之神，似不必實指金天氏也。”　　涉予：猶言
渡我過去。　　此二句承上二句言，指渡赤水。汪瑗以爲“二
句亦參錯文法，本謂詔西皇麾蛟龍以梁津，使渡己也。或曰：
麾者，屈子自麾之也，詔西皇使迎己而涉也。亦通。”又，游國
恩云：“二語分承上文。蓋平列詞，言麾蛟龍使爲流沙之梁，告
西皇使濟赤水之渡也。”亦是一說。

⑪騰：傳也，即傳言之意。王逸訓爲“過”。聞一多《離騷
解詁》云：“案‘過眾車使徑待’，文不成義，乃又強釋之曰

‘令衆車先過’，既增字爲訓，復倒到詞位，……案《說文·
馬部》曰：‘騰，傳也。’傳當讀如《儀禮·士相見禮》‘妥
而後傳言’之傳。《淮南子·謬稱》篇‘子産騰辭’，高注曰：
‘騰，傳也，子産作刑書，有人傳詞詰之。’《漢書·禮樂志》
‘騰雨師，洒路陂’，謂傳言於雨師使洒路陂也。……本書騰
字多用此義。如本篇‘騰衆車使徑待’，《遠游》‘騰告鸞鳥迎
處妃’，《九歌·湘夫人》篇‘將騰駕兮偕逝’，《大招》‘騰
駕步游’，皆是。”按，聞說言之有據。或曰“騰，上奔也”
（錢杲之），“騰，迅速貌”（汪瑗），“騰，飛騰也”（黃文
煥），皆望文生義，與句意不合。　　徑待：“徑”，直也。
“待”，當作“侍”，與下文“期”叶韵。“徑待”，即徑相侍衛。
由於路遠多艱，所以傳令衆車使之徑相侍衛，這樣才能脫險。
張渡《然疑待征錄》云：“‘徑待’，洪校云：‘待，一作侍。’
《遠游》云：‘左雨師使徑侍兮，右雷公以爲衛。’以‘爲衛’
二字准之，則‘徑侍’之義自顯，猶徑相侍衛耳。路修遠多艱，
故須騰馳衆車，使其徑相侍衛，以脫險也。洪於《遠游》注：
‘徑，直也。’是其義。”張氏引《遠游》釋“徑侍”甚確，惟
於“騰”字未安。舊說或訓“徑”爲“路”，謂“於路徑相待”
（閔齊華），或以“待”作“持”，謂“藉衆力隨而路持其危”
（林雲銘），皆於義未洽。　　這兩句所寫，與第六段在“上下求
索”過程中遇到飄風雲霓的侵襲，同一用意。

　　⑫路不周以左轉：“路”，這裏作動詞用，猶言路經。“不
周”，神話中的山名，即不周山，在崑崙山的西北。洪興祖注：
“《山海經》：西北海之外，大荒之隅，有山而不合，名曰不
周。注云：此山形有缺，不周匝，因名之。西北不周風自此出
也。”又曰：“此云路不周以左轉，不周在西北海之外，自右而之
左，故曰指西海以爲期也。”　　西海：傳說中西方的海。朱珔

引《山海經》云：“西海之南，流沙之濱，赤水之後，黑山之前，有大山，名曰崑崙之邱。”謂“正與此處上文由崑崙、行流沙、遵赤水合”。據此，則西海在崑崙之北，而不周山在崑崙西北，赤水在崑崙東南，經不周至西海與“左轉”不合。按，西海、崑崙的方位諸說原有不同，且此係屈原幻想之詞，似不必拘泥。期：目的地。　　　這兩句點明目的地是西海，行進路綫是經不周山左轉。

⑬屯：聚集。《文選》劉良注：“屯，聚。”　齊：整齊，這裏作動詞用，謂齊同前進。洪興祖注：“齊，同也，言齊驅並進。”　玉軑（音：代）：“軑”，即車輪，楚國北部方言。《方言》：“輪，韓楚之間謂之軑。”“玉軑”，猶言玉輪。汪瑗注：“玉軑取其堅而貴也。”　屯車千乘，玉軑並馳；極言其向西海進發的儀從之盛。

⑭八龍：即前面所說駕車的飛龍。　蜿（音：彎）蜿：蜿蜒貌，形容龍在天空飛行一伸一曲的樣子。一作“婉婉”。王逸注：“婉婉，龍貌。”胡文英注：“蜿蜿，屈曲貌。”　雲旗：參見本段注⑥。朱熹注：“雲旗，以雲爲旗也。”　委蛇（讀如：威宜）：這裏形容“雲旗”飄搖舒展的樣子。徐煥龍注：“所載雲旗，則飄搖而委蛇。”一作“逶迤”，義同。　此二句描寫行進的情景。閔齊華云：“前駕飛龍，揚雲霓，意在迅疾也。此言蜿蜿，又言委移（按，同蛇），言從容徐行也。下抑志弭節，正是徐行也。”所說可參。

⑮抑志而弭節：“志”，通“幟”，指旗幟，即上文所說的“雲旗”。“抑志”，猶言抑止雲旗，使之不再飄動。“弭節”，見第六段注⑤。“抑志弭節”，是偃旗停車的意思。張渡《然疑待徵錄》：“（抑志）與‘屈心而抑志’義別。‘志’當讀作‘幟’。《漢書·高帝紀》：‘旗幟皆赤。’師古曰：‘史家或作識，

或作志，音義皆同。’是其聲通之證。‘抑幟承‘雲旗’句，‘弭節’承‘八龍’句。”按，張說是。舊説皆以“志”爲心志，與上下文義不合。　　神高馳之邈（音：秒）邈：“神”，心神。“邈邈”，遙遠而無邊際的樣子。謂車駕雖止而心猶神馳。朱熹注：“然神猶高馳，邈邈然而逾遠，不可得而制也。”

⑯《九歌》：古樂章，見第五段注⑨。　　《韶（音：勺）》：即《九韶》，傳說是帝舜的舞樂。王逸注：“《韶》，《九韶》，舜樂也。”王萌注：“《九歌》曰‘奏’，《大韶》曰‘舞’，互文耳。”　　聊假日以媮（音:俞）樂：“媮”，通“愉”，與“樂”同義。“媮樂”，即娛樂。意謂姑且尋找時日來快樂。足見内心憂悶，實際並無可以娛樂的時日。顏師古《匡謬正俗》云：“此言遭遇幽厄，中心愁悶，假延日月，苟爲娛耳。今俗猶言假日度時。故王粲云：‘登兹樓以四望，聊假日以消憂。’取此義也。”一説，“媮”通“偷”，“媮樂”即“偷樂”，與前文“黨人”之“偷樂”相對照。朱冀云：“媮同偷，兩字本通用。此章言媮樂，直與前黨人偷樂相照耀作章法，語雖同，而其事其情相懸萬萬矣。”按，此説雖亦可通，然稍嫌迂曲。　　以上四句，設想在行進中停歇一下，但心馳神往，仍舊無法抑制，於是趁這個機會娛樂一番，聊以舒憂。

⑰陟（音:至）陞皇之赫戲：“陟”與“陞”同義，“陟陞”即上陞。汪瑗注：“陟亦升也，陞升重言之也。”“陞”一作“升”，一本無“陟”字。“皇”，皇天的略文。“赫戲”，光明貌。“戲”同“曦”。此句謂陞至上天光明輝煌的境界。一説，“陞”字屬下。朱冀注：“陞皇者，初日出之名也。”姜亮夫《屈原賦校注》云：“陟者及也。”“陞皇猶言陞日，故下以赫戲狀之也。”亦可通。　　臨睨（音:膩）：俯瞰，指從天上往下看。王逸注：“睨，視也。”　　舊鄉：指楚國。王逸注：“舊鄉，楚國也。言己雖升崑崙，過不周，渡

西海，舞《九韶》，陞天庭，據光耀，不足以解憂，猶顧視楚國，愁且思也。」　　僕夫：指幻境中所驅使的龍、鳳等。馬：指幻境中駕車的飛龍。郭沫若因爲這裏説的是馬，因而把前面的飛龍解爲馬的別名，以求統一。按，這裏所説的是物外的神游，馬是不可能駕着這幻想之車的。第六段「溘埃風余上征」，也是「駟玉虬以乘鷖」而不是馬，可以爲證。至於前面説龍後面説馬，並無矛盾之處：龍是幻想中所產生的意象，馬是從一般概念中聯繫其實際用途。「駟玉虬以乘鷖」後面也説「登閬風而緤馬」，與此同例。懷：懷戀。一説，「懷」與「傷」同義，即悲傷的意思。亦通。　　蜷（音：拳）局：把身體彎曲起來，表示不肯前進。《文選》劉良注：「蜷局，不進貌，蜷局回顧而不肯行也。」「僕悲馬懷」，汪瑗注：「屈子自謂而託言於僕馬也。」錢澄之注：「己不悲而僕夫悲，己不懷而余馬懷。蜷局，馬蜎縮不行也。僕馬且然，況於余乎？蓋至此而知遠逝亦不能自疏也。」這四句是前文周流浮游的轉折點，也可看作是全文的歸結點。升得再高，去得再遠，然一回顧之間，便望見舊鄉，終不能忘懷於祖國也。這是屈原愛國思想的集中體現。朱熹云：「屈原託爲此行，而終無所詣，周流上下，而卒反於楚焉。」王遠云：「僕悲馬懷，亦深於言悲矣。上下周流，而以舊鄉終焉。所謂‘繫心懷王，不忘欲反’也。以此爲通篇之結。」（見王萌《楚辭評注》引）林雲銘云：「以上叙宗國世卿無可去之義，一觸目間，西海不能到，媮樂不能終，而遠逝自疏之舉，徒成虛願。總是忠君愛國之心，鬱結不解，除死之外，無第二條路也。」所説並是。

　　以上第八段。
　　這一段幻想從靈氛之占去國遠游的情景，最後以愛國感情的升華、幻想的破滅而告結束。在現實的政治鬥爭失敗以後，詩人既不願消極退隱、獨善其身，更不願苟且從俗、同流合污，上下求索既不得，留以求合又不能，所剩的唯一一條路就是去國遠游了。但這顯然要跟屈原思想的核心——愛國主義感情發生衝突。實際上，在屈原內心世界的複雜矛盾中，始終貫串着這樣一個問題，就是實現理想與報效祖國二者無法統一。留在祖國，就得放棄理想，這是他所做不到的。而要實現理想，就得離開祖國，這也是他所做不到的。留既不能，去又不可，對理想的追求和對祖國的眷戀不僅無法統一，而且進一步引起了正面衝突。這就將矛盾推進到最高峰，使得馳騁在雲端裏的幻想，無可避免地掉到令人絕望而又不願離開的現實土地上。儘管這裏所描寫的精神活動恍惚迷離，但它所反映的現實心情還是可以捉摸的。值得注意的是，詩人頭腦中所飛翔的幻想始終指向西北方，甚至點明説“指西海以爲期”。這説明什麼問題呢？一方面，自然跟詩人引用的神話傳説有關。在我國最早的民族發展史上，我們祖先的活動是以西北地區爲起點的。我國最古老的一支神話系統，就是以崑崙爲中心、以西方和西北一帶爲背景的。直到戰國後期，隨着東方沿海一帶的開發，才在齊國出現了以陰陽家鄒衍爲代表，以瀛海、蓬萊爲中心的一支新的神話系統的萌芽。秦漢以後，神話傳説的重心才漸漸由西北移向東南。屈原時代的楚國，是保存遠古文化最完整的唯一的國家。因而他在作品中引用神話傳説，自然是大多涉及西方了。這是就作品取材的地域性及其歷史淵源來看的。另一方面，再就作品本身所表現的語氣，結合當時的客觀現實來看，則其中還隱約透露出詩人所不忍明言的一層意思，却幻想中所指向的西北方。正是秦國的所在地。李光地《離騷經注》云：“是時山東諸國，政之昏亂，無異荆南。惟秦强於刑政，收納列國賢士；

士之欲逐功名，舍是莫適歸者。是以所過山川，悉表西路。"
這話是不錯的。戰國七雄並峙的局面，發展到後來，大勢漸趨
統一，山東六國必然被強秦所吞併，已成爲一個顯而易見的事
實。和屈原同時的荀卿在其《彊國篇》中就曾對此作過具體的
分析。屈原也不可能不從這個角度來考慮問題。因而出現在他
意識中的暫時的幻境，不但要離開父母之邦，而且是適仇讎之
國，這就使得矛盾衝突表現得更加尖銳、更加劇烈。在本段的
前面部分，詩人備珍羞、駕飛龍、揚雲霓、鳴玉鸞，表現得何
等活躍暢快，他的精神似乎已經超越了現實的境界，離開了苦
難的深淵；可是當他忽然臨睨到故鄉的時候，與祖國故土血肉
相連的感情，又立刻粉碎了在一刹那間所呈現的美妙幻境；而
就在這幻想的破滅中，放射出了強烈的愛國主義思想光芒。這
種駿馬注坡、帷燈匣劍的表現手法，使屈原當時的真實心情得
到了最好的體現。蔣驥云："前言上下求索，特覘望之詞，此真
沛然往矣。楚必不可留，往必無不合；行色甚壯，志意甚奢；
好修之士，於是可一竟其用。而忽焉反顧宗國，蹶然自止，朱
子所謂'仁之至，義之盡'也！"頗得其旨。

亂曰：① "已矣哉！② 國無人莫我知兮，又何懷乎故
都？③既莫足與爲美政兮，吾將從彭咸之所居。④ "

　①亂：有兩重意義：就作品內容來説，"亂"就是"理"
的意思。"亂"和"理"反文爲訓，古籍中不乏其例。如《論
語·泰伯》："予有亂臣十人。"馬融注："亂，理也。"《國語·
魯語》："昔正考父校商之名頌十二篇於周大師，以《那》爲首。
其輯之'亂'曰：'自古在昔，先民有作。溫恭朝夕，執事有
恪。'"韋昭注："篇義既成，撮其大要，爲亂辭。""亂"在篇

末，是全篇思想重點的縮約，亦即歸理全文的結束語。王逸云：
"亂，理也。所以發理詞指，總撮其要也。屈原舒肆憤滿，極
意陳詞，或去或留，文采紛華，然後結括一言，以明所趣之意
也。"這一解釋是正確的。但只説明了一個方面。另一方面，就
音樂曲調來説，"亂"是終了的樂章，亦即全曲的尾聲。如《禮
記・樂記》："始奏以文，復亂以武"。"再始以著往，復亂以飭
歸"。都以"亂"與"始"對擧。《論語・泰伯》："《關雎》之
亂，洋洋乎盈耳哉！"注曰："亂者，樂之卒章也。"可見，樂曲的
結尾也叫"亂"。李陳玉云："凡曲終曰'亂'。蓋八音競奏，以
收衆聲之局，猶之涉水者截流而渡，將到岸也，故亦曰亂。《楚
詞》有'亂'，故知其原入樂譜，非僅詞而已。"蔣驥亦云："余
意亂者，蓋樂之將終，衆音畢會，而詩歌之節，亦與相赴，繁
音促節，交錯紛亂，故有是名耳。孔子曰洋洋盈耳，大旨可見。"
這樣兩重意思，"亂"兼而有之。這裏"亂曰"以下，即爲"亂
辭"。

　　②已矣哉：猶言算了罷。"已"是止的意思。"矣"和
"哉"都是語氣詞。王逸注："已矣，絕望之詞。"陳本禮云："突
接'已矣哉'三字，大有一痛而絕之意。"

　　③國無人：泛言楚國統治集團內沒有賢明的人。王逸注：
"無人，謂無賢人也。"　莫我知：莫知我的倒文。　何懷
乎故都：猶言何必懷戀故國。錢澄之注："憤詞也。"賀貽孫云：
"既曰'忽臨睨夫舊鄉'，又曰'何懷乎故都'，憤懣之極，
總是不忍忘楚國一意，激言之耳。"

　　④美政：美好的政治。實現"美政"，是屈原的政治主張和
政治理想。　　從彭咸之所居："彭咸"，見第三段注⑨。按，關
於彭咸的事迹，缺乏足以參證的資料。《九章・悲回風》云：
"淩大波而流風兮，託彭咸之所居。"則王逸謂彭咸投水而死，

當係事實。這裏所説 "從彭咸之所居" 與《悲回風》所説 "託彭咸之所居" 雖然字面近似，但由於寫作時代不同，環境和心情不同，因而包含着兩種在程度上不完全相同的涵義：《悲回風》表示將投水自殺，是没有問題的。而本篇下距沉湘時間還相當長，説他在悲觀失望的惡劣處境中，由於堅强的性格，曾經設想到自殺，是有可能的；説他不但設想到自殺，而且考慮到如何自殺的方式，則末免不合情理了。所以，對這句話的理解，應當如錢杲之所説："從彭咸所居者，猶言相從古人於地下耳。"　　按，此二句是通篇的歸縮。林雲銘云："已上把與國存亡之義，結出本旨"。

　　"亂" 詞是全篇的總結和尾聲。短短五句，高度概括了全篇的内容旨歸。詩人處境的孤獨，理想的破滅，以及准備以身殉國的決心，都在這裏得到了集中的體現。它從自身遭遇和國家命運兩個方面，反映了詩人一生政治悲劇的真實歷史意義。這就是龔景瀚《離騷箋》中所説的："‘國無人莫我知’，爲一身言之也；‘莫足與爲美政’，爲宗社言之也。身爲同姓世臣，與國同其休戚，苟己身有萬一之望，則愛身正所以愛國，可以不死也。不然，其國有萬一之望，國不亡，身亦可以不死；至 ‘莫足與爲美政’，而望始絶矣。既不可去，又不可留，計無復之，而後出於死。一篇大要，‘亂’之數語盡之矣。太史公於其本傳終之曰：‘其後楚日以削，後數十年盡爲秦所滅。’言屈子之死得其所也，是能知屈子之心者也"。對於死，應當作具體分析。兩千多年前的屈原所採取的這一行動，決不是消極的，而是包含着極其嚴峻的積極的現實鬥爭意義。他的死，雖然是二十多年以後的事，但他的死國之志，是早已確定了的。王夫之《楚辭通釋》云："原之沉湘，雖在頃襄之世，然知幾自審，矢志已夙。君子之進退生死，非一朝一夕之樹立，惟極於死以爲志，故可任性孤行也"。馬其昶《屈賦微》序云："死，酷事耳；志定於中，而從容以見於文字，彼有以通性命之故矣！豈與匹夫匹婦不忍一時之悁忿而自裁者比乎？"這些分析，都對屈原的死國之志作了肯定，不但說明了屈原爲什麼在沉湘前很早所作的《離騷》中會出現"吾將從彭咸之所居"這樣的句子，而且對某些封建正統文人的偏見，諸如班固所謂"露才揚己，忿對沉江"之類的謬論作出了有力的回答。

　　以上第七、第八段及"亂"詞，由靈氛、巫咸的話引出去國遠游與眷戀故土的矛盾，並歸結到死國之志，爲全文的第三部分。王邦采云："此爲第三段。'彭咸所居'，乃通篇之結穴也"。蔣驥云："首尾二千四百九十言，大要以好修爲根柢，以從彭咸爲歸宿。蓋寧死而不改其修，寧忍其修之無所用而不愛其死。皭皭之節，可使玩夫廉；拳拳之忠，可使薄夫敦。信哉，百世之師矣！"

　　按，關於《離騷》的分段，歷來衆說紛紜，莫衷一是，據統計，竟多至九十幾種。其中較爲簡明的分法，是王邦采說，即分爲三大部分。目前一般亦多取此說。本書爲閱讀、分析方便起見，分成八段和"亂"詞；但在每一大部分結束時，也同時作一些簡要的總的歸納。這樣，可以對全篇的層次結構，有一個明晰而完整的印象。

　　《離騷》是屈原用他的理想、遭遇、痛苦、熱情以至整個生命所熔鑄的宏偉詩篇，其中閃耀着詩人鮮明的個性光輝，這在中國文學史上，還是第一次出現。它以現實的政治鬥争爲背景，不但反映了屈原與楚國貴族腐朽勢力之間不可調和的矛盾衝突，而且反映了他怎麼在嚴酷的考驗中戰勝自己思想裏脆弱的一面，完成了他那具有偉大悲劇意義的高尚人格。通篇圍繞着這一核心，層層深入。例如女嬃、靈氛、巫咸的三段話，本身并非事實，只是表現屈原在現實鬥爭中曲折複雜的心理活動過程。女嬃、靈氛、巫咸都是屈原的同情者，但他們的身份不同，他們的話表現在語氣上的關切程度不同，他們所持的觀點也各不相同。女嬃單純從關心、愛護屈原出發，勸屈原作明哲保身之計。但處在當時黑暗的政治環境裏，要想明哲保身也是不容易的，因而就只有消極避之一法。這正符合於戰國時代盛行於南方的道家思想。靈氛回答屈原問卜之詞，是爲屈原的事業前途着想而提出的一種看法，代表着當時士的階層社會意識的誘惑。巫咸的語言表面上是一篇不切實際的大道理，實質上則是以妥協代替鬥爭，爲同流合污、苟合取容制造借口。這些，恰恰反映了屈原在思想上可能動搖的三個方面。而對這三個方面，屈原雖然沒有直接予以答復，但實際上是一一作了否定：他借"就重華以陳詞"從正面闡述了自己的觀點，拒絕了女嬃的勸告；他通過對客觀環境的具體分析，說明了巫咸的話根本缺乏現實依據；靈氛的誘惑，雖然使他産生了暫時的動搖，但他那執着的愛國感情終於又使得這種誘惑歸於破産。屈原也就在這樣的思想鬥爭中，終於取得了最後的勝利。作品通過這一具有崇高人格和鮮明個性的形象創造，深刻揭示了具有現實政治鬥爭意義的主題。

　　本篇既植根於現實，又充滿着幻想：它在組織形式上的最基本的特色，就是叙述現實與馳騁幻想的錯綜交織。而這又是由它的内容所決定的。詩一開始，先從現實的叙述着手，接着便是對現實問題進行詳盡的說明和反覆的剖析，可是精神上仍然找不到出路；於是，對醜惡現實的怨憤和對光明理想的憧憬，就使他那迷離恍惚的心情進入了一種縹渺空靈的幻想境界：隨着幻想的展開，擴張了詩人憂憤的深度和廣度，突出了他對人生的熾熱愛戀與追求；然而幻想是無法脫離現實的，這就決定了幻想的最後破滅，終於以回到現實來結束全篇。它那波瀾壯闊、氣象萬千的意境，正是詩人豐富、複雜的鬥爭生活和強烈、堅貞的愛國感情的真實反映。這種精神實質上的內在聯繫，使得全篇成爲天衣無縫、氣足神完的佳制。它的結構，就是這樣統一起來並達到了高度完美的境地，

　　同時，儘管詩中現實和幻想交織在一起，但貫串綫索是分明的。它的具體內容是詩人自敍生平，而詩人的生平又是和楚國的客觀形勢密切聯繫着的。隨着楚國客觀形勢的不斷變化，詩人所採取的態度也在變化：最初，他滿懷信心地表示“願竢時乎吾將刈”；但現實不允許他實現自己的理想，因而接着是“延佇乎吾將反”；再次，是“吾將上下而求索”；復次，是“吾將遠逝以自疏”；而當這些都遭到幻滅之後，最終便是“吾將從彭咸之所居”了。這五句所標明的，其實就是屈原思想發展變化的五個過程。它們之間有着緊密的內在聯繫，基本精神是一致的。這樣，就爲劃分層次提供了依據，並引出了一條貫串全篇的主要綫索。從這一主要綫索派生出來的其他各個方面的敍述也莫不如此。例如，詩中以對愛情的追求象徵對理想的追求，始則曰，“吾將上下而求索”；繼則曰，“哀高丘之無女”；繼則曰，“相下女之可詒”；繼則曰，“閨中既以邃遠兮”；繼則曰，“豈惟是其有女”；繼則曰，“聊浮游以求女”。又如用芬芳的服飾比喻自己的好修，遣詞用意，也都前後一貫，脈胳分明，自成體系。以前有人說“古今文章無首尾者惟莊、騷兩家”，甚至說它“哀樂之極，笑啼無端；笑啼之極，言語無端”（見蔣之翹《七十二家注楚辭》引陳繼儒語），實在是一

種是似而非的皮相之見。

本篇是屈原藝術天才的結晶。所謂“不有屈原，豈見《離騷》”（《文心雕龍·辨騷》），不僅從思想上來說是如此，從藝術上來說也是如此。除了上述關於形象的創造、篇章的構思外，在具體的表現手法和語言形式上，《離騷》也取得了多方面的成就。詩中大量運用古代的神話和傳說，通過極其豐富的想象和聯想，把現實人物、歷史人物、神話人物交織在一起，把地上和天國、人間和仙境、過去和現在交織在一起，完全超越了時空的限制，再加上鋪張渲染，展現了瑰麗奇特、絢爛多采的幻想世界，富有濃郁的浪漫主義色彩，並產生了強烈的藝術魅力。詩中又大量運用“香草美人”的比興手法，把抽象的意識品性、複雜的現實關係生動形象地表現出來。所謂“《離騷》之文，依詩取興，引類譬喻，故善鳥香草以配忠貞，惡禽臭物以比讒佞，靈修美人以媲於君，宓妃佚女以譬賢臣”（《楚辭章句》），指的就是這一藝術特色。而且其中的比喻，並不僅僅停留在個別事物的類比上，還體現於整個形象體系的構思中，因而又具有整體上的象徵意義。《離騷》還開創了《詩經》以後的一種新的詩歌形式。它突破了《詩經》以四言為主的格局，句式長短參差、靈活多變：通篇隔句句尾用“兮”字，句中還配以其他虛字，用以協調音節；句與句之間，又多用對偶，並已出現了錯綜對，而且一句之中常常以雙聲配雙聲（如“忳鬱邑而佗傺兮”）、迭韻配迭韻（如“聊逍遙以相羊”）：這就形成了《離騷》的詩句在錯落中見整齊，在整齊中又富於變化的特點，讀來節奏諧和、音調抑揚，具有一種起伏回宕、一唱三嘆的韻致。至於詩中大量運用楚地方言詞彙，更使它帶上了濃厚的南國情調和鮮明的地方特色。《離騷》在藝術上所取得的高度成就，與它豐富深刻的思想內容完美地結合在一起，使它成爲我國文學史上光照千古的絶唱。

司馬遷《史記·屈原列傳》引劉安《離騷傳》云:"《國風》好色而不淫,《小雅》怨誹而不亂,若《離騷》者,可謂兼之矣。上稱帝嚳,下道齊桓,中述湯、武,以刺世事。明道德之廣崇,治亂之條貫,靡不畢見。其文約,其辭微,其志潔,其行廉。其稱文小而其指極大,舉類邇而見義遠。其志潔,故其稱物芳;其行廉,故死而不容自疏。濯淖汙泥之中,蟬蜕於濁穢,以浮游塵埃之外,不獲世之滋垢,皭然泥而不滓者也。推此志也,雖與日月爭光可也。"魯迅《漢文學史綱要》云: "屈原起於楚,被讒放逐,乃作《離騷》,逸響偉辭,卓絶一世。後人驚其文采,相率仿率,以原楚産,故稱《楚辭》。較之於《詩》,則其言甚長,其思甚幻,其文甚麗,其旨甚明。憑心而言,不遵矩度,故後儒之服膺詩教者,或訾而絀之,然其影響於後來之文章,乃其或在《三百篇》以上。"他們都道出了《離騷》作爲政治抒情詩的精神實質和不朽價值,對《離騷》的思想、藝術作出了高度的評價。

九　歌

楊金鼎　　　　注釋
王從仁解題、説明

《九歌》原是楚國南部流傳已久的一套民間祭神的樂歌，經過屈原的加工改寫，便形成一組體制獨特的抒情詩。

《九歌》的名稱，來源甚古。《左傳》、《離騷》、《天問》和《山海經》等都曾提到它。《離騷》曰："奏《九歌》而舞《韶》兮"，《韶》相傳是帝舜的舞曲，《九歌》與《韶》並舉，足見是遠古的樂章。關於《九歌》的產生，有着一個古老的傳說。《山海經·大荒西經》曰：

西南海之外，赤水之南，流沙之西，有人珥兩青蛇，乘兩龍，名曰夏后開。開上三嬪于天，得《九辨》與《九歌》以下。此大穆之野高二千仞，開焉得始歌《九招》（即《九韶》）。

郭璞注曰："嬪，婦也，言獻美女于天帝。（《九辯》、《九歌》）皆天帝樂名也，開登天而竊以下用之也。"夏后啓（漢人避景帝諱改曰"開"）獻了三位美女給天帝，却從天上偷了《九辯》、《九歌》兩套樂曲，供自己盡情享受。《離騷》中曰："啓《九辯》與《九歌》兮，夏康娛以自縱"，《天問》中説："啓棘賓商，《九辯》《九歌》"，都與《山海經》的記載完全相合。這當然是神話傳説，並非事實，但這一神話之所以產生，必然有其客觀因素，我們認為可能是由下列兩個原因形成的。

一、《九歌》的來源，雖然很古，但到了夏啓的時候才流傳開來。啓晚年沈溺于音樂之中，《離騷》說他"夏康娛以自縱"，《竹書紀年》說　"帝啓十年舞《九招》于大穆之野。"（《九招》即《九韶》，舞《九韶》時往往以《九歌》伴奏，所以兩者經常並提）可見這種音樂舞蹈是大規模，公開地舉行的。這樣，過去一部分人欣賞的樂章舞曲，到了夏啓時代才被一般人聽到，看到。由于歌舞本身的美妙和罕見，于是人們懷着驚奇和贊美的心情，把它說成是從天上偷來的。

二、古代的娛樂生活和宗教活動往往是結合爲一體的，夏啓公開舉行大規模的歌舞，必然和隆重的祀典同時進行。《墨子·非樂篇》說："于《武觀》曰：啓乃淫溢康樂，野于飲食，鏘鏘鍠鍠，筦磬以方，湛濁于酒，渝食于野，《萬》舞翼翼，章聞于天　天用弗式。"（據孫詒讓《墨子間詁》說改）一再提到天，可見歌舞與祭祀的密切聯繫。《九歌》用于祭祀，而人間最高統治者所祭之神，最主要的必然是天上最高統治者上帝，這就增強了這種用于祀典的樂章的神秘性，因而一般人把它說成是從上帝處偷來，是十分自然的。

楚國民間流行的《九歌》是否爲古《九歌》原調，無從徵信，但它之所以襲用舊名，和上述兩點應該有密切的關係：首先，它也是祭祀的樂歌，而且所祀的神祇中，也以天上的尊神，在楚國人看來相當于上帝的"東皇太一"爲主。就其性質和用途來說，和古《九歌》有着直接的傳統繼承關係。其次，《呂氏春秋·侈樂篇》說："楚之衰也，作爲巫音。"《九歌》既然是楚國民間流行的祭歌，當然是用"巫音"來唱，這樣就顯示出一種獨特的地方情調。雖然現在不僅是"巫音"，就連"楚聲"也失傳了，可是《九歌》在韵律上婉轉抑揚之美，是每一個讀者都能體味到的。從這個意義說，《九歌》之所以襲用舊名，與楚國人民對本地長期流行的樂歌的讚美和喜愛之情，是分不開的。

《九歌》這類祭神樂歌流行于楚國，并非偶然，實質上它標志着南方的文化傳統，是楚國人民的一種宗教活動巫風的具體表現。所謂巫風，是遠古時期人神不分的意識的殘餘，指以女巫主持的祭神降神的風尚。《國語·楚語》（下）載楚大夫觀射父答昭王曰：“古者民神不雜。民之精爽，不携貳者，而又能齊肅衷正，其智能上下比義，其聖能光遠宣朗，其明能光照之，其聰能聽徹之，如是則明神降之，在男曰覡，在女曰巫。”《說文解字》亦曰：“巫，祝也。女能事無形以舞降神者也。”那就是說，巫的職責是溝通人神間的聯係，以歌舞娛神降神，爲人祈福。《尚書·商書·伊訓篇》曰：“恒舞于宮，酣歌于室，時（是）謂巫風。”巫風起源于遠古，到殷商時代更大大興盛起來，以至伊尹有巫風之戒。周人重農業，崇尚篤實。開國以後，周公制禮作樂，一切祭祀典禮，都有明白的規定，他並不否認神的存在，可是人神間的界綫，却劃分得很清楚。因而在周直接統治的北方，巫風漸漸衰減，但長江流域，甚至黃河南部地區，則仍然盛行着這種帶有神秘色彩的宗教活動。《漢書·地理志》曰：“陳太姬婦人尊貴，好祭祀，用史巫，故其俗尚巫鬼。”《詩經·陳風·宛丘》：“坎其擊鼓，宛丘之下。無冬無夏，值其鷺羽。（女巫所用飾物）”又《東門之枌》也說：“東門之枌，宛丘之栩，子仲之子，婆娑其下。”所寫的雖然是戀愛生活，却也反映了當地巫風的流行。

楚國的巫氣更爲盛行，《國語·楚語》（下）曰：“及少皞之衰也，九黎亂德，民神雜揉，不可方物。夫人作享，家爲巫史，無有要質。民匱于祀，而不知其福。烝享無度，民神同位。民瀆齊盟，無有嚴威，神狎民則，不蠲其爲。嘉生不降，無物

以享。禍災薦臻，莫盡其氣。"韋昭注云："夫人，人人也。享，
祀也。巫主接神，史次位序，言人人自爲之，"巫風之盛，可
想而知。所以《漢書·地理志》曰："楚地家信巫覡，重淫祀。"
說明在南方一直保存着殷商時代的巫風。不過這種風氣的流行
在楚國也是不平衡的，接近中原的北部地區，隨着經濟的發展
和文化的交流，巫風也逐漸減弱。而在沅、湘流域，由于閉塞，
它所保存的古代巫風也就特別濃厚。巫以歌舞娛神，歌必有辭，
象《九歌》這樣一套完整的歌辭就是在上述社會生活基礎上産
生的。不難想象，當時楚國民間還有不少類似《九歌》的歌辭，
可是那種流傳在人民口頭的文學，不一定有文字記録，因而隨
着巫風的消失而失傳了；我們今天看到的《九歌》，是由于屈
原的加工改寫才得以流傳下來的。

　　關於《九歌》的原來面目和屈原加工改寫的創作過程，最
早的記載，見于王逸《楚辭章句》：

　　　《九歌》者，屈原之所作也。昔楚國南郢之邑，沅湘
　之間，其俗信巫而好祠，其祠必作歌樂鼓舞以樂諸神。屈
　原放逐，竄伏其域，懷憂苦毒，愁思沸郁。出見俗人祭祀
　之禮，歌舞之樂，其詞鄙陋，因爲作《九歌》之曲。上陳
　事神之敬，下見已之冤結，托之以風諫，故其文意不同，
　章句雜錯，而廣異義焉。

後來朱熹在《楚辭集注》裏也有相類似的説明，他説：

　　　荊蠻陋俗，詞既鄙俚，而其陰陽人鬼之間，又或不能
　無褻慢淫荒之雜。原既放逐，見而感之，故頗更定其詞，
　去其泰甚。而又因彼事神之心，以寄吾忠君愛國眷戀不忘
　之意。是以其言雖若不能無嫌于燕昵，而君子反有取焉。

在《楚辭辨證》中，他論述得更爲具體一些：

　　　楚俗祠祭之歌，今不可得而聞矣。忽計其間，或以陰

巫下陽神，或以陽主接陰鬼，則其辭之褻慢淫荒當有不可
道者。故屈原因而文之，……

這和王逸基本上沒有什麼抵觸，某些地方則從王逸之說引申出
來，起了補充和注脚的作用。將《九歌》作品結合王、朱兩家
的說法加以探索，不難從下列幾個方面看出《九歌》的原貌和
屈原的再創作過程：

　　第一，楚國民間原來流行的《九歌》，其歌辭不是出自一
般民衆之手，就是由職業女巫所編造。歌辭既然是用以娛神，
首先要取驗于人，因而它的內容必然和人民的現實生活緊密地聯
繫着。所謂"其詞鄙陋"，" 其陰陽人鬼之間，又或不能無褻慢
淫荒之雜"，就是說，原來的歌辭，是以性愛爲其主要內容的。
爲什麼祭神會涉及到性愛問題呢？這是十分復雜而又極其真實
的社會生活的反映。楚國的地域，僻在蠻夷，特別是它的南方，
仍然存留着濃厚的遠古時期原始生活的意味。在原始生活中，
宗教與性愛頗不易分，古時祭祀神祇時，正是男女之間發展愛
情的機會。《詩經·生民》載姜源出祀郊祺，當時就懷孕而生
后稷，就是顯著的例證。而神話傳說中，神與神之間的關係，
多少總雜有一些戀愛因素；同時，人與神的界限不嚴格，人神
間的戀愛也數見不鮮。採入《詩經·周南》的早期南方民歌
《漢廣》，就是以鄭交甫追求漢水女神（江妃二女）的美妙神
話爲背景的。（見劉向《列仙傳》載魯詩遺說）江、漢之間尚
且如此，處在更僻遠的沅、湘流域，則更不言而喻了。況且當
地所祭神祇，多半是不見祀典的"淫祀"，附麗于這種"淫祀"
的神祇身上，必然更多帶有地方色彩的離奇怪誕、"褻慢淫荒"
的神話。同時，這一地區青年男女的性愛生活，也極爲公開而
自由。因此，民間的《九歌》便以性愛爲主要內容，廣泛地涉
及神與神、人與神的愛戀之情，從而擴大了人與人之間愛情的

範疇，這是極其自然而現實的。

第二，這樣的歌辭，在當地人民看來，固然毫無褻瀆神明之處，可是屈原究竟生長于楚國北方，出身貴族，又受到儒家思想的影響，因此在對原作進行藝術加工時，便汰去了他認爲過于“褻慢淫荒”的成份，把它變得“雅馴”一些，這就是所謂“更定其詞，去其泰甚”。但屈原並沒有變更其基本內容和特有情調，所以現存《九歌》中，還有相當大的一部分揉雜着悲歡離合的愛戀之情。可以設想，這在當時都有着與之相適應的神話故事爲背景的，由于我國古代神話保存得不够完整，我們現在讀《九歌》，就不能處處都找到着落，但大致還是有綫索可尋的。（詳見各篇注文）

第三，《九歌》雖然用于祭祀，但在屈原加工改寫過程中是滲透了他的主觀情感的。關於這一點，王逸所說，本來不錯，但他認爲“上陳事神之敬，下見己之冤結”，則未免拘泥。朱熹更進一步說成是“因彼事神之心，以寄吾忠君愛國眷戀不忘之意，”並按照這一主觀概念，強相比附，膠柱鼓瑟，結果弄得文義支離，窒礙難通。其實《九歌》畢竟是祭歌，有它的實際用途，它所描寫的內容，會受到它原來題材的限制，不可能直接與作者身世相關聯，和《離騷》、《九章》是不相同的。《九歌》的格調綺麗清新，玲瓏透徹，集中地提煉了民間抒情短詩的精華所在，顯示出它自己的特色。但另一方面，也不能否認，在《九歌》的輕歌微吟中却透露了一種似乎很微漠而又不可掩抑的深長的傷感情緒。那種堅貞高潔，纏綿哀怨之思，正是屈原長期放逐中的現實心情的自然流露。王夫之《楚辭通釋》說：“熟繹篇中之旨，但以頌其所祠之神，而婉娩纏綿，盡巫與主人之敬慕，舉無叛棄本旨，闌及己冤。但其情貞者其言惻，其志菀者其音悲，則不期白其懷來，而依慕君父，怨悱合離之意致自溢出而莫圉。”這話是深得作者用心的。我們試把“嫋嫋秋風”、“蕭蕭落木”的季節情感，和“衆芳蕪穢”的現實悲哀，把“時不可兮驟得”、“老冉冉兮既極”的心情，和“歲月不淹，春秋代序”的感慨，把《九歌》裏描寫失戀的痛苦，和《離騷》、《九章》各篇追求理想的悵惘彷徨，把《九歌》裏對衛國英雄的熱烈歌頌，和《離騷》、《九章》各篇對人民疾苦的深切關懷，聯繫起來，以及與相類似的環境形象的刻劃加以對照，則不難從精神實質上得到更進一層的體會。較之全部把它說成比體，處處都認爲意有所托，反而感到情味深長了。

《九歌》的寫作時期，有各種不同說法。

郭沫若《楚辭研究》以爲是早年得志之作。他在《屈原研究》中說：“據我的看法，《九歌》應該還是屈原的作品，當作于他早年得志的時分，而不是在被放逐之後”。在《屈原賦今譯·九歌解題》中，他進一步解釋道：“由歌辭的清新、調子的愉快來說，我們可以斷定《九歌》是屈原未失意時的作品”可是，《九歌》裏並沒有表現任何少年得意的心情，反而隱隱約約籠罩着一層憂愁幽思，感傷遲暮的氣息，這是任何讀者不難體會到的。因此郭氏之說並不能成立。

陳子展《〈楚辭·九歌〉之全面觀察及其篇義分析》進一步指實爲懷王十一年作，他說：“按：《九章·惜往日》篇說：‘惜往日之曾信兮，受命詔以昭詩’。王逸《章句》說：‘君告屈原，明典文也’，當即指的屈原初任左徒，受命改定《九歌》事。”“當作在懷王十一年。”這一說法證據尚嫌不足，而且缺乏作品中的內證。

馬其昶《屈賦微》以爲約作于懷王十七年，他在《九歌解題》中說：“何焯曰：《漢志》載谷永之言云，楚懷王隆祭祀，事鬼神，欲以邀福助秦軍，而兵挫地削，身辱國危。則屈子蓋因事以納忠，故寓諷諫之詞，異乎尋常史巫所陳也。其案：懷王既隆祭祀，事鬼神，則《九歌》之作必原承懷王命而作也。推其時，當在《離騷》前。”“案懷王十一年爲縱長攻秦。十六年絕齊和秦，旋以怒張儀故，復攻秦，大敗於丹陽，又敗於藍田。吾意懷王事神，欲以助却秦軍，在此時矣。”在《國殤》注中，又説：“其案：懷王怒而攻秦，大敗於丹陽，斬甲士八萬，乃悉國兵復襲秦，戰於藍田，又大敗。兹祀國殤，且祝其魂魄爲鬼雄，亦欲其助却秦軍也。”今人游國恩《屈原作品介紹》、孫常叙《〈楚辭·九歌〉的整體關係》、（《社會科學戰綫》1978年第1期）孫作雲《秦〈詛楚文〉釋要——兼論〈九歌〉的寫作年代》（《河南師大學報》1982年第1期）均贊同此説。游氏將寫作時間約定于懷王十七、八年，孫常叙和孫作雲則具體定于懷王十七年春丹陽戰役失敗之後，同年秋藍田戰役之前所作。這一説法也不能成立，如果《九歌》是承懷王之命而作，爲了向神明祈福，以神力壓倒秦軍，那麼，這一目的必然會在作品中明確表現出來，成爲作品的主題。而且，所祭神祇，也必然與這一目的相適應，可是事實上并非如此。

王夫之《楚辭通釋》以爲作于懷王朝放于漢北時，他説：“《九歌》亦應懷王時作，原時不用，退居漢北，故《湘君》有‘北征道洞庭’之句。迨後頃襄信讒，徙原于沅湘則原憂益迫，且將自沉，亦無閑心及此矣。”錢穆《先秦諸子系年》贊同此説，並對“二湘”、《國殤》、《河伯》等篇作了具體的論證。可是，如前所述，戰國後期的漢北地區，巫風不可能這樣濃厚。而且，王氏也沒有任何有關記載作爲旁證，僅凭作品中個別字句，證據也未免太薄弱了。

王逸《楚辭章句》以爲頃襄王時，放逐江南所作。（説見前引）朱熹《楚辭集注》、夏大霖《屈騷心印》、戴震《屈原賦注》、劉夢鵬《屈子章句》等均同。以作品本身相印證，王逸舊説，當屬可信。至于具體的作年，王、朱等人均未明言，而夏大霖認爲作于頃襄王初年，劉夢鵬以爲作于頃襄王九年，限于資料的缺乏，要作出准確的結論是很困難的，大致説來，作于被逐江南之初的可能性比較大些。

歷代注家多認爲《九歌》作于一時，清代蔣驥《山帶閣注楚辭·餘論》首先提出《九歌》未必是一時之作，説：“《九歌》不知作于何時，其數爲十一篇，或亦未必同時所作也。”後世有些研究者也贊同此説，如胡念貽《屈原作品的真僞問題及其寫作年代》（見其《先秦文學論集》）説：“照這個猜想，屈原也許是把不同時期寫的祠神樂章編在一起，稱爲《九歌》。其中《湘君》、《湘夫人》、《大司命》、《少司命》、《山鬼》等作于沅湘之間，其他如《河伯》、《國殤》也許是另外的時間和地點所作。這還有待于研究。”盡管有所保留，但還是對蔣氏的見解作了進一步的闡發。我們感到，從《九歌》篇名和淵源和各篇内容的有機聯係來看，它是一個不可分割的整體，應該作于一時，蔣氏之説雖新而不可從。

《九歌》自《東皇太一》至《禮魂》共十一篇。關於它的分章問題，前人衆説紛繁，不少研究者以《九歌》爲九篇，且有種種分法，主要有以下幾種：

“二湘”、“二司命”合一説。明初周用《楚辭注略》曰：“《九歌》又合《湘君》、《湘夫人》；《大司命》、《少司命》爲二篇。”蔣驥《山帶閣注楚辭》亦云：“其言‘九’者，蓋以神之類有九而名。兩《司命》類也，《湘君》與《（湘）夫人》亦類也。神之同類者，所祭之時與地亦同，故其歌合言之。”此説影響較大，另有王邦采《屈子雜文箋略》、顧成天《九歌解》等均持這一看法。

　　“二司命”合一，《禮魂》爲亂辭說。汪瑗《楚辭集解》曰：“《九歌》乃有十一篇，何也？曰，末一篇固前十篇之亂辭也。《大司命》、《少司命》固可謂之一篇，如禹湯文武謂之三王，而文武固可爲一人也。”“或曰，二司固可視爲一篇，則二湘不可爲一篇乎？曰，不可也。二司蓋其職相同，猶文武之其道相同，大可以兼小，猶文武父可以兼子，固得謂之一篇也。如二湘，乃敵體者也，而又有男女陰陽之別，豈可謂之一篇乎？”“篇數雖十一，而其實爲九也較然矣。又何疑矣。”

　　《山鬼》、《國殤》、《禮魂》合一說。黃文煥《楚辭聽直》持此說，林雲銘《楚辭燈》闡發道：“蓋《山鬼》與正神不同，《國殤》、《禮魂》乃人之新死爲鬼者，物以類聚，雖三篇實止一篇。合前共得九，不必深文可也。”

　　去《國殤》、《禮魂》說。陸時雍《楚辭疏》曰：“《國殤》、《禮魂》不屬《九歌》，想當時所作不止此，後遂以附歌末。”李光地《離騷經九歌解義》注《九歌》到《山鬼》爲止，他說：“《九章》止九篇，則《九歌》疑亦當盡于此，其辭之所寄託，皆感遇抒憂，信一時之作也。後兩篇或無所係屬而以附之者。”他在《九歌解義》中便刪去《國殤》、《禮魂》，以合九篇之數。徐煥龍《屈辭洗髓》也說“《九歌》篇十一者，《國殤》、《禮魂》特附《九歌》之後，不在九數之中。”

　　去《河伯》、《山鬼》說。錢澄之《屈詁》以爲，黃河非楚地域所及，而《山鬼》涉于邪，屈子雖仍其名，而黜其祀，則祀神之歌，實得九章。

　　“二湘”合一，《國殤》、《禮魂》合一說。賀貽孫《騷箋》曰：“《九歌》共十一首，或曰《湘君》、《湘夫人》共祭一壇，《國殤》、《禮魂》共祭一壇。此外，一《東皇太一》，一《雲中君》，一《大司命》，一《少司命》，一《東君》、一《河伯》，一《山鬼》，各一壇。每祭即有樂章，共九祭，故曰《九歌》。"他又舉了《山鬼》、《國殤》、《禮魂》合一的説法，但以前説爲當。後來，許清奇《楚辭訂注》、林庚《詩人屈原及其作品研究》均持此説。不過林庚以《禮魂》爲《國殤》的亂辭，因而兩篇合一，與賀氏稍異。

　　去《國殤》，《禮魂》爲亂辭説。王闓運《楚辭釋》曰："此《九歌》十一篇，《禮魂》者，每篇之亂也。"又説："蓋迎神之詞，十詞之所用。""《國殤》舊祀所無，兵興以來新增之，故不在數。"劉永濟《屈賦通箋》認爲《國殤》即司馬遷所見之《招魂》，"應列于九篇之外。"而《禮魂》"即前九篇之亂。"與王闓運相近似。

　　以《禮魂》爲送神之曲，《東皇太一》爲迎神之曲説。鄭振鐸《插圖本文學史》説："《九歌》實只有九篇，除《禮魂》爲'送神之曲'，爲前十篇所適用外，《東皇太一》實爲迎神之曲，也不該計入篇數之内。"聞一多《什麼是九歌》也同樣持此説。

　　以上諸説都是爲了使《九歌》符合"九"的數字，于是"求其説而不得，又從而爲之辭"，作了種種猜測，其錯誤是很顯然的。另一種看法，認爲"九"是虚數，《九歌》並不一定是九篇。但究竟是多少篇，又可分爲兩説。

　　一説認爲《九歌》十一篇。洪興祖《楚辭補注》曰："王逸注《九辯》云：九者，陽之數，道之綱紀也。五臣云：九者，陽數之極，自謂否極，取爲歌名矣。按：《九歌》十一首，《九章》九首，皆以九爲名者。取簫韶九成、啓《九辯》《九歌》之義。《騷》經曰：奏《九歌》而舞《韶》兮，聊假日以媮樂，即其義也。宋玉《九辯》以下皆出于此。"宋代姚寬《西溪叢話》也説："歌名九而篇十一者，亦猶《七啓》、《七歲》，非以章（數）名之類。”

　　一說以《九歌》爲十篇。王夫之《楚辭通釋》曰：“凡前十章。皆各以其所祀之神而歌之。此章（《禮魂》）乃前十祀之所通用，而言終古無絶，則送神之曲也。”“篇中更不言及所祭者，其爲通用明矣。”這一說法影響甚大，吳世尚《楚辭疏》、王邦采《屈子雜文箋略》、屈復《楚辭新注》、馬其昶《屈賦微》等和現代大多數《楚辭》研究者都贊同之。

　　我們覺得，諸説之中，應以王夫之説爲是。如前所述，《九歌》係襲用遠古樂章的舊名，它之所以標名爲“九”，只是説由多數歌辭組合成一套完整的樂章而已，歌辭的實數，並不受到九的限制。“九”是極數，《素問》説：“天地之至數，始于一，終于九焉。”因而九只是代表多數，並非實指。例如《公羊傳·僖公九年》：“葵丘之會，桓公震而矜之，叛者九國”，泛指背叛的國家很多，《離騷》中“雖九死其猶未悔”，也同樣如此。至于《九歌》究竟應該分成幾篇，應該從作品的内容着手，正如王夫之指出的，《禮魂》“不言及所祭者，其爲通用明矣”，《九歌》中，唯有此篇形式内容别具一格，不僅篇幅短小，只有五句，而且無主祭對象，所以作爲十篇通用之送神曲，是完全正確的。至于將《東皇太一》看成是迎神曲，又不符合作品實際了，《東皇太一》有專祀之神，與《禮魂》相提並論，是不恰當的。

　　關於《九歌》的真僞問題，有些不同意見。首先提出懷疑的是胡適，他在《讀楚辭》（見《胡適文存二集》）中説：“《九歌》與屈原的傳説絶無關係，細看内容，這九篇大概是最早之作，是當時湘江民族的宗教歌舞。”在此，他未説明理由，後來與陸侃如的談話中，列舉了兩條理由：（一）若《九歌》也是屈原作的，則《楚辭》的來源便找不出，文學史便變成神異記了。（二）《九歌》顯然是《離騷》等篇的前驅。我們與其把這種進化歸于屈原一人，寧可歸于《楚辭》本身。（據陸侃如《屈原》引）胡適純粹從主觀概念出發，隨心所欲，論證是十分脆弱的。因此，後來的贊同者分別補充了一些證據。陳鐘凡《楚辭各篇作者考》（《國學季刊》一卷四期、二卷一期）曰：“《國殤》言車而不及騎，其文出春秋之世，不識後世之騎戰也。此又《九歌》前于屈子之證。”游國恩《楚辭概論》則從表現形式，篇幅長短，以及屈原其他作品大半有“亂辭”之類，《九歌》却沒有等三個方面出發，對胡、陸二人的意見表示贊同。

　　至于具體的作年，陸侃如《屈原》認爲作于公元前489年至403年左右，游國恩《楚辭概論》以爲是戰國前春秋時代的產品。

　　以上數家都認爲《九歌》作于屈原誕生之前。另有人認爲《九歌》作于漢代。何天行《楚辭作于漢代考》（原名《楚辭新考》）認爲“《九歌》中十一篇必同是武帝時的作品，而《國殤》的作期略後，作《東皇太一》的時間略前而已，至于這幾篇作品的流傳，大約到西漢之末才有人注意它，于是將它收入《楚辭》裏面。”“至于《九歌》的作者，我們推斷它是武帝時司馬相如等人所作的。”何氏關於《楚辭》全部作于漢代的說法甚謬，幾乎無響應者，但上述觀點還有一定影響，孫楷第亦謂《九歌》作于漢武帝時（見《滄州集》卷五《九歌爲漢歌辭考》）胡、陸、游等人的論點，將民間流傳的《九歌》與屈原的改寫混爲一談。如前所述，《九歌》是楚國人民的創造，它可能產生于屈原以前若干年代，但今日所見的《九歌》已經不是民間祭祀的歌舞，而是經過屈原改寫和再創作的文學作品，因而它的著作權毫無疑問應歸于屈原。何、孫等人的論證，看起來似乎持之有故，言之成理，可備一說，實質上，只是截取作品中零碎的詞匯，割裂上下文意的聯係，以傅會漢代的史實而已。鄭文《駁〈九歌作于漢代諸證〉》駁之甚詳，可參。（見《甘肅大學學報》1963年第3期）

近世有些學者，認爲《九歌》是古歌舞劇的雛型，並對此展開了一係列論證。馬其昶《讀九歌》（《民彝雜志》一卷五期）即持這一論點，王國維《宋元戲曲史》則從靈巫的作用着眼，説："靈之爲職，或偃蹇以像神，或婆娑以樂神，蓋後世戲劇之萌芽，已有焉者矣。"後來，聞一多、日本青木正兒、張宗銘、孫常叙等人都有較詳細的論證，這個問題，無疑可以展開進一步的討論，限于本書體例，不作詳細的介紹和論證了。

本篇除《禮魂》以外，其余十章分別祭祀十位神祇，這些神祇，都與人類的生產鬥爭和生存競爭有着密切的聯係。并可以分爲三種類型。

（一）天神——東皇太一（天神之最尊貴者，即天帝）、雲中君（雲神）、大司命（主管壽命的神）、少司命（主管子嗣的神）、東君（太陽神）。

（二）地祇——湘君和湘夫人（湘水之神）、河伯（黄河之神）、山鬼（山神）。

（三）人鬼——國殤（戰亡將士之魂）

《九歌》是以娛神爲目的的祭歌，表面看來，其中的藝術形象是超自然的神，實際上是現實社會中神化了的人。在《九歌》中有相當大的部分雜揉着悲歡離合的愛戀之情，透過神聖肅穆的宗教儀式，神與神、人與神相戀愛的紗幕，我們可以看到人間男女情愛的一幕幕活劇。《九歌》中還有個別其他内容的作品，如《國殤》這首悼念陣亡將士的祭歌，充滿着對死難英雄的熱烈禮贊，則更是楚國現實生活的直接反映。藝術上，《九歌》達到了美妙的境界，在感情的表達、環境氣氛的描述上，既顯得清新活潑，富有生活氣息，又具有莊麗優雅的藝術美。它所運用的高度的想像力，它對真、善、美的熱情追求，以及在追求中遭挫折而引起的痛苦與哀怨之情，千古以來，一直感染和吸引着廣大讀者。

東皇太一

　　"太一"原是先秦諸子中的一個哲學名詞。"太"是"道"的別名，《老子》第二十五章云："有物混成，先天地生，寂兮寥兮，獨立而不改，周行而不殆，可以爲天下母。吾不知其名，故强字之曰道，强爲之名曰太。""一"則是用以表示包羅天地萬物的一種觀念，《老子》第四十二章雲："道生一，一生二，二生三，三生萬物。"第三十九章還說："天得一以清，地得一以寧，神得一以靈，谷得一以盈，萬物得一以生，侯王得一以爲天下貞。"因而，"太一"合稱，意思是說"道"的廣包萬物，闊大無邊。《莊子・天下篇》曰："建之以常無有，主之以太一"，成玄英注："言大道曠蕩，無不制圍，括囊萬物，通而爲一，故謂之太一也。"另外，《荀子・禮論》有"太一者，天地之本也"，《吕氏春秋》也有"萬物所出，造于太一，化于陰陽"等說法，可見這一名詞在戰國時是比較流行的。

　　"太一"之名，後來逐漸演化爲神名。《韓非子・飾邪》中提到"太一"，和"豐隆"（雲神）等並稱，已有神化的意味。《淮南子・天文訓》明確提出："太微者，太一之庭也。（高誘注云："太微，星名也；太一，天神也。"）紫宮者，太一之居也"，並將"紫宮"指爲"司賞罰"的四星之一。《史記》中的"太一"，地位却與之不同；《天官書》曰："中宫天極星，其一明者，

太一常居也”，天極即北極、北辰。司馬貞《索隱》引《文耀鈎》
曰：“中宮大帝，其精北極星。”《史記·封禪書》又曰：“亳人謬
忌奏祠太一方，曰：‘天神貴者太一，太一佐曰五帝。古者天子
以春秋祭太一東南郊，用太牢，七日，爲壇開八通之鬼道，于是天
子（指漢武帝）令太祝立其祠長安東南郊，常奉祠如忌方。”以
上所說的“太一”，均爲神名，“太一”所居之處，才是天上的
星。本篇所說的“太一”，當非“司賞罰”之神，故五臣注曰：
“太一，星名，天之尊神。祠在楚東，以配東帝，故云東皇”。
天神的尊貴者，也就是上帝。楚人以“太一”稱上帝，正如後
來道家尊稱天爲“元始”一樣，是從抽象的哲學概念中演變而
成的。

　　再看“東皇”。“皇”是最尊貴的神的通稱，這裏也指上
帝，因爲上帝是天神中最爲尊貴的，作品中稱爲“上皇”，即是
可靠的内證。天神無所不在，本篇稱之爲“東皇”，則因爲它的
祠宇在楚東。至于楚人爲何要爲上皇立祠于東方，我們感到，
可能是由于天從東方破曉的緣故。今人姜亮夫則認爲皇即天，
“古說昊天，本亦有春天之說”，“春于方位屬東，”所以叫
“東皇”。（見《屈原賦校注》）亦可供參考。

　　因此，“東皇太一”是同一名稱的叠用，也就是皇天上帝
的意思，是楚人稱上帝的別名。《九歌》中的神祇多爲當地人
民所習慣的別名，下面各篇，除《河伯》以外，均同此例。

　　　　吉日兮辰良，穆將愉兮上皇①。撫長劍兮玉珥，
璆鏘鳴兮琳琅②。
　　　　瑤席兮玉瑱，盍將把兮瓊芳③。蕙肴烝兮蘭藉，
奠桂酒兮椒漿④。揚枹兮拊鼓，疏緩節兮安歌，陳
竽瑟兮浩倡⑤。

　　靈偃蹇兮姣服，芳菲菲兮滿堂。五音紛兮繁會、
君欣欣兮樂康⑥。

　　①吉日：好日子。　　　辰：時辰。“辰良”，與上“吉日”
相錯成文。　　　穆：恭敬。　　　愉（音：俞）：樂，與“娛”同
義。“穆將愉”爲“將穆愉”的倒文。　　　　上皇：猶言上帝，指東
皇太一。兩句是説，在一個吉日良辰，恭恭敬敬地來祭祀娛樂
上帝。王逸説：“言已將修祭祀，必擇吉良之日，齋戒恭敬，以
宴樂天神也。”（《楚辭章句》）上句説時日的吉利，下句説祭
祀的虔誠。
　　②珥（音：耳）：劍鼻子，也就是劍柄和劍身相接處兩旁突
出部分。“撫長劍兮玉珥”，是説撫摸着長劍上的玉珥。　　　璆
鏘（讀如：求槍）：佩玉相撞擊的聲音。朱熹説：“璆鏘，皆
玉聲。《孔子世家》云：‘環佩玉聲璆然。’《玉藻》云：‘古
之君子，必佩玉，進則揖之，退則揚之，然後玉鏘鳴。’”（《楚
辭集注》）　　　琳琅（讀如：林郎）美玉名。戴震説：“琳，
即禹貢球琳，美玉也。或謂之珠樹，或謂之赤樹，其赤者爲珊
瑚，或謂之火樹。”（《屈原賦注》）這兩句寫祀神時祭主的服
飾。帶劍佩玉，是用于隆重的典禮。林雲銘説：“帶劍佩玉，整
其服以示迎神之敬。”（《楚辭燈》）
　　③瑤：“藛”的假借字，香草名。“藛席”，用藛草編成的坐
席，設在神座前面。　　　填（音：鎮），通鎮，即《湘夫人》：
“白玉兮爲鎮”的“鎮”。因爲用玉制成，所以從玉，作瑱。鎮，
壓也。“玉瑱（鎮）”，玉制的壓鎮坐席的器具。王逸謂“瑤席”
爲以玉飾席。他説：“言已修飾清潔，以瑤玉爲席，美玉爲瑱，
靈巫何持乎？乃復把玉枝以爲香也。”林雲銘説：“合衆芳之
貴如玉者，奉持而列于堂前，不獨一玉鎮之而已。舊注欠妥。”

盍（音：何）：即“合”字。　　將：拿起。　　把：握持。　　瓊芳：玉色的花朵。聞一多説：“《周禮・天府》‘凡國之玉鎮，大寶器藏焉，若有大祭大喪，則出而陳之。……本篇之玉瑱即天府之玉鎮。……瑶草謂以藋草爲籍以承玉。……瓊謂玉鎮，芳謂瑶〔藋〕席。鎮與席爲二，故曰‘盍〔合〕將把’也。”（《楚辭校補》俞樾認爲“盍”是虛字（見《讀〈楚辭〉》），亦通。王逸解爲“何必”，則不妥。“合將把兮瓊芳”，指在神座前供設許多美麗的鮮花。一説瓊芳爲楚之香茅，又稱靈茅。（見朱季海《楚辭解故》）

④肴烝：切成大塊放在俎裏的肉，是古代的一種肉食。“烝”的正字應作“胹”。　　籍：用草編的墊子。“蕙肴蒸兮蘭藉”，是説以蕙草包裹着肴蒸放在用蘭草編的墊子上。　　奠：安置，安放。　　漿，薄酒。“桂酒”、“椒漿”爲互文，指加上香料的酒。“蕙”、“蘭”、“桂”、“椒”取其芬芳。王逸説：“桂酒，切桂置酒中也。椒漿，以椒置漿中也。言己供待彌敬，以蕙草蒸肴，芳蘭爲籍，進桂酒椒漿，以備五味也。”上兩句言神堂陳設之精美，下兩句説祭品的芳潔。“將把”、“奠”，都是承前文指祭主而言的。

⑤揚：舉起。　　枹（音：浮）：同桴，鼓槌。　　拊（音：府），擊也。　　節：節拍。“疏緩節”，指音樂的節拍疏疏緩緩。　　安歌：謂歌者意態安詳。　　陳：列也。　　“竽”和“瑟”，都是伴奏的樂器。“竽”有三十六簧，笙類。“瑟”有二十五絃，琴類。　　倡：同唱。“浩倡（唱）”，就是大聲唱。這三句極言其樂奏之盛。朱熹説：“舉枹擊鼓，使巫緩節而舞，徐歌相和，以樂神也。”林雲銘説：“疏，希；緩，徐也。鼓之節奏，希而且徐，故歌亦甚安。及絲竹既列，則歌大其聲以爲倡，而使吹彈以爲和。三句是將其樂歌之備，以爲娛神之敬。”“浩

倡"，一説猶浩蕩，意即堂上下鐘鼓笙磬之聲大作，其聲浩蕩。
（姜亮夫《屈原賦校注》）

　　⑥靈：這裏是指巫女。朱熹、王夫之等則認爲指神，即東皇太
一。王夫之説："靈，東皇太一之神。"《九歌》中的靈，或指神，或
指巫，各視文義而別。　　　偃蹇（讀如：眼簡）：舞貌，指
儀態之繁盛，與《離騷》中的"偃蹇"義通。朱熹則認爲是美
貌。也有人認爲是夭嬌貌。　　　姣服：漂亮的服裝。　　　姣
（音：郊），美好也。　　　芳菲菲：謂巫女起舞時所散發出來
的香氣。　　　滿堂：言舞者衆多。　　　五音：宮、商、角、徵
（音:旨）、羽。　　　紛：衆多的樣子。　　　繁會：音調繁多，
互相參錯，即交響的意思。按："五音繁會"句是承前"浩倡"
而言，表明奏樂的最後一個過程，即尾聲，也就是楚人所説的
"亂"。　　　君：尊稱，指東皇太一。《九歌》裏凡是男性的神，
都稱之爲"君"。　　　欣欣：高興的樣子。"欣欣樂康"，是祭者
的設想，並非實叙。朱熹説："欣欣，喜貌。康，安也。此言備
樂以樂神，而願神之喜樂安寧也。"

　　本篇是《九歌》的第一篇，因爲所祀的是最尊貴的神，亦
即天帝。天帝是宇宙萬物的主宰，人們的苦難和幸福都在它的
掌握之中，對它，誰都懷着崇高的敬意。另一方面，作爲祭祀
對象的天神來説，它包孕萬物，至大無外，至高無上，和風、
雲、雷、電其他的一切自然神不同，缺乏明確具體的形象，只
是一個抽象的概念而已。

　　所以，本篇的寫法在《九歌》中獨具一格。出于對天帝的
頂禮膜拜，詩寫得莊嚴肅穆，賀貽孫《騷筏》曾云："《九歌》
中獨此章詞意莊重，蓋尊神之前不敢以褻語進也。"蔣驥亦云：
"《九歌》所祀之神，太一最貴，故作歌者但致其莊敬，而不

敢存慕戀怨憶之心。"的確，《九歌》不少篇章中那種纏綿悱惻
之情、淒楚哀怨之調，在這裏是尋不出來的。另外，本篇關于
神的形象，沒有作任何描寫，對於神的功德，也沒有作正面歌
頌，而只是通過環境氣氛的渲染，和對祭祀時佩服、陳設、祭
品、歌舞等的描繪，透露出敬神之心，娛神之意。

　　篇首以"穆將愉兮上皇"統攝全文，篇末以"君欣欣兮樂
康"作結，前呼後應，全詩貫穿着祭神時人們的精神活動。祭
神的目的在于祈福，而神明能否賜福，在祭祀者看來，首先取
決于人們是否有敬意，能不能娛神。因此本篇以莊重肅穆爲基
調，又不乏歡娛之情，尤其是最後五音繁會的樂聲，偃蹇姣服
的舞蹈，更洋溢着熱烈的氣氛，就在這一時刻，祭祀者似乎看
到天帝喜樂安詳地降臨了，它將賜福給虔敬的人們。于是，娛
神的目的也終于達到了。

雲 中 君

　　洪興祖《楚辭補注》説："雲神豐隆也，一曰屏翳"，朱熹《楚
辭集注》也説："謂雲神也"。這是楚人稱雲神的別名，與"東皇
太一"、"東君"同例。"君"是尊稱，雲中君，猶言雲中之神。
據《史記·封禪書》記載，漢高祖劉邦大定天下之後，"令祝
官立蚩尤之祠于長安。長安置祠祝官、女巫。"其中"晉巫，祠
五帝、東君、雲中君、司命"等神。另外，梁巫、秦巫、荊巫
等各有所祀，可見約在六國之時，已有祭祀"雲中君"的儀式。
據戴震《屈原賦注》的考證，漢初雖承襲了這一舊俗，"其後
不入秩祀。唐天寶三年，始祀雷師。至明年，乃復增雲師之祀。"

　　雲中君指雲神，後世注家大多無異詞。但清初徐文靖《管

城碩記》別創新解，他説："《左傳‧定四年》：楚子涉睢濟江，入于雲中。杜注：入雲夢澤中。是雲中一楚之巨藪也。雲中君猶湘君耳。《尚書》：雲土夢作乂。《爾雅》：楚有雲夢。相如《子虛賦》：雲夢者，方九百里。湘君有祠，巨藪如雲中，可祠乎？靈皇皇兮既降，焱遠舉兮雲中，亦猶《湘君》：橫大江兮揚靈耳。豈必謂雲際乎？"近代王闓運《楚辭釋》、陳培壽《楚辭大義述》都贊同這一説法，將雲中君指爲雲夢澤的水神。此説雖然新異，但細審文義，頗不相合。游國恩有《雲中君非祀水神説》一文，（見其《楚辭論文集》）辯證甚詳，可以參看。今世學者還有將雲中君指爲月神或軒轅星等説法，也都無令人信服的證據。

　　　浴蘭湯兮沐芳，華采衣兮若英①。靈連蜷兮既留，爛昭昭兮未央②。蹇將憺兮壽宮，與日月兮齊光③。龍駕兮帝服，聊翱游兮周章④。
　　　靈皇皇兮既降，焱遠舉兮雲中。覽冀州兮有餘，橫四海兮焉窮⑤。思夫君兮太息，極勞心兮忡忡⑥。

　　①"浴蘭湯兮沐芳"二句：洗身體叫做"浴"，洗頭髮叫做"沐"。古人祭神之前，必先齋戒沐浴。　　湯：熱水。"蘭湯"，言其芳香。　　芳：也是説香的水，與"蘭湯"文異義同。　　華采：華麗的色彩。　　英：通"瑛"，玉光。"若英"，是説象玉光一樣的絢爛。俞樾説："《詩‧汾沮洳篇》次章曰：‘美如英’，三章曰：‘美如玉’。英即瑛之假字。《説文‧玉部》：‘瑛，玉光也；如瑛，猶如玉也。’"一説，"英"是花朵，亦可通。王夫之説："英，花也。若英，言衣之華采絜麗

如花也。沐浴盛服，以承祭也。"（《楚辭通釋》）"若"這裏作"如"解，但舊注則釋爲"杜若"，一種香草，也叫杜蘅、杜蓮、山薑。葉廣披作針形，味辛香。王逸說："若，杜若也。言己將修饗祭，以事雲神，乃使靈巫先浴蘭湯，沐香芷，衣五彩華衣，飾以杜若之英，以自潔清也。"這兩句寫降神的女巫心意之虔誠，服飾之美麗。

②靈：指女巫。王逸、朱熹等都認爲"靈"是指巫。王逸說："靈，巫也，楚人名巫爲靈子。"王夫之、林雲銘等則認爲是指神，即雲中君。　連蹇（音：拳）：迴環宛曲貌。　　既：已。　　留：停留。指降神。是説神留在巫的身上。對"連蹇"的解釋，歷來有分歧。有人認爲指巫言，王逸説："連蹇，巫迎神導引貌。"有人認爲指神言，謂靈高在雲中，夭矯而行。既留，是説留在雲中。林雲銘説："連蹇，長曲貌。留者，留于天上。舊注非。"一説是"留連"的意思，這句是説神很願意下降巫身，留連不去。有人認爲指雲的形象而言，王夫之説："連蹇，雲行回環貌。""昭昭"，明也。　"爛"，光明貌。　"未央"，猶言無極。上句寫女巫降神時所表現的神秘的意態（迴環宛曲是雲在天空舒曲的形象，在女巫降神時就表現成爲她的意態），下句説神的降臨，確有徵驗。

③謇（音：檢）：句首語氣詞，楚地方言。一作"蹇"，字同。　　憺（音：旦）：安也。古人稱寢堂爲壽宮（見《吕氏春秋》注），這裏指供神的神堂。王逸説："壽宮，供神之處也。祠祀皆欲得壽，故名爲壽宮也。"洪興祖説："漢武帝置壽宮神君。臣瓚曰：'壽宮，奉神之宫。'"一説，壽宮指雲中君所在的天庭之宫。這裏是贊美雲中君所居天庭宫闕之美。林雲銘説："壽宫，靈久居之處，即雲中也。舊注非。"雲與日月同在高空，故雲"與日月兮齊光"。　　齊：同等。上句承前"靈連蹇兮既

留”，言神的安享祭祀；下句承前“爛昭昭兮未央”，稱頌神的功德。

④龍駕：龍車。　帝服：天帝之服。　聊：姑且。翱游：意同翱翔。　周章：周旋舒緩的意思。上句説神的儀仗服飾之盛，下句説神暫時在此盤桓，意謂不能久留。蔣驥説：“言神駕龍車，服袞衣，暫得翱游祭所，而行色又甚急也。”（《山帶閣注楚辭》）

⑤靈：指神。　皇皇：猶煌煌，光大貌。與前“昭昭”義近。　降：降下，降落。　猋（音：標）：去得很快的樣子。　雲中：神所居的地方，“遠舉雲中”是説它又回到原來的處所。王逸説：“猋，去疾貌也。雲中，雲神所居也。言雲神往來急疾，飲食既飽，猋然遠舉，復還其處也。”　覽：看。　冀州：中國的代稱。古代劃中國爲冀、兗、青、徐、揚、荆、豫、梁、雍九州（見《尚書·禹貢》），冀州在黄河北，爲九州之首，是中華民族活動的中心地區，後人因以冀州代表全中國。　有餘：謂雲神光輝所照的地方，不止于中國。朱熹説：“所望之遠不止一州也。”　四海：指中國以外。古人以爲中國四周都是海，因以四海代表四方的邊極，與《離騷》“將往觀乎四荒”的“四荒”義同。　焉：何。　窮：盡。“有餘”、“焉窮”爲互文，言雲神光輝所照不僅覽中國而有餘，就是橫絶四海也不能知其窮盡。王逸説：“言雲神出入奄忽，須臾之間，横行四海，安有窮極也。”上二句説神暫來即去，下二句説去後不知所在。

⑥夫（音：扶）：指示代詞。這，那。　君：指雲神。《九歌》裏的“君”音義並同，都是對神尊敬而親切的稱謂。　太息：義同嘆息。　懂懂（讀如：充）：一作“忡忡”，憂心貌，心神不定貌。按：這兩句寫神去後的憂思。王夫之説：

“神不可以久留，則去後之思，勞心益切。前序其未見之切望，後言其響後之永懷，肫篤無已，以冀神之鑒孚。凡此類，或自寫其忠愛之惻悱，亦有意存焉。”

　　本篇所祀的雲神，是初民創造的自然神之一，是具體的自然現象的反映。雲和雨有着分不開的關係，在神話傳説中，雲神和雨師也往往是連結在一起的。王逸注曰：“雲神，豐隆也。或曰屏翳。”“豐隆”、“屏翳，”一神而異名。“豐隆”是雲在天空堆集的形象，“屏翳”則是雲兼雨的形象，因爲天雨時，雲在太空一定堆集得更厚，以致遮蔽了日光，天顯得晦暗不明，所以叫“屏翳。”《山海經·海外東經》：“雨師妾在其北”，郭璞注曰：“雨師謂屏翳也”，同一“屏翳”，王逸以爲雲神，郭璞指爲雨師，正説明雲和雨密切聯繫。

　　在生産勞動中，一刻也不能離開的，除了陽光，那就是雨水。雲行雨施，膏澤萬物，所以人們對雲神有着深厚的情感，這裏包涵着極豐富的現實生活内容，反映了古代人民在生産鬥爭中的某些願望，這便是本篇的現實意義。

　　篇中一開始描寫神的降臨，接着歌頌雲神的功德，它可以與太陽、月亮争光媲美，而這“與日月齊光”的德澤又遍及九洲四海，“覽冀州兮有餘”，正説明神靈的普照。可是，正因爲如此，祭者産生了一種依戀而帶有勞心憂思的情感，表現出人們對于雨水的渴望，以及惟恐祈禱不靈的愁緒。馬其昶《屈賦微》曰：“雲日之神，九州所共有，非楚所能私。故神既降而去，猶思之太息，恐神貺之不答而禱祀之無靈也。”可謂體味出了篇中所包含的曲折細微的心理刻劃。

　　作品對雲進行了擬人化的描寫，使之成爲一個光輝燦爛的形象。這一形象又極富于個性，具有雲變幻無常，倏然而逝，飄忽動盪的特徵。賀貽孫《騷筏》曰：“各章俱有觖望惆悵，惟恐神不來之意。獨《雲中君》不恨其不來，而恨其易去。蓋雲之來去甚疾，不若諸神之難降，但降而不留耳。翱翔周章四字，畫出雲之情狀。靈皇皇兮既降，猋遠舉兮雲中，出没無端，俊甚，快甚！覽冀州兮有餘，橫四海兮焉窮，有俯視天下滄海一粟之意。高人快士相見時不令人親，去後常令人思，勞心忡忡，亦雲神去後之思也”。吳世尚《楚辭疏》亦曰：“雲有形而無質，出乎山川，開乎虛空，浮乎棟宇，若游若留，彌乎天壤，無窮無極。寫雲至此，筆有化工矣。末二句，與杜子美詩：浮雲終日行，游子久不至，同一言不能盡之悲。”他們的解説，頗能探得文心，可供參考。

　　本篇應該是《九歌》的第三篇，次序當在《東君》之後。（説詳《東君》解題）這裏仍按舊次第排列。

湘　君

　　“湘君”和“湘夫人”爲配偶，是楚國境内所獨有的最大河流湘水之神。這一神祇最初也和天上的雲日之神一樣，只不過是初民崇拜自然的一種意識形態的表現。後來，它與人事逐漸聯係起來，有關的神話傳説漸漸充實了它的内容，使之不但和人一樣有了配偶，而且滲透了神與神之間悲歡離合的故事因素。這樣，人民意念中的神便具體地附麗于歷史傳説中的人物，神的形象更爲豐富，它所表現的人民現實生活情感也就更爲廣闊而親切了。

　　關於“二湘”的解釋，異説頗多，其中大多注家以爲與舜和他的兩位妃子娥皇、女英有關，但這也有各種不同的説法：

一、以“湘君”爲舜之二妃，但未提及“湘夫人”。《史記·秦始皇本紀》載始皇南巡，“浮江，至湘山祠，遇大風，幾不得渡。上問博士曰：‘湘君何神？’博士對曰：‘聞之，堯女舜之妻而葬此。”劉向《列女傳》卷一亦云：“舜陟方死于蒼梧，二妃死于江、湘之間，俗謂之湘君。”

二、以“湘夫人”爲舜之二妃，但未提及“湘君”。《禮記·檀弓》：“舜葬于蒼梧之野，蓋二妃未之從也。”鄭玄注：“《離騷》（漢人對屈原作品的通稱，說詳《離騷》解題）所歌‘湘夫人’，舜妃也。”張華《博物志》亦云：“堯之二女，舜之二妃，曰湘夫人。舜崩，二妃啼，以涕揮竹，竹盡斑”，又曰：“洞庭君山，帝之二女居之，曰湘夫人。”上述兩種説法，有個共同的問題，即只對“湘君”或“湘夫人”作了解釋，另一方却無着落，因而配偶神的關係不能建立，與作品的内涵就無法得到印證，所以二説都不能使人滿意。

三、以“湘君”爲娥皇，“湘夫人”爲女英。此説創自韓愈，他在《黄陵廟碑》中説：“以余考之，璞與王逸俱失也。堯之長女娥皇爲舜正妃，故曰君。其二女女英自宜降曰夫人也。故《九歌》辭謂娥皇爲君，謂女英帝子，各以其盛者，推言之也。禮有小君、君母，明其正，自得稱君也。”此説影響較大，不少重要的《楚辭》注本都從之，如朱熹《楚辭集注》、林雲銘《楚辭燈》、蔣驥《山帶閣注楚辭》、戴震《屈原賦校注》等。其實，這種説法不但在稱謂習慣上没有確切根據，而且在道理上也是説不通的。試問，娥皇的悲哀和女英的悲哀在性質上乃至故事情節上有什麽區别？如果按韓愈所言，那麽《九歌》裏的《湘夫人》篇完全變成《湘君》的毫無意義的重復了。所以，娥皇和女英雖是姐妹兩人，但在這一故事中只能是不可分割的一個整體，是女方的代表，和湘水的男神一起，組成愛情悲劇的兩個方面。

四、以舜爲“湘君”，以二妃爲“湘夫人”。王逸《楚辭章句》在“帝子降兮北渚”下注云：“帝子，謂堯女也。降，下也。言堯二女娥皇、女英，隨舜不反，没于湘水之渚，因爲湘夫人，”在《湘君》“蹇誰留兮中洲”句下則有“堯以二女妻舜”之注。很顯然，王逸以舜之二妃爲“湘夫人”。至于“湘君”是誰，王逸没有明説，韓愈《黄陵廟碑》説：“王逸以爲湘君者，自其水神”，這就錯解了王逸的原意。在《湘君》“望夫君兮未來，吹參差兮誰思！”下注曰：“君，指湘君”，“言已供修祭祀，瞻望于君，而未肯來，則吹簫作樂，誠欲樂君，當復誰思念也。”在《湘夫人》“九嶷繽兮並迎，靈之來兮如雲”下，王逸又注曰：“九嶷，山名，舜所葬也”，“言舜使九嶷之山神，繽然來迎二女，則百神侍送，衆多如雲也”。這樣，逐步透露出湘君和湘夫人的關係即舜和二妃的關係。唐司馬貞《史記索隱》則明確指出：“夫人是堯女，則湘君當是舜。”

以上諸説中，當以第四説爲是。古代流傳的舜與二妃的故事，大體是這樣的：舜到南方，他的兩個妃子開始並未同行。後來二妃追蹤而至，到了洞庭湖濱，聽到舜死于蒼梧的消息，于是南望痛哭，自投湘水而死。當地人民把她們埋葬起來，立祠祭祀，當作湘水的女神。李白《遠别離》詩：“帝子泣兮綠雲間，隨風波兮去無還。慟哭兮遠望，見蒼梧之深山。蒼梧山崩湘水絶，竹上之淚乃可滅。”韓愈《祭河南張員外文》：“二妃行迷，淚蹤染林，山哀浦思，鳥獸叫音。”這一生離死别的故事，具有永久動人的悲劇意義；而洞庭湖中烟水微茫，竹林幽翳的自然景象，又與這一故事的悲劇氣氛相適應，並增强了抒情主題的表達。同時，舜死葬于蒼梧，又是湘水的發源地。于是在人民普遍紀念，普遍流傳的基礎上，構成這一故事情節的兩方面主要人物，就使得原來的抽象的神的概念逐漸凝成兩個具體的形象，體現了故事的完整內容。這樣不但二妃成爲湘水的女神，而且帝舜也成爲湘水的男神了。過去由于對故事內容理解得不够完整，把悲劇意義局限在二妃這一方，似乎二妃既是湘夫人，又可以稱爲湘君，以致把湘君和湘夫人的概念弄得混淆不清。

除此以外，關於"二湘"還有其他一些解釋。

有認爲是配偶神，而與二妃等事無關說。周拱辰《離騷草木史》："湘君、湘夫人，皆湘川之神，猶水母玄女貝宮夫人之類，不必泥也"。王夫之《楚辭通釋》也說："九嶷象田，湘山淚竹，皆不足採。安得堯女舜妻，爲湘水之神乎？蓋湘君者，湘水之神，而夫人其配也。"顧炎武《日知錄》則認爲是水神的后及妃子。照他們說法，全詩的含意變得空泛泛而無着落，故此說不足爲信。

有天帝之二女說。《山海經·中次十二經》："洞庭之山"，"帝之二女居之，常游于江淵。澧沅之風，交瀟湘之浦，是在九江之間，出入必以飄風暴雨。""二女"下，郭璞注曰："天帝之二女，而處江爲神也。"明張萱《疑耀·洞庭湘妃墓辯》進而言曰："《楚辭》所稱湘君、湘夫人，信如郭景純所核，斷非舜妃，亦非舜女。"清劉夢鵬《屈子章句》也將"湘君"、"湘夫人"坐實爲天帝二女。

有舜之二女說。宋羅泌《路史發揮》卷五《辨帝舜冢》條曰："帝之三妃不得皆後于帝死，育（按：即娥皇）既葬于陳倉，則其先死矣。既黃英（按：即女英）各自有墓，則黃陵爲登北（按：即傳說中舜的第三個妃子，一作癸北氏，一作登比氏）之墓審矣。惟登北氏從徙巴陵，則二女理應在焉，故得爲湘之神，而其光照于百里。是皆可得而考者，胡自氛氛而爭爲堯之二女乎？"其子羅蘋注曰："舜之二女，一曰宵明，一曰燭光，登北氏之所生，有辨別見。"此説影響很小，明清兩朝，有少數人表示贊同。

有洞庭山神説。明陳士元《江漢叢談》根據《路史》上述記載及《山海經·海内北經》有關舜妻登比氏生宵明、燭光處于大澤，光照百里的記載，以爲《九歌》中的湘君、湘夫人也就是舜女宵明、燭光，她們是洞庭山神。清趙翼《陔餘叢考》十九《湘君湘夫人非堯女》條則曰："湘君湘夫人蓋楚俗所祀湘山神夫妻二人，如後世祀泰山府君、城隍神之類，必有一夫一妻。"胡文英《屈騷指掌》也釋爲"湘山之神"，並説："以余觀之，有山即有神，有神既不能無配，而分爲二者，土俗于二處致祭也。"

有洞庭湖神説。王闓運《楚辭釋》曰："湘君，洞庭之神，""湘夫人，蓋洞庭西湖神，所謂青草湖也。北受枝江，東通岳鄂，故以配湘。湘以出九嶷爲舜靈，號湘君；以二妃嘗至君山，爲湘夫人焉。"

以上諸説，大多無堅實的論據，至多不過聊備一説而已。

君不行兮夷猶，蹇誰留兮中洲①？美要眇兮宜修②。沛吾乘兮桂舟，令沅湘兮無波，使江水兮安流③。望夫君兮未來，吹參差兮誰思④？

駕飛龍兮北征，邅吾道兮洞庭。薜荔柏兮蕙綢，蓀橈兮蘭旌。望涔陽兮極浦，橫大江兮揚靈⑤。

揚靈兮未極，女嬋媛兮爲余太息⑥。橫流涕兮潺湲，隱思君兮陫側⑦。

桂櫂兮蘭枻，斲冰兮積雪。采薜荔兮水中，搴芙蓉兮木末⑧。心不同兮媒勞，恩不甚兮輕絕⑨。石瀨兮淺淺，飛龍兮翩翩。交不忠兮怨長，期不信兮告余以不閒⑩。

　　鼂騁騖兮江皋，夕弭節兮北渚。鳥次兮屋上，水周兮堂下⑪。

　　捐余玦兮江中，遺余佩兮澧浦，采芳洲兮杜若，將以遺兮下女⑫。

　　時不可兮再得，聊逍遙兮容與⑬。

①"君不行兮夷猶"二句：意思説湘君猶豫遲疑不肯來，是爲了誰而留在洲中呢？朱熹説："言既設祭祀，使巫呼請而未肯來也。"又説："言其不來，不知其爲何人而留也？"　　君：指湘君。　　夷猶：猶豫不前的樣子。　　蹇（音：檢）：通"謇"，句首語氣詞。　　誰留：爲誰而留。　　中洲：水中之洲。　　洲，水中陸地。本篇一開始就是女巫的獨唱，通篇到底都是湘夫人思念湘君的語氣。它的表現形式，可能是在祭祀時，以一個扮湘夫人的女巫爲主，歌舞迎神。這兩句寫久候不至，懷念對方的心情。

②要眇（讀如：妖渺）美好，與窈窕義近。　　眇，一作"妙。"聞一多認爲是"瞇目媚視貌"（《怎樣讀九歌》）亦通。　　宜修：恰到好處的美，與"要眇"相對成文。這句是湘夫人自指。一説"宜修"即"齱笑"，謂笑時牙齒微露的樣子。聞一多説："案脩疑當爲笑，聲之誤也。古韵笑在宵部，脩在幽部，最近。……本書屢言'宜笑'……案諸宜字並讀爲齱。《字鏡》曰'齱，齘也'，《集韵》曰'齘'齫病。'《後漢書・梁統傳》載冀妻孫壽'善爲妖態，作齫齒笑以爲媚惑，'

齰笑猶齱齒笑矣。《集韵》又曰'齰齰，齒露貌。'……夫古人形容美貌，獨重視笑。"（《楚辭校補》）

③沛：船在水裏走得很快的樣子。　桂舟：用桂木爲舟，取其芬芳，下面的"桂櫂"、"蘭枻"用意均同。　沅湘：沅水、湘水。在今湖南省境内，流入洞庭湖。　江：指長江。安流：平穩地流動。王夫之曰："沅、湘二水在江水上流，沅、湘不漲，則江水不溢而亦安流。"（《楚辭通釋》）蔣驥說："待神不來，故以舟往迎，而祝其行之無阻也。"這三句承前兩言，湘夫人說自己裝飾得很美麗，沿沅、湘、江水在風平浪靜中乘桂舟來會湘君。"令"和"使"是水神的口氣。

④夫：指示代詞，那。　君：指湘君。　參差(音：岑平聲疵)：一作"篸篈"，簫的别名，古代的簫用竹管編排（現在的獨管簫是古代的笛），就是《莊子·齊物論》所說的"比竹"。大的二十三管，小的十六管，按音律排列在木盒裏，所以稱爲排簫。排簫上端平齊可吹，下端兩旁長而中央短，形狀參差不齊，故又名參差。　誰思：猶言思誰，意謂思湘君。這兩句是說我盼望那湘君，他却没有來，我吹着參差想念着誰呢？朱熹說："望湘君而未來，故吹簫以思之也。"下面就是她在深沉思念中所產生的幻想。

⑤"駕飛龍兮北征"六句：這六句是湘夫人的想象之詞，她幻想湘君也可能前來和她相會。湘君從九疑溯湘水北行，故云"北征"。　飛龍：意指快船，因爲是水神所乘，所以把它說成飛龍。　遭(音：佔)：迴轉，改變方向。王逸說："遭，轉也。"這裏是說湘夫人溯湘水北行，一直到了洞庭湖，也未遇見湘君，因此她就轉道。　柏：一作"拍"，是"帕"字之誤。"帕"，古通"帛"；"帛"是繒、紵、絁、蒢的總名。　綢：纏旗杆用的。　橈(音：撓)：旗杆上的曲柄，所以懸帛，兼

作裝飾。　　　旌：旗杆上頭的裝飾，綴旄羽爲之。（據閏一多說，見《楚辭校補》）　　薜荔、蕙、蓀、蘭，注均見《離騷》。蘭，這裏是指蘭草而不是指木蘭。"薜荔柏兮蕙綢，蓀橈兮蘭旌"都是說船上旌旗之美。　　一說，柏，船艙的壁。綢，束縛。　　橈（音：饒），船槳。王逸說："柏，博壁也。綢，縛束也。"又說："橈，船小楫也。屈原言己居家則以薜荔博飾四壁，蕙草縛屋；乘船則以蓀爲楫橈、蘭爲旌旗，動以香潔自修飾也。"一說，"柏"即"箔"，簾子。這裏指船上門窗的簾子。　　薜荔柏，用薜荔做的簾子。　　綢，通"裯"，帳子。　　蕙綢，用蕙草做的帳子。　　涔（音：岑）陽：地名，在涔水的北岸。極浦：遙遠的水邊。　　橫：渡。　　大江：長江。　　靈：同"舲"，有屋的船。　　揚靈，指揚帆前進。一說，"揚靈"即後世所說的"顯聖"，這裏是說湘君在顯示他的靈異。以下是湘夫人的哀怨。

⑥極：終極，引申爲到達的意思。　　女：湘夫人左右的侍女。　　嬋媛（讀如：蟬元）：楚方言"嘽咺"的借字，喘息的意思。　　余：湘夫人自指。　　太息：嘆息。上句說，湘君雖然可能已經動身，但始終沒有到達；下句說，久候不來，連身旁的侍女都爲之憂傷。

⑦橫流涕：謂涕淚過多，流下來的時候就會橫溢，極言悲傷之甚，是湘夫人自指。　　潺湲（讀如：蟬元）：淚流貌。　　隱思君：謂思念湘君之情藏在內心。　　一說"隱"，傷痛，指湘夫人痛苦地思念湘君，亦通。　　陫側：通"悱惻"，內悲也。

⑧櫂（音：照）、　　枻（音：義）都是船旁撥水的工具具。長的叫做"櫂"，短的叫做"枻"。櫂字同"棹"。"桂櫂"二句中的"蘭"，指木蘭，注見《離騷》。"冰"和"雪"在這裏

都不是實指，而是借以形容水光的空明澄澈。　　斲（音：
酌）：一作“斵”，同“斫”。砍。　　積：通“擊”。“斲冰擊
雪”，借指在水光中打漿前進。舊說謂用桂櫂蘭枻鑿開冰，堆起
雪，開路行船。“冰”、“雪”實指天寒。王逸說：“言己乘船遭
天盛寒，舉其櫂楫，斲斫冰凍，紛然如積雪。”不妥，因爲這不
是湘、沅一帶的景象。　　搴（音：遷）：拔，摘取。　　芙
蓉：荷花的別名。注詳《離騷》。　　木末：樹梢。薜荔緣木
而生，芙蓉是水裏的花朵，采薜荔于水中，搴芙蓉于木末，必
然是一無所得，比喻所求不遂。朱熹說：“薜荔緣木，而今采之
水中；芙蓉在水，而今求之木末；既非其處，則用力雖勤，而
不可得。”這四句是說，乘船來會湘君，但事與願違。

　　⑨心不同：即不同心，指男女雙方中的一方對愛情的不忠
實。　　媒勞：媒人徒勞無功。　　恩不甚：謂恩愛不深。　　輕
絕：輕易棄絕。這兩句說我倆不同心，媒人就徒勞無功；由于
恩愛不深，他就輕易地拋棄了我。這是久候不至，對湘君的怨
望。朱熹說：“至於合昏而情異，則媒雖勞而昏不成；結友而交
疏，則今雖成而終易絕；則又心志睽乖，不容強合之驗也。求神不
答，豈不亦猶是乎！自是而往，益微而益婉矣。”下面四句申言之。

　　⑩瀨（音：賴）：沙石間的流水。　　淺淺（讀如：肩）：
水流疾貌。　　飛龍：即上文“駕飛龍兮北征”的“飛龍”，指
湘君所乘的船。　　翩翩：飛行輕快貌。　　交，相交。　　忠：
忠誠。　　怨長：長久地怨望。　　期：約會。　　不信：不
踐約。　　不閒：不得空閒。這四句是說湘君乘龍（船）在淺
淺的水上飛行，應該很快的來到。他之所以沒有來，則是因爲
“交不忠”“期不信”的緣故。

　　⑪鼂（音：招）：通“朝”，清晨。　　騁騖：急走。　　皋
（音：高）水濱的地。：一說，皋是水澤。王逸曰：“澤曲曰皋。”亦

通。注見《離騷》。江皋，指江邊。　　弭節：謂停車，注詳《離
騷》。　　　北渚（音：主）：北面的小洲，是湘夫人和湘君約
會的地點。　　次：棲宿。　　周：環繞。這四句說早晨急急
忙忙地在江邊奔走，晚上在北岸停留。鳥在屋上棲息，水在堂
下環流。這是湘夫人說她來到約會的地點，沒有會見湘君，只
看到"鳥次屋上"、"水周堂下"的荒涼景象而已。林雲銘說：
"絕望而行且歸，杳不見神，惟淒寂之景現前矣。"按：上文湘夫
人是乘桂舟而來，這裏說"騁驁"，說"弭節"，只是泛指行程，
不可拘泥于水陸舟車之辨。

　　⑫捐：棄也。和"遺"爲互文。都是丟下的意思。　　　玦
（音：決）：圓形的玉器，似環而有缺口。　　佩：玉佩。　　澧：
水名，在今湖南省境內，流入洞庭湖。一本作"醴"。　　浦：
水邊。　　芳洲：生芳草的水洲。　　杜若：草本植物，葉廣
披作針形，味辛而香。　　遺（音：未）：贈予。　　　下女：
指湘君身邊的侍女。這四句有兩層意思，表示湘夫人在失望中
思想活動的兩個過程："玦"和"佩"是男子的用物，是湘君送
給湘夫人的。最初把它丟在水裏，是爲了表示決絕之意，但是
真正的能夠決絕嗎？這種深長的怨望，正說明了刻骨的相思，
于是仍然不得不折芳草以寄情。爲了表示對對方的尊敬，所以
不直接說送給湘君，而說送給"下女"，在這裏與古代交際辭令
中的"執事"、"左右"這一類詞的用法意義相同。朱熹則認
爲這是"言湘君既不可見，而愛慕之心終不能忘，故猶欲解其
玦佩以爲贈，而又不敢顯然致之以當其身，故但委之水濱，若
捐棄而墜失者，以陰寄吾意，而冀其或將取之。若聘禮，賓
將行，而于館堂楹間，釋四皮束帛，賓不致，而主不拜也。然
猶恐其不能自達，則又采香草以遺其下之侍女，使通吾意之慇
勤，而幸玦佩之見取。"

⑬ “時不可兮再得” 二句：上句説時間一去不復返，表示悲傷之意；下句是寬慰自己之詞。　　聊：姑且。　　容與：寬適的樣子。朱熹説：“其戀慕之心如此，而猶不可必，則逍遥容與以俟之，而終不能忘也。”王逸則説：“言日不再中，年不再盛也。”又説：“言天時不再至，人年不再盛。己年既老矣，不遇于時，聊且逍遥而遊，容與而戲，以待天命之至也。”林雲銘説：“時既失矣，今復何及？此時怨亦無益，思亦無益，且自排遣目前，正是無聊之極也。”

湘　夫　人

　　帝子降兮北渚，目眇眇兮愁予①。嫋嫋兮秋風，洞庭波兮木葉下②。

　　登白薠兮騁望，與佳期兮夕張③。鳥何萃兮蘋中，罾何爲兮木上④？

　　沅有芷兮澧有蘭，思公子兮未敢言⑤。荒忽兮遠望，觀流水兮潺湲⑥。

　　麋何食兮庭中，蛟何爲兮水裔⑦？朝馳余馬兮江皋，夕濟兮西澨。聞佳人兮召予，將騰駕兮偕逝⑧。

　　築室兮水中，葺之兮荷蓋⑨。蓀壁兮紫壇，播芳椒兮成堂。桂棟兮蘭橑，辛夷楣兮藥房⑩。罔薜荔兮爲帷，擗蕙櫋兮既張⑪。白玉兮爲鎮，疏石蘭兮爲芳⑫。芷葺兮荷屋，繚之兮杜衡⑬。

　　合百草兮實庭，建芳馨兮廡門⑭。九嶷繽兮并迎，靈之來兮如雲⑮。

　　捐余袂兮江中，遺余褋兮澧浦。搴汀洲兮
杜若，將以遺兮遠者。時不可兮驟得，聊逍遙
兮容與[16]。

　　①帝子：和下文的“公子”、“佳人”都是湘君稱湘夫人
之詞。因爲她是帝堯的女兒，所以稱爲“帝子”。“帝子”與“公
子”義同，在古代的用法上是不限于男性的。“佳人”，猶言美
人。凡理想中的人都可稱爲“佳人”，不一定是指容貌之美。
降：降臨。　　北渚：即上篇“夕次兮北渚”的“北渚”。
渚，水中的小塊陸地，小洲。　　眇眇：眯着眼遠望的樣子。
林雲銘説：“人遠視則半睫而目若小。”蔣驥説：“見神之遠立凝
視，其目纖長。”一説，微貌。洪興祖説：“眇眇，微貌。言神之
降，望而不見。”（《楚辭補注》）一説，好貌。王逸、朱熹等
皆注“好貌”，未妥。　　愁予：王逸、朱熹等都認爲是“使我
發愁”的意思。但有人認爲“予”通“伃”或“盱”，憂也。
“愁予”即“愁憂”。（姜亮夫《屈原賦校注》）也有人認爲
“予”應讀爲“眝”，説“目眇眇.即愁眝之狀。”（聞一多
《楚辭校補》）這篇是湘君思念湘夫人的語氣，由扮湘君的
男巫（覡）獨唱。這兩句寫想念的殷切，下句寫遠望的愁思。

　　②裊裊（讀如：鳥）：微風吹拂的樣子。洞庭：洞庭湖，在
今湖北省北部，長江南岸。　　波：用作動詞，掀起了波浪。　　木
葉：指秋天的樹葉。　　下：落下。這兩句寫季節和環境。是説在
秋風吹拂中，洞庭湖面泛起了微瀾，湖岸的樹葉紛紛下落。朱
熹説：“秋風起，則洞庭生波，而木葉下矣，蓋記其時也。”

　　③蘋（音：凡）：秋生草。王逸説：“蘋草秋生，今南方湖澤
皆有之。”洪興祖説：“《淮南子》云：‘路無莎蘋’注云：‘蘋
狀如葴。’”　　登白蘋，是説站在長着白蘋的地方。一本無

“登”字，意同，文略。　　騁望：縱目而望。　　與：數也。
王夫之説：“與，如《禮記》‘生與來日’之‘與’，數也。”
　　佳期：約會的時期。　　張：陳設。王逸説：“張，施也。”
一説，張羅。一説，“張”通“帳”，帳幕。這裏用作動詞，是張
施帷帳的意思。下句是説計算着在約會那天的傍晚，做好一切
准備，等候湘夫人降臨。這裏的“夕”，與上篇“夕次兮北渚”
的“夕”字相應。

　　④鳥：指山鳥。一本“鳥”下無“何”字。　　萃（音：
翠）：集也。　　蘋：水草。　　罾（音：增）：魚網，俗稱
“扳罾”。兩句是説，鳥兒爲什麼聚集在水草中？魚網爲什麼掛
在樹上？鳥不集山林而聚蘋中，罾不放水裏而放在樹杪，是
一種顛倒錯亂的現象。隱喻約人而人不來，與前一篇“采薜荔
兮水中”二句用意相同。

　　⑤沅：沅水，在今湖南省西部。　　澧：澧水，在今湖南
西北部。一本作“醴”。　　芷：即白芷，香草。　　芷，一作
“茝”。　　蘭：蘭草，即澤蘭。　　公子：指湘夫人。這兩句
是即景生情，因看到眼前芬芳的蘭、芷，而聯想到“公子”。
未敢言：指蘊藏在内心而無法傾吐的深厚情感，與上一篇的
“隱思君”意同。

　　⑥荒忽：通“恍惚”，隱隱約約，若有若無的樣子。蔣驥則
説是形容“思極而神迷”的樣子，亦通。　　潺湲（讀如：
蟬元）：水徐流不斷的樣子。這兩句是説，在遠望中只看到沅
水和澧水在慢慢地不斷地流着，可是他所約會的人却没有隨流
水以俱來。朱熹説：“蓋曰沅則有芷矣，澧則有蘭矣，何我之思
公子，而獨未敢言耶？思之之切，至于荒忽而起望，則又但見
流水之潺湲而已。其起興之例，正猶越人之歌，所謂‘山有木兮
木有枝，心悦君兮君不知’。”戴震也説：“此章言思望之甚，但

見流水潺湲，不見神之來也。"

⑦麋(音:彌)：鹿一類的動物，似鹿而大。　　爲：一作"食"。　　庭：庭院，院子。　　蛟：古人認爲是龍一類的動物，能發洪水，興風作浪。　　裔(音:義)：注見《離騷》。水裔，即水邊。意思說，麋鹿爲什麼跑到院子裏來尋食？蛟龍爲什麼來到岸上？二句實寫眼前荒涼景象，與前一篇"鳥次兮屋上"二句同意。迭用"何爲"是表示寂寞無聊之感。

⑧馳：馳騁。　　皐(音:高)：水邊的地。　　夕(音:析)：傍晚。和上文"與佳期兮夕張"的"夕"都是點明約會時間。　　濟：渡，過河。　　澨(音:逝)：水邊。　　佳人：指湘夫人。　　騰駕：飛騰起車駕。　　偕逝：同去。這四句是湘君自述來到北渚的行程和赴約時的心情。下面所寫的是他和湘夫人會見以後理想中的共同生活環境。

⑨葺(音:氣)：用草蓋房子。這裏泛指蓋房。　　荷蓋：荷葉。這句是說用荷葉蓋房。

⑩蓀：即"溪蓀"，一種香草，形似石菖蒲。　　蓀壁，用蓀草編成壁。　　紫：即《河伯》篇"紫貝闕兮珠宮"的"紫貝"的簡稱，紫貝是水產的寶物，壳圓，質潔白，有暗青色小斑點及濃褐色斑紋，古時用爲貨幣。楚地方言謂中庭爲"壇"(音:談)；"紫壇"，是說中庭的地面用紫貝做成，取其堅滑而光彩。　　播：散播。一作"敊"或"𢿱"，古字。　　成：整也。"播芳椒兮成堂"，是說用椒塗在整個堂壁，播散芬芳。　　一說，把芳香的花椒散布在堂中。王逸說："布香椒於堂上。"成，一作"盈"，義通。而聞一多說："成，猶飾也。《儀禮·喪禮》：'獻素，獻成亦如之。'注曰：'飾治畢爲成。'案成與素對舉，未飾者曰素，已飾者曰成也。至飾室壁亦謂之成。《周

禮・掌蜃》：‘共白盛之蜃。’注曰：　‘盛，猶成也，謂飾墻使白之蜃也。’”《考工記・匠人》：‘白盛。’注曰：‘盛之成也，以蜃灰堊墻，所以飾成宮室。’‘採芳椒兮成堂’者，以椒入泥，用飾堂壁也。古者以椒泥壁。《類聚》八九引《漢官儀》曰：‘皇后稱椒房，……以椒塗室，亦取其温暖，除惡氣也。’……一本成作盈，此學者不知成義而臆改。”（《楚辭校補》）　棟：屋梁。　　檺（音：遼）：屋椽。　　辛夷：香木，花開最早，北方呼爲木筆，南方叫做望春，又名迎春。　　楣：門户上的横梁。　　藥：即白芷。洪興祖説：“木草白芷，楚人謂之藥。”這兩句是説：“用桂木做屋梁，用木蘭做椽子，用辛夷做門楣，用白芷裝飾屋子。

⑪罔：通“網”，這裏是編結的意思。　　帷：帳的四圍。《文選》五臣注云：“罔結以爲帷帳。”這句是説把薜荔編結成帳帷。　　擗（音：匹）：用手剖開。　　欂（音：綿）：一作欂。高亨説：“當作幔，幔是帳子的頂。分布蕙草作帳子的頂。‘既張’是已經這樣陳設起來了。”（《楚辭選》）舊解“欂”爲“屋聯”，即今天室内的隔扇。五臣云：擗析以爲屋聯，盡張設于中也。”　　意思説，剖開蕙草做成隔扇，而且已經陳設起來了。一説，“欂”，屋檐板。“擗蕙欂”，掰開蕙草鋪成屋檐板。

⑫“白玉兮爲鎮”二句　意思説，用白玉做壓坐席的玉瑱，布種着石蘭以取其芬芳之氣。　　鎮：壓坐席的東西。　　疏：作動詞用，稀稀疎疎地布種着。　　石蘭：蘭草的一種，即山蘭，注見《離騷》。

⑬“芷葺兮荷屋”二句：郭沫若説：“屋是幄字之省，葺字當是茸字之誤。因上文已言‘葺之兮荷蓋’，此處不應重復。蓋因後人不知屋之爲幄，故誤改。茸，蓋假爲褥或袵。”（《屈原賦今譯》本篇注）　　按：前面十句是屋的結構和屋内的陳

設，這兩句是屋外的裝飾。因爲水裏的屋用荷葉做頂，所以叫做“荷屋”。“芷葺兮荷屋”，是説“荷屋”上面又葺以香芷。這句的“葺”指加蓋，和“葺之兮荷蓋”的“葺”字同而用意各別。　　　繚（音：遼）：指繚繞在屋的四周。　　　杜衡：香草名，注見《離騷》。洪興祖説：“謂以荷爲屋，以芷覆之，又以杜衡繚之也。”蔣驥也説：“謂前荷蓋之屋，復葺以芷，而四圍又以杜衡縈束之也。”

⑭“合百草兮實庭”二句：意思是説匯集各種花草充滿院子，建立門庭，香氣遠飄。一説把各種芳香的東西都陳設在廊下、門前。　　　合：集合，匯合。　　　實：充實，充滿。　　　建：設置的意思。　　　芳馨：作名詞用，散布很遠的香氣。　　　廡（音：武）：堂下四周的屋子，就是現在的厢房。　　　廡門，指廡和門。蔣驥説：“藥房以上，言築室之具，罔薜荔四句，言室宀所陳；芷葺以下，又言室上下内外之裝束也。”

⑮九嶷：即九嶷山，又名蒼梧山，在今湖南寧遠縣南，相傳虞舜葬此。這裏指九嶷之神，即下句的“靈”。　　　繽：衆多。這句説九嶷山諸神紛紛都來迎接。　　　如雲：形容多的樣子。湘君是古代帝王，死於九嶷，當然他所在的地方，九嶷諸神會圍繞在他的周圍。這兩句是設想湘夫人降臨後在一個新的美好環境中的熱鬧場面。可是“佳人”有約不來，上面的一切都成爲空虛的幻想。

⑯“捐余袂兮江中”六句：與前一篇“捐余玦兮江中”六句意同。　　　捐：拋棄。　　　遺（音：儀），拋棄，丟下。襟（音：牒）：禪衣，即無裏之衣，指貼身穿的汗衫之類。洪興祖説：“《方言》：‘禪衣，江淮南楚之間謂之襟。’”（《楚辭補注》）按：“襟”和“袂”是女子所用之物，是湘夫人送給湘君的。《左傳·宣公九年》：“陳靈公與孔寧、儀行父通於夏姬，

皆衷其袒服以戲于朝。”“袒服”，是貼身穿的衣服，亦即襌衣。
足見用自己的衣服送給情人，是古代女子愛情生活中一種流行
的習慣。　　　袂（音：妹），同（音：藝）。《方言》：“複襦，
江湘之間謂之襜，或謂之𥄂，或作袂。”郭注：“即袂字耳。”
《字林》：“袂，複襦也。”“複襦”有裏，指外衣。《說文》：
“襌，衣不重。”段玉裁注：“此與重衣曰複爲對。”這裏“袂”
“裸”對舉成文，“裸”既是襌衣，則“袂”必然是複襦。舊
說，把“袂”當作衣袖解，不妥。一說“袂”爲“袟”（音：志）
之誤。袟，小囊，婦女所佩。“裸”爲“鍱”之誤。鍱，指環。
搴（音：牽）、摘取。　　汀（音：廳）：水中的平地。　　杜
若：香草。　　遺（音：未）：贈予。　　遠者：指湘夫人。
朱熹則說：“遠者，亦謂夫人之侍女，以其既遠去而名之也。”
驟：數（音：朔）也。驟得，一次又一次地得到。蔣驥則說：
“驟，疾也。不可驟得，則非不可再得也，然情弗能待也。”
聊：姑且。　　逍遙：優游自得貌。　　容與：閑暇自得貌。
林雲銘說：“思之無可思，望之無處望，只得留爲有待，自己排
遣，亦前篇無可奈何之意也。”

　　《湘君》和《湘夫人》雖然各自成篇，但文章結構大體相
同，語氣上則互爲呼應，合起來渾然一體，表現了一個共同的
主題，那就是一種生死契闊、會合無緣的悲痛。這一主題以及
與此相適應的獨特的表現形式，與它的藝術原型，即舜與二妃
的故事有着血肉的聯係。二妃的傳說，正如李白《遠別離》所
說：“蒼梧山崩湘水絕，竹上之淚乃可滅”，是綿綿而無盡期的。
只有在這悲劇性傳說的基礎上，只有在浩瀚漂渺的江湘大自然
的環境中，才能胚胎成長出這兩篇作品。所以兩篇的描寫，始
終以候人不來爲綫索，盡管在彷徨悵惘中向對方表示過深長的

怨望，但堅貞不渝的愛情則是彼此一致的。這樣，就從兩個方面完整地體現了這一悲劇故事的精神實質。

民間神話傳說，是《九歌》取之無盡的泉源；而人民的思想感情，又是《九歌》創作唯一的生命。屈原在加工改寫時，沒有離開故事的本身，又沒有把他的描寫粘滯和局限於故事背景上面：而是高度地概括了人民真誠淳樸的情操。他就是按照這一原則來塑造作品的形象的。篇中所寫的是生離死別的心情，不可避免地籠罩着一層憂傷郁抑的悲劇氣氛，可是就在這憂傷郁抑的氣氛裏却滲透着一種愛戀與追求的狂熱，充沛地顯示出一種生命的活力。從這可以看出在苦難的黑暗現實世界裏，人民是怎樣向往於美好和光明，怎樣對待自己的未來和理想；而作者的思想情感與人民有着不期而然的共鳴之處，因此能够對民間的文學形式在原有的基礎上加以提高。《九歌》裏象這類以古代神話傳説中的戀愛故事爲題材背景的作品，應該抓住這總的環節去深入體會它的思想性藝術性。

在表現手法上，本篇也自有其特色。湘君和湘夫人的形象，兩篇都沒有作正面描寫，而是通過雙方心理活動的刻劃和環境氣氛的渲染，給人以完美而鮮明的真實感覺。如《湘夫人》“裊裊兮秋風，洞庭波兮木葉下”，寫的是湘君所見的眼前景，反映的則是他凄凉孤獨的心情，以景襯情，到了水乳交融的地步。賀貽孫《騷箋》評曰：“洞庭波兮木葉下，七字可敵宋玉悲秋一篇。謝莊《月賦》云：洞庭始波，木葉微落。化用此語，遂爲全賦生色。”另外《湘君》中“石瀨兮淺淺，飛龍兮翩翩。”“鳥次兮屋上，水周兮堂下”，都有與此類似的藝術效果。這一表現手法，與《詩經·秦風·蒹葭》非常相似，但感情却要深沉悲切得多。温庭筠《菩薩蠻》詞有句云：“照花前後鏡，花面交相映”，用來説明這兩篇的表現手法，是最恰當不過了。

大　司　命

　　本篇和下一篇所祀的是主壽命的神。大司命總管人類的生死，所以稱大；少司命則專司兒童的命運，所以稱少。這兩位神祇的名稱所標誌的涵義和作品的内容是完全相適應的。

　　舊説，這兩位神祇是天上兩顆星宿，但具體所指，説法不一，大體有以下幾種：

　　一、以三台星的上台司命爲大司命，文昌宫的第四星司命爲少司命。洪興祖《楚辭補注》曰："《周禮·大宗伯》：以槱燎祀司中、司命。疏引《星傳》云：三台，上台司命，爲太尉。又文昌宫第四曰司命。按《史記·天官書》：文星六星，四曰司命。《晋書·天文志》：三台六星，兩兩而居，西近文昌二星，曰上台，爲司命，主壽。然則有兩司命也。"這一説法影響較大，朱熹《楚辭集注》、林雲銘《楚辭燈》、戴震《屈原賦注》、馬其昶《屈賦微》等都從之。

　　二、以王所祀之神爲大司命，以諸侯、羣姓所祀爲少司命。王闓運《楚辭釋》根據《禮記·祭法》立論；他説："大司命，王七祀之神。""（少司命）羣姓七祀之神，或者楚都邑同諸侯五祀"。此説洪興祖亦曾引用，但表示不可信從，他説："《祭法》：王立七祀，諸侯立五祀，皆有司命。疏云：司命，宫中小神，""《大司命》云：乘清氣兮御陰陽。《少司命》云：登九天兮撫彗星。其非宫中小神明矣。"

　　三、以文昌宫第四星爲大司命，以虚北二星爲少司命。蔣驥《山帶閣註楚辭·餘論上》曰："然按《隋志》，虚比二星亦曰司命，主舉過行罰，滅不祥，故在六宗之祀。則司命非徒有

兩而已，《集注》言近鑿空。"胡繼《文昌星象祀典考》（阮元
《詁經精舍文集》卷七）據《甘石星經》等書，進而證實虛北
司命二星爲 "鬼官之長"，司罰過。因而得出結論:"案《楚辭·
九歌》有二司命，所云少司命者，當即《星經》所云鬼官之長。
其《大司命》之詞曰：廣開兮天門，又曰：乘清氣兮御陰陽；
則文昌之第四星也。"

　　以上諸説似有未安。《九歌》中的司命神是初民崇拜自然
的意識的反映，至于與天上的星象聯係起來，那只是陰陽五行、
天人感應之説流行後，纖緯家的説法罷了。司命的解釋，當以
王夫之《楚辭通釋》爲妥，他説:"舊説謂文昌第四星爲司命，
出鄭康成《周禮注》，乃纖緯家之言也。篇内乘清氣，御陰陽，
以造化生物之神化言之，豈一星之謂乎。大司命統司人之生死，
而少司命則司人子嗣之有無，以其所司者嬰稚，故曰少；大則統
攝之辭也。古者臣子爲君親祈永命，徧禱于羣祀，無司命之適
主，而弗無子者（弗通袚，袚除無子即求有子），祀高禖。大
司命、少司命，皆楚俗爲之名而祀之。"

　　關于二司命職掌，尤其是少司命所主，還是有不少異説。
　　有認爲主緣，即主管戀愛婚配之説。王夫之雖然主張大司
命主生死，少司命主子嗣，但又説到祀事禖（即祭媒神）。後
來有些學者加以申發，形成了戀愛之神一説。蔣驥《山　帶　閣
注楚辭·餘論上》:"大司命主壽，故以壽夭壯老爲言。少司命
主緣，故以男女離合爲説，殆月老之類也。"并且聲明:"此雖讔
詞，然《離騷》、《九章》，屢寄慨于媒理，或亦未必無當也。"
郭沫若《屈原賦今譯》則直接將少司命解爲司戀愛的處女神。
這一説法值得商榷，《少司命》作品中固然涉及到愛情問題，
但始終没有離開司命這一基本特徵；而且司戀愛的女神，也無
法與總管人類壽命的 "大司命" 相提并論。

　　另外，戴震《屈原賦注》以爲大司命“主壽夭”，少司命
“主災祥”。胡文英《屈騷指掌》以爲“蓋大司命主生，少司命
主死，合廟分祭也。”這些説法也與作品的内容不能相合，所以，
諸説之中，還是王夫之的説法較爲近似。

　　據《史記·封禪書》記載，漢武帝時晉巫、荆巫皆祠司命，
可及證明楚國原有祀司命的習俗。又，《山東文物選集圖録》
中，有石抱子俑圖，係山東濟寧縣出土的石像，有人以此與應
劭《風俗通義·祀典》關于民間獨祀司命，“刻木長尺二寸，
爲人像”的記載相印證，以爲就是少司命的石像，可供參改。
（詳見《北京大學學報》1963年第1期向仍旦撰寫的簡訊：
《史樹青講從〈風俗通義〉看漢代禮俗》）

　　　廣開兮天門，紛吾乘兮玄雲。令飄風兮先驅，
使涷雨兮灑塵[1]。

　　　君迴翔兮以下，踰空桑兮從女[2]。紛總總兮九
州，何壽夭兮在予[3]！

　　　高飛兮安翔，乘清氣兮御陰陽。吾與君兮齊速，
導帝之兮九坑[4]。

　　　靈衣兮被被，玉佩兮陸離。壹陰兮壹陽，衆莫
知兮余所爲[5]。

　　　折疏麻兮瑶華，將以遺兮離居。老冉冉兮既極，
不寖近兮愈疏[6]。

　　　乘龍兮轔轔，高駝兮沖天。結桂枝兮延佇，羌
愈思兮愁人[7]。

　　　愁人兮奈何？願若今兮無虧。固人命兮有當，
孰離合兮可爲[8]？

①廣開：猶言大開。　　天門：天帝的宮門。朱熹説：“上帝所居，紫微宮門也。”王夫之説：“神所自降，言大司命在天來降於祠宮也。”　　紛：盛多的樣子。這裏是形容玄雲濃重。吾：指大司命。　　玄雲：黑裏透出紅色的雲彩。　　飄風：旋風。王逸説：“迴風爲飄。”朱熹説：“飄風，回風也。”《爾雅·釋天》：“旋風也。”　　先驅：前導。　　灑塵：朱熹説：“以清道也。”這兩句的意思，據王逸説是“言司命爵位尊高，出則風伯雨師先驅爲軾路也。”　　涷（音：動）雨：暴雨。《爾雅·釋天》：“今江東呼夏月暴雨爲涷雨。”這四句是巫代大司命自述。本篇關于神的稱謂，隨着行文語氣變化極多。稱“君”，是巫用第三人稱的叙述語氣，稱“女”（同汝），是巫對神而言的第二人稱，稱“吾”、“予”、“余”，是巫代神自述的第一人稱，“吾”和“君”對舉，則“吾”是巫自指。各視具體情況而定。王夫之説：“稱吾稱君，皆神也。自歌者言之稱君，述神之意稱吾；女，謂承祭之主人。錯舉互見意，故釋者多惑焉。”

②迴翔：本指鳥在天空中迴旋地飛翔着。天空寬闊，神由上而下的飛行過程中也必然要打許多盤旋，故借以形容。　　以：而。　　下：下降。蔣驥説：“以下，從天門而下也。”　　踰：越過。　　空桑：神話中的山名，見《山海經》。　　從：跟隨。“君”和“女”都是指大司命。上句叙述神的降臨，下句表示自己誠虔迎神之意，對神而言。

③“紛總總兮九州”二句：上句言天下之人衆多，下句言神通的廣大。　　紛總總：注見《離騷》。　　九州：泛指天下，注見《雲中君》。　　何壽夭：猶言何者壽而何者夭。壽：指老壽。夭：夭折，短命。相對成文，謂人的壽命長短不齊也。　　予：是巫代神自稱。有人解釋爲人們的壽命長短都掌握在我（大司命）手中。洪興祖説：“言九州之大，生民

之衆，或壽或夭，何以皆在於我，以我爲司命故也。"朱熹説：
"言見神既降，而遂往從之，因嘆其威權之盛曰：'九州人民
之衆如此，何其壽夭之命，皆在於己也！'" 也有人解爲壽
命的長短不在于我大司命。王逸説："言普天之下九州之民，誠
甚衆多，其壽考夭折皆自施行所致，天誅加之，不在於我也。"

　　④高飛、安翔：指神的靈異遍周宇内，無往而不在。 安
翔，安詳地飛翔。 清氣：天空中清明之氣，猶言天地之正
氣。古人對宇宙間一切事物發展變化的現象得不到科學的解釋，
于是統統把它説成是陰陽二氣的運行。 乘：乘車。 御：
駕御車馬。乘和御在這裏都是駕驅掌握的意思。"乘清氣兮御
陰陽"，言神功參造化。 吾：女巫自稱。 與：猶從也。
齊：同"齋"。 速：同"遬"。 齊速，即齋遬，虔誠而恭
謹的樣子。《禮記·玉藻》："見所尊者，齊遬。"鄭玄注："謙慤
貌也。遬，猶蹙蹙也。"王逸則説："齋，戒也。速，疾也。"洪興
祖説："齋速者，齋戒以自救也。" 一説，"齊"是整齊的意
思。朱熹説："整齊而疾速也。"蔣驥説："齊其神速也。" 導：
引導。 帝：上帝。 之：往。 坑（音：剛）：通"岡"。
九坑，王逸説是九州之山（《楚辭章句》）。蔣驥説就是指九
岡山（湖北、湖南皆有九岡山，見《山帶閣注楚辭》）。聞一
多也説："《文苑》作九岡，最是。九岡，山名。《輿地□□》：
'荆州松滋縣有九岡山郢都之望也。'（《古今圖書集成·方
輿匯編·職方典·荆州府部·山川考》二之五松滋縣："九岡
山，去縣治九十裏，秀色如黛，蜿蜒虬曲。"）《左傳·昭公十
一年》：'楚子滅蔡，用隱太子于岡山。'《釋例》曰：'土地
名岡山闕，不知其處；《經》言'以歸用之'，必是楚地山也。'
案岡山即九岡山，郢都之望，故楚人獻馘於此，祀神亦於此。"
（《楚辭校補》） 按：九岡就是九州的代稱。岡是高地，

九州對四海而言，也是指無水的高地的。王夫之説：“九坑，地
也。人之生也，受魂於天，受魄於地。其死也魂升於天，魄降
於地，皆司命導之，合萬匯而化之速也。”王夫之釋“坑”爲
“地”，義可相通。人類的生生不已，新陳代謝，都是上帝造化
之功。大司命掌管人類的壽命，則是這種造化之功的具體表現。
“導帝之兮九坑”，猶言把上帝的威靈引導到現實的人世。這四
句承前“何壽夭兮在予”而言，上兩句申述神的功德，下兩句
表示自己願意虔誠奉神，顯示神的威靈。

　　⑤靈：當作“雲”。聞一多説：“靈，當爲雲字之誤也。……
雲衣與玉佩對文　《東君》曰‘青雲衣兮白霓裳’，亦言雲衣。
《九嘆・遠逝》曰‘服雲衣之披披’，則全襲此文。”　　被被
（音：批）：同“披披”，形容衣服飄動的樣子。王夫之説：“猶
言翩翩。”　　一説形容衣服長大的樣子。王逸、朱熹等都説：
“被被，長貌。”林雲銘説：“導帝時所服者。”　　玉佩：玉做
的佩飾。　　陸離：注見《離騷》，這裏指玉佩光彩的閃耀。
陰陽：即上文“乘清氣兮御陰陽”的“陰陽”。上兩句形容大司
命服裝的瑰異，下兩句説神的一切行爲都是體現陰陽運行的妙
理，不是一般世俗人所能知道的。　　壹陰壹陽：有人認爲即
或陰或陽，是説變化無方。朱熹説：“言其變化循環，無有窮已
也。”有人認爲猶言一死一生。王逸説：“陰主殺，陽主生。言司
命常乘天清明之氣，御持萬民生死之命也。”還有人認爲是指神
光的忽隱忽現。蔣驥説：“言神之在位，其氣發揚變化，若《洛
神賦》所謂神光離合，乍陰乍陽也。”

　　⑥疏麻：神麻。　　瑤：“藃”的假借字，草名。　　華：
同花。一説，“瑤華”是傳説中的玉色的仙花。洪興祖説：“謝
靈運詩云折麻心莫展，又云瑤華未敢折，説者云瑤華麻花也。
其色白，故比於瑤。此花香，服食可致長壽，故以爲美。”亦可

通。　　遺（音：衛）：贈送。　　　離居：謂離居之人，指大司命。戴震説：“謂前相從，而今隔離也。”　　　冉冉：漸漸。

極：至也。與《湘君》篇“揚靈兮未極”的“極”字同義。

寖（音：盡）近：稍稍親近。　　　愈疏：更加疏遠。這四句述説人對神的情感。人們認爲自己的壽命時刻都操在神的手裏，特別是年老的人。因而更想和神親近，求得神的福賜，永命延年。蔣驥説：“神以巡覽而至，知其不可久留，故自言折此麻華，將以備別後之遺，以其年既老，不及時與神相近，恐死期將及，而益以疎闊也。”以下八句就此義申言之。表現神去後人們的悵惘之思。

⑦龍：指龍車。　　　轔轔：車聲。　　　駝：同“馳”，古字。高馳，高高地馳騁。　　沖天：沖入雲天。　　　延佇：久立盼望。　　佇，佇的異體字。　　　結桂枝：所以寄情。參閱《離騷》“結幽蘭而延佇”條注文。　　　羌（音：槍）：句首語氣詞。　　　思：指想念大司命。　　　愁人：使人愁。朱熹説：“言神既去，望而怨思也。”上兩句説神高飛遠舉，一去而不顧，下兩句叙寫人們依戀的情懷。

⑧奈何：如何。　　　若今：如今，現在。　　　虧：虧損。若今無虧，猶言及時珍重。朱熹則認爲指志行而言。他説：“無虧，保守志行，無損缺也。”蔣驥説：“感今別之易，慮後會之難，故愈思愈怨，而祈其自今以往，長與神相遇於承祭之時，無有虧損也。”　　固：本來。　　　當：正常的意思。　　　孰：何。離合：指神與人的離合。這四句的意思是説，神與人的離合，其權操之於神。但人們自有其正常的壽命，只要能够及時珍重，使自己生理上和心理上都無所虧損，則神和人的親近與否，也就没有什麽大的關係了。這是無可奈何中寬慰自己的語氣。戴震説：“言今雖與神隔離，尚未至有虧道相絕也。願若今之無

虧，則離而未必可不合。此皆欲親之之辭。因又言即此離合之不偶，固命有當然，非人所得爲，以結前得相從而後離居之意。”

　　本篇祀司命之神，所表現的正是人們對生命問題的一種看法。生命無常，隨時受到死亡的威脅；同樣是人而壽夭不齊，這似乎是一個不可理解的問題。司命之神就是在這樣一個不可理解的意念中產生的。爲了永命延年，人們不得不懷着虔誠而迫切的心情向神祈福，司命之神列入楚國民間祭祀，正是這種普遍的社會意識的反映。可是祈禱永年，僅僅是人的主觀願望而已，生命之火總是要熄滅的。因此，本篇所塑造的大司命的藝術形象，正是冷酷、嚴肅和神秘的化身。它深刻地說明人們在壽命問題上一種矛盾的、無可奈何的心理狀態。

　　然而，人民是熱愛生活的，儘管大司命的態度冷若冰霜，但是人民還是向他傾注了熱烈的感情，“折疏麻兮瑤華”，“結桂枝兮延佇”，向他獻上神奇的花朵，並以此委婉地表達了愛慕之情，希望以此打動這位握有生死大權的神靈。熱烈的追慕，反映出祀者對人生價值的重視，對長壽的渴望。

　　最後，作品以“人命有當”、“若今無虧”作結，又可以看出人們對生活的態度還是現實樂觀的。

少　司　命

　　秋蘭兮麋蕪，羅生兮堂下。綠葉兮素枝，芳菲菲兮襲予。夫人兮自有美子，蓀何以兮愁苦①？
　　秋蘭兮青青，綠葉兮紫莖。滿堂兮美人，忽獨與余兮目成②。

　　入不言兮出不辭，乘回風兮載雲旗。悲莫悲兮生別離，樂莫樂兮新相知③。

　　荷衣兮蕙帶，儵而來兮忽而逝④。夕宿兮帝郊，君誰須兮雲之際⑤？

　　與女沐兮咸池，晞女髮兮陽之阿。望美人兮未來，臨風怳兮浩歌⑥。

　　孔蓋兮翠旍，登九天兮撫彗星。竦長劍兮擁幼艾，蓀獨宜兮爲民正⑦。

①蘭：指蘭草，菊科植物。秋天開淡紫色的小花，所以叫做“秋蘭”。　　秋：一作“穐”，古字，下同。　　麋蕪：香草，即芎藭（讀如：兄窮），葉小，莖細，花白。《本草綱木》：“芎藭其葉名麋蕪，似蛇床而香，騷人借以爲譬，其苗四五月間生，葉作叢而莖細，其葉倍香，或蒔於園庭，則芳香滿徑，七八月間開白花。”　　一説，即白芷。　　羅：列也。“羅生”謂“秋蘭”與“麋蕪”並列而生。朱熹説：“羅生，言二物並列而生也。”有人解作密密如網地散布而生。　　堂：指祭祀的神堂。　　枝：一作“華”。　　芳菲菲：香氣盛貌。　　襲：侵襲。這裏是指秋蘭和麋蕪的香氣在不知不覺中深深地侵入嗅覺。　　予：巫自指。　　夫（音：扶）：句首語氣詞，無義。一説，“夫”是指示代詞，即這，那。朱熹説：“夫人，猶言彼人，如《左傳》之言‘不能見夫人’也。”亦通。而王逸解作“萬民”，洪興祖解作“凡人”均不妥。　　美子：美好的孩子。“夫人兮自有美子”，一本作“夫人自有兮美子”。　　蓀：香草。也名“荃”。這裏用作尊稱，指神。這六句是迎神詞。前四句言神堂景物之美，後兩句説求子的人都已滿足願望，神的

職守無虧，可以愉快地降臨人世。　　　王夫之把"美子"的
"子"解爲"兒女"，認爲這是"述祈子者之情"。但是他對這幾
句的理解又不一樣，他認爲這是説"人皆有美子，如芳草之生
於庭，而翳我獨無，蓀何使我而愁苦乎？"　　　朱熹則認爲"美
子"是"所美之人也"。他以爲這幾句的意思是"言彼神之心自
有所美而好之者矣，汝何爲愁苦而必求其合也？"

②青："菁"的假借字。　　　青青，繁盛貌。　　　滿堂兮美
人：指參加祭禮的人們。　　　目成：兩心相悦，用目光來傳達
情意，是戀愛成功的象征，所以叫做目成，王夫之説："目成，
以目睇視而情定也。"林雲銘説："彼此不言，以目相視而成好。"
這四句是巫述説少司命降臨到神堂時別人都没有看見，神只向
他看了一眼，表示了無限的深情。朱熹説："言美人並會，盈滿
於堂，而司命獨與我睍而相視，以成親好。"

③"入不言兮出不辭"四句：第一句是説，神進來時不説
話，離開時不告辭，承前"目成"而言，指並未與己交談。第
二句寫神去時的情景，後兩句言神去後人的悲哀。林雲銘説：
"入乎堂中，不聞其聲，出乎堂外，不見其形。以風雲爲旗，
任其所往，可以不辭，所謂生別離也。……死別離乃一訣暫痛，
生別離則歷久彌思，故尤悲。舊相知乃視爲固然，新相知則喜
出望外，故尤樂。二句以當此之悲，又追前此之樂，不忍其去
己，是上下文過脈處。"　　　回風：旋風。　　　雲旗：以雲爲旗。
相知：知己、摯友。

④荷衣、蕙帶：指神的服飾。　　儵（音：殊）、忽：都是迅速、
忽然的意思。上句承"乘回風兮載雲旗"言之，下句與'入不
言兮出不辭"相應。

⑤帝：指上帝。　　　帝郊，猶言天國的郊野。　　　須：等
待。這兩句是對少司命表示深切的戀情，説她爲什麼忽然而去，

孤單地宿在雲際的帝郊，是等待誰呢？朱熹説：“神之始也，雖倏然不言而來，今乃忽然不詞遂去，而宿于天帝之郊，不知其何所待於雲之際乎？”

　　⑥女：通“汝”。　　沐：洗頭髮。　　咸池：神話中的水名，注見《離騷》。《山海經·大荒南經》：“有女子名曰羲和，方日浴于甘淵。”郭璞云：“羲和蓋天地始生，主日月者也。故（《歸藏》）《啓筮》曰：‘空桑之蒼蒼，八極之既張，乃有夫羲和，是主日月，職出入，以爲晦明。’又曰：‘瞻彼上天，一明一晦，有夫羲和之子，出於暘谷。’故堯因此而立羲和之官，以主四時，其後世遂爲此國。作日月之象而掌之，沐浴運轉之於甘水中，以效其出入暘谷虞淵也，所謂世不失職耳。”甘淵，即咸池。　　晞（音：希）：晒乾。　　陽：太陽。　　阿：曲陵。陽之阿，可能是指神話中日出的暘谷。《淮南子》：“日出於暘谷，浴於咸池。”　　美人：指理想中的人。美，一作“媺”，字同。　　來：一作“徠”，字同。　　臨風：迎風。　　悅：同“怳”，失意貌。　　浩歌：大聲歌唱。朱熹説：“言欲與女沐於咸池，而望汝不至，遂悅然而浩歌也。”“與女沐兮咸池”前原有“與女遊兮九河，衝風起兮水揚波”二句，洪興祖《楚辭補注》斷爲《河伯》篇錯簡重見的文字，刪去。按：連這四句也可能是《河伯》篇的脱簡而誤竄進來的。今本《河伯》篇開頭是“與女遊兮九河，衝風起兮水横波”，接着便説“乘水車兮荷蓋，駕兩龍兮驂螭”。假如中間插進這四句，語意就更爲完滿。“與女遊兮九河”、“與女沐兮咸池”同一句法。每兩句話一件事，對舉成文，都是河伯的幻想。所以緊接着説“望美人兮未來”，點明珩實的惆悵心情。後面“乘水車”、“登崑崙”分承“九河”、“咸池”，結構嚴謹，脈絡分明。“河”、“波”、“阿”、“歌”、“螭”叶韻，在音節上也是完全適合的。這四

句放在本篇，雖然可以勉强説通，但和上下文的聯繫究竟不够自然。把它删掉，通篇的内容更顯得集中而緊凑了。以上論點，僅僅從作品本文的體會出發，因爲缺乏其他足資證明的確切根據，故仍其舊。

⑦孔：孔雀的簡稱。　翠：翡翠鳥的簡稱。　蓋：車蓋。古人車上張蓋，陰以禦雨，晴以蔽日，圓形，和現在的車篷形狀不同，作用相似。　旍（音：精），同“旌”，這裏指旗杆上的裝飾品。以孔雀的羽毛爲蓋，以翡翠的羽毛爲旍，極言其儀仗服飾之美。　九天：指天的最高處，注見《離騷》。

撫：用手按着。　彗（音：惠）星：就是民間所説的“掃帚星”。掃帚星出現，據説是掃除邪穢的象徵。少司命是兒童壽命之神，手撫彗星，表示爲兒童掃除災難。　一説，撫，安撫。彗星，災星。“撫彗星”，就是安撫使之不爲災害。　竦：挺出也。一作“㩳”。　幼艾：泛指少年男女。一説“幼艾”，猶言少老也，即指下句之“民”言。（姜亮夫《屈原賦校注》）擁：保護的意思。王夫之説：“彗星如帚，撫之以除災眚。擁，衛也。幼艾，嬰兒也。竦劍以護嬰兒使人宜子。”　蓀：香草，即溪蓀。這裏指少司命。　正：古人稱官長爲正，與主同義。爲民正：猶言爲民之主。這四句是對神的贊禮。

本篇的内容，應該從兩個方面去理解：開頭六句和結尾四句遙遙呼應，包舉全篇，是對少司命正面的贊禮。説她時時爲了人們的子嗣問題而“愁苦”；她嚴守住她的崗位，“撫彗星”，“竦長劍”來保護兒童，從而取得人民的崇敬。這正反映了人民對新生一代的熱愛與關懷，用意是非常明確的。中間幾節描寫人神愛戀之情。從詩歌的主題來看，是駢枝；就詩歌的結構言，是插曲。這兩方面的内容，不可混爲一談；但也不能把它們割裂開來。因爲構成少司命這一美麗女神溫柔而又勇敢、洒脫而又纏綿的光輝形象，正是這兩方面内容的結合。

《九歌》中祭祀的神祇，它們在人民心目中所形成的概念，不是某種自然現象就是某種社會人事問題的反映。其中往往有着一些有關的神話傳説作爲它們的具體内容，這就使得祭神的歌辭不僅僅停留在單純的稱頌和祈禱上面；《九歌》之所以不同於一般的祭歌，而是以優秀的形象顯示民間文學的特色，表現了人民現實生活中極其複雜的真情實感，正在於此。《湘君》、《湘夫人》就是一個明顯的例證。《大司命》篇雖然説來説去都是有關人的壽命問題，但“折疏麻”、“結桂枝”的語氣，多少含有一些人神戀愛的因素。本篇中間幾節，更顯然是一首纏綿宛轉的情歌。作者這樣處理題材，不難想像也是有着當時在民間廣泛流傳的，而且是與主題有關的神話故事作爲背景。雖然限於現存的歷史文獻資料，無從作出十分具體的確切不移的説明；可是，它的精神實質仍然是可以體會的。

大司命是一位嚴肅的男神，少司命是一位年青美貌、溫柔多情的女神。因而兩篇作品寓意相似，描寫方法却不一樣，蔣驥《山帶閣注楚辭》曰：“《大司命》之辭肅，《少司命》之辭昵”，的確如此，在本篇中，人神戀愛，相互追逐的情味比《大司命》要濃烈得多。這位多情的少女，剛降到人間，就一見鐘情，在“滿堂美人”中挑了一個意中人。然後，她又倐然而逝，引起了意中人的無限悲哀和奇思遐想，他仿佛看到美麗的少司命並未遠去，而是在帝郊静候，在雲際顧盼。于是，在他的心頭幻化出一幅天國相會的圖景，那是個充滿陽光，一片光明的地方，他倆在那裏親密無間，歡樂至極。然而，天上人間畢竟是隔絶的，所以他只能臨風悲歌，望眼欲穿，神情都爲之而恍惚。這一愛情悲劇的本事雖已失傳，難以考實，但其中表現的纏綿悱惻之情，是足以動人的。

　　本篇的藝術巧思也是高妙的，尤其是“悲莫悲兮生別離，樂莫樂兮新相知”二句，對人生常有的相知別離之情描寫細膩。周拱辰《離騷草木史》卷二曰：“悲樂二語，側重別離二言，然二語合看，才見言情之苦。以爲已別離矣，而昨日之相知尚新；以爲相知伊始耳，而生離隨繼。夫相知而別離，不如不相知之愈也，而況新相知乎？一日之內，忽新忽故，忽聚忽散，無限啼笑無憑之感。所謂‘今宵剩把銀釭照，猶恐相逢是夢中’也，含情寫恨，嘆聲壓雲。”可供參考。

東　　君

　　本篇是祭日神的歌辭。洪興祖《楚辭補注》云：“《博雅》曰，朱明耀靈。東君，日也。《漢書·郊祀志》有東君。”朱熹《楚辭集注》：“今按，此日神也。《禮》曰，天子朝日于東門之外。又曰，王宮祭日也。”均以東君爲日神，後世多無異詞。王闓運《楚辭釋》則云：“東君，句芒之神。舊以爲禮日，文中言云蔽日則非。”句芒是春神，《禮記·月令》：“孟春之月，其神句芒”，而春于方位屬東，所以句芒也是東方之神。這一說法不妥，但王氏提出了一個值得注意的問題，那就是本篇說到“靈之來兮蔽日”，很顯然，神和日是兩回事。其實，一開始“暾將出兮東方，照吾檻兮扶桑，”兩句，暾是旭日，吾是東君自指，也說明神和日是兩回事。所以，我們感到，東君是日神，但爲太陽的駕車人，也就是神話傳說中的羲和，而不是指太陽本身。《爾雅·釋天》：“日御謂之羲和。”《初學記》引《淮南子·天文訓》：“爰止羲和，爰息六螭。”徐堅注云：“日乘車，駕以六龍，

義和御之。"《離騷》裏也有"吾令羲和弭節兮"的話。又《山
海經‧大荒南經》說："東南海之外，甘水之間，有義和之國。
有女子名曰義和，方日浴于甘淵。義和者，帝俊之妻，生十日。"
在上述一些有關古代神話的資料中，都是把太陽神稱爲義和，
不過有男性和女性駕車人和母親的區別而已。稱日神爲東君，
當是楚國地方習用的別名（可能也有所本），與"東皇太一"
"雲中君"同例。《史記‧封禪書》和《漢書‧郊祀志》記晉
巫祀"東君"和"雲中君"，則是其他地區祭神時襲用楚俗的舊
名。　清劉夢鵬《屈子章句》將《東君》列爲《九歌》第二篇。
他說："前篇即以臣之事君，猶人之奉帝，而以東皇太一爲比矣。
此篇復申其未盡之旨，而致屬望之情，以見己之期于王者賖矣"
"舊本此篇在《少司命》之下，今次第二。"聞一多曰："《東君》與
《雲中君》皆天神之屬，宜同隸一組，其歌辭宜亦相次。顧今本
二章部居縣絕（編次的距離相隔甚遠），無義可尋。其爲錯簡，
殆無可疑。余謂古本《東君》次在《雲中君》前。《史記‧封
禪書》、《漢書‧郊祀志》並云：'晉巫祠五帝、東君、雲中
君。'《索隱》引王逸亦云：'東君、雲中君。'見《歸藏易》
（今本注無此文），咸以二神連稱，明楚俗致祭，詩人造歌，
亦當以二神相將。且惟《東君》在《雲中君》前，《少司命》
乃得與《河伯》首尾相銜，而《河伯》首二句乃得闌入《少司
命》中耳"。（《楚辭校補》）按：劉氏和聞氏的說法較合情理，
但爲了不變更相沿已久的篇次，今仍其舊。

　　　暾將出兮東方，照吾檻兮扶桑。撫余馬兮安驅，
夜皎皎兮既明[1]！

　　　駕龍輈兮乘雷，載雲旗兮委蛇。長太息兮將上，
心低徊兮顧懷[2]。羌聲色兮娛人，觀者憺兮忘歸[3]。

　　絙瑟兮交鼓，蕭鐘兮瑶簴，鳴篪兮吹竽，思靈
保兮賢姱④。翾飛兮翠曾，展詩兮會舞，應律兮合
節⑤，靈之来兮蔽日⑥。

　　青雲衣兮白霓裳，舉長矢兮射天狼。操余弧兮
反淪降，援北斗兮酌桂漿⑦。撰余轡兮高駝翔，杳
冥冥兮以東行⑧。

　①"暾"（音:吞）：猶暾暾，形容初日所放射的温暖和光
明。朱熹説:"暾，温和而明盛也。"林雲銘説:"日出貌。"蔣驥
説:"日將出時，光明温暖之貌。"一説，初升的太陽。　　出:
指太陽升起。　　檻:闌干。　　扶桑:神話中的樹名。《山
海經·海外東經》:"湯谷上有扶桑。"《説文》:　"榑桑（即扶
桑），神木，日所出也。"日出扶桑，當然這棵樹生長在日神居
住的地方的闌干的前面，每天早晨的陽光也必然首先照耀着這
棵樹再慢慢升起。　　撫:輕拍。　　安:安詳。　　晈晈
（讀如:狡）：同"皎皎"，明亮的樣子。朱熹説:"言吾見日
出東方，照我檻楯，光自扶桑而來，即乘馬以迎之，而夜既明
也。"前兩句是太陽將出時的情景，後兩句是太陽神説他准備起
身。本篇全部是東君的語氣，篇中的"吾"、"余"都是神的
自稱。

　②輈（音:舟）：車轅。《方言》:"轅，楚衛之間謂之輈。"
這裏借以代表整個的車子。龍輈，即龍車。　　雷:借喻車聲。
載雲旗:太陽在天空升起，四周圍繞着許多雲彩，好像龍車上
插上了旗子，故云"載雲旗"。　　委蛇（讀如:威宜）：飄動
舒卷的樣子。這四句承上文而言，前兩句是實叙，後兩句是虛
寫。　　太息:嘆氣。　　低佪:徘徊，流連。　　顧懷:回
顧懷念。都是描寫神眷戀故居的心情，也就是初升太陽冉冉升

起，摇曳多姿的形象。王逸以爲以上八句都是指日神，朱熹則以爲是祭者的陳詞。

③“羌聲色兮娛人”二句：寫東君在天空裏所看到的和聽到的祭神場面。　聲色娛人：言聲音顏色使人歡愉，就是下面一節的具體描繪。　羌：句首語氣詞。　觀者：指看熱鬧的人。　憺（音：旦）：安也。

④ 緪（音：根）：緊張。朱熹説：“急張絃也。”　交鼓：相對擊鼓。　簫：一本作“簘”，“攄”的假借字，擊也。聞一多則認爲“簘”是“攄”的省筆字；“簫”是“簘”之誤。（《楚辭校補》）　瑤：“搖”的假借字。　簴（音：句）：懸掛鐘磬的木架。“簫鐘兮搖簴”是説猛力擊鐘連簴都爲之搖動。與《招魂》“鏗鐘搖簴”句法相同。王念孫説：“瑤讀爲搖。搖，動也。《招魂》曰‘鏗鐘搖簴’王注曰‘鏗，撞也。搖，動也。’《文選》張銑注曰：‘言擊鐘則搖動其簴也。’”義與此同，作瑤者借字耳。緪瑟以下三句，皆相對爲文，若以瑤爲美玉，則與上下文不類矣。”（《讀書雜志》十六餘編下）

鳴：吹響。　篪（音：池）：通“篪”。“篪”和“竽”（音：于）都是古代竹制的樂器。　思：句首語氣詞。　靈保：指巫。王國維説：“古之祭也必有尸。宗廟之尸，以子弟爲之。至天地百神之祀，用尸與否，雖不可考；然《晉語》載：‘晉祀夏郊（祭天），以董伯爲尸’，則非宗廟之祀，固亦用之。《楚辭》之靈，殆以巫而兼尸之用者也。其詞謂巫曰靈，謂神亦曰靈，蓋羣巫之中，必有象神之衣服形貌動作者，而視爲神之所凭依，故謂之曰靈，或謂之靈保。余疑《楚辭》之靈保，與《詩》之神保（《詩經·楚茨》有“神保是饗”、“神保是格”、“神保聿歸”的話），皆尸之異名。”（説本王夫之《楚辭通釋》，見《宋元戲曲史》）按：“靈”是神和巫的通稱，可以用之於一般的歌舞娛樂之巫，也可以用之於象神之巫，“靈保”則專用之於象神之巫。　　賢姱（音：誇）：溫柔而美好。這四句説音樂的繁盛，下三句説歌舞的美妙。

⑤翾（音：宣），小飛。洪興祖補注引《博雅》説：“翾，䎩飛也。”朱熹説：“翾，小飛輕揚之貌。”　　翠：翡翠鳥。曾：通“翻”，舉起翅膀。“翾飛翠曾”，指巫女妙曼的舞姿。王逸説：“言巫舞工巧，身體翾然若飛，似翠鳥之舉也。”　　展詩：展開詩章來唱。這裏的“詩”，指配合舞蹈的歌辭。　　會舞：合舞。洪興祖説：“展詩，猶陳詩也；會舞，猶合舞也。”王夫之説：“展詩，陳詩而歌之；會舞，謂歌與舞交作，皆合於一律也。”　　律：指音律。　　節：指節拍。朱熹説：“律，謂十二律，黃鐘、大呂、太簇、夾鐘、姑洗、中呂、蕤賓、林鐘、夷則、南呂、無射、應鐘也；作樂者以律和五聲之高下。節，謂其始終先後、疏數疾徐之節也。”

⑥靈：神，這裏指太陽神和他的隨從。　　蔽日：遮住太陽，形容神靈衆多。

⑦“青雲衣兮白霓裳”句：以“青雲”爲“衣”，“白霓”爲“裳”，是旭日麗空，雲霓輝映的形象。霓，副虹。　　天狼：天上的惡星，在東井南，主侵掠。《晋書·天文志上》：“狼一星。在東井東南。狼爲野將，主侵掠。”　　矢：箭。　　弧（音:胡）：木弓。　　弧矢，也是天上的星名。共有九星，形似弓箭，名爲天弓，主防備盜賊。位置在天狼星的東南，朝向着天狼。《晋書·天文志上》：“弧九星，在狼東南，天弓也，主備盜賊，常向於狼。”　　反：反射也。有人認爲“反”即“返”，歸去。　　淪降：散墜，降落。意思是説操弧舉矢，反身一射，而使天狼散墜。　　援：拿起。　　北斗：星名，共有七星，形似舀酒的斗。　　桂漿：就是桂酒，薄酒爲“漿”。

戴震説：“青白以東西方色爲飾。天狼一星，弧九星，皆在西宮；北斗七星，在中宮。《天官書》：‘秦之疆也，占於狼弧。’此章有報秦之心，故與秦分野之星言之，用是知《九歌》之作。在懷王入秦不反之後，歌此，以見頃襄之當復讎，而不可安於聲色之娛也。援北斗以酌桂漿，則施德布澤之喻，撰者理而總之也。”按：這裏的天狼，確係影射秦國。秦在當時，號稱“虎狼之國”，專事侵掠，與傳説中天狼星的性質是相合的。天狼星的分野，正當秦地；弧矢星在天狼的東南，而秦國正在楚的西北，星空的位置和秦、楚的地理環境也是恰恰相當的。屈原創作《九歌》時代，正是楚國遭受侵略嚴重的危難關頭，這四句是人民敵愾心情和作者愛國意志的自然流露。末句“援北斗兮酌桂漿”，是説射掉天狼以後的欣愉心情，用意尤爲明顯。

⑧撰（音：賺）：拿，抓住。　　轡（音:佩）：駕馭牲口用的繮繩。　　駝：一作“馳”，古字。　　翔：飛翔。　　杳（音：咬）：深遠貌。　　冥冥（音：明）：黑暗也。　　以東行：從東方運行。上句意謂抓緊時間前進，下句是説從東方走向西方，從白天走到夜晚。王逸説：“言日過太陰，不見其光，出杳杳，入冥冥，直東行而復出。或曰，日月五星皆東行也。”蔣驥説：“送日極西，而復持轡東行，長夜冥途，與之相逐，蓋又以迎來日之出也。三閭大夫豈能一日離君哉。日已出而迎之者安驅，日方降而迎之者高馳，緩急之情異也。”

　　在一切自然現象中，人民一天也不能離開的就是普照大地的陽光。因而人們對日神的崇拜和歌頌是最爲熱烈而具體的。本篇祭日神的歌辭，正明朗而集中地表現了這種意識。

　　關於本篇的内容，可以從下述幾個方面去理解：

　　一、《九歌》中除了《東皇太一》而外，描寫祭祀場面最熱鬧的就數這一篇。彈瑟交鼓、鳴篪吹竽，而且猛烈地敲擊鐘磬，使鐘架爲之搖晃。在衆樂合奏聲中，還有應律合節的伴唱和舞蹈，形成了"羗聲色兮娛人，觀者憺兮忘歸"，連旁觀者都爲之出神而忘歸的熱烈場面，充分表現出楚國民間祭日神的典禮是何等隆重！

　　二、在如此隆重熱烈的典禮中，太陽神出現了，但他僅僅在高空俯瞰，表示一下愉悦之意，而並未降臨人間。之所以如此，因爲本篇塑造的日神就是太陽的化身，它從驅散黑暗到大放光明，從麗日中天到金鳥西墜，始終在勤勞不息地運行着，它放射出光和熱，使人類賴以生存、發展，正是爲了"撰餘高馳"，不停息地運行，才無暇光顧人間。

　　三、本篇中的太陽神又是一位勇武無畏的英雄，他"舉長矢兮射天狼"，爲人民除去侵略的災禍，顯出大公無私的神的威靈。這一形象的産生，與它的藝術原型——太陽，也有着天然的聯係，茅盾在《中國神話研究初探》中指出："把太陽神想象爲一個善射者，或者想象他的武器是弓箭，也是常有的事；因爲太陽的光綫射來便容易使原始人起了弓箭的想象"（見《茅盾評論文集》，上海人民出版社1979年版）

　　凡此種種，都緊緊地圍繞着一個主題，就是對太陽的崇敬和禮贊。通過作品的描繪，太陽便給人以光明的、偉大的，具有永久意義的美感。

只考詞逐解釋

黃河之神

河　伯

　　河伯是黃河之神。河爲四瀆之一，是尊貴的地祇，殷周以來，即列入祀典。楚國祭祀河神，約始于戰國，在春秋時代，

尚未列入祀典。《左傳‧哀公六年》載："初，（楚）昭王有疾，
卜曰：河爲崇。王弗祭。大夫請祭諸郊。王曰，三代命祀，祭
不越望。江、漢、雎、章，楚之望也。禍福之至，不是過也。
不谷雖不德，河非所獲罪也。遂弗祭。"因爲黃河不在楚國地望
之內，所以楚昭王不祭河神。到了戰國時代，楚的疆域逐漸擴
大，勢力已達到黃河流域的南側，對河神開始加以祭祀。董說
《七國考》卷九曰："陸璣《要覽》，楚懷王于國東偏起沈（沉）
馬祠，歲沈白馬，名饗楚邦河神，欲崇祭祀拒秦師。卒破其國，
天不祐之"，可見在楚懷王時，對河神的祀典是比較隆重而經常
的了。

　　戰國以前，雖有河神之祀，但還沒有河伯之名。河伯之名源
于戰國。《莊子》的《秋水篇》和《外物篇》中屢次出現"河
伯"之名，屈原另一篇作品《天問》也說："帝降夷羿，革孽夏
民。胡射夫河伯，而妻彼雒嬪？"《史記‧滑稽列傳》記載，在
魏文侯時，有河伯娶婦之事。可見戰國時，河伯之名已爲各國
通用。

　　相傳河伯叫馮夷。《山海經‧海內北經》曰："從極之淵，
深三百仞，維冰夷恒都焉。冰夷人面，乘兩龍。一曰，中極之
淵。陽汙之山，河出其中。凌門之山，河出其中。"郭璞注曰："冰
夷，馮夷也"，並引《淮南子‧齊俗訓》云："馮夷得道，以潛
大川。即河伯也。"《穆天子傳》曰："天子西征，至于陽紆之山，
河伯無夷之所都居，是惟河宗氏，天子沈璧禮焉。"郭璞注云：
"無夷，馮夷也。"枚乘《七發》"六駕蛟龍、附從太白"，李善
《文選注》曰："《淮南子》曰：昔馮遲，大白之御。……許慎
曰：馮遲、太白，河伯也"，《史記‧封禪書》"水曰河，祠臨
晉"，司馬貞《索隱》引《太公金匱》云："馮脩也。"以上諸名，
都是馮夷一名的演變。《索隱》又引《龍魚河圖》云："河伯姓

呂，名公子，夫人姓馮名夷。河伯，字也。華陰潼鄉隄首人水死，化爲河伯"，則將馮夷指爲河伯之妻。

關於馮夷，有着不同的傳說。《莊子·大宗師》曰："馮夷得之，以游大川"，司馬彪注引《清泠傳》云："馮夷，華陰潼鄉堤首里人也。服八石，得道爲水仙，是爲河伯。"葛洪《抱朴子·釋鬼》則曰："馮夷以八月上庚日渡河溺死，天帝署爲河伯。"一說是馮夷自己服八石，得道成仙，一說是馮夷溺死，被天帝封爲河伯。兩說都是後世神仙家附會之說，因而互相矛盾，並不足怪，只不過可以略資助談而已。

《九歌》裏所祭的神祇，都是楚地習用的名稱，只有河伯是當時通行之名。

與女遊兮九河，衝風起兮橫波。乘水車兮荷蓋，駕兩龍兮驂螭①。

登崑崙兮四望，心飛揚兮浩蕩。日將暮兮悵忘歸，惟極浦兮寤懷②。

魚鱗屋兮龍堂，紫貝闕兮朱宮。靈何爲兮水中③？乘白黿兮逐文魚，與女遊兮河之渚，流澌紛兮將來下④。

子交手兮東行，送美人兮南浦。波滔滔兮來迎，魚隣隣兮媵予⑤。

①女：即"汝"這裏指與河伯相戀的女神。一說，指河伯。朱熹說："女，指河伯也。"　　九河：黃河的總名。傳說禹治河，至兗州，爲了防止河水外溢，把它分成"徒駭"、"太史"、"馬頰"、"覆釜"、"胡蘇"、"簡"、"潔"、"鉤盤"、"鬲津"九道。"徒駭"在北，爲幹綫，即河道的本身；其余都在南，

成爲並行東注的八條支流，相距各二百里。　　衝風：衝地而
起的風，即旋風。　　橫波：橫流的水波，即大波浪。"橫"，一
作"揚"。一本"揚"上有"水"字。　　乘水車：指河伯在波
上往來。　　荷蓋：以荷葉爲車蓋。荷葉形圓，正像一個車蓋，
所以荷葉亦名荷蓋。一說，車蓋上繪有荷花，荷葉青爲齊的方
色。　　驂（音：參）：周人用四匹馬駕車，兩旁的馬叫做
"驂"。這裏作動詞用。　　驂螭：是說以螭爲驂。螭（音：痴），
古代傳說中的一種無角龍。本篇全是巫叙述的語氣。蔣驥說：
"此序初願，言欲迎衝風而駕龍螭，與河伯馳騁於九河之廣也。"

　　②昆侖：山名，黄河的發源地。　　浩蕩：本義是水大貌，
這裏用以形容心情的開闊。　　悵忘歸：悵，失意。洪興祖說：
"此言登崑崙以望四方，無所適從，惆悵嘆息而忘歸也。悵，
失志也。"一說，"悵"是心樂志悦的意思。王逸說："言己心樂
志說，忽忘還歸也。"一說"悵"爲《東君》"觀者憺兮忘歸"
之"憺"，形亂聲近而誤。（姜亮夫《屈原賦校注》）　　惟：
思念。　　極浦：遥遠的水邊。　　寤懷：寤寐懷思，極言思
念之甚。王夫之說："河伯登河源之上，而見其流萬里，心與俱
馳，逝而不反。至於九河之極浦，河已歸墟，庶幾於此寤寐懷
思以求之。"

　　③龍：承上"魚鱗"而言，"龍堂"，是說以龍鱗爲堂，取
其光彩之閃耀。　　紫貝：一種珍貴的海貝，注詳《湘夫人》。
闕（音：却），宮門前兩邊的樓台，中間有道路。王逸說："言河
伯所居，以魚鱗蓋屋，堂畫蛟龍之文，紫貝作闕，朱丹其宮，
形容異制，甚鮮好也。"洪興祖說："河伯，水神也，故托魚龍之
類以爲宮室。闕，門觀也。"　　朱宮：一作"珠宮"。有人認爲"珠
宮"與"貝闕"相對成文。也有人認爲"朱"與"珠"通。王
夫之說："靈居水中，以魚爲屋，龍鱗爲堂，珠貝爲宮闕，雖寤

懷極浦，而終無定居，未易邀迎也。”　　靈，可能是專指河伯，也可能是兼指河伯和他所愛戀的人。因爲河伯的戀人必然也是水神。

④鼋（音：元）：大鱉。　　逐：從，跟隨。　　文魚：象鯽魚、鯉魚一類有斑紋的魚。王逸說：“大鱉爲鼋，魚屬也。逐，從也。言河伯遊戲，遠出乘龍，近出乘鼋，又從鯉魚也。”《山海經·中山經》：“荆山之首，曰景山，……雎水出焉，東南流注于江，其中多丹粟，多文魚。”郭璞云：“有斑彩也。”“逐文魚”的“文魚”，當即此。　　女：就是“與女遊兮九河”的“女”。　　渚（音：主）：水中小塊陸地。　　流澌（音：斯）：即流水。一說，“流澌”是溶解的冰塊。“澌”應作“凘”，從仌（仌即古冰字）。王逸說：“流澌，解冰也。”洪興祖說：“澌，音斯，從仌者，流冰也。從水者，水盡也。此當從仌。”聞一多認爲這種解釋是錯的。他說：“《說文》：‘澌，水索也。’‘凘，流仌也。’王注曰：‘流澌，解冰也。’似王本澌作凘。然審文義，似仍以作澌爲正。《淮南子·泰族訓》曰：‘雖有腐髊流澌，弗能汙也。’許注曰：‘澌，水也。’《七諫·沈江》曰：‘赴湘沅之流澌兮，恐逐波而復東。’《論衡·實知篇》曰：‘溝有流澌。’是流澌即流水也。紛，讀爲汾，水湧貌。‘流澌汾兮將來下’即流水汾湧而來下也。《說文》澌訓水索，此別一義。學者多知澌訓水索而少知其訓水之義，因改此文澌爲凘，王逸承之，過矣。”

⑤子：您，指河伯，用親暱的第二人稱，與《大司命》篇“蹠空桑兮從女（汝）”同例。　　交手：以手相交，意指握手告別。　　美人：指河伯的戀人。　　滔滔（音：叨）：水流的樣子。　　隣隣：一本作“鱗鱗”，衆多的樣子。一說一個挨着一個的意思。“勝”（音：應）：古代給人伴嫁的女子。

這裏作動詞用，就是陪伴的意思。

　　關于本篇的内容，有兩個問題值得研究。第一，歌詞用于祭神，爲什麽通篇未涉及祭祀，既没有對神的禮贊和祈禱，也没有歌舞娛神場面的描繪，而只是河神愛情生活的叙寫。第二，歌辭所寫的河伯愛情生活的具體内容，篇中有些地方使人感到模糊，得不到明確的解釋，這又是什麽原因。關于前者，我們認爲是因爲河伯不是楚國的土著神而造成的。而後者是個值得深入探討的問題，儘管文獻不足徵，但還是可以勾勒出一個大致輪廓的。

　　黄河是我國古代文明的摇籃，北方的農業生産又離不開黄河系統水流的灌溉。但是，黄河又經常泛濫成災，危害人民生命財産。初民對這一自然現象不理解，也無法去戰勝它，只得用宗教的形式進行祈禱。因此，黄河的祀典日益隆要而普遍起來。春秋時代，楚昭王曾罷祀黄河，（詳見前《解題》所引）然而，正如王夫之所云:"楚昭王有疾，卜曰河爲祟。昭王謂非其境内山川，弗祀焉。昭王能以禮正祀典，故已之;而楚國嘗祀之矣。"之所以會提出祭河神，本身就説明這一行爲已經在民間萌發。到了戰國，國家列入祀典，"楚人信巫而好祠"，民間的祭祀當然更爲盛行。

　　然而，黄河畢竟在楚國的邊緣，河伯也不是南楚的土著神，特别是長江以南沅、湘流域的楚地人民，黄河對他們更不發生任何直接影響，他們祭祀黄河，正是當時流行的"淫祀"的表現，並無實際意義和目的，他們對河伯，也缺乏具體而明確的印象。因此，歌辭的内容，便集中到神話傳説中河伯的戀愛故事上了。

　　古籍中保存着一些關於河伯愛情傳説的記載。《天問》云:

“帝降夷羿，革孽夏民。胡射夫河伯，而妻彼雒嬪（洛）？”“雒嬪”即神話傳說中的洛水女神宓妃，照《天問》的說法，曾是河伯的妻子。她是一位美麗而放蕩的女神，和后羿曾經發生過一段曖昧的戀愛關係。王逸注云：“羿又夢與雒水神宓妃交接也。”《離騷》說宓妃“夕歸次兮窮石，朝濯髮乎洧盤。保厥美以驕傲兮，日康娛以淫遊”，也是指她和后羿的戀愛故事。（詳見《離騷》本條注）河伯被射以後，還有一段餘波，王逸《楚辭章句》注引《傳》曰：“河伯化爲白龍，游于水旁。羿見射之，眇（瞎）其左目。河伯上訴天帝曰：‘爲我殺羿！’天帝曰：‘爾何故得見射？’河伯曰：‘我時化爲白龍出遊。’天帝曰：‘使汝深守神靈，羿何從得犯汝？今爲蟲獸，當爲人所射，固其宜也。羿何罪歟？’”把上述片斷綜合起來，可以看出，河伯在神話傳說中是一位戀愛糾葛中的人物。另外，羿射瞎河伯，明明是不對的，而且還奪了他的妻子，可是天帝偏偏責備受害者河伯。原因大概在于黃河經常鬧水患，造成了河伯的聲響不佳，以至《淮南子》許慎注曰：“河伯溺殺人，羿射瞎其左目”，羿反而成了爲民懲孽的英雄。因此，河伯在神話傳說中又是一位凶神惡煞的人物。

　　歷史上關于河伯的傳說，大多與這兩方面有關。《史記·滑稽列傳》載河伯娶婦事，當魏文侯時代，是戰國初期。但這一風氣“所從來久矣”。又，《史記·六國年表》也說秦靈公八年“初以君主妻河”，足見這種風氣不僅由來已久，而且相當普遍。祀神必須用婦女作祭品，那就是說，要想取悅于黃河之神，必須從情欲上去滿足他，可見歷來普遍流傳的關於河伯的戀愛故事是多麼豐富。這些豐富的民間傳說，正好作爲南楚地區用于“淫祀”的祭歌內容。

　　屈原在文學加工的過程中，將民間祭歌隱括爲本篇，它所

描繪的，都有着本事作爲背景。例如，關於河伯的形象，他説
"駕兩龍兮驂螭"，從表面看，似乎只是水神的一般描寫，可是，
就是這樣一句無關緊要的話，都是有所本的。《山海經·海内
北經》:"冰夷人面，乘兩龍。"當然，這並不是説《九歌》本于
《山海經》；但兩書之所以有同樣的描寫，必然有着共同的本
源，那就是流傳在民間的神話傳説。又如，《少司命》"與女
沐兮咸池，晞女髮兮陽之阿"二句，我們以爲是本篇脱簡之文，
（詳見《少司命》注）假如這種看法是不錯的，那麽這二句所
叙述的正是《離騒》裏的"朝濯髮兮洧盤"，必然是指宓妃。宓
妃和河伯的關係既如上述所言，則本篇的"女"和"美人"指
誰的問題也就迎刃而解了。

　　當然，屈原對民間祭歌"更定其詞，去其泰甚"，是作了加
工提高的，因而表現在本篇中，河伯的形象並不像傳説中那麽
凶惡可憎。他和宓妃的戀愛生活也充滿不幸和痛苦，他們一起
游九河，大風大浪便來了；他們登上昆侖山，正感到心曠神怡
之時，太陽却馬上要下山了，于是愁悵思歸；他們回到黄河，
在小洲上歡逐時，冰流紛紛而下，倉促之間，兩人只得握手言
别，唯有一層層浪濤和一羣羣魚兒與河伯作伴。這一戀愛悲劇
包含的本事已不可考，但其中所透露的悲傷惆悵之情，那宛麗
清新的筆調，則是可以體味得到的。

　　關於本篇的解説，舊注多不可通。王逸《楚辭章句》在"與
女遊兮九河"下注曰:"河爲四瀆長，其位視大夫。屈原亦楚大
夫，欲以官相友，故言女也"，將本篇解釋爲屈原與河伯共遊。
其穿鑿附會，是顯而易見的。朱熹《楚辭集解》釋爲女巫迎送
神之詞，則使全篇語氣浮泛而支離。胡文英《屈騒指掌》則援
引比興，强爲之解，結果也説不通。現代的《楚辭》研究者，
如郭沫若、游國恩等人，才從探索本事入手，這一研究方法無

疑是正確的。可是兩人得出的結論却不相同，郭沫若以爲寫河
神和洛神的戀愛，他説："女，當指洛水的女神。下文有‘送美
人兮南浦’，我了解爲男性的河神與女性的洛神講戀愛。"又説：
"河神所追求的大概是洛水之神，因爲洛水是在黄河之南，下
游係往北流，故説‘送美人兮南浦，波滔滔兮來迎。'"（均見
《屈原賦今譯》本篇注文）游國恩則曰："竊嘗反覆玩索，以意
逆志，而後知其確爲詠河伯娶婦事也。觀篇末之詞云："‘子交
手兮東行，送美人兮南浦。波滔滔兮來迎，魚鱗鱗兮媵予。'
夫曰‘送美人’、曰‘迎’、曰‘媵’，非明指嫁娶之事乎？
所謂‘美人’者，非‘絳帷’之中，‘床席’之上，粉飾姣好
之新婦乎？曰‘南浦’，曰‘波滔滔’，曰‘魚鱗鱗’，非‘浮之
河中，行數十里乃没’之情景乎？"（見《楚辭論文集・論九歌
山川之神》）在這兩種看法中，我們贊同郭説，因爲游氏之説
不免局限在一部分文字現象上，有斷章取義之嫌，而郭氏則能
觀其會通，基本上是符合作品所表現的內容和情感的。當然，
即如郭説，也很難使每句都得到落實的解釋，這是限於現有資
料的緣故。《九歌》中這類情況很多，但以本篇及《山鬼》最
爲顯著。

山　　鬼

　　山鬼即山神。古籍中，鬼神二字往往連用，如《論語・雍
也》："敬鬼神而遠之"，《禮記・典禮》："臨諸侯畛于鬼神"等
等。因而鬼、神之意也相通，如《論語・爲政》"非其鬼而祭
之"，《集解》引鄭注曰："人神曰鬼。"《廣雅・釋天》也説："物
神謂之鬼。"這裏稱之爲鬼，可能因爲不是正神的緣故。

　　關於"山鬼"的解釋，舊注多以爲鬼怪。洪興祖《楚辭補注》曰："《莊子》曰：山有夔。《淮南子》曰：山出嘄陽。楚人所祠，豈此類乎?"嘄陽，一作"梟楊"，《哀時命》："使梟楊先導兮"，王逸注曰："梟陽，山神名，即狒狒也。"《爾雅·釋獸》："狒狒如人，披髮迅走食人。"又，朱熹《楚辭集注》釋"山鬼"曰："《國語》曰：木石之怪，夔、罔兩"。林雲銘《楚辭燈》曰："按山鬼即《莊子》所云山有夔之類，如俗所謂山魈是也。"又引《左傳》，將它視爲"魑魅魍魎"一類。據此，則山鬼爲傳説中的鬼怪一類，它的形狀似猿。王夫之《楚辭通釋》也視爲猿類，曰："舊説以爲夔、嘄陽之類，是也。……今楚人有所謂魈者，抑謂之五顯神。巫者緣飾多端，蓋其相沿久矣。"與舊説不同的是，他不認爲是鬼怪一類，他説："此蓋深山所産之物類，亦胎化而生，非鬼也。以其疑有疑無，謂之鬼耳。"

　　另有人將山鬼解釋爲人鬼。胡文英《屈騷指掌》："天曰神，地曰示，人曰鬼。蓋有德位之人，死而主此山之祀者，故一則稱之曰若有人，再則曰子，三則曰靈修，四則曰公子。王叔師牽入懷王、公子椒，固屬鑿説；或以山鬼爲山魈，則又不然。"王闓運《楚辭釋》曰："鬼，謂遠祖。山者，君象。祀楚先君無廟者也。《易》曰，載鬼一車。《禮》，有禱則索鬼祭之。《記》曰，雄壇爲鬼。"

　　以上兩説，前説信從者較多。但兩説皆不妥，尋繹文義，篇中所描寫的是位纏綿多情的山中女神，所以無論山魈或人鬼，都與文義不合。

　　清人顧成天《九歌解》首創新説，曰："楚襄王游雲夢，夢一婦人，名曰瑤姬。通篇辭意似指此事"，他雖然未下明確的斷語，但畢竟開創了一個新的合理的説法。郭沫若《屈原賦今譯》則作了進一步論證，説："採三秀兮於山間，於山即巫山，凡楚辭兮字每具有於字作用，如‘於山’非巫山，則於字爲累贅”。
遂將“山鬼”釋爲巫山女神。顧氏和郭氏對山鬼的解釋是妥當
的。篇中所説的是一位纏綿多情的山中女神，必然有着當地流
傳的神話作爲具體依據，當非泛指。

　　　若有人兮山之阿，被薜荔兮帶女羅。既含睇兮
又宜笑，子慕予兮善窈窕①。
　　　乘赤豹兮從文狸，辛夷車兮結桂旗。被石蘭兮
帶杜衡，折芳馨兮遺所思②。
　　　“余處幽篁兮終不見天，路險難兮獨後來。”③
　　　“表獨立兮山之上，雲容容兮而在下。杳冥冥
兮羌晝晦，東風飄兮神靈雨④。留靈修兮憺忘歸，
歲既晏兮孰華予⑤！”
　　　採三秀兮於山間，石磊磊兮葛蔓蔓。怨公子兮
悵忘歸，君思我兮不得閑⑥。
　　　山中人兮芳杜若，飲石泉兮蔭松柏，君思我兮
然疑作⑦。
　　　靁填填兮雨冥冥，猨啾啾兮狖又夜鳴。風颯颯兮
木蕭蕭，思公子兮徒離憂⑧。

　　　①若：語氣詞。有人説“若”是“好像”的意思，“若有
人”，好像有個人。也有人説如把這個“若”譯作“那兒”，更有
神氣。（周汝昌《從文懷沙先生的〈屈原九歌今譯〉説到〈楚
辭〉中的‘予’》）　　人：指山鬼。　　山之阿：指山深處。
王逸説：“阿，曲隅也。”　　被：同“披”。　　薜荔（音：幣
利）：蔓生植物，亦稱木蓮。注見《離騷》。　　女羅：一作

“女蘿”,即松蘿，地衣類植物。　　帶:用作動詞。“帶女蘿”,以女蘿爲帶。　　睇（音:弟）：微視也。“含睇”,指眼睛的含情而視。　　宜笑：謂笑得很自然。一說，笑時牙齒微露的樣子。“宜”,通“齸”,齒露貌。　　子：和下面的“靈脩”、“公子”、“君”都是指山鬼所思念的人。　　慕：愛慕。　　予：我,山鬼自稱。一說，“子慕”是“慈慕”,“予”讀爲“舒”,是說性情慈愛的意思。　　窈窕（讀如:咬挑）：美好的樣子。善窈窕,承“含睇宜笑”而言。善于作嬌美的姿態。朱熹說:“言人悅己之善爲容也。”林雲銘也說:“因慕我而留情作態,欲結我之歡，此山鬼伎倆也。”蔣驥說:“言鬼以悅人之故，而善其窈窕之容也。”善，一作“譱”,古字。“善”在這裏用作動詞。一說“善”,指美好的品行。王逸說:“言山鬼之貌既以姱麗，亦復慕我有善行好姿，故來見其容也。”本篇除“余處幽篁兮終不見天”一節外，其餘都是女巫的叙述.其中“予”、“我”等第一人稱，均係代替山鬼自稱的語氣，與《大司命》同例。

②赤豹：豹毛赤褐，有黑色斑點，故曰“赤豹”。　　貍:狐一類的動物。文貍,指毛色有花紋的貍。　　乘：駕。　　從:隨從。這裏作使動用。“乘赤豹”,讓赤豹駕車;“從文貍”,讓文貍當隨從。　　結：編結。　　辛夷、石蘭、杜衡：香草、香木名，注均見前。“辛夷車”,辛夷木做車子。“結桂旗”;用桂花枝扎旗子。“被石蘭”，披着石蘭。“帶杜衡”，用杜衡作帶。折:采，摘取。　　芳馨：泛指香花香草。　　遺（音:位）所思:送給所思念的人。“遺”，贈送。

③“余處幽篁兮終不見天”二句:從這句起是山鬼的唱詞。處:居住。　　幽:深暗，昏暗。　　篁（音：黄）:竹林。“幽篁”,謂竹林深處。　　終:始終。　　後來:遲到,來晚了。

④表：突出。形容處境的叐高幽遠，隔絕人世。王逸說:

“表，特也。”林雲銘説：“表，昂如插標貌。既不遇山鬼，因而自登上而自異也。”　　　容容：通“溶溶”，水流貌。這裏用以形容雲氣在空中的浮動。一説“容容”謂雲氣盛多貌。　　　杳冥冥：深沉而陰暗的樣子。　　　晝晦：白天而光綫昏暗。　　　神靈：指雨神。　　　雨：用作動詞，降雨。“神靈雨”，雨神在下雨。“東風飄兮神靈雨”，是説高山深處，飄風驟雨來去不定，變幻無端的景象。王逸則説：“東風飄然而起，則神靈應之而雨。”

　　⑤留靈脩：爲靈脩而留。意即等待靈脩。　　　一説，讓靈脩留下來，即挽留住靈脩。“留”，作使動用法。　　　憺（音:旦）：安心。“憺忘歸”，安心等待，忘記了歸返。　　　歲：年歲。　　　晏：遲也。“歲既晏”，猶言年華老大。　　　華：光寵的意思。　　　孰華予：猶言有誰愛我呢？一説是誰能使我再象花一樣美。“華”同“花”，這裏作使動用法。以上八句是山鬼的唱辭。她本來處于“山之阿”的“幽篁”裏，爲了“折芳馨兮遺所思”而來，但由于路途險阻，來遲了，沒有會見她所思念的人（從下文看，是對方的爽約）。于是她登高遠望，痴痴地久立在山的頂峰，聊以寄情。可是在雲霞幻變，風雨交加的當中一無所見，更增加了她的別離之思和遲暮之感。下面的叙述，就是把這種心情加以更細微地刻劃。

　　⑥三秀：芝草的別名。植物開花叫做秀；芝草一年開三次花，所以叫做三秀。　　　於山：即巫山。一説，“於山”不連讀。“於”，介詞，到。　　　磊磊（音:壘）：衆石攢聚貌。葛：一種蔓生植物，其纖維可織葛布。　　　蔓蔓：連結糾纏貌。怨公子兮悵忘歸：意謂怨恨她所思念的人不來，竟悵然而忘歸。悵（音：唱）：惆悵，失望。　　　君思我兮不得閑：這句涵有兩層意思:“君思我”是一層，説對方并非不想念她；“不得閑”又是一層，是轉折的語氣。意謂君之所以不來相會，是沒有空

閑的緣故。蔣驥説：“倏忽之間，但見石葛，無復鬼矣，故怨之；然猶諒其思我，而或但以不得間而去也，故遲歸以候之。”馬其昶説：“始曲諒其君，非不我思，但不得閑耳。”下面“君思我兮然疑作”句法相同。“閑”，就是《湘君》篇“告余以不閑”的“閑”。

⑦山中人：即前“若有人兮山之阿”的“人”，指山鬼。杜若，芳草名。注見《湘君》。“芳杜若”，是説像杜若一樣的芬芳。　　　石泉：山石中流出來的泉水。“飲石泉”，言飲食的芳潔。郭沫若則説：“這是吞下眼淚的隱喻。淚從眼中流出，像泉水從石崖中流出。”　　　蔭松柏：以松柏爲蔭，言居于幽清的松柏之下。“蔭”，動詞。　　　然：肯定。　　　疑：懷疑。相對成文，均指對方對自己的愛情。“然疑作”，猶言疑信交并。“作”，產生。

⑧靁：雷的本字。　　　填填（讀如：田）：雷聲，猶如“隆隆”。　　　冥冥：指陰雨時光綫幽暗的景象。　　　猨：“猿”的異體字。猿是一種靈長類動物，似猴而大。　　　啾啾（讀如：究）：猿鳴聲。　　　狖（音：右）：一本作“狘”，即長尾猿。颯颯（音：薩）：風聲。　　　蕭：風吹葉落聲。　　　徒：徒然，白白地。　　　離憂：就是憂傷的意思，楚地方言。“思公子兮徒離憂”，是説思念公子，而不能相見，空有憂傷而已。一説，“離”，通“罹”（音：），遭受。“離憂”是遭受憂傷的意思。

　　本篇以山鬼標名，山鬼猶言山神，是一種通稱，與湘君、湘夫人、河伯等不同，并非專指。但是從“採三秀兮於山間”一句中，我們可以弄清它究竟指的哪座山，從而對本篇的内容有較深入的理解。

　　這牽涉到《九歌》中“兮”字的用法。《楚辭》作品中，如《離騷》、《九章》等,隔句用“兮”字幾乎成爲一種固定的的格式,不過都用在句尾,加强語氣,有聲而無義。在《九歌》中,情況是大不相同的, “兮”字放在每句中間, 這樣不但通過這一活的音節, 傳達了活的情感, 活躍了詩歌的句式, 而且還起了雙重的文法上的作用, 成爲一切職責分明的虛字的總替身。例如《離騷》“邅吾道夫崑崙兮”,《九歌·湘君》則變成“邅吾道兮洞庭”。《離騷》“載雲旗之委蛇”,《九歌·東君》則變成“載雲旗兮委蛇”。《離騷》“九疑繽其并迎”,《九歌·湘夫人》則變成“九疑繽兮并迎”。從這些鮮明對比中, 就可以看出“兮”的代字作用了。(參看聞一多《怎樣讀九歌》,《聞一多全集》一卷)《九歌》中“兮”具有“於”字作用的最爲普遍, 如“捐余袂兮江中”之類的句子不勝枚舉, 與“採三秀兮於山間”句法相同。如果“於”照本字解, 則和“兮”重復。郭沫若説“於山”即“巫山”,這話是不錯的, 因爲“於”古音讀“巫”,是巫的同音假借字。

　　“於山”即“巫山”,因此篇中所寫的女神也就是南楚神話中的巫山神女。我們感到, 現存一些巫山女神的資料和本篇都有一定程度的聯繫,彼此印證,可以加深對作品的理解。《文選》江淹《雜體詩》李善注引《宋玉集》曰: “楚襄王與宋玉遊于雲夢之野, 望朝雲之館, 有氣焉, 須臾之間, 變化無窮。王問: ‘此是何氣也?’玉對曰: ‘昔先王遊于高唐, 怠而晝寢, 夢見一婦人。自云: 我帝之季女, 名曰瑤姬, 未行而亡, 封于巫山之臺。聞王來遊, 願薦枕席。王因幸之。去, 乃言: 妾在巫山之陽, 高丘之岨; 旦爲朝雲, 暮爲行雨; 朝朝暮暮, 陽臺之下。旦而視之, 果如其言。爲之立館, 名曰朝雲。”《文選》所載宋玉《高唐賦》, 情節與之相似,文字則較簡單。《高唐賦》雖托名宋玉, 但最遲也是漢代作品。(曹植《洛神賦》

有“感宋玉對楚王神女之事”的話，故知）篇中所叙，固屬寓言，但也不可能是憑空臆造出來的，必然有着流傳已久的民間傳説作爲依據。

瑶姬是位未嫁而亡的少女，《高唐賦》裏迷離恍惚的荒唐幽夢，正表現了她孤獨無依的寂寞情懷和追求的狂熱。這和本篇所刻劃的女神在彷徨悵惘中的失戀憂思，心情是一致的。《高唐賦》裏“巫山之陽，高丘之岨”的葬地，“旦爲朝雲，暮爲行雨”的自然化身，和本篇的“獨立山上”，“雲氣容容”，“東風飄雨”的環境描寫，意境上也頗相吻合。又，《文選》江淹《別賦》李善注曰：“宋玉《高唐賦》曰：‘我帝之季女，名曰瑶姬。未行而亡，封于巫山之臺。精魂爲草，實曰靈芝。’（按：此處和前引《宋玉集》，文字又有出入）《山海經》曰：‘姑瑶之山，帝女死焉。其名曰女尸，化爲䔄草。其葉胥成，其花黄，其實如兔絲，服之媚於人。’郭璞曰：‘瑶與䔄并音遥。然瑶與䔄同。’”據此，則䔄草之所以得名，由于是瑶姬的精魂所化。在《山海經》裏把它叫做䔄草，《高唐賦》稱靈芝，足見兩者是一物異名。本篇的“三秀”又是靈芝的別名，那麽，“採三秀兮於山間”就不是一般的叙述了，而是表現了女神纏綿生死終古不化的心情。當然，《高唐賦》的主題和本篇不同，但就題材來源而言，則同出于楚國民間的神話傳説，應該是毫無疑義的。

不難想像，在屈原時代，楚國民間關於巫山女神的傳説一定要比現在我們知道的更爲豐富，更爲美麗動人，這就成爲屈原創作本篇時直接吸收的營養。但與其他各篇一樣，他并没有將作品描寫粘滯在故事的本身。一開始，他以極精煉的語言正面描寫了女神的意態和姿容，接着寫她前去幽會時，盛裝打扮，并摘下鮮美芬芳的花朵，準備送給戀人。“子慕予兮善窈窕，”

“折芳馨兮遺所思”，閃耀着青春喜悅的光輝。然而，她的戀人始終未來赴約，于是，在風雨如晦的高山之上，她獨自佇立，默默地等候着。“君思我兮不得閑”、“君思我兮然疑作”、“思公子兮徒離憂”，標誌着心理變化的三個過程。但是，在神魂迷惘的絕望境地中，支配她生命的力量，仍然是純潔的愛情。因而在雷鳴電閃，風雨交加的夜晚，在颯颯冷風，落葉遍地的密林裏，在撕心裂膽的猿鳴中，她獨自一人，却仍然不能忘情于所戀之人。作品所表現的，已經不是這一戀愛悲劇的具體情節，而是一種高度升華了的熱烈向往和摯着追求的情感。從這個角度看，作者年青時政治上的抱負和追求，中年失意的憂傷，放逐以後眷戀故國的情懷，也都很自然地滲透交融在其中，這是不難求之于精神實質相通之處，而會心于文字迹象之外的。

國　　殤

　　國殤是泛指為國而戰死的將士。洪興祖《楚辭補注》曰：“謂死于國事者。《小爾雅》曰：無主之鬼謂之殤。”對“死于國事者”之說，後世大都無異詞，但對“殤”的解釋，稍有不同。如蔣驥《山帶閣注楚辭》即曰：“不成喪曰殤。”戴震《屈原賦注》解釋比較全面而明確，他說：“殤之義二：男女未冠（二十歲）笄（十五歲）而死者，謂之殤；在外而死者，謂之殤。殤之言傷也。國殤，死國事，則所以別于二者之殤也。歌此以吊之。通篇直賦其事。”

　　有人認為，本篇和下一篇《禮魂》，均不在《九歌》之內。陸時雍《楚辭疏》曰：“《國殤》、《禮魂》不屬《九歌》，想當時所作不止此，後遂以附歌末。”李光地《九歌解義》乾脆將這兩篇刪去不錄。王闓運《楚辭釋》亦曰："《國殤》舊祀所無。兵興以來新增之故，不在數。"今人劉永濟《屈賦通箋》則疑爲是屈原的《招魂》，他說："考此篇無歌舞致神之辭，但叙其死事之烈，豈屈子招爲國戰死之魂之辭，即太史公當日所見之招魂歟？"以上種種說法，目的都是爲了湊《九歌》是九篇之數，而且均無確實的論據。既然《九歌》的"九"并非實指，他們的臆測也就從根本上站不住腳了。

操吳戈兮被犀甲，車錯轂兮短兵接。旌蔽日兮敵若雲，矢交墜兮士爭先①。

凌余陣兮躐余行，左驂殪兮右刃傷。霾兩輪兮縶四馬，援玉枹兮擊鳴鼓。天時墜兮威靈怒，嚴殺盡兮棄原野②。

出不入兮往不反，平原忽兮路超遠③。帶長劍兮挾秦弓，首身離兮心不懲④。誠既勇兮又以武，終剛强兮不可凌。身既死兮神以靈，魂魄毅兮爲鬼雄⑤。

①操：持，拿着。　戈：我國古時所用的一種兵器，青銅制，橫刃，安裝長柲（柄）及鐏，可以橫擊，鈎援。吳地所產戈最爲鋒利，故云。與下面的"秦弓"意同。一說，"吳戈"應作"吳科"，是盾的別名。王逸說："言國殤始從軍之時，手持吳戟，身被犀鎧而行也。或曰：操吾科。吾科，楯之名也。"聞一多說："王注曰'或曰："操吾科。"吾科，楯之名也。'案下文'車錯轂兮短兵接'注曰：'短兵，刀劍也。'既係短兵相接，而戈乃長兵，則所操非吳戈明甚。且刀劍戈戟，亦無并操之理。此自當以作'吾科'爲得。"《釋名·釋兵》曰："盾，大而平者

曰吳魁。"《廣雅・釋器》曰:"吳魁，盾也。"《御覽》三五六引
作吳科，魁科一聲之轉。盾甲皆所以備桿衛，故操科被甲，連
類言之。"(《楚辭校補》) 按:戰士身上所配備的武裝，一般
地說來，必然包括有進攻和防禦的兩個部分。"吳戈"和"犀
甲"相對成文。戈，用以進攻;甲，用以防禦。吳，表明戈的
鋒利;犀，表明甲的堅韌。語氣上是極為合適的。假如把"吳
戈"說成盾牌，那就和犀甲在意義上重複了。　被(音:披):
穿在身上或披在身上。　"犀甲":用犀牛皮制成的甲。　錯:
交錯。車輪中間橫貫車軸的地方叫做"轂" (音:谷)。"車錯
轂"謂敵我戰車的輪子相交錯。　短兵:戈、矛一類的兵器，
"短",是對弓矢一類長射程的兵器而言的。一說，"短兵"指
刀劍之類短兵器。"接",接觸。王逸說:"言戎車相迫，輪轂交
錯，長兵不施,故用刀劍以相接擊也。"一說，"短兵接"是"近
戰"的意思，并不指那一類武器。(李一氓《〈國殤〉今譯商
榷》)　旌(音:精):一種用用五色羽毛裝飾的旗子。　蔽
日、若雲:都是形容多的樣子。這句是說旌旗遮蔽了太陽，敵
人多得像雲一樣。王逸說:"言兵士竟路趣敵，旌旗蔽天，敵多
人衆，來若雲也。"　矢交墜:謂作戰時雙方流矢交相墜落。
　士:戰士。王逸說:"兩軍相射，流矢交堕，壯夫奮怒，爭先在
前也。"這四句言戰況之激烈。

②凌:侵犯。　陣:陣地。一說指戰鬥隊形。　躐(音:
列):踐踏。行(音:航):行列。　驂:邊馬。左驂，
戰車左面的邊馬。　殪(音:義):倒地而死。刃傷:為
兵刃所所傷。　霾(音:埋):通"埋"。這裏指車輪陷入泥中。
　縶(音:執),絆,用繩子繫住。周時駕車，用馬四匹，在中間
夾車轅的兩匹叫做服，兩旁的兩匹叫做驂。"霾兩輪兮縶四
馬",承上句說，兩驂一死一傷，戰車不能前進，兩輪像埋入土

中，兩服象被繩子繫着一樣。王夫之說；“兩驂死傷，車不得行，兩輪如埋，兩服如縶矣。”“四馬”，實際是指剩下的兩服，稱之爲“四”，是就駕車的馬的全部數字來說的。　　一說，把兩輪埋在土裏，馬頭上的繮繩也不解開，表示必死之心，就是破釜沉舟的意思。王逸說：“己馬雖死傷，更霾車兩輪，絆四馬，終不反顧，示必死也。”林雲銘却又說：“其餘未盡之車，戰塵雖蒙翳其輪，而四馬維繫未脫，猶可進戰。”　　援：拿，拿過來。　　玉枹（音:浮）：嵌玉爲飾的鼓槌。枹，同“桴”，鼓槌。　　鳴鼓：猶言響鼓。朱熹說：“援枹擊鼓，言志愈厲，氣愈盛也。”林雲銘說：“兵以鼓進，不以人有死傷而少阻。”　　天時:猶言天象。　　懟（音:隊）：怨也。　　威靈；神靈。“天時懟兮威靈怒”，天在怨恨，神在發怒，就是驚天地而泣鬼神的意思。但林雲銘則以爲“惜不得天佑，反加怨怒於我。”“懟”，一本作“墜”（业ㄨㄟ），落下，掉下。“天時墜”，猶言天命傾墜。威靈，一說指陣亡將士的魂靈。王逸說：“言戰鬥適遭天時，命當墮落，雖身死亡而威神怒健不畏憚也。”王夫之說：“天時墜，大命傾也。威靈怒，死而怒氣不散也。”　　嚴殺：猶肅殺，指戰爭的蕭殺之氣。　　盡：猶終止，謂戰事結束。王夫之說：“嚴殺，威嚴殺氣也。盡，死而氣熸也。勇餘於方死之頃，而氣盡於既死之後。”蔣驥說：“嚴者，若有監督之者然，雖當戰敗，其氣彌銳，而天方盛怒，必使盡殺而止，固非戰之罪也。”　　一說，嚴殺，痛殺。“嚴殺盡”是嚴酷地殺盡了戰士。朱熹說：“嚴殺，猶言鏖戰痛殺也。”　　一說，嚴，壯也，指壯士，爲避漢明帝諱而改。王逸說：“嚴，壯也。死，殺也。言壯士盡其死節，則骸骨棄於原野而不土葬也。”“棄原野”，謂戰死者尸體丟在原野裏，無人收葬。

③反：同“返”。“出不入”與“往不反”爲互文，弔死者

一去而不歸。即“壯士一去不復還”的意思。忽：若有若無，指曠野裏風塵彌漫的蕭索景象。　　一説“忽”，遠。是説平原遼闊渺茫。王逸説：“言棄身平原山野之中，去家道甚遠也。”聞一多説：“‘平原忽’與‘路超遠’衹是一義而變文重言之以足句，此與上文‘出不入兮往不返’詞例正同。一本以忽字倒在兮下，非是。”超遠：義同遥遠。上句言死者的壯烈，下句是憑弔的悲哀。

④挾（音：協）：用胳膊夾住。　　秦弓：秦地制造的弓，秦地産堅硬的木材，用以爲弓，射程最遠。王逸説：“言身雖死，猶帶劍持弓，示不舍武也。”　　一説“秦弓”的“秦”字，疑爲“泰”之譌。“泰弓”即大弓。　　首身離：謂身首分離，即犧牲了。　　懲：即《離騷》“豈余心之可懲”的“懲”。“心不懲”，謂心不悔。朱熹説：“雖死而心不悔也。”　　一説是内心毫無恐懼的意思。“懲”，警戒，戒懼。林雲銘説：“既死往視其尸，而裝束如故。頭雖斷而心猶欲進戰，不以敗死爲戒也。”

⑤誠：誠然，實在。　　勇：指精神。　　武：指力量。勇、武對舉成文。　　以：通“已”。　　終：自始至終，到頭。凌：侵犯。“不可凌”，不可侵犯，猶言志不可奪。指寧死不屈的精神。蔣驥説：“勇，稱其氣也；武，稱其藝也。勇武，以戰時言；剛强，以死後言；總承上文以明設祀之意。”　　神以靈：神靈顯赫，意指精神不死。　　一説，“神”指英雄死後成神。“以”，而。“靈”，靈驗，靈異。　　魂魄：猶言靈魂。　　毅：剛毅，堅强。　　鬼雄：鬼中的英雄。“魂魄毅兮”一作“子魂魄兮”。聞一多説：“王注曰：‘魂魄武毅，長爲百鬼之雄也。’是王本有‘毅’字。《文選》鮑明遠《出自薊北門行》注引作‘魂魄毅’。”（《楚辭校補》）“子”，對“國殤”的尊稱。“子魂魄兮爲鬼雄”是説您的魂魄是鬼中的英雄。王逸説：“言

國殤既死之後，精神强壯，魂魄武毅，長爲百鬼之雄杰也。"朱熹説："毅爲鬼雄者，毅然爲百鬼之雄杰也。"

　　本篇是《九歌》的第十篇，實際上也就是最後一篇。《九歌》是一套自成體系的祭歌，從《東皇太一》到《山鬼》，所祭的都是自然界的神祇。爲什麽最後要祭到人鬼的國殤呢？同時，戰爭無論勝敗，雙方都有死傷，爲什麽在本篇裏，描寫戰爭的場面要從敵勝我敗着筆呢？這都具有極其現實的客觀歷史意義。楚國自從懷王的後期開始，曾經和秦國發生幾次戰爭，都是秦勝而楚敗。《史記·楚世家》："（懷王）十七年春，與秦戰丹陽。秦大敗我軍，斬甲士八萬，虜我大將屈匄、裨將軍逢侯丑等七十餘人，遂取漢中郡。楚懷王大怒，乃悉國兵復襲秦，戰於藍田大敗楚軍。韓、魏聞楚之困，乃南襲楚，至於鄧。楚聞，乃引兵歸。""二十八年，秦與齊、韓、魏共攻楚，殺楚將唐眛，取我重丘。""二十九年，秦復攻楚，大破楚，楚軍死者二萬（《六國年表》作三萬），殺我將軍景缺。""三十年，秦復伐楚，取八城。""頃襄王橫元年，大敗楚軍，斬首五萬，取析十五城而去。"從上述一連串的記載中，我們可以看出在强秦不斷的侵襲下，楚國人民爲了保衛國家，所付出的犧牲代價是如何慘重！所以當懷王入關不返，死在秦國之後，强烈的復仇情緒，在民間就出現了"楚雖三户，亡秦必楚"的堅決口號。因而在祭神時不但最後列入陣亡將士，而且用極其沉痛的心情，歷史地描繪戰爭實況，以示不忘，而資激發，這是完全可以理解的。

　　篇中不但歌頌在衛國戰爭中英雄們的崇高品質，堅强鬥志；而最後以"魂魄毅兮爲鬼雄"作結，對國耻的洗雪寄予無窮希望，體現了廣大人民的敵愾心情。從這裏，我們可以看到屈原愛國情感與人民血肉相聯之處。

　　主題思想的不同，決定了本篇與《九歌》其他各篇藝術上的差異。表現手法上，本篇正如戴震《屈原賦注》所說的是“直賦其事”的手法，對戰爭局面進行了集中的描繪，洒墨如潑。另外，作品描寫的場面是宏偉闊大的，氣氛是激烈緊張的，情調又是悲壯剛毅的。這種熱烈的禮贊，慷慨的歌聲，形成了一種剛健樸質的風格，這在《九歌》中是獨標一幟的。

禮　魂

　　對本篇題意的解釋，頗有分歧。洪興祖《楚辭補注》云：“或曰，禮魂，謂以禮善終者”，林雲銘《楚辭燈》進一步闡發說：“考終于家，得成其斂殯之禮，而致祭時，會合鼓音以節歌舞也。”這樣，便將“禮魂”釋爲子孫以隆重的禮儀，祭祀壽終正寢的祖先。另外，蔣驥《山帶閣注楚辭》認爲“蓋有禮法之士，如先賢之類，故備禮樂歌舞以享之，而又期之千秋萬祀而不祧也。”胡文英《屈騷指掌》也有相似的説法：“即今鄉賢名宦之類”，則又將“禮魂”釋爲有禮法者、有道德有名望者之魂。以上二説，都無法從作品中找出確切的内證。

　　明代汪瑗《楚辭集解》則認爲《禮魂》是“前十篇之亂辭也。”他說：“前十篇祭神之時，歌以侑觴，而每篇歌後，當續以此歌也。後世不知此篇爲《九歌》之亂辭，故釋題義者多不明也。”後來，王夫之《楚辭通釋》曰：“凡前十章，皆以其所祀之神而歌之。此章乃前十祀之所通用，而言終古無絶，則送神之曲也。舊説謂以禮善終者，非是。以禮而終者，各有子孫以承祀，則爲孝享之辭，不應他姓祭非其鬼。而篇中更不言及所祭者，其爲通用明矣。”將《禮魂》解爲十篇通用送神之曲，此說影響較大，吳世尚《楚辭疏》、王邦采《屈子雜文箋略》、馬其昶《屈賦微》等均贊同之。屈復《楚辭新注》亦持此說，只不過進而認爲“《禮魂》之‘魂’字，疑爲成字傳寫之誤也。”

　　按：汪瑗以二司命爲一篇，以《禮魂》爲亂辭，從而將《九歌》湊成九篇，這種分篇方法無疑是不妥當的。（詳見《九歌解題》）但他的“亂辭”之說，畢竟是發前人之所未發的創見。（汪瑗此書刊行時，王夫之尚未出世）而且“亂辭”與“送神曲”也是息息相通的，吳世尚即曰：“古注謂以禮善終者，然玩歌詞之意，則似是祭畢之亂辭，乃送神之曲也”，將二者合一。因此，就《禮魂》本身的解釋而言，當以汪瑗、王夫之爲是。

　　另外，如《國殤》解題所列幾家，將《禮魂》排除在《九歌》之外，無疑是不正確的。今人林庚《禮魂解》將《禮魂》指爲《國殤》的亂辭，他說：“《禮魂》所以也就是《招魂》的縮寫，它作爲《國殤》的亂辭，就正好補足了那祀禮的意思”，這一說法，也同樣由于湊《九歌》爲九篇而致誤。

　　綜上所述，本篇是通用于前面十篇的送神曲。魂，也就是神，因爲前十篇所祭祀的包括天地神祇和人鬼，所以言魂而不言神。祭祀是一種典禮，送神是祭禮中最後的一個環節，所以把送神說成禮魂。

　　　　成禮兮會鼓，傳芭兮代舞，姱女倡兮容與①。
春蘭兮秋菊，長無絶兮終古②。

　　①成禮：指祭禮的完成。祭祀最後一個禮節是送神，故云。　　會鼓：鼓聲齊作。王逸說：“言祠祀九神，皆先齋戒，成其禮敬，乃傳歌作樂，急疾擊鼓，以稱神意也。”　　芭（音：

巴）：初開的鮮花。朱熹説：“芭，與葩同。”“傳芭”，指巫女舞時，把花朵互相傳遞。一説，芭，香草名。王逸説：“芭，巫所持香草名也。”　　代：交替，輪流。“代舞”，更番交替跳舞。王逸説：“代，更也。言祠祀作樂而歌，巫持芭而舞訖，以復傳與他人更用之。”按：“會鼓”和“代舞”對舉成文。打鼓是一齊打，跳舞則輪番更替，“代舞”時以“傳芭”爲信號，可能是楚國民間舞蹈一種獨特的形式。　　姱女：美好的巫女。　　倡：通“唱”。朱熹則説：“女倡，女子爲倡優也。”把“倡”解作“倡優”，不妥。容與：寬適的樣子。這裏指歌者態度的從容不迫。王逸説：“姱，好貌。謂使童稚好先倡而舞，則進退容與而有節度也。”

　　②“春蘭兮秋菊”二句：意思是説，每年春秋二季，蘭菊開花的時候，祭祀永遠不斷絕。朱熹説：“春祠以蘭，秋祠以菊，即所傳之葩也。”王夫之説：“祀典不廢，長得事神。”《楚辭》裏的蘭，都是指蘭草（詳《離騷》注文），只有這裏標明“春蘭”與“秋菊”對舉，是指蘭花。　　菊，一作“鞠”，古字。終古：久遠。

　　這短短五句送神曲的歌辭，從内容到形式都表現出它的特色。一開頭説“成禮”，就和前面各篇聯係起來，完成了祭祀的過程，足見它是通用於以上各篇、依存於以上各篇而存在的。接着叙述祭祀場面，重申人們祭祀時虔誠的娛神之意。祭祀是有目的的，一般地説來，是爲了祈求現實生活更好地一代一代地延續下去。以祀典終古不絕作結，是人們事神之心，也就是神對人的功德。這樣從人神之間的關係突出了祭祀的總的意義。《詩經·大雅·生民》：“后稷肇祀，庶無罪悔，以迄於今。”《周頌·良耜》：“以似以續，續古之人。”也都是用這個意思結束全篇，表現出一種淳樸而真誠的樂觀情感。

天　問

楊金鼎　　　注釋
王從仁解題、說明

　　本篇爲屈原所作，漢代的司馬遷《史記·屈原列傳》說：
"余讀《離騷》、《天問》、《招魂》、《哀郢》，悲其志。"以
後，劉向、揚雄、王逸等人都確認無疑。但由于作品本身比較
奇特，加上在流傳過程中不免有錯簡和訛誤，解釋起來比較艱
難，因而有人便懷疑是否屈原所作。最早提出疑問的是宋代的
羅蘋，他在《路史·夷羿傳》的注文中，考證了《左傳》"后
羿自鉏遷于窮石"的"鉏"和"窮石"在今河南、安徽一帶，
而不是在杜預所說的西郡删丹，（今甘肅張掖）并說："《天
問》云'阻窮西征，岩河越焉？'此謂羿也，蓋亦因誤。予有
以知《天問》非屈原作。"這個結論是十分武斷的，這兩句詩未
必說的是后羿的事，（一般認爲指鯀的事）即便指后羿，而且
"阻窮"是"鉏"和"窮石"，詩言"西征"，將"阻窮"指爲西
郡删丹，算是搞錯了，那也不能證明《天問》非屈原所作，至
多不過這個具體問題上有訛誤罷了。後來，清人王邦采《屈子
雜文箋略》也提出懷疑，他說《天問》是楚人哀悼屈原，從頹
垣斷壁間匯餘編次，其中不無遺漏，而後人強爲聯絡照應。這
也是想當然的臆測之詞。

　　近代學者持懷疑態度的更多一些。胡適《讀楚辭》曰：
"《天問》文理不通，見解卑陋，全無文學價值，我們可以斷

定爲後人雜湊起來的”，看起來振振有詞，實際上不過是拾王邦采唾餘，言詞更爲粗暴而已。另外，陳鐘凡《楚辭各篇作者考》也提出：“《天問》非《楚辭》”，“《天問》非文學”，“《天問》與屈子事跡無關”，“《天問》與楚國歷史無關。”鄭振鐸《插圖本中國文學史》則認爲《天問》可能是份備忘録。他説：“《天問》是一篇無條理的問語。在作風上，在遣詞用語上，全不象是屈原作的。朱熹説：‘屈原放逐……楚人哀而惜之，因共論述。故其文義不次序云爾。’既是楚人所‘論述’，可見未必出于屈原的手筆。且細讀《天問》全文，平衍率直，與屈原的《離騷》、《九章》諸作的風格完全不同。”……“《天問》之非一篇有意寫成的文藝作品，則是無可懷疑的。她在古時，或者是一種作者所用的歷史、神話、傳説的備忘録也難説。或者竟是如希臘海西亞特所作的《神譜》，或亞甫洛杜洛斯的《圖書記》。體裁乃是問答體的，本附有答案在後。後人因爲答題過于詳細，且他書皆已有詳述，故刪去之，僅存其問題，以便讀者的記誦。這種猜測或有幾分可能性罷。”譚介甫《屈賦新編》則認爲是“懷王時代屈原出使齊國與稷下學士共同提出的一些問題”，雖有屈原參加，但不能算是屈原的作品，應算是集體創作之類的吧。

　　關於本篇的寫作年代，王逸《楚辭章句》説：“屈原放逐，憂心愁悴。彷徨山澤，經歷陵陸。嗟號旻旻，仰天嘆息。見楚有先王之廟及公卿祠堂，圖畫天地山川神靈，琦瑋僪佹，及古賢聖怪物行事。周流罷倦，休息其下，仰見圖畫，因書其壁，呵而問之”。認爲是放逐江南時所作，則應寫于頃襄王朝。這一説法，後世有不少響應者，有的還具體指實何年之作，如劉夢鵬《屈子章句》定爲頃襄王十二年，陳瑒《屈子生卒年月考》也認爲是頃襄王時作。

　　柳宗元《天對》曰："丑齊徂秦，啗厥讒詐。登狡庸，咈以施。"章士釗《柳文指要》說："丑齊，謂懷王信張儀之言，既絕齊好，復遣勇士宋遺罵齊王也。徂秦，謂懷王赴武關大會。二者皆爲秦所詐，懷王不悟，以致國蹙身辱，故曰啗厥讒詐。登狡庸，謂信上官大夫及狡童子蘭用事也。耆德屏棄，讒佞登庸，其行事咈人心甚矣，故曰咈以施。陳少章云。"另外，《天問》有"吾告堵敖以不長"句，柳宗元《天對》自注："今哀懷王將如堵敖不長而死"，以爲堵敖暗指懷王。堵敖是楚文王之子，在位五年，其弟成王纂位，將他殺掉。如上所云，可以看出柳宗元《天對》認爲本篇作于懷王"徂秦"以後，亦即懷襄之際。這一說法，夏大霖《屈騷心印》等從之。

　　近現代學者對此作了更爲深入具體的探討。有人認爲作於第一次被讒去職以後，放于漢北之前。游國恩《楚辭概論》說："據我看，《天問》中絕無放逐的痕迹，至多只能説他帶有憤懣和失意的情態罷了。所以説他是放逐後的作品，是靠不住的。但他究竟是什麼時候作的呢？據我的推測，大概是屈原頭一回被讒去職以後，放于漢北以前所作，這也許就是上官大夫奪稿未遂，因而讒他的那回事。在他的作品中，這篇要算最早。"（按：在《楚辭論文集》的《屈原作品介紹》中，游氏改變了這一說法，認爲是再放江南時所作。）

　　有人認爲作于放逐漢北之時，約懷王二十五年左右。陳子展《天問題解》（見《復旦學報》1980年5月）說，懷王二十四年，倍齊合秦。二十五年，與秦盟于黃棘，秦復與楚上庸。我們可以假定的説，屈原在此以前只是被疏，初年被放漢北當在懷王二十四、五兩年以內。其時鄭袖、靳尚正被寵信，楚難未已，所以《天問》有執政無人、敵國可懼之嘆。因此他認爲"《天問》當作在懷王二十五年（周赧王十一年當公元前304

年）左右，那時他正被放逐在漢北的地方。”

　　有人認爲作于頃襄王七年以後。郭沫若《屈原研究》説，
《天問》末尾有“何試上自予而忠名彌彰”一句，因而“我推
定它是作在襄王時被放逐于漢北以後，是在《悲回風》之後，
《哀郢》之前。”郭氏主張屈原流放一次，地點在漢北，時間約
在頃襄王六、七年後，《悲回風》作于流放之初，故本篇約作
在頃襄王七年後。（按：在《屈原賦今譯》中，郭氏改變了這
一看法，認爲“《天問》之作，當在懷王之際。”）

　　也有人認爲本篇是屈原最後的作品。陸侃如《屈原評傳》
認爲《天問》是在流放江南時，用六年時間陸續寫成的，定稿
之時，已是沉江前夕了。因此他説：“《天問》可能是絶筆，不
久便自沉了。”

　　由于本篇没有具體描寫屈原的經歷遭遇，要確定它的寫作
時代是比較困難的，但還是有些綫索可尋的。王逸提出的“仰
見圖畫，因書其壁，呵而問之”很可能是有根據的，西漢時期
的壁畫相當發達，王延壽《魯靈光殿賦》曾對此作過詳盡的描
繪：“圖畫天地，品類羣生。雜物奇怪，山神海靈。寫載其狀，
托之丹青。千變萬化，事各繆形。隨色象類，曲得其情。”範圍
則從開天闢地開始，直到“忠臣孝子，烈士貞女，賢愚成敗，
靡不載叙。惡以誡世，善以示後”，壁畫的内容和《天問》極相
似。問題在于，王逸説這些壁畫是在江南流放時看到的，而江
南的山澤陵陸之間，是否會有如此規模宏偉的楚先王廟和公卿
祠堂，很值得懷疑。如果説“呵壁問天”的事發生在漢北，就
比較合符實際了。另外，本篇雖有憤懣和愁思，但并没有絶望，
篇末有“悟過改更，我可何言”，希望君主能够痛改前非，重新
振作。這也能説明，本篇作于第一次流放期間，亦即流放漢北
期間的可能性較大。所以，諸説之中，陳子展的説法較爲近似。

　　本篇的題旨，王逸《楚辭章句》曰："《天問》者，屈原之
所作也。何不言問天，天尊不可問，故曰天問也。"對此，後人
頗有不同看法。柳宗元《天對》曰："乃假天以爲言焉，故作天
問。"以爲借天以爲問，問誰，則不明確。王夫之《楚辭通釋》
發揮了這種説法，他説："原以造化變遷，人事得失，莫非天理
之昭著，故舉天之不測不爽者，以問惛不畏明之庸主具臣，是
爲天問，而非問天。"也就是説，屈原替天發問，問的對象是"庸
主具臣。"

　　李陳玉《楚辭箋注》認爲是在天的面前的疑問，天即上帝。
他説："天道多不可解：善未必蒙福，惡未必獲罪；忠未必見賞，
邪未必見誅，冥漠主宰政有難詰，故著《天問》以自解。此屈
子思君之至，所以發憤而爲此也。不曰問天，曰天問者，問天
則常人之怨尤，天問則上帝之前有此一段疑情，憑人猜揣。"

　　戴震《屈原賦注》曰："問，難也。天地之大，有非恒情所
可測者，設難以問之"，戴氏的説法簡明扼要，意思是説天地間，
凡是常情不能理解的，都在所問之列，這就是天問。"天"字
有着廣闊的内涵，幾乎相當于我們現在説的"客觀世界"。

　　詹安泰《屈原》説："全篇内容都是問題的提出，首先提出
的是天的問題，就命名《天問》。"

　　諸説之中，戴氏的説法較符合作品實際，游國恩《天問題
解》推演此説，解釋得更爲合理，更加深入。他説："《天問》
就是天的問題"，"舉凡天地間一切顯象事理以爲問，猶今人曰
自然界一切之問題云爾。"又説："蓋天統萬物，凡一切人事之紛
紜錯綜，變幻無端者，皆得攝于天道之中，而與夫天體天象天
算等，廣大精微，不可思議者，同其問焉。"就是説，天問的問
題，包括自然界一切問題和一切人事之紛紜錯綜，亦即指一切
自然和社會問題。郭沫若《屈原賦今譯》也説："是屈原把自己

對于自然和歷史的批判，採用問難的方式提出。"綜合游、郭二氏的説法，所謂天問，也就是"關於客觀世界的問難'的意思。

關于客觀世界萬事萬物的疑問，是先秦思想家所共同關心的問題。《莊子‧天下篇》云："南方有倚人焉，曰黃繚，問天地所以不墜不陷，風雨雷霆之故。惠施不辭而應，不慮而對，遍爲萬物説。"可見早在屈原以前，已有《天問》式的言論，可惜黃繚所問的具體內容，現在已不得而知了。這又是一個帶有世界性的問題，西方和東方的典籍中，都有所記載。《聖經舊約‧約伯傳》説："是誰定天地的尺度？是誰把準繩拉在其上？他的根基安置在何處？他的路標是誰安放的？……光明從何而至？黑暗原來位于何所？"印度《梨俱吠陀‧創造之歌》第一章第六段曰："孰知其真？孰窮其故？何所自在？何因而作？明神繼之，合此造化，是誰知之？孰施行之？"伊斯蘭《火教經》説："誰分大地，下麗于天，以免于傾？水與植物，誰孳生之？誰役風雲，周道是遵？嗚呼智人，誰更啓我善心？"《天問》作爲一首長篇哲理詩，與東西方這類典籍所載相比較，內容更爲豐富，藝術性也更強，因而放在世界文化的寶庫中，也當毫不遜色。

　　曰遂古之初,誰傳道之?上下未形,何由考之①?冥昭瞀暗, 誰能極之? 馮翼惟像, 何以識之②? 明明暗暗, 惟時何爲? 陰陽三合, 何本何化③?

　　①曰：發語詞。林雲銘説："問之詞。"（《楚辭燈》）劉夢鵬説："曰，發問辭也。"　　遂古：遠古。"遂"，通"邃"（音：歲）。《説文》："邃，深遠也，從穴，遂聲。"　　初：開始。誰：誰人。　　傳道：傳説。　　之：代詞，指"遂古之初"。

下面三句句末的“之”均同。開頭兩句是説：遠古開初的情況，
誰把它傳説下來？王夫之説：“遂與邃通，遠也。唐、虞始有
書，蒼頡始有字，而或侈言遠古之事，口耳相授，豈能傳遠乎？”
（《楚辭通釋》）洪興祖説：“道，猶言也；傳道，世世所傳説
往古之事也。”（《楚辭補注》）王逸則説：“遂，往也。初，始
也。言往古太始之元，虚廓無形，神物未生，誰傳道此事也。”
（《楚辭章句》）朱熹也説：“問往古之初，未有天地，固未有
人，誰得見之，誰傳道其事乎？”（《楚辭集注》）姜亮夫則認
爲“誰”應作“如何”解，“傳道”即所謂生發、變遷的意思。
那麽這兩句的意思就是：那遠古的開頭是如何變化、生發變遷
的。（《楚辭今繹講録》第九講《〈天問〉概説》）　　　上下：
指天地。　　　形：形成。後面兩句説：那時天地還没有形成，
根據什麽去考定？王逸説：“言天地未分，混沌無根，誰考定而
知之也？”賀寬説：“自今而言，上者爲天，下者爲地，鴻濛之始
上下未形，是無天地也。天地未定，何從有人而爲之傳道，爲
之考定乎？大可疑也。”（《飲騷》）屈復説：“由，自；考，
稽也。何自稽考而知其混沌之初乎？”（《楚辭新注》）胡文英説：
“未形，天地雖有，而未判之時也。考，察據也。”但是，姜亮
夫則認爲“考，成也。這是講天地未形成時，用什麽辦法來形
成它。”（同上）

②冥：夜晚。　　　昭：光，明亮。指白天。　　　瞢（音：
萌）：昏暗，模糊不清。一説，“冥”，幽暗。“昭”，是“昒”
（音：呼）的錯字。（劉盼遂《天問校箋》）“昒”，通“昧”。《説
文·日部》：“昒”，尚冥也。”段玉裁注：“冥者，窈也，幽也……
曶，尚未明也。”“冥昭瞢暗”都是暗昧的意思，都是用來形容混
沌未開的景象。　　　極：窮究。這兩句説：宇宙間晝夜未分，
渾渾沌沌，誰能把它弄清楚？楊萬里説：“日月之夜明晝昭，何

以然也？ 其理芒然而闇、 誰能窮極之者？"（《天問天對解》）
朱熹說："冥、幽也；昭、明也；謂晝夜也。芒暗、言晝夜未分
也。此承上問、時未有人，今何以能窮極而知之乎？" 馮翼：
《淮南子‧天文訓》："天墜未形、馮馮翼翼、洞洞灟灟。"高誘
注："馮翼、無形之貌"。王逸說："言天地既分、陰陽運轉、馮馮
翼翼、何以識知其形象乎？"洪興祖說："古未有天地之時、惟像
無形、窈窈冥冥、芒芠漠閔、頒濛鴻洞、莫知其門。" 一說，
"馮翼"，空氣運動的樣子。朱熹說："馮翼、氤氳浮動之貌"。汪
仲弘說："馮、讀作憑、馬行疾也。翼、羽翼也。馮翼、氣機氤
氳浮動之貌、言如馬之馳、鳥之飛也。《易》曰、象者、像也。
見乃謂之象。隱見有無之間、惟像者、僅有其像也。上言未形、
此言惟像、像輕清而形重濁、氣與質之別也。識、知之精也。
此問幽明未分之時、二氣氤氳之際、欲極而誰則能之、欲識而
何所從乎？言今人莫能稽古也。"（附見汪瑗《楚辭集解》）王
邦采說："惟像、有像無形也"。（《天問箋略》）陸侃如等說、
"馮馮"、同"澎澎"、大氣鼓盪的狀態。"翼翼"、同"瀁瀁"、大
氣流動的狀態。"馮翼"、就是大氣運動的狀態。這四句是說：
"天地還未成形的時候、只有大氣、大氣的形象是馮馮翼翼在
運動着。屈原問這種形象怎麼認識到的呢？"（《楚辭選》）一
說、"馮翼"、元氣充滿的樣子。楊萬里說："天地之馮馮而盛滿、
萬形之翼翼而衆多、何以然也？其像初誰識而命之者？"又說：
"馮馮、盛滿；翼翼、衆多"戴震說："馮、滿也；翼之言盛也、
謂氣化充滿盛作"（《屈原賦注》）聞一多以爲、"馮翼"是
"愊臆"之轉、"馮翼"、元氣滿盛之貌。《方言》十三："臆、
滿也。"郭璞注曰："愊臆、氣滿之也。"《文選‧長門賦》："心憑
噫而不舒兮"。李善注曰："憑噫、氣滿貌"。馮翼與愊臆、憑噫同。
迭言之曰馮馮翼翼。《廣雅‧釋訓》說："馮馮翼翼、元氣也"。

是謂元氣盛貌。（見《天問釋天》）這兩句是説元氣充滿宇宙的景象，怎樣認識這種景象呢？　“惟”：爲。馬其昶説：“惟，爲也；言由無形而爲有形”。（《屈原賦》）　　　　像：現象，景象。劉盼遂則説：“惟疑未之聲誤，蓋惟與未古雙聲迭韻也”。（見《天問校箋》）　“未像”，是無形的意思。這兩句是説：天地未形成的時候，大氣彌漫而無形，怎樣認識它呢？曹耀湘把“像”解作“想像”。他説：“像者，想像也，無形而但可想像耳”。（《讀騷論世》）

③明：指白天。　　　暗：指黑夜。　　　惟，語助詞。一説“惟”，彼。　　　時：通“是”，指示代詞，這，這樣。戴震《屈原賦注》：“時，是也”。　　　何爲：爲何。前面兩句是説：晝夜交替，是誰造成的或那是爲什麼？王逸説：“言純陰純陽，一晦一明，誰造爲之乎？”洪興祖説：“此言日月相推，晝夜相代，時運不停，果何爲乎？”（《楚辭補注》）朱熹説：“明暗即謂晝夜之分也。時，是也”。又説：“此問蓋曰：明，必有明之者；暗，必有暗之者；是何物之所爲乎？”蔣驥説：“明明，明而又明。暗暗，暗而又暗。猶言日夜相代也。時，是也。何爲，言孰主其事也。《大荒東經》，月毋之國，有人名鵷，處東極以止日月；司其短長。《歸藏》，空桑之蒼蒼，八極之既張，乃有義和，是主日月，職出入，以爲晦明”。（《山帶閣注楚辭》）也有人理解爲：宇宙之中或明或暗，爲什麼會這樣？王夫之説：“明明，當明而明，晝也；暗暗，當暗而暗，夜也。天何爲有晝夜？”　陰陽：本指日光的向背，向日爲陽，背日爲陰。古代用陰陽來解釋自然界兩種對立和相互消長的物質勢力。　　　本：本源，根源。　　　化：化生，化育。　　　三合：一説指天、地、人三者的結合和統一。王逸説：“謂天地人三合成德”。一説指陰、陽、天的結合和統一。柳宗元《天對》“合焉者三，一以統同”。自

注説:"《穀梁子》云：‘獨陰不生，獨陽不生，獨天不生，三合然後生。’王逸以爲天、地、人，非也"。朱熹説:"陰也，陽也，天也，三者之合，何者爲本，何者爲化乎？今答之曰，天地之化，陰陽而已。一動一靜，一晦一明，一往一來，一寒一暑，皆陰陽之所爲，而非有爲之者也。然《穀梁》言天而不以地對，則所謂天者，理而已矣。成湯所謂上帝降衷，子思所謂天命之性是也。是爲陰陽之本，而其兩端循環不已者爲之化焉。周子曰，無極而太極。太極動而生陽，動極而靜；靜而生陰，靜極復動。一動一靜，互爲其根。分陰分陽，兩儀立焉。正謂此也。然所謂太極，亦曰理而已矣"。還有一説認爲：三，同"參"。三合，即"參合"，參錯相合。汪仲弘説:"三與參同，古字通用，謂陰陽二氣參錯會合也。本，猶根也。化者，變之成，本化物之終始也。此問一明一暗，遞代不已，是必有爲之推遷主宰者，果何物之所爲乎？陰陽會合，萬彙生成，何者爲本，何者爲化乎？三合，舊本謂天地人三合成物，固無爲據。朱注又引《穀梁子》獨陰不生，獨陽不生、獨天不生，三合然後生；謂天與陰陽并立而爲三。天與陰陽對，固爲未妥；又以天字訓作理字，謂爲陰陽之本，而其循環不已者，爲之化焉；則陰陽二字當訓作氣字，理與氣止兩端，亦不得言三合，此皆泥三字之跡强勉以湊數耳。《招魂》篇曰，參目虎首。《荀子·勸學》篇曰，君子博學而日參省於己。《易》曰，參伍以變。《本義》云，參，三數之也。是其證也"。屈復也説:"三，與參同，謂陰陽參錯"。這兩句是説：陰、陽、天（或人）三者結合,哪個是本源,是怎樣生化的？

　　　圜則九重，孰營度之？惟兹何功，孰初作之①？幹維焉繫？天極焉加？八柱何當？東南何虧②？九

天之際，安放安屬？隅隈多有，誰知其數③？

①圜（音：圓）：指天體。　　九重：　即九層。《淮南子
·天文訓》：“天有九重。”古人想像天有九重，也有人認爲“九”
不是實數，是極言其高。　　孰：誰。　　營：經營營造。
度：量度。這兩句是説：天有九層，誰把它營造成這樣的呢？
王逸説：“言天圜而九重，誰營造而知之乎？”朱熹説：“圜，謂天
形之圓也。則，法也。九，陽數之極，所謂九天也。”王夫之則
説：“圜則，渾天之儀表。九重，七曜天，經星天，宗動天之
層次。測之以理數，非營度所得知也。”蔣驥説：“孰營，言誰爲
經始也。……方密之《通雅》云，《太玄經》，九天曰中天、
羡天、從天、更天、睟天、廓天、咸天、沈天、成天。此虛立
九名耳。吴草廬始謂天體實九層。至利山人入中國而暢言之，
自地而上爲月天、水天、金天、日天、火天、木天、土天、恒
星天，至第一層爲宗動天，九層堅實相包，如葱頭也。”一説，
營，圍繞。劉盼遂説：“營，古與環通矣。天圜而九重，故須環
回以度之。”聞一多也説：“‘孰營度之’，誰縈繞此垣而度知其里
數也。”意謂誰能圍繞它量過呢？　　茲（音:姿）：此，這。
功：功績。王逸説：“比天有九重，誰功力始作之邪？”汪仲弘説：
“何功，何等之功，言大也。此何字與篇内諸何字異，諸何字
皆詰詞，此矜詞也。”這兩句説：這是何等的功績，是誰最初來
做的呢？　　　一説，“功”，功力。周拱辰説：“此九重者馮功何
力而造作之？”（《離騷草木史》）一説，“功”同“工”。這是
説這樣的工程是誰開始創建的？
②斡（音：管）：一作“筦”。旋轉的樞紐，指斗樞。　　維：
大繩子。　　焉：哪裏。　　繫：聯結。　　天極：天的極邊，
天的頂端。一説，“天極”即北斗星，這裏泛指天空。　　　加：

安放。這兩句是説：轉動着的斡上面的繩子，另一頭聯結在哪裏？天的極頂安放在哪裏？王逸説："斡，轉也；維，綱也。言天晝夜轉旋，寧有維綱繫綴？其際極安所加乎？"朱熹説："斡，《説文》曰，轂端沓。則是車轂之内，以金爲笭，而受軸者也。維，繫物之縻也。天極，謂南北極，天之樞紐，常不動處，譬則車之軸也。蓋凡物之運者，其轂必有所繫，然後軸有所加，故問此天之斡維，繫於何所？而天極之軸，何所加乎？"陳本禮也説："維，繫轂之綱。天既虛空無著，則斡繫於何處？軸加於何所乎？"（《屈辭精義》）聞一多説，"加"當讀爲"架"。《淮南子·本經篇》説："大厦曾加。"高誘注："加，材木相乘架也。""此曰天極，正比天如屋。……'天極焉加者'，謂天極架於何處也。"（《天問釋天》）　　八柱：古代傳説有八座大山做支撐天空的大柱。《神異經》説："崑崙之山，有銅柱焉，其高入天，所謂天柱也。"王逸説："言天有八山爲柱，皆何當值？東南不足，誰虧缺之也？"同世界上許多民族的幼年時代一樣，我們的祖先也曾把天空想象成屋頂那樣，要用柱子去支撐。　　當：在。王夫之説："當，在也。"　　　　虧：缺損，缺陷。指東南方地勢低下、陷塌，多江河湖海。《淮南子·天文訓》："昔者共工與顓頊争爲帝，怒而觸不周山，天柱折，地維絶。天傾西北，故日月星辰移焉，地不滿東南，故水潦塵埃歸焉。"它把共工觸山説成是造成東南"虧"的原因。這兩句是説：八根大柱撐在什麽地方？東南方爲什麽陷塌了一大塊？　　　一説，這裏是指地而言，不是指天而言。賀寬説："八柱承天，蓋地承天，柱承地也，所承果在何處？世云地勢西北高，東南下，故東南爲不足，當地初凝爲地之時，何不使之無高下耶？大可疑也。"他把"當"作"承"解。陳本禮説："此繼斡維而問地柱植根處也。地既有八柱，則八柱之下，必有生根之處，方能撐柱。不然，柱何以立耶？且地東南獨虧，豈東南不滿處，適當無柱處耶。"

　　③九天：指天的中央和八方。王逸説："九天：東方皞天，東南方陽天，東南方赤天，西南方朱天，西方成天，西北方幽天，北方玄天，北方變天，中央鈞天。"　　　際：邊界。　　安：哪裏，怎麼。　　放：安放，擱。　　屬（音：主）：連屬，連接。王夫之説："際，相交接之處。屬，連也。"林雲名説："際，盡頭所屆也。放，置也。"這兩句説：九天之間的邊界安放在哪裏？怎樣連接的？　　有人認爲"放"是"至"的意思，"屬"是"附"的意思。洪興祖説："放上聲。《孟子》曰，遵海而南，放于琅邪。放，至也。屬，附也，音注。"徐煥龍説："既有九天，必有邊際，其際安所放至？安所屬附？"（《屈辭洗髓》）

　　隅(音:于)：角落。　　隈(音:威)：彎曲的地方。《淮南子·原道訓》"以曲隈深潭相予"高誘注："曲隈，崖岸委曲。"洪興祖説："隅，角也。《爾雅》，厓內爲隩，外爲隈。"高誘注"曲隈，崖岸委曲。"汪仲弘説："隅，角也。隈，水涯也。此問九天邊際，直置何所？附麗何地？方隅水曲，其數衆多，誰則知之？此二條上二句俱以天言，下二句俱以地言。"　　多有：有很多。胡文英則説："多有，有幾多。"（《屈騷指掌》）知：知道。這兩句説：天的角落和彎曲的地方很多，誰能知道它的數目？《淮南子》只説地，而王逸《章句》并言天地。王逸説："言天地廣大，隅隈衆多，寧有知其數乎？"《淮南子·天文訓》："天有九野，九千九百九十九隅，去地五億萬里。"高誘注："九野，九天之野也。一野，千一百一十一隅。"

　　天何所沓？十二焉分？日月安屬？列星安陳①？
　　出自湯谷，次于蒙汜;自明及晦,所行幾里②？

夜光何德,死則又育？厥利維何，而顧菟在腹③？

①古代也有人想像天空是像個鍋子那樣蓋在地上，所以問：天在哪裏同地會合？接着又問：十二時辰怎樣劃分？“杳”(音：踏），會合，重迭。“十二”,指十二辰，即子、丑、寅、卯、辰、巳、午、未、申、酉、戌、亥。即日月在黄道上的十二個會合點。王逸說：“杳，合也，言天與地會合何處？十二辰誰所分別乎？”朱熹說：“上章所問天何所屬，并地而言。此所問乃爲天地相接之處，何所杳也。今答之曰，天周地外，其說已見上矣，非杳乎地之上也。十二云者，自子至亥十二辰也。《左傳》曰，日月所會是謂辰。注云，一歲日月十二會，所會爲辰。十一月辰在星紀，十二月辰在元枵之類是也。然此特在天之位耳。若以地而言之，則南面而立，其前後左右亦有四方十二辰之位焉。但在地之位，一定不易；而在天之象，運轉不停，惟天之鶉火加于地之午位，乃與地合，而得天運之正耳。蓋周天三百六十五度四分度之一，周布二十八宿，以著天體，而定四方之位，以天繞地，則一晝一夜適周一匝，而又超一度。日月五星，亦隨天以繞地，而惟日之行，一日一周，無餘無欠。其餘則各有遲速之差焉。然其懸也，固非綴屬而居，其運也，亦非推挽而行，但當其氣之盛處，精神光耀，自然發越，而又各自有次第耳。”周拱辰說：“杳者，重杳之謂，亦交杳之謂。天之中有地，地之中有天，猶《易》所稱絪縕磨盪是也。十二辰支干相配，起于甲寅，而天道周矣。二十八宿以是分，而天之躔度不忒；東西南北以是分，而地之方向不迷；歲以是分而年不亂；月以是分而時不易；晝夜以是分而人知度；十二律以是分而禮樂興。然是十二之所分也，有分十二者，須問之太乙。”游國恩說：“杳者，蓋踏之假借字，本當作蹋，《說文》，蹋，踐也。段玉裁

注，俗作踏字，《廣雅·釋詁》一，蹋，履也。《釋名·釋姿容》，蹋，榻也。榻，著地也。天何所沓者，猶言天足所踐履之地，當在何處。《章句》謂天與地合會何處，是也。"（《天問纂義》）郭沫若説："十二辰實黃道周天之十二恒星。十二辰之名本爲觀察歲星而設。歲星之運行，約略爲十二歲一周天，一歲一辰，故有十二辰。厥後十二辰與天體脱離，乃爲黃道周天之十二等分。"（《論支干》）"明"兩句是説：　太陽、月亮懸掛在什麼上面的？衆星陳列在什麼地方？安：疑問代詞，什麼地方。下句同。"屬"（音：蜀），繫屬，懸掛。"列星"，衆星。"陳"，陳列，排列。王夫之説："屬，繫也。懸于碧空，若有繫而得不墜，實無所繫也。列星，經星。陳，謂列布之，亙古而不易其處。"王逸把"安陳"釋爲"誰陳列"。他説："言日月衆星，安所繫屬，誰陳列也。"陳本禮則説："日行黃道，有分至啓閉。月行黑道，有朔望弦晦。安屬者，日月之出入諸道，縱橫相維，而繫之於何所乎？安陳者，懸于空際，萬古在天，何以運行而不紊乎？"

②湯（音：陽）谷，即暘谷，又作陽谷，以谷中水爲十日所浴，熱如湯，故名。古代神話傳説太陽升起的地方。《山海經·海外東經》："湯谷上有扶桑，十日所浴——在黑齒國北——居水中。有大木，九日居下枝，一日居上枝。"　次：止息，住宿。　蒙汜：即昧谷，古代神話傳説太陽止息的地方。聞一多説，谷即道。陽，明也，陽谷謂日出之道也。昧，暗也，昧谷謂日入之道也。《淮南子·天文篇》謂之蒙谷，《天問》謂之蒙汜。蒙昧一聲之轉，汜與谷義同，蒙汜即蒙谷，然其義仍爲日出入之道。此蓋古義也。其後九洲瀛海之説出，謂九洲之外，環以大海，則日所出入，度必在水中，於是説者意中之谷遂爲通水之谷，而暘谷之名且變而爲湯谷，蒙谷亦變爲蒙汜矣。"（見《天問釋天》）　明：天亮，白晝。　及：到。

晦（音：惠）：天黑，夜晚。這是説：從天亮到天黑，太陽行走了多少里？王逸説：“次，舍也。汜，水涯也。言日出東方湯谷之中，暮入西極蒙水之涯也。日平旦而出，至暮而止，所行凡幾何里乎？”朱熹則以周天赤道里數爲解，他説：“此間一日之間，日行幾里乎？答之曰，湯谷蒙汜，固無其所；然日月出水，乃昇於天，及其西下，又入於水，故其出入似有處所；而所行里數，曆家以爲周天赤道一百七萬四千里，日一晝夜而一周。春秋二分，晝夜各行其半；而夏長冬短，一進一退，又各以其什之一焉。”又説：“《論衡》云，日晝行千里，夜行千里，如此則天地之間狹亦甚矣。此王充之陋也。”

③夜光：月亮。　　德：本領。　　則：而。　　育：生。《孫子·虛實篇》：“月有死生。”古代傳説月亮每月生一次，死一次。所以問道：月亮有什麽本領，能够死而復生？王逸説：“夜光，月也。育，生也。言月何德于天，死而復生也。一云，言月何德，居于天地，死而復生。”王夫之則説：“德謂秉以爲性者。死，晦而無光。育，明復生也。月惟虛順，故能受日光，乍暗旋明。”馬其昶也説：“何德，問其何等體性也。”“則”，游國恩認爲就是“即”。他説：“《廣雅·釋言》云：‘則，即也。’《漢書·王莽傳》：‘則時成創。’師古注：‘則時，即時也。’《詩·終風》：‘願言則嚏。’《一切經音義》十五引作‘願言即嚏。’《史記·項羽本紀》：‘莊則入爲壽。’言項莊因范增之召，即入座爲壽也。又，‘則與斗巵酒，則與一生彘肩。’言左右因項王之命，即賜之斗酒與彘肩也。‘死則又育’者，謂月魄雖暫死滅，旋即復生也。”　　厥：那個。　　利：通“黎”，指月中足影。　　維：是。　　何：什麽。　　菟，即兔。“顧菟”，謂兔性多疑，行走時常要回頭看。這兩句是説：那個黑影是什麽？是兔子在它的腹中嗎？　　對“利”字，另有不同解

釋：一種是“功勞”。劉夢鵬説：“利猶功也。月之照臨，功莫大矣。而或者顧謂其中爲兔乎。顧，反謂辭。”（《屈子章句》）一種解爲“好處”。王逸説：“言月中有菟，何所貪利，居月之腹，而顧望乎？”朱熹説：“月有何利，而顧望之菟，常居其腹乎？”他們都把“利”作“好處”解，但對“厥利維何”却有着不同的理解。王逸認爲指菟言，朱熹認爲指月言。　　　對于“顧菟”也另有不同的解釋：一説，“顧菟”是“月中兔名”。毛奇齡説：“顧兔，月中兔名。梁簡文《水月詩》云，非關顧兔没。隋袁慶和煬帝《月夜詩》云，顧兔始馳光。皆指月言。以兔本善視，故《禮》曰，兔曰明視。而月腹之兔，名爲月魄，則又善于下顧。故《古怨歌》云，熒熒白兔，東走西顧。”（《天問補注》）一説，“顧”是“養畜”的意思。游國恩説：“蓋顧者，猶言撫育也，《詩·蓼莪》顧我復我，鄭箋云，顧，旋視也。回顧旋視，并有愛憐之意，故承上文鞠拊畜育而言，則顧與養畜義近。又古多以眷顧二字連用，《詩·皇矣》乃眷西顧，《大東》睠言顧之，睠與眷同。《釋文》，睠本作眷。《小明》睠睠懷顧，《韓詩》作眷眷懷顧，眷訓爲顧，又訓爲戀，故引申之，顧亦有撫育之義。觀此文言育言顧，言在腹，與《蓼莪》同，知顧爲本句動詞，而非以顧兔連文爲義，亦明矣。厥利維何，而顧兔在腹者，謂月何所利而養育此兔于腹中也。非謂月中之兔，有所利而居其腹以顧望也。亦非謂善視之兔，有利于月而居其中也。更非劉夢鵬以顧爲反語辭之謂也。”（《天問纂義》）一説，“顧菟”是“迭韵連綿字”。（劉盼遂《天問校箋》）一説，“顧菟當即蟾蜍之異名。”（聞一多《天問釋天》）

女歧無合，夫焉取九子？伯强何處？惠氣安在①？何闔而晦？何開而明？角宿未旦，曜靈安藏②？

①女歧：星名，即九子母。本來叫九㱩，音轉爲女歧。傳說她沒有丈夫而生了九個兒子。王逸説："女歧，神女，無夫而生九子也。"　　合：匹配，婚配。戴震説："合，匹也。"　　爲：怎麼。　　取：得，生。　　伯强：即禺强，風神。《周禮·大宗伯》鄭玄注説："風師，箕也。"《風俗通義·禮典篇》説："風師者，箕星也。""伯强"，實際上就是箕星。　　惠氣：和順之氣。王逸説："伯强，大厲，疫鬼也。所至傷人。惠氣，和氣也。言陰陽調和，則惠氣行，不和調則厲鬼興，二者當何所在乎？"朱熹則説："惠者，氣之順也。厲者，氣之逆也。以其强暴傷人，故爲之名字以著其惡耳。初非實有是人也。氣之流行，充塞宇宙，其爲順逆，有以天時水土之所值，有以人事物情之所感，萬變不同，亦未嘗有定在也。"周拱辰説："伯强，惠氣，風屬。上指日月星，此專言風也。黃帝《風經》，調暢祥和，天之喜氣也。折揚奔厲，天之怒氣也。淮南云，强隅，不周風之所生也。窮奇諸稽攝提，廣漠風條風之所生也。不周風居西北，律中應鐘，氣主肅殺。廣漠居北，律中黃鐘；條風居東北，律中太簇。黃鐘胎養萬物，太簇出生萬物，皆主生，所云惠氣者是也。"（《離騷草木史》）游國恩據《莊子·齊物論》："夫大塊噫氣，其名爲風。"《廣雅·釋言》："風，氣也。"并本篇下文"西北闢啓，何氣通焉。"也稱風爲氣，因謂"惠氣即惠風"。這四句説：女歧沒有結婚，怎麼會生得九個兒子？伯强在什麼地方？惠氣在什麼地方？

②闔（音:盒）：關閉。　　開：打開。王逸説："言天何所闔閉而晦冥，何所開發而明曉乎？"洪興祖説："闔，閉户也。開，關户也。陰闔而晦，陽開而明。"王夫之説："此問晝夜之所以分也。"前面兩句説：什麼地方關上了就天黑了？什麼地方打開了就天亮？　　角宿（音:秀）：星座名，二十八宿之一，青龍赤

宿的第一宿，有兩顆星，夜裏出現在東方。古代傳説，這兩顆星之間爲天門，黄道經過這裏。（見《晋書・天文志》）　旦：天明。戴震説：“日出地上曰旦。”　曜（音：耀）靈：太陽。王逸説：“角亢，東方星。曜靈，日也。言東方未明旦之時，日安所藏其精光乎？”游國恩説：“此承上文而連類及之耳，東方未白，日光藏匿，即所云闇晦之時也。不知斯時日光藏于何所，故問之也。”後面兩句説：天門還没有透露亮光的時候，太陽藏在哪裏？

不任汩鴻，師何以尚之？僉曰何憂，何不課而行之①？鴟龜曳銜，鯀何聽焉？順欲成功，帝何刑焉②？永遏在羽山，夫何三年不施？伯禹腹鯀，何以變化③？纂就前緒，遂成考功。何續初繼業，而厥謀不同④？洪泉極深，何以填之？地方九則，何以墳之⑤？應龍何畫，河海何歷⑥？鯀何所營，禹何所成？康回馮怒，地何故以東南傾⑦？

①不任：不勝任。游國恩説：“任，堪使也。不任汩洪者，言不堪使治洪水也。”　汩（音:骨）：治理，疏通。　鴻：通洪，指洪水。丁晏説：“古鴻、洪通。”（《楚辭天問箋》）師：衆人。　何以：爲什麼。　尚：推舉，薦舉。　之：指鯀（音:滾），古代神話中的人物。傳説堯時，洪水滔天，鯀由四岳推舉去治水，堯不同意。後來由于衆人建議，讓他去試試，不行再罷免他，堯才同意。鯀經過九年，没有把水治好，被殺死在羽山的郊野，而從他的肚子裏生出他的兒子禹來。王逸説：“汩，治也。鴻，大水也。師，衆也。尚，舉也。言鯀才不任治鴻水，衆人何以舉之乎？”楊萬里則説：“汩謂亂。不任汩

鴻者，謂鯀之才不能任治水之事，故于洪水反汩亂奔潰而益甚也。"蔣驥又說："《莊子》郭注，回狀而湧波者，汩也。汩鴻，言湧溢爲鴻水也。"　　僉（音：遷）：都，皆。戴震說："僉，皆也。"王逸則說："僉，衆也。"夏大霖則說："僉，同也。"（《屈騷心印》）　　課（音：客）：按一定的標準試驗，考核。　　行：汪仲弘說："行之，行治水之事也。"王夫之則說："行，用也。"何憂：一說是衆人回答堯不必憂慮鯀之不能治水。王逸說："言衆人舉鯀治水。堯知其不能，衆人曰，何憂哉？何不先試之也。"一說，謂鯀能平水土，洪水何足憂。游國恩說："何憂者，謂鯀能平水土，洪水何足憂乎？非止答堯不必憂鯀之不能也。《孟子·滕文公》篇，洪水泛濫，堯獨憂之。《琴操箕山歌》云，嘆彼唐堯，獨自愁苦，勞心九洲，憂勤后土。即此文所謂憂也。四岳既舉鯀治水，信其可以奏功，故曰無憂。述衆人之言止此，下句乃屈子怪問帝堯之辭。言衆既以鯀薦，云洪水爲不足憂矣，堯何不先試其能而遽任之使債事耶？"這四句說：鯀不能勝任治理洪水的事，衆人爲什麼推舉他？衆人都說何必擔憂，爲什麼不先叫他試試就去治水？

②對前兩句的解釋，歷來有分歧，主要有這麼幾說，一說："鴟"（音：吃），一種鷙鳥。"龜"，一種大龜，鯀被堯殺死後爲鴟龜所食，鯀爲什麼聽任不爭？王逸說："鯀治水績用不成，堯乃放殺之羽山，飛鳥水蟲曳銜而食之，鯀何能復不聽乎？"王夫之也說："相傳鯀死棄屍于羽淵，上爲鴟銜，下爲龜曳。聽者，無能自免也。"郭沫若則說："'鴟龜曳銜'疑是伯鯀築堤時，禽魚的破壞作用。"所以把他這兩句譯成："大龜和梟鳥在破壞工程，伯鯀安能聽任？"（《屈原賦今譯》）　　一說：鴟和龜銜草木拉泥土示意築堤獻計平治洪水，鯀爲什麼就聽從它們？洪興祖說："鴟，一名蔦也。曳，牽也，引也。聽，從也。此言鯀

違帝命而不聽，何爲聽鴟龜之曳銜也?"朱熹説:"詳其文勢，與
下文應龍相類，似謂鯀聽鴟龜曳銜之計而敗其事。"周拱辰説:
"鴟龜曳銜，經稱鯀陻洪水，傳稱鯀障洪水，《國語》又稱其
墮高堙卑。蓋鴟龜曳銜，鯀障水法也。鯀覩鴟龜曳尾相銜，因
而築爲長堤高城，參差綿亘，亦如鴟龜之曳尾相銜者然。程子
曰，今河北有鯀堤，而無禹堤。《通志》曰，堯封鯀爲崇伯，
使之治水，迺與徒役，作九仞之城。又《淮南》云，鯀作三仞
之城，諸侯背之。《史稽》曰，張儀依龜跡築蜀城，非猶夫崇
伯之智也，即其證。"以上各家都把鴟龜作爲二物。　　一説:
鴟龜是一物。神話中的一種大龜，形狀如鴟。徐煥龍説:"玩語
句，意當時有形似鴟鳥之龜，曳尾銜物而前，作導鯀治水狀，
鯀遂依之以施方略，故曰鯀何聽焉。"　　一説，"聽"，通"聖"。
意謂鯀有什麼聖德，讓象鴟狀的大龜來拉的拉，銜的銜幫他治
水? （姜亮夫《屈原賦校注》）　　欲: 願望，心願。　　帝:
王逸説:"謂帝堯也。"朱熹則説:"所謂帝者，似指上帝。"
刑: 誅罰。後面這兩句的意思，王逸説這是"言鯀設能順衆人
之欲而成其功，堯當何爲刑戮之乎?"順欲，王逸認爲是"順衆
人之欲"。洪興祖則説:"所謂順欲者，順帝之欲也。"也有人認爲
順鯀之欲，朱熹説:"若且順彼之欲，未必不能成功，舜何以遽
刑之乎?"彼，指鯀。游國恩説:"順欲者，謂順鯀自己之意行之
也。鯀之所欲，即指依鴟龜行跡築堤以障水之事。此雖逆乎水
性，不得爲善策，然使其依其意而行之,終有成功之日，故曰順
欲成功也。"另，王夫之説:"順欲成功，謂順水之所欲歸而功成;
帝何刑焉，言其所以自免者，非無術也。"林雲銘説:"聽人所欲
而求成功。"

　③永: 長久，長期。　　遏(音:扼): 禁閉，禁壓。　　羽
山: 神話中的山名，傳説在東邊海濱。　　施: 通"馳"，釋放。

據《禮記‧祭法》“鯀障鴻水而殛死”，’孔穎達疏：“鄭（玄）答趙商云：“鯀非誅死。鯀放居東裔，至死不得反於朝，’”這就是這裏説的“永遏在羽山了”。又據《禮記‧司圜》：“上罪三年而舍，中罪二年而舍，下罪一年而舍。”所以，這裏有“夫何三年不施”之問。這兩句是説：長期囚禁在羽山，爲什麽三年還不釋放？王逸説：“永，長也。遏，絶也。施，舍也。言堯長放鯀於羽山，絶在不毛之地，三年不舍其罪也。”一説，“施”，刑殺。這兩句的意思是：長期囚禁在羽山，何以久不殺之？”朱熹説：“遏，猶禁止也。羽山在東海中。施，謂刑殺之也。《左傳》曰，乃施邢侯。此問鯀功不成，何但囚之羽山，而不施以刑乎？”游國恩説“三”是虛數。他説：“三年者，古人言語之虛數，言其久也，正與上永遏相應。夫何三年不施者，謂何以久不殺之也”。一説，“施”，是壞的意思。説鯀永遠禁壓在羽山，爲什麽三年他的身體都不壞？這就是《山海經‧海内經》郭璞注引《開筮》“鯀死三年不腐，剖之以吳刀，化爲黃龍”中所説的“鯀死三年不腐”的意思。“伯禹”：即禹，禹稱帝前堯封他爲夏伯，故稱伯禹。　　腹鯀：一本作“愎鯀”王逸説：“禹，鯀子也。言鯀愚狠，愎而生禹，禹小見其所爲，何以能變化而有聖德也？”此義不可通。“愎”當作“腹”，形近而誤。“伯禹腹鯀”者，即《山海經‧海内經》所説“鯀復（腹）生禹”，從鯀的肚子裏孕育、化生出禹來。洪興祖説：“腹，懷抱也”。錢澄之説：“禹爲鯀子，是鯀腹中出也”。（《莊屈合詁》）所以，這兩句是説：禹從鯀的肚子裏生出來，何及會有這樣的變化？　　“夫何以變化”句，王逸是從人的理智方面説的，朱熹、王夫之等也是這樣。朱熹説：“若禹之聖德，則其所稟於天者清明而純粹，豈習於不善所能變乎？”王夫之説：“鯀之愎，禹之聖，父子一氣，而變化殊，天性異耶？抑所謀之順逆異耶？”蔣驥説：“變化，謂父凶而有聖子也。”　　有的從治水的方法方面説。林雲銘説：
“禹固出于鯀之懷抱也，乃變障堤而爲疏導，不特禹奇，即舜
知而用之，亦奇。”夏大霖説：“變化，謂變堤障之法爲疏導也。
言子應不改父，禹何以鋭意變改之？若亦深痛父功之不成而受
殛，故勞心憂思而能變化也。”　　俞樾則説：“作愎作腹并于文
義未安，其字當作夏。《説文》夊部夏，行故道也。言禹治水
亦惟行鯀之故道，何以能變化乎？夏字隸變爲復，作愎作腹均
傳寫誤增偏旁耳。”（《讀楚辭》）

　　④纂就：繼承，繼續。纂（音：纘），繼，同纘。　　緒：余
事。　　遂：終于。　　考：對死去的父親的尊稱。　　功：
事業，功業。　　業：事業。　　謀：方法。傳説鯀和禹的治
水方法不同，鯀是用堙塞的方法，禹是用疏導的方法。這四句
説：禹繼承父親没有完成的事業，終于取得了成功。爲什麽禹
繼續鯀創始的事業，而他的方法却不相同呢？王逸説：“父死稱
考。緒，業也。言禹能纂代鯀之遺業，而成考父之功也。”又説：
“言禹何能繼續鯀業，而謀慮不同也。”朱熹説：“鯀禹治水之不
同，事見《洪範》。蓋鯀不順五行之性，築堤以障潤下之水，
故無成。禹則順水之性，而導之使下，故有功。《書》所謂決
九川、距四海、濬畎澮、距川，《孟子》所謂禹之行水，得水
之道，而行其所無事，是也。”賀寬説：“禹親爲鯀子，而獨變化
鯀之所爲，所纂者鯀之緒，所成者鯀之功，所繼者鯀之業，不
同者惟謀耳。然而遇洪水之深，填之使平；分九州之壤，填之
使起，亦鯀堕高堙卑之法也。觀《禹貢》既修太原，有不盡改
鯀所爲者，未嘗盡不同也。”（《飲騷》）

　　⑤洪泉：洪水的淵泉。朱熹説：“泉疑當作淵，唐本避諱而
改之也。洪泉即洪水。”游國恩加以駁正説：“《説文》泉，水原
也。朱子疑泉當作淵，唐本避諱所改。然本書《九章》《惜往

日》篇不畢辭以赴淵，《招魂》旋入雷淵，劉向《九嘆》、《惜賢》章申徒狄之赴淵，《愍命》章情澹澹其若淵，又《遠遊》章（一作《遠逝》）囚靈玄于虞淵，并不改字。惟《文選》《招魂》雷淵作雷泉，明爲唐人所改，證知此泉當係原文。洪泉者，謂洪水之原也。朱子以爲洪水，誤矣。”　　寘：同“填”，填塞。前面兩句説：洪水淵泉極深，禹用什麽去填塞它？王逸説：“言洪水淵泉極深大，禹何用填塞而平之乎？”　　方：分。九則，九等。“則”，《説文》：“則，等畫物也。”猶今言單位。據《尚書·禹貢》、《史記·夏本紀》説，禹治水後把全國的土地分爲上上、上中、上下、中上、中中、中下、下上、下中、下下等九等，依照不同的標准征收田賦。　　墳：分。王逸説：“墳，分也。謂九州之地，凡有九品，禹何以能分別之乎？”後面兩句説：禹把土地分爲九等，根據什麽劃分的？　　一説，“墳”，猶封，壘土使高，聚土爲山，意即構成丘塿以備水潦。這兩句的意思是：大地上有九州，禹拿什麽土壤去加高？朱熹説：“九則謂九州之界，如上所謂圜則也。墳，土之高者也。”又説：“此間洪水泛濫，禹何用填塞而平之？九州之域，何以出其土而高之乎？答曰，禹之治水，行之而已，無事於填也。水既下流，則平土自高，而可官可田矣。若曰必填之而後平，則是使禹復爲鯀，而父子爲戮矣。”朱熹以下多以“墳”爲高，非也。徐煥龍辨駁説：“地方有九州之則，方至廣，地參差矣，何以遂皆使之爲墳土？”（《屈辭洗髓》）

⑥應龍：古代神話中傳説是有翅膀的龍，是黃帝的神龍，曾以“殺蚩尤與夸父”立過大功，後來助禹治水。（見《山海經·大荒東經》）據《拾遺記》卷二説，禹開導河川，平夷山岳，應龍曳着尾巴走在前面。應龍尾巴指引哪裏，禹開導的河川就朝着哪裏走。這就是王逸所説“禹治洪水時，有神龍以尾

畫地，導水所注當決者，因而治水也"。王夫之則説："應龍，龍
無角者。相傳禹治水，有神龍以尾畫地成川，禹因而疏之，導
河入海。實則禹循水脈，水脈亦謂之龍耳。"劉夢鵬又另有新解，
他説："黃帝時有蒼龍應龍，禹治水時，亦有應龍。蓋古者以龍
紀官，應龍疑古治水之官，後或遂以爲氏。彼以神物疑之者，
妄也。畫，策也。歷，至也。言應龍佐禹，不知有何畫贊？而
八年於外，脛骨不毛，明德之遠，雖不棄羣策，而實獨任憂勤
爲已至矣。"　　畫：劃。　　歷：經歷，經過。這兩句是説：
應龍怎樣用尾巴劃地？河海怎樣順着應龍所劃的綫路流過這些
地方？兩句一作"河海應龍，何盡何歷？"

　　⑦營：經營，籌畫。成：成就。這兩句是説：鯀做了什麼？
禹成就了什麼？王逸説："言鯀治鴻水，何所營度，禹何所成就
乎？"周拱辰説："鯀之營也何術？禹之成也何功？鯀之治水也黿
之，禹之治水也龍之。嗚呼！成敗之造鯀禹，豈鯀禹之能爲成
敗耶？"（《離騷草木史》）王遠説："言鯀治水九載，豈無所營
哉？禹纂前緒，何以遂有成哉？"（附見王萌《楚辭評注》）孫
詒讓則説："營，惑也。亂也。言鯀禹同治水，何以鯀獨惑亂，
禹獨成功乎？王注失之。"　　康回：即共工，神話傳説中的水
神。據《淮南子·天文訓》説："昔者共工與顓頊争爲帝，怒而
觸不周之山，天柱折，地維絶。天傾西北，故日月星辰移焉；
地不滿東南，故水潦塵埃歸焉。"這裏把天缺西北地陷東南的理
由來托出"共工"的神力。屈原指斥這種説法。　　馮（音：
平）同"憑"，大。　　傾：傾斜，塌陷下去。"地何故以東
南傾"，聞一多認爲"當作'地何以東南傾'本篇詞例，凡言
'如何'（how）者，皆曰'何以'，言'爲何'（why）者，
皆曰'何'從無曰'何故'者。（下文'柏林雉經，維其何
故'，游國恩讀爲辜，至確。）依本篇例，更無'何故以'三

字連用之理。"衍"故"字。（《楚辭校補》）後面兩句説：共
工大怒，爲什麼地就向東南傾陷？錢澄之説："水之就下，由東
南傾也。東南傾，由康回怒也。因又以此發問。"王夫之則説：
"謂西北山高，遞降而東南爲海，要之寓言耳。天柱折，裂天
經也。地維絶，虧地義也。傾，亂也。狂怒不逞，禍延天下如
此。"夏大霖説："地傾東南，乃自然形勢，豈有康回一觸能使地
傾之理？故作詼諧之問，以譏應龍之説謬也。"

九州安錯？川谷何洿？東流不溢,孰知其故①？
東西南北，其修孰多？南北順橢，其衍幾何②？
崑崙縣圃，其尻安在？增城九重,其高幾里③？
四方之門，其誰從焉？西北辟啓，何氣通焉④？

①九州：傳説禹治水後把天下劃分爲九州。　　　錯：設置。
川：河流。　谷：兩山之間的水道或夾道。　　洿（音：烏）：
深。前面兩句説：九州是怎樣設置的？河流水道爲什麼那樣深？
有人認爲"洿"是"挖掘"的意思，那麼第二句的意思就是：
河流水道是怎樣挖成的？王逸説："錯，厠也。洿　深也。言九
州錯厠，禹何所分別之？川谷於地，何以獨洿深乎？"王夫之
説："錯與厝通，安置也。九州之士，大氣舉之，非有所錯也。
洿，卑下也。非有損益之者，而高卑殊矣。"徐焕龍説："九州安
所錯置，川谷如何深洿？"有人認爲"錯"是"交錯"的意思。
説九州地勢交錯，禹是怎樣劃定的？周拱辰説："帝譽制九州，
按孔安國注，一冀州，帝都，不説境界。一梁州，東距華山之
陽，西據黑水。一兖州，東南據濟，西北距河。一青州，東北
至海，西南距岱。一徐州，東至海，南至淮，北至岱。一揚州，
北至淮,東南至于海。一荆州，北距荆山，南盡衡山之陽。一

豫州，西南至荆山，北距大河。一雍州，西據黑水，東距河，
龍門之河在冀州之西。錯者如犬牙相制然也。川谷何洿，洿，
深也。宇宙内有九淵，極深。”錢澄之説：“自地傾東南，水始東
流，而得平土。於是列爲九州，往往壞地相錯。杜詩云，平野
入青徐。言兗地或入青，或入徐，所謂錯也。安見此壞錯於彼
壞者，定是此州非彼州耶？窪而爲川，深而爲谷，自有此地即
洿耶？抑有人濬之使洿耶？”此外，李陳玉説：“錯即錯繡之義；
洿即洿美之義，言水土之茂美何其多也。”（《楚辭箋注》）聞
一多則説：“錯讀爲浩，《説文》曰‘浩，所以壅水也。’又曰
‘洿，濁水不流也。’此問九州何以壅塞而川谷不流，及至百
川注海，又何以永無溢時也。二何字均謂‘何故’。王注訓錯
爲錯厠，後人遂從而改‘何’爲訓‘在何處’之‘安’，失其
義矣。王鰲本作何，與一本合。”游國恩也説：“按《説文》，洿，
濁水不流也。其字或借作汙。此問九州之内，未疏鑿之時，其
川谷何以洿塞乎？蓋亦因禹平水土而類及之。”這是問：九州爲
什麼壅塞？川谷爲什麼不流？　　　溢：滿，泛濫。後面兩句的
意思是：百川都向東流，不再泛濫，誰知道它的緣故？王逸説：
“言百川東流，不知滿溢，誰有知其故也。”洪興祖説：“《列
子》云，渤海之東，不知幾億萬里，有大壑焉，實惟無底之谷，
名曰歸墟，八紘九野之水，天漢之流，莫不注之，而無增無減
焉。《莊子》曰，天下之水，莫大於海，萬川歸之，不知何時
止而不盈；尾閭泄之，不知何時已而不虚。”朱熹説：“〔《列
子》、《莊子》、柳子之言〕遞相祖述，而柳又明歸墟之泄，非
出之天地之外也。但水入於東，而復繞於西，又滲縮而升，乃
復出於高原，而下流旅東耳。此其説亦近似矣。然以理驗之，
則天地之化，往者消而來者息；非以往者之消，復爲來者之息
也。水流東極，氣盡而散，如沃焦釜，無有遺餘。故歸墟尾閭，

亦有沃焦之號，非如未盡之水，山澤通氣，而流注不窮也。”丁晏說：“《莊子・秋水》篇《釋文》引崔云，尾閭，海東川名。《天地》篇諄芒將東之大壑，《釋文》引李云，東海也。《天對》有東窮歸墟之說，蓋本諸列圉寇。《山海經・大荒東經》東海之外大壑，郭注，《詩含神霧》曰，東注無底之谷，謂此壑也。郭璞《江賦》淙大壑與沃焦，李善注引《玄中記》曰，天下之大者，東海之沃焦焉，水灌之而不已。虞厚《合璧事類》引《山海經》云，沃焦在碧海之東，有石闊四萬里，居百川之下，故又名尾閭。今《山海經》無此文。《文選》嵇叔夜《養生論》，或益之以畎澮，而泄之以尾閭。李善注引《莊子》司馬彪曰，尾閭，水之從海水出者也，一名沃燋，在東大海之中。尾者，在百川之下，故稱尾；閭者，聚也，水聚族之處，故稱閭也。在扶桑之東，有一石，方圓四萬里，海水注者，無不燋盡，故名沃燋。”但是，黃文煥說：“萬水歸東，不聞盈溢，其故安在？莫能身履而確見之。所云尾閭沃焦之說，或以理解，或以幻言，總皆億度，屈子以一問掃盡矣。”

②修：長。　　執多：哪個多。前面兩句說：大地的東西和南北哪個長？　　楕（音：妥）：狹而長。古人認爲四海之內東西的距離稍長，南北的距離略短。如《管子・地員》說：“地之東西二萬八千里，南北二萬六千里。”　　衍：廣。後面兩句說：順着從南到北的方向，地形扁狹，東西的距離要比南北的距離寬多少？王逸說：“脩，長也。言天地東西南北，誰爲長乎？衍，廣大也。言南北隳長，其廣差幾何乎？”洪興祖說：“《爾雅》云，蜻小而楕。楕，音妥，又徒禾切，狹而長也。《疏》引南北順楕，其脩幾何。隳與楕同，通作隋。《淮南子》云，闔四海之內，東西二萬八千里，南北二萬六千里。《注》云，子午爲經，卯酉爲緯，言經短緯長也。又曰，禹乃使大章

步自東極至于西極，二億三萬三千五百里七十五步。使豎亥步
自北極至於南極，二億三萬三千五百里七十五步。《注》云，
海内有長短，極内等也。《軒轅本紀》云，帝令豎亥步自東極
至於西極，得五億十選九千八百八步，南北二億三萬一千三百
里。豎亥左手把算，右手指青丘山，東盡泰遠，西窮邠國，東
西得二萬八千里，南北得二萬六千里。《靈憲》曰，八極之維，
徑二億三萬二千三百里，南北則短減千里，東西則廣增千里。
自地至天，半於八極，則地之深，亦如之。《博物志》曰，《河
圖》，天地南北三億三萬五千五百里，東西二億三萬三千里。
其説不同，今并存之。”一説，這裏只是問地之四方長短廣狹，
并不是統言天也。“衍”是“餘”的意思。朱熹説：“衍，餘也。
此問四方長短若何。若謂南北狹而長。則其長處所餘又計多少
也。”王夫之説：“隳，圓而長也。衍，餘也。謂南北長于東西，
凡幾許也。”徐焕龍説：“隳，狹長也。四方道里之修長，孰方爲
多？有謂南北地勢順而隳，則其衍而尤修者，又果幾何？”（《屈
辭洗髓》）一説，“衍”是“平”的意思。錢澄之説：“衍，平
也。承順隳句，言既狹長，則平衍之地幾何？”陳遠新也説：“衍，
平也。西多山，東多水，故就南北量平地。”（《屈子説志》）
　　③崑崙：山名。　　　縣圃：古代神話中地名，據説在崑崙
山頂和天相通的地方。　　　尻：古“居”字。洪興祖説：“縣音
玄，尻與居同。”意思是：昆侖山上的縣圃，它的地址在哪裏？
一説，“尻”應作“尻”（丂幺），尾，脊椎之末節。（戴震
《屈原賦注》）兩句是説：崑崙山上的縣圃，它的麓尾在哪裏？
增城：神話傳説中的地名，據《淮南子·墜形訓》説，崑崙山
上“有增城九重，其高萬一千里百一十四步二尺六寸”。九重
（彳ㄨㄥˊ），九層。這兩句是説：九層的增城，它的高度是多
少里？王逸説：“崑崙，山名也，在西北，元氣所出，其巔曰縣

圃，乃上通於天也。"李陳玉説："縣，古懸字。縣圃者，神人之
圃，懸于中峰之上，上不粘天，下不粘地，故尻字最奇。尻，
臀尾所坐處也。既是懸圃，則所坐當於何處？城既九重，積漸
而增，則高當幾里？"陸時雍説："張子房《赤霆經》云，崑崙天
柱，萬脈由起。面居西雍，耳目口鼻。幽冀川蜀，分左右背。
懸心關腦，腹垂洛汭。爲汧爲渭，大河大江。經絡榮衛，大腸
膀胱。震澤疊濟，青齊以降。是爲髖脾，洩爲尾閭。西北綿亘，
幽寒莫詣。爲背爲項，爲脊爲毛。下爲獒，尻音居，脊骨盡處。
以身按之，乃知崑崙之尻，在西北無盡際矣。"（《楚辭疏》）
馬其昶説："按尻諸本作尻。《康熙字典》，尻字下引文作尻，今
據改。《廣雅》，尻，臀也。《史記》，中國山川東北流，其維
首在隴蜀，尾没於勃碣，尻猶尾也。《莊子》亦以首尻對舉。"

　　④四方之門：古代神話傳説，天的四方各有一門。　　從：
指進出。　　西北：指西北方的天門。　　辟啓：打開。　　氣：
指風。王逸説："言天四方，各有一門，其誰從之上下？"又説：
"言天西北之門，每常開啓，豈天氣之所通？"意思是説：天四
面的門，誰在那裏進進出出？打開西北方的天門，什麼風在這
裏流通？　　一説，"四方之門"，指崑崙山四面的門。風從這
裏進出，以調節寒暑。"西北"，指崑崙山西北方的門，不周風
就從這裏通過。意思是説：打開崑崙山西北的門，什麼風在這
裏流通？洪興祖説："《淮南》言崑崙虛旁，有四百四十門，門
間四里，里間九純，純丈五尺。此云四方之門，蓋謂崑崙也。
又云東北方方土之山曰蒼門，東方東極之山曰開明之門，東南
方波母之山曰陽門，南方南極之山曰暑門，西南方編駒之山曰
白門，西方西極之山曰閶闔之門，西北方不周之山曰幽都之門，
北方北極之山曰寒門。凡八極之雲，是雨天下。八門之風，是
節寒暑。逸説蓋出于此。然與上下文不屬，恐非也。辟與闢同。

《淮南》云，崑崙虛玉橫維，其西北隅北門開以納不周之風。
按不周山在崑崙西北，不周風自此出也。”徐煥龍說：“崑崙四旁
皆有門，其西北隅門常辟，以納不周山之氣。此四方之門，誰
從出入而知之？西北之門辟啓，何不周之氣隨通？”

　　　　日安不到？燭龍何照？羲和之未揚，若華何光①？
何所冬暖？何所夏寒②？焉有石林？何獸能言？焉
有虬龍，負熊以游③？雄虺九首，倏忽焉在？何所
不死？長人何守④？靡萍九衢，枲華安居？一蛇吞
象，厥大何如⑤？

　　①燭龍：神話傳說中的神。《山海經·大荒北經》說：“西
北海外，赤水之北，有章尾山。有神，人面蛇身而赤，直目正
乘，其瞑乃晦，其視乃明。不食，不寢，不息，風雨是謁。是
燭九陰，是謂燭龍。”王逸說，燭龍是嘴裏銜着燭的龍。徐煥龍
說：“西北幽暗，海外無日之國，有龍銜燭照之。其有日之國，
日未出時，有若木開赤華以照其處。問日輪安有不到，燭龍何
用照爲？”前面兩句說：太陽哪裏照不到？什麼地方用得着燭龍
照耀？　　　羲和：神話傳說中替太陽駕車的神。這裏指太陽。
　　揚：揚起，升起。　　　若華：古代神話中若木的花。傳說若木
是長在西方日入處的大樹。當太陽落在若木之下，若木的花就
發出光芒照亮大地。王逸說：“羲和，日御也。言日未出之時，
若木何能有赤之光華乎？”徐煥龍說：“凡物皆借日之光爲光。
羲和未揚，若華何自生其光？”後面兩句說：駕車的羲和還沒有
揚起鞭子趕載着太陽的車子走出來，（意即太陽還沒有升起），
若木的花爲什麼能夠發光？馬其昶說：“南北之極，有半年爲夜
者。既不見日，意必有神物爲光，燭龍若華，皆古人寓言。”

②所：處，地方。王逸説："暖，温也。言天地之氣，何所有冬温而夏寒者乎？"朱熹説："南方日近而陽盛，故多暖。北方日遠而陰盛，故多寒。今以越之南、燕之北觀之，已自可驗，則愈遠愈偏，而有冬暖夏寒之所，不足怪矣"。這兩句的意思是説：什麽地方冬天温暖？什麽地方夏天寒冷？

③焉：哪裏。　石林：神話傳説，西南有石樹成林。獸能言：神話傳説，有會説話的野獸。前兩句的意思是説：哪裏有石頭樹林？什麽禽獸會説話？王逸説："言天下何所有石木之林，林中有獸能言語者乎？《禮記》曰猩猩能言，不離禽獸也"。洪興祖説："石林與能言之獸，各指一物，非必林中有此獸也"。　虺（音：求）：神話傳説中一種没有角的神龍。　負：背，駄。劉盼遂在《天問校箋》裏説："陶齋吉金録三，甫人匜蓋博古圖廿、商虁夔壺耳，皆圖有角有翼之龍形，而負一非虎似虎之異獸，即天問虹龍之事也（録郭沫若甲骨研究下卷五四）"。後兩句意思是説：哪裏有虺龍駄着熊出游？王逸説："有角曰龍，無角曰虺，言寧有無角之龍，負熊獸以游戲者乎？"周拱辰説："熊雄猛而形軀甚小。《述異記》陸居曰熊，水居曰能。虺相以負以游，蓋神熊也。《山海經》，熊山有穴焉，熊之穴恒出神人，即此也"。蔣之翹説："龍虺負熊之説，子厚之《對》既無所據，而朱子亦以未詳。然考之古文，能熊二字，互相爲用，如《左傳》堯殛鯀於羽山，其神化爲黄熊，以入水，《國語》又作黄能。《釋文》以熊獸屬，非入水之物，故是龜也。《爾雅》，龜三足曰能。況俗所傳，能爲龍使，龍行，能必先之。又《酉陽雜俎》云，龍頭上有一物，如博山形，名尺木，龍無尺木，不能升天，兹《天問》龍虺負熊，直此説耳"。（《柳河東集輯注》）

④雄：大。　虺（音：毀）；一種毒蛇。《山海經·海外

北經》説:"共工之臣曰相柳氏,九首,以食于九山。"所謂"雄虺九首",也許是指相柳氏。　倏(音:舒)忽:電光,比喻急疾。王逸説:"虺,蛇別名也。倏忽,電光也。言有雄虺,一身九頭,速及電光,皆何所在乎?"這兩句意思是説:大毒蛇有九個頭,走起來快得象電光,它在哪裏?　　一説,"倏忽",忽忽,這裏用作動詞,是極快地來去的意思。黄文焕説:"雄虺九首,往來倏忽,安得知其定在,庶易以避乎?"(《楚辭聽直》)這就是説:大毒蛇有九個頭,忽然來,忽然去,它在哪裏?一説,"倏忽"指兩個神,即《莊子·應帝王》所説的"南海之帝爲倏,北海之帝爲忽"。(柳宗元《天對》)這就是説:大毒蛇有九個頭?倏和忽在哪裏?洪興祖、朱熹均加以駁斥。洪興祖説:"按《莊子》云,南海之帝爲倏,北海之帝爲忽,乃寓言爾,不當引以爲證。"朱熹説:"雄虺九首,倏忽焉在,此一事耳。其詞本與《招魂》相表裏,王注得之,但失不引《招魂》爲證耳。而柳子不深考,乃引《莊子》南北二帝之名,以破其説,則既失其本指,而又使雄虺一句爲無所問,其失愈遠矣。"不死:長生不死。《山海經·海外南經》説:"不死民在其(指交脛國)東,其爲人黑色,壽不死。""長人":指防風氏。據《國語·魯語下》説:"昔禹致羣神于會稽之山,防風氏後至,禹殺而戮之,其骨節專車。"相傳防風氏身長三丈,他被禹殺死,陳尸示衆後,埋在會稽山脚下。後來被人挖了出來,發現他的骨頭很大。一節骨頭,就要用整部車子裝載。　　守:守衛。傳説防風氏守封嵎之山。後面兩句説:什麼地方的人長生不死?長人守衛在什麼地方?王逸説:"《括地象》曰,有不死之國。長人,長狄,《春秋》云,防風氏也。禹會諸侯,防風氏後至,於是使守封嵎之山也。"徐焕龍説:"不死之國果何所?長人之國守何封?蓋皆另有國土,非仙家之不死,《國語》所謂防風氏,《左傳》

所雲長狄也。”

⑤靡：蔓延。　萍（音：平）：浮萍。一説，“靡萍”，即壽麻。（聞一多《天問疏證》）　九衢（音：渠）：九個分岔。“衢”，本義是四通八達的道路，比喻枝葉的分岔。這裏用的是比喻義。如《山海經·中山經》：“葉狀如楊，其枝五衢。”“五衢”用的是比喻義。王逸説：“九交道曰衢。”恐非。枲（音:喜）：一種有子的麻。　華：花。洪興祖説:“此謂靡萍與枲華皆安在也。《爾雅》萍蓱注云，水中浮蓱也。《山海經》曰，宣山上有桑焉，其枝曰衢。注云，枝交互四出。又少室之山有木，名帝休，其枝五衢。注云，言樹枝交錯，相重五出，有象路衢。《天對》云，有蓱九歧，厥圖以詭。注云，衢，歧也。逸以爲生九衢中，恐謬。《魏都賦》云，尋靡蓱於中逵，蓋用逸説也。李善云，靡，蔓也。枲，相裏切。《爾雅》有枲麻，麻有子曰枲。”前面兩句説：那些分岔的浮萍和枲麻的花生在哪裏？　一蛇吞象：即指巴蛇吞象。《山海經·海內南經》：“巴蛇吞象，三歲而出其骨，君子服之，無心腹之疾。其爲蛇青黄赤黑。一曰黑蛇青首，在犀牛西。”郭璞説:“今南方蚒蛇吞鹿，鹿已爛，自絞於樹腹中，骨皆穿鱗甲間出，此其類也。《楚詞》曰：‘有蛇吞象，厥大何如？’説者云長千尋。”後面兩句説：一條蛇能吞下一只大象，它有多大？徐焕龍説:“靈異之蛇，至有吞象者，其大何以如是？”游國恩説:“一或作靈，然一本作巴，巴誤爲乙，遂誤爲一耳。”

　　黑水玄趾，三危安在？延年不死，壽何所止①？鯪魚何所？魀堆焉處？羿焉彃日？烏焉解羽②？

　①黑水：水名。　玄趾：山名。　三危：山名。這三

處都是古代傳說中荒遠的地方。《尚書·禹貢》：“導黑水，至於三危，入於南海。”《山海經·大荒南經》：“大荒之中，有不姜之山，黑水窮焉。”郭璞說：“黑水出昆侖山。”這兩句是說：黑水、玄趾、三危在哪裏？　　　延：長。　　　據《穆天子傳》說：“黑水之阿，爰有木禾，食者得上壽。”《淮南子·時則訓》也說：“自昆侖絶流沙沈羽，西至三危之國，石城金室，飲氣之民，不死之野。”王逸說：“玄趾、三危，皆山名也。在西方，黑水出昆侖山也。言仙人稟命不死，其壽獨何所窮止也？”周拱辰說：“《山海經》，黑水之西，有朝雲之國司彘之國。又冥海北有黑河。《淮南》云，三危在樂民西，又自昆侖流沙沉羽西至三危之山。玄趾無考，意即所謂玄股之國者也。《廣博物志》，黑河之藻，可以千歲。三危之露，可以輕舉。又三危金台石室，食氣不死。然豈遂與天地相畢乎？雖幸延年，終歸有盡。何所止，言畢竟有止否云爾。”陳本禮說：“前言不死，是言其人本多壽。此言不死者，見服食之能延年。何所止，壽命無期也。”（《屈辭精義》）這兩句說：那裏的人長壽不死，壽命活到什麼時候爲止？

②鯪（音：靈）魚：即陵魚，古代神話傳說中的一種怪魚。據《山海經·海內北經》說：“陵魚人面，手足，魚身，在海中。”王逸說：“鯪魚，鯉也。”柳宗元說：“鯪魚人貌，邇列姑射。”（《天對》）徐煥龍說：“鮫魚，人面人手，魚身，此怪魚果何所？”一說，即陵鯉、鯪鯉，一名穿山甲。王逸說：“一云鯪魚，陵鯉也，有四足，出南方。”李陳玉說：“鯪魚即鯪鯉，穿山甲也，能穿數十里山。”但游國恩說：“若《天問》之鯪魚，即《山海經》之陵魚，海中吞舟之巨魚也。其字或作鮫，與穿山甲了不相類，巨細亦不啻天壤。”　　　所：在。一本作“居”。　　　魖（音：祈）堆：即魁雀，古代神話傳說中的一種怪鳥。據《山海

經·東山經》説:"東次四經之首，曰北號之山，臨于北海。……
有鳥焉，其狀如鷄而白首，鼠足而虎爪，其名曰㹠雀，亦食人。"
王逸則説:"㹠堆，奇獸也。"洪興祖説:"《天對》云，㹠雀峙北
號，惟人是食。注云，堆當爲雀，王逸注誤。按字書，鵻音堆，
雀屬也。則㹠堆即㹠雀也。"這兩句説：鯪魚在什麽地方？㹠雀
在哪裏？　　羿（音:義）：古代神話傳説中善于射箭的神。傳
説在堯的時候，十個太陽一齊出現在天空，把草木都晒焦了，
羿一口氣射落了九個，替人民解除了嚴重的旱災。《淮南子·
本經訓》:"堯之時，十日并出，焦禾稼，殺草木，而民無所食。
猰貐、鑿齒、九嬰、大風、封豨、修蛇，皆爲民害。堯乃使羿
誅鑿齒于疇華之野，殺九嬰于凶水之上，繳大風于青丘之澤，
上射十日而下殺猰貐，斷修蛇于洞庭，禽封豨于桑林。"　　彈
（音:畢）：射。　　烏：烏鴉，指古代神話傳説中太陽裏頭的
"三足烏"。《淮南子·精神訓》説:"日中有踆烏"，"踆烏"，即
三足烏。　　解羽：指烏鴉的羽翼散落下來。王逸説:"《淮
南》言堯時十日并出，草木焦枯，堯命羿仰射十日，中其九日，
日中九烏皆死，墜其羽翼，故留其一日也。"洪興祖説:"《山海
經》，黑齒之北，曰湯谷，居水中，有扶木，九日居下枝，一
日居上枝，皆戴烏。注云，羿射十日，中其九，《離騷》所謂
羿焉射日，烏焉解羽。《傳》曰，天有十日，日之數，十也。
此言九日居下枝，一日居上枝者，《大荒經》曰，一日方至，
一日方出。明天地雖有十日，自使以次迭出運照；而今俱見，
爲天下妖，故羿稟天命，洞其靈誠，仰天控弦，而九日潛退也。
《歸藏·易》云，羿彈十日。《説文》云，彈，射也，音畢。
引彇焉彈日，彇與彈同。然則彈或作彈，蓋字之誤耳。《淮南》
又云，羿除天下之害，死而爲宗布。《注》云，羿古之諸侯，
此堯時羿，非有窮后羿。又云，日中有踆烏，踆猶蹲也。《春

秋元命苞》云；陽成於三，故日中有三足烏者，陽精也。《天
對》云，大澤千里，羣鳥是解。注云，鳥當爲鳥，後人不知，
因配上句改爲烏也。《山海經》云，大澤方千里，羣鳥之所生
及所解。又《穆天子傳》曰，比至曠原之野，飛鳥之所解其羽。
然以文意考之，烏當如字，宗元改從鳥，雖有所據,近乎鑿矣。”
周拱辰説:“羿焉彈二句，舊訓抹却焉字，而曰羿射九日，九烏
墜其羽，非也。二焉字即䳡雀焉處焉字，問詞也。言十日并出，
羿即神射，豈能發而參天乎？以何術而射落九日也？且蹲而發
矢之地何地也？或曰，烏以風化，《水經注》流沙積羽之鄉，
殆指是也者乎?”這兩句説：羿怎樣射太陽？太陽裏的烏鴉怎樣
會掉下來的？

　　禹之力獻功，降省下土四方；焉得彼塗山女，
而通之于台桑①？閔妃匹合，厥身是繼；胡維嗜不
同味，而快朝飽②？

　　①禹：夏禹。　　力：精力。　　獻：貢獻。　　功：指
治水功業。禹之力獻功，王逸説:“言禹以勤力獻其功。”一説，
“之”猶“用”，“之力”與“獻功”對文。（聞一多《天問疏
證》）　　降（音：匠）：下降，下來。　　省（音：醒）：
察看。下土四方：即天下的意思。洪興祖説:“一無四方二字。
降，下也。省，察也。”朱熹説:“土下或有四字。洪云，或并無
四方二字。今按下土方，蓋用《商頌》語，四字之衍明甚。然
若無二字，則又無韵矣。”　　塗山：相傳爲夏禹娶塗山氏女爲
妻的地方。唐蘇鶚《蘇氏演義》及宋王楙《野客叢書》都説塗
山有四：一在會稽（今浙江紹興縣西北四十五里），一在渝州
（今四川重慶市），一在濠州（今安徽懷遠縣東南八里），一

在當塗（今安徽當塗縣）。《國語》、《史記》以及《吳越春秋》都說塗山在會稽；《左傳》杜注則說“在壽春東北”，即今懷遠縣之當塗山，梁玉繩《史記志疑》卷二力主之，并舉柳宗元《塗山銘》、蘇軾《塗山詩》爲證，《清一統志》亦以在懷遠者爲正。而《水經‧伊水注》謂“今水出陸渾縣之西南王母澗，澗北山上有王母祠，……翼崖深高，壁立若闕，崖上有塢，伊水逕其下，歷峽北流，即古三塗山。”《方輿記要》亦謂“三塗山在河南西嵩縣南十里。”似禹之塗山即三塗山。　　　通：通婚。　　　台桑：地名。王逸注：“言禹治水，道娶塗山氏之女，而通夫婦之道于台桑之地。”汪仲弘說：“力，勤作也。獻，進也。以勞定國曰功。降省，俯察也。下土方，天下四方也。《易》曰，君子以省方觀民設教，是也。通，和暢之意，通夫婦之道也。當此之時，汩鴻之任方殷，何遑娶彼塗山氏之女，而通夫婦之道於台桑之地乎？”一說台桑似非地名，故王逸、洪興祖都不注其所在，似指桑間野地，男女私會之所。這四句是說：禹將全部精力都獻給治水的事業，他到下面去察看各地情況。爲什麼一得到那個塗山女子，就同她在台桑結合了呢？

　②閔：憂。　　妃：配偶。　　匹合：匹配，婚配。　　繼：繼嗣，嗣續。王逸說：“言禹所以憂無妃匹者，欲爲身立繼嗣也。”《吳越春秋‧越王無余外傳》：“禹三十未娶，恐時之暮，失其制度。乃辭云：‘吾娶也，必有應矣。’乃有白狐九尾，造于禹。禹曰：‘白者吾之服也，其九尾者，王者之證也。塗山之歌曰：‘綏綏白狐，九尾龐龐。我家嘉夷，來賓爲王。成家成室，我造彼昌。天人之際，于茲則行。’明矣哉！”禹因娶塗山，謂之女嬌。”這兩句是說：禹擔憂沒有配偶，結婚是爲了獲得子嗣。　　　一說閔，憐惜，引申爲喜愛，憐愛。言禹喜愛那女人而同她結合，這是爲了使自身後繼有人。　　　胡：何，

爲什麼。　　　維：語助詞。　　　嗜：愛好。　　　味：指性欲。
快：快意。　　　朝（音：招）飽：一朝飽食。比喻一時的歡
樂。聞一多說："'朝飽'謂性慾之飽"。（《古典新義·詩經通
義·周南·汝墳》.）古代傳說禹新婚後第四天就離開妻子出去
治水。洪興祖補注引《呂氏春秋》："禹娶塗山氏女，不以私害
公，自辛至甲四日，復往治水"。所以這兩句說：但爲什麼禹的
愛好跟別人不同，僅僅滿足于一時的歡樂？（或不像常人那樣
貪圖男女之歡？）王逸說："言禹治水道娶者，憂無繼嗣耳。何
特與衆人同嗜欲，苟欲飽快一朝之情乎？故以辛酉日娶、甲子
日去，而有啓也"。洪興祖說："《左傳》云，嘉偶曰妃。《爾
雅》云，妃，匹也，對也。鼂晁并音朝莫之朝。此言禹之所嗜，
與衆人異味，衆人所嗜，以厭足其情欲，禹所嗜者，拯民之溺
爾"。馬其昶說："人口有同嗜，禹菲飲食，故曰嗜不同味。此問
禹既急於治水，何又娶於塗山？既憂無妃匹，何又樂于朝飽，
而辛壬癸甲，四日即行乎？《史記》言過家門不敢入，薄衣食，
是其事也。家元伯先生謂洪注此言禹之所嗜與衆人異味，以文
義求之，當作胡爲快鼂飽，而嗜不同味，味與繼古音同部"。也
有人認爲這裏所說的"嗜不同味"是指當時以女姓爲系統，塗
山氏之女，在禹的一系看來，是非我族類的人，或者是另外一
種圖騰，是不能通婚姻的。禹娶了塗山氏之女，犯了本羣的規
矩，所以屈原才問：人的婚配胖合，目的是要繼續本身的族
類，爲什麼圖快一時而愛上非我族的人呢？（方孝岳《關于屈
原"天問"》）

　　　　啓代益作后，卒然離蠥，何啓惟憂，而能拘是
達①？皆歸射籥，而無害厥躬？何后益作革，而禹播降②？

啓棘賓商，九辯九歌。何勤子屠母，而死分竟地③？

①啓：傳説是禹的兒子，塗山氏所生，史稱夏后啓。《漢書·武帝紀》顏師古注引《淮南子》：「禹治鴻水，通轘轅山，化爲熊，謂塗山氏曰：‘欲餉，聞鼓聲乃來。’禹跳石，誤中鼓，塗山氏往，見禹方作熊，慚而去。至嵩山下，化爲石，方生啓。禹曰：‘歸我子！’石破北方而啓生」。 益：傳説是夏禹的賢臣。 后：君主。 卒然：忽然。「卒」（音：促），通「猝」。一説，「然」猶「乃」。 離：通「罹」，遭受。 蠥（音：孽）：災禍，憂患。「離蠥」，王逸認爲是説益因失位而遭憂。他説：「言禹以天下襌與益，益避啓于箕山之陽。天下皆去益而歸啓，以爲君。益卒不得立。故曰遭憂」。洪興祖則認爲離蠥指啓爲帝後，有扈氏不服，發生叛亂。而《韓非子·外儲説右下篇》説：「禹愛益而任天下于益，已而以啓人爲吏。及老，而以啓爲不足任天下，故傳天下于益，而勢重盡在啓也。已而啓與友黨攻益，而奪之天下。是禹名傳天下于益，而實令啓自取之也」。相傳禹死，曾傳位給益，啓謀奪帝位，被益拘禁起來，後來脱逃，殺益而得天下。 惟：通「罹」，遭受。 拘：拘禁。 達：同「健」，脱。《方言·十三》：「健，逃也」。這四句説：啓想取代益做君主，突然遭到災禍。爲什麽啓遇到了災禍，而又能把拘禁解脱？朱熹説：「問啓何以能思惟所憂，而能代益伐扈，以達拘執之嫌乎？舊説如此，未知是否」。又説：「啓代益作后，卒然離蠥。王逸以益失位爲離蠥，固非文義，《補》以有扈不服爲離蠥。文義粗通，然亦未安。或恐當時傳聞，別有事實也。《史記》燕人説，禹崩，益行天下事，而啓率其徒攻益，奪之。《汲冢書》至云益爲啓所殺。是則豈不敢謂益既失位，而復有陰謀，爲啓之蠥，啓能憂之，而遂殺益，爲能達其拘乎？然此

事要當質以孟子之言，齊東鄙論，不足信也。"

　　②射：行。　　籟（音：菊），窮。王逸說："言有扈氏所行，皆歸于窮惡，故啟誅之，長無害于其身也。"意思是說：有扈氏的行爲都是屬于窮凶極惡的，啟誅伐它是正義的，所以自身没有遭到災害。洪興祖則說："此言啟之所爲皆歸于中理而窮情，夫孰能害之者。"一說，"射　"是古字"躬鞠"的誤寫，"躬鞠"即鞠躬，謹敬的意思。指傳說中益助禹治水，同禹一樣謹敬無惡行。（姜亮夫《屈原賦校注》）《史記·秦本紀》："大費與禹平水土，已成，帝錫玄圭。禹受曰：'非予能成，亦大費爲輔。'帝舜曰：'咨爾費，贊禹功，其賜爾皁游，爾後嗣將大出。"大費即益。　　一說，"欥"（古"射"字），當爲聅，形近而誤。《說文》：'聅，軍法以矢貫耳也。從耳從矢。'《司馬法》曰：'小罪聅，中罪刖，大罪剄。'"（朱季海《楚辭解故》）那麼這兩句是說：有扈氏受到貫耳的處分，而啟没有受到傷害。　　一說，"歸"，還，這裏是交給的意思。"射"，射器，指弓箭。"籟"，疑是"箙"（音：服）的誤字，用竹木或獸皮等做的盛箭器。"射箙"，泛指武器。"厥躬"：指啟。意謂在啟和益作戰時，益的部下都向啟交出武器，而對啟無所傷害。（金開誠《楚辭選注》）　　后益：即益。因禹死後，益曾擔任過三年君主，故稱后益。　　作革：變更。　　播降：種下。王逸說："啟所以能變更益，而代益爲君者，以禹平治水土，百姓得以種百谷，故思歸啟也。"　　一說，作，通"祚"，帝位。（劉盼遂《天問校箋》）"革"，變更，革除。"播降"，繁盛昌隆。"播"，通"蕃"。"降"，通"隆"。那麼這兩句就是說：爲什麼益得帝位而被革除，禹的後嗣却那樣興旺？

　　③前兩句衆說紛紜。一說，"棘"，陳。"賓"，列。"商"，音樂中宫商的商，這裏指音樂。《九辯》、《九歌》，樂曲名。

王逸説："言啓能修明禹業，陳列宮商之音，備其禮樂也。"兩句是説：啓陳列宮商之音，演奏《九歌》、《九辯》。　　一説，"棘"，通"亟"。朱熹則疑爲篆文"夢"字的誤寫。"賓"，朝見。"商"，朱駿聲認爲是"帝"字之形譌，指天帝。（《説文通訓定聲》）《山海經·大荒西經》説："開上三嬪于天，得《九辯》與《九歌》以下。"謂啓三度賓于帝，而得九奏之樂。即指此事。"開"，即啓，漢人避景帝（劉啓）諱改。"嬪"，通賓。　　一説，"棘"，急。"賓"，通"嬪"，婦女。郝懿行《山海經淺疏》）意謂啓爲什麽急于把三個美女獻給天帝，取來《九辯》、《九歌》。王闓運説："棘，戟也。商，蓋帝之誤，啓列戟儐于上帝。"于省吾説："朱駿聲、王闓運謂'商'當作'帝'，甚確。……'帝'之譌爲'商'者，金文晚期'帝'字也作'啻'（見陳侯因𫟲敦）。'啻'及從'啻'之字隸書多寫作'商'，形近故易譌。《山海經·大荒西經》稱'（夏后）開上三嬪于天，得九辯與九歌以下'，言天猶言帝，與'啓棘賓帝'適可互證。以上所説，朱駿聲已經提到，但語焉不詳，故略爲補充。如果認爲這一説明還有不夠，那末，請驗之以契文。今擇録《殷虛文字丙編》圖版叁陸·三段于下：

一、'咸𠬝于帝；咸不𠬝于帝。'

二、'大□（甲）𠬝于帝；下乙不𠬝于帝。'

三、'下乙□（𠬝）于帝；下乙不𠬝于帝。'

以上所列三條，係第一期卜辭。第一條的'咸'即'巫咸'，乃商王大戊時的神巫。𠬝古賓字，即賓主之賓，在此作動詞用。第三條的'下乙'，余舊釋爲小乙，或謂即祖乙。在武丁時，'咸'爲先臣，大甲、下乙爲先王。以上三條，是貞問'咸'和大甲或下乙是否作賓于上帝。賓爲賓相或賓輔之義。這是説，咸、大甲或下乙是否死後升天作輔于上帝。上帝爲主，則賓爲輔佐。」《詩・文王》一章：‘文王陟降（往來），在帝左右’；又六章：‘殷之未喪師，克配上帝’。其言‘左右’言‘配’，也與‘賓’義相仿。”　　勤子：勤勞的兒子，指禹。　　屠：割裂。＿　死：通“屍”，即“尸”。　　竟：委，丟棄，抛棄。王逸説：“禹㴇剥母背而生，其母之身，分散竟地。”而《太平御覽》卷八二引《帝王世紀》則載，禹母己修生禹難産，裂開了胸才生出禹。兩句説：勤勞的禹爲什麼裂開母背而生，而將尸體分裂，棄置于地？　　孫詒讓則認爲“言母殷勤其子，而子反害其母，致其化石也。”勤子，指塗山氏殷勤地保全了兒子。屠母，指塗山氏爲此而殺身。一説，指啓死，子太康繼位，因太康五弟爭奪權位，發生内訌。聞一多説：“勤子，即姦子。亂在内曰姦，五子家闑，故曰姦子也。屠讀爲㺟，……憂勞也。偶《母子之歌》曰：‘厥弟五人，御其母以從，徯于洛之汭，’御母以從之説，當爲所受。蓋五子叛父挾其母以相從，使其母憂勞，故曰‘姦子㺟母’也。……五子據洛汭觀扈之地以叛啓，形同割據，故曰‘列（裂）分境地’。”

　　帝降夷羿，革孽夏民。胡射夫河伯，而妻彼雒嬪①？馮珧利決，封狶是射；何獻蒸肉之膏，而后帝不若②？浞娶純狐，眩妻爰謀；何羿之射革，而交吞揆之③？

　　①帝：天帝。　　降：派下。　　羿（音：義）：傳説夏代有窮國的君主。有窮國屬東夷族，故稱“夷羿”。羿以善射著名。傳説太康時夏内亂，羿乘機伐夏，逐走太康，自立爲君，後被寒浞殺死。　　革：變革。　　孽：憂患，禍害。《左傳・襄公四年》：“昔有夏之方衰也，后羿自鉏遷于窮石，因夏民以代夏政。”這就是這裏所説的“革孽夏民。”王夫之説：“革孽，革夏

祚而孽夏民。"兩句是說：天帝派下夷羿，改變夏道，禍害夏朝的人民。 一說，這兩句的意思是：天帝派下夷羿來革除夏民的憂患。林雲銘說："太康滅厥德而禽荒，羿因民不忍距于河，是上帝使革除民患也。" 夫（音:浮）：那。 河伯：黄河的水神。注詳《九歌·河伯》。王逸說，河伯化爲白龍，游于水旁，被羿射瞎了左眼。 妻：用作動詞，娶爲妻。雒嬪：相傳爲雒水女神宓（音:伏）妃。"雒"，同"洛"，指洛水。《文選·洛神賦》李善注："宓妃，伏羲氏之女，溺死洛水，爲神。"這兩句說：羿爲什麼射瞎河伯，又娶那洛水女神爲妻？王夫之說："羿欤殺河伯，而奪其妻有雒氏。"陳本禮也說："羿恃善射，殺河伯奪其國，又殺雒伯而淫其妃也。"

②馮：挾。 一說"馮"，讀爲弸（ㄆㄥˊ），强勁的弓。朱熹則說："馮，滿，言引滿也。" 珧（音:姚）：蚌蛤的甲壳，古時用來裝飾弓的兩頭。這裏指弓。 利：便于使用。 決：即扳指，射箭時套在右手大拇指上的骨角等做成的套子。作爲鈎弦時保護手指用。 封：大。 豨（音:希）：野猪。兩句說：羿帶着弓，用上扳指，射殺大野猪。 蒸肉：祭祀用的肉。"蒸"，也作"丞"，冬祭。 膏：肥厚的肉。劉夢鵬說："蒸肉，肉之細者。"游國恩則說："蒸肉，但以烹臛言之，非必謂冬祭也。" 后帝：天帝。 若：順悦。相傳羿酷喜狩獵，委政于寒浞，結果被寒浞殺掉。王逸說："羿不修道德，而挾弓射菁，獵捕神獸，以快其情也。"又說："羿獵射封豨，以其肉膏祭天帝，天帝猶不順羿之所爲也。"這兩句是說：爲什麼羿所貢獻的祭肉那樣肥厚，上帝仍然不順心？

③浞（音:濁）：人名，即寒浞。相傳寒浞善于制造讒言，被伯明氏抛棄後，由羿收養，并用爲相。後來寒浞趁羿田獵的時候，將羿殺而烹之，自立爲君。（《左傳·襄公四年》）

純狐：羿之妻。寒浞和她合謀殺死羿，并娶她爲妻。　　眩：
迷惑。　　妻：指羿妻。馬其昶説：“眩妻之稱，猶本篇之稱惑
婦眩弟，及《詩》稱哲婦之類，非寒浞眩惑其妻也。”這是説寒
浞爲羿相，與羿之眩妻純狐氏私通、因謀殺而娶之。　　一説
眩妻，即《左傳·昭公二十八年》所説的“玄妻”。純狐，即玄
狐。故純狐氏女色黑而號玄妻。　　爰：于是。　　謀：謀劃。
兩句説：寒浞想娶純狐氏，羿的那個迷惑人的老婆于是就出謀
劃策。　　射革：傳説羿多力善射，能射穿七層皮革。洪興祖
説：“《禮》云，貫革之射。《左傳》云，躓甲而射之，徹七札
焉。言有力也。”　　一説，“射革”謂以射革命。楊萬里説：
“何羿之射革，而交吞揆之者，言羿以射革命，宜其强也，何
爲寒浞輩交起而吞滅之？”（《天問天對解》）誤。　　交：合
力。　　吞：吞滅。　　揆（音：魁）：計策，計謀。李陳玉説：
“揆，策也。”張詩説：“揆，亦謀也。”（《屈子貫》）孫詒讓則
説：“揆，亦滅也。《呂氏春秋·知上篇》云，靖郭君大怒曰，
刳而類，揆吾家，苟可以傶劑貌辨者，吾無辭爲也。《戰國策
·齊策》作刳而類，破吾家。此云交吞揆之，即謂浞與國人交
結破滅羿之家也。”兩句意思是：爲什麼像羿那樣能射透七層皮
革的人，竟會被寒浞一伙合力算計吞滅呢？徐煥龍説：“浞娶純
狐氏，非無室家，眩惑羿妻之美，于是謀羿。既謀吞其國，又
謀吞其妻，何羿射貫革絶倫，浞不之畏，而揆謀所以交吞之。”

　　　阻窮西征，岩何越焉？化爲黄熊，巫何活焉[1]？
咸播秬黍，莆雚是營。何由并投，而鯀疾修盈[2]？

　　①阻：艱險。　　窮：困窘，無路可走。　　西征：西行。
王逸説：“言堯放鯀羽山，西行度越岑岩之險，因墮死也。”

一説，羽山在東方，這裏西征是指自東往西。洪興祖説：“羽山
東裔，此云西征者，自西徂東也。上文言永遏在羽山，夫何三
年不施，則鯀非死於道路，此但言何以越嚴險而至羽山耳。”汪
仲弘則説：“西爲陰方，言其向死地不能復陽也。”岩：高峻的山。
《山海經·海内西經》：“海内昆侖之虛，……帝之下都，……
百神之所在。在八隅之岩，赤水之際，非仁羿莫能上岡之岩。”
大概這就是所謂“岩何越也”。　　一説，“阻”，即鉏，地名。
“岩”，即險。毛奇齡説：“此羿事也。阻當作鉏，地名。窮即有
窮國也。岩，險也。越，過也。羿自鉏遷窮，急於西征，其嚴
傅岩所過於他國也。此特指遷窮一事。……古險字即岩字，如
傅岩史作傅險，可見。下二句鯀事，問中一節兩事者多有，亦
是一例。”　　一説，“阻”，往。游國恩説：“阻蓋借爲徂，《莊
子·則陽篇》，已死不可徂，《釋文》徂本作阻。《爾雅·釋
詁》，徂，往也。徂窮西征者，謂羿之往窮爲西行也。征徂同
義，既言阻而復言征者，猶《小明》我征徂西之文爾。……毛
氏謂阻當作鉏，則鉏窮西征爲不辭。”　　黄熊：古代神話傳説
鯀死後變做黄熊，進入羽山的深淵。《左傳·昭公七年》説：
“昔堯殛鯀于羽山，其神化爲熊，以入于羽淵。”《國語·晋語
八》則説“昔者鯀違帝命，殛之於羽山，化爲黄能，以入於羽
淵。”能，一種三足鱉。一説，龍熊聲近而譌。《山海經·海内
經》注引《開筮》：“鯀死三歲不腐，剖之以吳刀，化爲黄龍。”
巫：巫師。蔣驥説：“按《汲冢瑣語》，晋平公夢朱熊窺屏，子
産曰，共工之卿浮游，自沉於淮，其色赤，狀如熊，則水之有
熊久矣。又《述異記》，熊，神獸，入水。陸居曰熊，水居曰
能。蓋一物也。又江淮中有魶名熊，蛇之精，冬化爲雉，春復
爲蛇。巫，神醫也。活指化熊言。按《山海經》，靈山有十巫，
百藥爰在，窶窳蛇身人面，爲貳負之臣所殺，帝憐其無罪，使

六巫夾其尸，摻不死之藥以距之，窫窳復活，變爲龍首，居弱水中。由此推之，鯀之變化，亦巫之所爲，故以爲問歟？”這四句說：鯀被流放到東方海濱的羽山，他向西行進的路途艱險，高山峻嶺是怎樣越過的？鯀死後化爲黃熊，神巫又怎樣將鯀救活？

②秬(音:巨) 黍：黑黍，黑小米。　　莆：通“蒲”，水生植物，嫩蒲可食。　　雚：通“萑”（音：環）：蘆類植物，嫩時即蘆笋，可食。　　一說，“莆雚”，當作雚莆，即萑莆、莞蒲，一名白蒲，又名符離，一種生在水濱的草。　　營：耕種。一說除草。兩句意思是：禹平治水土，使原來生長水草蘆葦的土地，都播種黑黍。王逸說:“言禹平治水土，萬民皆得耕種黑黍於萑蒲之地，盡爲良田也。”洪興祖說:“莆疑即蒲字。蒲，水草，可以作席。”于省吾說:“從近年來所發掘的新石器時代的遺址和遺物驗之，則鯀禹之世，相當于龍山文化時期。這一時期已經有了黍稷的種植，各種陶器上的紋飾，有的摹仿席紋或筐筥上的條紋。因此可知，‘咸播秬黍’是指水土平復，播種秬黍言之；‘蒲雚是營’，是指經營水中蒲葦，以爲莞席、筐筥或包裝用物言之。于秬黍言播，于蒲雚言營，一在陸地，一在水中，語義極爲分明。播種秬黍和編織莞席、筐筥或包裝用物，都係從事于農、副業的生產，爲的是適應當時人民生活上的需要。”　　一說，“營”，謀，這裏是尋求的意思。這兩句是說：鯀曾經教人民種黑黍，又教人民尋出嫩蒲和蘆葦拿來充饑。　　由：原由，原因。　　并：通“迸”，放逐。毛奇齡說:“并迸同，省文，即逐也。言逐而投之羽山也。”　　疾：罪惡。修：長久。　　盈：滿，多。關于“修盈”，徐文靖則另有一種解釋。他說:“《禮緯》曰，鯀妻修己，吞薏苡而生禹，因姓姒氏。《帝王世紀》曰，鯀妻修己，見流星貫昴，夢接意感，胸

拆而生禹。或當日鯀投羽山，修己從之，何由并投於此？鯀乃
疾病，修獨克盈乎？"（《管城碩記》）後面這兩句的意思大致
是：爲什麼還要流放？鯀的罪惡竟然這樣嚴重麼？　　　一說，
爲什麼許多人又交口謗鯀，把鯀恨得這麼厲害？　　　一說，相
傳唐堯把鯀和其他三個"惡人"一起放逐在四方荒遠的地方，
因此這裏是説：爲什麼鯀和其他幾個人一起被放逐，而只有他
受的罪這麼長這麼多？

　　　白蜺嬰茀，胡爲此堂？安得夫良藥，不能固臧①？
天式從橫，陰離爰死；大鳥何鳴，夫焉喪厥體②？

　　①蜺（音:尼）：同"霓"，副虹。　　　嬰：纏繞，環繞。
茀（音:拂），白色的雲氣。一説，曲折的雲。　　　堂：王逸認
爲是屈原所見楚國公卿的祠堂。一説指崔文子的廳堂。王逸引
《列仙傳》説："崔文子學仙于王子僑。子僑化爲白蜺而嬰茀，
持藥與崔文子。崔文子驚怪，引戈擊蜺，中之，因墮其藥。俯
而視之，王子僑之尸也。崔文子取王子僑之尸置之室中，覆之
以弊籄。須臾則化爲大鳥而鳴，開而視之，翻飛而去。"　　　臧：
善。四句意思：雲氣繚繞着白虹的壁畫，爲什麼畫在楚國公卿
的祠堂裏？或以爲：雲氣繚繞的白虹，爲什麼到崔文子的廳堂
上來？爲什麼王子僑得到了良藥，却不能有好結果？游國恩説：
"安得夫良藥，不能固臧者，言王子喬既有仙術得良藥，何以
反爲文子所擊，不能固藏其藥，而使之墮地耶？"　　　一説，"白
蜺"，白色的霓裳。丁晏認爲這是指嫦娥盛裝。"嬰"，一種頸飾。
"茀"，首飾。"堂"，驚嘆語，表示對白蜺嬰茀之盛的驚嘆。前
面兩句是"盛言嫦娥之裝飾"。"臧"，即藏。王念孫説："臧字當
讀爲藏，古無藏字，借臧爲之。"據《淮南子·覽冥篇》説："羿

請不死之藥于西王母，姮娥竊以奔月，悵然有喪，無以續之。"
（姮娥，即嫦娥。原作恒娥，漢文帝名恒，避諱改恒作姮，或
作常、嫦。悵然有喪，無以續之：謂悵然若有所失，無法再去
求得不死之藥。）《靈憲》也説："嫦娥，羿妻也，竊西王母不
死藥服之，奔月。"（見《全上古三代秦漢三國六朝文》）後面
兩句是"言何以得此良藥，致奔入月中，不能自固以善其身也。"
那麼這四句就是説：嫦娥的服飾爲什麼這麼漂亮，她從哪兒獲
得了不死之藥？她奔進月亮，爲什麼不能隱藏自己？

　　②天式：即自然的法則。　　　　從橫：指陰陽二氣的運動、
變化與消長。"從"，通"縱"。　　　陽：陽氣，指魂。古人認爲
陽氣離開軀體，人就要死。陽離，意即魂和魄離，人就要死。
爰：于是。　　　　大鳥：指王子僑尸體變成的大鳥。一説，指鼓
神和欽䲹神變化來的大鳥。《山海經・西山經》説："又西北四
百二十里，曰鐘山，其子曰鼓，其狀如人面而龍身，是與欽䲹
殺葆江于昆侖之陽，帝乃戮之鐘山之東曰瑤崖，欽䲹化爲大鶚，
其狀如雕而黑文白首，赤喙而虎爪，其音如晨鵠，見則有大兵；
鼓亦化爲鵕鳥，其狀如鴟，赤足而直喙，黃文而白首，其音如
鵠，見則其邑大旱。"四句的意思是：天象運行是自然界的規
律，陽氣離開人的軀體，人就要死亡。大鳥爲什麼長鳴而去？
崔文子怎麼能使王子僑的身體喪亡？或説：鼓神、欽䲹神已經
被殺死，怎麼能够變成大鳥而鳴呢？

　　　　蓱號起雨，何以興之？撰體協脅，鹿何膺之①？
　　鼇戴山抃，何以安之？釋舟陵行，何以遷之②？

　　① 蓱（音：平）：通"屏"。蓱翳（音:義）的省稱。王逸注：
"蓱，蓱翳，雨師名也。"　　　號：呼號。　　　一説，"蓱號"

是雨師名。《初學記》卷二：“雨師曰屏翳，亦曰屏號。”　　興：起，發動。兩句意思爲：洴翳興起雨來，它是怎樣發動的？一說，疑“以”字是“其”之誤，這句是驚嘆句，而不是疑問句。（姜亮夫《屈原賦校注》）　　撰（ㄓㄨㄢˋ）：具，具有。　　協脅：意思是連着兩個上身。王夫之說：“協脅，脅骨駢生也。”“協”，合。“脅”，腋下肋骨所在的部分。　　一說，撰通巽，柔順。游國恩說：“巽，順也。凡從巽之字，皆有柔懦頓弱之義，故羔羊謂之撰，重繒謂之襈，蜀錦謂之纘。撰體猶云頓體，與協脅對文，而義復相承。蓋言鹿體頓弱，故其兩脅能駢合也。”鹿，神話傳說中的一種神鹿，鹿身，雀頭，有角，蛇尾，豹文。有人認爲這種鹿就是風伯飛廉。蔣驥說：“謂風伯也。”“膺”（音：英），承受。兩句意思爲：神鹿駢生着兩個上身，是從哪裏承受這種奇特的體形的？王逸說：“天撰十二神鹿，一身八足兩頭，獨何膺受此形體乎？”

②鰲（音：敖）：神話傳說中海裏的大龜。　　戴：以首承物，頂着。　　抃（音：變）：拍手。這裏是指龜四肢舞動的意思。　　安：穩。《列子·湯問》說：“渤海之東，不知幾億萬里，有大壑焉，實惟無底之谷，其下無底，名曰歸墟。八紘九野之水，天漢之流，莫不注之，而無增無減焉。其中有五山焉：一曰岱輿，二曰員嶠，三曰方壺，四曰瀛洲，五曰蓬萊。其山高下周旋三萬里，其頂平處九千里。……所居之人皆仙聖之種，一日一夕飛相往來者，不可數焉。而五山之根無所連著，常隨波上下往還，不得暫峙焉。仙聖毒之，訴之于帝。帝恐流于西極，失羣仙聖之居，乃命禺彊使巨鰲十五舉首而戴之，迭爲三番，六萬歲一交焉。五山始峙而不動。”前兩句意思是說：鰲頭頂着仙山，四足游動，怎麼能使仙山穩定？　　釋：捨去，放棄。　　陵行：在陸地行走。“陵”，大土山。　　遷：移動，

搬走。王逸説：“舟釋水而陵行，則何能遷徙也？言鼇所以能負山若舟船者，以其在水中也；使鼇釋水而陵行，則何以能遷徙山乎？”毛奇齡説：“釋舟陵行，解舟而陸行是也。遷，移也，即行也。《書》曰，罔水行舟，《論語》曰，舁滛舟，皆是也。此無所指，言前古有是事耳。或曰，此即鯀事，故下節即及澆，澆鯀同。”徐焕龍説：“巨鼇戴山能抃舞，山何以安其上？且鼇猶山之舟矣，倘釋此作舟之任，行于陵陸之區，又將何以遷徙其山乎？自嬰茀至此，因黃熊觸及白蜺事，因白蜺觸及洴號、脅鹿、鼇抃也。是文章拖帶餘波，後人覓不出蹊徑，遂謂多不承接。自此以後，則專以古今人事問，不復言物類怪奇矣。”而《列子·湯問》則説：“龍伯之國有大人，舉足不盈數步而暨五山之所，一釣而連六鼇，合負而趣歸其國，灼其骨以數焉。于是岱輿、員嶠二山流于北極，沈于大海，仙聖之播遷者巨億計。帝凭怒，侵減龍伯之國使阨，侵小龍伯之民使短。”説的就是這裏所問的事。如此，後兩句的意思就是：龍伯巨人不用船，而在陸地上走，怎麼能把六鼇從大海中弄走的呢？

　　惟澆在户，何求于嫂？何少康逐犬，而顚隕厥首①？女歧縫裳，而館同爰止。何顚易厥首，而親以逢殆②？

　　①澆：通“鼻”（音：傲）。人名，相傳是寒浞和羿妻所生的兒子，多力善走，縱慾殘忍。　　户：門。　　嫂：指澆的同母異父兄之妻，即羿子之妻女歧。當時羿子已死，而其妻未更嫁。王逸説：“澆無義，淫佚其嫂，往至其户，佯有所求，因與行淫亂也。”少康：傳説是夏朝君主夏相的兒子。　　逐：讀爲“嗾”，使犬殺人。《説文》：“嗾，使犬也。”　　顚隕：墜落。

厥首：指澆的腦袋。相傳後來少康趁打獵放犬逐獸的時候襲殺澆。王逸說：「夏少康因田臘放犬逐獸，遂襲殺澆而斷其頭。」這四句的意思是：澆到嫂子門上，對嫂子有什麼要求？爲什麼少康趁放犬打獵的時候，把澆殺掉了？

②女歧：澆的嫂子。曹耀湘則說：「女歧乃鬼女之名，澆嫂淫佚，爲世所醜者，故以女歧爲之號也。」（《讀騷論世》）館同：即「同館」。「館」，屋舍。　　一說，館讀爲姦，館同，即姦同，是私通的意思。　　爰：與，共。　　止：息。　　顛易厥首：指殺錯了頭。「易」，換。「厥首」，指女歧的頭。　　親：親身，指澆。　　殆：危險。傳說澆和女歧私通，少康夜襲殺澆，却誤殺了女歧的頭。後來少康利用打獵的機會，才把澆殺死。王逸說：「女歧，澆嫂也。館，舍也。爰，於也。言女歧與澆淫佚，爲之縫裳，於是共舍而宿止也。逢，遇也。殆，危也。言少康夜襲得女歧頭，以爲澆，因斷之，故言易首，遇危殆也。」錢澄之說：「少康逐犬而隕澆，不期其隕而隕也。初澆與女歧同止於館，夜往襲之，隕澆易矣。乃誤斬女歧頭以爲澆，澆以逸去。」這四句說的是：女歧給澆縫衣裳，與澆同房共宿。爲什麼被誤殺，丟了腦袋，親身遭此厄難？曹耀湘則把「親」解爲「親暱」。他說：「親以逢殆者，男女淫佚，以爲親暱，不知適逢危殆也。」

　　湯謀易旅，何以厚之？覆舟斟尋，何道取之①？
　桀伐蒙山，何所得焉？妹嬉何肆，湯何殛焉②？

①湯：成湯，商朝的第一代王。　　旅，衆。　　厚：厚待。王逸說前兩句的意思是：湯想變易夏衆，使之從己，是如何厚待他們的？于省吾說：「甲骨文和金文『錫子』之『錫』均作『易』，從『金』作『錫』乃後起字。古言師或旅係軍隊的

通稱。本文是說，商湯謀劃對于師旅有所賞錫，爲什麼要如此厚待呢？蓋湯謀錫旅之厚，必然有一段故事，今已不得其詳。但僅就本文二句爲解，當係指湯率衆征伐某方，獲得勝利，因而對師旅有所厚錫。征人鼎稱‘天君賞乐（厥）征人斤貝’。這是說，天君以斤地之貝賞其征伐之人，即此文‘易旅’之義。小臣謎簋叙‘伯懋父以殷八師征東夷’，‘伐海眉（湄），雩（越）厥復歸，在牧自。伯懋父承王命易（錫）師，率征自五齵貝。’這段銘文是說伯懋父率領軍隊去征伐東夷，又伐海湄，勝利後回到‘牧自’，奉王命，用在‘五齵’之地所獲的貨貝，以賞錫師旅。此簋的‘易師’與《天問》的‘易旅’是一樣的意思，所不同的是，伯懋父爲周王的臣屬，故‘易師’必奉王命，湯之‘易旅’則有自主權罷了。一說，“湯”，通“陽”，即“佯”字。張惠言說：“湯疑當作陽，言少康陽爲田獵，因以襲澆，變易澆衆，使之從己，當何以厚其民乎？”馬其昶也說：“案湯陽暘同字。《五行志》時陽若，即《洪範》之時暘若。《史記索隱》，暘谷本作湯谷。本書暘谷屢見，皆作湯字。湯謀即陽謀。易旅，治軍旅也。言少康雖陽以田獵治軍以襲澆，而但有一旅，果何以厚集其勢？”（或說：湯企圖奪取夏衆的行爲，同羿、澆相同，天爲什麼厚待他，使他成功？）　　一說，“湯”是“澆”的譌字。“易旅”，即治甲，製造作戰用的甲衣。“厚”，厚實。甲一定要厚，才能堅牢。兩句謂澆謀劃製造甲衣，怎樣使它們厚實？聞一多說：“牟廷相謂湯爲澆之譌字，是矣，特未能質言所問澆之何事耳。余考先世蓋嘗澆始作甲。《離騷》曰‘澆身被服強圉兮’謂澆身被服堅甲也。《呂氏春秋·勿躬篇》曰‘大橈作甲子’，蓋即澆作甲之傳譌，故與‘黔如作虜首’并舉。（虜首即兜鍪）甲一曰旅。《考工記·函人》曰‘大凡甲必先爲容，然後製革，權其上旅與其下旅而重若一’，鄭

衆注曰‘上旅謂要以上，下旅謂要以下。’《釋名·釋兵》曰
‘凡甲聚衆札爲之謂之旅，上旅爲衣，下旅爲裳。’‘澆謀易
旅’者，易旅即治甲。甲必厚而後能堅，故下文曰‘何以厚之’
也。”　　　一説，“湯”，應作“康”，指少康。“湯”古字作“唐”，
“唐”與“康”形近而誤。朱熹説：“湯與上句過澆，下句斟尋
事不相涉，疑本康字之誤，謂少康也。”王國維説唐即湯之本
字，後轉作喝，遂通作湯。（見《殷卜辭中所見先公先王考》）
《説文·口部》：“喝，古文唐，從口易。”“謀”，謀劃。“易”，
治。“旅”，衆，指少康的部下。　“厚”，壯大。意謂少康謀劃整
頓部下，用什麼方法使它壯大？錢澄之説：“少康衆僅一旅，何
以治之而能厚集其衆乎？”　　　覆舟：翻船。　　　斟尋：夏的同
姓諸侯國。據《左傳·哀公元年》記載，夏君主相失國後，投
靠斟灌、斟尋兩國，澆就發兵攻滅斟灌、斟尋，又殺死夏相。
這時夏相的妻子正懷孕，逃回娘家有仍國，生下少康。少康長
大後，做了有仍的牧正。由于澆的追迫，又逃到有虞國。後來
得到有虞國的幫助，重新糾集斟灌、斟尋兩國的人，攻滅了澆，
恢復夏朝。　　　道：方法。朱熹説：“杜預云，相爲澆所滅，其
子少康，爲虞庖正，有田一成，有衆一旅，遂滅過澆，祀夏配
天，不失舊物也。旅謂一旅五百人也。覆舟，言夏后相己傾覆
於斟尋之國，今少康以何道而能復取澆乎？”錢澄之説：“二斟匿
相，爲澆所滅，諸侯皆以爲覆舟之戒；而少康逃虞，虞竟妻以
二姚，卒取過澆，是用何道乎？”

②桀：名履癸，夏代最末一個君主，極爲殘暴。　　　蒙山：
傳説中的古國名。有些學者認爲即古書《竹書紀年》“桀命扁
伐岷山”的岷山。《竹書紀年》説：“（桀）命扁伐岷山，岷山
人女于桀二人，曰琬，曰琰。后愛二人，而棄其元妃于洛，曰
末喜氏，以與伊尹交，遂以亡夏。”　　　妹嬉（讀如：末喜）：

即末喜，夏桀的元妃，有施氏女。原爲夏桀所寵，後被抛棄，因此就和商湯的謀臣伊尹勾結，把夏滅了。　　　肆（音:寺）：放蕩，放縱。　　殛（音:吉）：懲罰。據《列女傳・夏桀末喜傳》説，湯滅了夏，就把妹嬉同桀一起流放到南巢而死。王逸説：“言夏桀征伐蒙山之國，而得妹嬉也。”又説：“言桀得妹嬉，肆其情意，故湯放之南巢也。”徐煥龍説：“有夏功德遠，故少康中興易。及至桀身，伐蒙山何所得？惟得妹嬉。得妹嬉何遂肆其情欲，何遂致湯之放殛？”蔣驥説：“妹嬉，桀妃。《列女傳》，桀日夜與妹嬉飲酒，聽用其言，忤喜者死。《世紀》，湯伐桀，桀敗，與妹嬉浮海奔南巢之山以死。舊注桀伐蒙山，得妹嬉，因肆其情意，而爲湯所殛，故指而問之。　　　一説，《竹書》帝癸十四年，伐岷山，得二女，曰婉曰琰，愛之而棄其元妃妹嬉於洛，以與伊尹交，遂亡夏。岷山，一名鴻蒙。豈蒙山所得，本指琬琰，而曰何所得，何肆，何殛，乃爲妹嬉釋冤乎？”四句意謂：夏桀攻打蒙山，得到了什麼？妹嬉有什麼放蕩的行爲？商湯爲什麼懲罰她？（或説：妹嬉爲什麼放蕩，商湯爲什麼討伐桀？）

舜閔在家，父何以鰥①？堯不姚告，二女何親②？

①舜：傳説中的古帝。姚姓，有虞氏，史稱虞舜。堯在位時命他攝行政事，堯去世後繼位。　　　閔，憂愁。　　家：成家，指娶妻生子。　　　父：指舜父瞽（音:古）叟。　　鰥（音:關），同“鰥”，成年男子久無妻室。《史記・五帝本紀》：“舜父瞽叟，而舜母死，瞽叟更娶妻而生象，象傲。瞽叟後妻子，常欲殺舜，舜避逃；及有小過，則受罪。”據説後來瞽叟及後母、弟象又多次謀害舜，都未成功。徐煥龍説：“舜恐無後，所

憂閔者，在未有室家。父何不許其娶，而以是鰥之？堯不于姚姓是告，二女何輒親舜？子有室，何惡于父？君令民，豈患不從？君父俱若不可解。"兩句說：舜在成家問題上憂愁，他父親爲什麼讓他獨身？　　　一說，父當爲夫，閔當爲妻。《山海經·海內北經》說："舜妻登比氏。"《列女傳·有虞二妃》又說："有虞二妃，帝堯二女也，長娥皇，次女英。"認爲舜先娶登比，後娶娥皇、女英。這兩句的意思就是說舜未娶娥皇、女英之前，已有登比在家，怎麼說他鰥呢？（見聞一多《楚辭校補·天問》）

②堯：傳說中的古帝。陶唐氏，名放勛，史稱唐堯。他對舜進行三年考核之後，命舜攝位行政。　　姚：舜的姓。這裏指舜父瞽叟。據《孟子·萬章上》說，堯把兩個女兒嫁給舜，事先沒有告訴舜的父母。　　二女：指堯的兩個女兒娥皇、女英。　　親：親近。蔣驥說："下二句問堯未告瞽叟，何遂以二女妻舜乎？二節一以婦人而亡，一以婦人而興，故問之。"兩句說：堯不告訴姚氏家長，怎麼就讓兩個女兒和舜親近？

厥萌在初,何所億焉①? 璜台十成,誰所極焉②?

①億，通"臆"，猜度，意料。預料。《韓非子·喻老》說："昔者紂爲象箸而箕子怖。以爲象箸必不加于土鉶，必將犀玉之杯；象箸玉杯，必不羹菽藿，則必旄、象、豹胎，必不衣短褐而食于茅屋之下，則必錦衣九重，廣室高台。吾畏其卒，故怖其始。居五年，紂爲肉圃，設炮烙，登糟丘，臨酒池，紂遂以亡。故箕子見象箸以知天下之禍。故曰：'見小曰明'"這就是王逸所說的"賢者預見施行萌芽之端，而知其存亡善惡所終，非虛億也"的意思。聞一多說："何，當爲

誰。"兩句是說：事物的萌芽在最初出現的時候，誰能够預料它會怎樣？ 孫詒讓説："案萌與氓通。厥萌在初，猶《詩》言厥初生民也。"聞一多也説："'萌'讀爲民。'厥民在初，誰所億焉，'猶言生民之初，其事渺茫，誰所億測而知之。"這兩句的意思是：生民之初，誰能意料它會怎麼樣？

②璜（音：黄）：玉石。洪興祖説："璜，美玉也。"一説"璜台"是台名，即鹿台、廩台、南單（同"亶"）之台，商紂用以聚藏珠寶伎樂。位于朝歌西南。 成：層。 極：至。兩句意謂：璜台有十層，誰建築得這樣高？張詩説："紂作璜台十成，誰使之至此極？"（《屈子貫》） 一説，極，有看透的意思，這句是說誰能早就看透了？

登立爲帝，孰道尚之①？女媧有體，孰制匠之②？

①立：通"位" 帝：指伏羲。 道：導引。 尚：上，尊奉的意思。王逸説："伏羲始畫八卦，修行道德，萬民登以爲帝，誰開導而尊尚之也。"兩句是說：伏羲登位稱帝，是誰導引、尊奉他的？ 一説，"帝"指女媧。這四句的順序應當是"女媧有體，孰制匠之？登立爲帝，孰道尚之？"周拱辰説："舊訓登立爲帝屬伏羲，非也。人皇以上，燧人以下，帝者多矣，何以專指伏羲乎？余謂即指女媧説。"又説："《天問》中儘有上句不説出人名，下句才指出者。如吳獲迄古，南嶽是止，孰期去斯，得兩男子。吳獲迄古二句，即下兩男子事也。如天命反側，何罰何佑，齊桓九合，卒然身殺。天命反側二句，即下齊桓事也。如何聖人之一德，卒其異方，梅伯受醢，箕子佯狂。聖人一德二句，即下梅伯箕子事也。蓋上二句先述事迹，下二句才倒出人名，問中多有此句法。" 毛奇齡《補注》則

說：“登，女登也，亦名安登，炎帝之母也。《世紀》云：‘炎帝母任姒，有僑氏女，名登。’”他認爲這裏講的是女登。還有一說，帝，泛指。“道”，道理、原則。“尚”，上，推舉的意思。謂上古人登位作帝王，是根據什麽原則來推舉的？

　　②女媧：神話傳說中的上古女帝。《說文》：“媧，古之神聖女，化萬物者也。”　　體：形體。這裏指女媧的形體。據王逸說：“傳言女媧人頭蛇身，一日七十化。”　　制匠：制造。匠，用作動詞，造。《太平御覽》卷七八引《風俗通》說：“俗說天地開闢，未有人民，女媧搏黃土作人，劇務力不暇供，乃引繩于泥中，舉以爲人。”周拱辰說：“女媧，伏羲氏妹，自古皆以男子帝天下，女媧獨以女子爲天下君。豈女媧自擅而立之乎？抑伏羲以天下私，不傳之子，不傳之弟，不傳之臣，獨傳之妹乎？又豈女媧盛德，遠邁羣帝，羣臣百姓自往從之乎？孰道尚之，言禀何道德，天下翕然尊尚之也。按女媧生而神靈，佐太昊，正婚姻，是爲神媒。共工作亂，振滔洪水，以禍天下，女媧誅殺之。都於中皇之山，鍊五色石以補蒼天，斷鰲足以立四極，殺黑龍以濟冀州，積蘆灰以止淫水。又作笙簧以通殊風，用二十五絃之瑟于澤丘，以郊天侑神。乘雷車，駕應龍，登九天，朝帝於靈門。《淮南》所云，考其功烈，上際九天，下契黃壚者也。傳言女媧風姓，本伏羲言之。不知炮媧云姓，古聖人帝天下，有不襲姓者也。《河圖挺佐輔》云，女媧牛首蛇身，宣髮。《玄中記》伏羲龍身，女媧蛇身，牛首虎鼻。蓋人之形有同物者，今相家者流，取象禽獸之形體者，是也。孰制匠之，言孰冶鑄之，而貌之怪異此也。女子帝天下，前有媧，後有瞾，開闢以來所未有，扶綱常而驚伏雌，可少此屈原之一問哉。”這兩句是說：女媧有那種形體，是誰把它制造出來的？

　　　　舜服厥弟，終然爲害；何肆犬體，而厥身不危敗①？

①服：順從。王夫之説：“服，順也。”　　弟：指舜弟象。
終爲害：王夫之説：“欲殺舜不已。”　　肆，放肆，恣意。　　犬
體：猶言狗東西，惡狗，喻指象。　　厥身，指舜本身。據《孟
子·萬章上》説：“父母使舜完廩，捐階，瞽瞍焚廩。使浚井，
出，從而揜之。”又説：“象日以殺舜爲事。”相傳舜的同父異母弟
象和舜的父親、後娘一再謀害舜，都讓舜逃脱了，而舜對他們
始終很和順。兩句意思：舜處處順從他的弟弟，而象終于還要
謀害舜。爲什麽那狗東西這樣放肆，而舜竟没有被害死呢？王
逸説：“服，事也。言舜弟象，施行無道，舜猶服而事之，然象
終欲害舜也。”又説：“言象無道，肆其犬豕之心，燒廩填井，欲
以殺舜，然終不能危敗舜身也。”　　一説厥身指象本身。這句
是指象本身没有遭到災禍。李陳玉説：“舜以兄事弟，（象）略
無改悔犬豕之行，身安如故，豈天縱其無行邪？”張詩説：“象無
道，舜服事之，終欲害舜，以肆其犬豕之心，何其身終不危
敗？”（《屈子貫》）

　　吴獲迄古，南岳是止；執期去斯，得兩男子①？
　　緣鵠飾玉，后帝是饗。何承謀夏桀，終以滅
喪②？
　　帝乃降觀，下逢伊摯。何條放致罰，而黎服大
説③。

①吴：古代諸侯國名。　　獲：得到。　　一説，“吴獲”
是人名。王闓運説：“吴獲，蓋吴太伯之名也。”聞一多也説：“王
闓運以‘吴獲’二字爲人名，案王説是也。獲蓋伯之聲誤．吴

伯即吳太伯。《國語·吳語》曰‘夫命圭有命，固曰吳伯’，韋
注《晉語》一亦曰‘後武王追封爲吳伯，’此太伯稱吳伯之明
驗。”游國恩則認爲此種説法没有根據。　　　迄：至。　　古：
即古公亶父，周文王的祖父。南岳：南方大山，這裏指南方。
一説，“南嶽”指吳地衡山。徐文靖説：“南嶽是止者，《括地
志》會稽山一名衡山，《吳都賦》指衡、岳以鎮野，周時爲揚
州鎮，故亦稱南嶽也。”蔣驥説：“《史記》太伯、仲雍逃荆蠻，
自號勾吳。《天問》曰，南岳是止。《吳越春秋》曰，採藥於
衡山。參核其説，似指湖廣衡州之南岳言，故《索隱》云，地
在楚越之界。然太伯居梅里，在今蘇、常間，去衡州甚遠，則
其説非也。今按廬州霍山，一名衡山，亦稱南岳，與梅里俱在
古揚州之域，疑指此爲是。又《左傳》襄三年，楚伐吳，克鳩
兹，至于衡山。《日知録》云，即丹陽縣之衡山，今名橫山。
《通雅》云，今溧水、廣德、松江、湖州皆有橫山，其地大抵
與梅里相近。又陸廣微《吳地記》，姑蘇山之東有橫山，一名
踞湖山。橫與衡通，或屈子因是訛爲南岳也。稱荆蠻者，殆楚
既滅吳，吳通號楚，太史公因其後而名之歟？”徐、蔣説近是。
止：居住，居留。　　期：期望。　　去：遷移。　　斯：這個
地方。指吳地。一説，指歧周。林雲銘説：“斯指歧周言。泰
伯、虞仲兩男子，去歧周而使吳得賢君，實出人之意外，誰爲
之乎？”　　兩男子：指太伯、仲雍。王逸説：“獲，得也。迄，
至也。古，謂古公亶父也。言吳國及賢君，至古公亶父之時，
而遇太伯，陰讓避王季，辭之南嶽之下，採藥于是，遂止而不
還也。期，會也。昔古公有少子曰王季，而生聖子文王，古公
欲立王季，令天命及文王。長子太伯及弟仲雍去而之吳，吳立
以爲君，誰與期會而得兩男子，兩男子謂太伯仲雍也。”據《史
記·吳太伯世家》記載，他們是古公亶父的長子和次子，因爲

古公亶父想讓第三個兒子季歷繼承君位，兩人就主動出走，跑
到江南。在當地人的擁護下，創建了吳國，太伯做了吳的君主。
太伯死後，虞仲（即仲雍）立爲君主。四句意思是：吳得到了
古公亶父那裏來的人，他們到南岳居住；誰料得到他們遷移到
吳地這個地方，使吳國得到了兩個男子漢？　　一說，“迄古”，
終古，長久。毛奇齡説：“迄，終也。迄古，即《離騷》所謂終
古也。”（《天問補注》）“止”，處，這裏作“立國”解。“去”，
應作夫，于。聞一多説：“案去當從一本作夫，字之誤也。（篆
書夫本作夫，去作厺，形最相近。）夫猶於也。（《離騷》‘余
既不難夫離別矣，’‘椒又欲充夫佩幃，’‘邅吾道夫昆侖，’
《九辯》‘願寄言夫流星兮’，夫均訓於。）‘斯’指南嶽。疑
逃荊蠻者太伯一人，而後世傳説以爲太伯、仲雍二人，故本篇
曰‘孰期夫斯，得兩男子。’今本夫作去，則是太伯嘗棄南嶽
而他去，而既去之後，又‘得兩男子’全與史實不合，其爲駁
文審矣。”一說，“夫斯”，復合指示代詞，這個，這種情況。此四
句的意思就是：吳國得以長久存在，在南方立國，誰會料想到
出現這種情況？這是由于得到了太伯、仲雍兩個男子的緣故。

　　②緣：因緣，借助。　　鵠（音:胡）：水鳥，俗稱天鵝，
這裏指代伊尹所做的鵠羹。　　飾玉：指裝飾着美玉的鼎，古
代統治階級用的貴重的烹飪器具。　　后帝：指商湯。　　饗
（讀如:享）：用食物請人享用　　承：接受。　　謀：圖謀，
算計。　　滅喪：滅亡，指滅夏桀。據《史記·殷本紀》載：
“伊尹名阿衡。阿衡欲干湯而無由，乃爲有莘氏媵臣，負鼎俎，
以滋味説湯，致于王道。或曰，伊尹處士，湯使人聘迎之，五
反然後肯往從湯，言素王及九主之事。湯舉任以國政。伊尹去
湯適夏。既醜有夏，復歸于亳。”四句意思是：伊尹借助用飾着
美玉的鼎做鵠羹獻食的機會接近湯。伊尹又是怎樣接受湯圖謀

夏桀的任務，終于使夏桀滅亡的呢？王逸說："后帝，謂殷湯也。言伊尹始仕，因緣烹鵠鳥之羹，脩玉鼎，以事於湯。湯賢之，遂以爲相也。"又說，"言湯遂用伊尹之謀，而伐夏桀，終以滅亡也。"　　　　一說，緣鵠飾玉，是用象玉裝飾鼎俎的意思。《釋文》："鵠本一作䶉。"《廣韵》："䶉，治象牙也。"前面兩句是說：伊尹用裝飾着象玉的鼎俎，做出美味請商湯享用。　　　　一說，"緣鵠"和"飾玉"對文，都是指祭器。"后帝"，指天帝。林雲銘說："治象謂之鵠。《禮記》云，君子比德於玉。因治象而表其德，以薦馨於帝，此夏代諸王，皆克享天心也。桀本繼諸王而謀國者，何終致亡國？"曹耀湘說："今按舊注以此條爲伊尹割烹干湯之事，說亦難通。竊謂緣亦飾也，鵠亦况白色也。玉，祀神之玉也。后帝，天帝也。《詩》曰，皇皇后帝。夏后氏尚白，故緣飾牲玉皆以白色，上帝之歆饗也久矣；後嗣有可承之詒謀，何以至桀之時遂滅其國，而喪其身？以見桀有自取覆亡之道，上帝固無私也。"　　　　一說，"承謀"是"承湯之命爲桀謀"的意思。周拱辰說："舊謂湯承用伊尹之謀滅桀，自來無以君承臣之說，語氣亦直致無文，且終以二字如何着落？言伊尹烹鵠鳥之羹，盛玉鼎薦之而干湯，于是湯用伊爲心膂，尹始承湯密謀以事桀，而終以滅桀也。《竹書》，十七年，商使伊尹來朝。《呂氏春秋》，湯欲伊尹往觀曠夏，恐其不信，乃自射伊尹。伊尹奔夏，三年，聽於妹喜之言以告湯。湯良車七千乘，必死六千人，以戊子戰于郕，遂禽桀。伊摯就桀，湯實命之。承謀者，承湯之命爲桀謀也。始輔之，卒滅之，聖人舉動，若是兩截乎？"

③帝：指商湯。　　　降觀：下察民情，出巡。　　　伊摯（音：志），即伊尹。摯，是伊尹的名。　　　條放：在鳴條放逐。條，即鳴條，地名。一說條是遠的意思。　　　放：流放，放逐。傳

說湯滅夏後，放逐夏桀于鳴條。一說，湯在鳴條擊敗夏桀，把他放逐到南巢。　　　致罰：給以懲罰。致，給。　　　黎服：百姓。服，"菔".的省文.《方言》："菔，農夫之醜稱也。南楚凡罵庸賤，或謂之菔。" 荆楚一帶，稱黎民爲黎菔。　　一說，"服"，古寫作_反"，與"民"形近而誤。聞一多說："劉永濟氏云：服當爲民，字之誤也。服古祇作反。隸書反民形近。民誤爲反，轉寫作服。王注曰'天下衆民大喜悦也'是王本正作'黎民大悦'。案劉説是也。王注上云'黎，衆也，'下雲'衆民大喜悦，'明以'衆民'釋正文'黎民'二字。《吕氏春秋·慎大篇》曰'湯立爲天子，夏民大悦，'亦言湯事，而語與此略同，亦足資參證。《天對》曰'民用潰厥疣，以夷于膚，夫曷不謠，'似所見本民字未誤。"　　一說，服是九服，指各方諸侯。説，通"悦"，喜悦。王逸説："帝，謂湯也。摯，伊尹名也。言湯出觀風俗，乃憂下民，博選於衆，而逢伊尹，舉以爲相也。條，鳴條也。黎，衆也。説，喜也。言湯行天之罰，以誅於桀，放之鳴條之野，天下衆民大喜悦也。"四句意思：商湯到下邊察訪民情，遇到了伊尹。爲什麼商湯在鳴條放逐夏桀，給以懲罰，老百姓都非常高興？

簡狄在台，嚳何宜①？玄鳥致貽，女何喜②？

①簡狄：古代神話中有娀（音：松）國的美女，帝嚳（音：庫）的次妃，生契，是商朝的始祖。　　嚳：神話中的古帝，號高辛氏。《史記·五帝本紀》："帝嚳高辛者，黃帝之曾孫也。"《世本》說："帝嚳卜其四妃之子，皆有天下。元妃有邰（ㄊㄞˊ）氏之女，曰姜嫄，是生后稷；次妃有娀氏之女，曰簡狄，而生契；次妃陳鋒氏之女，曰慶都，生帝堯；次妃娵訾（ㄗ）

之女，曰常儀，生帝摯。”　　　台：相傳有娀人建造的高台，簡
狄和她的妹妹都住在這高台上。　　　宜：祭天求福。一說匹配。
一說，合適。汪仲弘說：“宜，即宜其家人之宜。”林雲銘說：“以
爲宜，故要之。以爲喜，故吞之。”徐煥龍說：“簡狄在瑤台，嚳
何遂得此宜子之妃？玄鳥卵致詒，娀女何又喜而吞之？”曹耀湘
說：“宜者，《詩》所謂宜爾室家也。簡狄爲瑤台佚女，帝嚳何
以能宜其家乎？”

　　②玄鳥：燕子。一說鳳凰。　　　詒，贈送。一說，用作名
詞，聘禮。一說，“詒”當作“胎”。　　　女，指簡狄。　　　喜：
一本作“嘉”，指懷孕生子。聞一多說：“嘉與宜韵，若作喜，則
失其韵矣。嘉本訓生子。卜辭作放，云‘□辰王卜，在兮，娀
毓放，王占曰，吉，在三月；’（《前》二，一一，二）‘貞
今五月好毓，其放；’（《萃》一二三二）‘乙亥卜，自貞，
王曰，虫（有）身，放六日放。’（《佚》五八六）上曰毓，
曰有身，下皆曰放，則放當即生子之謂。生子謂之嘉，亦謂之
字，嘉之言加，猶字之言滋也。鄭注《月令》曰‘高辛氏之世，
玄鳥遺卵，娀簡吞之而生契，後王以爲媒官嘉祥而立其祠焉，’
嘉祥即加生之祥。《周語》下曰‘賜姓曰姒，氏曰有夏，謂其
能以嘉祉殷富生物也，’嘉祉猶嘉祥，謂加生之福祉，故曰‘殷
富生物。’《爾雅·釋天》曰‘甘雨時降，萬物以嘉，謂之醴
泉，’萬物以嘉，猶萬物以生也。‘玄鳥致詒女何嘉’者，詒與
胎通，言簡狄何以吞鳥卵而生契也。《續漢書·禮儀志》注引
此作嘉，《天對》曰‘胡乙㲉之食，而怪焉以嘉，’所據本皆不
誤。”《史記·殷本紀》：“殷契，母曰簡狄，有娀氏之女，爲帝
嚳次妃。三人行浴，見玄鳥墮其卵，簡狄取吞之，因孕生契。”
而《呂氏春秋·音初》則說：“有娀氏有二佚女，爲之九成之台，
飲食必以鼓。帝令燕往視之，燕遺二卵，北飛，遂不反。”高誘

注:"天令燕降卵于有娀氏,女吞之生契。"王逸説:"言簡狄侍帝
嚳於台上,有飛燕墮遺其卵,喜而吞之,因生契也。"四句意思:
簡狄住在高台上,帝嚳向天求什麼福? (或:怎麼成了帝嚳的
配偶? 或:帝嚳爲什麼認爲和她成家是合適的?) 燕子贈卵,
簡狄爲什麼歡喜?(或:鳳凰給簡狄送聘禮,簡狄爲什麼高興?)

　　該秉季德,厥父是臧;胡終弊于有扈,牧夫牛
羊①? 干協時舞,何以懷之?平脅曼膚,何以肥之②?
有扈牧竪,云何而逢?擊床先出,其命何從③? 恒
秉季德,焉得夫朴牛?何往營班禄,不但還來④?
昏微遵迹,有狄不寧。何繁鳥萃棘,負子肆情⑤?
眩弟并淫,危害厥兄。何變化以作詐,後嗣而逢長⑥?

　　①該:通"亥",即王亥,殷人遠祖。王國維説,"該"即
《山海經‧大荒東經》所説"兩手操鳥,方食其頭"的王亥,
《竹書》所説的殷侯子亥,《世本》作核,又作胲,《吕覽》
作冰,《史記》及表作振,《古今人表》作垓,或同音異字,
或形近而譌。　　秉(音:丙):通"稟",承受。季:即王亥
之父冥。王國維説:"《楚辭天問》曰,該秉季德,厥父是臧。
又曰恒秉季德,則該與恒皆季之子,該即王亥,恒即王恒,皆
見于《卜辭》,則《卜辭》之季,亦當是王亥之父冥矣。"《國
語‧魯語》:"冥勤其官而水死。"韋昭注:"冥,契後六世孫根圉
之子,爲夏水官,勤于其職而死于水。"　　臧(音:臟):善。
弊:通"斃",死。　　一説,"該",兼。"季",少。"弊",疲弊。
林雲銘説:"啓少能秉德,爲禹所善,當有天下。何有扈不服,
終疲其力,而戰于甘,以滅其國,廢其後人爲牧竪,而後得安
其位乎? 以變禪爲繼,事起于創,難以服人也。"徐焕龍説:"季

德，謂少而有德；該，兼也。言啓兼該衆善，以秉季德，其臧
比于厥父，宜乎文德可以格遠人。胡終耗弊兵力于有扈，又不
克誅夷，但驅之牧牛羊而已乎？有扈國滅，後爲牧堅。"陳遠新
則説："該，皆也。秉，執也。季，子也。皆執子承父業爲善。"
有扈（音：户）：應作"有易"，傳説中的古國。《山海經‧大荒
東經》郭璞注引《竹書紀年》："殷王子亥賓于有易而淫焉，有
易之君緜臣殺而放之。是故殷主（宋本作"上"）甲微假師于
河伯以伐有易，滅之，遂殺其君緜臣也。"四句説：王亥繼承了
季的德性，拿他父親做榜樣（第二句有人理解爲：他父親認爲
他很好）。亥在有易國放牧牛羊，爲什麽終于被害？有人理解
爲：爲什麽在有扈被殺害，還失掉了奴仆和牛羊？　　王逸説，
"該"，苞。"季"，末。"父"，指契。"有扈"，澆的國名。前面
兩句是説："湯能苞持先人之末德，脩其祖父之善業，故天祐之
以爲民主也。"後面兩句是説："澆滅夏后相，相之遺腹子曰少康，
後爲有仍牧正，典主牛羊，遂攻殺澆，滅有扈，復禹舊蹟，祀
夏配天也。"

②這四句不甚可解。王逸認爲，"干"，求。"舞"，務。"協"，
和。"懷"，來。前面兩句是説"夏后相既失天下，少康幼小，
復能求得時務，調和百姓，使之歸己，何以懷來之也？"馬其昶
説："此言啓既荒于樂舞，將何以懷諸侯？《墨子》云，啓乃淫
泆康樂，萬舞翼翼，天用弗式，是其事也。"王逸認爲後面兩句
是説"紂爲無道，諸侯背畔，天下乖離，當懷憂癯瘦，而反形
體曼澤，獨何以能平脅肥盛乎？"　　一説，"干"，盾牌。"協"，
和，這裏指和平。"時"，是。"懷"，懷柔，歸順。據《尚書‧大
禹謨》記載：舜時有苗氏叛亂，舜伐之，不服，于是收兵修文
德，用萬人執干羽舞于兩階，隔了七十天，有苗就歸順了。"平
協"，脅骨不顯露，胸部豐滿。協，胸部的兩側。一本"平"上

有“受”字。受，即殷紂王。“曼膚”，潤澤的肌膚。毛奇齡
說：“紂事也。舊本平脅上原有受字，言受之平其脅而曼其膚者，
何故也?”四句意思：象徵和平的干羽舞，爲什麼能使有苗懷服
歸順？紂王身體豐滿，皮膚光澤，怎麼養得這樣肥？　　一說：
“曼”是輕、細的意思。四句大意是：王亥初到有易，有易國
君以曼妙歌舞，懷來遠人；出豐盛飲食，接待貴賓；以至王亥
兄弟到後不久，就身體肥澤，脅爲之平，膚理爲之輕細。　　一
說，“協”，和諧。“懷”，戀。“肥”，通“妃”，匹配。這四句是說：
王亥拿着盾牌和諧地起舞，爲什麼有人戀他？有易氏女長得豐
滿漂亮，王亥怎麼搭上她的？

　　③有扈：當作“有易”。　　牧豎：牧奴，牧童，這裏指王
亥。　　逢：遇。這裏指遇上好運氣。　　命：命運。　　從：
出。王逸說：“有扈氏本牧豎之人耳，因何逢遇而得爲諸侯乎?”
又說：“言啓攻有扈之時，親於牀上擊而殺之，其先人失國之原，
何所從出乎?”　　劉夢鵬則曰：“子亥弊于有易，牧夫牛羊，故
直謂之牧豎。逢，謂逢其害，言子亥先爲牧豎，猶是拘辱，云
何又逢禍殃，蓋因上甲致討，而殺以洩忿耳。牀，安身之座。
擊牀，怒而自擊其牀，若斫案推席之類。先出，猶云遽起，皆
疾怒貌。命，微師之命。從，從之討有易。上甲以子故興師〔按
子當作父，此與上該秉條并誤〕，河伯本與有易友善，何以遂
從殷命？亦兵出有名，不得不從耳。按《竹書》、《山海經》，
載夏帝泄之十二歲，殷侯、子亥賓于有易而淫焉。有易之君殺
亥，取仆牛，上甲微徵師河伯，討有易，即其事也”。四句的意
思是：有易氏女和王亥是怎樣相會的？在床上擊殺王亥的命令
是誰發出來的？　　一說，“牧豎”，指有易的牧人。“擊床”，指
有易人砍床殺死王亥。四句應理解爲：有易的牧童，在什麼地方
碰上王亥和綿臣妻子正幹着淫亂的勾當？在床上殺死王亥先跑

了出來，這是出于誰的命令？

　　④恆：王恆，王亥之弟。　　朴：大。　　瞀：經瞀。　　班
禄：君主頒布的爵禄。　　　但：疑當作“得”。四句意思是：王
恆也秉承了父親季的德行，怎麽奪回了那失去的大牛？爲什麽
王恆去鑽瞀爵禄，却不得回來？　　　一説，“朴牛”即服牛，
馴牛。王國維説：“蓋商之先，自冥治河，王亥遷殷，已由商邱
越大河而北，故游牧于有易高爽之地，服牛之利，即發見于此。
有易之人，乃殺王亥，取服牛，所謂胡終弊于有扈，牧夫牛羊
者也。其云有扈牧豎，云何而逢，擊牀先出，其命何從者，似
記王亥被殺之事。其云恆秉季德，焉得夫朴牛者，恆蓋該弟，
與該同秉季德，復得該所失服牛也”。四句意思是：王恆也秉承
了父親季的德性，他怎樣獲得王亥丢失的那些服牛？王恆去向
有易謀求頒賜爵禄并歸還王亥的服牛，結果不得而還。　　王
逸認爲，“恆”，常。“季”，末。“朴”，大。“瞀”，得。“班”，遍。
他説：“湯常能秉持契之末德，脩而弘之，天嘉其志，出田獵，
得大牛之瑞也”。又説：“湯往田獵，不但驅馳往來也，還輒以所
獲得禽獸，徧施禄惠於百姓也”。四句是説：湯常能秉承契的遺
德，得到天帝的嘉許，出獵時獲得大牛。湯出獵不僅馳驅往來，
回來時還常常把獲得的禽獸普遍地分給百姓。

　　⑤昏微：即上甲微，王亥子之。　　遵迹：遵循先人軌迹，
沿着先人道路，也即繼承祖德。“遵”，循，沿。“迹”，道路。但
據卜辭，王亥與上甲微之間，尚有王恆一世，上甲微應是王恆
的兒子，不是王亥的兒子。因此，所謂昏微遵迹，應是遵王恆
之迹，向有易求索牛羊。　　有狄：即有易。“狄”，通“易”。
不寧：指上甲微興問罪之師，有易不得安寧。據《竹書紀年》
説，上甲微繼任殷侯後，借河伯的兵，攻滅有易，殺死其君綿
臣。王國維説：“郭璞注引《竹書》曰，殷王子亥，賓于有易，

而淫焉，有易之君緜臣殺而放之。是故殷主甲微假師于河伯以伐有易，克之，遂殺其君緜臣也。今本《竹書紀年》，帝泄十二年，殷侯子亥賓于有易，有易殺而放之。十六年，殷侯微以河伯之師伐有易，殺其君緜臣。”前面這兩句意思說：上甲微沿着先人的道路，向有易報仇，使有易不得安寧。後面兩句可能是指上甲微晚年淫亂。　　何繁鳥萃棘：是說爲什麼鳥兒們停到有刺的荆棘上去？比喻上甲微做了不該做的淫亂行爲。“繁”，許多。“萃”（音：脆），聚集。“棘”（音：吉），酸棗樹，泛指荆棘有刺的灌木。　　負子：有負于子，對不起兒子。　　肆情，縱欲。　　王逸認爲這幾句是講晋大夫解居父（“父”通“甫”）的事情。據《列女傳·陳辯女傳》說：“晋大夫解居甫使于宋，道過陳，遇採桑之女，止而戲之，曰：‘女爲我歌，我將舍汝。’採桑女乃爲之歌曰：‘墓門有棘，斧以斯之。夫也不良，國人知之。知而不已，誰昔然矣。’大夫又曰：‘爲我歌其二。’女曰：‘墓門有梅，有鴞萃止。夫也不良，歌以訊之。訊予不顧，顚倒思予。’”“昏微”，指光綫昏暗微弱。“狄”，謂淫佚夷狄之行。王逸說：“言人有循暗微之道，爲嬌妷夷狄之行者，不可以安其身也。謂晋大夫解居父也。言解居父聘吴，過陳之墓門，見婦人負其子，欲與之淫泆，肆其情欲。婦人則引《詩》刺之曰，墓門有棘，有鴞萃止，故曰繁鳥萃棘也。言墓門有棘，雖無人，棘上猶有鴞，汝獨不愧也。”那意思就是說：解居夫沿着昏暗的路，幹着淫蕩的事，不得安寧；怎麼在許多鳥栖集的荆棘旁邊調戲背小孩的婦女？　　一說，這是晋文公奔狄時的事情。曹耀湘說：“昏微者，昏暮微行也。遵跡者，循僻徑而行也。佚狄不寧者，奔佚于狄，不遑寧居也。晋獻公殺共太子時，重耳居蒲城。晋人伐蒲，重耳出奔。狄人以季隗姜重耳，生二子伯儵、叔鯈，處狄十二年而行。既返晋國，立爲君，狄人乃歸季隗，而請其子。繁鳥，謂鳳也。萃，集也。
棘非鳳鳥所集，以況狄土非重耳所安也。負子肆情者，謂恣情
于狄女，而倍其所生之子，不以爲子也。晉文霸主，當患難之
時，所行有不合人情者，不以累其賢也。若懷王聽鄭袖之詭辨，
信子蘭之勸行，是小不忍而亂大謀，去晉遠矣。”

　　⑥眩弟：昏亂的弟弟，指舜的弟弟象。一説，“眩”，迷惑，
引申爲欺詐的行爲。　　并：共同。　　淫：邪惡的行爲。一
説，“并淫”即《書·皋陶謨》“朋淫于家”的“朋淫”。　　後
嗣：後代，指象的後代。　　而：乃。　　逢：通“豐”，興盛，
興旺。王逸説：“眩，惑也。厥，其也。言象爲舜弟，眩惑其父
母，并爲淫洗之惡，欲共危害舜也。”又説：“象欲殺舜，變化其
態，内作姦詐，使舜治廩，從下焚之；又命穿井，從上寶之，
終不能害舜。舜爲天子，封象于有鼻而後嗣子孫長爲諸侯也。”
四句意思謂：昏亂的象和他的父母共同策劃邪惡的勾當，謀害
他哥哥舜，爲什麼象這樣變化無常實行欺詐，後代反而興旺久
長？　　一説，“眩弟”，即亥弟，指王恒。眩是“胘”字之誤。
“後嗣”，指上甲微弟弟的後代。這可能是説：王恒和哥哥同幹
淫亂的事，因而危害到他哥哥的生命，爲什麼這樣善于變換手
法從事欺詐的人，他的後代子孫反而會興旺久長？　　一説，
這裏可能是指魯公子慶父、公子牙通于莊公夫人事。蔣驥説：
“按《公羊傳》，魯公子慶父、公子牙，通于哀姜以脅公，與
此絶相類。蓋二子皆莊公母弟，而有後于魯者。逢長，謂逢季
友而立後也。言二子眩惑其嫂，并爲淫亂，既謀弑兄，又殺其
兄之二子，何變詐多端若此，而猶得延其後乎？”又説：“舊解皆
主象言，然并淫二字無當，而與舜服厥弟之問，亦嫌重復。又
《漢書·昌邑王傳》云，舜封象有庳，死不置後，則逢長之説，
亦未必然。”

成湯東巡，有莘爰極；何乞彼小臣，而吉妃是得①？水濱之木，得彼小子；夫何惡之，媵有莘之婦②？湯出重泉，夫何罪尤？不勝心伐帝，夫誰使挑之③？

會黿争盟，何踐吾期？蒼鳥羣飛，孰使萃之④？到擊紂躬，叔旦不嘉；何親揆發足，周之命以咨嗟⑤？授殷天下，其位安施？反成乃亡，其罪伊何⑥？争遣伐器，何以行之？并驅繋翼，何以將之⑦？

①成湯，即商湯。　有莘（音：深），傳説中的東方古國名，也是氏族名。即《呂氏春秋》所謂有侁氏。　極：到。乞：討，索取。　小臣：奴隸，指伊尹。據《墨子·尚賢下》説："伊尹爲莘氏女師仆，使爲庖人。"　吉妃：指有莘氏的女兒。"吉"，善良。《呂氏春秋·本味》説："（伊尹）長而賢。湯聞伊尹，使人請之有侁氏。有侁氏不可。伊尹亦欲歸湯，湯于是請取婦爲婚。有侁氏喜，以伊尹媵女。"王逸説："湯東巡狩，至有莘國，以爲婚姻也。"又説："湯東巡狩，從有莘氏乞匃伊尹，因得吉善之妃，以爲内輔也。"錢澄之説："湯何以東巡至有莘而止，其東巡爲尹也。有莘以女歸湯，而以尹爲媵臣，是本意乞一小臣，而并得吉妃也。"四句是説：商湯到東方巡視，于是到了有莘。爲什麽商湯原想要伊尹，結果却得到一位善良的妃子？馬其昶則説："此言湯之求伊，由吉妃而得也。"亦通。

②水濱之木：指水邊的一棵空心桑樹。·　小子，小孩，指伊尹。　惡，憎惡。一説"惡"是"美惡"之"惡"，這裏用作動詞，是認爲……低劣的意思。　媵（音：映）：古代剝削階級婦女出嫁時，隨嫁的人或物品。這裏用作動詞，是作

爲陪嫁的意思。據《吕氏春秋·本味》説："有侁氏女子採桑，得嬰兒于空桑之中，獻之其君。其君令烰人養之，察其所以然：曰其母居伊水上，孕，夢有神告之曰：'曰出水而東走，無顧。'明日視曰出水，告其鄰，東走十里而顧。其邑盡爲水，身因化爲空桑，故命之曰伊尹。"這四句意思是：在伊水邊的空桑樹中，得到了那個小孩。爲什麽不喜歡他（或爲什麽瞧不起他）？把他當作有莘國君女兒的陪嫁？

③出：釋放。《史記·夏本紀》："（帝桀）迺召湯而囚之夏台，已而釋之。"《繹史·太公金匱》："夏桀無道，皐諫者，湯使人哭之。桀怒湯，以諛臣趙梁計，召而囚之均台，置之種泉，嫌于死。湯乃行賂，桀遂釋之。""夏台"也即鈞台，夏代獄名。　重泉：《繹史》作種泉，疑即夏台内設置的地下水牢。　罪尤：罪過。　不勝心：心中不能忍受。　帝：指夏桀。　挑：挑動。曹耀湘説："挑如挑戰之挑，激之使至也。不勝心，謂湯不能自勝其心也。湯無罪過而桀囚之，是挑其怒而使來伐也。"這四句的意思是：湯從重泉釋放出來，他究竟犯了什麽罪？湯忍無可忍，起兵攻桀，哪裏要什麽人來挑動呢？（末句有人理解爲到底是誰挑動的呢？）　一説，心爲"衆人之心"。王逸説："桀拘湯于重泉，而復出之，夫何用罪法之不審也？"又説："湯不勝衆人之心，而以伐桀，誰使桀先挑之也？"劉夢鵬也説："罪，罪之也。尤，過之也。心，衆心。勝，强而抑止之意。言湯出重泉，未嘗敢有懟桀之意，乃不能强抑衆心，卒有南巢之役，亦誰挑衆怒如是乎？桀自作孽而已。"

④會鼂：在早晨會合。"會"，會合。"鼂"，通"朝"（音：招），早晨。　爭盟：爭着盟誓。　踐：履行。　吾：指周。　期：約定的日期。這是講周武王伐紂的事。相傳周武王起兵伐紂，各路諸侯都在甲子日早晨到殷都附近的牧野會

師，就在當天攻下了殷都。《史記・周本紀》説：“二月甲子昧爽，武王朝至于商郊牧野，乃誓。……誓已，諸侯兵會者車四千乘，陳師牧野。”《吕氏春秋・貴因》也説：“要期甲子之朝而紂爲禽。”兩句意思説：爲什麼在甲子日早晨各地諸侯都來會合，争着盟誓，遵守周武王規定的約定日期呢？　　　王逸則認爲這兩句講的是周武王實踐他告訴膠鬲的期約。他説：“武王將伐紂，紂使膠鬲視武王師，膠鬲問曰：‘欲以何日至殷？’武王曰：以甲子日。’膠鬲還報紂。會天大雨，道難行。武王晝夜行。或諫曰：‘雨甚，軍士苦之，請且休息。’武王曰：‘吾許膠鬲以甲子日至殷，今報紂矣，吾甲子日不到，紂必殺之，吾故不敢休息，欲救賢者之死也。’遂以甲子朝誅紂，不失期也。”蒼鳥：鷹，比喻武王的將士勇猛如鷹。　　　萃（音：脆）：聚集。後面兩句的意思是：將士勇猛象羣鷹一樣飛翔搏擊，是誰使他們聚集在一起的呢？　　　李陳玉則説：“武王師至，蒼鷹羣集，如白魚赤鳥之異，非舊注將帥鷹揚之謂也。”劉夢鵬説：“《史記》武王既渡，有火自上復于下，至于王屋，流爲鳥；今文《泰誓》作流爲鵰。蓋狀鵰而色烏，所謂蒼鳥也。孰使萃之，亦天兆興王之瑞耳。”

　　⑤到擊紂躬：是指周武王攻破殷都後，跑到紂王自焚的地方，用劍擊紂的尸體，用黄鉞斬下紂的頭。《史記・周本紀》：“紂走，反入登于鹿台之上，蒙衣其殊玉，自燔于火而死。武王持大白旗以麾諸侯，……遂入，至紂死所。武王自射之，三發而後下車，以輕劍擊之，以黄鉞斬紂頭，縣大白之旗。”洪興祖説：“到，一作‘列’”。蒋驥訓“列”爲“齊”，謂“列擊，指大會孟津言。”姜亮夫説，“列擊紂躬”，謂“會孟津之諸侯，整列以擊紂”。（《屈原賦校注》）馬其昶説：“到同倒。《史記》，紂師皆倒兵以戰。”劉盼遂説：“到當爲刀之借字。”（《天問校

箋》）　　　于省吾則認爲“到擊紂躬”，“到”字應依洪氏作
“列”。他說：“‘列’當讀作‘厲’，‘厲’與‘列’或‘烈’
古多通用。《周禮・春官・宗伯》注：‘有厲山氏之子曰柱’，
《釋文》：‘厲本或作列’。《詩・思齊》：‘烈假不瑕’，漢唐
公房碑作‘癘（通厲）軆不遲’。《招魂》稱‘厲而不爽些’，
王注訓‘厲’爲‘烈’。這樣例子，典籍習見，無須備引。《
左傳》定十二年：‘與其素厲，寧爲無勇’，杜注訓‘厲’爲
‘猛’。然則，‘厲擊紂躬’，是說武王猛厲以射擊紂躬。《逸
周書・克殷》敘武王‘先入，適王所，乃克射之，三發而後下
車，而擊之以輕呂，斬之以黃鉞，折、縣諸大白’。朱右曾《周
書集訓校釋》：‘此事世多疑之，然《墨子》云，武王折紂而
係之赤環，載之白旗。《荀子》云，紂縣于赤斾。《尸子》云，
武王親斫殷紂之頸。《汲郡古文》云，王親禽紂于南單之台。
正與此同’。由此可見，武王之于紂既射之，又擊之、斬之，
復折其頸，而懸之于大白之旗，恰恰是武王猛厲狠毒的寫照。
依據儒家的說法，武王既係聖君明王，似乎不應該那樣殘酷。
其實，根據近年來地下所發現的商代遺址和墓葬以及文字資料
來看，當時的統治者對戰俘（包括對方的君長）和奴隸的大肆
殘殺，令人慘不忍覩。這種作風，周初還有一定程度的存在。
可見武王對于敵人殷紂的猛厲射殺，顯然是符合于當時的歷史
實際情況的。”　　　躬，身體。　　　叔旦，即周公，武王的弟
弟，名旦。　　　嘉，贊許。兩句意思：武王擊斬紂王的尸體，
周公旦是不贊成的。　　　揆：度量，引申爲謀劃。　　　發足：
啓行，啓程，指周武王發兵伐紂。一說，“發”，指姬發，即周
武王　“足”，完成。　　　命：命令，一說，“命”，天命。周之
命，指周滅殷號令天下　　　咨嗟（音：資杰）：贊美嘆息。
兩句說：爲什麼周公親自爲武王出謀劃策興兵伐紂，又對周滅

殷的功業加以贊美呢？（後一句或解作：在完成了周人所受的天命却又嘆息呢？）一説，這兩句應讀成：“何親揆發，定周之命以咨嗟？”這是問“周公既不喜列擊紂躬，何爲又教武王（發）使定周命乎？”（朱熹《楚辭集注》）李陳玉説：“既到即斬紂，叔旦以爲不善，然親揆定畫策者，即叔旦也。定周之命一以咨嗟行之，伐國而有不忍之色，此聖人之權也。”　　一説，“到”，即“倒”字。嘉，賀。即《儀禮・覲禮》“予一人嘉之”之“嘉”。揆，即“誰”。《史記・武帝本紀》索隱裏説“河東人呼誰與葵同”。揆、誰、葵三字古音同屬脂部。“以”，即“與”。這是説打死了紂之後，周公旦不來賀喜，反而向武王問定周之命的事，兩人對眷嘆氣，這是爲什麼呢？（方孝岳《關于“天問”》）　　一説，“列”，古作“列”，誅。“擊”，猶計。“嘉”，喜。劉夢鵬説：“既誅首惡，公猶未喜，于是親揆百揆、發政施仁，定周之命，申以文告，而後即安也。”

⑥授：給。　　位，王位。　　施：施與。一説“施”是施行的意思。王逸説：“天始授殷家以天下，其王位安所施用乎？善施若湯也。”兩句意思説：天帝把天下授給殷，那王位是根據什麼原則給的？　　“位”，一本作“德”。聞一多説：“劉永濟氏云：位當從一本作德，下文曰‘其罪伊何，’‘其德’與‘其罪’對文以見意。案劉説是也。《管子・立政篇》‘大德不至仁，’《羣書治要》引德作位。《呂氏春秋・諭大篇》引《夏書》‘天子之德’舊校德一作位。此古書德位互譌之驗。王注‘其王位安所施用乎，’王位亦當作王德。吉藩府翻宋本（下稱吉藩本），朱燮元本，黃省曾本，大小雅堂本并作‘其王德位’，則合作德與作位二本而并存之。”那麼這兩句是説：天帝把天下授給殷，是殷施行了什麼德政？　　丁晏則説：“授殷天下，言天授周以殷之天下也。施，移也。（《史記・衛綰傳》

劍人之所施易，注，施讀曰移。）言周之滅殷，固謂天畀而授之矣。然大室之位，果熟移之乎。蓋武王自移之也。然則天命帝謂亦有難諶者矣。反成乃亡者，《淮南》言，紂之士億有餘萬，然皆倒戈而射，旁戟而戰。《史記》言，紂師雖衆，皆無戰之心，心欲武王亟入。紂師皆倒兵以戰，以開武王，武王馳之，紂兵皆崩畔紂。言殷民反而向周以成其事。紂果何罪，而臣民叛之如是耶？屈子之意，蓋同于易暴之悲也。"游國恩説："天既授殷以天下，其天位他人又安得而易之乎？" 伊：助詞，無義。王逸説："言殷王位不成，反覆亡之；其罪惟何乎？罪若紂也。" 反：本作"及"。聞一多説："劉師培云：反當爲及。案劉説是也。王注曰'言殷王位已成，反覆亡之'，是王本作'及成乃亡。'今本作反，因及反形近，又蒙注中'反覆亡之'之文而誤。"那麼兩句是説：等到殷王朝建成了，天帝又使它滅亡，它的罪過是什麼？

⑦遣：派。 伐器：兵器，這裏指軍隊。 行：做。并驅：并駕齊驅。 翼：兩側的軍隊，指周軍的兩翼。 將（音：匠）：動詞，統率，指揮。王逸説："伐器，攻伐之器也。言武王伐紂，變遣干戈之器，爭先在前，獨何以行之乎？" 又説："言武王三軍，人人樂戰，并載驅載馳，赴敵爭先，前歌後舞，晁藻讙呼，奮擊其翼，獨何以將率之也。"周拱辰説："爭遣伐器，言遣調戰伐之器也。并驅擊翼，言進擊其左右翼也。兩言何以，似隱語，言以仁伐不仁，何用許多陰謀權詭，爲後世疑乎？"四句意思説：諸侯爭着派遣軍隊，他們爲什麼這樣做？周軍齊驅并進，兩翼夾擊，武王是怎樣統率指揮的？

　　昭后成游，南土爰底；厥利惟何，逢彼白雉①？
穆王巧梅，夫何爲周流？環理天下，夫何索求②？

妖夫曳衒，何號于市？周幽誰誅，焉得夫褒姒③？

①昭后：周昭王，　　成：實現。一説，"成"疑是"盛"字之譌。"盛游"，謂以兵車從游，規模盛大。林雲銘則説："昭王南征，非巡狩，非補助，僅成其爲遊而已。"曹耀湘説："成遊者，言一出而不返也。"　　南土：南方，指楚國。　　底：到。據《史記·周本紀》張守節正義引《帝王世紀》説："昭王德衰，南征，濟于漢，船人惡之，以膠船進王，王御船至中流，膠液船解，王及祭公俱没于水中而崩。"王逸説："言昭王背成王之制而出遊，南至于楚，楚人沉之，而遂不還也。"兩句意思：昭王實現了他的巡遊，于是來到南方楚國。　　逢：迎。　　雉：野鷄。洪興祖補注引《後漢書》説："交趾之南，有越裳國，周公居攝，越裳重譯而獻曰雉。"據説白雉是罕見的珍禽。據毛奇齡《天問補注》引《竹書紀年》説："昭王之季，荆人卑詞致于王曰：'願獻白雉，昭王信之而南巡，遂遇害。'是昭之南遊，本利而迎之也，而卒以遇害，故曰何所利也。"王逸説："言昭王南遊，何以利于楚乎？以爲越裳氏獻白雉，昭王德不能致，欲親往逢迎之。"兩句意思是：他貪圖什麼利益，難道要去迎取那種白色野鷄麼？　　一説，雉當作兕，聲之誤。聞一多説："《呂氏春秋·至忠篇》'荆莊襄王獵于雲夢，射隨兕，'《説苑立節篇》作科雉，《史記·齊太公世家》'蒼兕蒼兕，'《索隱》曰'一本或作蒼雉，'《管蔡世家》曹惠伯兕，《十二諸侯年表》作雉，并其比。考《殷虛獸骨刻辭》屢紀獲白兕，……周初習俗，多與殷同，殷人以獲白兕爲盛事，周亦宜然。《初學記》六引《紀年》曰'昭王十六年伐楚荆，涉漢，遇大兕。'本篇所問，即指斯役。然則昭王所逢，是兕非雉，又有明征矣。"

②穆王：周穆王，名滿，周昭王的兒子。　　巧梅：巧于

貪求。“梅”，一本作挴（音：每），貪求。　　周流：周游。

　　環理：周行，周游，“理”，通“履”，行。　　索求：尋求。《左傳·昭公七年》：“穆王欲肆其心，周行天下，必將有車轍馬迹焉。”《國語》、《史記》、《竹書紀年》、《穆天子傳》也都記載穆王喜游歷。王逸說：“穆王巧于辭令，貪好攻伐，遠征犬戎，得四白狼、四白鹿。自是後夷狄不至，諸侯不朝。穆王乃更巧詞周流，而往說之，欲以懷來也。”又說：“王者當修道德以來四方，何爲乃周旋天下，而求索之也？”四句意思是：貪心的周穆王爲什麼要到處游歷？他周游天下，追求些什麼？　　一說挴、通“枚”，馬鞭。這裏指鞭策之術。王夫之說：“挴與枚通，馬策也。巧挴，善御也。天子環理天下，莫敢不來享，而何驅馳以求索，貪之敗度如此？”　　一說，挴，即牧，指御者造父善駕車。據《拾遺記》說：“穆王巡行天下，馭八龍之駿：一名絕地，足不踐土；二名翻羽，行越飛禽；三名奔霄，夜行萬里；四名超影，逐日而行；五名踰輝，毛色炳耀；六名超光，一行十影；七名騰霧，乘雲而奔；八名挾翼，身有肉翅。”那麼這四句是說：周穆王精于鞭策之術。他爲什麼要到處游歷？他周行天下，追求些什麼？　　一說，“巧挴”即“考牧”。聞一多說：“案挴挴并當爲挴，字之誤也。巧讀爲考。《書·金縢》‘子仁若考’，《史記·魯世家》作巧，《古鉥》‘巧工司馬’即考工司馬。挴即牧字。《詩·大明》‘牧野洋洋，’鄭注《書序》引作挴。‘考牧’者，《詩·無羊序》曰‘無羊，宣王考牧也。’此考牧義同，惟彼牧謂牛羊，此謂馬耳。考謂考校。周流天下，將以考校八駿之德力，故曰考牧也。”

　　③妖夫：妖人，怪人，指在周都鄗京市上叫桑弓和箕草箭袋的怪人夫婦。　　曳（音：業）：牽引，指夫婦相引。　　“衒”（音：渲）：炫耀，指叫賣東西時，爲了想把東西賣出去而誇

櫂。　　號：號叫，即叫賣。　　　周幽：周幽王，西周末代君
主。　　誅：討伐。　　褒姒（讀如：包寺）：周幽王的王后。
據《國語‧鄭語》、《史記‧周本紀》、《列女傳‧周幽褒姒》
等記載，褒姒，本是王宮裏一個未成年的小宮女"不夫而育"
的棄女，被在鄗京市上販賣山桑弓和箕草箭袋的鄉下夫婦收養
起來。因爲幽王無辜要抓她們夫婦殺掉，逃奔到褒國，做了褒
君的奴隸。後來幽王討伐褒國，褒人才把長大成年的漂亮的棄
女奉獻給幽王用以贖罪。幽王寵愛美貌的褒姒，不理政事，犬
戎入侵，終于滅亡。王逸說："昔周幽王前世有童謠曰，檿弧箕
服，實亡周國。後有夫婦賣是器，以爲妖怪，執而曳戮之于市
也。褒姒，周幽王后也。昔夏后氏之衰也，有二神龍止于夏庭
而言曰，余褒之二君也。夏后布幣糈而告之，龍亡而漦在，櫝
而藏之。夏亡傳殷，殷亡傳周，比三代莫敢發也。至厲王之末，
發而觀之，漦流于庭，化爲元黿，入王後宮。後宮處妾遇之而
孕，無夫而生子，懼而棄之。時被戮夫婦夜亡，道聞後宮處妾
所棄女啼聲，哀而收之。遂奔褒。褒人後有罪，幽王欲誅之，
褒人乃入此女以贖罪，是爲褒姒，立以爲后，惑而愛之，遂爲
犬戎所殺也。"　　王逸把"曳衒號市"解爲"曳戮于市"。毛奇
齡辯駁說："曳，牽，援也。衒，賣也。《廣雅》云，自媒也。
矜衒者必自媒，故亦作賣。或謂與鷗鸖曳衙衙字相近，以爲字
形誤，非也。曳衒者，曳而衒之。曳衒者，曳而賣之，所謂號
市者，正謂呼賣于市耳。王注云，後有夫婦賣是器，以爲妖怪，
執而曳戮之于市。而朱註亦云，以爲妖怪，執而戮之。則雖曰
賣器，而終以曳衒爲牽衒義也。曾有妖夫，曳戮之于市，而賣
是器，爲成文乎？今北人賣物皆號，曰叫賣，號市者，叫賣者
也。何者，何以有此也。"然而，聞一多疑"衒"當爲衙。他
說："王注不釋衒義，但曰'執而曳戮之于市。'然衒無戮義，

是王本不作銜，明甚。上文曰‘鴟龜曳銜’。此文‘曳銜’之
語，正與彼同。今本作曳銜者，銜銜形近，注中又有‘夫婦賣
是器’之語，故銜誤爲銜也。‘曳銜’者，曳綖同，系也，銜，
相銜接也。《漢書·楚元王交傳》‘胥靡之’注曰‘聯繫使相
隨而服役之，故謂之胥靡，猶今之役囚徒，以鎖聯綴耳。’案
《説文》曰‘纗，絆前兩足也’，引《漢令》曰‘蠻夷卒有纗’，
《廣雅·釋詁》二曰‘靡係也’，胥靡即纗靡。聯繫相隨，與
曳銜之義正合。疑此文曳銜即指胥靡之刑。注訓爲‘曳戮’者，
戮繆通，（《國語·吳語》‘戮力同心’，《詛楚文》‘繆力
同心’。）《小爾雅·廣詁》曰‘繆而紾之爲绖’，《廣雅·
釋詁》四曰‘繆，纏也。’是曳戮系纏連之謂，故以‘曳戮’之
訓‘曳銜’。《國語·鄭語》曰‘有夫婦鬻是器者，王使執而戮
之’，又曰‘爲弧服者方戮在路’，戮即曳戮，亦猶曳銜矣。”
四句是說：那對行踪詭秘的夫婦牽挽而行，他們在市上叫賣
什麼？周幽王討伐誰？他怎麼得到了褒姒？一説，周幽誰誅，
是說周幽王被誰誅殺？

　　天命反側，何罰何佑？齊桓九會，卒然身殺[1]。
　　彼王紂之躬，孰使亂惑？何惡輔弼，讒諂是服[2]？
比干何逆，而抑沈之？雷開阿順，而賜封之[3]？何
聖人之一德，卒其異方？梅伯受醢，箕子詳狂[4]？

[1]反側：反覆無常。　　齊桓：齊桓公，春秋五霸之一。
九會：九次召集諸侯會盟。　　卒然：終于。《管子·小稱》
説，管仲有病，桓公去看望他。管仲勸桓公疏遠易牙、豎刁、
堂巫、開方四個奸臣。管仲死，桓公後來却用了這四個奸臣，
終于造成内亂，桓公在病中被圍困于一室，饑不得食，渴不得

飲，“乃援素幭以裹首而絕。死十一日，蟲出于戶，乃知桓公之死也，葬以楊門之扇”。蔣驥也引《管子》說：“管仲卒，桓公用易牙、堂巫、豎刁、開方，期年作亂，圍公一室，饑不得食，渴不得飲，援幭裹首而絕，故曰身殺也。自會鼁爭盟至此，歷問周事，而春秋所最著者，莫如齊桓，故特舉焉。然桓公之死，蓋因不從輔弼之言，內多惑亂，外用讒諂故也。故下文紂之亂惑，因類及之。”又說：“齊桓以憂憤饑渴不得良死，故曰身殺。事出《管子》，非僻書也。而舊注皆云死不得飲，如被殺然，何耶？”四句的意思是：天命反復無常，它究竟懲罰什麼保佑什麼。齊桓公曾經九次召集諸侯會盟，然而最後卻被人害死。

②王紂：紂王。　　　亂惑：昏亂迷惑。指政治上的倒行逆施。　　惡（音：務）：憎惡，厭惡。　　輔弼；輔佐幫助。這裏用作名詞，指輔佐之臣，忠直之臣。　　讒：說別人的壞話。這裏指會說別人壞話、播弄是非的人。　　諂：奉承，巴結。這裏指善于奉承拍馬的人。　　服：用。戴震說：“習用曰服。”四句意思是：紂王這個人，誰使他昏亂迷惑？他爲什麼厭惡輔佐他的忠直之臣，而專用那些播弄是非、挑撥離間和善于奉承拍馬的人？王逸說：“紂憎輔弼，不用忠直之言，而事用諂讒之人也。”周拱辰說：“內惑于妲己，所云女戎也。外惑于飛廉惡來諸人，猶之男戎也。彼王紂之躬哉，所稱資辨給捷，見聞甚敏，材力過人，以天下爲咸出己下者也，具曰予聖，誰知烏之雌雄，此語若爲商辛寫照。”

③比干：紂的叔父，殷的忠臣，因諫紂觸怒而被挖心。
逆：抵觸，違背，這裏指拂逆紂的心意。　　抑沈：壓制淹没。洪興祖說：“抑沈，猶《九章》云情沈抑而不達也。”“沈”，同“沉”。　　雷開：紂王的奸臣。　　阿（音：婀）：迎合。　　順：順從。　　賜封：賜以金玉和封爵。王逸說：“比干，聖人，紂

諸父也。諫紂，紂怒，乃殺之剖其心也。雷開，佞臣也，阿順於紂、乃賜之金玉而封之也。"四句意思是：比干觸犯了什麼罪，而要壓制他，淹沒他？爲什麼雷開順從紂王就受到賞賜和封爵？阿，一本作"何"。聞一多説："案阿當從一本作何。上文曰'比干何逆，而抑沈之。'，'何順'與'何逆'對文以見意。朱本作何順，《柳集》同。"這句就是説：雷開順從了什麼？

④聖人：指紂王的賢臣，即下文的梅伯、箕子等。德：一致的美德，相同的品德。　　異方：不同的方法和途徑。梅伯：紂王的諸侯，爲人忠直，因屢次直諫，被紂王殺掉。受醢（音：海）：被剁成肉醬。醢，古代的一種酷刑，把人殺死後剁成肉醬。　　箕子：紂王的叔父，封國于箕，故稱箕子。詳：通"佯"（音：羊），假裝。　　狂：瘋狂。傳説紂暴虐，箕子諫不聽，乃披髮佯狂爲奴。四句的意思是説：爲什麼聖人具有相同的美德，而最終却走上不同的途徑：梅伯直諫被剁成肉醬，而箕子却裝瘋逃走？　　"何聖人之一德，卒其異方"，王逸以聖人爲文王，他説："文王仁聖，能純一其德，則天下異方，終皆歸之也。"這兩句是説爲什麼文王德行純一，終于使各地諸侯歸順了他？　　劉夢鵬則説："聖人即梅伯箕子。一，猶同也。梅伯以死諫，甘受葅醢；箕子以奴諫，佯狂受辱。其忠愛之忱，雖無不同，而用諫之道，則未嘗一轍也。"游國恩也駁斥説："《章句》以聖人爲文王，此大誤也。蓋聖人即謂梅伯與箕子，而異方即謂受醢與佯狂。其旨甚明，無煩詳説。"又説："卒其異方，疑當作卒異其方，傳寫誤倒耳。"聞一多説："游國恩氏云：'卒其異方'當作'卒異其方'，'其'斥梅伯箕子，言梅伯箕子各異其方也。案游説是也。《淮南子·泰族篇》曰'箕子比干，異趣而皆賢'，義可與此互參。王注曰'言文王仁聖，能純一其德，則天下異方終皆歸之也，'是王本'異其'

二字已倒。"

稷維元子，帝何竺之？投之冰上，鳥何燠之①？
何馮弓挾矢，殊能將之？既驚帝切激，何逢長之②？

①稷：后稷，名棄，是帝嚳的長子。　　　維：是。　　　元
子：嫡妻所生的長子。　　　帝：指帝嚳。　　　竺（音：竹）：通
"毒"，憎惡。　　　燠（音：郁）：温暖，這裏作動詞用。據《史
記·周本記》説："周后稷，名棄。其母有邰氏女，曰姜原。姜
原爲帝嚳元妃。姜原出野，見巨人跡，心忻然説，欲踐之，踐
之而身動如孕者。居期而生子，以爲不祥，棄之隘巷，馬牛過
者皆辟不踐；徙置之林中，適會山林多人，遷之；而棄渠中冰
上，飛鳥以其翼覆薦之。姜原以爲神，遂收養長之。初欲棄之，
因名曰棄。"朱熹説："稷，帝嚳之子棄也。帝，即嚳也。《詩》
曰，先生如達，是首生之子也，故曰元子。既是元子，則帝當
愛之矣，何爲而竺之耶？棄之冰上，則人惡之矣，鳥何爲而燠
之耶？"蔣驥説："按古竺篤毒三字通用。西域天竺亦曰天毒。
《書》天毒降災，《史記》作天篤下災。此文竺、篤宜皆從毒
解。言稷爲元子，帝當愛之，何爲而毒苦之耶？"王邦采也説：
"《集注》云爾較之舊説爲長。舊説以帝爲天帝，竺爲篤厚，
與問意殊不合。案《漢書》，身毒，西域國名，一名損毒，又
名天篤。師古曰，今之天竺，蓋身毒聲轉爲天篤，篤省文作竺，
又轉爲竺音。據此，得無竺爲毒之聲轉而譌乎？"四句意思是：
后稷是帝嚳的長子，帝嚳爲什麼憎惡他？把他扔在冰上，鳥兒
爲什麼來温暖他？　　　一説，"竺"，通"篤"，厚，看重。"帝
何竺之"，是説帝嚳爲什麼對他那樣看重呢？王逸則説："元，大
也。帝，謂天帝也。竺，厚也。言後稷之母姜嫄，出見大人之

迹，怪而履之，遂有娠而生后稷。后稷生而仁賢，天帝獨何以厚之乎！"對于王逸的説法，上引朱熹、蔣驥、王邦采等説已論之甚詳。

②馮：通"凭"，大。　挾：恃。　將（音：匠）：統率。據《論衡·初稟》説："棄事堯爲司馬，居稷官，故爲后稷。"這説明后稷曾執掌軍權。王逸説："后稷長大，持大强弓，挾箭矢，桀然有殊異，將相之才。"前面兩句説：爲什麽后稷仗弓持箭，具有統率軍隊的特殊才能？　一説，這兩句是説周武王武藝高超，善于帶兵。洪興祖説："此與下文相屬，馮如馮珧之馮。武王多才多藝，言馮弓挾矢，而將之以殊能者，武王也。"　帝：指紂。　切激：激烈。　逢：遇，引申爲獲得。王逸説："帝，謂紂也。言武王能奉承后稷之業，致天罰，加誅于紂，切激而數其過，何逢後世繼嗣之長也。"洪興祖説："此言武王伐紂，震驚而切責之，不顧君臣之義。惟紂無道，故武王能逢天命以永其祚也。"後面兩句説：周武王激烈地痛斥紂王，以臣殺君，爲什麽反而能够獲得長治久安？　一説，帝，指帝嚳。激，深切激烈。"逢長"，興盛而久長。逢，通"豐"。這是説：后稷的出生既然使帝嚳受驚這樣深，爲什麽帝嚳還讓后稷興盛久長呢？汪仲弘説："帝謂嚳也。言稷無父而生，既已驚嚳；激切，甚怒也，謂棄之冰上也；何所逢迎而後世胤嗣綿遠而長永乎？舊注帝謂武王，非是。"　一説，這裏指的是文王的事情。毛奇齡説："馮弓挾矢，文王事也。《史記》，文王脱羑里之囚，紂賜之弓矢鈇鉞，使得專征伐是也。驚，震也。文王三分有二，勢已寢逼，其震驚紂切激實甚。"

　　伯昌號衰，秉鞭作牧；何令徹彼岐社，命有殷國①？遷藏就岐，何能依？殷有惑婦，何所譏②？

受賜茲醢，西伯上告；何親就上帝罰，殷之命以不救③？師望在肆，昌何識？鼓刀揚聲，后何喜④？武發殺殷，何所悒？載尸集戰，何所急⑤？

①伯昌：即周文王，姬姓，名昌，商殷時封爲雍州伯，亦稱西伯。　號：用作動詞，發號施令。陳本禮以“號”爲呼號，馬其昶以“號”爲號稱，非是。　衰：衰敗，這裏指殷王朝衰敗的時候。徐文靖以“衰”指季歷死，不當。　秉鞭：執政。“秉”，執，掌。“鞭”，鞭子，比喻權柄。　牧：古代治民之官，這裏指諸侯之長。　徹：毀壞。　岐社：建于岐地的社廟。“岐”（音：其），古地名，在今陝西省岐山縣東北，周曾在這裏建國。“社”，祭祀土地神的廟。古代立國必立社，作爲政權的象徵。周原爲西方諸侯，社廟設在岐山。周強大後，遷都于豐（今陝西省長安縣西北），于是就毀棄“岐社”，另建“豐社”。王逸説：“言紂號令既衰，文王執鞭持政，爲雍州之牧也。”又説：“言武王既誅紂，令壞邠岐之社，言己受天命而有殷國，因徙以爲天下之太社也。”朱熹説：“號衰，號令于殷世衰微之際也。秉鞭，策牧者之事也。言服事殷而爲之執鞭，以作六州之牧也。”四句意思是：西伯姬昌當殷王朝衰敗的時候發號施令，執掌威權，成爲諸侯的領袖。爲什麽天命讓周毀了“岐社”，代替殷來統治全國？

②藏：錢幣，財物。王夫之説：“藏，帑也。”蔣驥也説：“藏，府藏也。”　就：到。　依：依附，指百姓依附于太王，跟他一起遷往岐山之下。《史記·周本紀》説：“古公亶父復脩后稷、公劉之業，積德行義，國人皆戴之。薰育戎狄攻之，欲得財物，予之。已復攻，欲得地與民。民皆怒，欲戰。古公曰：‘有民立君，將以利之。今戎狄所爲攻戰，以吾地與民。

民之在我，與其在彼，何異。民欲以我故戰，殺人父子而君之，予不忍爲。’乃與私屬遂去豳，度漆、沮，踰梁山，止于岐下。豳人舉國扶老攜弱，盡復歸古公于岐下。及他旁國聞古公仁，亦多歸之。”王逸説：“言太王始與百姓徙其寶藏，來就岐下，何能使其民依倚而隨之也？”王夫之認爲“依”是“憑依立國”的意思。他説：“太王舍邠之蓄聚而遷岐，何所憑依以立國？依于民也。”很對。　　惑婦：迷惑人的女人，指紂王寵妃妲（音：達）己。據《史記·殷本紀》説：“帝紂……好酒淫樂，嬖于婦人。愛妲己，妲己之言是從。”　　譏：諫勸、勸戒。王逸説：“言妲己惑誤于紂，不可復譏諫也。”徐焕龍説：“惟婦言是聽，有此惑婦，忠良何所施其譏諫？譏者又何不智？”四句意思是：人們搬了財物來到岐山之下，人們爲什麼都來依附太公？殷紂王有個迷惑人的女人在身邊，還有什麼可諫勸的？

③受，紂王的字。　　醢，肉醬，這裏指紂王時諸侯梅伯的肉醬。梅伯因屢次直諫，被紂王殺死後剁成肉醬，分賜諸侯。《呂氏春秋·行論》説：“昔者紂爲無道，殺梅伯而醢之，殺鬼侯而脯之，以禮諸侯于廟。”　　上告，向上天控告。　　親，指紂王本身。　　殷：殷朝。　　命：命運。四句意思是：紂王賜下這種肉醬，西伯就向上天控告。爲什麼紂王本身受到上帝的懲罰，殷王朝的命運因而不可挽救？王逸説：“兹，此也。西伯，文王也。言紂醢梅伯，以賜諸侯，文王受之，以祭告語于上天也。上帝，謂天也。言天帝親致紂之罪罰，故殷之命不可復救也。”但是，王夫之説：“賜醢，以九侯之醢賜諸侯。上告，武王告紂罪于天。稱西伯者，武王初亦爲侯伯。親就，躬受也。聽讒誅忠，天所不赦，故武王請于天，受天之命，以訖殷祚，而莫可救。”亦可通。

④師望：呂望，即姜太公。“師”，古代官名。呂望被文王、

武王立爲“師”，故稱師望。　　　肆：作坊，店鋪。　　　昌：指周文王。周文王，姬姓，名昌。　　　識：知，了解。　　　鼓刀：動刀作聲，謂宰殺牲畜。　　　揚聲：揚屠刀之聲。王夫之說：“揚聲，古者屠刀柄首有鈴。”王闓運則說：“揚聲，謂以屠名也。”　　　后：君，本周文王。王逸說：“言太公在市肆而屠，文王何以識知之乎？”又說：“呂望鼓刀在列肆，文王親往問之，呂望對曰：‘下屠屠牛，上屠屠國。’文王喜，載與俱歸也。”四句意思是：呂望在店鋪裏當屠夫，周文王何以了解他的才能？呂望操刀發出響聲，周文王爲什麼就喜歡他？

　　⑤武發：周武王，名發。　　　殷：指殷紂王。　　　悒（音：義）：不快，憤恨。　　　尸：木主，靈牌。人死後，用木牌做成神主，上面寫死者姓名。　　　集戰：會戰。據《史記·周本紀》說：“九年，武王上祭于畢。東觀兵，至于盟津。爲文王木主，載以車，中軍。武王自稱太子發，言奉文王以伐，不敢自專。……是時，諸侯不期而會盟津者八百諸侯。……紂走，反入登于鹿台之上，蒙衣其殊玉，自燔于火而死。……遂入，至紂死所。武王自射之，三發而後下車，以輕劍擊之，以黃鉞斬紂頭，懸大白之旗。”王逸說：“言武王發欲誅殷紂，何所悒悒而不能久忍也。尸，主也。集，會也。言武王伐紂，載文王木主，稱太子發，急欲奉行天誅，爲民除害也。”王夫之說：“悒，恨也。載尸，所謂父死不葬也。惑嬖妾，棄賢任讒，人所公憤，故武王急於變伐。”四句意思是：武王斬下紂頭，究竟恨的是什麼？（或者說：“武王滅殷之前，憂郁的到底是什麼？”）載着父親的靈牌去會戰，爲什麼這樣急？

　　　　伯林雉經，維其何故？何感天抑地，夫誰畏懼①？

①伯林：長君，指晉獻公太子申生。一說，"伯林"疑作柏林。游國恩說："《書‧西柏戡黎‧釋文》，伯亦作栢。伯益，《史記‧秦本紀》又作栢翳。則伯與栢古通用字。"　雉經：縊死。歷來有幾種解釋，一是"人自經則項青紫，相間如雉色，故曰雉經"。（徐煥龍《屈辭洗髓》）一是"屈頸閉氣曰雉經，如雉之爲也"。一是"雉，引也，引頸交經而死"。（王闓運《楚辭釋》）一是"雉，牛鼻繩也"、"雉經，謂以牛繩自縊而死也"。（游國恩《天問纂義》）據《左傳‧僖公四年》載，晉獻公寵愛驪姬。驪姬想立自己生的兒子奚齊爲太子，就誣告申生要謀害獻公。獻公聽信驪姬的讒言，逼迫申生自縊而死。四句意思是：申生上吊自殺，是什麼原因？爲什麼他死了能感動天地？他到底怕的是誰呢？　一說，這四句是指管叔的事。徐文靖說："《周書‧作雒解》，降辟三叔，管叔經而卒。《前漢志》，中牟縣有管城，管叔邑。《後漢志》，中牟縣有林鄉。是叔之用經，在管城之伯林矣。阮籍《莊論》曰，竊其雉經者，亡家之子也。此正用管叔雉經之事，而注者反以此句爲誤，蓋人但知有申生雉經，而管叔雉經罕有知者。"　一說，這四句還是講紂王的事。劉夢鵬說："伯，長：林，君，謂紂也。雉經，自縊也。據此，則紂乃縊死。或曰二女縊，紂自燔，非也。或曰武王禽紂而殺之，亦非也。抑，語辭，原言紂之敗亡，乃其自取；周之深仁，格于上下，坦然行義，有何所悒而畏懼乎？此四句舊以爲問晉太子申生事者，非是。"郭沫若說："《史記‧周本紀》'紂走反入，登于鹿台之上，蒙衣，其珠玉自燔于火，而死。……嬖妾二人皆經自殺。'細讀此文，紂王係自焚其珠玉，蒙衣而死。後人誤讀，故有'紂赴火死'之說。紂之死，當亦如二女之自經，故'武王親咋（剄）紂頭，手污於血'（見尸子）。如係焚死，便無從再見血。鹿台所在必爲林園，疑'伯

林，本作‘柏林’，園中多松柏也。”他認爲這四句的意思是説：“紂王和他的妃嬪爲何要吊死？以衣蒙面，怕見天地？”

　　皇天集命，惟何戒之①？受禮天下，又使至代之②。

　　①集命：指皇天降賜天命，使某姓統治天下。“集”，降。王逸説：“言皇天集禄命而與王者，王者何不常畏慎而戒懼也。”前兩句説：天帝賜給某姓天下，其王應該怎樣有所戒懼而保持勿失？　　　一説，“集”，成，完成，實現。“戒”，告誡。“之”，指受命爲王的人。錢澄之説：“天命既集，宜常有之矣。而戒以命不于常，當受禮天下之時，而代之者已至矣。言興廢之速也。”王夫之也説：“受禮，受天之賜也。至，後來者也。括言三代之興，天命之，而申以大戒；乃後嗣不道，代者又興。天命靡常也。”這兩句是説：上天實現天命的時候，怎樣告誡那些受命爲王的人的？
　　②後兩句有多種説法。一説，謂天帝既然讓某姓爲王而受天下禮敬，爲什麼又使異姓來來取代他呢？王逸説：“言王者既已修行禮義，受天命而有天下矣，又何爲至使異姓代之乎？”　　　一説，“禮”，通“理”。林兆珂説：“禮當作理，治也。”這兩句的意思是：上天既然讓某個君王接受天命治理天下，爲什麼又派別人來取代他？　　　一説，“受”，讀爲“援”。“至”，讀爲“摯”（音：志）；摯，伊尹名。馬其昶説：“此言伊尹放太甲事也。用集大命，語見今《太甲篇》。《書》伊尹奉嗣王，祇見厥祖，侯甸羣后咸在，故曰受禮天下。《史記》，太甲既立，不遵湯德，伊尹放之于桐宫。三年，伊尹攝行政，當國。故曰，又使至代之。蓋以悔過遷善，冀之頃襄也。”此謂上天既然授湯以天

下，又叫伊尹來取代他。　　　一説，“受”，指的是殷紂王。殷
紂王字受德，故又稱“受”。“至”，是“周”字的假借。在古
代，“周”、“至”通用。“又使至代之”，即“又使周代之”的
意思。這兩句是指殷被周所推翻的歷史事實。屈原問道：既然
殷紂的統治是上天賦予的，爲什麼又讓周家代替了呢？

初湯臣摯，後茲承輔；何卒官湯，尊食宗緒？①

①湯，商湯。　　　臣：用作動詞，以……爲臣。　　　摯：
伊尹名。　　　茲：此，指伊尹。　　　承輔：指做輔佐大臣。
卒：終于。　　　官湯：官于湯，在商湯處做官。這裏是指做了
湯的相。　　　尊食：即廟食，謂死後受人奉祀，在廟中享受祭
饗。　　　宗緒：宗族，這裏指祖宗。王逸説：“言湯初舉伊尹，
以爲凡臣耳；後知其賢，乃以備輔翼承疑，用其謀也”。又説：
“言伊尹佐湯命，終爲天子，尊其先祖，以王者禮樂祭祀，緒
業流于子孫”。四句意思是：起初湯只把伊尹作爲一般臣僚，後
來升爲輔佐大臣；爲什麼最後作了湯的相，死後和商族祖先在
一起享受祭祀？　　　一説，承輔，是指商湯讓伊尹到夏桀那裏
去做官。傳説伊尹曾經五次在湯做官，五次在桀做官。林雲銘
説：“茲字，指受禮天下者言，蓋謂桀也。湯先臣伊尹，後進于
桀，以爲凝承輔弼；有佐湯興商，以天子禮上祀祖宗，下及子
孫，必有其故。”蔣驥説：“《史記》，伊尹去湯適夏，既醜有
夏，復歸于亳。承，進也。承輔，言進爲商輔也。官湯，復爲
湯臣也。尊食宗緒，言尹配享于商朝，如《周書》所謂以功作
元祀也。《世紀》沃丁八年，伊尹卒，葬以天子之禮，祀以太
牢。《呂氏春秋》湯祖伊尹，世世饗商。言伊尹已爲夏臣，何
卒事湯而佐命乎？”王邦采説：“湯初先臣伊尹，後知其賢，進于

桀，以爲凝承輔弼。何尹卒臣于湯，位湯于天子，上祖宗，下後緒，無不共食尊榮之福？"這四句是説：起初商湯以伊尹爲臣，後來伊尹又做了夏桀的輔佐大臣。爲什麼最後伊尹還是在湯這裏做官，商王朝尊敬地讓他和商族祖先一起享受祭祀？　　　一説，官，是"克"字之誤。據古本《竹書紀年》説，伊尹曾把太甲拘囚在桐宮，自立爲帝。後來太甲逃出了桐宮，殺了伊尹。"何卒官湯，尊食宗緒"，是説爲什麼伊尹因爲放逐太甲而被殺，死後還能配食湯廟？

勛闔夢生，少離散亡；何壯武厲，能流厥嚴？①

①勛：功勛。　　闔（音:合）：闔盧，春秋時吳國國君。夢：壽夢，吳國國君，闔盧的祖父。　　生：通"姓"，子孫。離：通"罹"，遭。　　散亡：散離亡失。　　壯：壯大。　　武：雄武，猛厲。　　流：傳播，傳布。　　嚴：應作"莊"，漢時避明帝諱改。馬其昶説："《周書·謚法》屢稱殺伐曰莊。闔盧曾破楚，幾滅其國，武功足稱。太甲不可幾矣，豈吳光亦不可幾邪？"聞一多也説："《周書·謚法篇》曰'勝敵志强曰勇'，《獨斷》下曰'好勇致力曰莊'，是其義"據《史記·吳太伯世家》記載，吳王壽夢有四個兒子：諸樊、餘祭、餘昧、季札。壽夢死後，諸樊、餘祭、餘昧相繼爲王。餘昧死，季札不願爲王而逃，于是餘昧傳位給自己的兒子王僚。闔盧是諸樊的長子，認爲按次序應該傳位給他，就派勇士專諸刺殺吳王僚，自立爲吳王。闔盧任伍子胥、孫武等人爲將，打敗了楚國，一度佔領了楚國的京城郢。錢澄之説："勛闔者，大其開吳之功也。少與壯對。離，罹也。少罹散亡，而壯能武厲，至今仰其威名，故曰能流厥嚴。"四句意思是：功勛赫赫的闔盧是壽夢的子孫，少

時遭遇流離逃亡。爲什麼長大後雄武猛厲，能够威震遠方？

彭鏗斟雉，帝何饗；受壽永多，夫何久長？ ①

①彭鏗（音：坑）：即彭祖，傳説他活到八百多歲。據《神仙傳》説："彭祖者，姓籛，諱鏗，帝顓瑣之玄孫也。殷末已七百六十七歲，而不衰老。（王）令采女乘輜軿間道於彭祖，彭祖曰：'吾遺腹而生，三歲而失母，遇犬戎之亂，流離西域，百有餘年。加以少枯，喪四十九妻，失五十四子，數遭憂患，和氣折傷，榮衛焦枯，恐不度世。所聞淺薄，不足宣傳。'乃去，不知所之。其後七十餘年，聞人於流沙之國西見之。" 斟（音：真）：用勺子舀取。 雉：野鷄，這裏指雉羹，即野鷄湯。相傳彭祖善于烹調，曾向帝堯進獻雉羹。 一説，"斟雉"是道引之術。黄文焕説："斟雉，以莊子鳥申之説，鬼谷五禽之法繹之，則斟雉當爲養生之術，謂斟酌于此也。"丁晏説："案《莊子·外篇·刻意》云，吹呴呼吸，吐故納新，熊經鳥申，爲壽而已矣。此道引之士，養形之人，彭祖彭考者之所爲也。《釋文》，鳥申，郭音信。司馬云，若人之頋呻也。又劉向《列仙傳》，彭祖歷夏至殷末，八百餘歲，常食桂枝，善導引行氣。《漢書·王褒傳》，偃仰詘信若彭祖，呴噓呼吸若喬松。師古曰，信讀曰呻。呴噓，皆張口出氣也。斟，取也。《周語注》，雉善鷕，取其頋呻，即所謂鳥申也。饗與享用，言上帝何所使之易享大年也。《後漢書·方術·冷壽光傳》常屈頸鵠息。章懷注引毛長注曰，鵠，雉也。則知斟雉爲道引之術也"。毛奇齡以爲"介雉"。他説："《路史》，彭祖以斟雉養性事放勳，壽七百六十七。詳其説，似謂以雉彌性，如熊經鳥申事，故多壽。斟雉，介雉也"。他又懷疑是"斟國之雉"。他説："古介

氏即斟氏，《春秋》稱介斟是也。以雉性耿介，故稱介雉，或
曰斟雉，斟國之雉，斟與彭同姓，故越裳氏地多雉。”　　林雲
銘則説：“雉有文彩，故用以祭。斟雉，謂酌酒而薦以雉也。”
陳本禮以爲是“彝器”。他説：“雉，彝器。《周禮》，春祠夏禴，
裸用鷄彝鳥彝。”　　帝，指帝堯。　　饗，享用。這裏是説彭
祖進獻他所烹調的野鷄湯于天帝。王逸説：“彭鏗，彭祖也，好
和滋味，善斟雉羹，能事帝堯，堯美而饗食之。”又説：“言彭祖
進雉羹于堯，堯饗食之以壽考。彭祖至八百歲，猶自悔不壽，
恨枕高而睡遠也。”四句意思是：彭祖獻上野鷄湯，帝堯爲什麽
樂于享用？彭祖壽命很長，爲什麽能這樣長壽？　　聞一多説，
衍“久”字，“長”爲“悵”的缺損。後面兩句意思是：既然
賜給他這麽長的壽命，爲什麽他還悵恨不已？

中央共牧，后何怒？ 蜂蛾微命，力何固①？

①這四句比較難解。王逸説：牧，草名。中央之洲有兩頭
蛇爭食牧草的果實，自相啄齧，比喻夷狄相爭，因此問：君王
爲什麽對此發怒呢？“蛾”，通“蟻”。後面兩句，王逸認爲是“言
蜂蛾有螫毒之蟲，受天命，負力堅固。屈原以比喻蠻夷自相毒螫，
固其常也。獨當憂秦吳耳。”　　郭沫若則把後面兩句譯作：“蜜
蜂和螞蟻儘管微渺，而力量何以那麽頑强？”　　一説，中央，
指中原。共牧，共同統治。“怒”，惱怒。指諸侯怒而進行戰爭。
兩句是講：中央是諸侯的共主，爲什麽國君激怒他們相爭？夏
大霖説：“此言興兵搆怨非永命之道，何智出蠻蟻之下也。蠻蟻
皆各有王，巢居穴處，如各爲國，不輕相殘害。蠻鬥則兩結同
死，蟻鬥則窮追務滅，故不輕鬥。中央共牧，言諸侯分各國，
原初皆爲中華共主共牧天子之民。爲一國之后者，何得用私心

相怒，而兵連禍結乎？即各國自私矣，亦當知蠡蟻自惜微命，其自保之力何等堅固，不輕鬥爭乎。今不務自固於內，而輕逞怒於外，蠡蟻之智不若，可不戒哉。"（《屈騷心印》）　　一說，是講列國居地的中央，都在統治人民，君主們爲什麼怒而相爭？林雲銘說："中土列國，共治其民，爲君者何故相怒而爭？蠡蛾命甚微，猶有自固其窠與穴之力，物不能侵。"又說："此痛楚與秦屢戰而多失地。"　　李陳玉則說："同在此世界中央，同爲民牧，而上帝于其中獨有所怒，遂至滅絕覆亡，不以爲念。試觀蠡蟻微命，上帝且憐之，其力甚固，無有如人類之受禍者，何也？"　　馬其昶則別有一說，他認爲這兩句是指西周厲王、宣王之間的"共和"執政。"中央共牧"，就是一些諸侯共同治理周王朝。"后何怒"，是說厲王降災爲祟。后，指周厲王。怒，指周厲王死後作祟。他還說："痛懷王客死于秦，亦猶厲王之死于彘也。復仇洩憤，蜂蛾之微，猶且有然，懷王客死，頃襄獨不念其父乎？"

　　　　驚女採薇，鹿何祐①？北至回水，萃何喜②？

　　①薇（音：微）：一種野菜。祐：保祐。回水：河水彎曲的地方。萃（音：脆）：止，停留。王逸說：古代有個女子去採薇菜，突然受驚逃走，往北走到水彎旁，停留在那兒，獲得一只鹿，她的家從此就興旺起來，這是天對她的保祐。四句意思是：采薇的女子受了驚，鹿爲什麼加以保祐？她往北走到水彎旁，停留在那兒得到了什麼喜事？　　周拱辰、毛奇齡等都說，這是指伯夷、叔齊的故事。聞一多也說："《文選·辯命論》注引《古史考》曰：'伯夷、叔齊……隱于首陽山，采薇而食之，野有婦人語之曰：子義不食周粟，此亦周之草木也。'即此所謂'女

警採薇’也。……《璵玉集·感應篇》引《列士傳》曰：‘伯夷
兄弟遂絕食七日，天遣白鹿乳之’即此所謂‘鹿何祐’也。‘女
警’與‘鹿祐’對文見義。”“警女”，聞一多校作“女警”。

②北至回水：有人說即《莊子·讓王》：“（伯夷、叔齊）二
子北至首于陽之山”，馬融所說“首陽山在河東蒲坂，華山之北，
河曲之中。”　　萃何喜：據《史記·伯夷列傳》引傳曰：“及父
卒，叔齊讓伯夷。伯夷曰：‘父命也。’遂逃去。叔齊亦不肯立
而逃之。”可見伯夷、叔齊是先後出逃的。伯夷到豐鎬，正是武
王載文王柱伐紂。他扣馬勸諫受挫，就循歸路到了河曲，碰見
叔齊，其喜可知。但是他倆不食周粟，採薇被警，麋鹿同居，
終至餓死，這又有什麼喜可言呢？所以說“萃何喜”。　　一說，
這兩句是說：伯夷、齊叔往北來到河曲之中的首陽山，他們爲
什麼樂于留在山裏？　　此外，蔣驥則認爲後面這兩句是講齊
桓，他說：“問桓公北渡回疾之水，何以遇神而見喜乎？”

兄有噬犬，弟何欲？易之以百兩，卒無祿①？

①兄：指秦景公，春秋時秦國國君。　　噬犬：猛狗，咬
人的狗。　　弟：指秦景公之弟鍼（音：鉗）。　　易：換。
兩：通“輛”。　　無祿：失去祿位。王逸說：“言秦伯有鷙犬，
弟鍼欲請之。”“秦伯不肯與弟鍼犬，鍼以百兩金（當作“百輛
車”）易之，又不聽，因逐鍼而奪其爵祿也。”四句意思：秦景
公有猛犬，他的弟弟鍼爲什麼想要？爲什麼用百輛車去交換還
不肯，最後連爵祿也丟了？　　一說，這是趙簡子夢上帝賜翟
犬事。劉夢鵬說：“噬犬，謂翟犬也。趙簡子夢帝與一翟犬曰，
及而子之長以賜之。後遇當道者曰，翟犬，代之先也。主君之
子且必有代。簡子卒，襄子立，饗代王而殺之，果有其地。所

謂有噬犬，如所夢也。襄子卒，代成君子起立，是爲獻侯。襄
子弟桓子，逐獻侯自立于代，是兄有而弟貪之矣。百兩，車數。
諸侯嫁女，迓送皆百兩。先時趙欲取代，以襄子姊女于代，使
不疑。百兩于歸，殆將以易代地耳。然桓獻篡弑，卒不能享，
是無祿也。”　　　一說，這是問管蔡的事情。曹耀湘說：“以意推
之，蓋周公與管蔡之事也。管叔，兄也；周公，弟也。噬犬者，
謂其流言于國，以讒害周公也。《九章》云，邑犬羣吠兮，吠
所怪也。《九辯》云，猛犬狺狺而迎吠兮。古人以讒言比之于
犬吠，蓋深惡之之詞。《左傳》云，國狗之瘈，無不噬也。管
叔流言，等于噬犬也。弟何欲者，周公未嘗欲干王位也。易，
當爲錫。百兩，謂車馬也。《詩》云，百兩御之。周公使管叔
監殷，先錫之以車乘也。卒無祿者，管蔡終獲罪戾也。”劉說似
較有據。

　　薄暮雷電，歸何憂？厥嚴不奉，帝何求①？伏
匿穴處，爰何云②？荊勛作師，夫何長？悟過改更，
我又何言③？

　　①薄暮：傍晚，黃昏。　　　嚴：威嚴。　　　奉：保持。
帝：指天帝，上天。“帝何求”，即“何求于帝”。這四句的意思
是：黃昏的時候雷聲隆隆電光閃閃，回去又有什麼憂愁的呢？
楚王的威嚴已不能保持，我對天帝又有什麼可求的呢？王逸說，
這是屈原在壁上寫完《天問》，傍晚將要回去時遇上大雷雨，
觸景生情而寫的寬慰自己的話。　　　　這幾句還有種種解釋。如
洪興祖說：“薄暮，喻年將老。雷電，喻君暴怒。年已老矣，君
雖暴怒，吾亦歸耳，何憂哉？正憂國耳。”　　　王夫之認爲這是
問舜事。他說：“舜納大麓，烈風雷雨弗迷，其德可以事上帝，

而不能得瞽叟之心，至浚井而穴空以匿，此又何説？精誠可以格天，不能感頑嚚，孝子忠臣所以窮也。下將言楚事，故重述此，以自白其孤貞之志。”　　徐文靖、蔣驥等認爲這是問周公事。徐文靖説：“按《竹書》成王元年，周公出居于東。二年秋，天大雷電以風，王逆周公于郊。蓋是時周公東征已三年矣。其歸也，雖屬遲暮，而天乃以雷電表其誠，歸何憂哉？顧後世人臣被讒居外，天即動之以威嚴，而視天懵懵者，多忽而不奉，則上帝又復何所求也?”　　陳本禮則認爲這是以恐懼致福來諷諫懷王。他説：“嚴謂莊，厥嚴不奉帝何求，言不法祖而求帝無益也。《易》震驚百里，不喪匕鬯，本意能恐懼則致福。又雷電噬嗑，先王及明罰敕法。薄暮，晩也。此諷懷王當此敗亡之際，果能回心，歸于恐懼修省，敬天勤民，而又能明罰敕法，奮楚莊餘烈，報仇洩聰，又何遲暮之感耶？”

②伏匿：隱藏。穴處：住在山洞裏。爰：于是，對此。云：説。二句是説：隱居在山洞裏的人，還有什麼説的？

③荆：指楚國。　　勛：功勛，功業。一説，“勛”是“動”字之誤。　　作師：興兵。“荆勛作師”，是指楚懷王受秦欺後，一再興兵伐秦，連連失敗，一敗于丹陽，再敗于藍田，喪地破軍，國力衰落。這兩句的意思是：楚懷王追求功勛，興兵伐秦，要吃敗仗，國運怎麼能夠長久？　　一説：“作”，振作，振興。“師”，軍隊，武力。“長”（讀如:掌），謂爲各國諸侯之長。楚國是大國，和秦一樣，有統一中國的條件和可能。楚國和秦國之間的衝突，隨着統一戰争的進行，愈來愈不能避免。楚懷王曾有志圖强，爲六國“縱約長”。這兩句是説：功業顯赫的楚國曾經振興武力，請看它當初是怎樣成爲各國之長的。蔣驥説：“此歷敘楚開國之賢君，見楚之可有爲也。《左傳》，楚先王熊繹，辟在荆山，篳路藍縷，以處草莽。又若敖蚡冒，

篳路籃縷，以啓山林。所謂伏匿穴處也。云，稱也。言楚之先
雖僻陋，而世有賢君，其可稱者何事乎？又《左傳》，楚武王
荆尸，授師孑焉。杜注，尸，陳。孑，戟也。蓋楚始參用戟爲
陳，所謂荆黥作師也。楚自武王始大，故曰荆勳，猶吳言勳闔
之意。問武王用兵開國，其所長者何在乎？」　　聞一多認爲"荆
勳作師"應是"荆師作勳"。他説："作猶立也，'荆師作勳'猶
言楚師立功。長讀爲常。自吳王壽夢十六年，至王餘祭十二年，
二十年間，楚屢勝吳，故曰'荆師勳夫何常'也。"

　　③此二句的大意，王逸説："欲使楚王覺悟，引過自與，以
謝于吳，不從其言，遂相攻伐。言禍起于細微也。"楊萬里説：
"言楚王能悟而改，則又何言也。"這是説：楚王如能覺悟自己
所犯的錯誤，改變做法，我又有什麼説的呢？一本無我字。朱
熹説："非是。"但是聞一多却説："當從一本删我字。本篇呵壁之
詞，所問皆自然現象與歷史陳迹，初未羼入作者個人成分，故
知我字必係衍文。"

　　　吳光爭國，久余是勝①。何環穿自閭社丘陵，
爰出子文②。吾告堵敖以不長，何試上自予，忠名
彌彰②。

　　①吳光：吳公子光，即闔廬。　　爭國：據王逸説，這是
指吳與楚相伐。他説："吳與楚相伐，至于闔廬之時，吳兵入郢
都，昭王出奔。故曰吳光爭國，久余是勝，言大勝我也。"按闔
廬曾用楚亡臣伍子胥爲謀主，大軍事家齊人孫武爲將軍，在前
五〇六年（魯定公四年）大舉攻楚，五戰五勝，楚軍大潰。吳
軍攻破楚建都約二百年的郢，楚國人民和文物財寶大量被吳軍
俘獲。　　久：長期。　　余：我們，指楚國。兩句意思是：

闔廬同我國相爭，爲什麽常戰勝我們楚國？　　　一説，這是指闔廬派專諸刺殺吳王僚，奪得王位。徐文靖説：“按《史記・伍子胥傳》，吳公子光令專諸刺殺吳王僚而自立，是爲吳王闔閭。闔閭立三年，伐楚拔舒。四年伐楚，取六與潛。六年大破楚軍，取居巢。九年，與唐蔡伐楚，吳王之弟夫概擊楚將子常，吳乘勝而前，五戰至郢。所謂吳光爭國，久余是勝也。此承上楚勸徇師，焉能久長，若悔悟自新，更置賢臣良將，以庶幾君之一悟，俗之一改，則我亦可以無言。不然吳光入郢，久有勝余之事矣，不可以鑑前車之覆乎?”這兩句是説：闔廬是和吳王僚爭國得位的人，却能在較長時期中戰勝我們楚國。　　　于省吾則説：“按王注以‘吳與楚相伐，至于闔廬之時，吳兵入郢都’爲解，不知本文專指‘吳光爭國’以後，戰勝柏舉，遂入郢都言之。吳師入郢都不過數月，不得謂之久勝甚明。實則‘久’字本應作‘氒’。凡典籍中指示代名詞和語詞之‘厥’，古文字均作𠂤，隸定作‘氒’，敦煌本隸古定《尚書》作‘氒’。《説文‘氒’讀若‘厥’。古文的‘久’與‘氒’均作𠂤，初本同名，逐漸孳化爲二。詛楚文‘冒改𠂤心’之‘𠂤’，應釋爲‘氒’，《古文苑》不識二字可以互用，隸定爲‘冒改久心’，于義實不可通。久、氒雙聲，并見母三等字。典籍作‘厥’，以借字代之。《晏子春秋・問下第十二》稱：‘不阿久私，不誣所能’，二句對文成義。‘不阿久私’即‘不阿厥私’，詳拙著《諸子新證》。本文之‘久’應讀作‘厥’，‘厥’係指示代名詞，指吳光言之。余，楚人自謂。這是説，吳光爭得吳國之後，他戰勝了楚國。自來學者均不知久、氒之道，故不得其解。”

②這兩句一本作“何環閭穿社，以及丘陵，是淫是蕩，爰出子文”。聞一多説：“今本云云，必後人惡其猥褻而改之如此。

王注與一本文意全合，是此文之竄改尚在王後。"　　環：環繞。穿：穿過。　　閭（音：驢）：古代的一種居民組織單位。《周禮·地官·大司徒》說："五家爲比……五比爲閭。"即二十五家爲閭。也叫社。"閭"、"社"，這裏都指村子。"閭社丘陵"，指伯比與邔女通淫的地方。林雲銘說："環，周繞也。穿，徑通也。閭社丘陵，鬥伯比淫邔女之處也。"　　出：生出。　　子文：楚令尹，楚成王的賢相。據說他是楚宗室鬥伯比和郎國之女的私生子。《左傳·宣公四年》："初，若敖娶于邔，生鬥伯比。若敖卒，從其母畜於邔，淫於邔子之女，生子文焉。邔夫人使棄諸夢中。虎乳之。邔子田，見之，懼而歸。夫人以告，遂使收之。楚人謂乳穀，謂虎於菟，故命之曰穀於菟。"兩句意思是：爲什麼子文的母親環繞閭社，穿越丘陵，和鬥伯比淫亂私通，却能生出賢相子文來？　　王夫之以爲這是指鬥辛救昭王的事情。他說："此言楚昭王之事。環穿，穴墻作孔也。吳光挾爭國之威，破楚入郢。昭王出奔，鬥辛救之，穴墻而逃，出閭社，越邔陵，乃免于難。辛出自子文之後，固楚同姓之世臣也。楚自亡而存，皆宗臣之力，而懷王惑于靳尚張儀，疏遠世臣，故詰之。"　　徐文靖則以爲這是講伍子胥掘平王墓鞭尸的事情。他說："按此承上文吳光勝楚而言。定四年《左傳》，吳入郢，以班處官。預注曰，以尊卑班次處王宮室。《史記·伍子胥傳》，吳入郢，昭王走郎，伍子胥求王不得，乃掘楚平王墓，出其尸，鞭之三百，所謂環閭穿社以及丘陵者此也。郎即邔，伯比淫邔子之女，生令尹子文處也。子文爲令尹，自毀其家，以舒國難，見莊公三十年傳；帥師伐隨，取成而還，見僖公二十年傳，今令尹則子蘭耳，懷王死于秦，長子頃襄王立，以弟子蘭爲令尹，楚人咎子蘭勸懷王入秦不返，以視子文之爲令尹何如哉？今舉國無可與言，庶幾負石自沉，與未成君而死者，如堵敖之流，而告之以不長也。何敢有議上自許，而欲使忠名之彌顯哉?"其他還有多種説法，多不足取。

③堵敖：名熊囏（音：艱），楚文王的兒子。文王死後，堵敖繼位。後來他的弟弟熊惲襲殺堵敖，代立，是爲成王。　試：通"弑"，臣殺君爲弑。　　　上：指堵敖熊囏。王闓運説："試上，弑君也。"陳本禮則説："試，謚之訛。"　　自予：給自己。指楚成王熊惲殺死堵敖，把王位給了自己。予，一作"與"，給。　　彌（音:迷）：更加。　　彰：顯著。這三句的意思是：我説堵敖的統治不會長久，爲什麼殺了君上，把王位給了自己，而忠名更加顯著?　　一説，"試"，嘗試。錢澄之説："試者，知君不見聽而試言之，以成己忠直之名。""何試"二句就是説：我怎敢嘗試着向楚王進言，爲自己打算，以求得更加顯著的忠名呢?毛奇齡説："試，嘗也。吾豈敢嘗試君上，盛以自予，以爲忠名可彰顯乎?言不敢以訐直試君，而以美好自予也。"　　蔣驥説："《左傳》，鬻拳强諫楚文王，弗從；臨之以兵，懼而從之。鬻拳遂自刖也。文王卒，鬻拳自殺。君子曰，鬻拳可謂愛君矣。試上，謂以兵嘗試其君也　自予，謂自是其言，强君以必從也。與《呂春秋》葆申答王事略同。此蓋原自喻以死殉忠之意。自伏匿穴處至此，蓋推究楚之故實以寓意之辭。"

本篇的内容異常豐富，全詩共三百七十四句，以一個"曰"字起筆，連續發問，一口氣提出了一百七十多個問題，涉及到天文、地理、哲學、歷史、乃至神話傳説等多方面的事情。其中有些問題，是作者所不能解決的，但也有明知故問的，正如郭沫若所云，是將自己對于自然和歷史的批判，用問難的方式表達出來。因此，表現出他對某些傳統觀念的大膽懷疑，以及他追求真理的探索精神；同時，還寄托有憤世嫉俗的一腔怨思。

　　由于存在錯簡或脫漏等情況，以及它所依據的古代神話傳說資料的散佚，現在看來有些地方很難解釋，甚至有文理不通的現象。但總的說來，還是有序可循的。王夫之《楚辭通釋》曰："按篇內事雖雜舉，而自天地山川，次及人事，追述往古，終之以楚先，未嘗無次序存焉。"大體說來，可分兩個部分。從開首到"羿焉彈曰？烏焉解羽？"是前半部，主要是對自然現象提出的種種問難。其中從開首到"角宿未旦，曜靈安藏？"側重天事，夾雜一些與天事相關的神話傳說。"不任汨鴻，師何以尚之？"以下，則主要講地事，包括鯀禹治水的傳說。從"禹之力獻功，降省下土四方"，至篇末，是後半部分，主要對關於社會歷史的史事和神話傳說提出疑難，其中夏代事最詳盡，而篇末則以楚事爲主。

　　語言上，《天問》與《楚辭》其他篇章有明顯的區別，通篇不用"今"、"些"、"只"等語助詞，基本上是四言一句，四句一節，每節一韵。但根據內容的需要，也常常突破四言句式，間雜以三、五、六、七言。這樣，句式在整齊中有些變化，節奏、音韵也比較自然協調。全詩一問到底，但又有一句一問、二句一問、三句一問、四句一問等多種形式，又用"誰"、"何"、"孰"、"焉"、"安"、"幾"等疑問詞交替使用，變化多端，因而讀起來參差歷落，圓轉活脫，一點也不呆滯，一點也不重復。前人曾評曰："或長言，或短言，或錯綜，或對偶，或一事而累累反覆，或數事而熔成一片。其文或陗險，或淡宕，或佶倔，或流利，諸法備盡，可謂極文章之變態。"（蔣之翹《七十二家評楚辭》引孫鑛語）從而形成了獨特的藝術風貌。

九　章

楊金鼎　　　　注釋
王從仁解題、説明

《九章》名稱的涵義，過去有兩種不同的看法。

王逸《楚辭章句》曰：“章者，著也，明也。言己所陳忠信之道，甚著明也。”這就將《九章》視爲一個有機的整體。後世更有人將《九章》與《九歌》、《九辯》相提并論。如周拱辰《離騷拾細》曰：“《九歌》、《九辯》，俱古樂章名。《天問》；啓夢賓天，《九辯》、《九歌》，是也。《九章》亦武功之樂名，其義見于管氏。管氏曰：三官不繆，五教不亂，九章著明。何謂九章，一曰日章，二曰月章，三曰龍章，四曰虎章，五曰鳥章，六曰蛇章，七曰鵲章，八曰狼章，九曰韓章，乃旌屬。屈原取此，亦自以旌厥志云爾，故曰九章著明。”今人劉永濟《屈賦通箋》亦云：“九章與九辯、九歌，皆取義于樂章，故其末皆有亂辭。九者，即九冥、九天之義，章者，説文曰：‘樂竟爲一章，詩篇合樂亦曰章。’禮記曲禮‘讀樂章’孔疏曰；‘樂章，謂樂書之篇章，謂詩也。’又堯樂名大章，皆其證。”以上諸説有一個共同的特點，就是將《九章》看成是一個專門名詞。

另一種看法是，章爲篇章，九是指篇章的數量。朱熹《楚辭集注》曰：“屈原既放，思君念國，隨事感觸，輒形于聲。後人輯之，得其九章，合爲一卷，非必出于一時之言也。”

兩説之中，當以第二説爲是。司馬遷《史記·屈原列傳》

録《懷沙》全文，稱爲《懷沙》之賦，并且在《傳贊》裏説：
“余讀《離騷》、《天問》、《招魂》、《哀郢》，悲其志”，足見
當時尚無《九章》的名稱，現在屬于《九章》裏的《懷沙》和
《哀郢》都是以單篇出現，與《離騷》、《天問》、《招魂》并
列的。據此，完全可以肯定，《九章》的總名是後人所加，則
朱熹的説法完全正確。它和《九歌》不同，各篇之間，并不構
成一個有機的總體。“九”，僅僅標明篇數而已，與《九歌》、
《九辯》的“九”，是不能等同起來的。王逸等人的説法，顯然
是牽強附會，不近情理的。

　　《九章》之名，雖然爲後人所加，但起源却很早，大概出
自西漢末年劉向之手。劉向《九嘆·憂苦》云：“嘆《離騷》以
揚意兮，猶未殫於《九章》。”這是歷史上關於《九章》名稱最
早的記録。劉向是《楚辭》第一個編輯人，不難想象，這《九
章》之名極可能是他加上的。可是這一名詞在當時還不很通行，
稍後于劉向的揚雄，據《漢書》本傳記載，曾摹仿“《惜誦》
以下至《懷沙》一卷，名曰《畔牢愁》”，原作現已不存，它是
否包括現在《九章》中的九篇，固不得而知。可是它所標舉的
起訖篇目，都在今本《九章》之内，但他只説《惜誦》以下至
《懷沙》一卷，而不説《九章》，足見他還是把這些作品作爲
單行散篇來看待的，雖然它們已有被集合起來的趨向。到了東
漢王逸注《楚辭》，沿用劉向舊題，并加上如上的解釋，《九
章》之後才被固定下來。

　　也有人認爲，《九章》之名出自淮南王劉安幕府中的文學
之士，今人姜亮夫《屈原賦校注》説：“然則輯録而名定之者爲
誰？雖不可確考，而其必後于屈原而前于王褒劉向之徒。”“淮
南王聚天下文字之士，大爲專書；又曾受詔爲離騷傳；且朝受
詔而食時上，自必早有輯定之本，故能速捷至此。安後雖不得

其死，而其侍從文學之士，亦多在朝者，則九章之輯，蓋必成於淮南幕府無疑。"這一説法也可供參考。

這九篇屈原的作品之所以被集合在一起，并加上一個總名，并非偶然，而是以類相從的。從作品形式來看，各篇的篇幅長短，表現手法和語言風格，大致相近似。就作品内容而言，都和作者身世有關。其中《桔頌》一篇，雖未直接叙述身世，但通篇都是作者隱以自況，事實上等于一首述志詩。這九篇作品，在屈原的創作中，顯然屬于《離騷》一類，而與《九歌》、《天問》、《招魂》等篇情况不同。《離騷》爲屈原綜合性的自叙傳，《九章》則是更具體的片段的生活紀録和心情反映。它們環繞在《離騷》周圍，有些是旁出的支流，有些是叙次的延續。雖然它們一鱗一爪，構不成完整的體係，但毫無疑問，也是研究屈原生平及其思想最可靠、最主要的資料。

關於《九章》的寫作時地問題，班固《離騷贊序》曰："襄王復用讒言，逐屈原，在野又作《九章》賦以風諫"，以爲是屈原再放時所作。王逸《楚辭章句》進一步指實爲放于江南之作，他説："屈原放于江南之野，思君念國，憂心罔極，故復作《九章》。"但在《哀郢》"方仲春而東遷"句下注曰："言懷王不明，信用讒言而放逐己"，又以爲作于懷王時，朱熹則認爲"非必出于一時之言"，細繹各篇文義，朱熹此説較爲合理。但朱熹對各篇寫作時地未作詳細説明，明清以來，不少注家對此各有考訂，衆説紛紜。我們將在各篇解題中加以扼要評介。

《九章》的次序，王逸《楚辭章句》是這樣排列的：一、《惜誦》，二、《涉江》，三、《哀郢》，四、《抽思》，五、《懷沙》，六、《思美人》，七、《惜往日》，八、《桔頌》，九、《悲回風》。如此排列，是否沿用劉向舊本，不得而知。但其中年代顛倒，不盡恰當之地是很明顯的。因此，明清以來不少研究者重新擬定篇次，有各種不同的説法，要而言之，有以下數家：

黃文煥《楚辭聽直》、林雲銘《楚辭燈》是這樣排列的：《惜誦》、《思美人》、《抽思》，（以上懷王朝作）《涉江》、《橘頌》、《悲回風》、《惜往日》、《哀郢》、《懷沙》。（以上頃襄王時放于江南時作）林雲銘説：“兹以其文考之，如《惜誦》乃懷王見疏之後，又進言得罪，然亦未放。次則《思美人》、《抽思》，乃進言得罪後，懷王置之于外，其稱造都爲南行，稱朝臣爲南人，置在漢北無疑。”“《涉江》以下六篇，方是頃襄放之江南所作。初放起行，水陸所歷，步步生哀，則《涉江》也。既至江南，觸目所見，借以自寫，則《桔頌》也。當高秋摇落景況，寄概時事，以彭咸爲法，且明赴淵有待之故，則《悲回風》也。本欲赴淵，先言貞讒不分，有害于國，且易辨白，一察之後，死亦無怨，則《惜往日》也。《哀郢》則以國勢日趨危亡，不能歸骨于郢爲恨。《懷沙》則絶命之詞，以不得于當身，而俟之來世爲期。”黃文煥、林雲銘的説法影響較大，屈復《楚辭新注》、夏大霖《屈騷心印》等均同。

蔣驥《山帶閣注楚辭》這樣排列：《惜誦》、《抽思》、《思美人》、（以上懷王朝作）《哀郢》、《涉江》、《懷沙》、《橘頌》、《悲回風》、《惜往日》。（以上頃襄王放于江南時作）他説：“近世林西仲（按：林雲銘字西仲）謂《惜誦》作于懷王見疏未放之前，《思美人》、《抽思》，乃懷王斥之漢北所爲。《涉江》、《哀郢》六篇，方是頃襄時作于江南者，頗得其概。但詳考文義，《惜誦》當作于《離騷》之前，而林氏以爲繼騷而作。《思美人》宜在《抽思》之後，而林氏列之于前。《涉江》、《哀郢》，時地各殊，而林氏比而一之。《惜往日》有畢辭赴淵之言，明係原之絶命，而林氏泥懷石自沉之義，以《懷沙》終焉，皆説之刺謬者。《九章》當首《惜誦》、次《抽思》，次《思美人》、次《哀郢》、次《涉江》、次《懷沙》、次《悲回風》、終《惜往日》。惟《橘頌》無可附，然約略其時，當在《懷沙》之後，以死計已決也。"對黄、林二人的次第加以變易，也有一定影響，如姜亮夫《屈原賦校注》即認爲"武進蔣驥所定略爲得實。"

陳遠新《屈子説志》這樣排列：《惜誦》、《思美人》、《惜往日》、《抽思》、《橘頌》、《悲回風》、《涉江》、《哀郢》、《懷沙》。以上諸説雖對《九章》次第提出種種看法，也有變更目次者，如林雲銘等，但《九章》諸篇，還是視爲一個整體，編爲一卷的。唯陳遠新將《九章》分裂，與《遠游》、《招魂》、《漁父》雜厠，按他所認定的作年，重加編次，此説影響甚微。

現代學者對此也有不同説法。陸侃如《屈原評傳》這樣排列：《橘頌》、《抽思》、《悲回風》、《惜誦》，（以上懷王時作）《思美人》、《哀郢》、《涉江》、《懷沙》、《惜往日》。（以上頃襄王時作）

游國恩《楚辭概論》：《惜誦》、《抽思》、《思美人》、《哀郢》、《悲回風》、《涉江》、《橘頌》、《懷沙》、《惜往日》。

鄭振鐸《插圖本中國文學史》：《橘頌》、《惜誦》、《思美人》、《哀郢》、《涉江》、《懷沙》、《悲回風》。至于《惜往日》，鄭氏指爲僞作。

郭沫若《屈原研究》：《橘頌》、《悲回風》、《惜誦》、《抽思》、《思美人》、《哀郢》、《涉江》、《懷沙》、《惜往日》。

由于《九章》各篇僅僅是"隨事感觸"的生活片段而已，

加上屈原生平事迹的記載又略而不詳，因此對《九章》作年和次第問題，很難有統一的意見。所以，本書仍按原來的次序排列。關於各篇的具體作年，將在各自的《解題》中加以介紹。

關於《九章》的篇數和具體篇目，絕大部分研究者並無異詞，但也有極少數人曲爲之說。如夏大霖《屈騷心印》將篇數增加到十一篇，認爲"外《漁父》、《卜居》亦章也，收而合之，數與《九歌》相符，各十一篇。"又劉夢鵬《屈子章句》將《漁父》、《懷沙》合爲一篇，故從《九章》中除去《懷沙》，加入《遠游》，名之爲《哀郢九章》，删去篇名，以第一章、第二章目次。這樣，便使《九章》的具體篇目發生了變化。上述兩種做法，强古書以就己意，主觀武斷，決不可信從。

《九章》中有部分篇目，被後人視爲僞作。首先發難的是南宋的魏了翁，他在《鶴山渠陰經外雜抄》卷二中，將《悲回風》、《惜往日》疑爲僞作。後來，明代許學夷及清代曾國藩、吳汝綸及今人陳鐘凡、陸侃如、馮沅君、劉永濟、胡念貽等都有種種懷疑，懷疑的重點，主要集中在《懷沙》以下四篇，也有兼及《惜誦》、《涉江》等篇的。他們懷疑的理由，詳見各篇解題，但總的說來，主要有兩條：一是語氣不象屈原自述。二是文字平淺，不及屈原其他作品的博奧深醇，而且有模擬痕迹。其實，所謂語氣不象屈原的自述，在一篇中僅僅是個別的句子。先秦古籍中，很難保證沒有錯簡和後人竄入的文字，雜厠其中。至于文字平淺，更不能作爲理由。文藝欣賞，因爲各人體味不同，見智見仁，好惡各異，不應以此定真僞。何況任何一個偉大作家，都不可能將自己的所有作品，在藝術上達到同樣高度的水平。因此，我們感到，迄今爲止，尚無足夠的理由將《九章》定爲僞作，《九章》各篇的著作權，仍應歸之于屈原。

惜　誦

　　關於“惜誦”的解釋，有着各種不同的說法，較有代表性的有以下幾說：

　　王逸《楚辭章句》曰：“惜，貪也。誦，論也”。“言己貪忠信之道，可以安君，論之于心，誦之于口，至于身以疲病，而不能忘。”王逸的說法比較勉強，後世遂有不少補正之說。

　　洪興祖《楚辭補注》曰：“惜誦者，惜其君而誦之也。”此說王邦采《屈子雜文箋略》等贊同，但語意過于曲折，也不够確切。

　　朱熹《楚辭集注》曰：“惜者，愛而有忍之意。誦，言也”，“言始者愛惜其言，忍而不發，以致極其憂慇之心。”朱熹將“惜”釋爲“愛”，爲後世不少注家所取，但他所謂“愛而有忍之意”等解說，則又過于曲折，似嫌穿鑿。

　　王夫之《楚辭通釋》曰：“惜，愛也。誦，誦讀古訓以致諫也。”他將“誦”解釋爲進諫之意。對後人的啓發是比較大的，但“讀古訓”的說法，又過于機械了一些。

　　林雲銘《楚辭燈》曰：“惜，痛也；即《惜往日》之惜。不在位而猶進諫，比之矇誦，故曰誦。”“言痛己因進諫而遇罰，自致其憂也。”今人姜亮夫《屈原賦校注》補充說明道：“周語有瞍賦矇誦之制，蓋古之諫官也。古巫史實掌諫納之事，屈子爲懷王左徒，左徒乃宗官之長，入則圖議國事，出則應對諸侯。其職實與漢之太常宗正相類，故得自比於古之瞍矇也”。林氏的說法影響較大，蔣驥等人即釋“惜”爲“痛”。胡文英《屈騷指掌》曰：“誦，如《孟子》：‘爲王誦之’之誦，謂直言而無隙也”，爲林氏之説作了進一步的論證。而馬其昶《屈賦微》曰：
“《説文》：惜，痛也。惜誦猶言痛陳也。《詩》云：家父作
誦，以究王讻”，則爲林氏的解説，作了更爲全面而有力的論證。

　　蔣驥《山帶閣注楚辭》曰：“惜，痛也。誦，公言之也”
“蓋原于懷王見疏之後，復乘間自陳。而益被讒致困，故深自
痛惜，而發憤爲此篇以白其情也。”

　　戴震《屈原賦注》曰：“誦者，言前事之稱。惜誦，悼惜而
誦言之也。”戴震關於“誦”的解説，看起來比較圓通，但是，
“惜誦”之稱出于本篇的開首四句，從後二句“所非忠而言之
兮，指蒼天以爲正”來看，“誦”是有具體所指的，那就是進
諫懷王的忠直之言。因此，戴氏釋“誦”失之過泛，但他的
“悼惜”之説較近情理。

　　游國恩《楚辭論文集》認爲“《惜誦》是喜歡諫諍的意
思”，釋“惜”爲愛好，以“誦”爲諫諍。

　　我們感到，王夫之以下各説，都有合理的部分，其中林雲
銘的解釋更爲可取。但是林雲銘和蔣驥有個共同的問題，他們
都因拘泥于本篇作于被疏之後，就説：“不在位而猶進諫，”“見
疏之后，復乘間自陳”等等，將進諫之事，看成是被疏以後的
事。其實，雖然不排斥屈原被疏後，仍不放棄勸諫，但這一舉
動，主要是發生在任職之時，而且正因爲他希望“導夫先路”，
“奔走先後”，進諫懷王，才被讒見疏的。如果將此與《離騷》
“昔三后之純粹兮”至“傷靈修之數化”一段相參看，是不難
得出這個結論的。所以“惜”的解釋，還是以戴震之説較爲近
似，而“誦”，則以林雲銘等人的説法爲妥。合起來解釋，“惜
誦”，就是以沉痛悼惜的心情，來稱述因直言進諫而遭讒被疏之
事。

　　本篇的寫作時期，前人的説法較爲一致，大多認爲在懷王

朝剛被讒見疏之後。而王夫之《楚辭通釋》以爲“作于頃襄之世，遷謫江南之後”，郭沫若《屈原研究》也以爲《九章》中，“《橘頌》以外的八篇和《離騷》、《天問》都是襄王六七年以後的屈原的晚期作品”。王氏和郭氏之説，不盡妥當，從作品內容看，正如蔣驥所云：“自《騷經》言：‘從彭咸之所居’，厥後歷懷、襄數十年不變。此篇‘願曾思而遠身’則猶‘回車復路’之初願。余固知其作于《騷經》之前。”的確，本篇不如《離騷》那麼沉痛，也看不出放逐的迹象，所以，“大抵此篇作于讒人交構、楚王造怒之際，故多危懼之詞，然尚未放逐也”，（明汪瑗《楚辭集解》）這一説法還是可信的。

　　至于具體的作年，蔣驥認爲作于“初失位”時，亦即懷王十六年左右。夏大霖《屈騷心印》、游國恩《楚辭概論》等均同。林雲銘則認爲作于懷王十七年。陸侃如在《屈原評傳》中認爲作于懷王二十四年。聯係屈原所處的時代，懷王十六年，正是楚國政治的轉折點，從這一年後，楚國開始走下坡路，而屈原也遭受打擊，結束了他政治上的黃金時期，所以，本篇作于懷王十六七年，是有可能的。

　　關于本篇的真僞，前人也有些疑問。顧成天《讀騷別論》以爲河洛間人作。胡光煒《遠游疏證》又説：“《惜誦》係離合《離騷》文句而成”。（見《金陵光》十五卷第一期）馮沅君《楚辭研究（改稿）》説得更爲詳細，她説：“《惜誦》的五帝折衷一段，仿《離騷》的陳詞重華一段；又屬神占卜一段，仿《離騷》的巫咸靈氛一段；又擣石蘭一段，仿《離騷》歷吉日一段。”（轉引自陸侃如《屈原與宋玉》）陸侃如、馮沅君《中國詩史》則將本篇與《思美人》、《惜往日》、《悲回風》歸入“無標題且無亂辭”類，認爲“大都是空泛的議論，字句也有抄襲《離騷》的痕迹。所以，《惜誦》等篇多少有一點僞托的嫌疑。"林庚《説九章》（見《詩人屈原及其作品研究》）亦持此説。

其實，一位作家的兩篇作品在構思和字句上有一些相似之處，是不足爲奇的。問題在于，首先，不是整篇的抄襲和描摹；其次，《惜誦》反映的思想和屈原的其他作品是一致的，而且起到了補充作用，這與《遠游》等大量襲用屈原作品詞句，又與他的一貫思想相矛盾，是不可同等看待的。

　　　惜誦以致愍兮，發憤以抒情①。所非忠而言之兮，指蒼天以爲正②。令五帝以折中兮，戒六神與嚮服③；俾山川以備御兮，命咎繇使聽直④。
　　　竭忠誠以事君兮，反離羣而贅肬⑤。忘儇媚以背衆兮，待明君其知之⑥。言與行其可迹兮，情與貌其不變⑦。故相臣莫若君兮，所以證之不遠⑧。
　　　吾誼先君而後身兮，羌衆人之所仇也⑨；專惟君而無他兮，又衆兆之所讎也⑩。壹心而不豫兮，羌不可保也⑪；疾親君而無他兮，有招禍之道也⑫。

①惜誦以致愍：以悼惜的心情，稱述往事來表達憂苦之思。戴震説："誦者，言前事之稱。惜誦，悼惜而誦言之也。"　　致：表達。（《屈原賦注》）　　愍（音：敏）：病痛也，指内心的憂苦。　　發憤：發泄憤懣。　　抒情：抒發情思。這裏的"情"，就是指這種憂苦之情。抒，一作"杼"。　　以：用法同"而"，表示并列關係。下句的"以"相同。

②這兩句是誓詞，意思是所説的話如不忠實，有蒼天可以作證。一説，所，義同儻，可釋作假設。古人往往在誓詞前冠一所字。《左傳·僖公二十四年》："所不與舅氏同心者，

有如白水。"即其例證。　　非：一本作"作"。洪興祖説："作，
爲也。下文云作忠以造怨。"戴震説："凡誓詞言所者，反質之以
白情實。"　　蒼：天的顏色。《莊子・逍遥游》："天之蒼蒼，
其正色耶？其遠而無所至極耶？"意謂天空高遠，看去只是一片青
白色，所以古人把天叫做"蒼天"。　　正：通"證"（ㄓㄥ、），
證明。一説"正"是"平"的意思。王逸説："設君謂己作言非
邪，願上指蒼天，使正平之也。夫天明察無所阿私，惟德是輔，
惟惡是去，故指之以爲誓也。"（《楚辭章句》）朱熹説："所我
之言，有非出於中心而敢言之於口，則願蒼天平己之罪而降之
罰也。"（《楚辭集注》）蔣驥説："正，謂平其是非也。"（《山
帶閣注楚辭》）

③五帝：五方之神。東方太皥，南方炎帝，西方少昊，北
方顓頊，中央黄帝。　　折中：一件事情，兩種不同的看法，
各執一端，有人作出中正公平的判斷，叫做折中。一本"折"作
"枳"，"折"之俗字。　　六神：上下四方之神。還有幾種不
同講法：一説指日、月、星、水、旱、四時、寒暑。一説指星、
辰、風伯、雨師、司中、司命。一説指日、月、星、太山、河、
海。　　戒：告戒。　　嚮服：嚮，對也。服，事也。對質一
件事理叫做嚮服。王夫之説："對質其事理也。"蔣驥也説："言對
質其事也。"

④備御：猶言陪審。備，算一個的意思。御，義同侍。姜
亮夫則説：備御是"准備百執事之人。"（《屈原賦校注》）
咎繇：即皋陶。舜時的士（法官）。傳説是法律和監獄的創立
者。爲人公正無私，是司法之祖。　　聽：聽訟。　　直：指
辨明是非曲直，聽直，猶言斷案。和上面的"折中"、"嚮服"、
"備御"都是古代法律上的用語。王逸説："言己願復令山川之
神備列而處，使御知己志，又使聖人咎繇聽我之言忠直與否也。

夫神明昭人心，聖人達人情，故屈原動以神聖自證明也。"蔣驥
説："原以自陳而獲罪，必有謂其不忠而讒之者，故因而誓之曰：
'使吾言而不忠，則天地鬼神，實昭鑒之。'憤極之辭也。"

⑤竭：盡。　　而：一作"目"，"以"的異體字。　　事：
奉事，爲……服務。　　反：反而。　　離羣：遭到小人的排
斥。羣，衆小人。　　贅肬（讀如：墜由）：多餘的肉瘤，
俗稱瘊子。朱熹説："肉外之餘肉，《莊子》所謂'附贅懸肬'者
是也。"蔣驥説："離羣贅肬，蓋在朝而無職，如贅肉之無所用而
爲人所憎也。"

⑥儇（音：暄）：輕佻。　　媚：取好於人。王夫之説：
"忘儇媚者，戀直而不能同於衆人之巧媚也。"　　以：因而。
背衆：違背衆人。　　明：英明，明智。朱熹説："言盡忠以事
君，反爲不盡忠者所擯棄，視之如肉外之餘肉，然吾寧忘儇媚
之態，以之衆違，其所恃者，獨待明君之知耳。"

⑦迹：脚印，引申作爲一切事象。這裏作動詞用，考查，
考察。"言行可迹"，意謂言行相符，有實際可以考查。林雲銘
説："前所言與所行，其事之當否，俱有成迹可據。"　　情：指
中情。　　貌：指外貌。"情貌不變"，意謂表裏如一。林雲銘
説："情藏於中，則貌見於外，不可改變以示人。"

⑧相臣：觀察一個臣子。　　莫：沒有誰。　　所以證之
不遠：用以證明的方法，無須遠求。指上"言與行"二句。林
雲銘説："證，驗也。不遠，謂近在目前，最爲易驗。"這兩句的
意思，朱熹説是"言人臣之言行，既可蹤踪，内情外貌，又難
變匿，而人君日以其身親與之接，宜其最能察夫忠邪之辨，蓋
其所以驗之不在於遠也。《左傳》曰：'知子莫若父，知臣莫
若君。'此之謂也。"

⑨誼：通"義"。合理的行爲叫做"義"。"吾誼"，我所認爲

合理的行爲。　　　身：自身，自己。　　　羌：句首語氣詞。下面的"羌"同。　　　衆人：指寵臣　　　也：一本無此字。王逸説："我所以修執忠信仁義者，誠欲先安君父，然後乃及於身也。夫君安則己安，君危則己危也。"又説："在位之臣營私爲家，己獨先君後身，其義相反，故爲衆人所仇怨。"

⑩惟：思惟。專惟君，專爲君王着想。　　　衆兆：指絶大多數的人。百萬爲兆。　　　也：一本無此字。　　　讎：怨恨。

⑪壹心而不豫：專心而不猶豫。　　　不可保：不能自保。"保"，保全。朱熹説："不豫，言果決不猶豫也。不可保，言君若不察，則必爲衆人所害也。"王逸也説："豫，猶豫也。……言己專壹忠信以事於君，雖爲衆人所惡，志不猶豫。"但是他把下面一句的"保"解釋爲"知"。他説："保，知也。……顧君心不可保知，易傾移也。"林雲銘認爲"豫"是"預防"的意思。他説："上用心一處，而不預防仇讎，何以自保。"孫詒讓則説："豫，猶言詐也。《晏子春秋・問上篇》：‘公市不豫，’《鹽鐵論・禁耕篇》：‘教之以禮，則工商不相像。’《周禮・司市》鄭注：‘定物賈，防誑豫。’皆此不豫之義。"

⑫疾：亟也。上句是説極力親近君王而沒有其他的想法，下句是説因此爲小人妒嫉，招致禍患。朱熹説："力於親君，而無私交，固招禍之理也。"蔣驥説："義先君，則其事急疾而不顧私，故身不可保而禍至無期。"王逸則説："疾，惡。招，召也。言己疾惡讒佞，欲親近君側，衆人悉欲來害己，有招禍之道，將遇咎也。"

以上訴説自己忠而獲罪的冤屈，就是《離騷》："指九天以爲正兮，夫惟靈脩之故也。"的意思。

思君其莫我忠兮，忽忘身之賤貧[1]。事君而不貳兮，迷不知寵之門[2]。

　　　忠何罪以遇罰兮？亦非余心之所志也。行不羣以巓越兮，又衆兆之所咍也[3]。紛逢尤以離謗兮，謇不可釋也[4]。情沈抑而不達兮，又蔽而莫之白也[5]。

　　　心鬱邑余佗傺兮。又莫察余之中情[6]。固煩言不可結而詒兮[7]，願陳志而無路[8]。退靜默而莫余知兮，進號呼又莫吾聞[9]。申佗傺之煩惑兮，中悶瞀之忳忳[10]。

　　① "思君"二句的意思是說，當初以爲君王非常信任自己，因而忘記了"賤貧"的身分，勇於任事。"莫我忠"，在羣臣中沒有人象我那樣的忠心，是設想懷王的看法。《元和姓氏纂》云："楚武王子瑕，食采于屈，因氏焉。"按：屈瑕受封，當春秋初期。屈原爲屈瑕之後，雖然出身王族，但已是疏遠的宗支。這裏的"賤貧"，是對親近的貴族而言的。王逸說："言衆人思君皆欲自利，無若己欲盡忠信之節。"洪興祖則說："此言君不以我爲忠也。"（《楚辭補注》）朱熹認爲"我思君，意常謂君臣莫有忠於我者，則是貴近之臣，皆不能致其身矣，故忘己之賤貧，而欲自進以效其忠。"蔣驥認爲"賤貧指前已被疏而失祿位言。"
　　② 不貳：無二心，專心。　寵之門：取得榮寵的門徑，指在君王面前討好的方法。王逸說："言己事君，竭盡信誠，無有二心，而不見用，意中迷惑，不知得遇寵之門户，當何由之也。"朱熹說："然其進也，亦但知盡心以事君而已，固不懷貳以求寵也，是以視衆人之遇寵，而心若迷惑，不知其所從入之門也。"
　　③ "忠何罪以遇罰兮"四句：王逸說："己履行忠直，無有罪過，而遇放逐，亦非我本心宿志所望於君也。"又說："己行度

不合於俗，身以顛墮，又爲人之所笑也。”朱熹　説：“言無罪放逐，本非臣子夙心所期望，但以行不羣而至此，遂爲衆所笑耳。”罪：一本作“辜”。　　　遇罰，即前面所説的“致愍”。　　　志，猶知也。非余之所志，是説不是我所意料到的。一本“志”下無“也”字。行不羣：行爲不能見容於羣小。巔越，墮落。　哈（音：咳）：嗤笑，楚地方言。王逸説：“咍，笑也。楚人謂相嗣笑曰咍。”一本“咍”下無“也”字。

④紛：多貌。洪興祖説：“紛，衆貌。言尤謗之多也。”　　　逢尤：遭到責怪。　　　謗：毀謗。一説“逢尤”，猶今言蜂湧；尤湧雙聲之變也”。（姜亮夫《屈原賦校注》）　　　離：遭也。謇：句首語氣詞。聞一多則説：“謇與蹇通，猶蹇産也。”蹇産，曲折。（《楚辭校補》）　　　釋：解釋。一本“釋”下無“也”字。

⑤情：中情。　　　沉抑：沉悶壓抑。　　　又蔽而莫之白：謂没有肯白之君，使免謗尤。　　　蔽：壅蔽。　　　白：表達。王逸説：“己懷忠貞之情，沈没胸臆，不得白達左右，壅蔽無肯白達己心也。”洪興祖説：“‘情沈抑而不達’，人君不知其用心也。‘又蔽而莫之白’，羣臣莫肯明己所存也。”

⑥鬱邑（音：玉義）：苦悶；心有怨恨，不能訴説而煩悶。侘傺（讀如：詫斥）：失意而精神恍惚的樣子。“余侘傺”的“余”，沈祖緜認爲當訓“展”。（《屈原賦證辨》）《説文・八部》：“余，語之舒也。”《小爾雅廣詁》：“舒，展也。”　　　中情：這裏的“情”和下面的“路”不叶韻。朱熹認爲“中情”是“善惡”之誤。陳第認爲“情”是“愫”之誤。“惡”、“愫”均與“路”字爲韻。郭沫若認爲“路”是“徑”之誤，與上“情”，下“聞”、“忳”爲韻。一説“路”是“正”之誤。（沈祖緜《屈原賦證辨》）一説“路”是“足各”二字的合寫，而

“各”又爲“名”的形誤。（譚介甫《屈賦新編》）

⑦ “固煩言不可結而詒兮”：意謂太多的言語無法表達出來。“結詒”義詳見《離騷》“結幽蘭而延佇”條注文。一本無“而”字。

⑧ “願陳志而無路”：說想陳述自己的心意而無法上達。

⑨ 二句的意思說，退而靜默不言，恐怕沒有人會知道我的苦心；進而大聲疾呼，又怕不會聽取我的意見。王逸以“退”爲“放棄”，正如姜亮夫所說的“于義鑿，而于文痴”。

⑩ 申侂傺：重重的失意。　申：再三。　煩惑：煩悶，困惑。　悶瞀（音：茂）：憂悶而煩亂。　忳忳（音：屯）：憂傷貌。王夫之說：“雖逢尤離謗，而謇直不可釋。若沈默不言，則己心既不見諒於君而莫白；欲自陳己志，乃言之必長，不可挈其要以簡陳也。言煩而君且厭聽，終無能以自達。故兩端交戰於心，退而靜默，進而號呼，皆有所不可，唯煩惑鬱邑而已。”

以上述心情的憂苦。

　　　　昔余夢登天兮，魂中道而無杭[1]。吾使厲神占之兮，曰：“有志極而無旁[2]。”

　　　“終危獨以離異兮[3]？”曰：“君可思而不可恃[4]。故眾口其鑠金兮，初若是而逢殆[5]。懲於羹而吹虀兮，何不變此志也[6]？欲釋階而登天兮，猶有曩之態也[7]。

　　　“眾駭遽以離心兮[8]，又何以爲此伴也[9]？同極而異路兮，又何以爲此援也[10]？晉申生之孝子兮，父信讒而不好[11]。行婞直而不豫兮，鮌功用而不就⑫。”

①杭：通“航”。指擺渡的船。“中道無杭”，泛指在中途遭遇障礙，無法通行。郭沫若認爲“無杭”是失去航路。（《屈原賦今譯》），聞一多則解“無杭”爲“茫沆”，魂氣浮動貌。（《楚辭校補》）林雲銘説“杭”猶言階也。“階”就是梯子。胡文英則説：“杭，浮梁旁扶手木也。”（《屈騷指掌》）

②厲神：大神。這裏指附在占夢者身上的厲神。王逸認爲是“殤鬼”，王夫之認爲是“大神之巫”，戴震則認爲是“無主之鬼”（《屈原賦注》）還有人認爲“厲”是嚴正的意思，“厲神”就是正派的神。並可通。　　占：古人用龜甲或蓍（shi 失）草推算吉凶的一種迷信活動。　　極：至也。“有志極”，意謂屈原的心志是有着他所希望達到的最後目的。旁：輔助。“有志極而無旁”，是厲神解釋夢兆。意謂“登天無杭”是象征一個人有目的而遭遇困頓，無法實現。王逸説：“言厲神爲屈原占之曰：人夢登天無以渡，猶欲事君而無其路也，但有勞極心志，終無輔佐。”對“旁”字還有幾種不同的解釋：一種解作“旁人、他人”（姜亮夫《屈原賦校注》）一種認爲“旁”借爲“舫”，讀與“榜”同。（朱季海《楚辭解故》）

③終危獨以離異兮：是屈原詢問厲神的感嘆語氣。句前“曰”字省略。意思是：難道我就終於危險孤獨而離異于君王嗎？朱熹説：“終危獨以離異，果如始者占夢者之言也。”下面的“曰”是厲神針對屈原這句話的答復。

④君可思而不可恃：對於君王，可以思念他，但不能倚恃他。朱熹説：“君可思者，臣子之義也。不可恃者，其明暗賢否，所遇有不同也。”與上文“思君其莫若我忠兮”句相應。下文申言“君不可恃”的道理。

　　⑤鑠（音：爍）：熔化。“衆口鑠金”，衆口所毀，足以熔化金屬。極言讒言之可畏。王逸説：“言衆口所論，萬人所言，金性堅剛，尚爲銷鑠，以喻讒言多，使君亂惑也。”　　初若是：從來就是如此。　　逢：遭遇。　　殆：危險。朱熹説：“言初以君爲可恃，故被衆毀而遭危殆也。”

　　⑥懲：懲戒。　　羹：滾湯。　　韲（音：機）：一作“齏”，一作“童”同。切成細末的菜，是冷食品。這句説有人被滾湯燙過，存了戒心，吃韲時也要吹一口氣。用以比喻凡是吃過虧的人，遇事要分外小心。　　於：一本作“熱”。“何不變此志也”，意謂屈原何以不接受教訓而變更這種孤高不羣的意志。林雲銘説：“前既逢殆一次，此番雖有志之極，亦當懲創而自改，何以忘吹韲之戒乎？

　　⑦釋：放下，放棄。　　階：梯階。“釋階登天”，用以比喻想取得君王的信任，而又無左右援引的人。朱熹總括這四句話説：“蓋羹熱而韲冷，有人歠羹而太熱，其心懲忿，後見冷韲猶恐其熱而吹之，以喻常情既以忠直得罪，即痛自懲忿，過爲阿曲。而我今尚欲釋階而登天，則是不自懲忿，而猶有前日忠直之意也。”　　猶：還，仍然。　　曩（音：饟）：以往。態：態度。

　　⑧駭遽：驚慌。

　　⑨伴：和下句“又何以爲此援也”的“援”，係連綿字拆用。“伴援”，是強項、傲岸的意思。二句爲互文。伴援，《詩經·大雅·皇矣》作“畔援”，或作“畔援”、“叛換”、“畔渙”，義同。王逸、朱熹都把“伴”、“援”解作“伴侶”、“援引”。朱熹説：“言衆人見己所爲，皆驚駭遑遽以離心，則無與己爲侶者矣。”郭在貽認爲訓爲“伴侶”、“援引”，按之文意不通，他説：“所謂‘伴援’者，殆即扳援（亦作攀援）之義。伴、扳二字

雙聲叠韵，（同爲重唇音，古韵并隷元部）例得通借。……有投靠求援之義。"（《楚辭解詁》）

⑩極：出也（見《太玄》注）。"同極異路"，意謂屈原和楚國一般貴戚，出身相同，却走着不同的道路。舊説則謂同事一君而所行不同。朱熹説："與衆人同事一君，而其志不同，則如同欲至一處，而各行一路，誰可與相援引而俱進者耶？"援：援引，救助。

⑪申生：春秋時晋獻公太子。獻公聽信驪姬的讒言，把他逼死。事見《左傳·僖公四年》。　　好：愛。

⑫婞（音：幸）直：剛直。"婞"，同"悻"。　　豫：王逸説："厭也"。朱熹認爲是猶豫的意思。胡文英把它作爲不豫爲之防的豫，即預先的意思。（《屈騷指掌》）姜亮夫却説："不豫，即不逸豫之意，引申爲不寬和。"還有人説是詐的意思。解釋比較分歧。　　鯀功用而不就：鯀治水之功因而不能完成。　　鯀（音：滾）：同"鯀"。傳説是禹的父親，因治水不成，被舜所殺。功用：完成。

以上爲占夢者對屈原的勸告。與《離騷》女嬃一節，大意略同。

　　　　吾聞作忠以造怨兮，忽謂之過言①。九折臂而成醫兮，吾至今乃知其信然②。

　　　　矰弋機而在上兮，罻羅張而在下③。設張辟以娛君兮，願側身而無所④。

　　　　欲儃佪以干傺兮，恐重患而離尤⑥；欲高飛而遠集兮，君罔謂女何之⑦？欲橫奔而失路兮，蓋堅志而不忍⑧。背膺牉以交痛兮⑨，心　結而紆軫⑩。

　　擣木蘭以矯蕙兮，鑿申椒以爲糧⑪。播江離與滋菊兮，願春日以爲糗芳⑫。恐情質之不信兮，故重著以自明⑬。僑茲媚以私處兮，願曾思而遠身⑭。

　　①作忠：爲忠臣。　　造怨：造成仇怨。　　忽：忽略而不介意。　　過言：誇大的話。這二句的意思是：對于"忠誠可以遭怨"這句話，以前我并不介意，總認爲有點言過其實。

　　②"九折臂而成醫"句：多次折臂受傷，積累了經驗，終于成爲一個懂得醫理的人。這就是今天所説的久病知醫的意思。這裏用來比喻自己多次的經驗證明了上面的"作忠以造怨"那句話。這是一句古人常語，有多種説法。《左傳·定公十三年》："三折肱知爲良醫。"《孔叢子·嘉言篇》："三折肱爲良醫。"《説苑·雜言篇》："三折肱而成良醫。"朱熹説："人九折臂，更歷方藥，乃成良醫，故吾於今，乃知作忠造怨之語，爲誠然也。"這裏的"九折臂"與"三折肱"同意。　　乃：一本作"而"。　　信然：真正如此。

　　③矰弋（讀如：增翼）：帶有絲繩的射鳥的短箭。　　機：矰弋上面有機括，一觸即發，這裏作動詞用，就是安裝的意思。一説是發動。朱熹説："機，張機以待發也。"　　罻（音：未）羅："罻"和"羅"都是捕鳥的網。　　張：張設，設網捕捉。

　　④張：和弧相類似的弓。　　辟：王逸、王夫之、林雲銘等都説："法也。"但是各人對句意的理解又不相同。王夫之以爲"小人設機張網，陷君於危亡。"而林雲銘則認爲指的是屈原，説："設而張之以待其自陷，使君治之有名以爲樂也。"朱熹則認爲"辟"是"開"的意思，説："開也，與闢同；或云謂弩臂也。言讒賊之人，陰設機械，張布開辟，傷害君之所惡，以悦君意，使人憂懼，雖欲側身以避之，而猶恐無其處也。""辟"，應是

“縶”的假借字，是一種捕鳥的工具。《說文·系部》：“縶謂之罿，罿謂之罬，罬謂之罘，捕鳥覆車也。”王念孫說：“此以‘張辟’連讀，非以‘設張’連讀。‘張’讀‘弧張’之張。《周官·冥氏》：‘掌設弧張’鄭注：‘弧罿罘之屬，所以扃絹禽獸。’《墨子·非儒篇》曰：‘大寇亂，盜賊將作，若機辟將發也。’《莊子·逍遥游》曰：‘中於機辟，死於網罟。’司馬彪曰：‘辟，罔也。……此承上文矰弋罻羅而言，則辟非法也。”王念孫指出了王逸把“辟”解作“法”，朱熹把“辟”解作“開”等之不確切。　　娛：娛樂。王夫之則說：“誘也。”也有人說“娛”通“虞”，是欺騙的意思。這句承前兩句而言，意謂許多小人在君王面前討好，娛樂君王，實際上是一種包圍陷害的行爲。在他們周密的布置之中，正人君子自然不能見容，所以下文說“願側身而無所”。側身：同“廁身”。猶言置身。王夫之則認爲是君子想“乘間而進”，去拯救君王。還有一種說法，即是側過身子避開。（陸侃如等《楚辭選》）　　無所：無處藏身。“所”，處所。

⑤僮佪（讀如：嬋懷·）：猶徘徊。留戀而不忍去的樣子。干傺：尋求機會。“傺”當作“際”，指際遇。王逸、朱熹皆作“住”解。王逸說：“言己意欲低佪留待於君，求其善意，恐終不用，恨然立住。”朱熹說：“干傺，求住也。”王夫之解作“往”，說：“欲出奔他國，非無所往也。特忠臣有死無貳，故不忍往。”戴震則引《方言》說：“逗也。”也有人疑“傺”爲“察”之誤。“干傺”，猶言求察。

⑥恐重患而離尤：是說唯恐再一次遭遇禍患，受人責怪。與前“紛逢尤以離謗兮”句相應。　重（讀如：蟲）：再次。離：通“罹”，遭到。　尤：指責，責怪。

⑦高飛遠集：猶言高飛遠走。“集”，止也。　罔：誣罔。

女：同“汝”，你。　　之：往也。這兩句的意思，王逸說：“言己欲遠集它國，君又誣罔我，言汝遠去何之乎？”洪興祖說：“言欲高飛遠集，去君而不仕，得無謂我遠去欲何所適也。”

⑧横奔：**亂跑**。　　失路：不擇正路而行。比喻妄行違道，變節易操。　蓋：連詞。連接上句，表示原因。一本無“蓋”字。兩句的意思，朱熹以為是“言欲妄行違道，則吾志已堅而不忍為。”

⑨背膺牉以交痛兮：朱熹說：“三者皆不可為，則背胸一體而中分之，其交為痛楚，有不可言者矣。”林雲銘說：“一體中分，兩邊俱痛，為去住兩難之喻。”胡文英則說：“背膺一體，牉則不能不痛，猶君臣亦一體也，而今則不相合如是，安得不痛哉。”膺：胸口。　　牉（音：判）：分裂。　　交痛：同時並痛。郭沫若以“牉以交”為斷續之意。牉是分，交是合。這句是說“我的背和胸口斷續地隱痛呵。”（《屈原賦今譯》）

⑩鬱結：指憂愁煩悶積聚得不得發泄。　　紆軫：委屈和隱痛。王逸說：“言己不忍變心易行，則憂思郁結，胸背分裂，心中交引而隱痛也。”

⑪搗：搗碎。　　木蘭、蕙：都是香草。　　矯：通“撟”，揉。　　糳（音：作）：義同舂。《說文·米部》：“糲米一斛舂為八斗曰糳。”

⑫這二句的意思是說，播種江離和培植秋菊，想在春天青黃不接的時候，把這些香料作為干糧。朱熹說：“春日新蔬未可食，即且以此為糗，而又不忘其芳香，言不變其素守也。”播：種也。　　江離：也寫作“江蘺”，香草。又名芎藭、蘼蕪。晉張華《博物志》說：“芎藭苗曰江蘺，根曰芎藭。”　　滋：培植。　　糗（ㄑㄧㄡˇ）：乾飯屑。　　芳：香料。　　春日：郭沫若說：“當係春旦之誤，因形近而訛。秦法有‘城旦春’之罪名，

蓋旦乃担省。担，擊也。”

⑬情：中情。　　質：本質。　　信：通“伸”。是説恐怕内心的真實，無以自白。一説，“信”是相信的意思。這句的意思，林雲銘説是“恐中情本質不足見信於人。”郭沫若則説是“怕自己的誠實還不可仗恃。”　　重著自明：自己一再明白地申説。重（音：蟲），再次，一再。一説，應讀（音：衆），鄭重。（姜亮夫《屈原賦校注》）“著”和“明”同義，申説，説明。

⑭矯：舉起。一説與“擅”同義。“擅”，佔有。一本作“搢”。　　媚：美好。“播兹媚以私處”，猶言擁有這些美好的德行而獨處。　　私處：獨處。朱熹則説是“自娱”。　　曾思：反復思考。“曾”，同“增”。據姜亮夫説“思”是“逝”的聲近而譌。《淮南子·覽冥訓》：“曾逝萬仞之上。”高誘注：“曾猶高也，逝猶飛也。”“曾逝”，是高飛的意思。　　遠身：隱身遠去，不與世俗同流合污。朱熹説：“曾思所以慮微，遠身所以避害。”林雲銘説：曾思則無出位之謀，遠身則免讒人之妬，庶幾側身有所乎。”

以上是屈原占夢以後的感想。留既不可，去又不忍，惟有潔身自保而已。即《離騷》：“不吾知其亦已兮，苟余情其信芳”的意思。

本篇的基本内容與《離騷》的前半篇大致相似。詩人一心爲國，忠言直諫，却反而被讒見疏，受到一係列的打擊和迫害，終于陷入“退静默而莫余知兮，進號呼又莫余聞”的一種陳志無路，進退兩難的困境。因此，詩人不由得大聲疾呼，反復申述自己忠誠堅直的品德和光明磊落的心迹。他發誓説：“所非忠而言之兮，指蒼天以爲正”，並請五帝六神和公正的皋陶來裁決，極力表明自己的清白和忠貞。他還説"言與行其可迹兮，情與貌其不變"，表示自己表裏如一的人格，是經得起任何考驗的。應該指出，屈原的不幸遭遇和悲憤之情，決不僅僅是他個人的事，而是當時楚國現實政治中，進步與保守勢力激烈鬥爭的反映；而這一場鬥爭，又直接牽涉到國家的命運，民族的安危，這便是本篇現實意義之所在。

　　儘管詩人身處逆境，但他並没有聽從厲神關於"何不變此志也"的勸告，在一陣猶豫彷徨之後，詩人以高潔芬芳的花草爲象征，申述了自己決不與世同流合污，變節易操的堅强意志。表示了在險惡的環境中，在内心極其痛苦的情況下，仍然不忘修飾自己德行的堅定決心。這樣，本篇便塑造出一位忠心耿介，反遭不幸的志士仁人的動人形象。

　　藝術上，本篇突出的特點是，從鮮明、淒厲的語言細膩地刻劃了復雜的心理狀態和激烈的内心衝突。詩歌從對天起誓，寫到進退維谷，百口莫辨的困境，登天占夢的幻境以及"擣木蘭"、"播江離"的理想境界，在這波瀾起伏，迴旋曲折的描寫中，表達出種種激蕩和悲憤的心情，而這一心情的表達，又是真摯而鮮明的。語言上，本篇的特點是精煉而又生動樸素，尤其是民間成語的運用，如"衆口鑠金"、"懲羹吹齏"、"釋階登天"、"九折臂而成醫"等，都顯得新穎別致。

涉　江

　　關於本篇的寫作時間，明代汪瑗《楚辭集解》曰："《涉江》，其詞和，其氣平，其文簡而潔，無一語及壅君讒人之怨恨，其作于遭讒人之始，未放之先歟？與《惜頌》相表裏，皆

一時之作。"認爲與《惜誦》同一時期，作于懷王朝。這一説法
與作品内容不相符合，作品中寫出了屈原流放之地的景况，並
有"固將愁苦而終窮"等語，其詞並不平和，其作于放逐之後
是很明顯的，故汪氏之説不足取。

絶大多數研究者認爲作于頃襄王時，但也有具體的分歧，
大致説來，有三種不同看法。

有認爲作于頃襄王初年的。林雲銘《楚辭燈》認爲作于頃
襄王二年。戴震《屈原賦注》曰："至此重遭讒謗，濟江而南，
往斥逐之所。蓋頃襄王復遷之江南時也。"夏大霖《屈騷心印》
等有類似意見，今人陳子展也贊同此説。（見《楚辭九章之全
面觀察及其篇義分析》，載《復旦學報增刊》）

有認爲作于被放逐期間，時約頃襄王九年左右的。蔣驥以
爲作于頃襄王九年以後，具體年份未作説明，只是説："《哀
郢》發郢而至陵陽，皆自西徂東。《涉江》從鄂渚入溆浦，乃
自東北往西南，當在既放陵陽之後"，又説："頃襄即位，自郢放
陵陽。……居陵陽九年，作《哀郢》，已而自陵陽入辰溆，作
《涉江》。"這一看法，今人胡念貽《屈原作品的真僞問題及其
寫作年代》表示贊同，並進而認爲是晚年之作。陸侃如《屈原
評傳》則認爲作于頃襄王七年。

也有人認爲是臨死前的作品，郭沫若《屈原研究》認爲，
頃襄王二十一年白起破郢後，屈原被趕到江南，"接連着做了
《涉江》、《懷沙》、《惜往日》諸篇，終于自沉了。"游國恩《楚
辭論文集·屈原作品介紹》也説："《涉江》是頃襄王二十一年
以後，屈原溯江而上，入于湖、湘時作。從篇中的地名和時令
看來，它是緊接着《哀郢》而來的。"

諸説之中，當以蔣驥之説較爲近似。（但他主張作于《哀
郢》之後，則不可從，説詳《哀郢》解題）篇中一開始即曰：

“余幼好此奇服兮，年既老而不衰”，説明是晚年的作品。另外，篇中還説“吾不能變心而從俗兮，固將愁苦而終窮”，“余將董道而不豫兮，固將重昏而終身”，説明屈原對楚王已完全失望，準備流放到死了。這一思想與《離騷》等中年之作不同，而與《懷沙》較爲接近；但從作品中“船容與而不進兮，淹回水而凝滯”等語看，又不象遭變以後的作品，所以，這是屈原在江南長期竄逐中所寫的一首紀行詩，具體的本事和作年不可確考，大致作于流放江南多年之後，是屈原晚年的作品。

　　因爲篇中叙寫渡江而南，浮沅水西上，獨處深山的情景，故以“涉江”爲篇名。

　　本篇爲屈原所作，歷來無異詞。今人龔維英《屈原賦辨僞》（見《南京師院學報》1981年第4期）以作品推崇伍子胥，且有神仙家思想，有“南夷”這樣辱罵楚人的話，認爲“確確實實是贗品。”所持理由並不充分，劉青松《涉江不是屈原的作品嗎？》駁之甚詳，可參見。（載《學術論壇》1982年第6期）

　　　余幼好此奇服兮，年既老而不衰①。帶長鋏之陸離兮，冠切雲之崔嵬②。被明月兮珮寶璐③。世溷濁而莫余知兮，吾方高馳而不顧④。駕青虬兮驂白螭，吾與重華遊兮瑶之圃⑤。登崑崙兮食玉英，與天地兮比壽，與日月兮齊光⑥。哀南夷之莫吾知兮，旦余將濟乎江、湘⑦！

　　1幼：年少。　　好（音：耗）：喜愛。　　奇服：奇偉的服飾，指下“長鋏”“切雲”“明月”“寶璐”等，都用以象征自己的品德和才能。蔣驥説：“與世殊異之服，喻志行之不羣也。”一説“奇服”，好服，好衣。　　既：已經。　　衰：懈也。

這裏的“不衰”，是說愛好還没有衰減。

②長鋏（音:夾）：“鋏”，本是劍把。這裏以局部代表全部，指長劍。　　陸離：曼長貌。注詳見《離騷》“長余佩之陸離”條。冠（音:貫）：帽子。這裏用作動詞，戴帽子。　　切雲：當時高冠名。“切雲”，猶言摩雲。這種帽子高聳，故名。聞一多說:“‘切雲’猶‘摩雲’。冠曰切雲，正狀其高。……《後漢書·輿服志下》有通天冠。切雲之名，猶通天耳。（《説苑·善説篇》：‘昔者荆爲長劍危冠，令尹子西出焉。’危亦高也，危冠或即切雲之類。）《哀時命》曰：‘冠崔嵬而切雲兮。’即襲此文。”（《楚辭校補》）胡文英則説：“切雲，繡雲於冠也。”（《屈騷指掌》）　　崔嵬（讀如:摧圍）：高聳貌。

③被：（音:批）通“披”。　　明月：珠名，即夜光珠。因爲珠光晶瑩有似月光，故名。　　珮（音:配）：通作“佩”，佩帶，系物于衣帶上。　　璐（音:路）：玉名。

④溷濁：混亂，污濁。“溷”，“混”的異體字，同“渾”。莫余知:即“莫知余”的倒裝，没有什麽人了解我。　　方：正在。　　高馳：高高飛馳。　　顧:回頭看。　　二句的意思説，世間混亂污濁，没有人理解我，而我却正在高高飛馳，不屑一顧。

⑤駕：把車套在馬身上。　　虬（音:求）：古代傳説中的一種有角龍。　　驂（音:餐）：左右兩側拉車的馬，這裏用作動詞，指以“螭”爲驂。　　螭（音:吃）：傳説中一種没有角的龍。　　重華：帝舜名。　　瑶：美玉。　　圃：園地。“瑶之圃”即指下句的“昆侖”。因爲昆侖是西方最高的山，以産玉著名。在古代神話中，這産玉之區，被説成上帝的園圃。

⑥玉英：指玉的精華。“英”，是花朵，這裏用以代表最精美的非人間的食品，象徵最高尚的真理。所以下面説“與天地兮比壽，與日月兮齊光”。“比壽”，一本作“同壽”。“齊光”，一

本作"同光"。

　⑦南夷：楚國本是蠻族，僻處南方，中原各國都稱之爲荆蠻。蠻和夷都是當時對四周圍落後民族的通稱，涵有輕視和侮辱的意思。這裏用以指楚國的統治集團，意思是斥責他們的愚昧無知，係一種憤激之詞。洪興祖說："《國語》云：'楚爲荆蠻。'"朱熹說："南夷，謂楚國也。"蔣驥也說："南夷，斥楚人。"但是，姜亮夫認爲"南夷"是指荒遠的辰溆以西的異族。"南夷"的"夷"不是惡諡，"南"字有居中原以臨南極的意思。這句話不是屈原說的，而是出于第三者之口。也有人認爲"南夷"是指屈原流放所經過的地方（約爲今安徽南部，江西北部、湖北東南部及湖南一帶），這些地方的人當時多未開化。　旦：天明，早晨。　　濟：過河，渡。一本無"濟"字。　　乎：于。蔣驥說："'濟江、湘'者，原自陵陽至辰溆，必濟大江而歷洞庭也。按，湘水爲洞庭正流，故《水經》以洞庭爲湘水；濟洞庭，即濟湘也。"

　以上述說自己的高尚理想和現實的矛盾，闡明這次渡江遠走的基本的原因。

　　　　乘鄂渚而反顧兮，欸秋冬之緒風①。步余馬兮山皋，邸余車兮方林②。

　　　　乘舲船余上沅兮③，齊吴榜以擊汰④。船容與而不進兮，淹回水而凝滯⑤。朝發枉渚兮，夕宿辰陽⑥。苟余心其端直兮，雖僻遠之何傷⑦。

　①乘：登也。　　鄂渚（音：厄主）：洲名。在今湖北武昌西面。　　反顧：回顧，回頭看。　　欸（音:哀）：嘆息聲。緒風：餘風。指冬末春初的西北風。"緒"，餘也。"緒風"還有

另外幾種説法，如：相續之風，大風，烈風，隧風等。

②步馬：解駕讓馬散行。詳見《離騷》"步余馬兮山皋"條注文。　　山皋：山邊。　　邸車：猶言停車，指懸車而不用。"邸"（音:抵），一説舍也。一説通"抵"，止。"邸車"，以木止車。一説通"抵"，至。　　方林：地名。大概在長江北岸。王夫之則把"方林"解作"方丘樹林"。（《楚辭通釋》）

③ 舲（音:靈）船：有窗的小船。　　上沅：溯沅水而西上。屈原在長期竄逐中，往來於沅、湘流域，當不止一次。這次從哪裏出發，無法考證。前一段的行程，是由西北走向東南的。到了鄂渚附近的方林（陸路終點），再捨車登舟，橫渡大江，南下洞庭，溯沅江西上。洞庭湖匯集九條河水，以湘水爲主流，因而洞庭和湘水有着分不開的概念。渡過洞庭湖，也就算渡過了湘江。所以前文説"濟乎江湘"，這裏爲了避免重復，略去江、湘，直接就説"上沅"。從互見的文義中，表現一個完整的旅程。

④齊：同時並舉。一説大家一起用力。　　吳："艎"的假借字。艎是船的別名。"吳榜"，就是船櫂。對"吳"字還有兩種不同的解釋。王逸訓爲大。他説："士卒齊舉大櫂而擊水波。"朱熹以爲指吳國。他説："吳謂吳國。榜，櫂也。蓋效吳人所爲之櫂，如云越舲蜀艇也。"　　擊汰（音:泰）："楫入水擊波上濺也。"（王夫之《楚辭通釋》）汰，"汰"的俗字。水的波紋。戴震則認爲"汰"是浪淘沙土的意思。

⑤容與：船行遲緩貌。一説同"猶豫"，遲疑不定的樣子。淹：停留。　　回水：迴旋的水。　　凝：一作"疑"，古字通。停留不進。

⑥發：出發。　　枉渚（音:主）：地名，在辰陽東。沅水流經其地，轉一小灣，再流向辰陽。《水經注・沅水》："沅水

又東歷小灣，謂之枉渚。"渚，一作"陼"。　　辰陽：地名，在沅水上游，今湖南辰溪縣。《水經注·沅水》說："沅水又東逕其縣北，東合辰水。水出縣三山谷，東南流，獨母水注之。水源南出龍門山，歷獨母溪，北入辰水，辰水又逕其縣北。舊治在辰水之陽，故即名焉。《楚辭》所謂'夕宿辰陽'者也。"

⑦苟：如果，果若。　　其：一作"之"。　　端直：正直。雖：即使，縱然。　　僻遠：偏僻荒遠。　　傷：妨害。

以上叙述途中的經歷和心情。

　　　　入溆浦余僮佪兮，迷不知吾所如①。深林杳以冥冥兮，乃猿狖之所居②。山峻高以蔽日兮，下幽晦以多雨③。霰雪紛其無垠兮，雲霏霏而承宇④。
　　　　哀吾生之無樂兮，幽獨處乎山中⑤。吾不能變心以從俗兮，固將愁苦而終窮⑥！

①溆（音：叙）浦：地名，在辰陽的萬山中。朱熹、蔣驥都以爲是地名。一說"溆浦"是溆水之濱的意思。一說"溆"與"浦"同義，都作"水邊"解。《文選》五臣注："溆，亦浦類。"僮佪：猶徘徊，指心情的無所着落。一說曲折。謂進入溆浦，路徑曲折。一說轉彎。"迷"，迷路。但也有人認爲是"心情恍惚"的意思。因爲這裏深林杳冥，羣莽叢生，是猿狖所居，而不是人之所宜去的地方。（姜亮夫《屈原賦校注》）　　如：往也。

②杳（音：咬）：深遠貌。一說黑暗深沉。　　冥冥（音：明）：黑暗，昏暗。　　猿狖：泛指猿猴。"猿狖"之上，一無"乃"字。　　狖（音：又）黑色的長尾猿。

③峻（音：俊）：高而陡峭。　　蔽：遮住，擋住。　　幽

晦（hui 會）：昏暗。　　以：而。

④霰（音：憲）：小冰粒，俗稱雪子、雪糝（音：申）、雪珠。多 在下雪前或下雪時出現。　　垠（音:銀）：邊際。　　霏霏（音:非）：形容雲烟很盛的樣子。一説飄揚，非是。　　而：一作“其”字。　　承宇：謂連接着屋檐。“承”，連接。“宇”，屋檐。王夫之説:“沅西之地，與黔粵相接，山高林深，四時多雨，雲嵐垂地，檐宇若出其上。”一説，“宇”是天宇。這句是形容深山之中，雲氣彌漫，天地相連。

⑤哀吾生：哀嘆我的一生。　　幽:深隱，静寂。　　獨處:獨居。

⑥變心：改變志趣，改變理想。　　從俗：隨從世俗，即隨波逐浪。　　以：一作“而”。　　固：本來。　　終窮：窮困到底。

以上寫入溆浦後，獨處深山的情景。

　　接輿髡首兮，桑扈裸行①。忠不必用兮，賢不必以②。伍子逢殃兮，比干菹醢③。與前世而皆然兮，吾又何怨乎今之人④！余將董道而不豫兮，固將重昏而終身⑤！

①接輿：傳説是春秋時楚國的隱士，即《論語》所説的“楚狂接輿”，和孔子同時。《論語·微子》説:“楚狂接輿歌而過孔子曰：‘鳳兮鳳兮！何德之衰？’”《戰國策·秦三》説:“箕子接輿，漆身而爲厲，被髮而爲狂。”晋皇甫謐《高士傳》稱其姓陸名通，字接輿。　　髡（音:坤）：將髮剃去，是古時一種刑罰，所以當時剃去頭髮的人，是被人認爲可恥的。據説，接輿最初披髮佯狂，後來索性將頭髮剃掉（見朱熹《楚辭集注》

本篇注文）。就是對統治者堅決不合作的表示。一説，接輿是
遭受統治者的迫害，被處以髡首之刑的。　　桑扈：古隱士，
就是《論語》所説的子桑伯子，《莊子》所説的子桑户。《孔
子家語》説他“不衣冠而處”，也是一種玩世不恭的行爲。這裏
所謂“裸行”，大概只是説不正式穿戴衣帽。一説桑扈是窮得没
有飯吃，没有衣服穿，所以裸體而行。一説“行”當作“躬”。
因爲“行”和“中”、“窮”不入韵，只有“中”、“窮”、
“躬”才押韵。《説文・吕部》：“躬，身也。”“裸躬”，猶裸
身。聞一多説：“行字不入韵。依例，‘接輿髡首’上當缺二句，
此處文多偶行，所缺二句詞意蓋與‘忠不必用’二句相偶，猶
下‘接輿髡首’二句亦與‘伍子逢殃’二句相偶也。”

　　②以：用也。

　　③伍子：即伍員（音：雲），春秋時吴國的賢臣。　　逢殃：
指吴王夫差聽信伯嚭讒言，迫伍員自殺。　　比干：殷紂王的
叔伯父（一説是紂王的庶兄）。傳説紂王淫亂，比干强諫，被
紂王剖心而死。　　菹醢（讀如：租海）：古代的一種酷刑，
把人殺死後剁成肉醬。這裏所謂“菹醢”，極言其被刑之慘酷。
“接輿”六句是通過兩種不同類型的四個事例，來説明一個問
題：接輿、桑扈是消極不合作的，結果被時代所遺棄；伍員、
比干是積極企圖改變現實的，但又不免殺身之禍，足證“忠不
必用，賢不必以”。中間兩句貫串前後，結構與《離騷》“户服
艾以盈要兮”六句同例。

　　④與：通“舉”，全。這句是説整個前代都是這樣。《楚辭
・七諫》有“與世皆然兮”。斐學海《古書虚字集釋》説：
“‘與’，‘舉’也。‘與’、‘舉’古字通用（周禮師氏注云：
‘故書舉作“與”是其證），故‘與’可訓‘舉’。”一説，
“與”，數也，是一一列舉的意思。王夫之説：“歷數前世之賢而

不用者。”一説，猶謂也。一説“與”是個虚詞。姜亮夫説：“‘與’，與歟聲同，詞也。”　　前世：指前代的人。　　皆然：都是這樣。

⑤董道：正道。“董道不豫”，是説守正道而不猶豫。一説，“豫”，厭倦。（陸侃如等《楚辭選》）一説，“豫”，讀爲“逾”；“不豫”，猶不變也。　姜亮夫《屈原賦校注》）　　重昏：重重幽閉的意思。王夫之説：“重昏，幽閉於南夷荒遠之中也。人不足怨，而守正無疑，安於幽廢，明己非以黜辱故而生怨。所怨者，君昏國危。”一説，“重昏”，多次處于昏暗境地的。重（音：蟲），重復，多。昏，幽暗也。一説，糊塗，不聰明。

以上就現實遭遇，聯係到整個歷史悲劇，進一步重申自己的正確而堅定的立場。

亂曰：“鸞鳥鳳皇，日以遠兮。燕雀烏鵲，巢堂壇兮。① 露申辛夷，死林薄兮② 腥臊并御，芳不得薄兮。　陰陽易位，時不當兮④！懷信佗傺，忽乎吾將行兮⑥！”

①這四句比喻賢士遠離，小人竊位。　　鸞（音：孿）鳥：傳説中鳳凰一類的鳥。　　鳳皇：亦作“鳳凰”，古代傳説中的鳥王。雄的叫鳳，雌的叫皇，通稱爲‘鳳’或“鳳皇”。“鸞鳥”、“鳳皇”都是祥瑞的鳥，用以比喻賢士。　　日：一天一天地。燕雀烏鵲：燕子烏鴉，用以比喻小人。　　巢：用作動詞，築巢。　　堂：殿堂。　　壇（音：談）：土築的高台，用于朝會、盟誓、祭祀等。“堂壇”，這裏代指朝廷。

②露：暴露。　　申：重積。“露申”，就是暴露堆積在那裏無人愛惜的意思。另有幾種説法：一、王之夫説：“或即申椒

也。”“申椒”，香木名。二、錢澄之説：“無所障蔽，花早樹高，承露直上，故日‘申露’”（《莊屈合詁》）有“露中開放”的意思。“申”，通“伸”，伸展。三、蔣驥説：“或曰，即瑞香花，亦名露甲。”認爲“申”是“甲”之字誤。　　辛夷：香木名，注見《九歌・山鬼》。　　林薄：草木叢雜的地方。叢木曰“林”，草木交錯曰“薄”。

③腥、臊（音：騷）：都是惡的氣味，這裏是指有腥臊氣味的東西。比喻小人。　　御：用也。王夫之説：“御，進也。”芳：指有芬芳氣味的東西。比喻君子。　　薄：近也。王夫之則説：“‘薄’與‘泊’同，近也。”與上文的“薄”義別。“腥臊”二句與“鸞鳥”四句同意。朱熹説：“言污賤并進，而芳潔不容也。”

④陰陽易位：自然界極端混亂的現象，這裏用以比喻當時楚國朝政腐敗的情況。蔣驥説：“陰陽易位，喻小人在朝君子在野也。”　　時不當（音：蕩）：謂生不逢時，即《離騷》“哀朕時之不當”的意思。“時”，時運，時機。“當”，適合，得當。

⑤懷信侘傺：一方面懷抱着堅定的信心，另一方面又感到失意彷徨。“侘傺”，失意貌。　　忽：飄忽，恍惚，即上句“侘傺”的意思。　　吾將行：是説目前的環境難以久留，我將要離開這裏遠去。但行到哪裏呢？這句的涵義，和《詩經・小雅・節南山》：“我瞻四方，蹙蹙靡所騁”相同。馬其昶説：“生不當時，陰陽易位，此所謂將行者，言將去人間世而死若歸也。”（《屈賦微》）

　　亂詞綜括楚國上層統治集團內部的混亂和個人處境的憂傷，總結全篇。

　　《涉江》是屈原晚年所作。楚國自頃襄王熊橫繼位以來，政治上更爲腐敗。在强秦的不斷侵凌下，國勢日益衰落，正處于風雨飄搖之中。屈原在經歷了長時期的、越來越沉重的陷害和打擊之後，終于被放逐到南楚沅湘之地。他的理想雖然破滅了，然而他堅信自己的主張是正確的；他雖然身處隔絕人世的荒山僻嶺之中，然而他存君興國之念，是終始不渝的。他通過自身的遭遇，聯係到君昏國危的現實，彷徨悵惘，中心如焚，憂憤是極爲深廣的。篇中抒寫的就是這種堅定執着的信念和復雜矛盾的心情。

本篇運用比喻象徵和情景交融的手法是相當成功的。一開始，詩人便用象徵手法，隱括生平，訴説自己的高尚理想、貞潔情操和混濁現實之間的不可調和的矛盾，説明涉江南行的基本原因。他以好奇服、帶長鋏、冠切雲、被明月、珮寶璐，突出自己與衆不同的志行；以駕青虬、驂白螭、遊瑤圃、食玉英，象征自己高遠的寄托，而“吾與天地兮比壽，與日月兮齊光”，更顯示出詩人是一位頂天立地、具有高尚情操和堅定意志的正人君子。最末一段裏，又以鸞鳳、香草象徵正直、高潔，以燕雀、腥臊比喻邪惡勢力，以表達詩人對賢士遠離、小人竊位的悲嘆。

另外，作品中景物描寫和情感抒發互相融合，達到了妙合的境地。在“乘鄂渚而反顧兮”四句中，通過環境、季節、氣氛的渲染，增强了詩人登高遙望，憂傷太息的形象性，使讀者如見其人，如聞其聲。“乘舲船余上沅兮”一段，寫沅水灘高，在急流迴旋之中，一葉扁舟艱難而緩慢地行駛着；同時，却反映了逐臣遷客千回百折的去國之情。尤其突出的是“入溆浦余儃佪兮”以下一段，抓住帶有特徵性的景物，用高度概括的藝術筆觸，以寥寥數語，刻畫出深山密林嶔崟幽邃的景象。這一景象，又恰到好處地襯托出詩人寂寞、悲愴的心情，正如王夫之《楚辭通釋》所云："沅西之地，與黔粵相接。山高林密，四時多雨，雲嵐垂地，簷宇若出其上。江北之人，習居曠敞之野，初至于此，風景幽慘，不能無感，被讒失志之遷客，其何堪此乎！"道出了屈原此時此地的心境。這一段風光的描繪，又成爲後世山水詩的濫觴，而屈原也因此成爲我國山水文學的鼻祖。

哀　郢

　　本篇的作意與作年，有不少分歧意見。

　　王逸《楚辭章句》在"方仲春而東遷"句下注曰："言懷王不明，信用讒言而放逐己。"似乎認爲是懷王時，屈原因讒被放，思君念國，不忍離開郢都而作。（按：王逸在《離騷》前的一段解說中，認爲《九章》都是頃襄王時之作，與此自相矛盾，當爲別論）王逸的說法，很難解釋開首四句關於皇天不純命，百姓震愆，民離散相失等說法，所以盡管後世有個別呼應者，也并不可取。

　　朱熹《楚辭集注》在開首四句下注曰："屈原放棄時，適會凶荒，人民離散，而原亦在行中，閔其流離，因以自傷，無所歸咎，而嘆皇天不純其命，不能福善禍淫，相協民居，使之當此和平之時，而遭離散之苦也。"朱熹似乎看出了王逸之說不可通，于是強調"適會凶荒"等等，但是缺乏歷史根據。

　　馬其昶《屈賦微》曰："其昶案，秦在楚之西，楚屢被秦兵，則當時之轉徙避難者，必東遷江夏。疑此是懷王三十年陷秦時事，故有天命靡常之感。"這一說法，說通了"皇天不純命"，但對百姓震愆，以至離散相失，則解釋得比較勉強。

　　戴震《屈原賦注·音義》曰："屈原東遷，疑即當頃襄元年。

秦發兵出武關攻楚，大敗楚軍，取析十五城而去。時懷王辱于秦，兵敗地喪，民散相失，故有皇天不純命之語。”戴氏之説，似乎有歷史根據，又能説通文義。但是，當時秦楚交戰之地，離郢都尚遠，怎麼能説“哀郢”和“東遷”呢？所以也不能説通。

譚介甫《屈賦新編》曰：“頃襄王七年，屈原被檢舉定罪放逐，因回憶從懷王二十八年莊蹻暴郢，二十九年二月流亡到夏浦，至此已九年未歸，才叙述前事作《哀郢》，故八年西行，秋冬間遂返家鄉省視。”此説多臆測之詞，也不可從。

黄文煥《楚辭聽直》認爲屈原被放是在頃襄王初年，《哀郢》有“至今九年而不復”句，則當作于頃襄王九年左右。林雲銘、蔣驥等均同意此説，并對屈原的放逐地點等問題作了補充。今人胡念貽亦贊成此説，只不過認爲“九年”極其時間之長，不一定是實指，所以“《哀郢》的寫作時間，可能在頃襄王七、八年左右”。（詳見其《先秦文學論集·屈原作品的真僞問題及其寫作年代》）這一説法影響較大，但是也無法説通開首四句。

汪瑗《楚辭集解》認爲作于頃襄王二十一年，白起破郢之時，他説：“此郢乃指江陵之郢，頃襄王時事也。”接着，他列舉了秦對楚的幾次攻伐，認爲在楚頃襄王二十一年，秦昭王派白起“攻楚而拔之遂取郢，更東至竟陵，以爲南郡，燒墓夷陵。襄王兵散敗走，遂不復戰，東北退保于陳城，而江陵之郢不復爲楚所有矣。秦又赦楚罪人而遷之東方，屈原亦在罪人赦遷之中。悲故都之云亡，傷主上之敗辱，而感己去終古之所居，遭讒妬之永廢，此《哀郢》之所由作也。”并推斷曰：“按秦拔郢在頃襄王二十一年，今曰九年不復，則見廢當在頃襄王十三年矣，但無所考其因何事而廢耳。”他的基本看法是正確的，只是以屈原爲東遷之罪人，在作品中找不出證據來，實爲主觀想像，不可信從。王夫之《楚辭通釋》也主張指白起破郢之事，他説：
"頃襄畏秦，棄故都而遷于陳"，"東遷之役，原所不欲；讒人
必以沮國大計爲原罪而遷之，故重見竄逐"，但他認爲《哀郢》
作于此後九年，當在頃襄王三十年左右。"白起破郢"説信從
者頗多，如吳世尚《楚辭疏》，高秋月、曹同春《楚辭約注》、
王闓運《楚辭釋》都有類似看法。

　　汪瑗和王夫之的説法都有一些弊病，如汪氏的"東遷罪人"
説，王夫之的作于頃襄王三十年説等。而汪氏之書又極不易見，
因此，現代研究者多取王夫之説法，而加以修正，認爲屈原作
《哀郢》與自沉汩羅同在一年，即頃襄王二十一年，使本篇的
標題以及篇中叙寫的内容，能與史實相符，從而得出了較爲正
確的結論。吳汝綸懷疑屈原不可能活這樣久，其實這時屈原也
只有六十一歲，（生年依浦江清説，其他各家説法雖異，但出
入不大）而在《涉江》中，他已稱"年既老"了，所以吳氏的
懷疑并不能成立。

　　本篇爲屈原所作，歷來無異詞。唯錢穆《先秦諸子系年》
認爲屈原在頃襄王初年卒，而"《哀郢》則自是遷陳後作"，
"則《哀郢》非屈原作，而作《哀郢》者別自有人也。"并且認
爲，是莊辛或者宋玉、景差之徒爲之，"要非屈原作。"這一説
法并無根據，當然不能成立。

　　　皇天之不純命兮，何百姓之震愆[1]？民離散而
相失兮，方仲春而東遷[2]。
　　　去故鄉而就遠兮，遵江夏以流亡[3]。出國門而
軫懷兮，甲之鼂吾以行[4]。發郢都而去閭兮，怊荒
忽其焉極[5]？楫齊揚以容與兮，哀見君而不再得[6]。
望長楸而太息兮，涕淫淫其若霰[7]。過夏首而西浮

兮，顧龍門而不見。⑧心嬋媛而傷懷兮，眇不知其
所蹠。⑨順風波以從流兮，焉洋洋而爲客。⑩淩陽侯
之氾濫兮，忽翱翔之焉薄。⑪心絓結而不解兮，思
蹇産而不釋。⑫

　　將運舟而下浮兮，上洞庭而下江。⑬去終古之
所居兮，今逍遥而來東。⑭

　①皇天之不純命：是説天道無常，即《離騷》"皇天無私
阿"的意思。"皇天"，尊言天。許慎《五經異義》引《尚書》
説："天有五號：尊而君之，則曰皇天；元氣廣大，則曰昊天；
仁覆閔下，則稱旻天；自上監下，則稱上天；據遠視之蒼蒼然，
則稱蒼天。""純"，常也。一説，純一，專一。朱熹説："純，不
雜而有常也。"蔣驥説："不純命，謂天福善禍淫，而今使善者蒙
禍，是其命不常也。"一説，"純"，美。這句是説皇天給與楚國
的命運不美。（陸侃如等《楚辭選》）　　　震：震動。　　　愆
（音：千）：差池。"震愆"，即下文的"離散相失"，指郢都失
陷時，逃難中的人民流離轉徙，骨肉不能相顧的情形。這兩句
是説，楚國君臣荒淫失道，招致此次事變，正是咎由自取，顯
示了天命的無常，可是無辜的老百姓爲什麼要遭受這樣的苦難
呢？此外，還有幾種不同的看法：一是"震"，動盪不安寧。
"愆"，這裏是指遭罪，受苦。王夫之説："震，動而不寧。愆，
失其生理也。"一是，"震"，懼；"愆"，罪。蔣驥説："震懼於愆
罪也。"一是，"震愆"是"上怒而下得罪"。（胡文英《屈騷指
掌》）一是，"震"解作驚動；"愆"借作"搴"，走。這句是
指秦兵攻下郢都，百姓驚走。（陸侃如等《楚辭選》）

　②民離散而相失：謂人民流離失散，不能團聚。　　　方：
正當。　　　仲春：農曆二月。"仲"，指位居第二的。　　　東遷：

向東遷徙。指楚政府東遷陳城（在今河南淮陽縣）。陳在楚的東面，所以説東遷。據《史記·楚世家》記載，秦兵破郢後，"楚襄王（頃襄王的簡稱）兵散，遂不復戰，東北保於陳城。"一説，屈原從郢都出走，到了郢都之東的陵陽。蔣驥説："東遷者，原遷江南而至陵陽，其地正在郢之東也。"

③去：離開。　故鄉：一作"故都"。　就：到。　遠：遠方。　遵：沿着。　江：長江。　夏：夏水，也就是從石首到漢陽一段的漢水的別名。漢水到了夏天水位高漲的時候，在石首東溢合於江，故漢水又名夏水。流至漢陽，才真正入江，故漢口又名夏口。"遵江夏"，是説沿着這兩條水東行。即今湖北西南部地區。　流亡：流浪，逃亡。

④國門：國都的城門。　軫（音：診）懷：沉痛的懷念。"軫"，悲痛。　甲：古代以干支紀日，"甲"，指甲日。　晶：通"朝"，早晨。　行：出走。這句是説以仲春二月的甲日離開郢都。因爲這天不僅是屈原最後離開郢都的一天，也同時是郢都淪陷的一天，所以大書特書，記載特別詳細，是涵有沉痛的紀念意義的。屈原晚年，在長期流放生活中，行踪遍於江、漢、沅、湘一帶，往來不定。王夫之認爲屈原曾經諫阻頃襄王遷都陳城，雖無史實可證，但郢都被圍時，屈原恰巧回到郢都，郢都城破，他和難民一同逃出，獨自南下沅、湘，這一點是可以肯定的。

⑤發郢都：從郢都出發。　去閭（音：屢）：離開故里。閭，里巷的大門，這裏指故里。　佋（音：超）：遠也。一説，惆悵。《字林》："悵也。"一本無"佋"字。　荒忽：遙遠而無邊際。一説，即"恍惚"，是心神不定的意思。（姜亮夫《屈原賦校注》）有人則認爲是迷亂的樣子。（譚介甫《屈賦新編》上册）　焉：何也。　極：至也。這句是説，國破

家亡，前路茫茫，不知何往。

　　⑥楫（音:吉）：划船的槳。　　　齊揚：并舉也。　　　容與：
指船在水中緩緩地前進。一説，猶豫，指船徘徊不進的樣子。
這句是描寫依戀不捨的心情。因爲這是屈原最後離開郢都的一
次,頃襄王遷陳而他南下沅、湘,所以下句説"哀見君而不再得"。

　　⑦長楸：高大的梓樹，這兒是指郢城的長楸。《孟子》:
"所謂故國者，非謂有喬木之謂也，有世臣之謂也。"喬木與世
臣并舉，是説一個有悠久歷史的都城，必然有高大的樹木作爲
它的標誌的。這和後人用松竹來指故園,用松楸來指先人墳墓，
意義相同。朱熹説:"長楸，所謂故國之喬木，使人顧望徘徊，
不忍去也。"　　　太息：出聲長嘆。　　　淫淫：涕淚交流的樣子。
淫，過甚的意思。　　　霰：雪珠。

　　⑧夏首：夏水口，即夏口。屈原這次流亡的行程，可以分
爲兩段：從郢都出發，"遵江夏"東行，到了夏口，是第一段；
由夏口轉入湖、湘，是第二段。第二段的行程，可以説是由東
轉西，也可以説是由北轉南，所以這裏説"西浮"，下文轉"南
渡"。"南渡"和"西浮"，都是紀述"過夏首"以後的轉折方
向；可是總的行程，對郢都來説，則是由西向東的。所以下文
又説"來東"和"西思"。敘述錯綜，而文義互見。一説，夏首
指夏水出江之口。《漢書・地理志》云:"華容夏水，首出江，
尾入沔。"則此"夏首"去郢不遠,故有"顧龍門而不見"之句。
若指今稱爲漢口之夏口，則去郢甚遠，"顧龍門"句就嫌太泛，
無表現力。蔣驥即持此説（見下注）。可參。　　　顧：回頭看。一
説，"西"并非方位詞,而是"遷"的本字。"浮"即"汓"，
而"汓"是古"流"字。"西浮"即"遷流"。"過夏首而西
浮"是"過夏首而遷流"。"遷"，離散也。"流"，蕩散也。"遷
流"就是遷徙、飄蕩的意思。此説可參。　　　龍門：郢都的城東

門。郢都城東關有兩門，就是下文所説的“兩東門”。“龍門”是“兩東門”的總名。這次屈原離開郢都，可能是從東門出城的。王逸説：“龍門，楚東門也。言己從西浮而東行，過夏水之口，望楚東門，蔽而不見，自傷日以遠也。”蔣驥用王説，也説“夏首，夏水發源於江之處。西浮，舟行之曲處，路有西向者。龍門，郢城東門。《水經》云：‘夏水出江，流於江陵縣東南。’是則夏首去郢絶近。然郢城已不可見，故其心傷懷而不已也。”一説，郢都的城南門。洪興祖注引伍端休《江陵記》説：“南關三門，其一名龍門。”

⑨嬋媛（讀如：蟬元）：情思纏綿貌。　　傷懷：傷心。　　眇（音：秒）：遠。　　蹠（音：植）：踐踏也。　　不知所蹠：猶言不知腳踏何地，托身何所。王夫之則認爲“蹠”，所往也。也有人認爲“蹠”是“至”的意思。屈原這次流亡，雜在逃難人民當中。到了夏首，有些難民，停留下來，有的隨着政府再向東北的陳城進發，只有屈原因爲是放逐之臣，仍然要獨自走向西南，這句和上文“怊荒忽其焉極″，下文“焉洋洋而爲客”，“忽翱翔之焉薄”，“淼南渡之焉如”，用意略同。一説，“眇”，渺茫。這句是説“惝恍失意之後，行不知所之也。”（胡文英《屈騷指掌》）

⑩從流：順着水流。　　焉：于是。　　洋洋：飄泊不定的樣子。王逸説：“無所歸貌。”洪興祖説：“水盛貌。”王夫之説：“去而不返。”還有人説是憂思的意思。　　客：這裏是“流浪者”的意思。

⑪凌：乘也。　　陽侯：波濤之神，這裏用作波濤的代稱。據説，這位神祇本是凌陽國侯（見《淮南子》注），溺水而死，遂成水神，能作波濤。《淮南子·覽冥訓》：“武王伐紂，渡於孟津，陽侯之波，逆流而擊。”高誘注：“陽侯，凌陽國侯也。其

國近水，溺水而死。其神能爲大波，有所傷害，因謂之陽侯之波。”這裏的“陽侯”和下文的“陵陽”都是陵陽國侯的略文。

氾濫：水漫溢橫流。　　　**翱翔**（讀如：敖祥）：鳥飛，翼上下簸動叫翱，翼平直不動而迴飛叫翔。　　　**焉**：何，哪裏。

薄：迫近。指靠岸。一説，薄，通“泊”，停船。這兩句是説，船只凌駕着泛濫的波濤，忽上忽下，像翱翔在天空的飛鳥一樣，而無所歸宿。

⑫**絓結**（讀如：掛潔）：牽掛，懸念。　　**蹇產**（讀如：簡鏟）：連綿字，曲折。一説，憂郁，心情不舒暢。“絓結”是雙聲詞；“蹇產”是迭韵詞。上下兩字義同。　　**釋**：解開。

⑬**運舟**：轉運船只。王逸説：“運，回也。”　　**下浮**：指由漢水入長江，即下句所説的“下江”。蔣驥説：“‘下浮’，順江而東下也。洞庭入江之口，在今岳州巴陵縣。”　　**上洞庭**：從夏口回望，則洞庭湖在長江的上流，故云。　　**上下**：指南北。蔣驥説：“‘上洞庭而下江’，上下，謂左右。《禮》：東向西向之席，俱以南方爲上。今自荆達岳，東向而行，洞庭在其南，故以洞庭爲上而江爲下也。”有人認爲“以舟向前曰上，船尾居後曰下，此行舟者習慣語。”（沈祖縣《屈原賦證辨》）

⑭**終古所居**：祖先以來所居住的地方。指郢都，屈、景、昭是楚國王族三大姓，郢都是他們祖宗丘墓之鄉。據《史記·楚世家》記載，周莊王七年（前六九〇年），楚文王熊貲立，始都郢，至周赧王三十七年（公元二七八年）郢都陷落，己歷四百一十二年，故云。　　**終古**：久遠。　　**逍遥**：這裏是飄蕩、漂泊的意思。

以上叙述郢都陷落，自己在國難中遷謫東行。

羌靈魂之欲歸兮，何須臾而忘反①。背夏浦而

西思兮，哀故都之日遠[2]。登大墳而遠望兮，聊以
舒吾憂心[3]。哀州土之平樂兮，悲江介之遺風[4]。

當陵陽之焉至兮，淼南渡之焉如[5]！曾不知夏
之爲丘兮，孰兩東門之可蕪[6]！

心不怡之長久兮，憂與愁其相接[7]。惟郢路之
遼遠兮，江與夏之不可涉[8]。忽若去不信兮，至今
九年而不復[9]。慘　　而不通兮，蹇侘傺而含慼[10]。

①兩句的意思說，我懷念着故土，靈魂常常想回去，怎麼
能片刻地忘記呢。　　羌：句首語氣詞。一說，"靈魂"，指懷
王。馬其昶說：這兩句是"言懷王思歸，己亦何嘗須臾忘反君
乎。此即史公所謂繫心懷王，不忘欲反，冀幸君之一悟，俗之
一改也。"　　須臾：片刻，最短暫的時間。　　反：同"返"，
返回。

②背：作動詞用，即"離鄉背井"的"背"。　　夏浦：就
是指夏口，水邊爲浦。　　西思：向西想望，指西思郢都，與
前"來束"相應。因爲離開夏口，轉向洞庭，離郢都就愈來愈
遠了。所以下句說"哀故都之日遠"。錢澄之說："此是已過夏浦
也。以故都地勢論之，夏浦在束；故'背夏浦'乃西向而思，
思郢也。跡漸遠郢，而魂仍戀郢也。"蔣驥說："浦，水涯也。夏
水束經沔陽入漢，兼流至武昌而會於江，謂之夏口。'背夏浦'，
則過夏口而束，去郢愈遠矣。'西思'，指郢都言。"　　故都：
指郢都。　　日：一天一天地。

③大墳：指水洲。水中的高地叫做"墳"。一說，水邊的高
地或堤防。《詩經·周南·汝墳》："遵彼汝墳。"毛傳："墳，大
防也。"王夫之說："墳，堤岸也。"　　遠望：遙望郢都。王逸說：

“想見宮闕與廊廟也。”朱熹説：“望，望郢都也。”　　聊：姑且。
舒：舒散。

④州土平樂：指江岸土地的寬闊，人民生活的安定。“州
土”，指楚國的土地，即楚國所佔有的古荆州之地。一説，指屈
原流放時所經過的鄉邑。　　江介：江邊，指沿江兩岸地區，
蔣驥説：“介，側畔也。”王夫之説：“江介，夾江南北也。”姜亮夫
説：“此江介蓋亦指郢之江左右言。”　　遺風：古代遺留下來樸
質的風氣。“遺風”的“風”，王逸、朱熹都當作“風俗”解。
王逸説：“遠涉大川，民俗異也。”朱熹説：“遺風謂故家遺俗之善
者。”王念孫則把“遺風”的“風”解作“風雨”之“風”。并引
《文選·聖主得賢臣頌》：“追奔電，逐遺風。”李善注：“遺風，
風之疾者也。”以證之。　　按：楚自建國以來，以漢水流域爲
根據地，不斷向東北發展。長江以南，雖受楚領地，但還是很
閉塞的。屈原過江以後，在遠望中所看到的仍然是“平樂州土”
的“江介遺風”；而這次强敵侵凌，國都陷落的重大事變，在
這裏似乎還找不出一點感受的跡象，因而是可“哀”、可“悲”
的。錢澄之説：“‘哀州土之平樂’，隱隱有不能長保之憂，非
徒哀已也。”蔣驥説：“州土平樂，江介遺風，皆先世所養育教誨
以貽後人者，故對之而愀然增悲焉。”馬其昶説：“蓋諷其忘仇
耳，故冀幸俗之一改。”

⑤陵陽：指大的波濤。説詳前“陽侯”條注文。舊作地名
解（在今安徽東南部青陽與石埭之間），認爲是屈原這次行程
的終點，王夫之以爲即今宣城，均誤。　　焉至：指波濤不知
從哪裏而來。　　淼（音：眇）：大水茫茫，一望無際的樣子。
焉如：言自身不知向哪裏而去。“焉”，哪裏。“如”，往，去。

⑥曾（音：層）不知：簡直想不到。曾猶簡直，表示出人
意外。　　夏：通廈，大屋也。指楚國宮室。　　丘：廢墟。

孰：何，爲何。　　　兩東門：郢都的城門。説詳前“龍門”條注文。　　　蕪：亂草叢生貌。這兩句是説，“江介”的人民既然不曾知道郢都的繁華宮闕已經化爲丘墟，那當然更不會想到兩東門能够生長着荒蕪的春草。　　　按：這次秦兵入郢，破壞極大。據《楚世家》的記載，連楚國先王的墳墓夷陵，都被燒毀；則城闕宮室化爲灰燼，自不待言。這裏均係實指。一説，“夏”指夏水。“爲丘”是滄海桑田的意思。蔣驥説：“言己擯逐陵陽，不得越江而北，雖夏水化爲丘陵，且不能知何，何有於郢之城闕，或者蕩爲蕪穢乎？甚言己居陵陽，年深地僻，與郢隔絶也。”馬其昶説：“此因南渡，遂言夏水可爲丘陵，彼州土平樂者，曾不知陵谷之有遷變，孰知郢門之可蕪邪。言其昏而忘亂也。”

⑦怡（音:宜）：愉快。　　　憂與憂其相接：謂憂愁的不斷襲來。朱熹説：“憂憂相接，首尾如一，繼續無已也。”林雲銘説：“既憂自己，又憂國與民，無有斷時。”（《楚辭燈》）吳汝綸也説：“懷王不反，己復被放，故曰憂與憂相接。”（《桐城吳先生全書》）譚介甫則説：“憂憂相接，都是就秦對楚的前後事實説的，遠的如(1)懷王三十七年，丹陽大敗，失漢中地；近的如(2)二十七年，垂沙大敗，失重丘；(3)二十九年，失新城；(4)三十年，失八城；(5)同年，王被劫往咸陽，要挾割地；(6)頃襄王元年，取去十六城；(7)三年，懷王死，秦歸其喪；最近的如(8)六年，秦遺書决戰，意在求和；(9)七年，楚往秦迎婦，投降復和；這些，屈原認爲是憂憂相接的事。”“憂”，一本作“愁”。王夫之説：“憂者，憂所遷之不寧；愁者，愁故都之不復。”　　　接：銜接。

⑧惟：想，考慮。林雲銘：“惟，思也。”一説，句首語氣詞。江與夏之不可涉：江水之北，夏水之西，正是郢都的所在地；

而郢都已經淪敵，因此，長江夏水是不能徒步趟水通過的。“不可涉”，這裏有不堪回首之意，與前“曾不知夏之爲丘兮”兩句相呼應。“涉”，趟水過河。

⑨若：語氣詞。　　忽若：與《涉江》“忽乎吾將行兮”的“忽乎”同義。　　去：去國，指被放逐而離開政府。一本無“去”字。　　不信：不被信任。下句的“不復”，指不復被信任，對舉見義。　　九年：猶言多年。“九”，不是表確數。林雲銘說：“其始忽以不見信而棄逐，非以吾有實罪。”　蔣驥則說：“‘忽若’，猶忽然也。‘忽若去不信’者，言身忽已去國，而其心依戀郢都，殊不自信也。”他認爲“復”是“反”的意思，“九年”是確數。他說：“洪注：‘原初被放，在懷王十六年。至十八年，復召用之，有使齊之行。三十年，有會武關之諫，而懷王不從，卒死於秦。頃襄王立，復放屈原。然則懷王於原屢黜屢用，其遷於江南，九年不復，固當在頃襄之世也。”聞一多把“忽”當作“恍惚”解，他說：“此蓋言身雖去國，猶疑未去，心志瞀亂，若在夢中也。”（《楚辭校補》）　　姜亮夫認爲“信”是“再宿爲信”的信。他說：“此處信下疑有宿字。忽若去不信宿兮者，言思惟郢路遙遠，欲返不得，思之至於恍惚，似去國之未久，有如信宿者然；實則至於今茲譔文之時，則思之已九年之久，而仍不得歸去也。”

⑩慘鬱鬱而不通：壓抑在内心的憂悶，無法上通於頃襄王。一說，悲情鬱悶，難以表達出來。蔣驥說：“鬱鬱不通，謂有懷而不能自達也。”“慘”，一般人解作“心情愁慘”。也有人以爲是“懆”的俗字，引《說文·心部》說：“懆，愁不安也。”（姜亮夫《屈原賦校注》）　　蹇（音：檢）：困苦，不順利。一說，句首語氣詞。　　侘傺（讀如：詫斥）：失意的樣子。　　慼（音:戚）：憂愁，悲傷。

以上寫家亡國破，身遭竄逐的悲哀。

　　外承歡之汋約兮，諶荏弱而難持[1]。忠湛湛而
願進兮，妒被離而鄣之[2]。彼堯舜之抗行兮，瞭杳
杳而薄天[3]。眾讒人之嫉妒兮，被以不慈之僞名[4]。
　　憎慍惀之修美兮，好夫人之忼慨[5]。眾踥蹀而
日進兮，美超遠而踰邁[6]。

　　1 外：外貌。也有人懷疑"外"是"奸"字之誤。"奸"
與下文"忠"字相對。（陸侃如等《楚辭選》）　　承歡：指
在君王面前討好。　　汋約（业メՇ/ Ս Ս ）：猶綽約。美好貌。
"承歡汋約"，指巧言佞色，阿諛奉承的諂媚之態。　　諶
（音：塵）：誠，實際上。　　荏（音：忍）弱：猶言軟弱。
難持：難以依賴，意即靠不住，不能有堅定的操守。持，同恃。
這兩句是說，這羣小人雖然表面上討人歡喜，但其實是靠不住
的。一說，"難持"是難以扶持國家。是誰"難持"？馬其昶
認爲是子蘭。他說："子蘭，懷王穉子，故曰荏弱。此豈能持國
柄者乎？"

　　2 忠：忠貞之士。　　湛湛（讀如：佔）：厚重貌。
進：與《離騷》"進不入以離尤兮"的"進"字義同。注見前。
妒：這裏指妒嫉的人。　　被離：眾多而亂雜的樣子。指當時楚國
統治集團裏的一羣小人。　　被（音：披）：同披。一說散布貌。
鄣：同障。壅蔽，壅塞。指造謠中傷，在君王面前造成障礙。
對這四句有幾種不同的理解：一種認爲前兩句寫羣小的丑態，
後兩句寫羣小嫉妒賢能。蔣驥說："言小人飾爲媚態，以承君
歡，誠使人心意懦弱，不能自持，是以懷忠願進者，咸爲所壅
蔽而不得通也。"一種認爲這是屈原表述自己當時的體態和環境

的。譚介甫説:"因爲他很悲觀，雖在中年，却入衰老狀態，對外承歡婉順，其實已是軟弱而難支持了。他有滿腔的怨憤，確很願意上進而有所作爲，但嫉妒的人到處都有，總是蔽塞不通了。"姜亮夫也説:"上句外承歡者，猶言强爲歡笑；下句諶荏弱者，言心誠荏弱委頓：亦從作者情感處立説。蓋既放逐，惟有强爲解慰也。"又説:"忠湛湛二句，亦屈子自道之詞。全篇惟此二句，稍涉理知之批評。此乃感情激越，傾吐一快，行將收束，悠然自思，似稍覺醒，悲中理智中發；痛定之思，覺前此之不得復反者，妬者之披離，有以郢之。"還有一種認爲這個"外"字是指"秦"，"外承歡"是説對秦討好諂媚。

③彼：一本"堯舜"前無此字。　抗行（讀如：亢性）：猶言高尚的行爲。　抗，通"亢"。　瞭（音:了）：眼光明亮。　杳（音:窈）杳：高遠的樣子。　薄：迫近。"薄天"，形容堯舜的德行，高可及天。

④被以不慈之僞名：用"不慈"的僞名加在堯舜的身上。古代傳説堯認爲自己的兒子丹朱不賢，沒有把帝位傳給兒子，而傳給了舜；舜認爲自己的兒子商均不賢，也沒有把帝位傳給兒子，而傳給了禹。戰國時流行着一種不正確的言論，認爲堯舜禪讓，對他們的兒子來説，是不慈。《莊子》裏就有"堯不慈，舜不孝"的話。這句是説，像堯舜這樣的人，還遭受到毀謗，足見讒人慣於顛倒是非。　被（音:貝），加于⋯⋯之上。不慈，對子女不慈愛。　僞名，捏造的惡名。一説，"名"疑作"辯"之誤。"僞辯"，指衆讒人言。（沈祖緜《屈原賦證辯》）

⑤這二句意思説，忠直的人是好的，可是被頃襄王所憎恨，而行僞的小人，反爲他所愛好。洪興祖説:"君子之慍愉，若可鄙者，小人之忼慨，若可喜者，惟明者能察之。"　憎：

憎恨。　　慍惀（讀如：穩論）：忠心耿耿的樣子。這裏作名詞用，指這種忠誠的人。蔣驥説：“慍惀，煩憒貌。”這裏“言君子深憂遠慮，而君故憎之。”一説，“慍惀”（讀如：運論），是心裏有所蘊積而不善表達。洪興祖説：“慍，紆粉切，心所慍積也。惀，力允切，思求曉知，謂之惀。”還有一説，“慍惀”即“渾淪”，猶“囫圇”。胡文英説：“屈子豈不慮秦伏兵之詐。然未敢明言，但曰秦虎狼之國，不可信，是渾淪其辭也。衆讒人豈有不憎之者哉。”　　修：與“美”同義。　　好（音：號）：喜歡。　　夫人：指那一羣小人。　　夫（音:扶），那，那些。忼慨：指表面上很積極的樣子。

⑥這兩句的意思説邪氣高長，賢人遠引。　　衆：指小人們。　　蹀躞（讀如：妾牒），奔競貌。　　日進：一天天地往上升。-“美”和“衆”對舉，分指君子和小人。　　超遠踰邁：愈走愈遠。“超”，與“遠”同義；“踰”，與“愈”同義。一説，“超遠”作“疏遠”解，“踰”，通“愈”。這是説愈來愈疏遠。王夫之説：“超遠，疎遠也。”蔣驥説：“小人善爲浮説，而君故好之。是以小人日進而日親，君子愈疏而愈遠也。”“邁”，去。引申爲遠行。

　　以上結合本身遭遇，進一步分析楚國的現實情況，指出遭致這次事變的因由。

　　　亂曰：“曼余目以流觀兮，冀壹反之何時①。鳥飛反故鄉兮，狐死必首丘②。信非吾罪而棄逐兮，何日夜而忘之③？

　　①曼余目：放開我的眼睛。“曼”，引也，長也。　　流觀：四下裏眺望。　　冀：希望。　　壹反:回去一次。“壹”同“一”。

②上句謂鳥兒飛出去，不論多遠，總要回到老巢來。反，同返。故鄉，在這裏猶言故林或故枝。　　狐死首丘：據說狐將死時，它的頭朝向着生長的小山，以示不忘本之意，也用以比喻對故鄉的思念。“首”，作動詞用，頭朝向。

③上句說實在不是我有什麼罪過而遭到棄逐。“信”，實在。下句則說，無論是白天，還是黑夜，怎能忘記它呢？意即永遠忘不了它。

本篇以《哀郢》名篇，“民離散而相失”，“哀見君之不再得”，“江與夏之不可涉”，都是正面說出哀郢的意義。而詩人的心情，則是“何須臾而忘反”，“何日夜而忘之”。在“眇不知其所蹠”的飄泊生涯裏，他“望長楸而太息”，“顧龍門而不見”，剩下的衹是對故都一草一木的眷戀深情；可是“一反何時”，在萬分無可奈何中，他所考慮的就不得不是生命最後的歸宿問題了。

亂詞數語，總結全篇，表現了作者曲折而復雜的心理活動過程，深厚而沉痛的思想情感。

頃襄王二十一年（公元前二七八年），秦將白起攻陷了楚國的首都郢（今湖北省江陵縣西北），楚國君臣倉皇出逃，遷都于陳城（今河南省淮陽縣），郢都人民也被迫奔竄流離，循着夏水、漢水向東方逃亡，屈原正處于這支流亡隊伍之中。他親眼目睹了祖國和人民所遭受的苦難，思前瞻後，百感交集，因而以極其沉痛的心情寫下了本篇，哀嘆郢都的失陷。

郢都對屈原和楚國人民來說，有着一種特殊的、極爲深厚的情感。它是全楚的心臟，春秋以來，楚先王在此地積極經營，使之成爲楚國的政治、經濟、文化中心，它地勢形便，可以北爭中原，西拒強秦，而且有着豐富燦爛的南楚文化傳統和珍貴的典籍，還座落着屈原所屬的楚王族的世代祖先陵墓，因而郢都是楚國命運的象徵。後來楚考烈王東遷壽春，還把它叫做郢，足見這一具有悠久歷史的名城，在楚國人民的心目中有着多麼巨大的號召力！郢都的淪亡，也就預示着楚國前途的絕望。本篇以"哀郢"名篇，實質上是對危亡前夕的祖國的無比哀嘆和沉痛悼念。

作品叙寫了詩人對人民苦難的同情，對楚國山山水水，一草一木的無比熱愛，也譴責了昏君奸臣禍國殃民的罪行，抒發個人沈淪遷謫的感傷。這些是彼此交織着的，正因爲愛祖國、愛人民，作者才不顧個人安危，痛斥黨人，告誡君王，以致成爲遷客逐人。而獨處江湖的生涯，又進一步增強了他與人民的聯繫。這些便形成了本篇豐富而又強烈的思想情感。

在寫作上，本篇表現出詩人晚年爐火純青的藝術功力。詩歌以質問蒼天開篇，突兀而起，一下子把讀者引入國都殘破、人民離難的悲慘情景中。接着，詩人以郢都爲起點，由近及遠，層層深入地抒寫了流亡的經過，寫出了一步一回首，一步一揮淚的沉痛情感，又穿插自己只身爲客，涕泣傷懷的悲嘆，以及對羣小讒諂無辜、嫉賢害能的指責，構思是比較精巧的，主題也得到了充分的體現。最後則以動人心弦的懷戀之情收尾，既照應了開篇和題目，又給人以無窮回味。這樣，全詩就成爲一個完美、和諧的整體。

抽　思

篇名《抽思》出自篇中《少歌》的首句"與美人之抽思兮。"王逸《楚辭章句》在此句下注曰："爲君陳道、拔恨意也。"

朱熹《楚辭集注》則注曰:"抽,拔也。思,意也。"王夫之《楚
辭通釋》曰:"抽,繹也。思,情也。"蔣驥《山帶閣注楚辭》曰:
"抽,拔也。抽思,猶言剖露其心思,即指上所陳之耿著言。"
以上諸説,或釋"抽"爲拔、繹;或釋"思"爲意、情、心思
等,説法較爲近似。李陳玉《楚辭箋注》則從男女相思的角度
解説道:"抽思者,思緒萬端,抽之而愈長也。其意多在告君,
而托之于男女情款。陶隱君(即陶宏景)云:蓀,香草,似石
菖蒲,而葉無脊,生溪澗中。古時男女相悦,以此相稱謂。篇
中曰:數惟蓀之多怒。曰:蓀釋怒而不聞。曰:願蓀美之可完。
皆呼君也。"這一説法也可通,王逸釋"美人"爲君,也正是從
這個角度着眼的。

　　諸説之中,王夫之的説法最爲簡明可取。抽是抽繹,思是
情思;抽就是把蘊藏在内心深處像亂絲一樣的愁緒抽繹出來。

　　關於本篇的作年,多數研究者認爲是懷王朝被疏以後,在
漢北時所作。但在具體年份上,尚有不同看法。蔣驥《山帶閣
注楚辭》以爲作于懷王十八年,他説:"此篇蓋原懷王時斥居漢
北所作也。史載原至江濱,在頃襄之世,而懷王之放流,其地
不詳。今觀此篇曰來集漢北,又其逝郢曰:南指月與列星,則
漢北爲所遷地無疑。黄昏爲期之語,與《騷經》相應,明指左
徒時言,其非頃襄時作,又可知矣。原于懷王,受之有素,其
來漢北,或亦謫宦于斯,非頃襄棄逐江南可比。故前欲陳辭以
遺美人,終以無媒而憂誰告。蓋君恩未遠,猶有拳拳自媚之意;
而于所陳耿著之辭,不憚亹亹述之,則猶幸其念舊而一悟也
視《涉江》、《哀郢》、《惜往日》、《悲回風》諸篇,立言大
有逕庭矣。"又,夏大霖《屈騷心印》以爲作于懷王二十四年,
游國恩《楚辭論文集·屈原作品介紹》亦持此説。林雲銘《楚
辭燈》則以爲作于懷王二十六年,屈復《楚辭新注》同。

　　也有人以爲作于頃襄王時。王夫之《楚辭通釋》云:"原于頃襄之世，遷于江南，道路憂悲，不能自釋，追思不得于君見妒于讒之始。自懷王背己而從邪佞，乃自退居漢北以來，雖遭惡怒，未嘗一日忘君，而讒益張，嗣君益惑，至于見遷南行，反已無疚，而世無可語，故作此篇以自述其情。"這一說法，囿于《九章》皆作于放逐江南時的王逸舊注，又想調和其中"來集漢北"之語，因此牽強附會，窒息難通。

　　汪瑗《楚辭集解》釋《抽思》曰:"《哀郢》曰:方仲春而東遷，《懷沙》曰:滔滔孟夏，《抽思》曰:悲秋風之動容，可以考其作之時矣。序當在《懷沙》之後矣，是頃襄王時所作。意者《抽思》作于東遷之秋，《懷沙》作于次年之夏者，亦通。"聯係汪氏認爲《哀郢》作于頃襄王二十一年的說法，足見他認爲《抽思》也作于這一年。郭沫若《屈原研究》認爲與《思美人》"大約是一個時期的作品。作于到江南去的前一年"，亦即頃襄王二十年。汪氏與郭氏的說法，與作品的思想內容是不相符的。

　　饒宗頤《楚辭地理考》別創新說,他認爲篇中"低徊夷猶,宿北姑兮"中的"北姑",即齊國的薄姑,在今山東省博興縣東北。進而認爲本篇作于屈原第二次使齊時,約在懷王入秦之後。這一說法,顯然是站不住脚的。

　　以上各種解說中,以蔣驥等人的說法較爲近似。司馬遷在《史記·屈原列傳》中說:"屈原繫雖放流,睠顧楚國,繫心懷王,不忘欲反,幸冀君之一悟,俗之一改也。其存君興國而欲反復之,一篇之中,三致志焉。然終無可奈何,故不可以反,卒以見懷王之終不悟也。"這一記載與蔣驥的看法是吻合的。因此斷本篇爲懷王後期作品,當無問題。但蔣驥認定爲懷王十八年時作,值得商榷。屈原出居漢北,究竟是何年,很難確考,但不會這樣早。我們感到，本篇的作年，可能在《離騷》之後，因爲《離騷》裏還没有"放流"在外的痕迹，而本篇明明白白地說"惟郢路之遼遠"了。

　　心鬱鬱之憂思兮，獨永嘆乎增傷[1]。思蹇産之不釋兮，曼遭夜之方長[2]。悲秋風之動容兮，何回極之浮浮[3]？數惟蓀之多怒兮，傷余心之懮懮[4]。願揺起而横奔兮，覽民尤以自鎮[5]。結微情以陳詞兮，矯以遺夫美人[6]。

　　昔君與我成言兮，曰黄昏以爲期[7]。羌中道而回畔兮，反既有此他志[8]。憍吾以其美好兮，覽余以其修姱[9]。與余言而不信兮，蓋爲余而造怒[10]？

　①鬱鬱：憂傷鬱結的樣子。　　憂思：内心的憂傷。林雲銘說："憂國憂民，思所以救之，故曰憂思。"　　獨：孤獨。永嘆：長嘆。　　乎：《文選》司馬相如《長門賦》注、張衡《四愁詩》注并引作"而"。　　增傷：加倍的憂傷。

　②這兩句是說，愁思曲折糾纏解不開，正如處在曼曼長夜裏一樣。王夫之說："懷憂不釋，長夜追思，憶往昔納忠見逐之情，如下文所云，所謂抽繹舊事而思也。"　　蹇産：曲折。曼：義同曼曼，長的樣子。

　③容：指自然界的面貌。秋風一起，草木枯黄摇落，大自然面貌爲之一變，所以說"秋風動容"。王逸說："言風起而草木之類摇動"。朱熹說："謂秋風起而草木變色也。"蔣驥則說："言寒風襲人，而體慄色也。"　　一說，"容"通"搈"，是動的意思。回極：指風的動態。"回"，回旋。"極"，至也。意謂秋風回旋而至。王夫之說："回極，風之往來回旋而至也。"　　一說，"回

極”指天極回旋的樞軸。朱熹説：“或疑回極指天極回旋之樞
軸。”胡文英説：“回極，回旋之極。北極最高，天之樞紐，日夜
回旋之不已。”　　　林雲銘認爲“回”字是“四”字之誤，他説：
“四極，四方之極處。”（《楚辭燈》）。“四極”，謂四方的邊
極，説亦可通。浮浮：動盪不定貌。王夫之説：“浮浮，不定
也。”蔣驥説：“動貌，言秋風之狂，使天之樞極亦爲浮動也。”

　④數（音：朔）惟：屢次想到。數，屢次。惟，思也。
蓀（音：孫）：一種香草。也叫“荃”。這裏比喻懷王。　　多怒：
指懷王個性的特徵。錢澄之説：“《史記》稱王怒而疏原。又載
其擊秦失利，皆以怒而敗，固知王之善怒也。”（《莊屈合詁》）
懮（音：憂）：愁也。朱熹説：“言計而思之，君多妄怒，
刑罰不中，使余心憂也。”王夫之説：“謂懷王輕於喜怒，無定情
以謀國。”

　⑤搖起：應作“搖赴”，遠遠地走開。　　橫奔：不顧一切
地出走。“搖赴橫奔”，猶言遠走高飛。　　尤：同“疣”，病痛
也。　　鎮：鎮定。這兩句是説，本來準備不顧一切遠走高飛，
但看到人民的痛苦，又自己鎮定下來。馬其昶説：“搖起橫奔，
謂使齊之役。尤同疣，病也。鎮，安也。民之病秦久矣，故願
結齊拒秦，以自鎮安，原之計劃如是，所謂成言者，此也。”林
雲銘則説：“欲從所居而遠赴郢，不候君命而擅行。”蔣驥也説：
“遙赴橫奔，不俟命而趨君所也。”　　一説，“搖”是急速的
意思。“搖起”，突然而起。王念孫説：“搖起，疾起也。疾起與
橫奔，文正相對。《方言》曰：‘搖，疾。’”（《讀書雜志》
十六餘篇下）

　⑥這兩句是説，把自己微末的心意結成言詞，拿來獻給楚
王。就是説，寫這篇賦來訴述自衷。林雲銘説：“結構精微之
意，列之書中，舉而進之君，蓋上書也。”　　結：即“結言”

的"結",注見《離騷》。　　微情：謙詞，猶言下情或私衷。
陳：陳述。　　詞：言詞。　　矯：舉也。　　遺（音:衛），
贈予，送給。　　夫（音:扶）：這、那。　　一說，"矯"是
假的意思。胡文英說："矯如矯詔之矯，己不得往，故思矯以達
之也。"　　美人：指懷王。

⑦成言：彼此約定的話。是古代婚禮中的用語，指媒妁的
成言。與《離騷》"初既與余成言兮"的"成言"義同。這裏
以男女間的關係來比喻君臣間的合作。古代昏（婚）禮的舉行，
是在黃昏時候。所以下句說，"曰黃昏以爲期"。屈復說："成
言，已成之約言。《淮南子》曰：'薄於淵虞，是謂黃昏。'
喻晚節也。"（《楚辭新注》　　一說，"成言"是善言盛言
的意思。　　一說，"成"作"誠"，"誠言"，誠懇地說。認爲
這裏的語義與《離騷》的"成言"不同。"昔君與我誠言兮"
二句的意思是：從前你同我誠懇地說過，說以某天的黃昏爲昏
期。

⑧二句意思是說，你在半路折了回去，反而又有了別的打
算。比喻楚王原來信任屈原，和他約定聯齊抗秦，後來反悔，
改變爲聯秦緣齊。　　羌：句首語氣詞。　　中道：中途，半
路。胡文英說："蓋懷王本與原密謀圖秦，今不圖秦,已可怪矣，
乃更欲與秦約好，不亦異哉。"　　回畔：反背，中路轉折。這
裏有"翻悔"的意思。　　既：已。　　他志：別的主意，別
的打算。

⑨憍：通"驕"。　　覽：在這裏是炫示的意思。　　修姱
（讀如:休誇）：潔美，美好。上下句互文,言懷王驕矜得意,
自以爲是。洪興祖說："言懷王自矜伐也。"

⑩二句意思是說，和我講的話不算數，爲什麼對我有意找
岔子來生怒？　　不信：不講信用。　　蓋：通"盍"，爲什麼。

造怒：有意找岔子來生怒。朱熹則説：“言君自多其能，言又非實，本無可怒，但以惡我之故，爲我作怒也。”蔣驥説：“此追序立朝時蒙讒被放之事也。憍，矜。覽，示也。不信，不以誠相告也。造，作也。始見君之怒而未測，及觀於己，矜能以相炫；飾僞以相欺，與昔之成言，意甚相背，乃知其銜怒在己也。”姜亮夫則認爲不是指懷王自矜，而是“指懷王信上官子蘭以之爲美好修姱，正與己之見放爲對照也。”

　　以上追叙過去的事君不合。與《離騷》“荃不察余之中情兮”一節，内容大致相同。

　　　　願承間而自察兮，心震悼而不敢[1]；悲夷猶而冀進兮，心怛傷之憺憺[2]。歷兹情以陳辭兮，蓀詳聾而不聞[3]。固切人之不媚兮，衆果以我爲患[4]。
　　　　初吾所陳之耿著兮，豈至今其庸亡[5]？何獨樂斯之謇謇兮？願蓀美之可光[6]。望三五以爲像兮，指彭咸以爲儀[7]。夫何極而不至兮，故遠聞而難虧[8]。善不由外來兮，名不可以虛作[9]。孰無施而有報兮，孰不實而有穫[10]？

①願：希望。　　　承間：找個機會。“承”，通“乘”，趁着。“間”，指空隙，機會。　　　自察：自己把事情説明白。“察”，明也。　　　震悼：恐懼，害怕。
②夷猶：猶豫。　　　冀進：希望靠攏君王。　　　怛（音：達）：傷痛也。　　　憺（音：旦）憺：義同蕩蕩，言心情的動蕩不寧。一説，是“安静”的意思。洪興祖説：“憺，安静也。”朱熹説：“憺憺，安静。意謂欲承君之間暇以自明而不敢，然又不能自已，故夷猶欲進，而心復悲慘，遂静默而不敢言也。觀此則知

屈原事君，惓惓之意蓋極深厚，豈樂以婞直犯上而取名者哉！”
一説，“憺憺”通“惔惔”（讀如：壇），火燒的樣子，這裏
形容憂傷痛苦象火燒一樣。《詩經・節南山》：“憂心如惔，不
敢戲談。”

　　③歷：列舉。　　　兹：此。　　　情：下情。“歷兹情”，一
本作“兹歷情”。　　詳聾：裝聾。“詳”，同“佯”，假裝。

　　④切人不媚：懇切的人，不會諂媚。　　衆果以我爲患：
羣小果然把我作爲禍患。朱熹説：“言懇切之人不能軟媚，君或
未怒，而衆已病之，蓋惡其傷己也。”上面八句，總括起來，就
是蔣驥説的：“言欲及君之暇以自明，而始則心懼而不敢言；繼
則欲言而心益懼；及其言也，君方置若罔聞，而衆已慮其傷己。
此其所以斥之於漢北也。”　　初：當初。　　所陳：所陳述的。

　　⑤耿著：明白。　　庸：義同邊。就，竟。王引之《經傳
釋詞》説：“庸，詞之邊也，猶‘遂’也。”　　亡：通“忘”
（音：望），忘記。“豈至今其庸亡”，是説難道到現在就忘記
了嗎？一本作“豈不至”，非是。

　　⑥獨樂斯：王逸作“毒藥”，而無“斯”字，誤。　　樂，
喜歡，樂意。　　斯，這。　　謇謇：指忠貞之情。注詳見《離
騷》。　　蓀美：君王的美德。　　光：發揚光大。一本作
“完”，不叶韵，誤。這二句與《離騷》“余固知謇謇之爲患兮”
四句同意。大意是説：爲什麽唯獨我歡喜這樣忠言直諫呢？希
望君王的美德能够發揚光大啊。朱熹説：“言昔吾所陳之言，明
白如此，豈不至今猶可覆視，而何用乃亡之耶？然吾非獨樂爲
此謇謇，而不樂爲順從也。但以願君之德美，猶可復全，是以
不得已而爲此耳！所謂尚幸君之一寤者，如此其志切矣。”

　　⑦三五：指三王（指夏禹王、商湯王、周文王）和五霸（一
般指春秋時期的齊桓公、晉文公、秦穆公、宋襄公和楚莊王）。

一説，指三皇（一般指古代傳説的伏義、女媧〔音:蛙〕、神
農）、五帝（一般指古代傳説中的黄帝、顓頊〔ㄓㄨㄢ　ㄒㄩˋ〕、
帝嚳〔音:庫〕、唐堯、虞舜）。　　像：榜樣。　　儀：法則。
彭咸：傳説爲殷賢臣。"三五"句指君，"彭咸"句指臣。

⑧上句是説，什麼目的地不能達到？意即任何遠的地方没
有走不到的。　　極：指終極的目的地。　　遠聞：遠播的聲
名。　　虧：虧損也。"遠聞難虧"，意謂聲名遠流，長久不
滅。

⑨上句是説，品德要靠本身的修養。下句説，聲名不是虚
假所能够造成。"善"，指好品德。

⑩兩句是説，誰能不施舍而會有報答，誰能不等結果實而
會有收穫？意思是説、任何一件事功，都不可能從僥幸中取得。
孰，誰。施，給予恩惠、施舍。報，報答。實，果實。這裏用
作動詞，是結出果實的意思。蔣驥説："責於君者，以三皇五帝
爲模；矢於己者，以彭咸死諫爲法。君能希聖，臣能竭忠，以
相砥於其極，然後善至而名隨之。譬則施之有報，實之有獲，
不可强求而倖致，故欲完君美者，不得不爲此寒寒也。此又舉
上歷情陳辭之寔，而反覆著明之，猶幸君之徐繹而有悟也。吁，
其志可悲矣。"

以上申述自己的諫勸，完全出于對懷王的忠貞。這些話都
是有所實指的。馬其昶説："賈誼《新書》云：'楚懷王心矜好
高人，無道而欲有霸王之號。'今觀原所諫語，乃切中其病。
聽張儀詐獻商於地六百里，此正所謂不實而欲有獲也。"（《屈
賦微》）

　　　少歌曰①："與美人之抽思兮，并日夜而無正②。
憍吾以其美好兮，敖朕辭而不聽③。"

①少歌：樂章音節之名。朱熹説："《荀子·佹詩》亦有
'小歌'，即此類也。"(《楚辭集注》)《少歌》在《楚辭》中
僅見於本篇。它的性質和用途，從內容來看，當是一篇當中某一
個部分的小結。本篇"倡曰"以下，係寫獨處漢北的心情，其
中前面兩節，則是追述進諫的始末；《少歌》四句，結束前半
篇，詞意非常明顯。

②上句是説，向君王陳述自己的心情。"美人"，比喻楚王。
一本無"之"字。"思"作"怨"。"正"訂正。下句説從白天
説到黑夜，是和非都無法得到訂正。一説，"無正"是沒有
人給他評斷是非。朱熹説："并日夜，言旦暮如一也。無正，無
與平其是非也。"

③兩句是説，用他的美好向我耍驕傲，傲慢地對待我的言
辭，不肯傾聽。意思是説懷王自恃他的才能，傲慢而不聽自己
的話。與前"憍吾以其美好兮"兩句同意。　憍，一作驕。
敖：通"傲"。　朕（音：振）：第一人稱代詞，我，我的。
秦始皇以後專用爲皇帝的自稱。

　　倡曰①："有鳥自南兮，來集漢北②。好姱佳麗
兮，牉獨處此異域③。既惸獨而不羣兮，又無良媒
在其側④。道卓遠而日忘兮，願自申而不得⑤。望
北山而流涕兮，臨流水而太息⑥。

　　"望孟夏之短夜兮，何晦明之若歲⑦？惟郢路
之遼遠兮，魂一夕而九逝⑧。曾不知路之曲直兮，
南指月與列星。願徑逝而未得兮，魂識路之營營⑨。
何靈魂之信直兮，人之心不與吾心同！理弱而媒不
通兮，尚不知余之從容⑩。"

①倡：字同“唱”。始發歌叫做倡。林雲銘説：“歌之音節，所謂發歌句者。”這裏是另行起頭的意思。馬其昶説：“‘倡曰’者，更端言之。”（《屈賦微》）

②兩句是説，有一隻鳥從南方飛來，栖止在漢水的北邊。鳥：屈原自喻。　南：指郢都。　集：栖止，停留。　漢北：漢水北部，屈原初次放逐的地方。蔣驥説：“漢北，今鄖襄之地。原自郢都而遷於此，猶鳥自南而集北也。”但是，朱熹則説：“屈原生於夔（音：魁）峽，而仕於鄢郢，是自南而集於漢北也。”

③好姱：美好，美麗。與“佳麗”同義。　牉（音：判）：離異。

④兩句是説，我既是孤零零的不合羣，又没有一個好的媒介在君王的身邊，替我説話。林雲銘説：“異域無朋，故都又無代言使歸之人。”　惸獨（讀如：窮讀）：孤獨，孤單。“惸獨不羣”的“不羣”，與《離騷》：“鷙鳥之不羣兮”同意，指不能與世俗苟合。　良媒：指能够在君王面前代他表達心情，改善彼此間關係的人。其側：君王的身旁。一説指鳥的身邊。

⑤兩句是説，在這路途遥遠的地方，一天天地將被人遺忘；想自己去申訴又做不到。　卓遠：遥遠。“卓”，也是遠的意思。　日忘：言懷王會一天天地忘記了他。　自申：自己申訴。　不得：不可能，做不到。

⑥兩句是説，遠望郢都北面的山，忍不住流淚了，面對着南流漢水，不禁要長嘆。　北山：可能是郢都附近的山名。一説指郢都北十里的紀城。一作“南山”，則係泛指遠望中的南方的山。　涕：眼淚。　臨：面對着。　太息：嘆息。

⑦望：指睁着眼睛，形容失眠。一説，希望。　孟夏：初夏，農歷四月。　晦：指天黑。　明：指天亮。由晦到明，是一夜的完

整過程。"晦明若歲"，猶言一夜長似一年。朱熹説："秋夜方長，憂不成寐，故望孟夏之短長，而冀其易曉也。晦明若歲，夜未短也。"　　上句説"孟夏短夜"，下句説"晦明若歲"，極言心情憂苦，夜不成眠。按：篇首説"秋風"，説"夜長"，當是紀初來漢北的時令。這裏則是叙述寫作本篇時的心情。

　　⑧維：思念。一説，句首語氣詞。　　郢路：去郢都的路。魂：指自己夢裏靈魂。　　一夕九逝：言時夢時醒，睡得不安。朱熹説："一夕九逝，思之切也。""九"，虛數，多次。表明夢與醒的次數之多。"逝"，往，去。謂逝往郢都。

　　⑨"曾不知路之曲直兮"四句：郢在漢北之南，從天空望去，在月星的光輝照臨下，郢都可以指出它的所在。但在地面上的距離，却遙遠了，因爲路有"曲直"的緣故。意思是説，由于思郢心切，因而在星空的視野裏，并不感到它的遙遠，也沒有計算到道路的實際距離問題。但事實上道路是有"曲直"的，所以下句説"願徑逝而未得"。　　曾不知：竟不知。　　南指：指向南方。前面兩句是説夢魂竟不顧道路的崎嶇險阻，朝南指着月亮和星星來識別返回郢的方向。　　願：希望，想。徑逝：直逝，取直路回去。　　識路：猶言尋找道路。承前"路之曲直"而言。"識"，識別，認。一説，志（ㄓˋ），記憶。營：求謀也。"營營"，形容尋找道路時忙碌緊張的情況。一作"煢煢"，是形容靈魂的孤獨。後兩句是説想找條直路回郢都去而不能够，夢魂一個勁地往來奔忙着尋找歸路。一説，前面説"魂一夕而九逝"，可見已是"識路"的，這裏就用不着再説"識路"了。朱熹把這句解爲"魂雖識路，而煢煢獨往，無與俱也。"屈復也説："魂不識路以月星而知然，欲去而未得者，以魂雖識路而營營獨往無與俱也。"

　　⑩這四句是説我的靈魂多麽忠誠正直啊，可是懷王的心却

不和我的心相同，替我做媒介的人無能，沒路子去説合；懷王還不知道我這堅定而專一的心是不變的。朱熹説："言靈魂忠信而質直，不知人心之異於我，故雖得歸，亦無與左右而道達之者，彼又安能知我之閒暇而不變所守乎！"蔣驥説："當此人我異心，良媒中絶，正使得歸，當復何用？余從容聽之久矣，魂未之知耶。蓋嬉笑之言甚於痛哭矣。"一説，這是指"懷王以信直而爲秦欺"言。姚鼐説："言懷王以信直而爲秦欺矣，又無行理爲通一言，王尚不知余之心，所謂以此見懷王終不悟也。"馬其昶説："以上遙思懷王在秦之況。"　　信直：忠誠正直，指自己堅定而專一的眷戀君國之情，就是下句所説的"吾之心"。人：指懷王。這句與前"日忘"句相應。　　理：提婚人。媒：媒人。注詳《離騷》。　　從容：是不變的意思。指前面的"信直"。　　尚不知余之從容：猶言"不知余之尚從容"。一説，安逸舒緩的樣子。這是説媒人無能，找不到路子去向楚王説合；他不了解我，只能在這裏自求寬心。林雲銘説："且不知吾心有自得處，安望其他。魂雖信直往來，亦何益我。已上自傷身在漢北，無人代白還郢之苦。"　　一説，舉動，與《懷沙》："重華不可遌矣，孰知余之從容？"的"從容"同義。意思是使者不爲我進言，是因爲他們不了解我的舉止行爲。

　　以上叙寫獨處漢北的心情。

　　　亂曰："長瀬湍流，泝江潭兮[1]。狂顧南行，聊以娛心兮[2]。軫石崴嵬，塞吾願兮。超回志度，行隱進兮[3]。低回夷猶，宿北姑兮。煩冤瞀容，實沛徂兮[4]。愁嘆苦神，靈遙思兮[5]。路遠處幽，又無行媒兮[6]。道思作頌，聊以自救兮[7]。憂心不遂，斯言誰告兮[8]。"

①瀨（音:賴）：沙石雜流的淺水。　　湍（音：團陰平）：水勢很急。　泝(音:素)：同"溯"。逆流而上。　潭：水深處。楚地方言。"江潭"，郭沫若説："案此當是滄浪江。"又説："屈原初被放逐處是漢水北部。《抽思》云'有鳥自南兮來集爲漢北'，又《思美人》云'指嶓冢之西隈兮，與纁黃以爲期'，即其證。《尚書·禹貢》'嶓冢導漾，東流爲漢，又東爲滄浪之水。'"一説，"江"指漢水。

②狂顧：急切的回顧。朱熹則解作"憂懼而驚視也。"郭沫若説："、'狂'當是'枉'字之誤。""枉顧"是回望的意思。南行：向南走。　聊：姑且，暫且。　娛心：使內心歡樂滿足，有自慰的意思。

③軫（音：診）：形容石的形狀，言其方如車軫。對"軫石"的解釋歷來頗有分歧。王逸説："軫，方也。"洪興祖説："軫石，謂石之方者如車軫耳。"王夫之則説："軫，視也。……臨流眒石。"戴震説："軫，戾也。戾石者，戾裂之石。"還有一説，"軫"通"紾"，是扭曲的意思，這裏形容石頭的奇形怪狀。嶽嵬（ㄨㄟˊㄨㄟˊ）：高聳不平貌。　塞：句首語氣詞。一説，阻礙，阻難。　吾願：我的志願。　回：指廻曲之路。度：指直路。"回"和"度"相對成文。即上文所説的"路之曲直"。　超：超越。"超回"，猶言越過一些彎路。　志：誌也。"志度"，是説記住直路。　行：行進。　隱進：在不知不覺中前進。這四句意謂從小路抄直，不顧途中的險阻艱難。後面這兩句也有不同的説法。林雲銘説："超越回轉，心之所之，不失其度，泝流而行，進而不覺，有類吾學，此皆足以娛心者。"蔣驥説："超，越；回，返也。隱進，進而不覺也。言山水之奇，足以適願，故舉前憂思之志度，超越而回反之，而其行程進而不覺也。"郭沫若認爲"進"是"難"字之誤。他

說："'進'字與上'蹇吾願兮'失韵，義亦難通，當爲'難'字之誤。"郭在貽則説："所謂'超回志度'者，即是'超回跅踱'。跅踱之義，據徐廣説，乃'乍前乍却也'。此實即聯綿詞蹢躅之或體，《説文》作彳辵。聲轉又作峙踞、跼蹐、躑躅……等等。超回即遲回、逎回，亦即徘徊。超回、志度即徘徊、跼蹐，與下文低徊、夷猶語例同，皆二詞平列，而又義各相類。在'超回志度，行隱進兮'這一句裏，正因爲前面講的是徘徊跼蹐，故後面接以'行隱進兮'。（隱乃隱微之隱，言行速甚慢也。）'"（《楚辭解詁》）

　4 低徊：指體力疲乏時的緩行。一説，同"徘徊"，猶徬徨。北姑：地名。大概在漢北之南、郢都之北。　煩冤：謂心情煩亂而憂苦。　瞀容（讀如：冒勇）：借作"蒙茸"，亂走貌。朱熹把"容"解作"容貌"，他説："瞀容，瞀亂之意，見於容貌也。"林雲銘也説："負冤不修飾，而容瞀亂，實欲沛然往南。"蔣驥説："瞀容，瞀亂之意，見於容貌也。方欲快意南行，而地有所限，僅宿北姑而止。其心之煩亂，實欲沛然如水之南流也。"戴震則據《説文》説："瞀"是"低目謹視"的意思。姜亮夫認爲"容當爲悶字之誤……瞀悶，心亂也。"　實：王逸説："是也。"　沛徂：指情緒衝動時的急走。王逸則認爲"沛"是水奔流的樣子，"徂"是往的意思。姜亮夫則認爲"沛"爲"迸"的借字，"徂"是"思馬斯徂"的"徂"，"沛徂"是顛沛奔走的意思。按：這四句承上寫"南行"的情況，并非真的回到郢都，而是欲歸不得的一種神經失常的行動的表現。以"狂顧"二句作領，下貫八句。

　5 苦神：使神思苦勞。王逸説："愁嘆苦神者，思舊鄉而神勞也。"一説，"神"字當是"呻"字之誤。"苦呻"，痛苦呻吟。靈：靈魂。　遙思：思念遙遠的地方，指思念郢都。"靈遙思兮”，就是前面所説的“魂一夕而九逝”。

⑥處幽：住在僻遠的地方。王逸説：“路遠處幽者，道遠處僻也。”　　行媒：媒介，比喻可向楚王説情的人。王逸説：“無行媒者，無紹介也。”

⑦道：言也。“道思”，猶言言志。一説“道”，路。“道思”，路上尋思。朱熹説：“道思者，且行且思也。”　　作頌：就是作歌。　　救：解也。“自救”，自我解脱痛苦，對下文“誰告”而言。

⑧遂：義同達。　　斯言：這些話，指上面所説的憂傷。誰告：即“告誰”，告訴誰。

“亂辭”重申憂苦之思、自明“作頌”的用意，總結全篇。

本篇的主要内容有兩點。一是對往事沉痛的回顧。作者曾受到懷王的信任，正準備在政治上大有作爲的時候，懷王忽然改變態度，有了另外的打算，再也聽不進他的忠言了。對于懷王的言而無信、反覆無常，作者表現出怨恨和悲憤的情緒。二是充分表現了作者放流漢北期間，對郢都的無限思念。這種思念的實際意義，就是迫切希望懷王能够痛改前非，重新任用自己。無論是回顧還是思念，都和改革政治，振興民族聯繫在一起的，所以，作品比較深刻地反映了楚國當時社會現實的一個側面。

藝術上，抒情手法達到了一個新的高度。不僅是抒寫怨恨和悲哀，深沉纏綿、細膩真切。而且“倡曰”以下一段，借助對于夢境的描寫，來抒發自己對郢都的强烈的懷念。現實生活中的郢都路途是十分“遼遠”的，可是，在夢幻之中，一切都變化了，游魂居然“一夕而九逝”，多次往返于漢北、郢都。我們似乎可以看到他的夢魂從軀體中飄然而起，在星月微光下，一個勁兒向郢都飛逝，現實生活中得不到的東西，在理想世界中得到了暫時的滿足。可是，夢總是要醒的，幻滅以後，帶來了更爲深沉的痛苦。所以，就引起了"亂"辭中，進退兩難的矛盾心情的描寫，使得全篇前後呼應，脈絡分明，渾然而成一體。

從體式上說，本篇是《九章》中的一個特例。不僅結尾有"亂"辭，而且還有"少歌"、"倡曰"。這樣的體式，在楚辭作品中，是絕無僅有的。

懷　　沙

本篇過去一般認爲是屈原的絕命詞，所謂懷沙，多釋爲懷抱沙石而自沉。洪興祖《楚辭補注》曰："太史公曰：乃作《懷沙》之賦，遂自投汨羅以死。原所以死，見于此賦，故太史公獨載之。"朱熹《楚辭集注》說得更爲明確："懷沙，言懷抱沙石以自沈也。"其實，這種看法是誤解了《史記·屈原列傳》而得出的結論。《史記》雖然在全文引用《懷沙》之賦後，緊接着寫"于是懷石遂自投汨羅以死。"但並沒有直接地釋"懷沙"爲懷石自沉。因此，嚴格地說，《史記》這一說法，以及東方朔《七諫·沈江》："懷沙礫以自沈兮，不忍見君之蔽塞"等說，都不能作爲《懷沙》篇名的注脚。

汪瑗《楚辭集解》則曰："按世傳屈原自投汨羅而死，汨羅在今長沙府。此云懷沙者，蓋原遷至長沙，因土地之沮洳，草木之幽蔽，有感于懷而作此篇，故題之曰《懷沙》。懷者，感也。沙，指長沙。題《懷沙》云者，猶《哀郢》之類也。"後來，李陳玉《楚辭箋注》、錢澄之《屈詁》和蔣驥《山帶閣注楚辭》等均持此說。蔣驥還作了進一步的論證。駁斥了有人以爲“長沙之名自秦始建，且專以沙名，未可爲訓”的説法，引用《山海經》、《戰國策·楚策》、《史記》等典籍，説明戰國時，已有長沙之名，而且，還是熊繹的始封地。所以，他認爲“曰懷沙者，蓋寓懷其地，欲往而就死焉耳。”這樣，比汪瑗因長沙卑濕恐傷壽命而作的説法要合理了。

另外，今人譚介甫《屈賦新編》認爲作于頃襄王十五年，懷沙，是懷念垂沙戰敗的事，即懷王二十八年，秦與齊、韓、魏共攻楚，大敗楚于垂沙之事。此説在作品中缺乏内證，很難成立。

上述三説中，第二説較近情理，這可以從下列幾個方面去理解。一、《史記·屈原列傳》對屈原生平事迹的叙述十分簡略，尤其是頃襄王時，只寫了四件事：一是子蘭使上官大夫進讒，屈原被逐。二是屈原行吟澤畔，與漁父對答。三是作《懷沙》。四是抱石沉江。這四件事僅僅按時間順序排列，並非緊緊連接着的。《懷沙》之作在沉江前，並不等于寫了《懷沙》以後，立即就自沉；更不意味着屈原作《懷沙》之後，沉江之前，就沒有寫其他作品。至于究竟那篇是絕命詞，就要看作品的具體内容和它所表現的思想情感了。如果將本篇視爲絕命詞，是不合適的。因爲它的情感，還不象《惜往日》表現得那樣激切，它只是提到“知死不可讓”，而《惜往日》則具體地説：“不畢辭以赴淵”，前後的次序，是很明顯的。

二、《史記》説的是“抱石”，這裏是“懷沙”。“抱”和“懷”固然同義，但“石”與“沙”卻不可等同。爲了表示自殺的決心，抱石投水，是符合客觀實際的。而散碎的沙粒，怎樣將它揣在懷裏投水呢？這是無論如何説不通的。如果將懷沙解釋爲懷念長沙，上述問題就不存在了。所以，汪瑗、蔣驥等説法是合情合理的。屈原自沉于汨羅，汨羅又在長沙附近。本篇一開始説"汨徂南土",最後以死自誓，足見屈原懷念長沙，是爲自己生命的歸宿尋找一個合適的地點。《哀郢》標明的時令是"仲春"，本篇是"孟夏"，傳説中屈原的沉江又是五月，其中的時間順序，是有綫索可尋的。大概本篇作于到達長沙以前，《哀郢》之後，當時死意已決，因而本篇無異是屈原準備自殺的預告。所以司馬遷將它録入本傳。用意是不難理解的。

三、屈原爲什麽會懷念長沙，選擇這裏作爲生命歸宿之地。首先，這是一種垂死時深厚的生活情感的表現。據《史記•楚世家》載，楚國始封君熊繹居丹陽，（今湖北省秭歸縣東）但《方輿勝覽》説："長沙郡治内有熊湘閣，以熊繹始封之地而名。"唐代張正言《長沙風土碑》也説："昔熊繹始在此地。"大概當時熊繹在開拓疆宇的過程中，江北以丹陽爲中心，江南則以長沙爲據點，春秋之後，才正式定都于郢。到了屈原自殺的那年，郢都已淪陷，要想渡江而北，死于生身之地，事實上不可能。于是依戀宗國之情，自然而然地集中在這一具有歷史意義的地區了。《哀郢》説："狐死必首丘"，又説"江與夏之不可涉"，這和眷懷長沙的情感，是有密切聯繫的。其次，屈原的自殺，固然是絶望的悲哀，但另一方面，則希望通過他的死來振奮楚國的人心，最後一次刺激頃襄王的覺悟。長沙是楚國東南要地，不同于遐荒絶遠之區，就現實政治意義而言，死在這裏，是有較大客觀影響的。

　　滔滔孟夏兮，草木莽莽[1]。傷懷永哀兮，汨徂南土[2]。眴兮杳杳，孔静幽默[3]。鬱結紆軫兮，離愍而長鞠[4]。撫情効志兮，冤屈而自抑[5]。

[1]滔滔：陽氣抒發的樣子。《史記》引作"陶陶"，和暖

也。音近，義通。 一說，字亦作“慆”。“慆慆”是悠久的意思。形容夏天的悠長。 一說，水大貌。 孟夏：初夏，指農曆四月。 莽莽：草木叢生貌。

②傷懷：傷心。 永：長。 汩：當從曰，作“汩”（音：遇），疾速也。“汩徂”，猶言急行。 南土：林雲銘説：“汩羅在郢之南，故曰南土。”蔣驥説：“南土，指所懷之沙言，今長沙府湘陰縣汩羅江在焉，其地在湖之南也。”

③眴（音：舜）：字同“瞬”，看也。 一說，目轉動。《説文‧目部》：“目搖也。”因驚風土之異，故曰屢轉動。 杳杳：深遠而無所見貌。《史記》引作“窈窈”。 孔：甚也。 幽默：静寂無聲。“默”，《史記》作“墨”。這二句，王逸釋曰：“言江南山高澤深，視之冥冥，野甚清静，漠無人聲。”蔣驥説：“杳杳則無所見，静默則無所聞。蓋岑僻之境，昏眊之情，皆見於此矣。”

④紆軫：委曲而苦痛。 離：同“罹”，遭也。 慇：病痛，憂患。一本作“慜”。 鞠：困窮。

⑤撫情効志：猶言内省於己。 撫，循撫。 効：考核的意思。 寃屈：《史記》作“俛詘”。 自抑：强自按捺。朱熹説：“言撫情覆志，無有過失，則屈志自抑而不懼也。”蔣驥説：“言循省其情，考驗其志，雖遭寃屈而自抑遏，蓋不敢怨人而增修其德也。”

以上寫南行時的心情。

　　　刓方以爲圜兮，常度未替[1]。易初本迪兮，君子所鄙[2]。章畫志墨兮，前圖未改[3]。

　　　内厚質正兮，大人所盛[1]。巧倕不斵兮，孰察其撥正[5]？

①刓（音：完）方以爲圜：把方的削成圓的，即下文“變白以爲黑”的意思。刓，義同削。圜，字同“圓”　　常度未替：正常的法則不會改變。常度，正常的法則。替，廢也。這句是說小人雖能顛倒是非於一時，但正常的法則決不會因之而改變。王逸說：“言人刓削方木以爲圜，其常法度尚未廢也，以言讒人譖逐放己欲使改行，亦終守正而不易也。”朱熹說：“言欲變心從俗，而常法未廢，不能遽變也。”蔣驥也說：“言欲變節從時，而常法具在，不敢變也。”馬其昶說：“刓方爲圜，乃老氏和光同塵之旨，然常度猶未替也。”按：《老子》：“和其光，同其塵。”王弼注：“和光而不污其體，同塵而不渝其貞。”

②兩句是說，改變初志是君子所鄙棄的行爲。　　易初：變易初心。　　本迪：就是變道，和易初對舉成文。《爾雅》：“迪，道也。”聞一多說：“本，疑當作變。變卞古通，……此蓋本作‘易初卞迪’，卞迪即變道。”（《楚辭校補》）　　鄙：輕視，看不起。　　一說，“本迪”是“本道”、“常道”的意思。王逸說：“言人遭世遇變易初行，遠離常道，賢人君子所耻不忍爲也。”林雲銘說：“改變始初本來之道，似匠人之常度替矣，立身之君子必薄之而不爲。”蔣驥說：“易初本迪，謂變易其初時本然之道也。”　　一說，“迪”是“由”之誤，“易初本迪”應作“易由初本”。易由，猶今言夷猶，猶豫的意思。姜亮夫說：“易由初本，謂於其本初夷猶不決也。夷猶初本，則是可以改迹，則方固可以刓爲圜矣，故爲君子所鄙！”

③章畫志墨：意謂守道不移。章，明也。志，記也。畫墨，即繩墨（匠人引繩彈墨，所以畫直綫，故云）。　　前圖：前人的法度。王逸說：“言工明於所畫，念其繩墨，修前人之法，不易其道，則曲木直而惡木好也，以言人遵先聖之法度，修其仁義，不易其行，則德譽興而榮名立也。”王夫之說：“畫者，匠

者墨所畫也。志，記也。所畫之墨，守之以爲直，章明易見，記之以無失尺度也。言欲屈抑徇物，毀方爲圜，變易初志，而撫念情志，若改易繩墨，則君子所鄙，心不能安也。”

④内厚：内心敦厚。　　質正：品質方正。　　大人：猶言君子，德行高尚的人。　　盛：贊美。一本作“賊”，同“晟”。

⑤倕（音：垂）：人名，傳說是堯時的巧匠，他最早制造耜耒、鐘、銚、規矩、准繩。　　巧：形容他的技藝。　　斲（音：茁）：砍，削。　　孰：誰。　　察：看出，看清楚。撥正：猶言曲直。　　撥，彎曲。《淮南子》：“扶撥以爲正。”高誘注：“撥，枉也。”孫詒讓《札迻》説：“撥，謂曲枉，與正對文。”一本作“揆”。　　這兩句是説，巧匠不動斧頭，曲直就没有標准，用以比喻正人不在朝列，則是非無法分清。王逸説：“言倕不以斤斧斲斫，則曲木不治，誰知其工巧者乎？以言君子不居爵位，衆亦莫知其賢能也。”蔣驥也説：“賢而不試，則譬有巧匠而不使之斲，亦安知其度物之正哉？此本上撫情效忠而言，以起人莫能知之意。”

以上叙述自己堅持直道，不隨世俗浮沉的節操。

玄文處幽兮，矇瞍謂之不章①；離婁微睇兮，瞽以爲無明②。變白以爲黑兮，倒上以爲下。鳳皇在笯兮，鷄鶩翔舞③。同糅玉石兮，一概而相量④。夫惟黨人之鄙固兮，羌不知余之所臧⑤。

任重載盛兮，陷滯而不濟；懷瑾握瑜兮，窮不知所示⑥。邑犬羣吠兮，吠所怪也；非俊疑傑兮，固庸態也⑦。文質疏内兮，衆不知余之異采⑧。材朴委積兮，莫知余之所有⑨。

①玄文處幽：黑色的花紋，處於幽暗的地方。　　矇瞍（讀如：蒙叟），瞎子的總稱。有瞳仁而看不見叫做「矇」；沒有瞳仁叫做「瞍」。　　章：文彩。「不章」，沒有文彩。一說，「章」，明。

②離婁：傳說中的人名，亦作離朱。據說，他的視力最強。《孟子·離婁上》：「離婁之明。」趙歧注：「離婁者，古之明目者，蓋以爲黃帝之時人也。黃帝亡其玄珠，使離朱索之。離朱即離婁也，能視於百步之外，見秋毫之末。」　　微：稍微，約略。睇（音：弟）：微視。　　瞽（音：鼓）：瞎子。

③笯（音：奴）：竹籠。楚地方言。　　鶩（音：務）：鴨子。翔（音：祥）：飛。

④同糅：義同「雜揉」，混合在一起。　　概（音：蓋）：量米粟時刮平斗斛用的橫木。一概相量，意謂同等評價。

⑤鄙固：鄙陋，頑固。林雲銘說：「鄙則不大，固則不通，總屬無識之病。」《史記》作「鄙妒」。臧：字同「藏」，指藏在胸中的抱負。　　一說，「臧」，善。王夫之說：「今黨人識既鄙固，又懷嫉忌，國事不審，安危不察，既莫我用，反誣我以所謀不臧而屈抑之。忠直之不達，固已。」蔣驥說：「黑文之處暗，本似無文，而以矇瞍視之，則益不知其章矣。離婁之略觀，本似未審，而以瞽者視之，則益不知其明矣。賢者之不試，本似無才，而以鄙固者視之，則益不知其善矣。或倒而置之，或雜而糅之，賢者所爲冤屈也。」

⑥任重載盛：負擔重，裝載多。「盛」，多。　　陷滯：陷沒，沉滯。　　濟：度。「不濟」，指不能渡過。朱熹說：「此言重車陷濘，而不得度也。」這是比喻小人無才而當權誤國。即《哀郢》「謇荏弱而難持」的意思。　　瑾、瑜：都是美玉。「懷瑾握瑜」，指文采內蘊。　　懷：揣着。　　握：攥在手裏。

窮：窮困。　　　示：給人看。下兩句是説正人見棄，無所用其
才能。王逸説：“言己才力盛壯，可任重載，而身放棄，陷没沉
滯，不得成其本志。”又説：“言己懷持美玉之德，遭世闇惑，不
别善惡，抱寶窮困，而無所語也。”蔣驥也説：“此詳舉不知所藏
之寶。盛，多；滯，留也，言己材力可勝重任，而陷没沉滯，
不能有濟也。瑾瑜，美玉。不知所示，人皆不識，無可舉示也。”

⑦邑：人民聚居的地方。一本“犬”下有“之”字。　　　羣：
成羣地。　　　吠（音：肺）：狗叫。　　　所怪：所怪異的，即非
常之人，指賢智者。　　　非：通“誹”，誹謗。　　　疑：疑忌。
俊杰：才能出衆的人。　　　庸態：庸俗的態度。意謂小人之非
毀俊杰，是因爲習慣於卑鄙庸俗的緣故。與《離騷》“夫孰異
道而相安”意同。王逸説：“言衆人所謗非杰異之士，斯庸夫惡
態之人也。何者，德高者不合於衆，行異者不合於俗，故爲犬
之所吠，衆人之所訕也。”

⑧文質疏内：猶言文疏質内。文，指外表。質，指實質。
質樸而不善于言辭。　　　一説“文疏”是説表現于外在的疏疏
落落，不炫耀自己。　　　一説，文，指文章。疏，通達。“文
疏”是説文章寫得好。内，字同“訥”，木訥的意思。質内，指内
心的堅毅倔强。　　　異采：不同于尋常的文采，指非凡的才華。

⑨材：有用的木料叫做“材”。　　　朴：没有加工的木料叫
做“樸”。一作“朴”，字同。材樸，這裏泛指木材。　　　委積：
丢在一旁堆集着。這句比喻自己有才能而被人遺棄。故下句云
“莫知余之所有”。王逸説：“言材木委積，非魯班則不能别其好
醜；國民衆多，非明君則不知我之能也。”

以上自傷不能見容於時。

重仁襲義兮，謹厚以爲豐[1]**。重華不可遻兮，**

孰知余之從容②？古固有不并兮，豈知其何故③？
湯禹久遠兮，邈而不可慕④！

懲違改忿兮，抑心而自强⑤。離慜而不可遷兮
願志之有像⑥。

進路北次兮，日昧昧其將暮⑦。舒憂娛哀兮，
限之以大故⑧。

①重（音：蟲）：與"襲"同義，都是積累的意思。意謂
品德的完美，不是一朝一夕所能完成，必須平時養之有素。洪興
祖說："《淮南》云：'聖人重仁襲恩。'注云：'襲亦重累。'"
林雲銘說："重、襲，皆累積也。"　　一說，"重"，重迭，重複。
"重仁襲義"是仁而又仁，義而又義的意思。　　謹厚以爲豐：
即"謹厚爲豐"。謹厚，指外在的表現。豐，指豐富的內容。王
逸說："謹，善也；豐，大也。言衆人雖不知己，猶復重累仁德
及興禮義，修行謹善，以自廣大也。"王夫之說："謹，慎於事也；
厚，深於謀也；豐，大功所自立也。"

②重華：虞舜的名。　　遘(音:厄)：同"逜"（音:午），
遇也。　　從容：胸有修養，安舒自得的樣子。指前面所說的
"重仁襲義"。蔣驥說："從容，道足於己，而安舒自得之貌。"一
說，舉動。王逸說："從容，舉動也。言聖辟重華不可逢遇，誰
得知我舉動欲行忠信也。"

③古：指古代聖賢。　　并：這裏用作動詞，有同時而生
的意思。不并，謂聖賢生不同時。承前"重華不可遘"而言。
王逸說："并，俱。"洪興祖說："此言聖賢有不并時而生者，故重
華不可遘，湯禹不可慕也。"

④邈：久遠貌。　　慕：思慕，向往。

⑤違：通懟，怨恨也。一作"連"，誤。"懲違"與"改忿"

爲對文，克制忿怒，即《涉江》“吾又何怨乎今之人”的意思。
王念孫《讀書雜志》十六《餘編下》：“‘連’，當從《史記·
屈原傳》作‘違’，字之誤也。‘違’，恨也。言止其恨，改其
忿也。恨與忿義相近。……《廣雅》：‘悍，恨也。’”“抑心”，
壓抑着憤怒不平的心情。　　　　　自强：意指鍛煉自己，使自己更
加堅强。

　　⑥不遷：不改變。　　　像：即《抽思》“望三五以爲像”
的“像”。“願志之有像”，是説希望自己的意志有所效法於古
人。馬其昶説：“謂以古人爲法也。”　　　一説，這是説願自己的
志行能爲後人效法。王逸説：“言己自修善，身雖遭病，心終不
徙，願志行流於後世爲人法也。”朱熹説：“强於爲善，而不以憂
患其改節，欲其志之可爲法也。”

　　⑦次：休止。北次，猶言北行。按：篇首言“徂南”，這裏説
“北次”。“徂南”，向長沙進發，是途程的實紀；“北次”，則轉向
郢都，是内心的向往。當時郢都已經淪敵，無路可歸。作者不忍明
言，所以説“日昧昧其將暮”。日暮則不能前進。這種曲折隱晦
的筆法，所表現的沉痛悲哀的情感，與《哀郢》篇“惟郢路之遼
遠兮，江與夏之不可涉”同意。　　　昧昧（ㄇㄟˋㄇㄟˋ）：昏暗貌。

　　⑧限：極限。　　　大故：死亡。“限之以大故”，猶言要之以
一死。理想不能實現，以身殉之。一死而心安理得，故云“舒
憂娛哀”。　　　王夫之則説：“北，背也。”他認爲這幾句是説：“日
既夕矣，猶舍其次舍，冥行不止。國有大憂，舒緩而不恤；先
君之哀，娛樂而不憤。死亡之不可逃，天限之矣，原所以不忍
見而願沈湘也。”

　　以上抒寫自己即將就死的悲哀。

　　亂曰：“浩浩沅湘，分流汩兮[1]。修路幽蔽，道

遠忽兮 [2]。懷質抱情，獨無匹 [3] 兮。伯樂既没，驥
焉程兮 [4]！民生禀命，各有所錯兮 [5]。定心廣志，
余何所畏懼兮 [6]。曾傷爰哀，永嘆喟兮 [7]。世溷濁
莫吾知，人心不可謂兮 [8]。知死不可讓，願勿愛
兮 [9]。明告君子，吾將以爲類兮 [10]。

①浩浩：水大貌。　　汩：當作"汩"（音：骨），這裏指
水流疾貌。亦可釋作水急流聲，猶言汩汩。

②修：長。　　幽蔽：昏暗。　　忽：荒忽。形容"道遠"。

③懷質抱情：猶言"懷文抱質"。"質"與"情"爲對文。
"質"，指内蘊的實質；"情"，指外現的文采。　　匹：比也。
一說，"匹"是雙的意思。　　一說，"匹"是"正"之誤。
朱熹說："匹，當作正，字之誤，以韵叶之，及以《哀時命》考
之，則可見矣。"

④伯樂：人名，即孫陽。春秋時秦穆公的臣子，以善相馬
著名。　　没：同"殁"，死。　　驥：駿馬，好馬。　　焉：
怎麼，哪裏。　　程：量也。"焉程"，何所評量。

⑤民生：人生。　　禀命：承受天命。"民生禀命"，一作
"萬民之生"。　　錯：通"措"，安置，安排。這句意思是人生
下來就承受天命，各人有各人的安排。

⑥定心廣志：意志堅定，心胸寬廣。　　余何畏懼兮：我
怕什麼呢，意即我不會貪生怕死。朱熹說："言民之生，莫不禀
命於天，而隨其氣之短長厚薄，以爲壽夭窮達之分，固各有置
之之所而不可易矣。吉者不能使之凶，凶者不能使之吉也。是
以君子之處患難，必定其心而不使爲外物所動搖，必廣其志而
不使爲細故所狹隘，則無所畏懼而能安於所遇矣。"

⑦曾：通"增"。《方言》："凡哀泣而不止曰爰。"　　爰哀：

指無休止的悲哀。與“曾傷”爲對文。　　　永：長。　　　嘆唭：
嘆息。

⑧　濁：混亂污濁。　　　莫吾知：即莫知我，不了解我。
“人心不可謂”，意思是説，別人的心與自己不同，和他們没有
什麽可説的。

⑨　讓：避免。　　　愛：指愛惜生命。愛生惡死，是人的常
情。但往往由于某種認識，不避死以求生。這兩句和《孟子》
所説的“舍（捨）生取義”用意相同。洪興祖説：“屈子以爲知
死之不可讓，則捨生而取義可也，所惡有甚於死者，豈復愛此
七尺之軀哉！”

⑩　明告：明白告訴。　　　一説，光明磊落。郭沫若説：“‘明
告’當讀爲‘明皓’，乃君子之形容辭。”　　　君子：泛指懂道
理的人。“吾將以爲類兮”是説：我將以“不讓死愛生”的志
士仁人爲類。這是承上文“知死不可讓”二句而言，説自己即
將把這種認識付於實踐，意指即將就死。　　　類是類别的類。
一説，“類”，法也。王逸説：“言己將執忠死節，故以此明白告
諸君子，宜以我爲法度。”

　　以上申述自己對于舍生就死的認識，總結全篇。

　　本篇是屈原臨死前所作，爲了國家和民族的前途，屈原奮
鬥了一生，但是，到了晚年，得到的結果却是山河破碎、理想
毁滅，個人也處于貧病交迫之中，因此，他抱定了必死的決心：
“知死不可讓，願勿愛兮。明告君子，吾將以爲類。”莊嚴地宣
布，要以清白的死來殉自己崇高的理想，以毁滅寶貴的生命來
保全自己堅貞的節操，並以之來震撼楚國民心，激勵襄王覺悟。
在這樣的時候，他的頭腦反而格外清醒，思想也比較冷静，他
認真回顧總結了自己的一生，對現實社會作了明晰深刻的解剖，

對黨人的胡作非爲作了種種揭露。因此，本篇的情感不像《哀郢》那樣悲愴淒切，也決無痛哭流涕、捶胸頓足之態，而是堅定沉着、鎮静自如的。這顯示了詩人以身殉國的大無畏精神和坦蕩的胸懷。

藝術上，本篇文字樸素明朗，較少修飾成份，而是直截了當地説出自己的思想。篇中也使用了比興手法，但較少以"美人香草"出之，而是運用了不少如"刓方爲圓"、"變白爲黑"等帶有理性色彩的譬喻。全詩句法簡短有力，讀起來音節比較急促。這些藝術上的特徵和詩歌的思想内容是相適應的。

思　美　人

本篇的真僞問題，現代研究者懷疑的較多。

有因字句襲用屈原其他作品而致疑的。如陳鐘凡《楚辭各篇作者考》（暨南大學語文學系期刊創刊號）以本篇"願寄言于浮雲兮，遇豐隆而不將""與纁黄以爲期"等句，暗襲"跪敷衽以陳詞"、"吾令豐隆乘雲兮"、"及黄昏以爲期"等。馮沅君《楚辭研究（改稿）》則以爲"《思美人》的開春發歲一段仿《招魂》，又江夏娛憂一段仿《哀郢》"。（轉引自陸侃如《屈原與宋玉》）

後來，懷疑的理由多了一些。陸侃如、馮沅君《中國詩史》因本篇與《惜誦》、《惜往日》、《悲回風》都無標題且無亂辭，而且大都是空泛的議論，加上字句的抄襲《離騷》等理由，疑是後人僞托。劉永濟《屈賦通箋》、林庚《説橘頌》（見其《詩人屈原及其作品研究》）也分别對無亂辭和標題問題有過闡發。如林庚説："我們所認爲可靠的屈原的作品事實上都有標

題。標題的意思原在指出全篇文字的主題。屈原每篇文章都有
新的意思，所以自然也就有了各自的標題。至于別人模仿屈原
的擬作，他們既無新的意思，只是在原有抽象的感情上兜圈子，
這樣它們就沒有新的主題，乃也沒有標題的必要。""有無標題
遂成爲《九章》裏屈原的作品與擬作的分水嶺。"劉永濟認爲：
"凡古樂章之終皆有亂"，並以有無亂辭作爲衡量屈賦真僞的標
准，說："又《九章》後四篇亦無亂辭，今考定非屈子之文也。"

　　此外，林庚在《説九章》（出處同上）中以與屈原的"迫
切情調截然不同"，認爲《思美人》是模仿《抽思》而作。劉永
濟又以"求其全文之中心思想而不可得"，疑《思美人》非屈原
之作。

　　上述理由並没有説服力，關於字句相似問題，在《惜誦》
解題中已有辨析。至於以有無亂辭、標題作爲衡量屈賦真僞的
標准，也只是主觀臆定的，毫無依據。而"情調"與"中心思
想不可求"等問題，更屬藝術欣賞的問題，不能立爲判定真僞
的准則。

　　關於本篇的作年，有人以爲作于懷王時。蔣驥《山帶閣注
楚辭》以爲作于懷王十九年，是"懷王時斥居漢北之辭，蓋繼
《抽思》而作者也。"夏大霖《屈騷心印》認爲與《抽思》同作
于懷王二十四年。林雲銘《楚辭燈》認爲作于懷王二十五年，
將本篇置于《抽思》前一年作。

　　有人認爲作于頃襄王時。王夫之《楚辭通釋》以爲作于頃
襄王時，但未云具體年份。陸侃如在《屈原訟傳》中，認爲被
讒再放時作，定爲頃襄王三年，游國恩《屈原作品介紹》也認
爲再放江南之作，但認爲"不能確定在哪一年，可能在頃襄王
七八年左右，也可能在此以後。"郭沫若《屈原研究》定于頃襄
王二十年。汪瑗《楚辭集解》認爲"作于《哀郢》之後無疑

也”，則在頃襄王二十一年以後了。

筆者以爲，本篇當爲頃襄王初期，屈原放逐江南時途中所作。篇中所紀途程及追述的往事，都一一可證。以篇首“思美人”三字名篇，“美人”係指頃襄王。王逸《楚辭章句》釋“美人”爲楚懷王，舊注多從之。然而細繹文義，似應以頃襄王爲妥。

　　思美人兮，擥涕而竚眙[1]。媒絕路阻兮，言不可結而詒[2]。蹇蹇之煩冤兮，陷滯而不發[3]；申旦以舒中情兮，志沈菀而莫達[4]。

　　願寄言於浮雲兮，遇豐隆而不將[5]；因歸鳥而致辭兮，羌迅高而難當[6]。高辛之靈盛兮，遭玄鳥而致詒[7]。欲變節而從俗兮，媿易初而屈志[8]。獨歷年而離愍兮，羌馮心猶未化[9]。寧隱閔而壽考兮，何變易之可爲[10]！

　　[1] 擥：字同“攬”，收的意思。擥涕，是説揩乾涕淚。　竚眙（讀如：住赤）：立視。竚，字同“佇”，久立。眙，直視。

　　[2] 媒絕路阻：即《抽思》裏所説“又無良謀在其側”，“道卓遠而日忘兮，願自申而不得”，“路遠幽處又無行媒兮”的意思。　言不可結而詒：意謂無法結言以相詒。參見《抽思》所説的“結微情以陳詞兮，矯以遺夫美人”。結言，注見《離騷》“結幽蘭而延佇”條。詒，贈予。

　　[3] 蹇蹇：同“謇謇”，忠貞之言。　煩冤：煩惱冤苦。這句是説忠貞的直言，却招來了煩惱和冤屈。一説，“蹇蹇”通“謰謰”，巧言的樣子，能言善辯的樣子。這句是説“遭讒佞之害，而致煩冤”。（姜亮夫《屈原賦校注》）　陷滯：義同鬱

結。　　　發：抒發。王逸説：“忠謀盤紆氣盈胸也，含辭鬱結不
得揚也。”一説，“陷滯不發”，猶言陷入泥坑而不能自拔。朱熹
説：“承上路阻而言，陷滯不發，亦以陷濘爲喻也。”胡文英説：
“陷滯不發，若車之陷于泥淖，莫能自拔也。”蔣驥説：“發，起
也。陷滯不起。蓋居漢北已久，下文歷年離愍是也。”姜亮夫
説：“疑中情‘中’字，原當在‘陷’字上，‘中陷滯而不發’
與‘志沉菀而莫達’平列，詞義兩皆調遂矣。”

④申旦：猶言申明。　　　一説，天天。申，重復，再三。
王逸説：“誠欲日日陳己心也。”朱熹説：“申，重也。今日已暮，
明日復旦。”舒：舒展，舒暢。這裏有陳述、訴述的意思。　　中
情：内心的思想感情。一説，“中”衍字。　　志沈菀而莫達：
王逸説：“沈積不得通也。”林雲銘説：“以媒絶路阻故。”沈菀（音：
遇），沉悶而積結。“菀”，通“蘊”，鬱結。達，通。

⑤寄言：傳話，捎信。　　豐隆：雲神。一説雷神。　　將：
送。引申爲傳達。王夫之説：“致也。”林雲銘、蔣驥等亦皆解作
“送”。“遇豐隆而不將”，意思是説，遇見了豐隆，却不肯爲他
帶信。

⑥因：依靠，凭借。　　致辭：傳話。　　迅高：指鳥飛
既高且快。“迅”，一作“宿”，指鳥巢。王夫之説：“宿高，鳥宿
高枝。”　　當：值也。

⑦高辛：帝嚳的稱號。　　靈盛：猶言神靈。“盛”，一作
晟。洪興祖説：“《史記》：‘帝嚳高辛者，黄帝之曾孫，生而神
靈，自言其名。’”（《楚辭補注》）　　玄鳥：即鳳凰。　　詒：
通“貽”，指聘禮。“玄鳥致詒”，就是《離騷》所説的“鳳皇受
詒”，《天問》所説的“玄鳥致貽”，指帝嚳娶簡狄的故事。注見
《離騷》。這裏也是以求女喻思君。承前而言，意謂高辛能够
有玄鳥爲他致送聘禮，表達情意，而自己則無法因歸鳥而致

辭。

⑧媿：字同“愧”。　　易初：改變本心。　　屈志：委曲意志。朱熹説：“此因上章歸鳥難當，而上感高辛之事，下愧不能易初而屈志也。”蔣驥也説：“承上言所處雖窮，然節不可變，而設言寧守道以俟時也。”

⑨年：指時間。“歷年”，猶言經歷了很長的時間。　　離：通“罹”。“離愍”，謂遭遇禍患。　　馮心：憤懣的心情。“馮”，同“憑”。　　未化：未消。

⑩隱閔：隱忍着憂閔。　　壽考：猶言老死。蔣驥説：“壽考，猶没世也。言己不幸無高辛之遇，然欲貶道求合，義不忍爲，是以久困而初心不變，而又將誓之以没世也。”“寧隱閔而壽考”，意謂寧可隱忍憂閔以至老死。　　爲：句末語氣詞，表示反問。

以上言忠貞之情，雖然不得君知；但堅持理想，初衷不變。提出了全篇總綱。

　　　知前轍之不遂兮，未改此度①。車既覆而馬顛兮，蹇獨懷此異路②。

　　　勒騏驥而更駕兮，造父爲我操之③。遷逡次而勿驅兮，聊假日以須時④。指嶓冢之西隈兮，與纁黄以爲期⑤。

①轍：車輪所輾的跡印。　　遂：猶言順利。“前轍未遂”，指懷王時代倍齊合秦政策的錯誤。王逸則説：“比干子胥，蒙禍患也。”不切。　　未改此度：指頃襄王的媚敵忘仇。按：《史記·楚世家》：“頃襄王三年，懷王卒於秦。……秦楚絶。六年，秦使白起伐韓於伊闕。大勝，斬首二十四萬。秦乃遺楚王書曰：

'楚倍秦，秦且率諸侯伐楚，爭一旦之命。願王之飭士卒，得一樂戰。' 楚頃襄王患之，乃謀復與秦平。七年，楚迎婦於秦。"據此，則頃襄王的初期，曾一度和秦國絶交。後來之所以復合，是由於無意發奮圖强，明明知道，而重復走上了懷王的錯誤老路的。所以這裏説，"知前轍之不遂兮，未改此度。"　　王逸則認爲指屈原而言。他説："執心不回，志彌固也。""轍"，一本作"道"。"遂"是"通"的意思，即順利地做到。"前轍之不遂"，謂前面的道路不通。這句的意思是説，知道自己未來的前途不能遂順。

②車覆馬顛：指戰爭的失敗。按：楚自懷王十六年以來，和秦國屢次的戰爭都是失利的。詳見《九歌·國殤》注文。王逸則説："車以喻君，馬以喻臣。言車覆者君國危也，馬顛仆者所任非人。"　　異路：另外的一條道路。　　按：就當時楚國形勢言，對待强秦的威脅，和既不可，戰亦不能。屈原所"獨懷"的"異路"，即下文所説的發奮圖强，待時而動。

③這兩句意指重整軍政，任用賢能。　　勒：扣勒住。更駕：重新駕起車子。　　造父：周穆王時人，以善於駕車顯名。　　操，抓着馬的轡頭。

④遷：猶言前進。　　逡次：義同逡巡，指緩行。　　勿驅：不要快跑。　　假日：猶言費些日子。"假"與《論語》"假我數年"的"假"同義。　　須時：等待時機。　　這兩句是説報仇雪恥，必須做好充分准備，待機而動，不能急於事功。

⑤嶓冢（讀如：玻踵）：山名。在秦西，今甘肅省天水市和禮縣之間，西漢水所出，又名兌山。是秦國最初的封地。隈（音：威）：山邊。"指嶓冢之西隈"，和後來岳飛所説的"直搗黄龍"同意。　　與：數也。　　繡黄、黄昏之時。"繡"

（音：熏），淺紅色。王逸說："纁黄，蓋黄昏時也。纁，一作
"曛"。洪興祖說："纁，淺絳也，其爲色黄而兼赤。曛，日入餘
光。"黄昏是一天傍晚的時候，"與纁黄以爲期"，意謂終久必然
達到這個目的。王夫之說："懷王聽張儀之邪說，爲秦所誘執，
如縱轡馳驅以致傾覆。原願頃襄懲前敗而改轍，己將授以固本
保邦待時而動之策，如操轡徐行，審端正術，則可以自彊而待
强秦之敝。秦者，楚不共戴天之讎而不兩立之國也。深謀定慮
以西搗其穴。至於嶠豕，雖未可卒圖，而黄昏不爲遲暮，此與
岳鵬舉痛飲黄龍之志同。而君懦臣姦，忠臣被禍，其不能雪耻
以圖存一也。"朱熹則說："以馬既顚，故更駕駿馬，使善御者操
其轡。逡巡而不速往，但期至於荒陬絶遠之地，以窮日之力而
自休焉。蓋知世路之不可由，而欲遠去以俟命也。"

以上是對頃襄王的希望。

　　開春發歲兮，白日出之悠悠，吾將蕩志而愉樂
兮，遵江.夏以娱憂①。
　　搴大薄之芳茝兮，搴長洲之宿莽②。惜吾不及
古人兮，吾誰與玩此芳草③？解萹薄與雜菜兮，備
以爲交佩；佩繽紛以繚轉兮，遂萎絶而離異④。吾
且僤佪以娱憂兮，觀南人之變態⑤。竊快在中心兮，
揚厥憑而不竢⑥。

①開：開始。　　　發：發端。"開春"與"發歲"爲對文。
悠悠：舒緩貌。　　蕩志：散蕩心情。　　　愉樂：歡樂。　　遵
江夏：沿着長江、夏水。注詳《哀郢》。　　　娱憂：消除憂愁。
"娱"，動詞。　　這四句是說，春天開始了，新的一年開始了，
光輝的太陽緩緩地升起來了，我排遣心情，感到歡快，沿着江

水夏水走着，消除自己的憂愁。喻指頃襄王初即位的時候，年紀很輕，局面既然更新，復興應該有望。因而自己以樂觀的心情來對待現實。

　　②擥：采摘。　　薄（音:伯）：草木叢生的地方。《説文·艸部》:"薄，林薄也。"　　芳茝：芳草。　　搴（音：牽）：拔取。　　洲：水中的陸地。　　宿莽：冬天不枯的芥草。即《離騷》"夕攬洲之宿莽"的"宿莽。"

　　③不及古人：意謂不及見古人。　　惜：是痛惜自己生不逢時的意思。　　玩此芳草：猶言賞此芳草。"玩"，觀賞，欣賞。聞一多説:"案草與上文莽不叶，《遠遊》、《哀時命》并云：'誰可與玩斯遺芳。' 疑此亦本作'吾誰與玩斯遺芳。'芳與莽韵。"　　按："擥芳茝""搴宿莽"是説准備爲國家自効其才能。可是頃襄王不是古代那些有大志的中興之主，這才能又有誰來鑒賞呢？王夫之説:"原雖不見任，而猶未罹重譴，故將集思廣謀，擥芳搴美，以有爲於國，乃頃襄不可與言，無夏少康、燕昭王之志，則懷芳自玩，誰與聽之。"

　　④解：猶採也。　　萹（音：邊）：萹蓄，亦名萹竹，一年生平卧草本野生植物，原野雜草。　　薄：就是"林薄"的"薄"。"萹薄"，指成叢的萹蓄。　　雜菜：惡菜也。　　備：備置，備辦的意思。　　交佩：左右佩帶。　　繽紛：繁盛的樣子。言惡草之多。　　繚轉：言其互相纏繞。　　萎絶：指芳草的枯萎絶滅。　　離異：言其不爲人所佩用。　　王夫之説:"惡草充佩，則芳草萎而不用。"（《楚辭通釋》）按：《史記》本傳説:"頃襄王立，以其弟子蘭爲令尹。"又曰:"令尹子蘭聞之，大怒。卒使上官大夫短屈原於頃襄王,頃襄王怒而遷之。"這裏的上兩句是指子蘭爲令尹;下兩句是自己遭讒被遷。　　蔣驥認爲:"萹菜皆不芳而可食，以喻中材可用之人，然向之佩之

者，或忽焉委而去之，蓋時俗之流從如是，況能玩此芳草哉。”一説，“解”，解除，除去。四句是説，除去不芳之物，而以香草爲左右佩，比喻屈原堅持理想，品格高潔。如洪興祖説：“此言解去蔥、菜而備芳茞、宿莽以爲交佩也。”林雲銘也説：“除去不芳之物，以茞莽爲左右佩。”又説：“仍未改此度，明知不容於衆，必至零落而棄別。”

⑤儃佪：猶低佪。　　南人：指楚國的統治集團，就是《涉江》所説的“南夷”。　　變態：一種出乎情理以外不正常的態度。林雲銘説：“不忍即歸，冷眼以觀郢都之人，變節惡狀，如《離騷》所云‘蘭之委美從俗，椒之專佞慢慆’是也。”

⑥兩句是説，楚國君臣只有歡娱逸樂之心，並無雪耻報仇之意，即上文所説的“變態”。　　竊：私也。“竊快”，指隱藏而不敢公開的歡樂。“竢”，等待。王逸説：“私懷僥倖而欣喜也。”馬其昶説：“《淮南》注：‘揚，和也。’‘揚厥憑’者，和其憤懣之心……‘不竢’，言其忘讎之速也。”（《屈賦微》）一説，“揚”是捐棄的意思。這兩句是説，本想私下尋樂，撇開心裏的憤懣，不再等待。　　一説，“竢”應作“佚”，形近而誤。“不佚”，不安。這兩句的意思是：本想私下尋樂，丢開憤懣，但是辦不到，反而引起心裏的不安。

以上叙述當時的政治現實，和自己被讒遷逐的原因。

　　芳與澤其雜糅兮，羌芳華自中出①。紛郁郁其遠蒸兮，滿內而外揚②。情與質信可保兮，羌居蔽而聞章③。

　　令薜荔以爲理兮，憚舉趾而緣木：因芙蓉而爲媒兮，憚褰裳而濡足④。登高吾不説兮，入下吾不能⑤。固朕形之不服兮，然容與而狐疑⑥。

廣遂前畫兮，未改此度也⑦。命則處幽，吾將罷兮，願及白日之未暮也⑧。獨荦荦而南行兮，思彭咸之故也⑨。

①芳澤雜糅：指芳香和污穢混合在一起，用以比喻自己以清白的君子處於惡濁的環境中。參見《離騷》注文。　　芳華自中出：意謂芬芳的花朵，終能卓然自見，不爲污穢所掩蓋。王逸説：“生含天姿不外受也。”洪興祖説：“自中而外也。”朱熹説：“又樂其所得於中者，以舒憤懣而無待於外，則其芬芳自從中出，初不借美於外物也。”“華”，同“花”。“出”，與上面的“佩”、“異”、“態”、“竢”爲韵。惟文義則與下文相連屬。聞一多則疑有脱文，他説：“出字不入韵，疑二句上或下脱去二句。”（《楚辭校補》）

②郁郁：指“芳華”的香氣之盛，即下句所説的“滿内”。　蒸：蒸發。一作“承”。“遠蒸”，即下句所説的“外揚”。　　滿内：指花的香氣充滿内部。　　外揚：指花的香氣向外散發。

③情：指表現出來的心情。　　質：指蘊藏在裏面的本質。“情”和“質”相對而言，“情質可保”，意謂没有喪失原來的清白，與《離騷》的“惟昭質其猶未虧”同意。　　居蔽：謂處境的偏僻，指遠遷江南。　　聞：聲聞，即聲名。　　章：字同“彰”，明也。王逸説：“言行相副，無表裏也。雖在山澤，名宣布也。”朱熹説：“此承上章芳華自中出，遂言其郁郁遠烝，皆由情質誠實可保，故所居雖蔽，而其名聞則章也。”馬其昶説：“此承上擥竢莔、搴莽而言，國之賢才，猶有可用，内治誠修，則國耻可振。”

④薜荔：香草名。　　理：提婚人。　　芙蓉：荷花。媒：媒人。以上注均詳《離騷》。　　舉趾：提起脚步。　　憚：

害怕。這裏可解作不願意。　　緣：循也。“緣木”，循樹而上。
褰（音：牽）：撩起，揭起。　　濡（音:儒）：沾濕。薜荔緣木
木而生，芙蓉長在水裏，故云。　　　這四句說，想請薜荔替我
作介紹，却怕舉步攀登樹幹，想通過芙蓉作媒，又怕撩起裙子，
還會濕了脚。意指可以請托在朝之臣在君王面前替自己說合，
但又不願意這樣做。朱熹說：“內美既足，耻因介紹以爲先容，
而托之有憚也。”林雲銘說：“畏登高，畏入下。”蔣驥說：“薜荔四
句，申前媿易初而屈志之意。薜荔芙蓉，喻舊交在位也。”

　　⑤登高：和下句的“入下”對舉成文，分承前面的“緣木”
與“濡足”，意指委曲自己，遷就別人。　　說（音:閲）：同
“悦”，喜歡，高興。王逸說：“事上得位，我不好也；隨俗顯榮，
非所樂也。”蔣驥說：“登高，承‘緣木’言；入下，承‘濡足’
言。”

　　⑥形：指形於外的一個人的作風。　　朕：我。　　不服：
不習慣的意思。林雲銘說：“不服，欲俗言不慣。”蔣驥說：“內美
既充，誠足自快。若欲因人求合，則必不肯爲，蓋疏傲之形，
固未嘗習慣也。”　　然：乃也。　　容與：遲疑不前的樣子。
狐疑：猶豫不決。

　　⑦廣遂：猶言多方以求現實。　　前畫：指前面所說任用
賢才，發憤圖强的策劃。

　　⑧這三句包涵兩層轉折的意思。‘願及白日之未暮”，承上文
而言，意謂自己願意抓緊時機，“廣遂前畫”。“白日未暮”，象
征國事尚有可爲，與前“白日出之悠悠”相應（因爲所象征的
時期不同，故前面說“日出”，這裏說“未暮”），可是，這僅
僅是主觀願望，客觀現實的遭遇則是“命則處幽”。　　處幽：
指遷謫遠行，與前“居蔽”相應。　　罷（音:皮）：完盡的意
思。“吾將罷兮”，是說自己屢經打擊，生命將要結束。這裏已

有没落的預感。這種理想和現實無法統一的矛盾，要其終極言之，只有誓之以一死，所以下文以“思彭咸之故”結束全篇。與《離騷》:“既莫足與爲美政兮,吾將從彭咸之所居”同一用意。

　　⑨煢煢（讀如：窮）:孤單的樣子。　　故：故迹。指殷代的賢臣彭咸諫君不聽而自殺的故事。對于這幾句話，聞一多認爲文字有錯漏。他説:“此文疑當作‘······命則處幽兮,吾□□□也，時曖曖其將罷兮，願及白日之未暮吧，獨煢煢而南行兮，思彭咸之故也。’度暮故三字相叶。依二進韵例，當脱一韵。‘命則處幽，吾將罷兮’詞意不屬，疑下文多奪漏，寫者綴合殘餘，以爲一句。《離騷》、《哀時命》並云：‘時曖曖其將罷兮。’此‘將罷兮’上若補‘時曖曖其’四字，則與下句語意適合。既以‘將罷兮’三字屬下讀，則‘吾’字下之‘□□□也’四字，‘幽’下之‘兮’字，又均可以上下句法推得之。‘暮’下一本有也字，與上下句法合，今亦據補。”（《楚辭校補》）

　　以上申述自己如何對待現實。

　　從本篇反映的思想情緒看，屈原當時的思國之情，還没到灰心絕望的境地，他説:“指嶓冢之西隈兮，與纁黄以爲期”，表示自己崇高的目的一定要達到，也一定能達到。並引用歷史教訓，希望頃襄王不要重蹈懷王復轍，而要翻然改悟，發憤圖强，報仇雪耻。

　　但是，這僅僅是作者的主觀願望，客觀上，楚國君臣“竊快中心”,貪戀安逸，忘掉了君國大仇，而且棄逐了自已。在主觀與客觀，理想和現實之間不可統一的矛盾鬥爭中，屈原採取了這樣的態度，一方面堅持理想，願意爲振興楚國而“廣遂前畫”,在生命結束之前，再幹一番事業。另一方面，隨時準備以死來作最後的奮鬥。因此，他的怨恨和憤激，並不是出于個人的患得禍失，而正如王夫之所說：“非婷婷抱憤，乃以己之用舍，繫國之存亡，不忍見宗邦淪没，故必死而無疑焉。”

惜 往 日

　　本篇的真僞問題，由來已久。南宋魏了翁《鶴山渠陽經外雜抄》（卷二）因篇中提到伍子胥，懷疑本篇和《悲回風》爲僞作，他說：“《回風》《惜往日》，音韵何凄其！追吊屬後來，文類玉與差”。並在詩後按語中指出：“子胥挾吳敗楚，幾墟其國。三閭同姓之鄉，文篤君親，決不稱胥以自況也。”他認爲這兩篇是宋玉、景差之徒爲吊屈原而作的，因爲屈原不可能在作品中提及“國賊”伍子胥。魏氏以後世的倫理、道德觀念去規範屈原的思想，因而没有説服力。

　　明代許學夷《詩源辨體》因作品語氣而致疑，他說：“《惜往日》云：不畢辭而赴淵兮，惜壅君之不識。《悲回風》云：驟諫君而不聽兮，任重石之何益。是豈屈子口語耶？蓋必唐勒、景差之徒爲原而作，一時失其名，遂附入屈原耳。”曾國藩《求闕齋讀書録》亦以“神氣不類”致疑，他說：“自閶百詩後，辨僞古文者無慮數十百家，姚姬傳氏獨以神氣辨之，曰不類。柳子厚辨《鶡冠子》之僞，亦曰不類。余讀《九章·惜往日》，亦疑其膺作，何以辨之？曰不類。”他們都以語氣和神氣來辨僞，是靠不住的。

　　吳汝綸《評點古文辭類纂》以《懷沙》爲絶筆，而疑本篇非屈原所作，他說：“《懷沙》乃投汨羅時絶筆也。若此篇已自明言沉淵，則《懷沙》可不作矣。彼文云：‘舒憂娛哀，限之以大故'，不似此爲徑直之辭也。若下文‘不畢辭而赴淵’，則似要作于《懷沙》後者，史公何爲棄此録彼耶?"其實，《懷沙》並非絶筆，《史記》的記載不等于説作了《懷沙》後，屈原就没有寫過其他作品。所以吳氏的説法也不能成立。（參見《懷沙》解題）

今人陸侃如、馮沅君、劉永濟等人，以"無標題且無亂辭"致疑，詳見《惜誦》和《思美人》解題。

有以文詞"淺顯"而致疑者。吳汝綸即認爲本篇"平衍而寡蘊，其隸字不深醇。"鄭振鐸《插圖本文學史》説:"我們見她一開頭便説:‘惜往日之曾信兮，受命詔以昭時，奉先功以照下兮，明法度之嫌疑，'似爲直鈔《史記》的《屈原列傳》而以韻文改寫之的，屈原的作品，決不至如此的淺顯。僞作之説，當可信。"所謂文詞淺顯，如前所述，并不能作爲判定真僞的標准；至于本篇與《史記》的相似之處，只能説明本篇是司馬遷依據的材料，而決不是相反。

胡念貽《屈原作品的真僞問題及其寫作年代》（見其《先秦文學論集》）以襲用屈原其他作品的詩句，自稱"貞臣"，稱楚王爲"壅君"，詞意貧乏，文思紊亂，以及用誇張的詞句寫屈原的功勞等四條理由，疑爲僞作。

以上懷疑者，多數未説明作者究竟爲何人，也有些人對作者問題作了種種猜測。清代顧成天《讀騷別論》疑爲河洛間人作。譚介甫《屈賦新編》認爲是屈原死後楚人各有所感而代作。胡念貽也認爲是戰國時楚人寫的。既然本篇仍爲屈原所作，這些猜測也就可以不談了。

本篇是屈原臨終前的作品，向無異詞　但是否爲絶筆，則有不同看法。以《懷沙》爲絶筆的，有林雲銘《楚辭燈》、劉夢鵬《屈子章句》、劉永濟《屈賦通箋》等。以《悲回風》爲

絕筆的，有王夫之《楚辭通釋》、王闓運《楚辭釋》等。以本
篇爲絕筆的，有蔣驥《山帶閣注楚辭》、夏大霖《屈騷心印》、
陸侃如《屈原評傳》、郭沫若《屈原研究》、游國恩《楚辭論
文集》等。細繹文義，當以本篇爲《懷沙》以後的絕命詞，理
由正如蔣驥所説："夫欲生悟其君不得，卒以死悟之，此世所謂
孤注也。默默而死，不如其巳；故大聲疾呼，直指讒臣蔽君之
罪，深著背法敗亡之禍，危辭以撼之，庶幾無弗悟也。苟可以
悟其主者，死輕于鴻毛。故略子推之死，而詳文君之悟；不勝
死後餘望焉。《九章》惟此篇詞最淺易，非徒垂死之言，不暇
雕飾，亦欲庸君入目而易曉也。"

　　本篇標題出自首句"惜往日之曾信兮"，作品綜括叙述平生
政治上的遭遇，痛惜自己的理想和主張受到讒人的破壞，而未
能實現，説明自己不得不死的苦衷，並希望以一死來刺激頃襄
王的最後覺悟。

　　　惜往日之曾信兮，受命詔以昭時①。奉先功以
照下兮，明法度之嫌疑②。國富強而法立兮，屬貞
臣而日娭③。秘密事之載心兮，雖過失猶弗治④。
　　　心純龐而不泄兮，遭讒人而嫉之⑤。君含怒而
待臣兮，不清澂其然否⑥。
　　　蔽晦君之聰明兮，虛惑誤又以欺⑦。弗參驗以
考實兮，遠遷臣而弗思⑧。信讒諛之溷濁兮，盛氣
志而過之⑨。
　　　何貞臣之無罪兮，被離謗而見尤⑩。慚光景之
誠信兮，身幽隱而備之⑪。臨沅湘之玄淵兮，遂自
忍而沈流⑫。卒没身而絕名兮，惜壅君之不昭⑬。

君無度而弗察兮，使芳草爲藪幽⑭。焉舒情而抽信兮？恬死亡而不聊⑮。獨障廱而蔽隱兮，使貞臣而無由⑯。

①曾信：指曾經爲楚懷王所信任。　　命詔：即詔命，君王對臣民所頒發的號令。　　昭：明也。　　時：時代。昭時，猶言使時代光明，即下文所說的“國富强而法立”的意思。朱熹說：“時，謂時之政治也，言往日嘗見信於君，而受命以昭明時之政治也。”馬其昶說：“昭時，猶言曉世。”　　按：《史記》本傳說屈原“爲王左徒，博聞彊志，明於治亂，嫻（熟習）於辭令。入則與王圖議國事，以出號令；出則接遇賓客，應對諸侯，王甚任之。”其時當在懷王十六年許秦絕齊以前，楚國内政修明，外交上也處於優勢，故云。“時”，一作“詩”。舊說，謂教王以詩，以耀明其志。王夫之說：“原未嘗爲王傅，自當作時。”（《楚辭通釋》）

②奉先功：指繼承發揚先王的功業。功，功業。　　照下：照耀下民。王逸說：“承宣祖業以示民也。”林雲銘說：“承先君之餘烈，以照臨臣下。”　　明：明確。　　法度：法令制度。嫌疑：指法度中含糊的地方。王逸說：“草創憲度，定衆難也。”朱熹說：“嫌疑，謂事有同異而可疑者也。”林雲銘說：“事有同異可疑者，皆以法度分晰而定之。二句乃昭時之作用。”

③“屬貞臣”句是說，楚王把國事托付給我，自己天天安樂無事。　　一說，“日媮”，指屈原而言，這是說楚王把國事托付給我，我感到愉快。　　屬：付託。　　貞臣：忠貞之臣，是屈原自指。　　媮：字同愉。林雲銘說：“委任最專，君祇觀成而自媮，所謂逸於得人也。”（《楚辭燈》）

④秘密：有幾種不同的說法，王逸說是“天災地變”。朱熹

説是"國所秘之事"。姜亮夫則認爲"秘密"即"黽勉"一聲之轉，努力。"秘密事之載心"，即《詩經》之"黽勉從事，不敢告勞。"的意思。　　載心：放在心裏。　　治：治罪。過失弗治，是説小的錯誤，能得到懷王諒解，不加責罰。

　　⑤純：純潔。　　龐：樸厚。一作"厖"，字同。　　泄（xiè 謝）：漏也。　　讒人：指上官大夫。按：《史記》本傳説："懷王使屈原造爲憲令。屈平屬草稿未定，上官大夫見而欲奪之，屈平不與。"上官奪稿，屈原不給他看，是爲了不致泄漏國家機密。上官造謠進讒的原因，並不是單純爲了這一事件，據本傳記載，還因爲和屈原"同列，爭寵；而心害其能。"所以這裏説"遭讒人而嫉之"。

　　⑥澂：一作"澈"，同"澄"，清澈。"清澂"，這裏作動詞用，指弄清一件事情的真相，義同明察。　　然否：是這樣或不是這樣。王逸説："上懷忿恚，欲刑殘也。内弗省察，其侵冤也。"按：據《史記》本傳記載，上官大夫的進讒是説："王使屈平爲令，衆莫不知。每一令出，平伐其功，以爲'非我莫能爲'也。"這本是一句捕風捉影的無根之談，可是懷王聽了之後，不加考察，就一怒而疏遠屈原，故云。

　　⑦蔽晦：掩蔽真實，模糊別人的認識。　　君：這裏是指頃襄王。　　虛惑誤：迭字近義，與《離騷》"覽相觀於四極兮"的"覽相觀"同例。把無説成有叫做"虛"，把假説成真叫做"惑"。"誤"，指誤人。　　按：懷王死於秦國之後，"楚人既咎子蘭以勸懷王入秦而不反也"，屈原"睠顧楚國，繫心懷王"更爲殷切，可是却引起了令尹子蘭的大怒，"卒使上官大夫短屈原於頃襄王"。頃襄王也没有加以辨察，屈原就被遷逐。這是上官大夫又一次用"虛惑誤"的言詞來欺騙君王，讒毀屈原，故云"又以欺"。王逸説："專擅威恩，握主權也；欺罔戲弄，若

轉丸也。"林雲銘說:"既以虛惑之見,誤國事於先,又以不當行
之事,誆君而行之於後,無所不用其蔽晦也。"

⑧參驗考實:比較證明,考察事實的真相。"弗參驗以考
實兮",王逸說:"不審窮覈其端原也。"林雲銘說:"以吾所言,與
彼之誤,參互考驗,而貞讒之實自得,乃又不然,以蔽晦者也。"
遠遷:指遠遷江南。"遠遷臣而弗思",王逸說:"放逐徙我不肯
還也。"林雲銘說:"既疏之於外,又遷之於遠,不思罰之當否,
以含怒者久也。"弗思,不加思慮。蔣驥說:"弗思,不復懷念也。"

⑨上句意謂聽讒佞阿諛者混淆是非的讕言。王逸說:"聽用
邪僞自亂惑也。"林雲銘則說:"混濁,猶言糊塗,與清澂相反。
此輩有何識見,純是虛惑,偏要信他。"一說,"溷濁"是骯臟
下流的意思。　　盛氣志而過之:指大怒。盛氣志,盛氣凌人。
盛,一作"晠"。　　過:責罰。

⑩被離:兩字同義,都是遭遇的意思。蔣驥說:"言君始已
信讒而見怒,而讒人又虛飾其罪狀,以惑誤君聽而欺之,故至
遠遷。即遷而讒言之,溷濁日甚,故君益信之而督過無已也。"
聞一多說:"案《七諫·沈江》曰:'正臣端其操行兮,反離謗
而見攘。'與此'何貞臣之無罪兮,被離謗而見尤'語意酷似。
疑此文被爲反之譌。反譌爲皮,因改爲被也。'反離謗而見尤'
與《惜誦》:'紛逢尤以離謗兮'語亦相仿。一本以'被離'
義復而改離爲纚,朱本從之,殆不可凭。"　　一說,"離"是
分開的意思。王夫之說:"離謗,謗以離其上下之交也。"尤,指
責,歸罪。

⑪景:字同"影"。　　光景,指太陽的光和影。　　誠信:
真實。　　備:收藏的意思(見《國語》注)。這兩句是說,
陽光真實,無所不照。但自己則將一身收藏在幽隱的地方,感
受不到,深覺可慚。意指生意已盡。　　對這兩句的解釋還有

幾種説法：　　一、洪興祖説：“此言己誠信甚著，小人所慚也。”
又説：“身被放棄多讒謗也。”“備”，防也。林雲銘説：“自媿質性
純龐，露出光輝景象，取忌於人，故身處僻地，猶韜晦以防其
害。”　　二、聞一多説：“備字無義，疑當爲避，聲之誤也。……
避謂避光景，故欲避之而隱身於玄淵之中也。”　　三、姜亮夫
説：“光景猶言明暗，景即影本字，光指明處之行事言，影指暗
處之自守。”

⑫玄淵：深淵。　　遂：就。　　自忍：自己忍心。　　沈
流：意謂投水自殺。沈，同“沉”。　　流：河流。

⑬靡君：被壅蔽的君王，指頃襄王。“靡”，一作“雍”，通。
下同。　　不昭：不明白。朱熹説：“言沈流之後，没身絶名，
不足深惜，但惜此讒人靡君之罪，遂不昭著耳。此原所以忍死
而有言也，其亦可悲也哉！”

⑭無度：没有標準。　　芳草：比喻賢人。　　藪幽：大
澤的幽暗處。“使芳草爲藪幽”，意謂使芳草隱没於幽暗之處，
而不爲人所見。朱熹説：“言芳草宜殖於階庭，而今反使爲藪澤
之幽暗也。”林雲銘説：“竟把貞臣擯棄山澤，此障蔽之害也。”

⑮焉：哪裏，怎麼。　　舒情：抒發感情。　　抽信：表
述真實的心情。信，指真實的心情。“抽信”與“舒情”爲對
文，同義。蔣驥説：“抽信，拔出誠心以示人也。”　　恬：安也。
恬死亡，謂安於死亡。　　不聊：謂不聊於生。洪興祖説：“言
安於死亡，不苟生也。”林雲銘説：“君既弗察，無所自明其情實，
宜安於死，而不苟且以虛生。”

⑯障靡：與“蔽隱”爲對文，指讒人在君王面前造成障礙，
蔽隱賢才。　　貞臣：這裏是泛指。　　兩句是説，自己一死
不足惜，而讒人當道之可憂。王夫之説：“無可奈何，決於一死。
死而君可以悟，死可恬也。然而心終莫能自慰者，忠貞不見諒，

君終於闇, 國終於危, 身没而名絶。"林雲銘説: "但有蔽賢者在,
以後再有貞臣, 何由爲君所用, 不能不爲有國者之慮也。已上
言頃襄之放己, 爲人障蔽, 不加察而致死亡; 將來貞臣必不能
用, 以保其國。"屈復説: "獨是壅蔽之姦人在則, 即有貞臣, 無
由使矣。"(《楚辭新注》)

以上追述遭讒放逐的始末, 表明沈湘自殺的原因。

　　聞百里之爲虜兮, 伊尹烹於庖厨; 吕望屠於朝
歌兮, 甯戚歌而飯牛[1]。不逢湯武與桓繆兮, 世孰云
而知之[2]? 吴信讒而弗味兮, 子胥死而後憂[3]。介子
忠而立枯兮, 文君寤而追求。封介山而爲之禁兮,
報大德之優游。思久故之親身兮, 因縞素而哭之[4]。

　　或忠信而死節兮, 或訑謾而不疑[5]。弗省察而
按實兮, 聽讒人之虚辭[6]。芳與澤其雜糅兮, 孰申
旦而别之[7]?

　　何芳草之早殀兮, 微霜降而下戒[8]。諒聰不明
而蔽雝兮, 使讒諛而日得[9]。

　　自前世之嫉賢兮, 謂蕙若其不可佩[10]。妒佳冶
之芬芳兮, 嫫母姣而自好[11]。雖有西施之美容兮,
讒妒入以自代[12]。

　　願陳情以白行兮, 得罪過之不意[13]。情冤見之
日明兮, 如列宿之錯置[14]。

　　乘騏驥而馳騁兮, 無轡銜而自載[15]; 乘氾泭以
下流兮, 無舟楫而自備[16]; 背法度而心治兮, 辟與
此其無異[17]。

寧溘死而流亡兮，恐禍殃之有再⑯。不畢辭而
赴淵兮，惜雝君之不識⑲。

①百里：即百里傒。　　虜：俘虜，也就是奴隸。百里傒，
春秋時賢人，原爲虞國大夫，虞晉戰爭中被俘。晉獻公把他當
作陪嫁女兒的奴隸送給秦國。後來因爲逃走，被楚國守邊的人
抓住。這時秦穆公才知道他的才能，用五張羊皮把他贖回，任
爲大夫，成就了霸業。　　伊尹、呂望、甯戚：注均詳《離
騷》。　　烹：燒煮。　　庖厨：厨房。伊尹本是有莘氏的陪
嫁奴隸，做過厨師，故云。　　呂望：即姜尚，相傳他原在朝
歌當屠夫。　　屠：當屠夫，一種以屠宰牲口爲業的人。　　朝
歌：古都邑名。　　歌：唱歌。　　飯牛：喂牛。

②逢：遇見。　　湯：商湯。　　武：周武王。相傳呂望
釣於渭濱，遇周文王而被重用。但他一生最重要的事業，則是
輔佐武王滅商，所以這裏舉武王而略文王。　　桓：齊桓公。
繆：秦穆公。“繆”，同“穆”。　　孰：誰。　　云：句中語氣
詞。　　知：知道。　　之，第三人稱代詞，他，他們。這裏
指代上述百里傒、伊尹、呂望、甯戚等。林雲銘説：“惟能察省
方能使貞臣。”

③吳：指吳王夫差。　　信讒：指聽信太宰嚭的讒言。
昧：是“有昧乎其言”的“昧”。“弗昧”，是説不能理解伍子胥
的忠言。洪興祖説：“此言貪嗜讒諛不知忠直之昧也。”吳王夫差
打敗越國之後，兩次興兵伐齊，伍子胥認爲越國是心腹之患，
極力勸阻。夫差不聽，反而聽信太宰嚭的讒言，將他殺死。不
久吳國就爲越所滅。林雲銘説：“越滅吳，夫差臨死，言無面目
見員。”郭在貽則説：“舊注勉爲之説，終覺未安。”他“頗疑弗昧爲
瞽昧之借。《説文》：‘瞽’目不明也’、‘昧’目不明也’。

《廣韵》入聲十三末：‘瞽’目瞽眛，不明皃。’然則‘吳信
讒而弗眛’殆即‘吳信讒而瞽眛’，意謂吳王聽信讒言而昏暗
不明。此與上文‘卒没身而絶名兮，惜壅君之不昭’及下文‘諒
聰不明而蔽壅兮，使讒諛而日得’句遥相叫應，‘瞽眛’亦猶
‘不昭’、‘聰不明’，均謂吳王之暗眛不明、不辨忠奸。”
（《楚辭解詁》）

④介子：介子推，春秋時晋國賢臣。　　文君：晋文公。
文公没有做晋國國君時，遭受驪姬的讒毁，流浪在外十九年，
介子推從行。曾經因途中乏食，割了自己的股肉給文公充饑。
文公回國以後，大家都争功求賞，介子推獨奉母逃隱到綿山山
中。後來文公想起了他，派人去找。他堅决不肯出山。文公想
燒山誘他出來，結果他抱木燒死。死後，文公换了素服親自去
哭他；並把綿山改名爲介山，禁止人民去山中採樵，永遠供奉
介子推的祭祀。　　立枯：指抱樹立着被燒死。　　寤：通“悟”，
醒悟，覺悟。　　追求：追尋、尋求。　　禁：禁止，指禁止
人們上山採樵。洪興祖説：“封介山而爲之禁者，以爲介推田
也。”林雲銘説：“禁樵採以供祭祀。”　　報：報答。　　優游：
形容大德的寬廣。　　久故：猶言故舊。“思久故之親身兮”，
是説文公追思過去不離左右親近的人。洪興祖説：“親身，言不
離左右也。”　　王夫之則説：“親身，愛己也。”又一説，“親身”
是指割股肉事。　　縞素：白色的喪服。“因縞素而哭之”，王
逸説：“言文公思子推親自割其身，恩義尤篤，因爲變服悲而哭
之也。”林雲銘説：“貞臣生不能用，至死後方察，亦無及矣。”又
説：“已上分别人君之能察不能察，貞臣之得用不得用，申明上
文使貞臣而無由句。”

⑤死節：守節氣而死。　　詆謾（讀如：旦瞞）：欺詐，
蒙蔽。

⑥省察（讀如：醒槎）：察看，檢查。　　　按實：核實。
虛辭：假話，捏造的話。王逸說：“諂諛毀訾而加誣也。”

⑦申旦：猶言申明，注詳《思美人》。　　　別：辨別，區別。

⑧夭：字同“夭”，死亡。“芳草早夭”，指芳草的凋謝。王
逸說：“賢臣被讒，命不久也。”　　　戒：戒備。“微霜降而下戒”，
是說微霜初降的時候即須戒備。意指芳草經不起風霜的摧殘，
用以比喻貞臣受不住小人的讒毀。

⑨諒：猶言誠然。　　　聰不明：一作“不聰明”。　　　日：
一天比一天。　　　得：得志。蔣驥說：“得行其志也。”

⑩前世：指懷王之世。　　　蕙若：蕙草和杜若，香草名。

⑪佳冶：作名詞用，指美麗的人。　　　嫫（音：模）母：傳
說是黃帝的妃子，容貌最醜陋。“嫫”，同“嬤”。　　　姣：這裏
是裝出妖媚的樣子的意思。　　　好：當作“媚”。馬其昶說：
“《廣雅》：‘媚，好也。’疑校者旁注其訓，因譌爲正文。
遂至失韵，不可讀矣。”（《屈賦微》）

⑫西施：春秋時越國著名的美女。　　　自代：以自己的丑
惡代替別人的美好。林雲銘說：“讒人志在專寵，不顧己材不
堪，讒諛日得，自懷王時已然，其來久矣。”

⑬這句是說，希望陳述自己的衷情來表白自己對君王的行
爲。　　　不意：謂出於意外。

⑭情：情實。　　　冤：冤屈。　　　列宿錯置：列星在天空
羅布。　　　這兩句是說：是非曲直總有一天可以弄得明白清楚，
象天空裏羅列的星辰一樣。林雲銘說：“可以參互而按其實，以有
法度在而嫌疑明也。無奈君之無度弗察何耳。”又說：“已上分別
貞臣之死節於忠信，讒諛得志於訕謗，追論懷王聽讒後，法度之
廢已久，以致嫉賢日甚，無以自白，申明上文郭廱而蔽隱句。”

⑮騏驥：良馬。但王逸釋“騏驥”爲“駑馬”。他解說這兩

句曰：“如駕駑馬而長驅也”，“不能制御，乘車將仆。”朱熹也據王注為説。　　按：王説未妥，此處當釋為良馬。　　馳騁：縱馬疾馳。　　轡銜：都是駕馭馬的工具。轡，馬韁繩。銜，勒住馬口的鐵。載：乘也。兩句是説，駕良馬疾馳，却不用控制馬匹的器具，而靠自身人力。

⑯泛：浮起。　　浮（音：浮）：木筏子。泛浮，指浮在水面的竹木筏子。　　下流：順流而下。　　舟楫：劃船的槳。兩句是説，乘木筏順流而下，却不用船槳而自恃人力。

⑰背：背棄。　　心治：對法治而言，指離開法度繩墨而憑自己的意志來辦事。　　辟：字同“譬”。　　此：指上述無轡乘馬，無楫泛浮事。　　兩句是説，背棄法度而隨心所欲地治理國家，就好比上述兩種情況，與它們並無差別。

⑱寧（音：佞）：寧可，寧願。　　溘（音：刻）：忽然，突然。“禍殃”，就楚國的整個形勢而言。屈原自殺的那年，秦國已破郢都。“恐禍殃之有再”，意思是説，如果不及早自裁，可能會遭遇到更慘痛的再一次的禍患。朱熹説：“不死則恐邦其淪喪，而辱為臣仆，箕子之憂，蓋如是也。”（《楚辭集注》）

⑲不畢辭：沒有把話説完。王逸説：“陳言未終遂自投也。”蔽君：受蒙蔽的君王。　　識（音：志）：記住。朱熹説：“識，記也。設若不盡其辭，而閔默以死、則上官、靳尚之徒蔽君之罪，誰當記之耶？其為後世君臣之戒，可謂深切著明矣。”　　一説，識（讀如：石）：知道。這句是説痛心的是受蒙蔽的君王還不認識。

以上歷數古人的遇合無常，聯繫到本身的政治遭遇；痛惜自己的法制主張未能實現，闡明垂死時對國家前途無窮的憂慮和深切的悲哀。

本篇突出地表現了屈原的法治思想。他“明法度之嫌疑”，

是爲了"國富强而法立。"他反復强調法治的重要性說："乘騏
驥而馳騁兮，無轡銜而自載。乘氾泭以下流兮，無舟楫而自備。
背法度而心治兮，辟與此其無異。"明確指出楚國政治的失敗即
在于用心治而不用法治。這就清楚地說明了屈原主張的政治改
革的目的和綱領。

　　與此有聯繫的是，本篇還透露了屈原一生中的一件秘密大
事，即與懷王密謀變法。關於此事，已無足够的史料記載，但
將本篇與《史記·屈原列傳》和屈原其他作品聯繫起來看，懷
王確實曾經十分信任屈原，並與他秘密謀劃變法，由于黨人的
破壞，中途夭折。這件事關係到楚國的興衰存亡，也關係到屈
原個人事業的成敗，是他一生大起大落的轉折點。在這篇絶命
詞中，屈原百無禁忌，所以這個秘密終于披露出來。

　　本篇文辭淺易質直，文理暢達。如對于楚王的譴責，其他
作品中一般較爲委婉，往往以"荃"、"靈修"、"哲王"等來
指代楚王。本篇中，則直接責罵楚王爲"壅君"。正如蔣驥所說
的"《九章》惟此篇詞最淺易，非徒垂死之言，不暇雕飾，亦
欲庸君入目而易曉也。"

橘　　頌

　　本篇的真僞，現代《楚辭》研究者有所懷疑。陳鐘凡《楚
辭各篇作者考》曰："全篇僅一小小物贊，與荀卿《賦篇》之咏
雲、咏蠶、咏箴，頗相類似，屈宋文中絶無此體。"馮沅君《楚
辭研究（改稿）》也說："《橘頌》風致與《離騷》等篇迥異，
似後人擬《亂辭》之體而作者。"（轉引自陸侃如《屈原與宋
玉》）他們都從風格體制立論，證據不足。劉永濟《屈賦通箋》

九　章

399

更疑爲淮南王劉安的門客所作，他説："疑係淮南小山之徒所爲，與招隱士爲同類之物，後人因與悲回風各篇雜入九章中，以足成九數也"，也係臆測之詞。

關於本篇的寫作時期，李陳玉《楚辭箋注》説是"屈子自贊"，作于初任三閭大夫之際。"陳本禮《屈辭精義》曰："《橘頌》乃三閭大夫早年咏物之什，以橘自喻，且體涉于頌，與《九章》文不類，應附于末。舊次未分，且有謂《橘頌》乃屈原放逐于江南時作者，未可爲據。"他們都反對王逸等人放于江南所作的説法，後世學者頗有響應者，其中又有兩種不同意見。

一是認爲是早年得意，未遇困阨時所作。陸侃如《屈原評傳》定于懷王十年左右所作，他的理由是：１、屈原作詩，爲了寫出胸中的怨憤，《橘頌》無牢騷話，便可證明非作于失意後了。２、作品寫得並不高明，也證明這篇是他壯年的未成熟的作品。鄭振鐸《插圖本中國文學史》也説："《橘頌》則音節舒徐，氣韵和平，當是他的最早的未遇困阨時之作。然在其中，已深蘊着詩人的矯昂不羣的氣態了。"另外，郭沫若、林庚也有相似的見解。

二是認爲作于懷王朝，初被讒時。姚鼐《古文辭類纂》説："鼐疑此篇尚在懷王朝，初被讒時所作，故末言'后皇'，末言'年歲雖少'，與《涉江》'年既老之'時異矣。而'閉心自慎'之語，又若以辨上官所云'每一令出，平伐其功'之爲誣也。"（卷六十一）此説吳汝綸和今人陳子展等均贊同之，陳子展還明確指出，是屈原任左徒時，遇到了讒言誣蔑，爲辨誣而作。

另一種意見，本篇作于放逐江南之時，王逸以來，有不少注家持類似看法，如林雲銘《楚辭燈》曰："既至江南，觸目所見，借以自寫，則《橘頌》也。"蔣驥《山帶閣注楚辭》以爲"殆亦近死之音矣。"游國恩《楚辭論文集》闡發説："《橘頌》

寫作的年代表面上是看不出的。從“生南國兮”一語看來，似乎這橘樹就是屈原在江南途中所見。所以《橘頌》這篇短短的咏物詩也很可能是再放時所作。”

　　由于作品本身沒有正面透露出寫作年代的消息，因而很難得出確切的結論。但是，大致爲早年之作，是可以肯定的，而放逐江南所作，顯然是不妥當的：第一，詩中所謂“南國”，是泛指南方，包括當時整個的楚國，沒有任何資料證明，“南國”僅僅指江南而言。第二，朱熹《楚辭集注》曰：“《漢書》：江陵千樹橘。楚地正產橘也。”王夫之《楚辭通釋》曰：“李衡言，江陵有千頭木奴，則楚之宜橘舊矣。”足見江陵地帶盛產橘柚，因此屈原不一定到江南才看到橘樹，所謂“似乎是江南途中所見”，便無根據了。第三，本篇所表現的情感，和屈原遷逐江南以後的其他作品相比，有極大的差別，這更是任何讀者可以體味到的。

　　“橘”是荆楚地帶著名的土特產，“頌”是稱頌、贊美的意思。本篇通過對桔的形象和特徵細致的描述，表現了作者高尚的人格和眷戀鄉土，熱愛祖國的情感。

　　　　后皇嘉樹，橘徠服兮①。受命不遷，生南國兮②。
　　　深固難徙，更壹志兮③。綠葉素榮，紛其可喜
　　兮④。曾枝剡棘，圓果摶兮⑤。青黃雜糅，文章爛
　　兮⑥。精色內白，類任道兮⑦。紛縕宜修，姱而不
　　醜兮⑧。

　　①后：后土，對地的尊稱。　　皇：皇天，對天的尊稱。嘉：美好。意謂橘生天地之間，在樹木中是美好的品種。　徠：同“來”。　服：習慣，適應。“徠服”，是說一生下來就服習

於當地的氣候和土壤。

②受命：謂受命於天地。　　遷：遷移。《考工記》：“橘踰淮而化爲枳。”橘樹一移植就會變質，故云。王逸説：“言橘受天命生於江南，不可移徙，種於北地則化而爲枳也。屈原自比志節如桔，亦不可移徙。”　　南國：指楚國。朱熹説：“《漢書》：‘江陵千樹橘’，楚地正產橘也。”

③深固難徙：橘樹是多年生的灌木，根深蒂固。“難徙”與“不遷”爲對文，難以遷移。　　壹志：專一的意志。橘是楚地特產，只宜於南，而不宜於北，故云。

④素榮：橘樹初夏時開五瓣的白色小花。木本所開的叫做華，草本開的花叫做榮。這裏的“榮”，是花的通稱。一本作“華”。　　紛：美盛貌。

⑤曾枝：一重一重的樹枝。“曾”，通“層”，重迭。　　剡（音：演）：尖，銳利。　　棘：指橘枝上的刺。　　圓果：指橘子。　　摶（音：團）通“團”，圓。

⑥青黃雜糅：橘子熟時，由青變黃。雜糅，指將熟和已熟的果色間雜在一起。　　文章：猶言文采，指橘子的顏色。爛：燦爛。

⑦精色：鮮明顏色，指橘的表皮。　　一説，“精”讀爲“綪”（音：欠），赤黃色。內白：指橘的白色內瓤。蔣驥説：“內白，兼皮裏瓤子三者言。言橘之果實，外則先青後黃，其文交錯燦爛，而其精純之色，蘊於內者，無非潔白。”　　類：似也。　　任道：任道的人。橘不但有鮮明的外表，而且有甘美的內容，正如表裏通達的君子一樣，可以擔負重任，所以拿來相比擬。　　一本作“類可任兮”，意思説，真像一個可擔負重任的人。王逸説：“言橘實赤黃，其色精明，內懷潔白，以言賢者亦然，外有精明之貌，內有潔白之志，故可任以道而事用

之也。"

⑧紛緼，義同氳氲（讀 如：因暈），形容橘的香味很盛。
王夫之說："剖之而骨霧霏微也。"（《楚辭通釋》）　　　宜修：
猶言美好。　　婑（音：誇）：美好。　　醜：惡。王逸說："言
橘類紛緼而盛，如人宜修飾，形容盡好，無有醜惡也。"　　一
說，醜：類。不醜，不同一般，出類拔萃之意。林雲銘說："類
也。又合全樹而總言之，見其所得皆善，不與他樹爲類也。已
上頌橘之素具。"　　一說，醜：衆。姜亮夫說："醜，衆也。婑
而不醜，猶言好而不嫌其繁多，以其宜修飾也。"

以上從各方面頌橘。以下就橘的特性引申言之，重點在於
述志。

　　嗟爾幼志，有以異兮①。獨立不遷，豈不可喜
兮②？深固難徙，廓其無求兮③。蘇世獨立，橫而
不流兮④。閉心自慎，終不失過兮⑤。秉德無私，參
天地兮⑥。

　　願歲并謝，與長友兮⑦。淑離不淫，梗其有理
兮⑧。年歲雖少，可師長兮⑨。行比伯夷，置以爲
像兮⑩。

①兩句是說，贊嘆你幼年的志向，就 有 與 衆 不同之處。
嗟（音:階）：嘆美詞。　　爾：你，指橘。　　幼志：幼年的
志向，是說桔一生下來就具有的特性。朱熹說："言自幼而已有
此志，蓋其本性然也。"　　異：不同於一般樹木。

②豈：怎麼。　　王逸說："屈原言己之行度獨立堅固，不
可遷徙，誠可喜也。"洪興祖說："自此以下，申前義，以明己志。"

③廓（音:擴）：空闊廣大，指胸懷豁達。　　無求：無求

于他人的意思。洪興祖説:"凡與世遷徙者，皆有求也。吾之志
舉世莫得而傾之者，無求於彼故也。"

④蘇:蘇醒。"蘇世獨立"，意謂清醒地獨立在世界上，指
下文的"横而不流"。　　　横:横絶。指特立獨行的性格，與
"流"爲對文。　　　不流:不隨波而逐流。意指不因時俗的好
尚而變更自己的意志。　　　這兩句歷來有不同的解釋，主要的
有:一、王逸説:"蘇，寤也。言屈原自知爲讒佞所害，心中覺
寤，然不可變節，猶行忠直，横立自持，不隨俗人也。"洪興祖
説:"死而更生曰蘇。《魏都賦》曰:'非蘇世而居正。'"二、
有人認爲這兩句文字有錯亂。"蘇世獨立，横而不流兮"應作
"蘇世横立，濁而不流兮"。三、王夫之説:"蘇，草也。言生於
茝草之中，而貞幹獨立，不隨草靡。喻君子雜處於濁世，而不
隨横逆以俱流。"四、郭沫若説:"蘇讀爲疏，即離世獨立之意。"

⑤閉心:凡事藏在心裏，就是"自慎"的意思。　　　自慎:
己謹慎。　　　終不:一本作"不終"。　　　失過:即過失的倒文。
一本作"過失"。王逸説:"言己閉心捐欲，敕慎自守，終不敢有
過失也。"王夫之説:"含忠韜，不敢輕泄，如上官大夫所譖者。"

⑥這兩句意謂保持美德，没有私心，在精神上與天地相合。
古人認爲天地以公正爲心，故云。　　　參:合也。　　　王逸説:
"秉，執也。言己執履忠正，行無私阿，故參配天地，通之神
明，使知之也。"洪興祖説:"天無私覆，地無私載，秉德無私，
則與天地參矣。"

⑦歲:指歲暮。　　　並謝:猶言並謝之時，指百草百卉同
時凋謝的時候。　　　長友:長期做朋友。王逸説:"言己願與橘
同心並志，歲月雖去，年且衰老，長爲朋友，不相遠離也。"屈
復説:"橘不彫，故願於歲寒並謝之時而長與爲友。"(《楚辭新
注》)

⑧淑：善也。　　離：通“麗”，美麗。　　梗：正直，指橘的枝幹。　　理：文理，指橘樹的纖維。馬其昶説：“梗謂不淫，有文理謂淑麗。”（《屈賦微》）

⑨年歲雖少：這裏的“少”與前文“嗟爾幼志”的“幼”用意相同，指橘樹初生之時。　　蔣驥則認爲“年歲雖少”的少，不是“老少”的少。他説：“橘無松柏之壽，故年歲少。”可師長（讀如：掌）：猶言可效法。這裏的“師長”與下文的“像”同義。“師”、“長”，都用作動詞，是效法、學習的意思。

⑩行：品行。　　伯夷：人名，殷末孤竹君的長子。周滅殷，伯夷恥食周粟，饑死於首陽山。在古代聖賢中，是一位個性堅強，獨行其志的典型。橘的特性是“受命不遷”，“蘇世獨立”，所以用來相比擬。　　置：植也。　　像：榜樣。意謂把桔樹種在園中，朝夕相對，作爲榜樣，來鼓勵自己。

　　本篇寫對于橘樹的贊頌。橘之所以引起詩人的稱美，固然與“受命不遷”、“深固難徙”的特性有關。需要指出的是，橘樹同時又是楚國的著名土特産，具有相當高的經濟價值。《戰國策·趙策（二）》記載蘇秦以合縱説趙王曰：“大王誠能聽臣，燕必致氈裘狗馬之地，齊必致海隅魚鹽之地，楚必致橘柚雲夢之地，韓魏皆可致封地湯沐之邑”，將楚之雲夢橘柚，與燕趙氈裘狗馬、齊之海隅魚鹽相提并論，無疑把它看成是一種著名的土特産，重要的經濟資源。另外，在《山海經》、《吕氏春秋》等先秦典籍中，也多次提到楚國盛産橘柚。橘柚與楚人的生活有着密切的聯繫。屈原的贊美橘，應該説也是楚人重視這一經濟作物的意識的客觀反映。

　　作品對橘的特徵和形象作了細致的描寫，使人彷彿看到緑葉、白花，看到果實剛長出時青黄相間的色澤，看到成熟時的碩果累累，這些描寫，已經透出了作者青年時期較高的寫作技巧。更可貴的是，在對客觀事物的歌頌中，滲透了强烈的主觀情感，以擬人化的手法塑造出完美、高大的藝術形象，表現出作者高尚的人格和個性。在描寫過程中，作者既不黏滯于所歌頌的事物的本身，又没有脱離這一事物，從而爲後世咏物詩開闢了一條寬廣的道路，樹立了光輝的榜樣。

　　屈原作品多用比興，本篇更通篇用比興手法寫成，在屈賦中也是別具一格的。

　　因此，南宋劉辰翁曾稱這首詩是“咏物之祖”,在中國古典詩歌史上有着開創性的意義。後世的咏物詩，無論是在體物方面，還是在寄托方面，都受到本篇的積極啓發和影響。

悲　回　風

　　自從南宋魏了翁提出懷疑以來，本篇的真僞一直是個爭論不休的問題。明代許學夷《詩源辨體》以口語不似屈原而致疑（魏了翁和許學夷之説均詳見《惜往日》解題）吴汝綸《古文辭類纂點勘記》亦以其“文字奇縱，少沈鬱謠奇之致”而疑爲僞作。

　　陳鐘凡《楚辭各篇作者考》又提出三點理由，一是本篇言及屈子沈淵，明屬後人追悼之作。二是屈子各文無述及淮河者，而本篇有“浮江淮而入海”之語。三是篇中所用迭字,頗近《九辨》。陸侃如、馮沅君《中國詩史》則以與屈原思想不合而致疑，他們説:“篇中‘吸湛露之浮凉兮，漱凝霜之雾雾’一段，全爲方士口吻，與《遠游》、‘餐六氣而飲沆瀣兮，漱正陽而含朝霞’一段相近，所以是同樣的不可靠”。後人所述的懷疑理由，大體不出這些。如劉永濟《屈賦通箋》從聯綿詞的角度進一步論證道："吾人試驗《悲回風》篇，用聯綿詞至二十五句，正後世文人有心雕飾之證"，即對陳鐘凡的"迭字"說進行了申發。胡念貽《屈原作品的真偽問題及其寫作年代》所列舉的三條理由，也是上述論點的進一步說明和闡發。

對本篇的懷疑，大多是從文字、語氣、語言風格等處着眼的，所以憑據尚不足。個別理由，較有道理，如與屈原思想不一致的問題，是可以展開進一步討論的，但至目前爲止，尚不足以推翻屈原的著作權。

關於本篇的寫作時間，有各種不同的説法。陸侃如《屈原評傳》認爲是楚懷王十六年，放逐漢北之作。

林雲銘《楚辭燈》、夏大霖《屈騷心印》都認爲作于頃襄王七年。郭沫若《屈原研究》也認爲作于頃襄王六、七年初遭放逐之時，他説："《悲回風》最爲悲憤，是他初遭放逐時感情最强烈的時候做的。"

蔣驥《山帶閣注楚辭》認爲作于自沉汨羅的前一年秋天。

王夫之《楚辭通釋》認爲："蓋原自沈時永訣之辭也。"王闓運《楚辭釋》曰："此篇總述志意踪迹，蓋絕筆于此，若羣書之自序也。"都以爲是屈原的絕筆。

以上諸説，以蔣驥之説較爲近似。當然未必一定作于沈湘的前一年，但篇中那種垂死的哀音，表明它産生的年代，必離沈湘不遠。

本篇亦以篇首名篇，寫秋冬季節的生活感受，表現出屈原極爲深沉、憂郁的情感。

　　悲回風之搖蕙兮，心冤結而内傷①。物有微而隕性兮，聲有隱而先倡②。夫何彭咸之造思兮，暨志介而不忘③！萬變其情豈可蓋兮，孰虛僞之可長④！

　　鳥獸鳴以號羣兮，草苴比而不芳。魚葺鱗以自別兮，蛟龍隱其文章⑤。故荼薺不同畝兮，蘭茝幽而獨芳⑥。惟佳人之永都兮，更統世以自貺⑦。眇遠志之所及兮，憐浮雲之相羊⑧。介眇志之所惑兮，竊賦詩之所明⑨。

　　①悲：哀痛，傷心。　　回風：旋風。朱熹說："回風，旋轉之風也。"　　冤結：冤苦郁結。　　內傷：心中悲痛。王逸說："言飄風動搖芳草，使不得安；以言讒人亦別離忠直，使得罪過也。故己見之，中心冤結而傷痛也。"朱熹說："亦上篇悲秋風動容之意。"

　　②物：指蕙。　　微：微小，微弱。　　隕（音:允）：墜落。　　性：通"生"，指生機。　　聲：風聲。　　隱：指初起時聽不見的聲音。　　倡：通"唱"，本義是始發歌，引申作開始的意思。　　上句是說，在回風震蕩之中，凋隕了蕙草的微弱生機；下句說，這回風的初起，是有隱微的聲音倡之於先的。與《惜往日》："何芳草之早殀兮，微霜降而下戒"同意。《悲回風》四句是即景生情，托詞以起興的。錢澄之說："秋風起，蕙草先死；害氣至，賢人先喪。"（《莊屈合詁》）王夫之說："風之初起，生於蘋末。已而狂飆震蕩，芳草爲之摧折。讒人之在君側，一倡百和，交蕩君心，則國是顛倒，誅逐無忌；貞篤之士，更無可自全之理。故追原禍始，而知己之不可復生也。"（《楚辭通釋》）

　　③夫：語氣詞。放在句首表示將發議論。　　何：爲什麼，怎麼。　　彭咸：傳說爲殷賢大夫。　　造思：追思。"夫何彭咸之造思兮"，猶言爲什麼我這樣無端追思彭咸。　　暨：讀作冀，

希冀。　　　志介：猶言志節。"暨志介"，是説自己企慕彭咸的志節。　　　一説，"暨"，與。"暨志介"，謂希望自己的志節能與彭咸一樣。王逸説："暨，與也。……言己見讒人倡君爲惡，則思念古世彭咸，欲與齊志而不能忘也。"王夫之説："己與彭咸同其志介。"一釋"介"爲"系"。蔣驥説："言初時造意欲爲彭咸，何以長系於志而不忘。"

④兩句是説雖然其情萬變，怎麼能够掩蓋得了，虛僞哪能保持長久？但對"萬變其情"有不同理解：一説指讒人在君王之前的巧詐之言，王逸説："言讒人長於巧詐，情意萬變，轉易其辭，前後反覆。如明君察之，則知其態也。"又説："讒人虛造人過，其行邪僞，不可久長，必遇禍也。"一説指屈原自身所遭受挫折而言，意謂自己這種忠貞之心，出於至誠，而非虛僞。林雲銘説："身歷許多撓折，其中情昭著，人所共知，不可掩蓋，則非虛僞可知。"又説："世豈有虛僞之人而能長保其志節乎？"

⑤號羣：就是求羣的意思。草苴（音：居）：草的總稱。生草叫做"草"，枯草叫做"苴"。　　　比：挨在一起的樣子。茸（音：氣）：整治。"茸鱗自別"，朱熹説："魚整治其鱗，以自別異。"（《楚辭集注》）　　　一説，重迭積累。王迭説："茸，累也。言衆魚張其鬐尾，茸累其鱗。"　　　一説，與"比"同義。王夫之説："茸，亦比也。"戴震也説："茸，言其鱗次也。"　　　一説，茸是"楫"的假借字。茸鱗，鼓鱗。這句是説魚兒鼓鱗炫耀，自以爲與衆有別。　　　文章：文采。指蛟龍的鱗甲。"隱其文章"，謂潛入深淵，把它的文采隱藏起來。　　　按：這四句寫秋冬實景，但都是意有所指。"鳥獸鳴以號羣"，"魚茸鱗以自別"是説物以類聚，不相雜厠，用以比喻君子和小人之不能共處。錢澄之説："萬物各從其類，則君子豈能與小人并世乎？""草苴比而不芳"，象征邪佞在朝，同惡相濟。"蛟龍隱其文

章”，比喻賢人遠引，文采不彰，兩兩相對，交錯成文。

⑥荼（音:徒）：苦菜。　　薺：甜菜。　　不同畝：不能種在一起。　　幽：指幽僻之處。下句比喻賢人處亂世，雖無人知，但不因此而改變其芬芳的節操。王逸說:“賢人雖居深山，不失其忠正之行。”

⑦佳人：猶言君子。王夫之說:“君子不與衆同汙，天下之情偏匯觀，而擇善以自處，乃己所欲效法也。”王逸則說:“佳人，謂懷襄王也。”朱熹說:“佳人，原自謂也。”細繹文義，當以王夫之說爲妥。　　都：優美，漂亮。王逸却說:“邑有先君之廟曰都也，”非是。　　更：經歷。　　統世：統觀萬世。“更統世”，猶言歷覽古今。　　貺（音：曠）:通作“況”，比。“自貺”，猶言自比自許。這句是說放開眼界，以古人自期，即思慕彭咸之意。

⑧眇：遥遠貌。　　相羊：同“徜徉”，是形容浮雲在天空飄流不定的形態。“浮雲之相羊”，是用來比喻“遠志之所及”，言其孤高而無所依傍。

⑨兩句是說，自己深微的意志不爲別人理解的地方，正是私下寫此詩所明白說出的道理。朱熹說:“因自言其志之高遠，與浮雲齊而不能有合於世，是以其志不能無惑，而遂賦詩以明之也。”　　介：耿介。一說，“介”，因。（林雲銘《楚辭燈》）眇志：深微的意志。　　惑：對“明”而言。一本作“感”，林雲銘說:“因此有感，曾賦詩自明，如《離騷》所謂彭咸之道則是也，”亦可從。　　竊：謙詞。私自，私下。　　賦詩：指寫這首詩。蔣驥則認爲是指《離騷》與《抽思》、《思美人》言。因爲“三篇皆作於懷王時，以彭咸自命者也。”

以上因回風搖蕙的季節氣氛，聯係到忠賢見斥的現實悲哀，申述自己終不改悔的堅定心情。

　　惟佳人之獨懷兮，折芳椒以自處①。曾歔欷之
嗟嗟兮，獨隱伏而思慮②。涕泣交而淒淒兮，思不
眠以至曙③。終長夜之曼曼兮，掩此哀而不去④。
寤從容以周流兮，聊逍遙以自恃⑤。傷太息之愍憐
兮，氣於邑而不可止⑥。

　　紆思心以爲纕兮，編愁苦以爲膺⑦。折若木以
蔽光兮，隨飄風之所仍⑧。存仿佛而不見兮，心踴
躍其若湯⑨。撫佩袵以案志兮，超惘惘而遂行⑩。

　　歲曶曶其若頹兮，時亦冉冉而將至⑪。蘋蘅槁
而節離兮，芳已歇而不比⑫。憐思心之不可懲兮，
證此言之不可聊⑬。寧溘死而流亡兮，不忍此心之
常愁⑭。孤子唫而抆淚兮，放子出而不還⑮。孰能
思而不隱兮？昭彭咸之所聞⑯。

　　①獨：有與衆不同的意思。　　懷：胸懷。　　折：這裏
是摘取、採取的意思。　　芳椒：一本作“若椒”。若，謂杜若。
椒，指花椒，即《離騷》、《惜誦》所說的“申椒”。　　自處：
安排自己。“折芳椒以自處”，即獨抱幽芳的意思。
　　②曾：通“增”，增加。　　歔欷（讀如：虛希）：嘆息。
嗟嗟：嘆息聲。　　隱伏：隱居蟄伏。
　　③涕泣：哭泣。　　交：縱橫交流。　　淒淒：悲傷，悽
愴。　　曙：天亮。
　　④長夜：漫長的黑夜。　　曼曼：同“漫漫”，長遠貌。
掩此哀而不去：謂哀愁無處申訴，無從抒發。　　掩：掩抑。此哀，
指上述的哀愁。　　不去：不能去懷。
　　⑤寤：覺醒。　　從容：舒緩。　　聊：姑且。　　逍遙：

優游自得的樣子。　　周流：指四面遊蕩，周行各地。　　自
恃：猶言自遣。"恃"，依靠的意思。孤獨之中，無人安慰，只
有依靠自己抒遣愁懷。

⑥傷：哀痛，悲傷。　　太息：大聲嘆氣。　　慜憐：憐
憫，憂傷。　　氣：氣息。　　於（音:烏）邑：憂悒鬱結，氣
急促而不舒展。

⑦這兩句是說，把思緒搓成帶子，把愁苦編成兜肚。意謂
思緒縈繞，愁苦填胸。　　糺（音:赳）：字同"糾"。結的意
思。　　思心：義同思緒。　　纕：帶。　　編：編結。　　幐
（音:英）：王逸說："絡胸者也。"按：幐的本義是胸，所謂"絡
胸"，指護胸的衣，是引申義，即《釋名》所說的"心衣"。王先
謙說："蓋即今俗之兜肚。"（《釋名疏證補》）

⑧若木：神木。注詳《離騷》。　　蔽光：謂遮蔽日光。
這句是用以象徵自己力求韜光養晦。　　仍：因也。義同引。
下句是說隨着飄風的牽引，任從它把自己吹到哪裏，意指心情
的空虛。馬其昶說："蔽光，自晦其明也；隨風，任運無心也。"

⑨兩句形容極端愁苦的心情，有時陷入不見不聞，萬念俱
灰的枯寂狀態，但有時又激動起來，心裏跳動得好像沸騰的湯
水。　　存：指四周圍客觀存在的事物。　　仿佛：似乎看見
而又看不清楚的樣子。　　踴躍：跳動。　　湯：沸水。

⑩撫：撫摸。　　佩：佩帶的飾物。一作"珮"。　　衽
（音:刃）：衣襟。　　案志：按奈着激動的心情。　　超：遙
遠而渺茫的樣子。一說，"超"通"怊"，悵恨。　　惘惘（讀如:
往）：心中若有所失的樣子。　　遂：通"邃"，深遠。王逸
說："整飾衣裳自寬慰也，失志遑遽而直逝也。"

⑪曶曶：同"忽忽"，倏忽，形容時間過得很快。　　頹：
墜落的意思，指一年的將盡。　　時：這裏是指生命的時限。

冉（音：染）冉：慢慢地。上句就季節言之，下句就生命言之，意思是說都到了垂垂向盡的階段了。

⑫ 蘪（音：煩）、蘅（音：恒）：都是香草。注詳《九歌·湘夫人》。　　稿：枯槁。　　節：指草身上的節，草枯則節斷。　　離：指莖節斷折，枝離葉落。王夫之說：“葉離枝也。”芳：香氣。　　已：一本作“以”，通“已”。　　歇：消散也。比：聚合的意思，與“歇”爲對文。　　按：這兩句承上文而言，從己身的感受，進一步說到時代的悲哀。馬其昶說：“天地閉，賢人隱，所憂非止一身之故。”（《屈賦微》）

⑬憐：自憐。　　思心：指自己百折不回的孤獨心情。懲：這裏是抑制的意思。　　證：明也，在這裏是表白的意思。此言：指上面所說的這些話。一說，“此”是“呰”（音：子），殘體。“呰言”是說讒言的意思。　　不可聊：謂無聊之極。意思說，連這都是多餘的。錢澄之說：“謂無聊之極而爲此言。”

⑭寧：寧可，寧願。　　溘（音：克）死：很快死去。溘，疾促，忽然。溘死，一作“逝死”·意謂死去。　　流亡：隨水流逝。　　此心：一本作“爲此”。

⑮唫：古“吟”字。吟咏，作詩。　　扠（音：吻）：揩也。孤子：無父或無母者，屈原自謂。王逸說：“自哀煢獨，心悲愁也。”放子：被棄逐的兒子。　　還：返回。

⑯隱：痛也。“孰能思而不隱”，是說誰能想到這裏而不悲痛呢？　　昭：明也。一本作“照”。“昭彭咸之所聞”，王逸說：“觀見先賢之法則也。”　　一說，聽見。王夫之說：“見所傳聞於彭咸者，正與己類也。”林雲銘說：“以此推之，則所聞彭咸之事，即其心亦昭然可以共見矣。”按：這句是說，明白了彭咸爲後人所仰慕的地方，也就是指他的“遺則”。

以上抒寫放逐中孤獨的憂思。

　　登石巒以遠望兮，路眇眇之默默①。入景響之
無應兮，聞省想而不可得②。

　　愁鬱鬱之無快兮，居戚戚而不可解③。心鞿羈
而不開兮，氣繚轉而自縮④。穆眇眇之無垠兮，莽
芒芒之無儀⑤。聲有隱而相感兮，物有純而不可
爲⑥。邈漫漫之不可量兮，縹綿綿之不可紆⑦。愁
悄悄之常悲兮，翩冥冥之不可娛⑧。淩大波而流風
兮，託彭咸之所居⑨。

　　①石巒：就是石山。山小而尖曰巒。　　眇眇：遙遠。
默默：幽寂，沒有聲音。林雲銘說："寂然無聲。"錢澄之說："眇
眇以遠，默默以幽。"

　　②入：進入。　　景：字同"影"。影隨形，響應聲。"景
響無應"，極言境界的寂寥。王逸說："竄在山野無人域也。"林雲
銘說："我入本有影，無應我影者，我入本有響，無應我響者，
是世俗無一同我也。"　　聞：聽。　　省（音：醒）：深思。
想：冥想。王夫之說："登高山而回瞻故國，省想其聲容，不可
得而見聞。宗國之安危不可知，是以鬱戚愈不能堪。"（《楚辭
通釋》）這句極言心情的空虛。　　一說，"聞"字當作"閒"。
省（ㄕㄥˇ）：省却。這句是說空閑裏想省却思慮而不可能。（郭
沫若《屈原賦今譯》）

　　③鬱鬱：憂傷、沉悶的樣子。　　快：快意，痛快。王逸
說："中心煩冤，常懷忿也。"　　居：指居住在屋子裏的時候，
對前"登石巒"而言。　　一說，"居"是"思"字之誤。聞
一多說："'居'與上下文'愁'、'心'、'氣'諸字義不類。
王注：'思念憔悴，相連接也。'疑居爲思之誤。"郭沫若則說

是"慮"字之誤。　　戚戚：憂愁悲傷的樣子。　　解：排除。消除。

④羈羈：義同束縛。"羈"，本義是馬韁繩。"羈"，本義是馬籠頭。　　開：寬解。一本作"形"。　　繚轉：猶言繚繞。締：結也。

⑤這二句承上文，意謂自己的心情有時因愁思而糾結在一起，有時則陷入空虛而無所着落的狀態。　　穆眇眇：言其遙遠而幽微。　　垠（音：淫）：邊際，盡頭。　　莽茫茫：言其廣闊而空曠。芒芒，同"茫茫"。　　儀：象也。無儀，猶言無邊。朱熹說："言己之愁思浩然廣大幽深，不可爲像也。"一說，儀，雙。洪興祖說："儀，匹也。"蔣驥說："無垠，言路之遠；無儀，言身之孤。"

⑥這兩句與篇首四句相應。　　聲：指風聲。　　隱：尚未顯著的迹象。回風一起，意味着肅殺的秋冬的來臨，生物都將枯萎，使人感慨生悲。上句用以影射國運的沒落。下句與"物有微而隕性"同意，用來比喻自己大命的將傾。　　物：指蕙。純：言其稟性的純潔，經不起回風的摧殘。　　不可爲：沒有挽回的辦法。"爲"，猶《左傳·成公十年》："疾不可爲也。"的"爲"。　　林雲銘說："蕭颯之響最易撩愁，前止云先倡，茲已刺入人心矣。即至全至粹之物，當之亦不能保。前止云微而隕性，茲則有形無不敗矣。不可爲，如言疾不可爲之意。二句總言國內無美政。"

7邈（音：眇）：遠。　　漫漫：無邊無際的樣子。"邈漫漫"，一作"藐蔓蔓"。　　不可量：意謂無法估計。上句指客觀形勢的發展，猶言來日大難。下句說自己的主觀心情。　　縹綿綿：言愁思的縹緲而綿長。　　縹（音：飄）："縹緲"的省略。　　綿綿：連綿不斷貌。　　紆（音：瘀）：屈曲，纏繞。

比喻心中縈繞着。“不可紆”，王逸說：“細微之思難斷絕也。”林雲銘則說：“極目無際，自顧無可托身處。”

8 翩冥冥：指神魂在幽暗中的飛逝。　翩（音：偏），疾飛。　冥冥，昏暗。　不可娛：言形體雖存，而無可娛樂。

9 意思是說准備效法彭咸，投水而死。　淩：乘。　大波：滾滾的大波濤，　流風：隨風而流。　托：依靠，寄托。　所居：居住的地方，指深淵。“托彭咸之所居”，彭咸投水而死，屈原想乘着滾滾的波濤，隨風而流，到彭咸住的地方去。意即投水而死。王逸說：“言乘風波而流行也。”朱熹說：“淩波隨風而從彭咸，又自沈之意也。”

以上言生意既盡，死志已決。

　　　上高巖之峭岸兮，處雌蜺之標顚[1]。據青冥而攄虹兮，遂倐忽而捫天[2]。吸湛露之浮源兮，漱凝霜之雰雰[3]。依風穴以自息兮，忽傾寤以嬋媛[4]。

　　　馮崐崙以澂霧兮，隱㟧山以清江[5]。憚湧湍之礚礚兮，聽波聲之洶洶[6]。

　　　紛容容之無經兮，罔芒芒之無紀[7]。軋洋洋之無從兮，馳委移之焉止[8]！漂翻翻其上下兮，翼遙遙其左右[9]。泛潏潏其前後兮，伴張弛之信期[10]。

　　　觀炎氣之相仍兮，窺烟液之所積[11]。悲霜雪之俱下兮，聽潮水之相擊[12]。借光景以往來兮，施黃棘之枉策[13]。求介子之所存兮，見伯夷之放迹[14]。心調度而弗去兮，刻著志之無適[15]。

1 上：登上。　峭岸：這裏指高陡險峻的地方。　　雌蜺：雨後或日出日沒之際，天空中呈現出一種美麗的彩色圓弧，叫做虹蜺。虹蜺常有内外二環，通稱爲虹。分別言之，則内環爲虹，外環爲蜺（字亦作霓）。古人認爲虹色鮮明，是雄性：蜺色陰暗，是雌性。　　標顛：指山的頂點。　　標：杪也。顛：山巔。

②據：佔據，凭借。　　青冥：猶言青色的天空。　　攄（音：書）：舒也，指噓氣。"攄虹"，猶言吐氣成虹。　　倏忽（讀如：書乎）：忽然。迅速。　　捫（音：門）：摸。

③湛露：濃厚的露水。　　浮源：一本"源"作"凉"。姜亮夫認爲都不可通，疑本作"浮浮"，與下句霜之"雰雰"對文，"浮浮者，言露濃重之像。"　　漱（音：數）：漱口。　　凝霜：凝結的霜，猶濃霜。　　雰雰：向下飄落貌。一説，霜盛貌。

④依：靠着。　　風穴：風聚處。據古代神話説，在崑崙山上。蔣驥説："《淮南子》云：'崑崙山北門開，以納不周之風。'即《天問》所云'西北辟啓'者也。"（《山帶閣注楚辭》）　　息：休息。　　傾寤：翻身覺醒過來。　　嬋媛（讀如：讒員）：注詳《離騷》，這裏指牽戀上述的情景。從"上高巖之峭岸兮"至此，寫神遊太空，遠離塵世；下面寫西登崑崙，俯瞰人寰。

⑤馮，同"憑"。依靠。　　澂：同"澄"。澂霧，朱熹説："去其昏亂之氣也。"澂，一本作"瞰"。瞰，俯視。　　隱：就是"隱幾"的"隱"，義同"憑"，依據。　　岐：同"岷"。舊有"岷山導江"之説，以岷山爲江水發源之山。　　清江：朱熹説："去其濁穢之流也。"王夫之説："澄江水使清也。""隱岐山以清江"，猶言隱岐山以瞰清江。"瞰"字省略，義見上句。

⑥憚：心驚。　　湧湍：急流。　　礚礚（音：科）：水石相撞擊的聲音。　　洶洶（讀如：匈）：波濤聲。

⑦紛：亂。　　容容：變亂貌。　　罔：通“惘”，迷惑。芒芒：同“茫茫”，廣闊貌。　　無經：無紀，言波濤的泛濫。

⑧軋：傾軋。指波濤相互傾壓。　　洋洋：水盛大貌。與《詩經·衛風·碩人》：“河水洋洋”的“洋洋”義同。　　馳：奔馳。　　委移：同“逶迤”。水流曼長而宛曲的樣子。　　無從：與“焉止”爲對文。言不知從何而來，流到哪裏才是終極。朱熹說：“言己心煩亂，無復經紀，欲進則無所從，欲退則無所止也。”

⑨漂：字同“飄”。　　翻翻：一上一下，互爲起伏的樣子。上下：指波濤的上下翻騰。　　翼：兩翼。水的衝力，有時側重在左，有時側重在右。遙遙望去，時有變化。　　一說，“翼”，疾走。“遙遙”，通“搖搖”，形容水波動蕩不定的樣子。這句是說衝着波濤前進。　　左右：指波濤左右奔騰。

⑩這兩句指潮汐，謂潮水前後噴湧泛濫，漲落的時間判然分明。　　潏潏（音:育）：水湧貌。　　伴：借作“判”，判別的意思。朱熹認爲“伴”即“叛”，繚散之貌。林雲銘則認爲“伴”是伴侶的意思。　　張弛：猶言漲落。　　信期：潮汐的信期。　　按：“紛容容之無經兮”以下，寫江濤上下左右前後的動態；同時，也是反映作者在俯瞰中恍惚不定的心情。朱熹說：“亦皆言其反覆不定之意。”林雲銘則說：“言俯視大波出吾前後，吾雖行止無定，而不敢失所守，與潮汐之有信可爲伴侶，此即彭咸造思，志介不忘之心也。”

⑪炎氣：夏令鬱蒸之氣。　　相仍：相因不已。　　烟：雲烟。　　液：上升的地氣所凝成的水液，即雨水。　　“炎氣”二句寫春夏的氣象；“霜雪”二句寫秋冬的氣象。

⑫俱下：一起降落。　　相擊：相衝擊。

⑬借：通“籍”，凭借。　　光景：指上面所寫的四時的光

景，即雲雨霜雪之氣。　　往來：謂神遊於天地之間。"借光景以往來"，與《莊子·逍遥遊》所說的"乘天地之正，而御六氣之辯"，用意相近似。　　一說"借"是"惜"的誤字。這句是說失去了時機。　　施：用也。　　黃棘：神話中的木名。蔣驥說："《中山經》：'若山有木，名黃棘，其實如蘭。'"（《山帶閣注楚辭》）　　枉策：彎彎的馬鞭。"枉"，彎曲。"策"，竹制的馬鞭子。這句是說鞭着神遊之馬前進。　　一說，黃棘是地名，枉策謂錯誤的策略。指楚懷王二十五年與秦昭王盟於黃棘事。與上下文不相連屬，於義未妥。

　　⑭求：追求，尋找。　　介子：即介子推。注見《思美人》。　　所存：猶言所在。指介子隱居的地方。　　一說，指介子推的忠貞。　　伯夷：注見《橘頌》。　　放迹：放逐的行迹，猶言故迹，與上句"所存"義近。朱熹說："以棘爲策，既有芒刺，而又不直，則馬傷深而行速。舊注以爲願借神光電景，飛注往來，施黃棘之刺以爲策，以求子推、伯夷之故迹是也。"

　　⑮調度：安排調遣，這裏是考慮的意思。　　刻著：猶言牢著。馬其昶說："言響慕二子之專。"　　無適：與"弗去"義同，指念念不忘介子、伯夷的高節。朱熹說："言心乎二子之調度而不忍去，刻爲二子之明志而無它適。"王夫之說："既已豫念死後之情景，因決自沈之計。調度已審，刻志著意，從子推、伯夷之所適，弗能去此，而別有自靖之道也。"

　　以上承"不忍長愁"，決於一死而言。設想精靈不泯，神遊天地的境界。

　　　　曰[1]："吾怨往昔之所冀兮。悼來者之愁愁[2]。浮江淮而入海兮，從子胥而自適[3]。望大河之洲渚兮，悲申徒之抗迹④。驟諫君而不聽兮，任重石之何益！心絓結而不解兮，思蹇產而不釋⑤。”

①曰：上當脫一“亂”字。

②怨：怨恨。　　冀：希望。“怨往昔之所冀”，謂怨恨往昔的希望落空。朱熹說：“往者所冀，謂猶欲有爲於時。”　　悼：恐懼。　　來者：指來日，未來的日子。　　惄惄（音：替）：同“惕惕”，警惕，憂懼。“來者惄惄”，謂來日可危。朱熹說：“來者惄惄，謂將赴水而死也。”蔣驥說：“言危亡將至而可懼也。”王夫之則認爲“惄惄”是貪昧的意思。這是說“盈廷貪昧”。

③兩句指伍子胥事，意謂準備投水而死，追隨子胥。洪興祖說：“《越絕書》云：‘子胥死，王使捐於大江。乃發憤馳騰，氣若奔馬，乃歸神大海。’”　　從：追隨。　　自適：順從自己的心意。洪興祖說：“自適，謂順適己意也。”

④洲渚（　讀如：周主）：水中的陸地，大的叫洲，小的叫渚。　　申徒：即申徒狄，殷末賢人。諫紂不聽，抱石投水而死。　　抗迹：與《哀郢》“堯舜之抗行兮”的“抗行”義同。　　抗，通“亢”，高。　　迹，指行迹。

⑤驟：屢次，多次。　　任重石：抱着重石。指申徒狄抱石投水自殺。一本作“重任石”。“任”，抱。　　按：“望大河之洲渚兮”四句承前“從子胥”而言。意思是說，申徒狄以身殉國，其情固屬可悲。但他的死並不能挽救殷商的覆亡，則死又何益？聯系到自己的處境，雖然死志已決，但就整個楚國言，未來的危機，也不是自己一死所能遮了的。故以“心絓結”二句作爲全篇的終結（二句注見《哀郢》）。屈原在政治鬥争過程中，雖然早已作了最後犧牲的思想準備（參看《離騷》“吾

將從彭咸之所居”條注文）。這種念頭，盡管在悲哀失望的當中，時常出現，但不到萬分無可奈何的時候，決不付諸實踐。本篇似乎還不是絕命詞，從最後幾句的轉折語氣裏可以看出。蔣驥說：“子胥申徒，皆其同類。而忽感二子之死，不能救商與吳之亡。故躊躇徘徊，卒不忍遽死；而其愁思益繁迴而不能解釋也。”所論深得原意。一本無末二句，誤。郭沫若則將“望大河之洲渚兮”以下六句一併刪去，謂係別處竄入的文字，更覺不妥。

　　《悲回風》幾乎通篇都是抒情，没有什麼事實的叙述。作品中充滿着深沉、悲憤的情緒，但對造成這一情緒的原因和經過却未及抒寫。由于作品表達的是比較抽象的一種激情，因此寫法上與其他篇章也有區別。一是採用了迴環往復的寫法，正如陸時雍《楚辭疏·讀楚辭語》説的：“其文如層華迭葉而不可厭，省其衷，則叮嚀繁絮而恫有餘悲矣”。在較短的篇幅中，彭咸就説到三次，佳人兩次，登山又有三次，在這種調子的重複中，傳出了低佪往復的情思。

　　作品還運用了不少雙聲迭韵的連綿詞，雙聲如“仿佛”、“踴躍”、“惆悵”等，迭韵如“相羊”、“歔欷”、“從容”、“周流”、“逍遥”等。又運用了迭字的手法，如“嗟嗟”、“淒淒”、“曼曼”、“渺渺”、“默默”等等。“迭韵如兩玉相扣，取其鏗鏘；雙聲如貫珠，取其宛轉”。雙聲迭韵再加上迭字的運用，豐富了詩歌的音樂美，使得作者迴蕩起伏的心情表現得更爲突出。這些，在屈原作品中也是頗具獨色的。

遠　游

楊金鼎　　　　　注釋
王從仁解題、説明

　　本篇的作者，王逸《楚辭章句》以爲“屈原之所作也”，向無異詞。清胡濬源《楚辭新注求確》首先提出《遠游》係漢人所作，他説：“屈子一書，雖及周流四荒，乘雲上天，皆設想寓言，并無一句説神仙事。雖《天問》博引荒唐，亦不少及之。‘白蜺嬰茀’，後人雖援《列仙傳》以注，於本文實不明確。何《遠游》一篇，雜引王喬、赤松且及秦始皇時之方士韓衆，則明系漢人所作。可知舊列爲原作，非是。故摘出之。”并從屈賦二十五篇中，抽出《遠游》，加入《招魂》。

　　以後，又有不少學者對本篇的作者問題提出各種不同的看法。吴汝綸《評點古文辭類纂》曰：“此篇殆後人仿《大人賦》托爲之，其文體格平緩，不類屈子，世乃謂相如襲此爲之，非也。辭賦家輾轉沿襲，蓋始于子雲、孟堅。若太史公所録相如數篇皆其所創爲，武帝讀《大人賦》，飄飄有凌雲之意；若屈子已有其詞，則武帝聞之熟矣。若夫神仙修煉之説，服丹度世之恉，起于燕齊方士，而盛于漢武之代，屈子何由預聞之？”司馬相如《大人賦》與本篇相似，前人是比較注意的，洪興祖《楚辭補注》注本篇引《大人賦》近十處，雖未明言兩者關係，也已注意到它們之間的相似之處。但歷來都認爲是司馬相如《大人賦》承襲《遠游》，如宋代王楙《野客叢書》云：“小

宋狀元謂相如《大人賦》全用屈原《遠游》中語",清姚鼐也認
爲《大人賦》"多取于《遠游》"。吳汝綸謂《遠游》仿襲《大
人賦》、而且有所闡發,引起了較大的反響。如廖平説:"《遠
游》與相如《大人賦》如出一手,大同小異"等,都是從這方
面着眼的。

　　另外,胡適《讀楚辭》曰:"《遠游》是模仿《離騷》做的"。
陸侃如《屈原》則綜合前人説法,提出三條理由,斷定本篇非
屈原所作,一是所舉人名大都爲屈原時所無,如韓衆(即韓
終),本是秦始皇時方士,于三十二年與侯公石生一起"求仙
人不死之藥"。(見《史記·始皇本紀》)二是表現的思想與別
篇不一致。三是有抄襲司馬相如《大人賦》之處。游國恩《楚
辭概論》除對胡適、陸侃如的看法表示贊同外,還列舉《遠游》
抄襲《離騷》的詞句八處,抄襲《大人賦》的詞句六處,斷定
《遠游》不是屈原的作品。并且,對本篇爲什麼不會作于司馬
相如以前,不是《大人賦》鈔自本篇的問題,作了詳細的論述。
因而斷定,《遠游》"至早也是西漢人僞託的"。後來,何其芳
《屈原和他的作品》中,對《遠游》的思想問題作了闡發,他
説:"《遠游》裏面的思·想,比如"'無爲'、'至人'、'登
仙'、'道可受兮不可傳,其小無內兮其大無垠'等等,和屈
原的思想根本不同。如果屈原的思想是這樣,大概就不會自殺
了。這顯然是後來的一個有道家思想的人寫的,不過在文學上
模擬屈原的作品而已(它裏面大段大段地模擬《離騷》也是後
人所作的重要證據)"。(見《人民文學》1953年第6期)此外
鄭振鐸、劉永濟等人也都否定《遠游》爲屈原所作。

　　對于本篇究竟爲誰所作,也有種種推測。胡濬源以爲漢人
所作,游國恩認爲至早是西漢人,陸侃如認爲是東漢人僞託。
郭沫若具體指實爲司馬相如所作,是《大人賦》的初稿。他

說：“《遠游》一篇結構與司馬相如《大人賦》極相似，其中精粹語句甚至完全相同，基本上是一種神仙家言，與屈原思想不合。這一篇，近時學者多認爲不是屈原作品。據我的推測，可能即是《大人賦》的初稿。司馬相如獻《大人賦》的時候，曾對漢武帝説，他‘屬草稿未定。’未定稿被保存下來，以其風格類似屈原，故被人誤會了”。（《屈原賦今譯·後記》）譚介甫《屈賦新編》則認爲是漢代的班嗣寫的，他說：“這位有道家思想寫《遠游》的人究竟是誰呢？因爲漢朝有道家思想的人很多，然總有一個最適合于寫《遠游》作品的人；而最適合的人，我認爲殆莫過于班嗣”。胡念貽《屈原作品的真偽問題及其寫作年代》又認爲是戰國時具有道家和方士神仙家思想的人所作。

　　但是，也有部分學者仍主張《遠游》爲屈原所作。梁啓超《屈原研究》、《要籍解題及其讀法》均持這一看法，并認爲《遠游》“是屈原宇宙觀人生觀的全部表現。”游國恩在《楚辭論文集·屈賦考源》中否定了以前的説法，他提出屈賦有四大觀念，其一是宇宙觀念，“這種觀念以《天問》中爲最多，《離騷》及《遠游》次之，他篇則甚少。（向辨《遠游》非屈原所作，未審。）”姜亮夫和陳子展則力辯《遠游》爲屈原所作。陳子展在《〈楚辭·遠游〉篇試解》（見《文史哲》1962年第6期）中列舉數點理由，贊同《遠游》爲屈原所作。首先，他認爲屈原在此篇中確是深具道家思想，但是他都只是借用這種思想，襯托出自己的思想，所以同樣一面借用，一面撥棄，細心的讀者都能看得出來。”其次，關于文體結構與《大人賦》相似的問題，他認爲“不能斷定《遠游》是《大人賦》的未定稿，倒可斷定《大人賦》是蹈襲了《遠游》的複制品。”另外，陳氏認爲，《遠游》中只有精粹語句才完全與《大人賦》相似，但《大人賦》中間各段大半是些糟粕語句，由古文奇字襞積堆垛而成，詰詘聱牙，不可卒讀，這在《遠游》中是找不出來的。這種堆砌奇字，賣弄雕蟲小技的特色，是馬揚辭賦裏所必有，而是屈原作品裏所没有的。《遠游》不鈔襲《大人賦》，所以没有那麽多奇字奥句。反之《大人賦》抄襲《遠游》，其鈔襲内容鈔襲字句的部分全同《遠游》，其抄襲形式，自著字句的部分就多使用奇字奥句了。"再有，對《遠游》和《大人賦》的意義和價值，陳氏認爲也不可相提並論，《遠游》是希望遠離濁世，而《大人賦》是表現神仙生活的歡樂。因此，陳氏認爲《遠游》確係屈原的作品。

我們感到，關於《遠游》是否抄襲《大人賦》，陳子展的論證有一定道理。因此，關於《遠游》是司馬相如《大人賦》的初稿，或是班嗣所作，以及泛指東漢人作品等説法，都有問題。但是，這并不是説，《遠游》就肯定是屈原的作品。一個突出的問題是，《遠游》中充滿着濃厚的道家方士思想，和屈原作品中表現的思想頗不一致，甚至是對立的。《遠游》有少量篇幅寫了作者的遭遇和悲憤不平的心情，但大量的篇幅是寫游仙，是宣揚超塵出世的人生觀，是爲了"超無爲以至清，與泰初而爲鄰"，這與屈原作品中一貫的積極入世的思想大相逕庭、與屈原的"上下求索"，追尋理想，更有直接的矛盾。篇中的具體内容又充滿着神仙家的活動，使用了大量道家方士流行的詞匯，如"虚静"，"無爲"，"真人"、"飡六氣"、"漱正陽"、"太微"、"旬初"、"清都"、"太儀"、"太初"等等，在屈原作品中是看不到的。誠然，《涉江》等作品中，也有如"登崑崙"、"食玉英"等詞句，但"崑崙"、"玉英"等都可以與《山海經・西山經》相印證，是以古代神話傳説爲依據的，而《遠游》中的術語，大都只能從道家方士的秘籍中找出處，兩者並非一回事。

其次，《遠游》中大段抄襲了《離騷》等篇的詞句，也可以看出是後人的摸擬之作。而且，值得注意的是，偏偏是在表現其郁憤不平情緒的時候，往往重複《離騷》、《九章》等篇的句子，如“遭沉濁而汙穢兮，獨郁結其誰語。夜耿耿而不寐兮，魂縈縈而至曙。”“涉青雲以汎濫兮，忽臨睨夫舊鄉。仆夫懷余馬悲兮，邊馬顧而不行。思舊故以想像兮，長太息而淹涕。氾容與而遐舉兮，聊抑志而自弭。”這類模擬的語句，不僅表明了作者寫作技巧的低劣，而且表現出思想的蒼白貧乏。很難想像，一個偉大作家當他最需要宣泄情感時，在一篇之中的“畫龍點睛”處，會重複自己早已使用過的語句，而且是多次的重複。

因此可以說，《遠游》不是屈原的作品，它大約產生在戰國後期和秦漢之間，至晚不過西漢初年。它的產生，與屈原作品的傳播以及有關屈原傳說的流行有密切聯繫。在屈原的《離騷》、《涉江》等作品中，確有“高舉遠游”的內容，如前所云，這種遠游是出於屈原豐富的想像，取材于古代神話傳說，它不表現道家思想，但道家方士也往往利用這一形式，以宣揚“高舉飛升”，“化去登仙”等荒誕不稽的思想。因此，便出現了截取屈原作品的一個側面，充塞以方士神仙思想，另鑄新篇的現象。當然，《遠游》與《大人賦》不一樣，它的主題還不在於求仙，而是要遠避濁世。因而它的產生，又與動亂的社會有關，戰國後期和秦漢之際的動蕩不安的政治局面、社會生活，給予《遠游》作者以極大的刺激，他不滿于那個社會的紛亂不寧，也有悲鬱不平的情緒，但他又不具備屈原那種追求理想，堅持鬥爭的執着信念，他是一位具有超塵出世思想的憤世嫉俗者。《遠游》就是那個時代和思想的產物，只不過因爲年代久遠，文獻不足徵，我們不能確考其名罷了。

　　悲時俗之迫阨兮，願輕舉而遠游①。質菲薄而
無因兮，焉托乘而上浮②？

　　①悲：哀痛，傷心。　　時俗：時世。　　迫：急，急促。
阨（音餓）：狹隘。王夫之說："阨，與隘通。"（《楚辭通釋》）
"悲時俗之迫阨"，王逸說："哀衆嫉妒，迫脅賢也。"（《楚辭章
句》）　　輕舉：飛升。舉，擎，起飛。王夫之說："輕舉，輕
身高舉。"　　遠游：王夫之說："遠塵而遊于曠杳。"　"願輕舉而
遠游"，王逸說："高翔避世，求道真也。"胡文英也說："時俗迫阨，
則賢者難容，欲借遠遊以避之。"（《屈騷指掌》）
　　②菲薄：微薄。質菲薄，王逸以爲"質性鄙陋"。胡文英說：
"菲，粗也；薄，弱也。"有人認爲這裏就是仙聖而言，所謂菲
薄，即《莊子·大宗師》所說的"道可學耶？子非其人也。夫
卜梁倚有聖人之才，而無聖人之道，我有聖人之道，而無聖人
之才。"（姜亮夫《屈原賦校注》）　　因：因緣。姜亮夫說：
"無因者，謂無以爲因緣；屈子以宗臣而習儒言，雖亦兼通道
德陰陽之旨，而與神仙真人，終非其類；以遭時迫厄，而思
遊于仙囿，其無因緣，蓋情實之真也。"　　焉：疑問代詞，從哪
裏，在哪裏。　　托乘：胡文英說："托一物而乘之以上也。"王
夫之說："托乘，乘太清之氣也。"　　上浮：上升而浮遊于雲間。
"焉托乘而上浮"，王逸說："將何引援而升雲也。"蔣驥說："首章
四句，乃作文之旨也。原自以悲蹙無聊，故發憤欲遠遊以自廣。
然非輕舉，不能遠遊；而質非神仙，不能輕舉；故慨然有志于
延年度世之事。蓋皆有激之言，而非本意也。"（《山帶閣注楚
辭》）

　　遭沈濁而汙穢兮，獨鬱結其誰語①！夜耿耿而

不寐兮，魂營營而至曙⑵。

①遭：逢，遇。　　沈濁：混濁，比喻暗主。　　汙穢：
不干净，比喻讒佞。"遭沈濁而污穢"，王逸說："逢遇闇主，觸讒
佞也。"　　鬱結：憂愁，煩悶。　　誰語：意即"語誰"。語，
告訴。"獨鬱結其誰語"，王逸說："思慮煩冤，無告陳也。"
②耿耿：形容心中煩躁不安的樣子。王逸說："憂以愁戚目
不寐也。耿耿，猶儆儆，不寐貌也。"　　寐（音：媚），睡。
營營：義同"耿耿"。朱熹說："營營，猶曰熒熒，亦耿耿之意也。"
（《楚辭集注》）蔣驥說："耿耿營營，皆悲緒也。""營營"，
本作"熒熒"。王逸說："怔忪不寐。"　　曙（音：署）：天亮。

　　惟天地之無窮兮，哀人生之長勤⑴。往者余弗
及兮，來者吾不聞②。

①惟：思。　　窮：盡。　　哀：悲痛，傷心。　　長勤：
猶言多艱。胡文英說："不得休居也。"前面兩句，王逸說："乾坤
體固，居常寧也，傷己命禄，多憂患也。"
②弗：不。　　及：趕上，追上。　　後面兩句的意思，王
逸說是"三皇五帝，不可逮也；後雖有聖，我身不見也。"蔣驥
說："弗及不聞，言時之促也。"胡文英說："往不及、來不聞，即
陳子昂'前不見古人，後不見來者'之意。蓋堯舜禹湯文武，
吾不得與其盛；後雖有至治，又不能留此身以有待；故遥思永
懷而變計也。"朱熹說："此章四句，乃此篇所以作之本意也。夫
神仙度世之說，無是理而不可期也審矣！屈子于此，乃獨眷眷
而不忘者，何哉？正以往日之不可及，來者之不得聞，而欲久
生以俟之耳。然往者之不可及，則己末如之何矣；獨來者之不

得聞，則夫世之惠迪而未吉，從逆而未凶者，吾皆不得以須其
反復熟爛，而睹夫天定勝人之所極，是則安能使人不爲後世無
稱之悲恨？此屈子所以願少須臾無死，而僥倖萬一于神仙度世
之不可期也！嗚呼遠矣，是豈易與俗人言哉！”

　　　步徙倚而遥思兮，怊惝恍而永懷①。意荒忽而
流蕩兮，心愁悽而增悲②。

　　①徙倚（音：洗乙）：留連徘徊。　　　遥：遥遠。一説，
“遥”通“摇”，動摇。“遥思”，猶言中心摇摇。　　　怊惝恍
（　　　讀如：　超廠晃）：失意的樣子。“怊”、“惝”、
“恍”三字同義，都是惆悵失意的意思。　　　永懷：長遠思念。
永，一本作“乖”。乖懷，王逸説：“惆悵失望志乖錯也。”姜亮夫
説：“與素懷相乖。”聞一多以爲“乖”是“永”之誤。他説：“案
‘乖懷’二字無義。乖當爲永，字之誤也。《詩·卷耳》曰‘維
以不永懷’，《正月》曰‘終其永懷’。此與《九懷·匡機》
‘永懷兮内傷’並用《詩》語。永懷與遥思對文。今本作乖，
蓋以二字形近，（《韓詩外傳》一‘客之行差遲乖人’《列女
傳·辯通篇》乖作永。）又涉注文‘志乖錯也’而誤。”（《楚
辭校補》）
　　②荒忽：同“慌惚”、“恍惚”，神思不定。　　　流蕩：無
所依托。王逸説：“情思罔兩無據依也。”　　　愁悽：悲傷，悲痛。
洪興祖説：“悽，痛也。”王逸説：“愴然感結涕沾懷也。”戴震説：
“所謂悲時俗迫阨也。”（《屈原賦注》）胡文英説：“荒忽流蕩，
神不聚也；愁悽增悲，神聚也。聚則痛而散則離，皆傷生之道，
故下文遂言其極也。”

　　　神倏忽而不反兮，形枯槁而獨留①。内惟省以

端操兮，求正氣之所由②。

①神：精神。　　　倏忽：忽忽，轉眼之間。　　　反：返回。
形：形體，容貌。　　　枯槁（讀如：哭搞）：乾萎、乾枯。一
說，枯槁，言無知識不動心也。王逸說：“身體寥廓，無識知也。”
前面兩句的意思，王夫之說：“寓形宇内，爲時凡幾。斯既生人
之大哀矣，況素懷不展，與時乖違，愁心苦志，神將去形，枯
魚衒索，亦奚以爲。”
②内：内心。　　　惟：思考，想。　　　省（音：醒）：察
看，檢查。　　　端操：端正操守。操，操守，能堅持自己認爲
正確的行爲的一種品質。一說，端操，謂整飭其情慮。王逸說：
“捐棄我情，慮專一也。”一說，端是審的意思。（王夫之《楚
辭通釋》）　　　正氣：剛正之氣。王逸認爲指神情而言，朱熹
認爲指人的本初而言。王夫之說：“正氣，人所受于天之元氣也。”
蔣驥說：“正氣，正大之氣也。”　　　所由：所從出，所出來。王夫之
說：“元氣之所由，生于至虛之中，爲萬有之始；涵
爲萬動之基。”朱熹說：“知愁嘆之無益而有損，乃能反自循省，
而求其本初也。”蔣驥說：“以其心之悲，而念人處天地之中，徒
自勞苦，須臾已盡；是以思愈遠而心愈悲，神忽往而形仍滯，
皆由菲薄無因之故也。安得不反已自修，而求正氣以度世乎？
求氣者，所以煉形而歸神，神仙之要訣也。”胡文英說，前面兩
句的意思是“人生天地之間，若白駒之過隙，忽焉而盡，獨留
此枯骸，豈有及哉？所以起下文宜早求正氣也。莊子頹然而道
盡，同此用意。”後面兩句的意思是：“承上而言，先須思惟省察
于已，以端其節操，而後可求正氣之所從出也也。”

漠虛静以恬愉兮，澹無爲而自得①。聞赤松之

清塵兮，願承風乎遺則②。

①漠：猶漠然。冷淡，不關心。　　　虛：空虛。　　静：
安静。　　恬愉：安逸，快樂。　　"漠虛静以恬愉"，王逸説：
"恬然自守，内樂佚也。"　　　澹（音：旦）：恬静，安定。
無爲：道家的哲學思想，指順應自然的變化，不求有所作爲。
自得：自有所得。這裏即恬愉之意。"澹無爲而自得"，王逸説：
"滌除嗜欲，獲道實也。"王夫之説："冲和淡泊，乃我生之所自得，
此玄家所謂先天氣也。守此則長生久視之道存矣，蓋欲庶幾得
之，以回枯槁之形，凝倏忽之神，而舒其迫陿之愁也。"胡文英説：
"漠然不起一念，而虛其中，静其外，以安恬愉適其神，淡然
不攖一物而無所爲，以自得其真，此所以端其操也。"

②赤松：傳説中的仙人。洪興祖説："《列女傳》：'赤松
子，神農時爲雨師，服水玉，教神農，能入火自燒。至崑山上，
常止西王母石室，隨風雨上下。炎帝少女追之，亦得仙俱去，
張良'欲從赤松子游'即此也。"（《楚辭補注》）胡文英説：
"赤松子，古仙人。《史記·留侯世家》："願棄人間事，從赤
松子游。'"有人認爲赤松是帝嚳師。朱季海説："韓嬰《詩外傳
卷第五》：子夏對哀公曰：'帝嚳學乎赤松子'（《新序卷第五
·雜事》同），是赤松乃帝嚳師也。如《遠游》所云，赤松蓋
以'虛静'、'無爲'爲教；倘斯言不誣，即老子之道，遥興
于帝嚳之前矣。《老子》曰：'象帝之先'者，豈以是歟？"
（《楚辭解故》）

清塵：清净無爲的境界。一説，徽美，王逸説："想聽真人
之徽美也。"一説，車後揚起的塵埃。胡文英説："清塵，軌轍之
清塵也。"一説，洒塵。聞一多説："清塵猶洒塵也。（《韓非子
·十過篇》'風伯進掃，雨師洒道'　《淮南子·原道篇》

‘令雨師洒道，使風伯掃塵’、《文選·東京賦》‘清道案列’，清道亦即洒道。）此言赤松清塵，謂其乘風雨飛昇耳。”　　承風：接受教化。姜亮夫則説：“猶言乘于下風也。”　　遺則：前代遺留下來的准則。　　“願承風乎遺則”，王逸説：“思奉長生之法式也。”馬其昶説：“以上悲時俗之迫隘，念人生之長勤，而因有觀化頤生之志。”

　　貴真人之休德兮，美往世之登仙①。與化去而不見兮，名聲著而日延②。

　　①真人：道家稱存養本性的得道的人。《莊子·大宗師》：“且有真人而後有真知。何謂真人？古之真人，不逆寡，不雄成，不謨士。”　　休：美。　　往世：過去。　　登仙：成仙。
　　②“與化去而不見”，王夫之説：“與化去者，蛻形而往，所謂尸解也。不見者，人不得見，出入于有無也。”　　名聲：名譽，聲望。　　著（音：住）：顯著。　　“名聲著而日延”，朱熹説：“身隱不可見，獨有名字可聞耳。”這四句的意思是：真人的美德是珍貴的，登仙之跡是美好的，這些珍貴美好的都與大化俱去而不見了，可是名聲顯著，日益延長而不滅。

　　奇傅説之托辰星兮，羨韓衆之得一①。形穆穆以浸遠兮，離人羣而遁逸②。

　　①奇：驚異，罕見，不尋常。　　傅説（讀如：付月），殷相。相傳傅説原是傅岩地方從事版築的奴隸，武丁訪得，舉以爲相，出現殷中興的局面。因得説于傅岩，故命爲傅姓，號傅説。王逸説：“賢聖雖終，精著天也。傅説，武丁之相。……傅

説死後，其精于房尾也。"洪興祖説："大火謂之大辰。大辰，房心尾也。《莊子》曰：'傅説得之，以相武丁，奄有天下。乘東維，騎箕尾，而比于列星'。《音義》云'傅説死，其精神乘東維，託龍尾。今尾上有傅説星，其生無父母登假三年而形遯'。《淮南》云'傅説之所以騎辰尾'是也。"　　辰星：即水星，太陽系九大行星之一。王逸説："辰星、房星東方之宿，蒼龍之體也。"王夫之説："相傳傅説上升爲星，在箕、尾、心、房之間，心爲大辰，故曰辰星。"　　羨：羨慕。　　韓衆："衆"，一作終。《列仙傳》説："齊人韓終爲王採藥，王不肯服，終自服之，遂得仙也。"《文選》二十八陸機《前緩聲歌》注引《神仙傳》："劉根初學道，到華陰，見一人騎白鹿，從十餘玉女，根頓首乞一言。神人乃住曰：'爾聞有韓衆不？'答曰：'實聞有之。'神人曰：'即我是也。'"（見沈祖緜《屈原賦證辯》）　　得一：一爲數之始，又爲物之極。得一，純正之意。《老子》："昔之得一者，天得一以清，地得一以寧，……侯王得一以下天爲正。"王逸説："喻古先聖獲道純也。"蔣驥則説："朱鬱儀靈異篇：韓衆服菖蒲十三年，舉體生毛，日誦萬言，得一。"胡文英説："韓衆，古之得道者。得一，得其寧静專一之道也。"

②形：形體，容貌。　　穆穆：沉静。姜亮夫説："穆穆，猶言默默，静寂也。此句即大宗師'其心忘，其容寂'；'與物有宜而莫知其極'；及'張乎其虚而不華也，邴邴乎其似喜乎，崔乎其不得已乎，滀乎進我色也，與乎止我德也，厲乎其似世乎，謷乎其未可制也，連乎其似好閉也，悗乎忘其言也'諸語之義也。"王夫之則説："穆穆，幽遠也。"　　浸：漸漸。　　遁逸：隱去，隱逸。姜亮夫説："遁逸，即太宗師'故聖人將遊于物之所不得遯，而皆存'之類；亦即諸得道者'馮夷得之以遊太川，肩吾得之以處太山，黄帝得之以登雲天，顓頊得之以處

玄宮，禺强得之立乎北極，西王母得之坐乎少廣，莫知其始，莫知其終”，一段義也。諸遊、處、登、處、立、坐等字，即遁逸之一法耳。”王逸説：“遁去風俗獨隱存也。”

　　因氣變而遂曾舉兮，忽神奔而鬼怪①。時仿佛以遥見兮，精皎皎以往來②。

　　①氣變：王夫之説：“精化氣，氣化神也。”蔣驥説：“正氣既求而變化生也。”姜亮夫説：“此即大宗師‘女偊告南伯子葵教化卜梁倚之所謂守而告之，三日而後能外天下，……九日而後能外生；已外生矣，而後能朝徹；朝徹而後能見獨；見獨而後能無古今；無古今，而後能入不死不生’云云之義。此氣變即彼所謂‘而後能之過程也。”　　曾（ㄗㄥ）：通“增”。洪興祖説：“曾，音增，高舉也。”王夫之説：“曾，高也。曾舉，謂上升也。”　　神奔：王夫之説：“神御氣而往來。”　　鬼怪：王夫之説：“陰魂鍊盡，形變不測，所謂太陰鍊形也。”洪興祖説：“《淮南子》云‘鬼出電入’，又曰‘電奔而鬼騰’，皆神速之意。”王逸説，上句是“乘風蹈霧升皇庭也”，下句是“往來奄忽出杳冥也。”

　　②仿佛：好象，似乎，見不真切。朱熹説：“仿佛，見不諟也，《丹經》所謂‘服食三載，輕舉遠游，入火不焦，入水不濡，能存能亡，長樂無憂者，此也。”蔣驥説：“彷佛遥見，所謂山頂雲端，時或遇之，蓋形質既蜕，獨其精靈皎然無累，而往來寰宇也。”　　精：精靈。　　皎皎：光明的樣子。王夫之説：“烱光瑩徹也。”皎，一作皎。這兩句也是上文化去形遠之意，因爲精靈照耀常有往來，所以世人仿佛能遠遠地看見的了。

　　超氛埃而淑郵兮，終不反其故都①。免衆患而不懼兮，世莫知其所如②。

①超：超越。　　氛埃：喧囂的塵俗之氣，塵氛，塵埃。超氛埃，猶言絕塵，超絕塵俗。“超”，一本作“絕”，義同。淑：好，善良。　　郵：古代傳遞文書的人在路上的宿舍。蔣驥說：“淑，善也；郵，傳舍也。神仙往來，皆洞府名勝之地，故曰淑郵。”戴震說：“淑之言清也，善也；往來所舍曰郵。”胡文英則說：“淑，清湛也；郵，遞進也。超氛埃，則遞進于清湛之境，故終不肯返故都而入沉濁也。”　　“郵”，一本作“尤”。一說，“尤”，過。王逸說：“淑，善也；尤，過也。言行道修善所以過先祖也。”朱熹則說：“淑尤，言其淑善而絕尤也。”王夫之也說：“淑尤，美之甚也。”一說，“淑尤”，猶言至乎殊異之地。姜亮夫說：“按‘淑’與‘弔’，古一字，‘昊天不淑’，即昊天不弔也；弔者矢至的也，故淑有矢至之義；尤讀爲漢書司馬相如傳封禪文之末有殊尤絕迹之尤，集注‘異也’；絕迹即此之絕塵埃，殊尤即此之淑尤也，則淑尤猶言至乎殊異之地也。”一說，“淑”讀若“滌”，“尤”如“忍尤”、“離尤”之“尤”。“淑尤”，謂滌除尤詬。（朱季海《楚辭解故》）　　終：終于，終歸。　　反：返回。　　故都：過去的國都。一說，猶言故居。“終不反其故都”，王逸說：“去背舊都遂登仙也。”

②免：避免，免脫。　　患：憂患，災禍。“衆患”，胡文英說：“時俗之迫阨也。世俗不知我之所往，雖欲迫阨之而無從矣。”懼：害怕，恐懼。　　“免衆患而不懼”，王逸說：“得離羣小，脫艱難也。”“世莫知其所如”，世間沒有什麼人知道他到什麼地方去。王逸說：“奮翼高舉，升天衢也。自此以上皆美仙人超世離俗，免脫患難。”王夫之說：“言如彼衆仙人者，存神御氣，以往來于霄漢，則與濁世相離，去故都而不反，斯安危不以愴心，

世莫測其所如，則讒邪不能相害，故欲效之以高舉焉。"蔣驥説：
"因悲時而欲遠遊，故以離故都而免衆患爲言。日終不反，亦
憤辭也。此節述神仙輕舉之樂。"

　　恐天時之代序兮，耀靈曄而西征①。微霜降而
下淪兮，悼芳草之先蘦②。聊仿佯而逍遥兮，永歷
年而無成！③誰可與玩斯遺芳兮？長鄉風而舒情④。
高陽邈以遠兮，余將焉所程？⑤

　　①恐：驚恐，害怕。　　　　天時：自然運行的時序。　　　代
序：代替，輪換。指歲月季節順次更替。　　"恐天時之代序"，
王逸説："春秋迭更，年老暮也。"　　耀靈：洪興祖説："《博
雅》云：'朱明、耀靈、東君，日也。'張平子云：'耀靈忽
其西藏'，潘安仁云：'曜靈曄而遄邁'，皆用此語。"　　曄
（音:業）：光亮、光彩的樣子。洪興祖説："曄，音饁，光也。"
戴震説："曄，《方言》云：'㜝也。'"　　　　西征：謂日西行。
洪興祖説："征，行也。"
　　②淪（音:輪）：沉，沉没。　　　悼：悲傷。　　　芳草：香
草。　　蘦（音:靈）：零落。《爾雅·釋詁》："蘦，落也。"
邢昺疏："《説文》云：'草曰零，木曰落。'此對文爾。散而
言之，他物之落亦言蘦。《鄘風·定之方中》云：'蘦雨既
零。'蘦　零音義同。"這四句是説，害怕歲月的更替，太陽的
西行；秋盡冬來，霜降下沉，悲傷芳草的先落。
　　③聊：姑且，暫且。　　　仿佯（讀如:旁洋）：游蕩，
徘徊。　　逍遥：優游自得的樣子。　　"聊仿佯而逍遥"，王
逸説："聊且戲蕩而觀聽也。"　　永：永遠。　　歷年：過去多
少年。　　成：成就。　　"歷年無成"，有人以爲指功名未就，

也有人以爲謂學仙無成。王逸説:"身以過老無功名也。"朱熹説:"自嘆其將老,而恐學之不及也。"蔣驥説:"明須時之無益也。"馬其昶説:"年歲易邁,若稍一逍遥玩愒,便已無成。承人生之長勤言。"(《屈賦微》)

④玩:欣賞。　斯:指示代詞,此。　遺芳:王夫之説:"列仙之遺蹟也。"蔣驥則説:"芳草遺芳,皆原自指。""誰可與玩斯遺芳",王逸説:"世莫足與議忠貞也。"姜亮夫説:"誰玩遺芳,謂知己之難遇也。"·　長:一本作"晨"。晨風,猶云平旦之氣,爲導引者所抱取,故説舒情。(譚介甫《屈賦新編》)但是,聞一多説:"晨當爲長,字之誤也。向風舒情,奚必晨旦?一本作長爲允。朱本,元本作'長向風'與一本合。《文選·魏文帝〈雜詩〉》注,張孟陽《七哀詩》注并引作'向長風',亦通。"　鄉(讀如:項):通"嚮(向)",面對着,面向。"長鄉風而舒情",王逸説:"想承君命竭誠信也。"胡文英説:"忍爲此仿佯逍遥以相俟者,本冀有所成也,既歷年無成,則遺芳無用,亦惟有鄉風舒情而已。古詩:委身玉盤中,歷年冀見食。亦此意也。"

⑤高陽:屈原的始祖。洪興祖説:"屈原,高陽氏之苗裔也。"王夫之則説:"高陽,古帝,道與天通者。"　邈(音:眇):遠。　程:效法,取法。　這兩句是説:先祖高陽離開今天已很邈遠,我將從哪裏取法呢?王逸説:"顓頊久矣在其前也,安取法度修我身也。"顓頊,傳説中古代部族首領,號高陽氏。王夫之説:"志欲遊仙,以蟬蜕汙濁之世,而白日不留,春秋代謝,玩日愒歲,恐終不能成而已衰老,故亟聞道于知者,古人已邈,無從取法。"一説,"程",古度量名。《説文·禾部》:""程,品也。十髮爲程,一程爲分,十分爲寸。"這裏作動詞,是品評、品量的意思。洪興祖補注引馮衍《顯志賦》説:"'高

陽愍其超遠兮，世孰可與論茲？'注引《史記》：高陽氏沈深而有謀，疏通而知事，故欲與之論事。"這兩句是説：先祖高陽已邈遠，我將何所品量而論事？

重曰①：春秋忽其不淹兮，奚久留此故居②？
軒轅不可攀援兮，吾將從王喬而娛戲③！

①重：蔣驥説："樂節之名。"洪興祖説："重者，情志未申，更作賦也。"

②春秋：歲月，四時。　忽：快速的樣子。　淹（音：湮）：遲緩，停留。　春秋忽其不淹，王逸説："四時運轉，往若流也。"　奚：爲什麽。　故居：舊居。王夫之則説："沈濁汙穢之俗也。"　奚久留此故居，王逸説："何必舊鄉可浮遊也。"

③軒轅：即黃帝，傳説中中原各族的共同祖先。《史記·五帝本紀》："黃帝者，少典之子，姓公孫，名軒轅。"司馬貞索隱引皇甫謐曰："居軒轅之丘，因以爲名，又以爲號。"　攀援：攀引，攀執。　軒轅不可攀援，王逸説："黃帝以往難引攀也。"蔣驥也説："不可攀援，以軒轅既尊且遠也。"王夫之則説："相傳黃帝鼎成上升，羣臣攀援不及。引此者，亦寓懷王不從諫而自陷危亡，無能匡救之意。"　從：跟隨。　王喬：即王子喬，傳説古仙人。洪興祖引《列仙傳》説："王子喬，周靈王太子晋也。好吹笙，作鳳鳴。遊伊洛間，道士浮丘公接上嵩高山。三十餘年後，來于山上，見桓良曰：告我家，七月七日待我緱氏山頭！果乘白鵠住山巓，望之不得到，舉手謝時人，數日去。"　娛戲：戲樂。　吾將從王喬而娛戲：意謂我只得跟王喬去遊戲。王逸説："上從真人與戲娛也。"

　　飡六氣而飲沆瀣兮，漱正陽而含朝霞①。保神明之清澄兮，精氣入而粗穢除②。

　　①飡：餐的異體字，吃。洪興祖説：“餐，吞也。”六氣：天地四時之氣。《莊子·逍遙游》：“若夫乘天地之正，而御六氣之辯。”王逸説：“《陵陽子明徑》言：‘春食朝霞。朝霞者，日始欲出赤黄氣也。秋食淪陰。淪陰者，日没以後赤黄氣也。冬飲沆瀣。沆瀣者，北方夜半氣也。夏食正陽。正陽者，南方日中氣也。并天地玄黄之氣，是爲六氣。”蔣驥説：“甘石星經以日月星辰晦明爲六氣。”　　飲：喝。　　沆瀣（讀如：）：夜間的水氣，露水。五臣注《琴賦》説：“沆瀣，清露。”蔣驥説：“沆瀣，北方夜半之氣也。”　　漱（音：樹）：含：洗滌。　　正陽、朝霞：均見上文王逸注。朝霞，五臣注《琴賦》説：“赤雲。”

　　②保：保持。　　神明：指人的精神。　　清澄：清澈，清爽。　　精氣：陰陽元氣。　　粗：洪興祖説：“物不清也。”朱熹説：“物不精也。”　　穢（音：會）：污濁。　　粗穢：這裏指粗穢之氣。後面這兩句，王逸説：“常吞天地之英華也；納新吐故，垢濁清也。”蔣驥説：“人之神明，本自清澄，而不能不涔于后天昏濁之氣；故必取天地之精氣以自益而粗穢自消，神明所以能保，此求正氣之始事也。”王夫子以爲這是學仙的事情。他説：“精氣，先天之氣，胎息之本也；粗穢，後天之氣。妄念狂爲之所自生，凝精以除穢，所謂鑄劍也。”

　　順凱風以從游兮，至南巢而壹息①。見王子而宿之兮，審壹氣之和德②。

①凱風：南風。王逸説：“南風曰凱風。詩曰：‘凱風自南。’”
南巢：洪興祖説：“《山海經》：丹穴之山有鳥焉，五彩而文，
曰鳳鳥。南巢，豈南方鳳鳥之所巢乎？成湯放桀于南巢，乃廬
江居巢，非此南巢也。”朱熹説：“南巢，舊説以南方鳳鳥之巢，
非湯放桀之居巢也。”蔣驥則説：“南巢，今廬州府巢縣，有金庭
山王喬洞，王子昇仙之所也。”俞樾則説：“周書序有巢伯來朝，
傳云：南方遠國，鄭玄云．巢南方之國，世一見者，桀之所奔，
蓋彼國也；以其國在南，故稱南耳。傳并以南巢爲地名，不能
委知其處，故未明言耳。是南巢乃荒遠之國，從未有知其處
者。……至韋昭注國語，乃始以居巢解南巢，在古人未有此説
也。屈子云：至南巢而壹息，可知六國時人，尚知南巢爲南方
之遠國，故舉以爲言。”　　壹息：猶言稍息。

②王子：即王子喬。　　宿：通“肅”。朱熹説：“宿，與肅
通。”王夫之説：“敬問也。”　　審：朱熹説：“究問也。”蔣驥説：
“訊問也。”　　壹氣：胡文英説：“純一不雜之氣。”　　和德：
胡文英説：“氣之所發，無所乖戾也。”蔣驥説：“外氣既入，内德
自成，所謂六氣者，凝煉而爲一氣矣，然必得所養而後能和，
故就王子而訊之。”這四句的意思，王逸分別解釋爲：“乘風戲蕩
觀八區也”，“觀視朱雀之所居也”，“屯車留止遇子喬也”，“究
問元氣之秘要也”。

曰：“道可受兮，而不可傳①；其小無内兮，其
大無垠②；毋滑而魂兮，彼將自然③；壹氣孔神兮，
于中夜存；虛以待之兮，無爲之先；庶類以成兮，
此德之門④。”

①曰：説。“曰”下面這幾句是王子喬説的話。洪興祖説：“

曰者，王子之言也"。　　道可受兮不可傳：見《莊子・大宗師》："夫道有情有信，無爲無形；可傳而不可受，可得而不可見"。有情有信，説明是客觀存在的。無爲無形，説明是非物質的。因爲是有情有信的，所以可以傳授可以領會；但又是無爲無形的，所以不能手授，不能目見。　　受：通授。　　得：指心得。引申爲領會。　　洪興祖説："謂可受以心，不可傳以言語也。《莊子》曰：'道可傳而不可受，'謂可傳以心，不可受以量數也"。蔣驥説："道，即養氣之道。受，心受。傳，言傳也"。

②其小無内兮，其大無垠：見《莊子・天下》："〔惠施〕曰：'至大無外，謂之大一；至小無内，謂之小一'。洪興祖引《淮南子》説："深閎廣大，不可爲外，析毫剖芒，不可爲内"。朱熹説："小無内、大無垠，言無所不在也"。王夫之説："小無内，一身之内無毫毛，非元氣之所察。大無内者，與天地陰陽合體也。"蔣驥説："小無内，所謂卷之則藏于密也；大無垠，所謂放之則彌六合也"。

③毋：別，不要。一本作"無"。　　滑（音：骨）：亂。而：第二人稱代詞。你，你的。　　彼：指身心。　　朱熹説："此言道妙如此，人能無滑其魂，則身心自然"。一説指魂。王夫之説："彼，謂魂也。人之有魂，本乎天氣。輕圓飛揚而親乎上，與陰魄相守，則常存不去。若生神生意以外馳，則滑亂紛紜，而不守于身中。所謂魂升于天，魄降于地而死矣。故曰太陽流珠，常欲去人也。以意存神，以神歛魂，使之凝定融洽于魄中，則其飛揚之機息，而自然静存矣。順之則生人生物，逆之則成仙，此之謂也"。一説指道。蔣驥説："言養氣之道，但可心受，不可言傳，其藏之至密，而放之至廣。但能無以私意滑亂其神魂，則所養漸近自然"。

④壹：專一。　　　孔：很，甚。　　　中夜：半夜。　　　庶類：衆多的物類。　　　後面這三句的意思，朱熹説：“氣之甚神者，當中夜虛静之時，自存于己，而不相離矣。如此則于應世之務，皆虛以待之，于無爲之先；而庶類自成，萬化自出。”蔣驥也説：“所謂一氣者，極其神妙，自存于中夜静虛之時而不離矣。如此則于應世之務，皆虛以待之于無爲之先；而和德既全，萬化自出；此求正氣之中事也。”　　　一説，“中”，神與氣之中。“夜”，夜氣。洪興祖引《孟子》：“梏之反覆，則其夜氣不足以存；夜氣不足以存，則其違禽獸不遠矣。”　　　虛之以待：謂即《莊子》所説：“氣者虛而待物者也。”　　　無爲之先：洪興祖説：“此所謂感而後應，迫而後動，不得已而後起。”　　　庶類以成：王逸説：“衆法陳也。”　　　此德之門：王逸説：“仙路徑也。”洪興祖引《老子》説：“玄之又玄，衆妙之門。”

聞至貴而遂徂兮，忽乎吾將行①。仍羽人于丹丘兮，留不死之舊鄉②。

①至貴：洪興祖引《莊子》説：“獨有之人，是之謂至貴。”朱熹説：“至貴，謂至妙之言，其貴無敵也。”王夫之説：“至貴，上所聞之道要也。”　　　遂：于是，就。　　　徂（音：殂）：往。忽：迅速。王夫之説：“忽乎，迫欲行之也。既得授修行之術于王喬，遂如其言以行之。下文皆行之之事。”

②仍：因，就。　　　羽人：神話中能飛升的人，仙人。丹丘：神話中神仙聚居之地，晝夜長明。王逸説：“因就衆仙于明光也，丹丘，晝夜常明也。《九懷》曰：‘夕宿乎明光。’明光即丹丘也。《山海經》言有羽人之國，不死之民。或曰：人得道，身生毛羽也。”洪興祖説：“羽人，飛仙也。”《山海經·海外南經》

説:"羽民國在其東南,其為人長頭,身生羽。"郭璞注説:"能飛不能遠,卵生,畫似仙人也。"《博物志·外國》也説:"羽民國民,有翼,飛不遠,多鸞鳥,民食其卵。去九疑四萬三千里。"觀此,則羽民自是殊方一族類,而非仙人。王逸引《山海經》"羽人之國"以證丹丘之羽人失之。朱熹説:"丹丘,畫夜常明之處,不死之鄉,仙靈之所宅也。"王夫之説:"丹丘,南方赤色之丘,神之所存也。"　　留:停留,留下。王夫之説:"止之而不能飛揚也。"　　不死之舊鄉:即指仙聖所宅之地。王夫之説:"舊鄉,所受于先天最初之元氣。"

　　朝濯髮于湯谷兮,夕晞余身兮九陽①。吸飛泉之微液兮,懷琬琰之華英②。

　　①朝(音:招):早晨。　　濯(音:茁):洗。王夫之説:"濯髮,盪除其紛結之氣。"　　湯谷:古代傳説的日出之處。即暘谷。《天問》:"出自湯谷,次于蒙汜。自明及晦,所行幾里?"王逸注:"言日出東方湯谷之中,暮入西極蒙水之涯也。"王夫之説:"湯,與暘通。暘谷,日所出東方,魂所自發也。"　　夕(音:希):傍晚,日落的時候。　　晞(音:希):晒干,晒。九陽:天地的邊沿。王逸説:"晞我形體于天垠也。九陽,謂天地之涯。"一説,太陽。《後漢書·仲長統傳》:"沆瀣當餐,九陽代燭。"李賢注:"九陽謂日也。《山海經》曰'陽谷上有扶木,九日居下枝,一日居上枝'也。"一説,至陽。王夫之説:"九陽,至陽。九為太,七為少,純陽無陰者也。身者,魄之宫。陰濕幽寒,非陽不暖,以太陽晞之,則陰受陽光而化為陽,如月在望而光滿,有形之質,皆靈通晃煒,光透簾帷矣。"
　　②吸飛泉之微液:王逸説:"含吮玄澤之肥潤。"　　飛泉:

王夫之説：“飛泉，水上湧也。北方坎水爲鉛爲氣，魄金生水，則順流而易竭，歛氣歸魂，故爲飛泉，逆流而上。”一説，山谷名。洪興祖説：“六氣，日入爲飛泉。”又引張揖説：“飛泉，飛谷也，在崑崙西南。”　　懷琬琰之華英：王逸説：“咀嚼玉英以養神也。”懷，揣着，懷抱。胡文英説：“懷，猶佩也。”琬琰（讀如：晚眼），美玉。華英，胡文英説：“琬琰之精者。”蔣驥説：“琬琰，玉名。《山海經》：稷澤多白玉，黄帝是食是饗。又周穆王薦琬琰之膏以爲酒，上文王子所授，皆内養之事，此又以採服爲言者，蓋當聞言之時，其于一氣之和德，固已心解力行矣。然其氣不盛，則無以厚養之之本，故益取天地萬物之精以充其氣，而大其養。此求正氣之終事也。”

　　玉色頩以脕顔兮，精醇粹而始壯①。質銷鑠以汋約兮，神要眇以淫放②。

　　① 頩（音：乓）：淺赤色。王逸説：“面目光澤，以鮮好也。”洪興祖説：“頩，美貌。一曰歛容。”戴震説：“氣上充于色曰頩。”　　脕（音：萬）：光澤。這是説氣上充于顔面，其色赤而光澤。　　醇粹（讀如：純翠）：精純不雜。洪興祖補注引班固説：“不變曰醇，不雜曰粹。”　　精醇粹而始壯：王逸説：“我靈强健而茂盛也。”王夫之説：“金魄得飛泉之液養之，純粹完美，魄乃壯，可以鈐魂。”

　　②質：凡質，凡人的氣質，與所謂仙風道骨相對而言。銷鑠（讀如：消朔）：熔化。胡文英説：“銷鑠，融釋也。”洪興祖説：“質銷鑠，謂凡質盡也。”朱熹説：“質銷鑠，所謂形解銷化也。”　　汋（音：濁）約：猶綽約，美好的樣子。洪興祖説：“汋約，柔弱貌。”胡文英説：“汋約，因銷鑠而輕也。”　　要眇：深

遠的樣子。（從朱熹説）一説，精微的樣子。（洪興祖《楚辭補注》）一説，微妙。（王夫之《楚辭通釋》）　　淫放：放縱，放任。　　王逸説，上句是"身體癯瘦柔媚善也。"下句是"魂魄漂然而遠征也。"蔣驥説："色之美于外者，極其腴澤；精之純乎内者，極其壯盛。渣滓日消，神明日生，蓋真能煉形歸神，而所爲氣變者，于斯在矣，何患菲薄無因哉。"

　　嘉南州之炎德兮，麗桂樹之冬榮①；山蕭條而無獸兮，野寂寞其無人②。載營魄而登霞兮，掩浮雲而上征③。

　　①嘉：贊美。　　南州：泛指南方地區。蔣驥説："南州，故居之地。"胡文英説："此南州指臨海諸郡而言也。"姜亮夫則説："此當指楚以南之地言。楚在周京之南，故于春秋以來，皆以南人稱之，即孟子所謂‘南蠻’；此則更在楚南也。"　　炎德：指陽光的温暖。　　麗；華美。　　榮：茂盛。　　桂樹冬榮：洪興祖説："桂凌冬不凋。"《山海經》："桂林八樹，在賁禺東。"蔣驥説："桂樹冬榮，與芳草之先零者異，亦即景以寓意也。"王逸説，上句是"奇美太陽，氣和正也"，下句是"元氣温煖，不殞零也。"王夫之説："神依魄以常存，則魄無幽滯；枯木生花，形皆靈化，如桂樹冬榮，無凋瘁矣。神屬南方朱鳥，其德炎上，故曰南州。"
　　②蕭條：寂寞，冷落，雕零。　　野：田野。　　寂寞：空廓，寂静。王逸説："寂寞，無有人聲也。"　　王逸説，上句是"溪谷寂寥而少禽也"，下句是"林澤空虛罕有民也"。
　　③載（音：再）：裝載。　　營魄：指魂魄、精神。《老子》："載營魄抱一，能無離乎?"河上公注："營魄，魂魄也。"晋王弼

注:"營魄,人之常居處也。"王夫之説:"營,魂也。"　　登霞:上升雲表。王逸説:"抱我靈魂而上升也。霞謂朝霞,赤黃色也。"一説,霞,同遐,遠。朱熹説:"霞,與遐同,古字借用。"　　掩:遮蔽。　　征:遠行。朱熹説:"上四句記時牷也,下二句言以此時昇仙而去也。載,猶加也。營,猶熒熒也。魄,説見《九歌》矣。此言熒魄者,陰靈之聚,若有光景也。霞與遐通,謂遠也。蓋魄不受魂,魂不載魄,則魂游魄降,而人死矣,故修鍊之士,必使魂常附魄,如日光之載月質;魄常檢魂,如月質之受日光:則神不馳而魄不死,遂能登仙遠去,而上征也。"王夫之説:"精金在冶,渣滓不留;曠然清虛,人獸絶迹;于是以神氣載魂魄,乘雲霞,以與天通,輕舉之始效也。"蔣驥説:"營魄者,質既銷鑠,晶熒而輕也。霞,遐同,遠也。人死則魂升而魄降,惟有道者,質銷神旺,故其魂神能載此晶熒之魄,而升于高遠也。"

　　命天閽其開關兮,排閶闔而望予①。召豐隆使先導兮,問大微之所居②。

　　①命天閽其開關兮二句:從這裏開始,下面歷述遠遊之境。先講遊于天闕。　　天閽(音:昏):神話中掌管天門的人。開:打開。　　關:本義爲門閂,這裏指天門。　　排:推。洪興祖説:"排,推也。《大人賦》曰:'排閶闔而入帝宮'。"閶闔(讀如:昌合):神話傳説中的天門。　　望:期望,期待。　　予:我。朱熹説:"望予,須我之來也。"這兩句的意思,王逸説:"告帝衛臣啓禁門也,立排天門須我也。"
　　②召:呼喚。　　豐隆:古代神話中的雲神;一説雷神。《離騷》:"吾令豐隆乘雲兮,求宓妃之所在。"王逸注:"豐隆,雲師,一日雷師。"《文選・張衡〈思玄賦〉》:"豐隆軒其震霆

兮，列缺曄其照夜。”李善注：“豐隆，雷公也。”　　使：命令，
派遣。　　　先導：引路，開路。　　　大微：即太微、太微垣。
星官名。在北斗之南，軫宿和翼宿之北。　　　大：通太。洪興
祖補注引《大象賦》云：“矚太微之峥嶸，啓端門之赫奕，何官
庭之宏敞，類乾坤之翕闢。”注云：“太微宮垣十星在翼軫北，天
子之官庭，五帝之坐，十二諸侯府也；其外蕃，九卿也。”這兩
句的意思，王逸說：“呼語雲師，使清路也，博訪天庭，在何處也。”

　　　集重陽入帝宮兮，造旬始而觀清都①。朝發軔
于太儀兮，夕始臨乎於微閭②。

　　①集：止，停留。　　　重陽：指天。洪興祖說：“積陽爲天，
天有九重。”　　　帝宮：神話中天帝住的宮殿。故曰重陽。”
造：到……去。　　　旬始：皇天名。　　　清都：古時謂天帝所
居的宮闕。《列子·周穆王》：“王寔以爲清都、紫微、鈞天、
廣樂，帝之所居。”這兩句的意思，王逸說：“得升五帝之寺舍也，
遂至天皇之所居也。”
　　②朝（音：招）：早晨。　　　發軔（音：任）：啓行。軔，
刹車木。行車必先去軔，故稱。　　　太儀：天帝的宮庭。王逸
注：“太儀，天帝之庭，習威儀之處也。”　　　臨：到。　　　於微
閭：神話中的山名。王逸說：“一云微母閭。”洪興祖補注引顏師古
說：“即所謂醫巫閭。”這兩句的意思，王逸分別釋爲：“旦早趣
駕于天庭也”，“暮至東方之玉山也。”到這裏爲止，遊天結束，
于是從東北而下。

　　　屯余車之萬乘兮，紛溶與而并馳①。駕八龍之
婉婉兮，載雲旗之逶蛇②。

①從這裏開始講遊于東方。　　屯（ㄊㄨㄣˊ）：聚集。　　乘（音：剩）：量詞。古時一車四馬叫乘。這裏“萬乘”是説車的多。　　屯車萬乘：王逸説：“百神侍從，無不有也。”　　紛：衆多的樣子。　　溶與：水盛。這裏形容車多。　　并馳：并進。馳，車馬疾行。　　紛溶與而并馳：王逸説：“車騎籠茸而競驅也。”

②婉婉（讀如：彎）：龍在天空飛行時一伸一曲的樣子。逶蛇（讀如：威宜）：卷曲而延伸的樣子。這兩句的意思，王逸説是：“虬螭沛艾，屈偃蹇也；旌旗竟天，皆霓霄也。”

　　　建雄虹之采旄兮，五色雜而炫耀①。服偃蹇以
低昂兮，驂連蜷以驕驁②。

①建：竪起，樹立。　　雄虹：指旗幟上的彩繪。　　旄（音：矛）：用牦牛尾做裝飾的旗幟。　　炫耀：光彩明耀。

②服：古代一車駕四馬，居中兩匹叫“服”。朱熹説：“衡下夾轅兩馬也。”　　偃蹇（讀如：演檢）：夭矯的樣子。　　低昂：高低起伏。　　驂（音：餐）：車前三或四匹駕馬中轅邊上的馬。朱熹説：“衡外挽靷兩馬也。”　　連蜷：蜷曲的樣子。洪興祖説：“句蹄也。”　　驕驁（讀如：交奧）：恣縱奔馳。洪興祖説：“馬行縱恣也。”這四句的意思，王逸説：“系綴蜲蛇文紛錯也，衆采雜厠而明朗也，駟馬駊騀而鳴驤也，驂騑驁怒顛狂也。”

　　　騎膠葛以雜亂兮，斑漫衍而方行①；撰余轡而
正策兮，吾將過乎句芒②。

①騎：車騎。　　膠葛：交錯糾纏的樣子。這裏用來形容

車馬的喧囂。洪興祖説：“車馬喧雜貌。一云猶交加也。”朱熹説：“膠葛，雜亂貌。”王夫之説：“纏縣相雜錯貌。”　　斑：雜色的花紋或斑點。洪興祖説：“斑，駁文也。”一説，斑，通班，排列。王夫之説：“從行之衆列。”　　漫衍：連綿無盡。洪興祖説：“無極貌。”王夫之則説：“從遊衆盛貌。”　　方：兩船并行。引申爲兩車并行。

②撰（讀如：篆）：持，拿。　　轡（音：配）：駕馭牲口用的繮繩。　　正：端正。　　策：竹制的鞭子。　　句（音：勾）芒：相傳爲古代主管樹木的官。《左傳・昭公二十九年》：“木正曰句芒。”木盛在春，故又稱木神爲句芒。《禮記・月令》：“其帝大皞，其神句芒。”鄭玄注：“此蒼精之君，木官之臣，自古以來，著德立功者也。”胡文英説：“勾芒之神所以佐太皞而分治東方之地者，故曰過曰歷也。”

　　歷太皓以右轉兮，前飛廉以啓路①。陽杲杲其未光兮，凌天地以徑度②。

①從這裏開始講述遊于西方。　　歷：經過。　　太皓：即太皞。傳説古帝名，即伏羲氏。相傳他始畫八卦，教民捕魚畜牧，以充庖厨。又名庖羲。王逸説：“太皓始結網罟，以敗以漁，制立庖厨，天下號之爲庖犧氏。皓，一作皞。”　　右轉：謂過東方向右轉。蔣驥説：“自東向西，故曰右轉。”戴震説：“右轉，嚮西也。”　　飛廉：神話中的風神。　　前飛廉以啓路：王逸説：“風伯先導以升徑也。”　　歷太皓以右轉：王逸説：“遂過庖犧而諮訪也。”

②陽：陽光。　　杲杲（讀如：搞）：形容太陽明亮。　　光：光明，明亮。　　陽杲杲其未光：王逸説：“日耀旭曙，旦

欲明也。"王夫之説:"杲杲未光者，西魄之光未圓也。"　凌:
越過。　　　天地:指天地之間，乾坤。　　徑:直。胡文英説:
"太虛之中，毫無窒礙，不比行地行天，有所遵循也，故可以
徑度。"　凌天地以徑度:王逸説:"超越乾坤之形體也。"俞樾
謂"天地"爲"天池"之誤，并舉《九歌·少司命》"與女沐
兮咸池"注:"咸池，星名，蓋天池也。"及《九思·疾世》"沐
盥浴兮天池"爲證。沈祖緜説:"天池即咸池。《離騷》:'飲
余馬于咸池兮'。《淮南子·天文訓》:'咸池者，水魚之囿
也'。"(《屈原賦證辨》)聞一多説:"案俞説是也。《哀時
命》曰'勢不能凌波以徑度兮'，語與此相似，可證此言度亦
謂度水。"

　　風伯爲余先驅兮，氛埃辟而清涼。①鳳凰翼其
承旂兮，遇蓐收乎西皇。②

　①風伯:神話中的風神。《風俗通·風伯》:"飛廉，風伯
也。"　風伯爲余先驅:與上"前飛廉以啓路"是互文，王逸
説:"飛廉奔馳而在前也。"　氛埃:塵氛。　辟(音:譬):
掃除。　氛埃辟而清涼:王逸説:"掃除霧霾與塵埃也。"
　②鳳凰:古代傳説中的鳥王。一説雄的叫"鳳"，雌的叫
"凰"，通常都稱作"鳳"。　翼:兩側。　承:捧着。　旂
(音:齊):上畫龍形、竿頭系鈴的旗。《周禮·春官·司常》:
"日月爲常，交龍爲旂。"　鳳凰翼其承旂:王逸説:"俊鳥夾
轂而扶輪也。"　蓐收:古主金之官，又以爲金神名。王逸説:
"西方庚辛，其帝少皡，其神蓐收。西皇，即少昊也。《離騷
經》曰:'召西皇使涉予'。知西皇所居，在於西海之津也。"
《左傳·昭公二十九年》:"金正爲蓐收。"《山海經·海外西

經》：“西方蓐收，左耳有蛇，乘兩龍。”郭璞注：“金神也；人面，
虎爪，白毛，執鉞。”　　遇蓐收乎西皇：王逸説：“迓少陰神于
海津也。”胡文英説：“蓐收之神，所以佐少皞而治西方之地者。
遇之于西皇，謂蓐收適以事見少皞，故兩遇之，不煩更至蓐收
之地也。”

　　　　擎慧星以爲旍兮，舉斗柄以爲麾。①叛陸離其
上下兮，游驚霧之流波。②

　　①　擎（音：覽）：同“攬”。　　彗星：也叫孛星，俗名掃
帚星。以曳長尾如彗，故名。　　旍（音：京）：同“旌”。古時
以一種用五色羽毛裝飾的旗子。　　斗：北斗星。　　斗柄：
朱熹説：“北斗之柄，所謂杓也。”杓（音：標），北斗第五、六、
七顆星的的名稱。　　麾（音：揮）：指揮作戰用的旗子。
　　②叛陸離：分散的樣子。朱熹説：“叛，繚隸分散之貌。”蔣
驥説：“叛，分散貌。”　　驚霧：形容游動的雲氣。　　流波：
流水。　　驚霧之流波，猶言如流水般的雲氣。胡文英説：
“驚霧之流波，霧之驚擾，如波之流也。如今之黃山，雲霧萬
狀，人皆以爲雲海，亦驚霧流波之類也。”這四句的意思，王逸
分別解釋爲：“引援孛光以翳身也”，“握持招搖東西指也，繚隸
叛散以別分也，蹈履雲氣，浮游清波也。”

　　　　時暧曃其曭莽兮，召玄武而奔屬。①後文昌使
掌行兮，選署衆神以并轂。②

　　①從這裏開始講述游于南方。暧曃（讀如：愛代）：昏暗
不明的樣子。洪興祖説：“暧曃，暗也。”　　曭（ㄊㄤˇ）莽：晦

暗，矇矓。洪興祖説："日不明也。"　　　召：呼唤。　　玄武：
北方太陰之神，形狀爲龜。一説爲龜蛇合稱。洪興祖説："説者
曰：'玄武，謂龜蛇。位在北方，故曰玄；身有麟甲，故曰武。'
《文選》注云：'龜與蛇交曰玄武。'"蔣驥説："時方自西之
南，而玄武在北，故曰召。"　　屬（音：主）：跟隨。

　　②文昌，斗魁上六星的總稱。朱熹説："文昌，在紫微宫，
北斗魁前，六星如匡形。"《史記·天官書》："斗魁戴匡六星曰
文昌官：一曰上將，二曰次將，三曰貴相，四曰司命，五曰司
中，六曰司禄。"　　掌行：洪興祖説："謂掌領從行者。"　　署：
布置，安排。洪興祖説："署，置也。《大人賦》曰：'悉徵靈
圉而選之兮，部署衆神于摇光。'"　　這四句意思，王逸説
是："日月黯黮而無光也，呼太陰神使承衛也，顧命中官勑百官
也，召使羣靈皆侍從也。"

　　路曼曼其修遠兮，徐弭節而高厲①。左雨師使
徑待兮，右雷公而爲衛②。

　　①曼曼：通"漫漫"，形容路程很長。　　修：長。　　弭
（音：米）節：駐車。"弭"，停止。"節"，行車進退之節。一説，節，
策，馬鞭。　　厲：洪興祖説："厲，渡也。《大人賦》：'紛鴻
溶而上厲。'"朱熹説："厲，憑陵之意。"蔣驥也説："厲，憑陵
之意。高厲者，自西海而升天際也。"于省吾則説："按《補注》
訓'厲'爲'渡'，蓋本于《爾雅·釋水》'以衣涉水而厲'
之義，但本文指高馳空中言之，并非渡水。朱熹訓'厲'爲
'憑陵'，蔣驥從之，不是，如訓'高厲'爲'高憑陵'，也
不可通。今驗之于全文，'萬年'之'萬'也作'邁'或'厲'，
萬、邁、厲同用無别（詳拙著《釋蒍厲》）。'高厲'應讀作

‘高邁’。《説文》訓‘邁’爲‘遠行’，則‘高邁’是向高遠處邁進。《楚辭》中恒言‘高馳’、‘高翔’、‘高飛’或‘上征’，均與‘高邁’之義相仿。”

②雨師：古代神話中司雨之神。《周禮・春官上》鄭玄注以畢宿爲雨師，《風俗通》卷八以元（玄）冥爲雨師，《山海經・海外東經》郭璞注以屛翳爲雨師。　徑：直接。　待：通“侍”，侍衛。一本即作“侍”。　雷公：古代神話中司雷之神。《雲仙雜記・天鼓》：“雷曰天鼓，雷神曰雷公。”　這四句的意思，王逸説：“天道蕩蕩，長無窮也；按心抑意，徐從容也；告使屛翳，備下虞也；進近猛將，任威武也。”

　　欲度世以忘歸兮，意恣睢以担撟①。内欣欣而自美兮，聊媮娛以淫樂②。

　　①度世：出世，脱離世間。洪興祖説：“度世，謂仙去也。”朱熹説：“謂度越塵世而仙去也。”　恣睢（音：疵雖）：恣意。洪興祖説：“恣睢，自得貌。”朱熹説：“恣睢，放肆也。”　担撟（讀如：揭驕）：也作“揭驕”。放肆自得。聞一多説：“案《補注》引《釋文》曰‘意恣睢以拮矯。’案‘志意肆’之義與王注‘縱心肆志’合，‘拮’、‘揭’與《釋文》丘列切之音合，是担即拮、揭之借字。《集韵》担拮并同揭，音丘傑切，是也。”兩句的意思，王逸説：“逆濟于世，追先祖也，縱心肆志，所願高也。”

　　②欣欣：喜樂自得的樣子。　媮娛（音：余）：歡樂，喜樂。　淫樂：朱熹説：“樂之深也。《莊子》曰：‘敦居無事淫樂而勸是。’”“淫”，一本作“自”。作“浮”爲是。朱季海説：“《離騷》云：‘保厥美以驕傲兮，日康娛以淫游’，欣

欣自美，即恃美驕傲；媮娛淫樂，即康娛淫游，用意同耳　淫樂，猶淫游矣。後人不得其解，嫌于靈均不當以淫樂爲言，故探上文改之，初不悟全非平旨也。"（《楚辭解故》）　　兩句的意思，王逸説："忠心悦喜，德純深也；且戲觀望，以忘憂也。"胡文英説："内喜保有其美，則外之媮娛，不覺其過于歡樂矣。"

　　　涉青雲以泛濫游兮，忽臨睨夫舊鄉①。僕夫懷余心悲兮，邊馬顧而不行②。

　　①涉：渡過。　　泛濫：胡文英説："隨雲之所飄泊也。"朱季海説："《離騷》云：'詔西皇使涉予'，《注》："涉，渡也'；又《哀郢》："陵陽侯之泛濫兮'，皆謂渡水，《漢書·司馬相如傳》："《大人賦》曰："奄息蔥極，泛濫水娭兮'，明以泛濫狀水娭，此于青雲，亦言涉，言泛濫者，是騷人目凌雲猶渡水可知也，故《惜誦》有云："昔余夢登天兮，魂中道而無杭'也。"　　臨：從高往低處看。
　　②懷：懷戀。　　邊馬：轅馬邊上的馬。朱熹説："邊，旁也；謂兩驂也。"　　顧：回頭看。這四句是説，越過青雲，上升到高空，忽然居高臨下瞥見了故鄉，我的車夫懷戀，我也悲傷，邊馬也回過頭去看不肯走了。胡文英説："乘雲則無所不見，故忽睨夫舊鄉也。江淹《別賦》：惟世間兮重別，謝主人兮依然，夫絕世修真者，猶復有情，況弟明其理而託境者乎。舊館猶復依依，況父母之邦乎。此所以心悲而太息掩涕也。"

　　　思舊故以想象兮，長太息而掩涕①。泛容與而遐舉兮，聊抑志而自弭②。

①舊故：舊交，舊友。　　　想象：猶言想見。　　　太息：出聲長嘆。　　　掩涕：掩面垂涕而哭泣。

②遐舉：遠行。　　　抑志：控制自己的心情。　　　自弭：謂自己安下心來。"弭"，消除。這裏是說自弭其悲。　　　這四句的意思，王逸説："戀慕朋友 念兄弟也；唈然增嘆泣沾裳也；進退俛仰 復欲去也；且自厭按而踟躕也。"又説："屈原謂修身念道，得遇仙人，托與俱游，周歷萬方，升天乘雲，役使百神，而非所樂，猶思楚國，念故舊，欲竭忠信，以寧國家、精誠之至、德義之厚也。"蔣驥説："言自西而南，經過楚地，愴然感懷，然義不反顧，故抑按其念舊之心，而自弭其悲。"

　　指炎神而直馳兮，吾將往乎南疑①。覽方外之荒忽兮，沛罔瀁而自浮②。

①炎神：炎帝神農，傳説中的古帝。相傳以火名官，作耒耜，教人耕種，故又號神農民。王逸説："南方丙丁，其帝炎帝，其神祝融。"　　　南疑：九疑山。因九疑山在南方，故又云南疑。

②覽：看。　　　方外：指邊遠地區。胡文英説："方外，域外也。""方"，地的代稱，古時有人認爲天是圓的，地是方的。荒忽：通"恍惚"。隱約、模糊不清的樣子。　　　沛：洪興祖説："流貌。"胡文英説："順行貌。"　　　罔瀁：朱熹説："水盛貌。"胡文英説："水蹇壅貌，指下文洞庭之水也。"一作"罔象"，洪興祖説："《文選》云：'澉汨飄淶，沛以罔象兮。'注云：'罔象，即仿像也。'又云：'罔象相求。'注云："虛無，罔象然也。'"蔣驥説："益向南行，歷九疑，窮方升，而游于南海也。"

　　祝融戒而蹕御兮,騰告鸞鳥迎宓妃①。張咸池奏

承雲兮，二女御九韶歌②。使湘靈鼓瑟兮，令海若
舞馮夷③。玄螭蟲象并出進兮，形蟉虯而逶蛇④。

①祝融：高辛氏火正。相傳死後爲火神。《左傳·昭公二
十九年》：“木正曰句芒，火正曰祝融。”《呂氏春秋·四月》：
“其帝炎帝，其神祝融。”高誘注：“祝融，顓頊氏後，老童之子
吳回也，爲高辛氏火正，死爲火官之神。”　洪興祖説：“《山
海經》‘南方祝融，獸身人面，乘兩龍，火神也。’”　　戒：
蔣驥説：“前戒也。”在前面清道警衛。　　躔（音：畢）：禁止
他人通行。　　御：止。朱熹説：“躔，止行人也。御，禦也。”
“躔御”，一本作“還衡”。　　騰：奔馳。　　鸞鳥：傳説中的鳳
凰一類的鳥，《廣雅·釋鳥》：“鸞鳥……鳳凰屬也。”《山海經
·西山經》：“西南三百里曰女床之山……有鳥焉，其狀如翟而
五彩文，名曰鸞鳥，見則天下安寧。”　　宓（音：福）妃：傳説
洛水女神名。

②張：陳設。　　咸池、承雲：都是古樂名。王逸説：“咸
池，堯樂也。承雲，即雲門，黃帝樂也。”　　二女：指傳説中
堯女娥皇、女英。相傳堯妻舜以娥皇，媵之以女英。　　御：
侍奉。　　九韶：傳説虞舜時的樂舞。韶樂九章，故曰。《列
子·周穆王》：“奉承雲、六瑩、九韶、晨露以樂之。”　　這四
句的意思，王逸説：“南神止我，令北征也；馳呼洛神，使侍予
也；思樂黃帝與唐堯也；美堯二女，助成化也。”

③湘靈：湘水之神。洪興祖説：“上曰二女，則此湘靈乃湘
水之神，非湘夫人也。”　　鼓：彈奏。　　瑟（音：色）：一種
弦樂器，有二十五根弦。　　海若：傳説中的北海神。王逸説：
“海若，海神名也。”洪興祖説：“海若，《莊子》所稱北海若也。”
馮夷：傳説中的水神名。朱熹説：“馮夷，水仙。《莊子》亦云

‘馮夷得之以游大川’，又曰河伯也。”

④螭（音：蚩）：傳說是一種没有角的龍。　　　象：罔象。古代傳說是一種水怪。王逸説：“螭，龍類也；象，罔象也。皆水中神物。”朱熹説：“象，《國語》所謂‘水之怪龍罔象’也。”聞一多則説：“案象疑當爲豸，字之誤也。豸俗作豸，與象形近，故誤爲象。《説文》曰‘豸，獸長脊，行豸豸然。’《繫傳》曰‘豸豸，背隆長貌。’‘玄螭蟲豸并出進兮，形蟉虬而逶迤，’蓋指魚龍漫衍之戲，《西京賦》所謂‘百獸百尋，是爲曼延’是也。王本作象，注中一説謂象爲罔象，失之。”　　　形：形體。蟉虬（讀如：流求）：屈曲盤繞的樣子。洪興祖説：“蟉求，盤曲兒。”　　逶迤（讀如：威移）：形容彎曲而延伸的樣子。這四句的意思，王逸説：“百川之神皆謠歌也，河海之神咸相和也，鬼魅神獸喜樂逸豫也，形體蜿蟺相銜受也。”聞一多認爲這八句中的“張咸池奏承雲兮，二女御九韶歌，使湘靈鼓瑟兮，令海若舞馮夷”四句，當作“張咸池奏承雲兮，令海若舞馮夷，使湘靈鼓瑟兮，二女御九韶歌。”他説：“夷與上文妃韵，歌與下文蛇韵也。今本‘令海若’句與‘二女御’句誤倒，則失之察矣。”

　　雌蜺便娟以增撓兮，鸞鳥軒翥而翔飛①。音樂博衍無終極兮，焉乃逝以徘徊②。

①雌蜺（音：尼）：副虹，雙虹中色彩淺淡的虹。　　　便娟（讀如：駢捐）：形容姿態輕盈美麗。　　　撓：纏。胡文英説：“增，撓，嫋娜也。增撓，舞態也。”　　軒翥（讀如：喧祝）：飛舉的樣子。

②博衍：廣博延長。洪興祖説：“博，廣也。”蔣驥説：“衍

盛也。"朱熹説："博衍，寬平之意。"　　終極：窮盡。　　焉乃：
王夫之説："猶言于是。"　逝：往，去。　　徘徊：來回地走。
這四句的意思，王逸説："神女周旋，侍左右也；鷦鵬玄鶴，奮
翼舞也；五音安舒，靡有窮也；遂往周流，窮九野也。"蔣驥説：
"言南游之樂，至矣，于是遂逝而徘徊以擇所往也。樂不至，
不足以弭悲，故言南方之樂獨詳。至樂之中，有至悲者存，不
可不察也。"

　　　　舒并節以馳騖兮，逴絕垠乎寒門①。軼迅風于
清源兮，從顓頊乎增冰②。

　　①從這裏開始講述遠游北方。　　舒：縱，舒緩。　　并
節：王夫之説："總轡也。"蔣驥説："并，合也。"　　馳騖（讀如：
遲務）：奔走趨赴。"舒并節以馳騖"，王逸説："縱舍轡銜而長驅
也。"洪興祖説："《淮南子》云：'縱志舒節，以驅大區。'
《大人賦》云：'舒節出乎北垠。'"　　逴（音：綽）：遠。
絕垠（音：吟）：天之邊際。　　寒門：傳説是北方極寒冷的
地方。王逸説："寒門，北極之門也。"《淮南子·地形》："北方
曰北極之山，曰寒門。"高誘注："積寒所在，故曰寒門也。"
　　②軼（音：義）：後車超越前車。洪興祖説："《三蒼》曰：
'從後出前也。'"　　迅：迅速。　　清源：清徹的水源。《文
選·思玄武》："旦余沐于清源兮，晞余發于朝陽。"蔣驥説："清
源，水源，謂北海也。"王逸謂"八風之藏府。"　顓頊（讀如：
專虛）：傳説中上古帝王。洪興祖説："北方壬癸，其帝顓頊，
其神玄冥。《太公金匱》曰：'北海之神曰顓頊。'"　　增
冰：層層積累的堅冰，指冰山。"增"，通"層"。《淮南子》謂：
"北方有凍寒積冰雪雹霰水之野。"馬其昶説："案以上悲思故鄉，

因往南疑；盤桓既久，而復歸于北。”胡文英説：“古人文字，本
不論乎法律，而但取理足。然觀其游四方，曰歷太皓以右轉，
曰遇蓐收乎西皇，曰指炎神而直馳，曰從顓頊乎層冰，其控縱
神化，自合規矩。”

　　歷玄冥以邪徑兮，乘間維以反顧①。召黔嬴而
見之兮，爲余先乎平路②。

　　①這裏開始講述縱游上下四方之極際。　　歷：經過。　　玄
冥：水神，一説雨師。《左傳・昭公十八年》：“禳火于玄冥、
回禄。”杜預注：“玄冥，水神。”《禮記・月令・孟冬之月》：“其
神玄冥。”　　邪徑：繞道。王夫之説：“邪徑，猶言枉道。”王逸
説這句的意思是“道絶幽都，路窮塞也。”訓“邪徑”爲“路窮
塞”。　　乘：登，升。　　　間維：洪興祖説：“《孝經緯》云：
‘天有七衡而六間，相去合十一萬 九千里。’《淮南》云：
‘兩維之間九十一度。’注云： ‘自東北至東南爲兩維，帀四
維，三百六十五度；一度，二千九百三十二里。’ ”　　　反顧：
回頭看。蔣驥説：“欲他顧也。”王逸説這句的意思是“攀持天紘
以休息也。”
　　②黔嬴：天上造化神名。一本“嬴”作“羸”。朱熹説：“黔，
具炎反；嬴，從羊，倫爲反、一從女，餘輕反，未知孰是？然
二字《史記》作含𦦎、《漢書》作黔𦦎，則當爲從羊之嬴矣。”
《大人賦》：“左玄冥而右黔雷。”《漢書・司馬相如傳下》：張
楫注：“玄冥，北方黑帝佐也。黔雷、黔嬴也，天上造化神也，
……或曰水神也。”沈欽韓説：“嬴，或爲羸，故轉雷。”（《兩漢
書疏證》）王先謙説：“《史記》作含𦦎；黔、含並今聲，以音
近通假。”（《漢書補注》） “爲余先乎平路”，謂替我先行以鋪

平道路。　　後面兩句的意思，王逸說：“問造化之神以得失也，開軌導我入道域也。”

經營四荒兮，周流六漠①：上至列缺兮，降望大壑②。

①經營：猶往來。　　四荒：四方荒遠的地方。“荒”，遠。一本作“方”。　　周流：周游。　　六漠：上下與四方。洪興祖說：“漢樂歌作六幕，謂六合也。”

②列缺：謂天上的裂縫，天門。洪興祖說：“《大人賦》云：‘貫列缺之倒影’。注云：‘列缺，天閃也。’《文選》云：‘列缺曄其照夜。’應劭曰：‘列缺，天隙電照也。’”蔣驥說：“一說，列仙之宮闕也。”胡文英說：“列缺，西北天虧之處。”大壑：大海。《列子·湯問》：“渤海之東……有大壑焉，實維無底之谷，名曰歸墟。”王夫之說：“大壑，海也。”胡文英說：“大壑，東海地缺之處。”　　這兩句的意思，王逸說：“周遍八極，旋天一帀，窺天間隙，視海廣狹。”

下崢嶸而無地兮，上寥廓而無天①；視倏忽而無見兮，聽惝怳而無聞②。超無爲以至清兮，與泰初而爲鄰③。

①崢嶸：深邃的樣子。　　寥廓：曠遠，廣闊。洪興祖引顏師古注說：“崢嶸，深遠貌；寥廓，廣遠也。”　　無地、無天：蔣驥說：“出地之下也，出天之上也。”

②倏忽：疾速的樣子。一說，猶今言閃爍。　　惝怳：模糊不清。洪興祖引顏師古注說：“惝怳，耳不諦也。”引《淮南子》

說：“若士曰：‘我游乎罔㝱之野，北息乎沈墨之鄉，西窮冥冥之黨，束開鴻濛之光，此其下無地而上無天。聽焉無聞，視焉無眴，契大渾之樸而立至清之中。”

③泰初：《列子·天瑞》：“太初者，氣之始也。”《莊子》說：“泰初有無，無有無名。”朱熹說：“屈子本以來者不聞爲憂，而願爲方仙之道，至此則真可以後天不老，而凋三光矣。下視人世，甕盎之間，百千蚊蚋，須臾之頃，萬起萬滅，何足道哉，何足道哉？”蔣驥說：“言歷元冥之都，乃由斜徑而乘北隅之間維。回道反顧，與造化者游，以徧歷上下四旁，窈冥寂闃之境，蓋至此真無遠弗屆矣。”

本篇可分四大段。從開首到“意荒忽而流蕩兮，心愁悽而增悲”，爲第一段。這一段寫因“時俗迫阨”，在現實社會中已經走投無路，希望能“輕舉而遠游”，然而“質菲薄”，無因上浮。故而郁結內傷，徹夜不眠，瞻前思後，以致於神意恍惚而流蕩。第二段從“神倏忽而反兮，形枯槁而獨留”。到“免衆患而不懼兮，世莫知其所如。”主要寫因長久思念，中心動搖，心神忽然離開形骸，獨游而“求正氣之所由”。它看到了赤松子，傅說、韓衆等，皆虛靜無爲，離人羣而遁逸，不勝仰慕。因此“終不反其故都”，決意輕舉而遠游。第三段從“恐天時之代序兮，耀靈曄而西征”到“軼迅風于清源兮，從顓頊乎增冰。”這是本篇的主要部分，先寫訪仙人王子喬所居，與王子喬有一番對話。王子喬之言使他獲得“至貴”之道，然後訪“羽人”，“留不死之舊鄉”，充分領略神仙世界的妙景。接着寫游天庭，·㑃太微之所居。”又周覽東、西、南、北四方。在游歷西方後，有一段“忽臨睨夫舊鄉”的描寫，與《離騷》相似，由于前面缺乏《離騷》那種跌宕起伏的“上下求索”經歷，此處的描寫只是字面的描摹，并不能給人以真情實感。但總的説來，由西向南的游歷，刻劃得較爲詳盡。由此看來，作者很可能是南楚之人，或者是一位對南楚文化相當熟悉的人，因而融入了楚國有關屈原的傳説，表現出屈原的某些思想行爲。最後一段，寫縱游上下四方之極際，來到了"無見"、"無聞"、"超無爲以至清兮，與太初而爲鄰"的方外世界。這也是作者所追求的至高無上的境界，以求得精神上的解脱。正是從這裏，散發出尤爲濃烈的道家方士的神仙氣息。

全文由郁結愁憤到仰慕衆仙，神游天庭，到達至清無爲的超脱一切的幻境。可以看出，作者對"時俗迫阨"、"遭沈濁而穢"是憤懣不平的。從這個角度講，本篇還是有一定積極意義的。但是，作者對待現實的態度是消極的，採取的方法是逃避人生，走向老莊的全身避禍、超然出世的道路。因此，消極因素是顯而易見的，與屈原的一貫思想是格格不入的。

寫作上，本篇由現實生活寫到幻想世界，通過神思出竅，神游骸外的方法來過渡，是比較巧妙的。但總的説來，抄摹了很多屈原作品中的詞句，又堆垜了大量道家方士的專門術語，不少處幾乎成了"玄言詩"。因此，藝術上也是遠遠不能與屈原作品的成就相比擬的。

卜　居

楊金鼎　　　　注釋
王從仁解題、說明

　　本篇和下面一篇《漁父》是同一類型的作品，王逸《楚辭
章句》題爲屈原所作。但後世學者，頗有懷疑。明代張京元《删
注楚辭》中說道：“既見放矣，復審所居，何見之晚也？通後《漁
父》篇，語義太膚，疑是僞作，姑存之。”以語義膚淺懷疑爲僞
作。清人崔述《考古續說·觀書余論》則從另一個角度提出看
法，他說：“周庾信爲《枯樹賦》，稱殷仲文爲東陽太守，其篇
末云：‘桓大將軍聞而嘆曰……’云云。仲文爲東陽時，桓溫
之死久矣；然則是作賦者托古人以暢其言，固不計其年世之符
否也。謝惠連之賦雪也，托之相如；謝莊之賦月也，托之曹植；
是知假托成文、乃詞人之常事。然則《卜居》、《漁父》亦必
非屈原之所自作，《神女》、《登徒》亦必非宋玉之所自作，
明矣。但惠連、莊、信其時近，其作者之名傳，則人皆知之；
《卜居》、《漁父》之賦其世遠．其作者之名不傳，則遂以爲
屈原、宋玉之所作耳。”崔氏以“假托成文”爲“詞人常事”，定
《卜居》、《漁父》爲僞作。應該說，張氏和崔氏懷疑的理由
是不够充分的，但由于他們的啓迪，後世不少學者對此作了進
一步的探索和論證。

　　胡適在《讀楚辭》中提出：“《卜居》、《漁父》爲有主名
的著作，見解與技術都可代表一個《楚辭》進步已高的時期”，

從文體進化的角度，對這兩篇的真僞提出懷疑。陸侃如《屈原》稱引了崔述《觀書余論》的論述，并且提出，司馬遷《史記·屈原列傳》只是將《漁父》看作有關屈原生平的客觀記錄而加以引用。王逸《楚辭章句》關于《漁父》的解題，先説是屈原所作，接着又説是楚人“叙其辭以相傳”，前後矛盾。因此，他認爲《漁父》并非屈原所作，而《卜居》的體裁與此相同，舉此可以喻彼。在《屈原與宋玉》一書中，陸侃如進一步指出：“我們再看《卜居》和《漁父》，這兩篇開口就説屈原既放，顯然是旁人的記載”，“通篇用第三位的口吻，古時自叙無用此種體裁者。”游國恩《楚辭概論》也持相同意見，除引徵崔述之言和提出開口就是“屈原既放”，顯然是旁人記載之外，還申發説，即使屈原偶然用第三者口吻，也决不會稱“屈原”，因爲屈原名平，“凡古人自稱，多名而不字，”《卜居》《漁父》通篇都稱‘屈原’，顯係後人習見屈原的名而隨便亂用的，他那裏注意到這個大破綻。”游氏進而論道：“再從文體上看來，也可以證明這兩篇是假古董”，他感到，從屈原到司馬相如，從《楚辭》到漢賦，中間總有些過渡的作品，不然，辭賦進步的歷程便尋不出。“《卜居》、《漁父》兩篇也許就是那過渡時代的作品之幸而流傳的。屈原那時候决不會產生這種文學”。此外，鄭振鐸《插圖本中國文學史》和郭沫若《屈原研究》等，也都斷爲僞作。

以上這些看法，是比較符合作品實際的。首先，《楚辭》中的屈原作品，盡管篇幅有長有短，但它表現的思想感情，無不蘊藉深厚，曲折複雜。本篇和《漁父》則通篇氣勢流暢，明朗而單純。盡管它的藝術性很高，但思想深度是不夠的，只是第三者設想屈原處境，對屈原心理作一般推測和綜合的結果，與屈原自抒憤懣之情，顯然有所不同。其次，文體上，確如游國恩所云，本篇與屈原其它作品也有明顯區別。《楚辭》中屈原的作品，特別是《離騷》，其中陳述政治見解部分，上下古今，馳騁議論，表達了和散文同樣的內容，但它却始終活躍着詩的生命，它是詩歌而不是散文。至于屈原其他作品，更不用談了。而本篇與《漁父》，開頭和結尾完全是散文的寫法，中間用駢散參錯的句式組成，用韵也比較自由，它是介乎詩歌與散文之間的一種新的體裁，是“不歌而誦”的漢賦的先導，是從《楚辭》演化爲漢賦的過渡時期的產物。另外，王逸的注釋也值得推敲。王逸說本篇和《漁父》都是“屈原之所作也”，可是在《漁父》篇解題中，又接着說：“屈原放逐，在江、湘之間，憂愁嘆吟，儀容變易。而漁父避世隱身，釣魚江濱，欣然自樂。時遇屈原川澤之域，怪而問之，遂相應答。楚人思念屈原，因叙其辭以相傳焉。”這樣，前後的說法便自相矛盾。所謂“辭”，當然是指漁父和屈原的應答之辭。事實上就是《漁父》篇的全部內容，既然“叙其辭”的是“楚人”，那麼，王逸本人已否定了“屈原之所作”的說法了。同時，司馬遷在《史記·屈原列傳》中錄《懷沙》和《漁父》全文，《懷沙》標明爲屈原所作，對《漁父》則把它當作有關屈原生平的記錄材料而已。可見司馬遷也沒沒把《漁父》看作是屈原的作品。《卜居》和《漁父》性質相同，當然是可以由此推彼的。

綜上所述，這兩篇是以屈原生平爲題材創作而成的作品。關于兩篇的作者，也有各種不同的看法。有以爲宋玉所作，《李君翁詩話》曰：“寧誅鋤草茅以力耕乎，詩人皆以爲宋玉事，豈《卜居》亦宋玉擬屈原作邪？庾信《哀江南賦》云：‘誅茅宋玉之宅’。”（吳景旭《歷代詩話》卷十乙集四“宋玉宅”條引）將庾信賦中的這句話與《卜居》“寧誅鋤草茅以力耕乎”相印證，從而疑《卜居》爲宋玉所作。郭沫若《屈原研究》則將兩篇都視爲宋玉、景差之徒作。有以爲周末漢初或秦末漢初人所作，如陸侃如《屈原》和游國恩《楚辭概論》都持這一看法。也有以爲戰國時楚人所作，郭沫若在《屈原賦今譯‧後記》中，修改了原來的看法，他說："（《卜居》、《漁父》）這兩篇由于所用的還是先秦古韵，應該是楚人的作品。作者離屈原必不甚遠，而且是深知屈原生活和思想的人。"另外，譚介甫《楚賦新編》則將《漁父》視爲屈原某一弟子所作，將《卜居》視爲楚、漢間人所托僞。

　　以上諸說中，以郭沫若《屈原賦今譯》的說法較合情理，本篇以"長"、"明"、"通"相叶，《漁父》以"移"、"波"、"醨""爲"相叶，都是先秦古韵，也證明它不是漢代的產物。當然，兩篇是否出于一人之手，作者究竟爲何人，因爲年代久遠，文獻不足徵，已無法確考了。

　　需要指出的是，漢代以來大部分注家還是將這兩篇作品定爲屈原所作，其中不少人，如王逸、汪瑗、王夫之、林雲銘、吳世尚、蔣驥、夏大霖、劉夢鵬等人，還對其作年做了種種推測。今人姜亮夫《屈原賦校注》、丁力《關于屈原作品的真僞問題》（見《文學遺產增刊》第一輯）和陳子展《〈卜居〉〈漁父〉是否屈原所作》（見《學術月刊》一九六二年六月號和《中華文史論叢》第七輯，兩篇文章同名），都贊同這兩篇爲屈原所作，其中陳子展的論述比較全面，對前人提出的種種疑問作了駁斥。對郭沫若的"輕妙文章"說，陳氏以爲"很難說屈原就不能有此輕妙文章。"關于王逸序的前後矛盾，陳氏徵引束方朔《七諫‧自悲》、《謬諫》、嚴忌《哀時命》、王褒《九懷‧蓄英》、劉向《九嘆‧逢紛》等作品中的詞句，指出這些都用上了《卜居》、《漁父》兩篇的詞滙和語意，不是偶然的巧合。這說明遠在西漢初年，人們已將這兩篇視爲屈原所作。王逸稱爲屈原所作，必有所本，而又說是楚人"叙其辭以相傳”，係採自民間傳聞；兩説并論，只是表示闕疑精神而已。
對第三者語氣和屈原不可能自稱字的問題，陳氏論道，詩人作
詩自稱其字，原是古已有之，并非屈原首創。屈原爲文託于第
三者的語氣，除了爲着行文方便、假托避禍外，還要首先考慮
到這是因爲楚俗命名賜字和中原不同，因而作文自稱其字。何
況戰國時代名字稱謂的風習大變。《孟子》裏就有稱弟子爲子
的。關於文體發展問題，陳氏認爲，戰國時期，行人縱橫家游
説之詞，《老子》、《周易》等散體韵文的成就都很高，屈原
在文學上來一次飛躍，起一次革命，是完全可能的，“安知不
是由于屈原的《卜居》、《漁父》上承孔、左、墨、易、老、
莊、近染孟、蘇、乃至弋人、莊辛之流，發展了這種問答形式
的文體，而賈誼、東方朔、枚乘、司馬相如，以及揚雄、班固、
張衡、左思之流，才悉相摹仿呢？”

　　應該説，陳子展等人的論據還是比較充分的。關于這一問
題，還可以展開進一步的探討。在本書的注釋中，如前所述，我
們還是作爲戰國時楚人的作品來看待的。

　　本篇以“卜居”名篇。蔣驥《山帶閣注楚辭》曰：“居，謂
所以自處之方”，所謂“自處之方”，也就是篇中所説的“何去何
從”的問題。古人以卜決疑，卜居的意思是説，通過問卜來解
決自己應該採取什麼態度對待現實。

　　關於本篇的寫作意圖。王逸《楚辭章句》云：“屈原體忠貞
之性，而見嫉妒。念讒佞之臣，承君順非，而蒙富貴。己執忠
直而身放棄，心迷意惑，不知所爲。乃往至太卜之家，稽問神
明，決之蓍龜，卜己居世何所宜行，冀聞異策，以定嫌疑。故
曰《卜居》也。”王氏將本篇完全看成事實，未免過于拘泥了。
還是朱熹《楚辭章句》的解説較爲圓通。他説：“蓋原哀憫當世
之人，習安邪佞，違背正直，故陽爲不知二者之是非可否，而

將假蓍龜以決之，遂爲此詞，發其取舍之端，以警世俗。説者乃謂屈原實未能無疑于此，而始將問諸卜人，則亦誤矣。”撇開作者問題不談，朱熹的説法還是頗合文義的。本篇的“卜居”，只是一種文學描寫手法而已，可能有一些傳説作爲依據，不一定就是事實。篇中所説的“不知所從”，也只是一種憤激之辭而已。

　　屈原既放，三年不得復見①。竭知盡忠，而蔽障于讒②；心煩慮亂，不知所從③。乃往見太卜鄭詹尹曰：“余有所疑，願因先生決之④。”詹尹乃端策拂龜，曰：“君將何以教之⑤？”

　　屈原曰：“吾寧悃悃款款朴以忠乎？將送往勞來斯無窮乎⑥？寧誅鋤草茅以力耕乎？將游大人以成名乎⑦？寧正言不諱以危身乎？將從俗富貴以媮生乎⑧？寧超然高舉以保真乎？將哫訾慄斯、喔咿儒兒以事婦人乎⑨？寧廉潔正直以自清乎？將突梯滑稽、如脂如韋以絜楹乎⑩？寧昂昂若千里之駒乎？將泛泛若水中之鳧，與波上下，偷以全吾軀乎⑪？寧與騏驥亢軛乎？將隨駑馬之迹乎⑫？寧與黃鵠比翼乎？將與雞鶩爭食乎⑬？此孰吉孰凶？何去何從⑭？世溷濁而不清，蟬翼爲重，千鈞爲輕；黃鐘毀棄，瓦釜雷鳴；讒人高張，賢士無名⑮。吁嗟默默兮，誰知吾之廉貞⑯！”

　　詹尹乃釋策而謝⑰，曰：“夫尺有所短，寸有所長；物有所不足，智有所不明，數有所不逮，神有所不通⑱。用君之心，行君之意，龜策誠不能知此事⑲。"

①既：已經。　　放：放逐。屈原既放，王逸説："遠出郢都，
處山林也；道路僻遠，所在險也。"(《楚辭章句》)　　復：再。
②竭：盡。　　知（业丶）：通"智"，聰明，智慧。竭知，
用盡了智慧。　　蔽：遮蔽，蒙蔽。　　障：遮隔。　　讒（音：
饞）：説別人的壞話。這裏指讒言。王逸説："建立策謀披心胸
也。遇詔佞也。"　　這句話是説，他用盡了智慧效忠國家，却
被讒言把他和楚王遮蔽阻隔了。
③煩：煩躁，煩悶。　　慮：心思，意念。以上二句，胡
文英説："智已盡而忠亦難加，故不知所從。"(《屈騷指掌》)
林雲銘説："此卜居之由。"(《楚辭燈》)陳遠新説，心煩慮
亂"四字可爲'騷'字注解。"不知所從，"引入卜。"(《屈子
説志》)
④太卜：替國家掌管卜筮的官。　　鄭詹尹：太卜的姓名。
疑：疑惑。　　因：通過。　　先生：對人的敬稱。　　决：
决定。　　一本"往見太卜"前無"乃"字。
⑤端：擺正。　　策：古代占卜用的蓍（尸）草。端策，
把蓍草擺端正。　　拂：拂拭，輕輕地擦去。　　龜：占卜用
的龜甲。筮用策，卜用龜。拂龜：拂去龜甲的灰塵。都是卜筮前
表示虔誠的准備工作。　　君將何以教之：你將用什麼指教我？
這裏是一種客氣的説法，實際的意思是：您有什麼事要占卜的？
⑥寧（音：濘）：寧可，寧願。下均同。　　悃悃（音：捆）
款款：誠實而無保留的樣子。　　以：而。下均同。　　朴以
忠：朴實而忠誠。朱熹説："悃款，誠實傾盡之貌。朴，質也。"
(《楚楚辭集釋》)林雲銘説："盡心于君國。"　　勞：慰勞。送
往勞來：往者送之，來者勞之。即送往迎來的意思，指社會上

的人事應酬。朱熹説：“勞來，來者勞之也。”蔣驥説：“送往勞來，猶俗之隨處周旋，巧于媚世者也。”（《山帶閣注楚辭》）斯：這樣。　　　無窮：長遠地下去。斯無窮：就這樣長遠地下去。　　　一説，“無窮”是不使自己窮困的意思。王逸説：“不困貧也。”一説，“無窮”是不疲的意思。王夫之説：“不忠于國，則惟奔走于勢要。勢盛則趨之，勢衰則謝之，環轉去來，終身不疲。”（《楚辭通釋》）一説，“無窮”即無往而不通。　　　這兩句話是説，我寧可誠誠懇懇、樸實而忠誠呢，還是到處敷衍應酬，這樣長遠地下去呢？

　　⑦誅：剪除。　　　草茅：雜草。　　　力：盡力，努力。王逸説：“刈菅菅也，種稼穡也。”　　　大人：猶言貴人，是古代對最高統治者的通稱。游大人：去同達官貴人交游。戰國時代的策士，主要是靠游説諸侯以求進身，往往立談之間，可以取得卿相之位，故云“遊大人以成名。”王逸説：“事貴戚也，榮譽立也。”一説：“大人，謂君之貴事者。”朱熹説：“游，遍謁也。大人，猶貴人也。”林雲銘説：“曳裾干朱門。”　　　成名：建立榮譽。王逸説：“榮譽立也。”胡文英説：“純盜虛聲。”　　　這兩句話是説，我寧可鋤草開荒，努力耕種呢；還是去同那些有權勢的人交游以成就自己的名聲呢？

　　⑧正言：正直的話，端正的言論。指直諫，規諫，　　　諱：隱瞞，避忌。　　　危身：使自身遭到危害。　　　“寧正言”一句，王逸説：“諫君惡也”，“被刑戮也。”林雲銘説：“直諫以取禍。”胡文英説：“心安而身不安。”　　　從俗：迎合時俗，追隨世俗。　　　媮（音:偷）生：苟且地活着。媮，“偷”的異體字。一説，媮（音:余），通“愉”。洪興祖説：“媮，樂也。音俞。”“媮生”，指身安樂。　　　從俗富貴以媮生：王逸説：“食重禄也”，“身安樂也。”林雲銘説：“違義以苟免。”胡文英説：“身安而心不

安。”　　這二句話是説：寧可直率地把話講出來，毫不隱諱，而使自身受到危害呢；還是迎合時俗，貪圖富貴，而苟且求生呢？

⑨超然高舉：遠離高飛。蔣驥説：“高舉，亦退隱之意。”保真：保全自己真實的本性。一説，保全貞操。“真”，通“貞。”亦通。林雲銘説：“出世以全天性。”　　呢訾（讀如：足資）：阿諛奉迎。　　栗斯：曲意奉承的樣子。王逸説：“承款色也。”洪興祖説：“呢訾，以言求媚也。栗，詭隨也。……斯，慄也。”一説，“呢訾”即“啙媌”，音同。《方言》第十：“忸怩，慙遡也。楚、郢、江、湘之間謂之忸怩，或謂之啙媌。”“呢訾”正是楚語的“慙遡”。這句是説承望顏色，以事婦人，故不勝忸怩。栗斯：也是楚方言；驚貌。這裏是老子所語“寵辱若驚”的意思。（朱季海《楚辭解故》）　　一本“粟”作“栗”。　　喔咿（讀如：窩伊）：强笑聲。　　儒兒（讀如：如而）：曲從的樣子。一作“嚅唲”，王夫之説：“喔咿，媚笑。嚅唲，媚辭。”“儒兒”，即囁嚅，想説話又不敢説話的樣子。“呢訾”、“栗斯”兩詞同義，“喔咿”、“儒兒”兩詞同義，都是用以形容一種屈己從人的可恥作風。（俞樾《俞樓雜纂二四·讀楚辭》）　　一説，“喔咿”，言辭不定之貌。“儒兒”，謂不申舒柔順謹飾之貌。（姜亮夫《屈原賦校注》）　　婦人：這兒是指楚懷王的寵姬鄭袖。鄭袖和上官大夫、令尹子蘭等勾結起來讒害屈原。蔣驥説：“以事婦人與高舉對言者，舉朝皆因事袖而進，舍是則惟有退隱而已。”　　這二句話是説，寧可遠走高飛而保其天真呢；還是阿諛奉承，强顏歡笑，去侍奉那個女人呢？

⑩突梯：圓滑的樣子。　　滑（音：骨）：亂也。　　稽：同也。滑稽，指一種似是而非，能够混淆別人視聽的不良作風。一説，“滑稽”是一種酒器，後來叫做酒過龍。它能“轉注吐

酒，終日不已”。（見崔浩《漢紀音義》）這裏借似形容應付無窮，善于迎合別人的言詞。按：兩説義可相通。　　脂：油脂。韋：熟牛皮。　　如脂如韋：象油脂一樣的光滑，象熟牛皮一樣的柔軟，都是指善于應付環境。　　絜：測量圓形。　　楹：屋堂前部的柱子。絜楹，就是《九章・懷沙》所説“刓方以爲圓”的意思。戴震説：“凡度直曰度，圍度曰絜，莊周書所謂‘絜之百圍’，賈誼所謂‘度長絜大’是也。”（《屈原賦注》）匠人度絜楹柱，是爲了把它刓圓；這句所説的“突梯滑稽如脂如韋”的作風，也是爲了自己能够圓順隨俗，取得富貴，故用以作比。胡文英則説：“突梯滑稽，以脂韋附物之貌。今油星者有其聲容也。脂，膹也，遇物則粘。韋，熟皮也，纏而不絶。絜楹，隨其曲之大小以附之也，共合人心。”

　　⑪昂昂：特出貌，氣概軒昂貌。王逸説：“志行高也。”一説，“昂昂”是不甘向人低頭的樣子。　　千里之駒：指日行千里的少壯的良馬。王逸説：“才絶殊也。”五臣説：“千里駒展才力也。昂昂，馬行貌。”　　泛泛（音:飯）：浮游無定貌。胡文英説：“與世浮沉。”　　鳧（音:扶）：野鴨。　　這二句話是説，寧可氣概軒昂象千里駒呢；還是象飄浮在水裏的野鴨，跟着波浪上下，苟且偷生，只顧保全自己的性命呢？

　　⑫騏驥（音:其冀）：駿馬。　　亢（音:抗）：通“伉”，并。　　軛（音:厄）：車轅前套在牲口脖子上的曲木。亢軛，并駕的意思。五臣説：“騏驥抗軛，謂與賢才齊列也。”蔣驥説：“亢軛，喻以功業自建也。”　　駑（音:奴）馬：劣馬。　　迹：足迹。　　五臣説：“駑馬，喻不才之臣。”林雲銘説：“上比聖賢，下比愚劣。”　　這二句話是説，寧可和駿馬并駕齊驅呢；還是跟着劣馬的足迹亦步亦趨呢？

　　⑬黃鵠（音:胡）：天鵝，一種善飛的大鳥，一舉千里。

比翼：翅膀挨着翅膀，齊飛。蔣驥説：“亦高舉意。”　　鶩（音：
誤）：鴨。這裏以“雞鶩”與“黃鵠”對舉，用以代表普通、
低庸的禽鳥。五臣説：“黃鵠喻逸士也。比翼猶比肩也。雞鶩，
喻讒夫。争食，争食禄也。”林雲銘説：“與高士同避羅網，與小
人共受爵禄。”　　這二句話是説，寧可和天鵝比翼齊飛呢；
還是去和雞鴨争食呢？

⑭二句是説，上述這些，哪個吉祥哪個不吉祥？離開哪裏，
到哪裏去？朱熹説：“此結上八條，正問卜之詞也。”胡文英説：
若以善爲吉而宜從乎，則我之竭智盡忠者如是；若以惡爲凶
而宜去乎，則小人未得蔽賢之罪。究將何如哉？”

⑮蟬翼：蟬的翅膀極薄，指份量最輕的東西。　　千鈞：
代表最重的份量。三十斤爲一鈞。　　黃鐘：古樂中十二律之
一，是最響亮最洪大的音調。　　瓦釜：瓦做的鍋子。本來不
能做樂器的，這裏用以代表最鄙俗的聲音。　　雷鳴：是説這
種聲音，爲世俗所好，象雷一樣的響，到處都可以聽到。　　高
張：謂在朝廷據要位，趾高氣揚。洪興祖説：“張，自侈大也。”
賢士：有才德的人。　　無名：没有名位，指不被任用。胡文
英説：“蟬寡，喻小利；千鈞，喻大德。《漢書·律曆志》：黃
鐘：黃者，中之色，君之服也；鐘者，鍾也。天之中數五。棄
黃鐘鳴瓦釜，猶之用讒人而舍賢士也。”　　這七句話是説，今
天的世道混濁不清；蟬翼認爲是重的，千鈞認爲是輕的；黃鐘
被毀壞廢棄了，瓦鍋却敲得打雷一樣的響；讒人趾高氣揚，賢
士却默默無聞。

⑯吁嗟（讀如：虛接）：嘆息聲。　　默默：默不作聲的樣
子。“吁嗟默默”，王逸説：“世莫論也。”

⑰釋：放下。　　謝：辭謝。“釋策而謝”，王逸曰：“愚
不能明也。”

⑱尺有所短，寸有所長：這可能是當時社會上流行的成語。是説尺比寸長，但用于更長處，却也顯得短；寸比尺短，但用于更短處，却也顯得長。用以比喻人或物，各有長處，也各有短處。此處用以比喻卜筮是替人決疑的，但象這樣的大疑大問是決不了的。　　　數：卦數。　　　逮：及，到。　　　通：通曉。朱熹説："尺長于寸，然爲尺而不足，則有短者矣；寸短于尺，然爲寸而有餘，則有長者矣；物有所不足，天傾西北，地不滿東南之類也；智有所不明，堯、舜知不徧物，孔子不如農圃之類也；數有所不逮，如言日月之行，雖有定數，然既是動物，不無贏縮之類是也；神有所不通，惠迪者未必吉，從逆者未必凶，伯夷餓死首陽，盜跖壽終牖下之類也。"

⑲這三句話是説，用您自己的心思，實行您自己的主張吧，龜壳和蓍草確實不能判別這些大是大非。王夫之説："所從既決，自必逢凶。神不導以凶，而尤不詔人以不義。君子自行其志，亢龍雖有悔，而不失其正，鬼神不能與，而況于人乎。"蔣驥説："宜去者不幸而占，宜從者不免于凶，鬼神不詔人以凶，而尤不導以不義，則亦安能與其事哉。"胡文英説："用君之心，竭智盡忠也。行君之意，求不蔽障于讒也。言龜策能知尋常之禍福耳，君以挽回造化之事問之，龜策豈能與知其故哉。"

本篇的産生，與關于屈原生平的種種傳説有密切聯繫。屈原的沈湘自殺，深深感動了廣大的楚國人民和一切愛國志士，楚人對屈原的悼念和當時的敵愾心情結合起來，産生了各種傳説，有的有一定的事實根據，有的則出于虛構，但都反映了楚國人民對這一偉大愛國詩人的看法、情感和態度等。梁宗懍《荆楚歲時記》、唐沈亞之《屈原外傳》中，就保存了一部分有關傳説，本篇和《漁父》也是上述情況下的産物。

　　作品反映了屈原堅強的鬥志和楚國政治環境的黑暗。其中
屈原一連串的發問，寫出了楚國羣小阿諛奉迎，以求富貴榮華、
高官厚祿的醜態，也寫出正直之士高舉保真，廉潔自清的高尚
品質。最後，又通過鄭詹尹回答屈原的兩句話：“用君之心，行
君之意”，突出了全篇的主題。屈原是爲了祖國，爲了理想，爲
了人格而獻出寶貴生命的，他的“心意”，在《涉江》中已有明
確的表白：“吾不能變心而從俗兮，固將愁苦而終窮”，而本文讓
屈原按自己的“心意”從事，體現了楚國人民對屈原的正確理
解；也反映出，屈原偉大的愛國精神，又是多麼富有感召力量啊！

　　此外，作品還寫道：“數有所不逮，神有所不通”，“龜策誠
不能知此事”，這樣，就直接對占卜的迷信行爲作了否定，正如
郭沫若所指出的：“在思想上是表現屈原是一位不信上帝，不信
卜筮的理性主義者”（《屈原賦今譯》本篇注文）

　　本篇的藝術性很高。篇中的屈原，一連提出近二十個
問題，猶如剝蕉抽繭，層出不窮，非但不覺得可厭，反而加深
了主題的表達，充分體現出屈原憤世嫉俗的心情和耿介卓立的
性格特徵。還有，本篇的故事性比較強。篇章雖短，但寫了從
屈原找卜筮，到鄭詹尹釋策而謝的全過程，其中有動作，與鄭詹
尹有對話，很像一出獨幕短劇。從語言技巧看，也是突出的。《楚
辭》中其他作品，句式長短基本相似，有一定的形式，而本篇
短到四言，長達九言，參差錯落，不拘一格，完全按照情感的
需要而變化。它的用韻，也相當自由，沒有定格，或幾句押韻，
或不押韻，與《楚辭》中大多數的隔句押韻也有明顯區別。這
樣，作品便成了一首淺顯可讀的散文詩，爲後世文人開闢了一條
用散文體式寫賦的新路徑。

漁　父

楊金鼎　　　注釋
王從仁解題、説明

　　屈原既放，游于江潭，行吟澤畔①；顏色憔悴，形容枯槁②。漁父見而問之曰："子非三閭大夫與？何故至于斯③？"

　　屈原曰："舉世皆濁我獨清，衆人皆醉我獨醒，是以見放④。"

　　漁父曰："聖人不凝滯于物，而能與世推移⑤。世人皆濁，何不淈其泥而揚其波⑥？衆人皆醉，何不餔其糟而歠其醨⑦？何故深思高舉，自令放爲⑧？"

　　屈原曰："吾聞之：新沐者必彈冠，新浴者必振衣⑨；安能以身之察察，受物之汶汶者乎⑩？寧赴湘流，葬于江魚之腹中⑪；安能以皓皓之白，而蒙世俗之塵埃乎⑫？"

　　漁父莞爾而笑，鼓枻而去⑬。乃歌曰："滄浪之水清兮，可以濯吾纓；滄浪之水濁兮，可以濯吾足⑭。"遂去，不復與言⑮。

①既：已經。　放：放逐。　游：游蕩，游逛。　江：蔣驥《山帶閣注楚辭》曰："江，謂沅江。"有人認爲是漢水支流

滄浪江，與漁父所唱的“滄浪之水”相應。也有人疑指湘江。按：本篇雖不一定有事實根據，但作爲文學作品，必然有着一定的時間、地點爲背景的。作者處理題材時，也必然會使它們之間的關係盡可能符合客觀實際，在一篇作品中，得到統一。本篇所寫，是以屈原放逐江南爲背景，他由沅入湘、自沉汨羅。（參看《涉江》、《懷沙》、《惜往日》各篇注文）本篇既然明說：“寧赴湘流，葬于江魚之腹中”，則這裏所指的是沅江，較爲合理。如果說是滄浪江或湘江，則在時間和環境上都無法銜接起來。“滄浪”之歌，在楚地久已廣泛流傳，孔子就曾聽到孺子的歌唱，見于《孟子·離婁（上）》，這裏因歌寄意，是不受地理環境局限的。　　　潭：深水。蔣驥說：“潭，深淵也。今常德府沅水旁有九潭。”按：此處潭未必確指。江潭，泛指沅江一帶。　　　行吟：邊走邊吟。　　　澤畔：水邊。

②顏色：容貌，臉色。　　　憔悴（讀如：橋翠）：形容人瘦弱，面色不好看，精神困頓萎靡的樣子。　　　形容：形體和容貌。　　　枯槁（讀如：哭搞），枯瘦。蔣驥說：“憔悴枯槁，近死者之容色也。”

③漁父（音：斧）：打漁的人。父，楚地對老年人的尊稱。《方言》：“凡尊老，南楚謂之父。”　　　子：古代對人的尊稱，多指男子，相當于現代漢語中的“您”。　　　三閭大夫：屈原最後所擔任的官職。據舊說，是掌管楚國王族屈、景、昭三姓的官。王逸《離騷序》說：“屈原與楚同姓，仕於懷王爲三閭大夫。三閭之職，掌王族三姓曰昭、屈、景。”　　　與：同“歟”。句末語氣詞，表示疑問。　　　何故至於斯：爲什麼來到這裏？“斯”，此，指江潭。沅江在楚國西南僻遠之地，屈原是朝中大官，照說不應來到這裏，故云。《史記》作“何故而至此”。　　　一說，這句的意思是：爲什麼落到這個地步？王逸說：“曷爲此遭此患也？”

一說，爲什麼顏色形容憔悴枯槁到這個樣子？

　　④舉：全。濁：混濁。“濁”與“清”相對，這裏是指品德行爲。　　“醉”與“醒”相對，這裏是指對當時楚國形勢的認識。王夫之說：“没於窕利曰濁，瞀於安危曰醉。”林雲銘說：“濁，指溺利欲言；醉，指無知識言。”　　是以：因此。　　見放：被放逐。

　　⑤凝：凍結不解。　　滯：停留不前。“凝滯”，凍結不流，這裏指主觀意志的執着。　　物：謂客觀事物。不凝滯于物，謂適應客觀，即下句所説的‘能與世推移’。王夫之說：“凝者，如冰之停，堅而不釋。滯，如水之塞阻，而不通物事也，謂己所持執之志事也。”（《楚辭通釋》）林雲銘説：“凝滯，窒礙也。”（《楚辭燈》）　　推移：推進，移動。王夫之説：“推移，隨所處而可也。”林雲銘説：“與世推移，屈伸變化，與時偕行也。”

　　⑥這兩句是説，世上的人都混濁，你爲什麼不也攪起泥沙，翻起波濤？意即爲什麼不同與他們同流合污呢？　　淈（音：骨）攪渾，擾亂。　　揚，掀播。王逸認爲“淈其泥”是“同其風也”，“揚其波”是“與沈浮也”。王夫之也説：“淈，撓亂之也。揚其波，與之俱流。”馬其昶説：“泥波相混，不分清濁也。”（《屈賦微》）林雲銘則説：“淈，没也。泥在水底，波在水面，言沉于濁中，仍不自失其爲清。”

　　⑦這兩句是説，衆人都醉，你爲什麼不也連酒帶糟喝個酩酊大醉呢？即“與世同醉”之意。　　餔（音：卜）：食。　　糟：酒糟，酒渣。　　歠（音：齓）：同“啜”，飲，喝。　　釃（音：離）：通“醨”，薄酒。朱熹説：“以水晕糟曰釃。”　　“淈泥揚波”，則清濁難分；“餔糟歠釃”，則醉醒莫辨。胡文英説：“糟釃醉者之餘，餔之歠之，則可以不至獨醒矣。”（《屈騷指掌》）林雲銘則説：“言飲食于醉中，仍不自失其爲醒。”

⑧深思：指憂君憂民。五臣云：“謂憂君與憂民也。”　高舉：指高出于時俗的行爲。王逸説：“獨行忠直”“舉”，舉動，行爲。自：自己。　　令：使得。　　爲（ㄨㄟ）：句末語氣詞，表示疑問。兩句的意思是，你爲什麽想得那樣深遠，行爲那樣高潔，使得自己被放逐呢？林雲銘説：“深思爲獨醒，高舉爲獨清。”蔣驥説：“深思，則怵於危亡，所以獨醒；高舉，則超於利禄，所以獨清。”

⑨沐（音:木）：洗頭。　　浴：洗澡。　　彈（音:談）:用手指輕敲。振：拎起來抖抖。“彈冠”、“振衣”都是爲了除去灰塵，因爲新沐浴的人怕弄髒了他清潔的身體。《荀子・不苟》：“君子絜其身而同焉合矣，善其言而類焉者應矣。故馬鳴而馬應之，牛鳴則牛應之，非知也，其勢然也。故新浴者振其衣，新沐者彈其冠，人之情也。其誰能以己之湝湝受人之掝掝者哉？”王夫之説：“彈之振動，皆以去塵，己潔則不欲物汙之也。”林雲銘説：“沐浴之後則身潔净，不可再受衣冠中之垢汙，故必彈而振之也。”

⑩察察：潔白。王逸説：“己清潔也。”　　汶汶（讀如:門）：與“察察”相對。昏暗不明的樣子，這裏指污垢、污辱。王逸説：“蒙垢塵也。”　　二句是説，怎麽能够讓干干净净的身體遭受污辱呢？胡文英説：“察察，甚潔也；汶汶，微塵也。衣冠猶復振之彈之，況身乎；身猶不可以受塵，況行而可以受穢乎。”

⑪寧：寧可。　　赴：投入，奔赴。多指奔赴危險的境地。湘流：湘水。寧赴湘流，王逸説：“自沉淵也。”　　二句是説，寧可投入湘水，葬身漁腹。

⑫皓皓（讀如:號）：潔白的樣子。王逸説：“皓皓，猶皎皎也。”胡文英説：“皓皓之白，潔也，喻己之素行；世俗塵埃，

污也，喻小人之庸志。"林雲銘説："言所以致此皓皓之德者，幾經濯以喪其清醒之體，生死不足計也。"蔣驥説："察察二語，承沐浴言；皓皓二語，原自謂也。言人之沐浴者，將服衣冠，必彈而振之，誠不願以身既皎潔，而復受衣冠之垢汙也。夫人之清醒，亦猶是矣。雖竄斥不堪，寧誓以死，安能隨俗推移以蒙其垢乎？上文止言見放，而此言死者，蓋不推移，則其勢不止於放，吾故曰原之死非得已也。"

⑬莞（音:碗）爾：微笑的樣子。　　鼓：動。這裏是划動、拍打的意思。　　枻（音:義）：短槳。

⑭滄浪（讀如:倉郎）：漢水支流，在今湖南境内。《書·禹貢》："嶓冢導漾，東流爲漢，又東爲滄浪之水。"蔣驥説："滄浪水，在今常德府龍陽縣，本滄浪二山發源合流爲滄浪之水。"　　按：如上所云，《滄浪歌》爲楚地流傳已久的古歌謠，這裏漁父引來勸説屈原，并不能説明本篇所寫的地點在滄浪江。　　濯（音:濁）：洗。　　纓：帽帶。　　水清、水濁：初夏時水漲則濁，秋末水落則清。清水濯纓，濁水濯足，因時而異，也就是前面所説的"不凝滯于物，而能與世推移"的意思。王夫之説："滄浪之水，初夏漲則濁，秋杪水落則清，因時而異，善用者因之，濁亦可以濯足。君子遇有道則行吾志，無道則吾全身，何凝滯之有哉。"蔣驥説："濯纓濯足，蓋與世推移之意。"

⑮遂：就。復：再。與：和。不復與言，"没有再和屈原説話。"（郭沫若《屈原賦今譯》本篇譯文）　　一説指屈原没有再和漁父説話。蔣驥説："漁父遂去，而原亦不復與言，各行其志也。"

和《卜居》一樣，本篇也是楚人悼念屈原之作。它通過對話形式，從兩種不同思想意識的對比，表現出人們對屈原沉湘這一歷史悲劇的深刻理解。

戰國時代，政治混亂，整個社會處于大動蕩中，階級矛盾異常尖銳，統治階級內部的傾軋也相當劇烈。在這一社會條件下，消極避世的道家思想開始流行。他們看透了時代的黑暗，徹底否定一切，不捲入政治鬥爭的旋渦，佯狂玩世，盡量隱沒自己的才能以保全性命于亂世。這種思想在楚國是極盛行的，《莊子·人間世》："孔子適楚，楚狂接輿遊其門曰：'鳳兮鳳兮，如何德之衰也？來世不可待，往世不可追也。天下有道，聖人成焉；天下無道，聖人生焉；方今之時，僅免刑焉。福輕乎羽，莫之知載；禍重乎地，莫之知避。已乎已乎，臨人以德；殆乎殆乎，畫地而趨。迷陽迷陽，無傷吾行；吾行却曲，無傷吾足。'"接輿的話正反映了這種消極避世的人生觀。本篇所寫的漁父，不可能是普通的以捕魚爲生的漁翁，而是一個避世的隱者。他所唱的《滄浪歌》，他所說的"聖人不凝滯于物，而能與世推移"，正是"天下有道，聖人成焉；天下無道，聖人生焉"的意思。他認爲"舉世皆濁"，就應該"淈泥揚波"；"衆人皆醉"，就應該"餔糟歠醨"。他是一位不滿現實的隱士，對人生的態度是消極的，是當時道家思想的代表人物。

屈原是另一種思想的代表，他有强烈的愛憎感，决不肯隨波逐流，他表示"寧赴湘流，葬于江魚之腹中；安能以皓皓之白，而蒙世俗之塵埃乎！"爲了堅持自己的志向，寧可獻出寶貴的生命，他的目的在于濟世，在于拯救整個楚國。他與漁父的矛盾對立是不可調和的，本篇便以屈原沉湘前的傳說爲背景，展示了兩種思想的原則分歧和激烈鬥爭。

鬥爭的結局是"遂去，不復與言"。不難理解，作者的用意，是以"道不同，不相爲謀"來歸結全篇的。漁父離去，當然還

是過着“避世隱身，釣魚江濱，欣然自樂”的生活；而屈原則
準備“赴湘流，葬于魚江之腹中”。異途殊趣，各行其是。相比
之下，屈原的堅强不撓的意志，“伏清白以死直”的精神，也
就昭然了。

　　本篇的描寫極富形象性。一開始，即描繪了一幅“屈子行
吟圖 —— 屈原既放，游于江潭，行吟澤畔；顏色憔悴，形
容枯槁”，着墨不多，却又栩栩如生，後世不少有關屈原的繪畫，
即取材于此。結尾一段，寫漁父“莞爾而笑，鼓枻而去”，一邊
又唱着《滄浪歌》，情態也是相當傳神的。

　　通篇全用對話，也是本篇的重要的藝術特徵。它開創了後
世以主客對答形式寫賦的傳統。洪邁《容齋隨筆》説：“自屈原
詞賦假爲漁父日者問答之後，後人作者悉相規仿：司馬相如《子
虛》《上林賦》，以子虛、烏有、亡是公；揚子雲《長楊賦》
以翰林主人，子墨客卿；班孟堅《兩都賦》以西都濱、東都主
人；張平子《西都賦》以凭虛公子、安處先生；左太冲《三都
賦》以西蜀公子、東吳王孫、魏國先生，皆改名換字，蹈襲一
律，無復超然新意，稍出于法度規矩也。”可見《漁父》等作品
的深遠影響。

　　另外，《漁父》和《卜居》一樣，運用散體形式，句式長
短錯歷，押韵靈活多變，也是一首類似散文詩的作品。至于故
事性和戲劇性，《漁父》較之《卜居》更强一些，背景和人物
動態的描寫更爲成功。

招　　魂

殷光熹　　　　注釋
殷光熹解題、説明

　　本篇舊題宋玉作。王逸説："宋玉憐哀屈原忠而斥棄，愁懣
山澤，魂魄放佚，厥命將落。故作《招魂》，欲以復其精神，
延其年壽。外陳四方之惡，内崇楚國之美，以諷諫懷王，冀其
覺悟而還之也。"（《楚辭章句》）這一説法是值得懷疑的：首
先，屈原的"忠而斥棄"，包孕着極其複雜、尖鋭的政治鬥争的
内涵，如果本篇的寫作動機真的爲了這點，那麽作者的主觀意
圖，必然會在作品中表現出來，可是事實並不如此。透露在字
裏行間的"憐哀"之意，似乎別有所寄，並不涉及"忠而斥棄"
的問題，更看不出"諷諫懷王，冀其覺悟而還之"的意思。其
次，像這一類作品的表現形式和所描繪的材料，雖有沿襲的因
素，有其源頭，但經過作者的處理，必然使之適合于被招對象
的身份。本篇正如郭沫若所説"所叙的宫庭居處之美，飯食服
御之奢，樂舞游藝之盛，不是一個君主是不够相稱的。"（見《屈
原研究》）假如作爲宋玉招屈原之魂，在這一點上，無論如何
是説不通的。

　　其實，關於《招魂》的作者，司馬遷《史記·屈原列傳贊》
早有明文，他説："余讀《離騷》、《天問》、《招魂》、《哀
郢》，悲其志"，將《招魂》與《離騷》、《天問》、《哀郢》并
列，顯然以之爲屈原所作。對此，清代孫志祖却曲爲之解，他

認爲屈原和宋玉各作有《招魂》一篇，司馬遷所讀的屈原的
《招魂》，乃是現在《楚辭》裏的《大招》。後人爲了把它區
別于宋玉的《招魂》，所以改名《大招》、現在《楚辭》裏的
《招魂》係宋玉所作，又名《小招魂》。（見《讀書脞錄》）
《大招魂》、《小招魂》之説，是根據張載《魏都賦注》的錯
誤看法推論出來的。游國恩説:"張載的注文只能表現他把《招
魂》同《大招》區別開來，而不能證明《史記》所稱的《招
魂》即是《大招》，"（見《楚辭論文集·屈原作品介紹》）因
而孫志祖之説只能是無根之談。顯然不能成立。

　　除了司馬遷的話可以作爲依據外，梁劉勰《文心雕龍》中
也可以尋出佐證。他在《辨騷》篇中摘引本篇"木夫九首，土
伯三目"、"士女雜坐，亂而不分"爲例，認爲是屈原作品中
的"譎怪之談"，"荒淫之意"，"異乎經典"之詞。《辨騷》評
量屈原作品的得失，摘引例句其多，事實上不可能、而且劉氏
也沒有闌入別人的作品，這進一步説明《招魂》非宋玉所作。

　　然而王逸的説法流傳了一千五百年之久，從未有人從正面
提出異議。直到明末黃文煥《楚辭聽直》，才翻了這個案。黃
氏以司馬遷的話爲依據説:"余謂二招之概似屬原有數端焉"，接
着，他列舉二招内容、寫作時令，又據《漢書·藝文志》著錄
屈賦二十五篇之數，以《九歌》爲九篇計，合二招爲二十五篇，
因而定二招爲屈原之作。黃文煥的説法影響很大，林雲銘《楚
辭燈》、吳世尚《楚辭疏》、蔣驥《山帶閣注楚辭》、王萌《楚
辭評注》等都將《招魂》歸爲屈原所作。近世學者梁啓超、郭
沫若、游國恩等人也同意這一説法。因此，《招魂》的作者定
爲屈原已經取得了比較一致的看法。

　　當然，在這個問題上還存在着異説。陸侃如《屈原》、胡
念貽《屈原作品的真僞問題及其寫作年代》（見其《先秦文學

論集》）還認爲是宋玉之作。鄭振鐸《插圖本中國文學史》認
爲是“民間的作品”，“無論是屈原，是宋玉，是景差所‘作’，
其與作者的關係都是很不密切的，他們只是居改作或潤飾之勞
而已。”另有劉永濟《屈賦通箋》附錄《箋屈余義》則謂“此篇
可決其非屈作，即以爲宋玉作，亦難肯定。”以上諸説，信從者
較少。

　　《招魂》爲屈原所作，大致不錯。問題在于所招的魂是誰。
對此，主要有兩種不同的看法。

　　林雲銘據黄文焕《楚辭聽直》，認爲是屈原自招。他説：
“古人招魂之禮，爲死者而行，嗣亦有施之生人者。屈原以魂
魄離散而招，尚在未死也。但，是篇自千數百年來，皆以爲宋
玉所作。王逸茫無考據，遂序于其端。……後世相沿不改，無
非以世俗招魂，皆出他人之口；不知古人以文滑稽，無所不可，
且有生而自祭者；則原被放之後，愁苦無可宣洩，借題寄意，
亦不嫌其爲自招也。”（《楚辭燈》）後世確有生人自招其魂，
或招活人之魂，直到現代，民間還有這種風俗的殘餘。但説在
屈原時代就有生人自招或招活人之魂的風俗，尚無充分有力的
證據。從先秦兩漢典籍記載看，先秦招魂的習俗，在初死時舉
行。《禮記·喪大記》：“復，有林麓，則虞人設階；無林麓，
則狄人設階。”《禮記·禮運》：“及其死也，升屋而號，告曰：
皋，某復！”《儀禮》亦有類似記載。由此可見，戰國時的招魂，
是整個喪禮的序幕，用以表示對死者的哀悼。

　　但假如真如林氏所説，本篇爲屈原自招之詞，是他“被放
之後，愁苦無可宣洩”，用以“借題寄興”，那麼他滿腔牢騷郁抑
的不平之感，憤世嫉俗的憂深思遠之情，無論通過怎樣曲折隱
晦的形式，必然有所表現。可是，按照這一觀念去索解，却有
許多地方不可解。而且和把它當作宋玉作品一樣，篇中所陳多

王者之事，身份不合，這一關鍵問題，並不因爲解爲屈原自招而有所改變。因而林氏之說，亦不能成立。

另一種看法是屈子招懷王生魂說。清人吳汝綸說：“懷王爲秦虜，魂亡魄失。屈子戀君而招之，盛言歸來之樂，以深痛其在秦之苦也。……時懷王未死，故曰‘有人在下’、‘魂魄離散’，蓋入秦不返，驚懼憂郁而致然也。”（見《古文辭類纂校勘記》）斷所招之魂爲楚懷王，立論確切不移。可是說本篇作于懷王的生前，細審文義，則有未合。和他同時的張裕釗修正了這一意見，說：“招魂，招懷王也。屈子蓋深痛懷王之客死，而頃襄宴安淫樂，置君父仇恥於不問，其辭至爲深痛。”（據《屈賦微》引）馬其昶《屈賦微》徵引其說，並以之貫串全文。不但使過去一些認爲是困難的問題，得到了接近事實的解答，而且作品的現實意義也都因之而軒豁呈露了。

　　　　朕幼清以廉潔兮[1]，身服義而未沬[2]。主此盛德兮[3]，牽于俗而蕪穢[4]。上無所考此盛德兮，長離殃而愁苦[5]。

　　　　帝告巫陽曰[6]：“有人在下，我欲輔之[7]。魂魄離散，汝筮予之[8]！”

　　　　巫陽對曰：“掌夢？上帝：其難從[9]；若必筮予之，恐後之謝，不能復用[10]。”

　　①朕：我，屈原自指。　　幼：指年輕時。清、廉、潔：指高尚的品格。王逸《楚辭章句》曰：“不求曰清，不受曰廉，不汙曰潔。”　　以：而。

　　②服：行。與《離騷》“孰非善而可服”的“服”字義同。沬（音：妹）：通“昧”，本義指光綫暗淡。洪興祖《楚辭補注》

曰：“《易》曰：日中見沫。注云：沫，微昧之明也。一云日中而昏也。”以上二句是說，我從小清白廉潔，親身行義，成效彰著，從沒迷失方向。

③主：君主，這裏用作動詞，即以盛德者爲其宗主的意思。馬其昶《屈賦微》曰：“主，宗主之也。”郭沫若《屈原研究》亦曰：“是說以此有盛德者爲君。”　一說主是“守”的意思，《文選》五臣注曰：“主，守也”，王夫之《楚辭通釋》進一步闡發道：“主，意所專注也”，猶今堅守之意。考慮到這句與下句的聯系，似應以前說爲是。　　盛德：即盛德者，有盛德的人，指楚懷王。

④牽：牽累。牽于俗，意謂被世俗所引誘。俗，指包圍懷王的一羣小人。蕪（音：無）穢：草荒，比喻人的變質。以上二句是說，我以這個有盛德的人爲君主，應該可以做出一番事業，但可惜的是，他的盛德因受到世俗的牽累而敗壞了。

⑤上：君上，指楚懷王。《文選》五臣注：“上，君也”，朱熹、蔣驥等人均同。　　考：成。舊注多以考爲“察”，與詩意未符，王夫之謂“考，成也”，較合情理。　　長：長遠。離：同“罹”，遭也。　　殃：禍患。二句是說，君王沒有完成他的盛德，而長期遭受禍殃，心情十分苦惱。　　這裏的“離殃”，指懷王被秦扣留。“愁苦”，形容懷王被扣後痛苦不堪的心情。　　按：《史記·楚世家》載懷王三十年與秦昭王會于武關，“昭王詐令一將軍伏兵武關，號爲秦王。楚王至，則閉武關，遂與西至咸陽。朝章臺如藩臣，不與亢禮。（平等的禮節）……頃襄王三年，懷王卒于秦。”

⑥帝：上帝。以下是上帝講的話，胡文英《屈騷指掌》曰：“設爲上帝之辭。”　　巫陽：古代神話傳說中的女巫。“陽”是她的名字。《山海經》云：“開明東，有巫彭、巫抵、巫陽、

巫幾、巫相、巫履。"注云:"皆神醫也。"

7 人:指被招者楚懷王。在,一作"於"。 下:下界。
輔:輔助。 之:指楚懷王。

8 魂魄:古時把人的精神稱爲"魂魄";魂魄必須依托軀體,否則人就不能活下去。 筮(音:是):用蓍草占卦。《說文》:"筮,易卦用蓍也。從竹,從筮。筮,古文巫字。"段玉裁注:"《曲禮》曰,'龜爲卜,策爲筮。策者,蓍也。'"《周禮》筮人注曰:"問蓍曰筮。⋯⋯筮如筭也。筭以竹爲之。從筮者,事近於巫也。"筮乃一種占卜,似後來的算卦。 予:給予。意思是說,懷王被虜於秦,因愁苦驚懼而"魂魄離散";上帝輔助他,因命巫陽先占卜判明魂魄在哪裏,然後招來還給他的軀體。所以後面巫陽的招詞一開頭就這樣呼喚道:"魂兮歸來?去君之恒幹,何爲四方些?"胡文英曰:"巫陽本專主招魂魄之事,但未知魂魄在何處,故先使筮其所在,而後招之。"

9 夢:字同"夢",雲夢的簡稱,楚大澤名。馬其昶曰:"夢即篇末'與王趨夢兮'之夢,謂雲夢也。"夢是楚國具有代表性的名山大川,"掌夢"是掌管雲夢的人,也就是楚王的別稱。一說"掌夢"是掌管占夢的巫。如王逸以爲"掌夢之官",舊注多從之,可參。 從:字同"蹤"。難從,難於蹤跡。"其難從",一云"其命難從",一云"命其難從"。前面上帝告訴巫陽,只說"有人在下",雖然意有所指,但未明言,所以巫陽首先問一問:是掌夢的楚王嗎?語氣稍停一下,再答覆道:上帝,這掌夢的楚王的魂魄,難以尋找。

10 恐:恐怕,可能。 後:後于。 之:指懷王。謝:萎謝,此處指懷王的軀體已壞。以上三句意思是說,假如一定要招回掌夢人的魂魄,雖然難找,巫陽表示也可以接受命令;不過恐怕時間已來不及了,可能這掌夢人的軀體已經腐壞,即使找回他的靈魂，也没有用了。馬其昶曰:"二語蓋微言也，此必懷王已死於秦，屈子慟之，不忍質言其死。"諸本多以"不能復用"與下句"巫陽焉"三字相連成句。王逸解釋爲"巫陽言如必欲先筮問求魂魄所在，然後與之，恐後世怠懈，必去卜筮之法，不能復修用，但招之可也。"五臣也説:"若必筮而招之，恐後代懈怠，去卜筮之法，但以招魂爲事，陽意不欲以筮與招相次而行，以爲不筮而招，亦足可也。"可参。

以上一段是全篇的序，叙述招魂的緣由。

巫陽焉乃下招曰[1]:"魂兮歸來! 去君之恒幹，何爲四方些[2]? 舍君之樂處，而離彼不祥[3]!

"魂兮歸來! 東方不可以託些[4]! 長人千仞，惟魂是索些[5]。十日代出，流金鑠石些[6]; 彼皆習之，魂往必釋些⑦。歸來歸來! 不可以託些!

"魂兮歸來! 南方不可以止些[8]! 雕題黑齒，得人肉以祀，以其骨爲醢些[9]。蝮蛇蓁蓁，封狐千里些[10]。雄虺九首，往來儵忽，吞人以益其心些[11]。歸來歸來，不可以久淫些!

"魂兮歸來! 西方之害，流沙千里些[12]; 旋入雷淵，靡散而不可止些[13]; 幸而得脱，其外曠宇些[14]。赤蟻若象，玄蠭若壺些[15]。五穀不生，藂菅是食些[16]。其土爛人，求水無所得些[17]。彷徉無所倚，廣大無所極些[18]。歸來歸來! 往恐自遺賊些[19]。

"魂兮歸來，北方不可以止些! 增冰峨峨[20]，飛雪千里些。歸來歸來! 不可以久些[21]!

　　"魂兮歸來！君無上天些㉒！虎豹九關，啄害下人些㉓。一夫九首，拔木九千些㉔。豺狼從目，往來侁侁些㉕；懸人以娭，投之深淵些；致命於帝，然後得瞑些㉖。歸來歸來！往恐危身些㉗！

　　"魂兮歸來！君無下此幽都些㉘！土伯九約，其角觺觺些㉙。敦脄血拇，逐人駓駓些㉚。參目虎首，其身若牛些㉛。此皆甘人些㉜。歸來歸來！恐自遺災些㉝！

　　"魂兮歸來，入修門些㉞！工祝招君，背行先些㉟。秦篝齊縷，鄭綿絡些；招具該備，永嘯呼些㊱。魂兮歸來！反故居些！

①焉乃：猶言於是。　　下，指降臨下界。
②去：離開。　君：你，指被招者懷王之魂。　恒幹：指魂魄平時寄托的軀體。恒，常。幹，指軀體，軀幹。　何爲：爲何，幹什麼。些（音：所去聲）：語尾收聲詞，是巫術中的一種專門用語。沈括曰："今夔、峽、湖、湘及南北江獠人，凡禁咒句尾皆稱'些'，乃楚人舊俗。"（《夢溪筆談》）
③舍：字同"捨"，丟棄的意思。　樂處：快樂的地方，指楚國。　離：字同"罹"，遭。　不祥：不吉祥，指四方上下的險惡事物。　按："去君之恒幹"四句，是招詞的總綱。下文分別承上言四方上下之害。
④託：寄托，謂寄居其地。
⑤長人：巨人。　仞：八尺，一說七尺。千仞，王夫之曰，"極言之爾"。洪興祖曰："《山海經》云：'東海之外，大荒之中，有大人之國。'"　索：搜尋。惟魂是索，指專

門搜吃人的靈魂。蔣驥曰:"《大荒經》: '有神名赤郭，好食鬼。'《神異經》: '東方有食鬼之父'，即長人之類也。"（《山帶閣注楚辭》）

⑥代:更替、輪換。代出，輪流升起。蔣驥曰:"《大荒東經》: '湯谷上有扶木，十日所浴，一日方至，一日方出。'註云: '言交會相代也。'即代出之意。""代出"，一本作"并出"，是說十個太陽一起出來。義亦可通。《莊子》曰:"昔者十日并出，萬物皆照。"《淮南子》:"堯時十日并出，草木焦枯。"流金:太陽的熱度很高，把金屬都晒溶化了，變成液體而流動。《莊子·逍遙遊》:"大旱，金石流火山焦而不熱。"所言"金石流"與這裏的"流金鑠石"意思相同。　鑠（音:朔）:銷毀。

⑦彼:指當地居住的"長人"。王夫之曰:"彼，謂彼土之人。"　習:習慣。作動詞用。　習之，習慣於這樣的炎熱。皆，一本作"自"，王逸曰:"言彼十日之處，自習其熱。　釋:解也，熔解、銷釋的意思。

⑧止:停留。

⑨雕題黑齒，指南方未開化的人。　雕:刺，畫。　雕題:額。在額上刺着花紋，塗上顏色，叫做"雕題"。洪興祖曰"《禮記》:南方曰蠻，雕題交趾。注云:雕題，刻其肌，以丹青湼之。"亦即《莊子·逍遙遊》所云"越人斷髮文身"的"文身"。黑齒:用漆把牙齒染黑。蔣驥曰:"《南土志》: '黑齒在永昌關南，以漆漆其齒。'""雕題"和"黑齒"都是南方未開化地區人的一種特殊的生活裝飾，在一般人看來是奇異而可怕的。祀:祭祀。　醢（音:海）:肉醬。蔣驥曰:"南方俗多魘魅，常有殺人祭鬼者。"朱熹曰:"南方人常食蠃蜯、得人之肉則用以祭神，復以其骨為醬而食之。今湖南北有殺人祭鬼者，即其遺俗也。"

⑩蝮（音:付）蛇：一種大毒蛇，體灰褐色，有斑紋。洪興祖曰:"《山海經》：蝮蛇，色如綬文，大者百餘斤，一名反鼻蛇。《爾雅》：蝮虺，博三寸，首大如擘。《本草》引張文仲云：蝮蛇形乃不長，頭扁口尖，人犯之，頭足貼著。"　蓁蓁（音:真）：積聚之貌。本指草木茂盛，這裏形容很多蝮蛇盤聚在一起的樣子。蔣驥曰:"《八紘荒史》：近交趾有蛇國，盈山遍野盡是。"　封狐：大狐。　千里：指封狐之多，遍處皆是，在千里之地往來出沒。蔣驥曰:"老狐能易形魅人，頃刻可至千里。"王夫之曰:"千里，能爲妖怪，倏忽千里也。"

⑪雄：大地。虺（音:毀）：一種毒蛇名。一般的長二尺餘，上色無紋。這裏指的是傳說中的虺，能吞食人。　九首：這裏指九頭的大蛇。蔣驥則曰:"《海外北經》：共工臣曰相柳，九首人面，蛇身而青，食于九土，所抵即爲澤溪，禹殺之。""然《山海經》之北土，而《招魂》又列之南方，蓋其身食九土，往來無定，亦正儵忽之明驗也"《山帶閣注楚辭》卷三），亦可參。　儵（音:叔）忽：行動十分快速。　一作"倏"，字同。　益：補。益其心，意謂滋補其身，助其毒汁。　久淫：久留。淫：淹留也。一說淫，遊也。久淫，即久遊。　以上三句，王逸注云:"言復有雄虺，一身九頭，往來奄忽，常喜吞人魂魄，以益其心，賊害之甚也。"

⑫流沙：神話中的沙漠地。大風一起，沙動如流水，故名。蔣驥曰:"《夢溪筆談》:"郿延西北有範河，即流沙也。人馬踐之有聲，陷則應時皆滅。又西域度爾格，有沙海二千余里，沙乘大風如浪，行旅遇之，常爲所壓。"這裏指的是傳說中西北沙漠地帶　旋入：卷進。旋，旋轉，蔣驥曰:"旋，飛沙卷入，隨風旋轉也。"　雷淵：神話中的水名。王夫之曰:"雷淵，西海。"

周拱辰云：“《水經注》……河水與蜿羅跋稀水同注雷翥海，斯乃西方之雷淵也。”（《離騷草木史》）淵，一本作“泉”。

⑬“麋”（音:迷）：爛，壞。　　　散：碎裂。　　麋散：粉身碎骨。王夫之曰：“麋散、風沙所裂，形體爛也。”　　以上二句是説，如果魂魄被風沙吹進雷淵，就要粉身碎骨而不可收拾了。

⑭脱：逃脱。　　曠宇：原義爲空闊的天地，此指無人居住的荒野之地。二句是説，即使僥幸逃脱了雷淵之地，可是它的外面還有可怕的荒野。　　按：“旋入雷淵”以下四句，係影射當時史實。秦在楚西，被稱爲虎狼之國，不守信義，行事機詐。懷王三十年武關之會，懷王是應秦昭王之書約前往的。不料剛入秦界，就被伏兵所執（詳前引）；以致魂魄散佚，身死不歸，這難道不是“旋入雷淵，麋散不可止”嗎？又，《史記·楚世家》載：頃襄王二年，“楚懷王逃歸。秦覺之，遮楚道。懷王恐，乃從間道走趙以求歸。趙主父（即趙武靈王。其時已傳位給其子惠王，自號主父）在代，其子惠王初立，行王事，恐，不敢入楚王。楚王欲走魏，秦追至，遂與秦使復之秦。”“幸而得脱”，即暗指懷王在秦逃亡一事：逃出了秦國而沒有哪個國家敢收留；秦國居然能從別國把懷王追回，這都説明當時的各國都在强秦威脅之下，喪失了一個國家獨立自主的權力，而此時的楚國，勢孤力單，處境困難。這裏説：“其外曠宇”，用意是極爲深刻沉痛的。“西方”一節，措詞和前後各別。最後説：“恐自遺賊些”，也是暗示楚懷王入秦是自投虎口。《史記·屈原賈生列傳》載：“懷王欲行，屈平曰：‘秦虎狼之國，不可信，不如毋行。’”《楚世家》亦有類似記載，可相證印。

⑮螘：字同蟻。王逸曰：“螘，蚍蜉也。小者爲螘，大者謂之蚍蜉也。”　　玄：黑。　　蠭，即蜂字。　　壺：通“瓠”（音:户），葫蘆。葫蘆中間細兩頭大，形狀與蜂相類似。　　蔣

驥曰："《八紘譯史》：蟻國在極西，其色赤，大如象，其聚千里。《五侯鯖》："大蠭出崑崙，長一丈，其毒殺象。蓋即此類。"以上二句是說，紅螞蟻如象大，黑蜂就象葫蘆。

⑯叢：同"叢"。　菅（音：堅）：一種野茅草。這句是說，專吃叢生野草。朱熹曰："菅，茅屬，高者至丈余，可以食牛。言其地不生五穀，其人但食此菅草也。"

⑰其土：指西方之地。　爛：焦爛。《左傳·定公三年》："自投于牀，廢于爐炭，爛，遂卒。"　以上二句，王逸注云："言西方之土，溫暑而熱，焦爛人肉。渴欲求水，無有源泉，不可得之也。"西方沙漠地帶地氣乾燥得很，所以產生了這種傳說。

⑱彷徉（讀如：旁羊）：一作"仿佯"，游蕩不定，與"徬徨"同義。《莊子·大宗師》："芒然彷徨乎塵垢之外，逍遙乎無為之業。"彷仿同音；徨佯，音義并相近。《後漢書·東平憲王蒼傳》："逍遙仿佯，弭節而旋。"注："皆游散之意。左氏傳曰：'橫流而仿佯。'"《呂覽·行論》："鮌為諸侯，召之不來，仿佯於野。"　"極"：盡。無所極，無邊無際。這兩句說：你在西方游散不定，那個地方太廣大遼闊了，無處可以依靠。王夫之曰："彷徉、廣大，皆曠杳無可栖泊之意。"按：這裏是用來暗示楚懷王孤身困秦，欲歸不能的愁苦心情。

⑲遺（音：畏）：給予。　賊：災害。這句說，恐怕會給自己帶來災害。

⑳增冰：指冰山。增，與"層"通，層冰堆積如山。《神異經》："北方有曾冰萬里，厚百丈。"《尸子》曰："北極左右，有不釋之冰。"　"峨峨"：高聳貌，狀冰山之高。蔣驥曰："《譯史記餘》：'北有冰海，凝冰如山。又持彌國有大凝山，千年不釋。'"均可參。

㉑久：用作動詞，作久留講。

㉒“無”，通作“毋”，不要的意思。下同。

㉓九關：九天之關，指天門。天門九重，極言其深邃。“虎豹九關”，是説重重天門都有虎豹守着。《山海經・大荒西經》：“崑崙，帝之下都。面有九門，門有開明之獸守之。虎身人面九首。”　一説“九”字在此不是數目字的九，而是糾字之借，即糾察之意。（見武延緒《楚辭札記》）如此，則“虎豹九關”亦即“虎豹糾關”，就是由虎豹把關的意思，可供參改。按：長沙馬王堆一號漢墓出土的帛畫，畫有兩柱似門，各有虎豹盤守，應即天門。（可參見安志敏《長沙新發現的西漢帛畫試探》，載《考古》1973年1期）　啄：王逸曰：“啄，齧也”，齧，咬也。《禮記・曲禮上》：“毋嚙骨”，用口咬也可叫“啄”，並不限于鳥類。　下人：下界的人。

㉔九首：極言其形狀的怪異，與上文“雄虺九首”，下文“土伯九約”差不多。二句是説，一個巨人長着九個頭，力大無窮，一下子能拔起很多樹。“九千”的“九”是虛數，極言其多。郭沫若認爲二句應在下二句之後，疑近是。

㉕從目：竪着眼睛，凶惡的樣子。“從”，通“縱”，直也。侁侁（音:身）：衆多貌。侁，古通作“莘”。《孟子》：“伊尹耕于有莘之野”，《吕覽・本味篇》作“有侁”可證。《國語・晋語》：“莘莘征夫”，韋注：“莘莘，衆多也。”

㉖懸人：把人倒拎起來。　娭：字同“嬉”。一本作“嬉”。投：擲，扔。　淵：深潭。致命：請命。　瞑（音：明）：閉目，這裏指人死去。馬其昶曰：“此言豺狼或以人爲娭戲，投之深淵不得出。必待天命盡，乃瞑目而死。‘致命于帝’，猶言委命于天也。傷不即死，痛苦之甚。”一説“致命”：復命，回報。　瞑：卧，睡覺。　二句是説，九頭怪人把人抛入深淵後，向上帝復命，然後才睡覺。王逸即曰：“瞑，卧也。言

投人已訖，上致命于天帝，然後乃得眠臥也。瞑，"一作眠"，説亦可通。

㉗往：指到天上去。　　危：危害，這裏作動詞用。

㉘幽都：地下的城府。幽，黑暗無光，因地下不見天日，故云。王逸曰："幽都，地下后土所治也。地下幽冥，故稱幽都。"

㉙土伯：后土之伯，即地府妖魔鬼怪之王。　　九約：舊説是其身九曲。王逸曰："約，屈也"，又曰："言地有土伯，執衛門户，其身九屈，有角鰲鰲，主觸害人也。"但"其身九屈"與下文"其身若牛"相矛盾，因爲牛身并非九屈，故不可從。蔣驥曰："約，尾也。《吕春秋》：肉之美者，有旄象之約"，謂土伯有九條尾巴。這樣，與上文"一夫九首"同屬怪人，説較可通。　　另外，還有幾種説法也可作爲參攷。有主張"九人"之説者，如郭沫若《屈原賦今譯·後記》説："我推想土伯是九個人，""大約每一層地獄有一位土伯掌管，故稱九伯。約，我認爲，是繩索的意思。"文懷沙《屈原〈招魂〉注繹》（見《文史》第一輯）引申蔣驥之説得出同樣的結論："九約如繹爲九尾，則亦可解爲九個土伯，猶今言九尾魚即九條魚是也。"高亨《楚辭選》則認爲"約讀做肑，肚下的肉。九約，肚下垂着九塊肉，如牛乳一般。"郭在貽《楚辭解詁》（《文史》第六輯）以爲"九約"即"糾鑰"的假借字，是把關的意思。　　鰲鰲（音：疑）：角鋭利的樣子。

㉚敦：厚。　　脄（音：煤）：背肉。"敦脄"，背肉隆起。一説"敦脄"可能是一種魔怪的名稱，因此下文有"此皆甘人"，即指土伯和敦脄。可參。　　血拇：染着血的指爪。拇（音：母）：手足的大指，這裏泛指爪。王夫之曰："以指攫人，血常染拇也。"蔣驥曰："以利爪攫人，嘗多血也。"　　駓駓（音：批）：跑得很快的樣子。一説是獸走路發出的聲音。

㉛參：字同"三"參目，長着三只眼睛。　　王逸曰："言土伯之頭，其貌如虎，而有三目，身又肥大，狀如牛也。參，一作三。"

㉜此：揚土伯。甘：美味，這裏作動詞用。"甘人"，把吃人當作賞美味，即喜歡吃人。朱熹曰："言此物食人以爲美也。"

㉝遺（音：畏）：送來，帶來。　　災：禍害。這句是說，恐怕會給你自己帶來災禍。

㉞修門：楚國郢都南關三門之一。洪興祖注引伍端休《江陵記》云："南關三門，其一名龍門，一名修門。"　　一說"修門"是高大華美的門，指招魂所造的牌樓。林庚《招魂地理辨》認爲，修門"指的是所扎的牌樓"、"實指招魂會場所建的門"，此說亦可參考。

㉟工祝：有本領的巫師。工，巧也。祝，男巫。　　招：引。　　背行：倒退着走。　　先：這裏作動詞用，先導的意思。這裏工祝爲了怕魂迷失方向，反過身子，倒退着走，一步步將魂引入"修門"。

㊱篝（音：溝）：竹籠，招魂的工具，因產于秦地，故名"秦篝"。洪興祖曰："篝，籠也，笭也。笭，音落。可熏衣。"周拱辰《離騷草木史》曰："篝，籠笭也，以竹爲之。蹲之于靈筵，復之以栖魂者。"古代招魂的方法，是巫人拿被招者的衣服，裝在籠中，使魂魄有所栖止和依附。《儀禮》鄭玄注："古之復者，升屋而號曰皋（同嗥）復。招以衣，受用篋。""篋，竹器爲笭者。"這裏所用的是篝笭，是爲招魂特制的竹籠，而不是一般的竹籃，係招死者之魂。范成大《桂海虞衡志》云："家人遠而歸者，止於三十里外。家遣巫提竹籃迓；脫歸人帖身衣貯之籃，以前導迎家，言爲行人收魂歸也。"（《文獻通考》三百三十引）齊縷：齊地所產的繩綫，繫在篝笭的上面，作爲提挈或裝飾之

用。　　　鄭綿：鄭地産的棉絮。綿，精細的棉絮。　　　絡：這裏作動詞用，編織的意思，即指用鄭綿織成籠衣。二句是説：秦地的竹籠繫着齊地的繩綫，又蓋着鄭地的籠衣。　　　招具：招魂用的工具，即上文的"篝"、"縷"、"綿"等物。"該備"：齊備。"該"、全也。"永嘯呼"：長聲嘯呼。"永"，長也。"呼"，讀去聲。蔣驥曰："永嘯呼，長號以招之也。"朱熹曰："‘嘯呼’，即所謂皋也。"

　　以上"外陳四方之惡"，是招詞的第一部分。招詞極力渲染，天地和東南西北四方，都是充滿着恐怖氣氛的世界，決不可留，希望靈魂盡快回到楚國來。馬其昶曰："以上言懷王魂羈於外之愁苦，以下則盛陳楚宮寶服御之崇麗娛樂。凡所陳者，皆生人之趣也，死則無此樂矣。從招魂歸來，已不能復用。此蓋諷諫頃襄，動其哀死之心，而激其不共戴天之恨，故又以射獵終之。自來解者，皆失其旨。"

　　"天地四方，多賊姦些[1]。像設君室，靜閒安些[2]。

　　"高堂邃宇[3]，檻層軒些[4]。層臺累榭，臨高山些[5]。網户朱綴，刻方連些[6]。冬有突厦、夏室寒些[7]。川谷徑復，流潺湲些[8]。光風轉蕙、氾崇蘭些[9]。

　　"經堂入奥[10]，朱塵筵些[11]。砥室翠翹，挂曲瓊些[12]。翡翠珠被，爛齊光些[13]。蒻阿拂壁，羅幬張些[14]。纂組綺縞，結綺璜些[15]。

　　"室中之觀，多珍怪些[16]。蘭膏明燭，華容備些⑰。二八侍宿，夕遞代些⑱。九侯淑女，多迅衆些⑲。盛鬋不同制，實滿宮些⑳。容態好比，順彌代些㉑。弱顏固植，謇其有意些㉒。姱容修態，絚洞房些㉓。蛾眉曼睩，目騰光些㉔。靡顏膩理㉕，遺視矊些㉖。離榭修幕，侍君之閒些㉗。

　　“翡帷翠帳，飾高堂些㉘。紅壁沙版，玄玉梁些㉙。仰觀刻桷，畫龍蛇些㉚。坐堂伏檻，臨曲池些㉛。芙蓉始發，雜芰荷些㉜。紫莖屏風，文緣波些㉝。文異豹飾，侍陂陁些㉞。軒輬既低，步騎羅些㉟。蘭薄戶樹，瓊木籬些㊱。魂兮歸來！何遠爲些㊲？

　　①賊：害。　　奸：惡。賊奸，指前面所説的一切惡險害人的事物。

　　②像設：想象設置的意思。王夫之曰：“像設者，以意想像而設言之。自此至末‘反故居些’皆像設之辭，謂擬所以待其歸者如此”，這句是説，想象中給你設置了住所。接着，便大段鋪叙住所的種種形態，以待魂魄歸來，直至“反故居些”止。一説：這句意爲，將你的遺像放設在你的房間裏。朱熹曰：“像，蓋楚俗，人死則設其形貌于室而祠之也。”此説周拱辰、林雲銘、蔣驥、屈復等皆從之，可供參考。　　又，王逸曰：“像，法也”，“言乃爲君造設第室，法像舊廬”，釋“像”爲效法，仿造，似不可從。　　靜：清靜。　　閑：寬舒。王逸曰：“無聲曰靜，空寬曰閑。”　　安：安樂。靜閑安句是説楚國宮廷裏生活環境的寧靜安適，與上文的險惡形成對比。

　　③邃（音:碎）：深。　　宇：原指房頂復蓋處，這裏指房

屋。邃宇，深遠的屋宇。

④檻（音：箭）：欄杆。這裏作動詞用，即用欄杆圍繞着的意思。　軒：走廊。洪興祖曰：“一云檐宇之末曰軒。”王夫之亦云：“軒，堂前簷敞也。”這句是説，層層長廊都有欄杆圍繞着。　一説，軒指樓板。王逸曰：“軒，樓板也。言所造之室，其堂高顯，屋甚深邃。下有檻楯，上有樓板，形容異制，且鮮明也。”此説從之者甚多，可參。

⑤榭（音：謝）：建在台上的屋子。蔣驥曰：“台上屋四達曰榭。”　一説，有屋的台叫榭。洪興祖曰：“《説文》：台，觀四方而高者。榭，台有屋也。”二説皆通。　臨高山：是説台榭依山而造，高出于山上，而下臨其山。朱熹曰：“臨高山，言其高出于山上，而又下臨其山也。”

⑥户：門。網户，指帶有鏤空網狀花格的門，就是後世所説的“亮隔。”朱熹曰：“網户者，以木爲門扉，而刻爲方目，使如羅網之狀。”　朱：紅色。　綴（音：墜）：連結。朱熹曰：“以朱丹飾其交綴之處，使其所刻之方相連屬也。”　刻：雕刻。　方：方格圖案。　連：連接。王夫之曰：“刻方連者，雕綴作四方相連，如今卍字。”

⑦突（音：要）厦：結構重深，不受外間寒氣侵襲的暖房。突，深。通“窔”。　厦：大屋。王夫之曰：“突，與窔通。深邃可以御寒。以上言堂室之美。　寒：這裏是涼快的意思。

⑧川：一本作“谿”。川，指支流，水較淺；谷爲主流，水較深。王逸曰：“流源爲川，注谿爲谷”，這裏泛指宮廷一帶的大小河流。　徑：一本作“俓”。直曰“徑”，曲曰“復”。王夫之曰：“徑，直也。復，回抱也。”“徑復”，指川谷的流水曲折縈迴。朱熹曰：“言所居之舍，激導川水，徑過園庭，回通反復。”　潺湲（讀如：蟬元）：流水聲。形容流水聲幽細。

⑨光：陽光。　　風：微風。　　轉：搖動。　　蕙：香草名。又名蕙草、熏草，楚地俗名佩蘭。香氣如靡蕪，古人認爲佩此香草可以避疫。　　氾：同泛，洋溢。　　崇蘭：即叢蘭，叢生的蘭草。崇，《廣雅·釋詁》：“聚也。”　　氾崇蘭，胡文英曰：“如麥浪之狀是也。”以上二句是說，陽光和煦，微風吹拂，使得蕙草輕輕搖動。叢生的蘭草散發出陣陣馨香。王夫之曰：“風日交美，蕙蘭之香，時飄庭所。”　　按：“高堂邃宇”八句專寫房屋的結構美，“川谷徑復”四句寫屋外的宜人風光。

⑩奧：屋子的深處，指内室，相對“堂”而言。蔣驥曰：“經，歷也。奧，深也。”　　一說房屋的西南角爲奧。王逸曰：“西南隅謂之奧”，舊注多從之，似不如釋“深”爲確。

⑪塵：承塵的簡稱，就是現在的屋頂棚。因爲它的作用是承接屋頂上的灰塵，故名。　　筵：延的假借字。（吳汝綸語，見馬其昶《屈賦微》引）延，延續。兩句是說，從廳堂到内室，上面都有紅色的承塵相連着。　　一說，筵是鋪在地上的竹席。王逸曰：“筵，席也。《詩》云：肆筵設机。”洪興祖曰：“鋪陳曰筵，藉之曰席。《說文》：筵，竹席也。”這樣，二句則曰，經過廳堂進入内室，上面張着紅色的承塵，下面鋪着竹席。二說皆可通。

⑫砥室：用砥來砌墙、鋪地的房間。砥（音：抵），磨平的石板，取其光潔。王逸曰：“砥，石名也。《詩》曰：其平如砥。”翠翹（音：橋）：翠鳥尾上的長毛，作爲室内的裝飾品。一說是拭拂屋内塵灰的工具，似後來的雞毛撣子。（見高亨等《楚辭選》）　　挂：字同“掛”。　　瓊：美玉。　　曲旋：用美玉制成的鈎。玉鈎掛在墙壁上，用來懸衣物。

⑬翡翠：鳥名，形如燕。雄者羽色紅，名翡；雌者羽色青，名翠。洪興祖曰：“翡，赤羽雀；翠，青羽雀。《異物志》云：

“翠鳥形如燕，赤而雄者曰翡，青而雌者曰翠。翡大於鷽，其羽可以飾幃帳。”　　翡翠珠被：是説用翡翠的羽毛裝飾被褥，又鑲着一串串細小的明珠（和《史記·春申君列傳》所説的“珠履”類似）。　　爛：光明貌，光彩燦爛的樣子。　　“齊光”，謂被子上鳥羽的色彩和珠光交相輝映。

⑭蒻（音：弱）：字與“弱”同。本指嫩的香蒲。《急就篇》卷三“蒲蒻”條顏師古注：“蒻，謂蒲之柔弱者也。”這裏作細軟之意講。　　阿：繒的別名，輕細的絲織品。王夫之曰：“阿，阿錫、輕縠也，所以爲壁衣者纖阿。”王念孫曰：“蒻與弱同。阿，細繒也。言以弱阿拂床之四壁也。”（《讀書雜志餘編》）極是。拂壁：遮在墻壁上，猶如後世的墻幃。這句説，以細軟的絲織品遮住墻壁。　　羅：一種絲織品。　　幬（音：籌）：帳的別名（見《爾雅》）。同“禂”。曹植《贈白馬王彪》詩：“何必同衾幬，然後展殷勤。”　　張：張掛。

⑮纂（音：鑽上聲）、組、綺（音：起）、縞（音：搞）：指帳幔上作裝飾的四種不同顏色的絲帶：純紅色的稱纂；五色錯雜的稱組；有花紋的繒稱綺；白色的繒稱縞。王夫之注：“結縷純赤曰纂，五色雜曰組，素練曰縞，文繒曰綺。”　　琦（音：奇）：美玉。　　璜（讀如：黃）：半璧（半圓形玉器）。這兩句説，在羅帳的四周系着各色絲帶，絲帶的末端又結上美玉，使之下垂，就是後來的流蘇帳。王夫之曰：“纂組綴於阿羅縞綺之幬幃，而繫以琦璜，蓋流蘇之類也。此言室中張設之美。”　　按：“砥室翠翹”以下八句，承“經堂入奧”而言，都是描寫室内的布置裝飾。

⑯觀：作名詞用，指眼中所看到的一切東西。　　珍怪：珍貴而奇異。

⑰蘭：本爲蘭草，這裏指香氣。　　膏：油脂。　　蘭膏：

指加香料的油脂，用來制燭，香從燭發。這與《九歌·雲中君》“沐蘭湯兮浴芳”中的“蘭湯”類似。　　　明：指光燄。　　　華容：華麗的容貌，這裏借指美人。　　　備：齊全。這兩句說，夜間點燃帶有香味的臘燭時，侍侯過夜的美人都來齊了。胡注：“華美之容，備列於蘭膏明燭之下，尤見其妍也。”

⑱二八：指行列和人數。二，兩行。八，指每行人數爲八。二八十六，指美女的總人數。　　　侍宿：侍侯過夜。　　　夕：就是“當夕”。古代宫庭中，君王妾媵很多，侍宿的人互相更替，輪到的那一晚，叫做“當夕”。　　　遞代：即輪換的意思。夕：原作“射（音：亦）”，王逸曰：“射，厭也。《詩》云：服之無射”，蔣驥曰：“意有厭射，則使更相代也”，于義難通。另有釋爲看中、選定之意，亦較勉强。王逸又曰：“或曰：夕遞代”，則古本有作“夕”者，今據改。

⑲九侯淑女：指出身貴族的女子。九侯，猶言列侯。戰國時，楚國境內已有列侯之封。《史記·張儀列傳》載，秦楚戰于漢中，“楚列侯、執珪死者七十人”，據此，則“九侯”未必指各國諸侯而言。　　　淑：善。　　　迅：吳汝綸以爲“迅與洵同”（見馬其昶《屈賦微》引），如此，則爲“洵”的假借字，真也。“多迅衆”，猶言真是衆多。　　　一說，迅爲迅疾之意，指這些女子多才多藝，敏捷過人。王逸曰：“迅，疾也。言復有九國諸侯好善之女，多才長意，用心齊疾，勝于衆人也。”胡文英曰：“迅衆，猶言出衆”，說亦可參。

⑳盛鬋（音：剪）：豐盛濃密的鬢髮。鬋，下垂的鬢髮。制：這裏指鬢髮梳粧的式樣。不同制，指各種不同的髮式。實：充實。　　　滿宫：充滿后宫。《晏子春秋·内篇雜下》：“寡人有女，少且嬌，請以滿夫子之宫。”

㉑容態：容貌姿態。　　　好：美好。　　　比：并。　　　順：

借作“洵”,真正、實在的意思。 　　彌代：猶言蓋世。（見王夫之《楚辭通釋》）胡文英曰：“彌，終也。彌代，猶云絕代。”代，一本作“世”。”二句是說，美女們容貌姿態的美好，彼此相同，個個都真正是絕代佳人。 　　一說，順：承順。 　　彌：久。王逸曰：“言美女衆多，其貌齊同，姿態好美，自相親比，承順上意，久則相代。” 　　另說，順：柔順。 　　彌：竟。朱熹曰：“彌，猶竟也。自始來至代去，柔順如一也。”二說可供參考。

㉒弱顏：柔嫩的容貌。 　　植：通“志”。固：堅定。固植，堅貞，品質，指上文所說的淑女。謇：語詞，一作“寋”。 　　有意：多情。這兩句說，淑女們心志堅貞，情意深厚。

㉓姱、修：都是美好的意思。 　　“緪”，（音：耕去聲）：亦作“絚”，原意指粗繩。這裏的“緪”字通“亙（互）”字。“亙”，連貫也。班固《西都賦》：“北彌明光而亙長樂。”左思《吳都賦》：“樹以青槐，亙以淥水。”從地理形勢說是綿延不斷，在本篇則指美女衆多，往來不絕。 　　洞房：深邃的房，指臥室（後世把新婚之房叫洞房，源本于此，也是取深邃之意）這兩句說，衆多的美女，在不停地往來於洞房之中。 　　娥眉：比喻美女的眉毛象蠶蛾眉一樣又細又彎。

㉔曼：柔婉。 　　睩（音：錄）：眼珠轉動。王逸注：“視貌”。周拱辰曰：“曼睩，言目色溜人。”（《離騷草木史》） 　　騰光：眼睛炯炯有光。騰，楚地作“朕”。揚雄《方言》卷二：“南楚江淮之間曰顯，或曰朕”“顯”同“朕”。“驢瞳之子謂之朕。”（同上）“驢瞳”，即黑瞳（黑眼珠），故“朕”是黑瞳子。“目騰光”，是描寫眼睛的黑瞳子炯炯有光，所謂“明眸善睞”的意思。 　　這兩句寫眉睫、眼睛之美，極爲傳神。

㉕靡：精致。 　　膩：光滑。 　　理：皮膚的紋理。 　　這

句描寫肌膚的細膩柔滑。

　　㉖遺（音:畏）:投贈。　　　遺視:投送去一眼。王逸曰:
"遺，竊視也。"王夫之注:"遺視，猶言留眄。"　　矊，（音:
棉）:含情而視的樣子。王逸曰:"矊，脈也"。"心中矊脈，時
時竊視。"　　這句是説，眼睛偷偷一瞧，能傳達深長的情意。
按:"二八侍宿"以下十六句描寫宮庭裏的美女。

　　㉗離:別，即"離宮別館"之"離"。　　離榭:指宮庭外
的臺榭，如別墅之類。　　修幕:大帳蓬，在外游玩時張設。
閒:閒暇的時候。蔣驥曰:"'離榭'二語，承上啓下，言非徒
深居洞房，凡有游覽,靡不隨從也。"　　這兩句是説,美女們在
離宮別館的大帳幕中,趁君王閑暇時,陪伴他宴游玩樂。　　按:
以上陳述女色之樂，至此結束。

　　㉘翡翠:指翡翠鳥的顏色，有紅有緑。　　帷、帳:均爲
帳幕。　　飾:裝飾。　　堂:廳堂。這兩句是説，翡翠色的
帳幕，裝飾着高高的廳堂。

　　㉙紅壁沙版:紅色的墻壁，丹砂漆的 户版、窗台版 等。
玄:黑色。王夫之注:"玄玉黝漆光如玉也。"梁，字同樑。　這
句是説，塗漆的棟樑，光亮如黑玉。一説，屋樑以玄玉爲飾。

　　㉚仰觀:抬頭觀看。　　刻:　雕刻。　　桷（音:決）:
方形椽（讀如:船）子曰桷。《説文》"椽方曰桷。"這兩句説，
抬頭觀看刻鏤着花紋的方椽子，上面刻畫着龍蛇,塗上了彩色。
屈復曰:"此蓋刻爲龍蛇而彩畫之。"胡文英曰:"仰觀刻桷，則文
彩可觀。"

　　㉛坐堂伏檻:入坐廳堂，伏在欄杆上;欄杆下面就是紆曲
的水池。蔣驥曰:"此則於堂前鑿爲曲池，故坐堂而即臨水，亦
園囿之制也。"

　　㉜芙蓉:蓮花的別名。　　芰荷:荷的品種之一.即無藕

卷荷，兼花與葉言之，亭出水之上，亦稱"距荷"。舊説"芰"
是菱，"荷"是芙蕖。（王逸《楚辭章句》）此處與芙蓉對舉，
專指荷葉而言。詳見《離騷》"制芰荷以爲衣"注文。　二句是
説，池水中蓮花初開，還雜有碧綠的荷葉。

　　㉝屏風：水葵，即荇菜，又名鳬葵，莖呈紫色。　　文：
字同"紋"，指水裏泛起的浪花。　　緣：因。風起水動，水中
的葵葉就隨波蕩漾。

　　㉞文異：文彩奇異。文是指花豹皮的斑紋。　　豹飾：用
豹皮作裝飾的衣服，這是古代侍衛所穿的一種特殊裝束。豹性
烈凶猛，皮毛文彩斑斕，用豹皮來裝飾衛士，取其勇健壯觀，
氣概不凡。這種服裝，戰國以前就有了。《詩經》："羔裘豹飾。"
漢代的豹尾車（跟隨帝駕的屬車），隋代的豹騎（皇帝的衛
隊），均取義於此。　　侍：侍衛。　　陂陀（讀如：坡陀）：
高低不平的山坡。這兩句説，君王所在之地，有穿着花紋奇異
的豹皮服裝的武士，守衛在山坡山岡之間。　　一説，"文異
豹飾"乃"文豹異飾"之誤。聞一多《楚辭校補》曰："疑當作
'文豹異飾'。古書多言文豹。《莊子·山木篇》曰'夫豐狐
文豹栖于山林'，《説苑·政理篇》曰'翟人有封狐文豹之皮
者'，《三國志·魏志·東夷傳》曰'土地饒文豹'，而《拾
遺記》一曰'帝乃更以文豹爲飾'，與此語意尤近。"可供參考。

　　㉟軒：有篷的車。　　輬（音：涼）：臥車，即輼輬，可
以臥息的安車。車有窗戶，可以調節溫度，開之則涼，閉之則
溫，所以稱作輼輬車（後代專作喪車之用）。　　低：與"抵"
通，到達。　　步騎：指步行的隨從士兵和騎馬的隨從官員。
羅：羅列。這兩句申足上意，是説君王所到之地，都有或步行
或騎馬的士兵和官員隨行，羅列簇擁於車的前後。

　　㊱薄：草木叢生曰"薄"。蘭薄，即叢生的蘭草。　　樹：

用作動詞,種植。　　瓊木:玉樹,這裏泛指名貴的樹木。　　籬:
藩籬。這兩句說,門前種着一叢叢蘭草,又有一行行如瓊瑶一
樣的花木作爲籬笆牆。朱注:"草木叢生曰薄。瓊木,嘉木之美
名也。言蘭薄當户而種,又以嘉木爲籬落也。"按:從"翡帷翠
帳"至此十八句,承"籬樹"二句而言,叙侍從游覽之樂。王
夫之曰:"此言侍從游觀之美。"林雲銘曰:"蘭迫户而種,取其芳;
玉樹爲籬落,取其貴。是出人游行之路,無不周備。"

　　㊲何遠爲些:"何爲遠些"的倒文。這句說,爲什麼遠去而
不歸呢?

　　　"室家遂宗,食多方些①。稻粢穱麥②,挐黃
粱些③。大苦醎酸,辛甘行些④。肥牛之腱,臑若
芳些⑤。和酸若苦,陳吳羹些⑥。胹鱉炮羔⑦,有
柘漿些⑧。酸鵠臇鳬⑨,煎鴻鶬些⑩。露鷄臛蠵,
厲而不爽些⑪。粔籹蜜餌,有餦餭些⑫。瑶漿蜜勺,
實羽觴些⑬。挫糟凍飲,酎清涼些⑭。華酌既陳,
有瓊漿些⑭。歸反故居,敬而無妨些⑯。

　　　"肴羞未通⑰,女樂羅些⑱。陳鐘按鼓⑲,造
新歌些⑳,涉江採菱,發揚荷些㉑。美人既醉　朱
顏酡些㉒。娭光眇視,目曾波些㉓。被文服纖,麗
而不奇些㉔。長髮曼鬋,艷陸離些㉕。二八齊容,
起鄭舞些㉖。衽若交竿,撫案下些㉗。竽瑟狂會,
搷鳴鼓些㉘。宮庭震驚,發激楚些㉙。吳歈蔡謳,
奏大吕些㉚。士女雜坐,亂而不分些㉛。放陳組纓,
班其相紛些㉛。鄭衛妖玩,來雜陳些㉜。激楚之結
獨秀先些㉝。

　　琨蔽象棊，有六簙些㉞。分曹並 進，遒 相 迫
些㉟。成梟而牟，呼五白些㊱。晉制犀比，費白日
些㊲。鏗鐘搖簴，揳梓瑟些㊳。娛酒不廢，沉日夜
些㊴。蘭膏明燭，華鐙錯些㊵。結撰至思，蘭芳假
些㊶。人有所極，同心賦些㊷。酎飲盡歡，樂先故
些㊸。魂兮歸來！反故居些！

　　①室家：家庭、家族。　　　遂：就。　　洪興祖曰：“宗，
尊也。”《詩經·大雅·公劉》：“君之宗宗。”毛傳云：“爲之君，
爲之大宗也。”即爲一族人的尊長。此處的“室家遂宗”亦屬此
義。此言你的魂魄既已歸來，全家全族的人都把你當作一族人
的尊長來奉養。一說，宗，聚也。全家人都聚集在一起。王逸
曰：“宗，衆也”，此說亦通。　　　食：食物。　　　多方：猶言
多種多樣。這句說，飲食的種類和烹飪的方法多種多樣。林雲
銘曰：“室家中或欲遂宗人之歡，當爲設食，而烹飪多有方法。”
　　②粢（音：資）：稷的別名，即小米。　　　穛（音：捉）：
麥的一種。王夫之曰：“穛，稻田種麥，其實肥美者。”胡注：“穛
麥，如稻之一稰而種也，其美倍於散種之麥，今吳楚謂聚於一
處而生者，曰一穛。《七發》：‘穛麥服處’，是也。”
　　③挐（音:如）：摻雜在一起。　　　黃粱：一種有香味的黃
米。洪興祖引《本草》曰：“黃粱出蜀、漢，商、浙間亦種之，
香美逾於諸粱。”以上二句是說，各種精美的糧食，摻雜着做
飯。蔣驥曰：“粱有青白黃三種。黃粱穗大粒粗，收子少，味逾諸
粱。言此數種之米，相雜爲飯也。”
　　④大苦：苦味濃。洪興祖曰：“《爾雅》云：‘蘦，大苦。’
郭氏以爲甘草。又《詩》云：‘隰有苓。’陸璣《草木魚蟲疏》
云：‘苓，大苦也，可爲乾菜。’此所謂大苦，蓋苦味之甚者爾。”

醎：字同鹹，鹽也。　　酸：醋也。　　辛：椒薑之類辣味。
甘：飴蜜之類的甜味。　　行：與“用”意同。　　二句是説，做
菜時，苦、咸、酸、辣、甜各種調味都得到適當使用。

⑤腱（音：建）：筋，即供食用的牛蹄筋。　　臑（音：而）：
熟爛也。　　若：而。這兩句是説，肥牛的蹄箭煮得爛而香。

⑥和：調和。　　若：與。　　陳：陳列。　　吳羹：照
吳地做法熬成的湯。“羹”（音：庚）：　用肉菜做成的濃湯。

⑦胹（音:而）：煮。　　鱉：甲魚。　　炮：一種烹調方
法，連毛裹物用火烤熟。　　羔:小羊。

⑧柘漿：甘蔗榨出來的糖汁；調和在鱉和羊羔裏，增加甜
味。　　柘（音蔗），通作蔗。蔣驥曰:“柘漿，藷蔗之漿，味
甘，蓋以烹鱉與羔也。”

⑨酸：動詞，用醋烹。　　鵠（音:胡）：天鵝。酸鵠，原
作“鵠酸”。聞一多曰:“梁章矩曰：‘以上下句例之，當是酸鵠
臇鳬。’按：梁説是也。王注曰：‘言復以酸酢烹鵠爲羹，小
臇臛鳬。’是王本不誤。《類聚》二五引亦作‘酸鵠臇鳬’，
尤其確證。”（《楚辭校補》）今據改。　　臇（音:絹）：一
種煮肉方法，湯放得不多，類似現在的炖。　　鳬（音:扶）：
水鳥，即野鴨。　　臇鳬，用臇的方法煮野鴨湯。

⑩鴻，大雁。　　鶬（音：倉）：水鳥名，形似鷹，一名
鶬鴰（音:瓜）。

⑪露：一種烹調法。　　露鷄：郭沫若譯爲鹵鷄（見《屈
原賦今譯》本篇譯文）。高亨曰:“露可能借做烙字，烙是用火
烤，烙鷄如同現在的烤鷄。”　　舊注多承王逸之説:“露栖之鷄
也”，陳衍（樓上老舌）云:“北人置菜于樹以風受日，蓋欲乾之
而不與之遽乾，其名爲栖俎。《詩》云：如彼栖苴，是也。”又，
《鹽鐵論・散不足》:“羊淹鷄寒。”孫詒讓《札迻》云：“淹，

腌假借字。"《唐語林》云："《文選》曹植樂府，寒鼈炙熊蹯。"
李善注："今之臘肉謂之寒。"如此，露鷄即今風鷄、腌臘鷄之類。
臛（音：霍）：肉羹。王逸曰："有菜曰羹，無菜曰臛。"這裏作動
詞用，指用這種方法來烹調。　　蠵（音：希）：一種大龜，一
名靈蠵，肉可食。　　臇臛：用龜肉作羹。　　按：龜肉是古
代楚地人常食肉類之一。現在湖南人每至夏季，就用龜羊肉合
煮爲羹，稱爲龜羊羹。這是古代遺留下來的風俗習慣。　　厲：
烈，這裏是味道濃烈的意思。　　爽：楚地方言，敗也。厲而不
爽味道濃烈，又不傷胃口，稱贊烹調技術之高超。

⑫粔籹（音：巨女）：一種用蜜和米麪油煎出來的圓餅。
朱熹曰："粔籹，環餅也，吳謂之膏環，亦謂之寒具，以蜜和米
麪煎熬作之。"　　餌（音：耳）：糕餅。蜜餌，糝蜜的糕餅。
餦餭（　讀如：　張皇）：飴糖之類。朱熹曰："餦餭，餳也，
以櫱熬米爲之，亦謂之飴，此則其乾者也。"洪興祖曰："《方
言》：餳謂之餦餭。注云：即乾飴也。"胡文英曰："餦餭，飴也。
以稻麥漬生芽，取瀝爲之。楚人又名打糖。"均可參。

⑬瑶漿：美酒。用瑶字，表示酒漿的名貴和美好（並非真
的用玉制成，下文"瓊漿"同）。　　蜜：言其酒味甘芳。
勺：字通"酌"，飲酒。蜜勺，飲時酒中加蜜。　　實：裝滿，
作動詞用。　　羽觴：飲酒器名，即爵。爵，古"雀"字，制
爵象雀的形狀，有頭尾羽翼，故名羽觴。（見《漢書・外戚傳》
孟康注）以上二句蔣驥釋曰："玉色之酒，以蜜和之，而滿于羽
觴之中也。"

⑭挫：擠壓。挫糟，從釀酒的缸中直接逼開酒糟，壓出酒
來。王夫之曰："挫，壓也，壓去其糟爲清酒。"　　凍飲：冷飲，
即用冰鎮過的酒。王逸曰："凍，冰也"，"言盛夏則爲覆蹙乾釀，
提去其糟，但取清醇，居之冰上，然後飲之。酒寒凉，又長味，

好飲也。”按：冰飲方式，戰國時期已很流行，當時盛冰的器具叫做冰釜，將冰置于釜內，再將盛酒器“甒”（音:夷）放在釜中冰上，待酒凉後，然後取飲，即爲凍飲，或冰飲。一九五五年安徽壽縣西門內戰國墓中曾出土銅鑒和玉甒。銅鑒兩件，均高三·六公寸，口徑六公分，壁厚三公分。甒，似勺而無柄，共三件，各高五公分，長一公寸，其中兩件放在鑒中。湖北隨縣出土的曾侯乙墓，也有大型的冰鑒。可見屈原時是楚地貴族已有夏日冰酒的習俗和整套器皿。一說，冰飲，就是凍醪，春酒的別名。冬天釀酒，所以叫凍醪；春天酒成,所以又名春酒。亦可參。　　酎（业又）：醇酒。（見王逸《楚辭章句》）一說，即春酒。洪興祖曰:“三重釀酒。《月令》：孟夏，天子飲酎。注云：春酒至此始成。”

⑮酌：酒斗。　　華酌：酒斗上有華美的雕飾或裝飾，與下面的“華鐙”的“華”字用法相同。　　既：已。　　陳：陳列。　　漿：顏色如赤玉的美酒。

⑯“敬而無妨”句：承前“室家遂宗”而言，意謂魂“歸反故室”以後，家裏的人都會用酒食敬獻你，你可盡醉盡飽，而無任何妨害。按：以上以酒食之盛誘導魂魄。下面列舉歌舞賭博的快活，均係酒飯後的餘興。

⑰肴（音:搖）：用肉類做的葷菜。　　羞：精美食品，如珍羞、庶羞之類。束哲《補亡詩·南陔》:“馨爾夕膳，潔爾晨羞。”　　通：遍設也。

⑱女樂：表演歌舞的女子樂隊。羅：羅列。以上二句是說，酒菜還沒有上齊，樂隊就排列開來，准備表演。

⑲陳鐘:用力撞鐘。　　陳（舊作“敶”）：通“旅”。《爾雅·釋詁》云:“旅，陳也。”旅即齊字，與旅字同音通假，旅訓爲陳。《廣雅·釋詁》云:“旅，力也。”王念孫云:“旅、力一聲

之轉。蓋膂者力也，力者膂也，兩者本互爲訓，故田者用力謂之膂，儋者用力謂之膂。"故"陳"者，力也。樂工撞鐘謂之"陳鐘"。鐘：編鐘。　　按鼓：有節奏地擊鼓。鐘、鼓均爲打擊樂器。

⑳造：制作。造新歌，將演奏新創作的歌曲。王逸曰："言乃奏樂作音，而撞鐘，徐鼓，造爲新曲之歌，與衆絕異也。"

㉑涉江、採菱、揚荷：都是楚地流行的歌曲名。　　發：這裏指齊聲發出。《揚荷》是一種衆人合唱的歌曲。洪興祖曰："《淮南》云：歌《採菱》，發《揚阿》。又云：足蹀陽阿之舞。注云：陽阿，古之名倡。又云：欲美和者必先始于《陽阿》、《採菱》。注云：《陽阿》、《採菱》，樂曲之和聲。"按：歌曲之名，往往有音無義。"揚"、"陽"音同，"荷"、"阿"一音之轉，故一歧而爲三。

㉒酡（音：駝）：著色叫"酡"，這裏是説酒醉之後，面泛紅色。王逸曰："酡，著也。言美女飲啗醉飽，則面著赤色而鮮好也。"胡文英曰："酡，酺頰色。"

㉓娭（音：嬉）：嬉戲。　　娭光：在這裏是形容美人流利活潑的目光，有挑逗的意思。　　眇（音：秒）視：微睇。眯目視人。《説文》："眇，小目也。"　　曾：字同層，重疊。目曾波：兩眼水汪汪，如重重水波蕩漾。這是形容美人眼光的澄澈空明，流利靈活。王夫之曰："曾波，目若含水，波紋重疊之狀。"

㉔被：字同"披"。　　文：文彩，指繡着花紋的衣服。纖：細，指羅綺之類的細軟絲織品。　　麗而不奇：衣服華麗而不怪邪。　　奇：怪。

㉕曼鬋：細柔而有光澤的鬢髮。　　曼：細膩有光澤。王逸注："曼，澤。"《漢書・司馬相如傳》："鄭女曼姬。"顏師古

注引文穎曰:"曼者，言其色理曼澤也。"　　髼(音：剪)：下垂的鬢髮。《說文》"髼"下云:"女鬢垂貌。"　　豔陸離些：光豔照人。陸離：有三種解釋，這裏指形態顏色美麗而又奇特。參見《離騷》"長余佩之陸離"注釋。這句是說美人容貌嬌美，服飾艷麗，給人以多方面的美感。

㉖"二八"句：女樂以八人爲一列,兩隊的美女容飾相同。齊：齊一，即相同。容：外貌，指服飾打扮。鄭：春秋時國名，這裏指鄭地。鄭舞：鄭地的舞蹈。

㉗衽（音:任）：衣袖也。《廣雅·釋器》:"衽，袖也。"朱駿聲曰:"凡衽，皆言兩傍，衣際、裳際正當手下垂之處，故轉而名袂也。"（《說文通訓定聲·臨部》）一作"袵"。　　交竿：舞蹈時，美女們迴旋離合，腰支僂仰，長袖甩動，猶如竹竿交叉一樣。撫，抑也。即收斂之意,指舞蹈動作停止。　　案：字同"按"，按着音樂拍奏的意思。　　這兩句說，舞女們的長袖飄飄，如同竹竿交叉。接着，用手勢按着節拍慢慢地退場。王逸曰:"言舞者迴旋，衣袵掉搖，回轉相鈎，狀若交竹竿，以手抑案而徐來下也。"

㉘竽（音:于）：古代簧管樂器。似笙而略大。《周禮·春官·笙師》:"掌教龡（吹）竽、笙。"鄭玄注引鄭司晨曰:"竽，三十六簧。"賈公彥疏:"竽長四尺二寸。　　瑟（音:澀）：撥弦樂器。形似古琴，一般爲二十五弦，每弦一柱。據長沙馬王堆一號漢墓出土實物看，可知瑟在當時是按五聲音階定弦的，由低到高，弦的粗細有別。瑟在春秋時已流行，常與古琴或笙合奏，如《詩·大雅·旱麓》:"瑟彼柞棫。"　　狂會：猶言競奏。這句是說，樂工競相演奏,幾種樂器交響齊鳴。搷（音:田）：作動詞用，指用力打鼓。朱熹曰:"搷，急擊如投擲之勢者也。"一作"填"。　　鳴鼓：作響鼓講。

㉙震驚：震動的意思。激楚：楚地一種聲調高昂激急的歌舞曲名。下文説"激楚之結"，"結"是尾聲的意思。據上下文内容看，是大合唱的場面，載歌載舞，"激楚"這種曲子奏於衆樂之後，伴奏的樂器很多，竽、瑟和鼓聲並作，音節急促，聲調高昂，舞急如風，迴旋縈繞，故名。

㉚吳、蔡：本指春秋時國名，此指吳蔡地區。　　歈（音：俞）、謳：都是指歌。《説文》云："歈，歌也。"　　大吕：樂律名。古樂分十二律：各律從低到高依次爲黄鐘、大吕、太簇、夾鐘、姑洗、仲吕、蕤賓、林鐘、夷則，南吕，無射、應鐘。又，奇數各律稱"律"、偶數各律稱"吕"，總稱"六律"、"六吕"、或簡稱"律吕"。"大吕"是十二律中的第二律，相當於現代音樂所説的 ＃C調。"大吕"本指上述所説的樂律名，但這裏的"大吕"，是指當時的新聲。《吕氏春秋·太樂篇》云："齊之衰也，作爲大吕。"可見是當時一種"鄭衛之音"，不屬於雅樂中的大吕。因此，這兩句仍是上文的補充，意謂所奏的樂調，不僅限於楚國的歌曲，還有吳、蔡等地的新聲。

㉛放：解下；陳：擺着。　　俎纓：衣帶和冠纓。　　俎：扁形寬衣帶，用以繫印、玉之類，佩帶身上；　　纓：圓繩冠帶，用來系穩冠帽。這句説明大家都不拘禮節，解下身上佩帶的物件，除去冠帽，隨手亂放着。　　班：坐次。　　紛：紛亂。　　班其相紛，是指上文所説的"士女雜坐"。宴會進行到狎戲放任時，男女混雜在一起，坐次紛亂了。

㉜鄭、衛：春秋時國名，這裏指鄭衛之地。妖玩：指不常見的新樂曲。一説，妖玩指令人新奇的玩耍節目，如雜耍、幻術等。周拱辰云："凡宴飲豪盛者，歌舞小停，另行戲劇，如吞刀吐火，盤鈴魄壘，魚龍角抵之類，各以其土之妖幻相競，然後終場歌舞是也。"（《離騷草木史》）可供參考。舊説，妖玩

是妖艷的美女。王逸曰：“妖玩，好女也”。蔣驥曰：“言鄭衛之女，其服飾制作，皆妖冶可玩也”，此說與文義不甚相合。雜陳，猶言穿插表演。

③秀：優秀，出衆。　　先：先奏的樂曲，承上句鄭、衛的歌曲而言。這兩句說，在前面所演奏的樂曲中，只有結尾的楚聲大合奏最好，超過先前演奏的所有樂曲。王夫之注：“‘結’，尾也。曲終而奏‘激楚’，秀於先作之樂也。”　　按：以上極寫歌舞之美，前人多以爲誇飾之詞，其實，考古發現證明，這段音樂歌舞的描繪帶有極大的紀實成份。湖北隨縣曾侯乙墓出土了青銅編鐘、石編磬和鼓、瑟、琴、笙、排簫、橫吹笛八種樂器，一共一百二十四件。絶大多數樂器陳放在室中，編鐘，編磬分別沿中室南壁、西壁和北壁立架懸掛，鼓、瑟、笙、簫、笛列于其間，井然有序，宛如一間古代樂廳。曾侯乙墓是戰國初期的墓葬，曾國又是楚地的一個小諸侯國，至于楚宮的情況，更是有過之而無不及了。

③琨（音：昆）：通“琨”，美玉。　　蔽：下棋用的籌碼，用玉制成，或用玉鑲飾。　　象棊：用象牙做成的棋子。棊，字同棋。　　六簙（音：博）：古代一種奕棋賭博的游戲。用六支籌碼十二個棋子以決勝負，兩人對下，每人掌握六個棋子，所以叫做六簙。洪興祖曰：“《古博經》云：博法，二人相對，坐向局，局分十二道，兩頭當中名爲水，用碁十二枚，六白六黑。”　　按：湖北雲夢睡虎地十一號秦墓出土隨葬器物中有六博棋一套。長方形，長32厘米、寬29厘米，高2厘米。棋盤爲木質，棋盤面刻有六博棋紋。同出算籌六根，斷面爲弧形，塗黑漆，長23.5厘米。還有十二顆六博棋子，骨質，塗黑漆。其中六件爲長方形，長1.4厘米，寬1厘米，高2.4厘米；另六件爲方形，長1.4厘米，高2.4厘米。（見一九七六年第六期《文

物》載《湖北雲夢睡虎地十一號秦墓發掘簡報》）

　　㉟曹：伴侶。這裏指下棋的對手。　　進：運子進攻。
"分曹"句是説，奕棋時以二人分曹對下，各自進子。　　遒
（音：求）：有力。這裏指緊急。謂彼此緊逼以求勝。

　　㊱梟（音：消）：頭彩。博戲時，用六瓊投擲，以決勝負，
瓊，類似後來的"骰（音：投）子"。周拱辰曰："以五木爲骰，有
梟、盧、犢、塞，爲勝負之彩。必刻一頭如梟鳥形，得之爲最
勝，故爲呼　。"（《離騷草木史》）由此看來，梟即頭彩。
牟：加倍之勝。王逸曰："倍勝爲牟。"這句説，得了頭彩爲加倍
的勝利。　　呼五白：擲骰時，呼令五顆骰面都成一色，便能
獲得最後的勝局。王夫之注："呼令成純彩取勝。兩句寫雙方爭
勝的情況。先秦時代的簿法已失傳，高亨曾大致推斷道："大
概是一個長方形的棋盤，狹面畫六格，寬面畫十二格。十二格
正中間有一格叫水，水中擺三個魚，十二個棋子，六個白的，
六個黑的。五個骰子，方形，六面，有相對的兩面是尖頭，其
余四面都是平的。一面刻一畫，一面刻二畫，一面刻三畫，一
面不刻畫。六發籌碼。二人對坐在狹面的兩邊，一人掌握六個
白子，一人掌握六個黑子，都放在自己那一方靠棋盤邊的六個
格上，擲骰成彩，才得走棋（如何算成彩，不詳）。棋走到水
邊，便豎起來，叫做梟棋。再擲骰成彩，便入水牽魚；牽一個
魚得兩支籌碼。……當成梟而牟'的時候，擲骰得到五個骰子
都是不刻畫的一面在上，叫做'五白'。擲得五白，便可以殺
對方的梟棋，所以下棋的人要喊五白，（五白也可能是同樣畫數
的一面在上，如今人擲骰所謂'抱子'）。"

　　㊲晋制：晋地所制。　　犀比：舊説不一：有釋"比"爲
"合"；"晋制犀比"，舊説以爲晋國人所制。　比集犀角以
爲裝飾（王逸、朱熹均特此説）。　又一説爲一種帶鈎，因爲

出于趙、故云晉制。以黄金爲之，故得光費明。（參見清孫詒
書讓《札迻》卷十二和高亨《楚辭選》）。一説是以犀角制成的
另一種賭具。胡文英曰:"即今骨牌類耳。"　　按:當以釋"犀
比"作"帶鈎"爲是。晉制犀比，就是説晉地制作的帶鈎非常
精美。這裏是指腰帶的帶鈎，並扣在帶頭上面。　　費:發光。
王逸曰:"費，光貌也。""比棄犀角以爲雕飾，投之皜然如日光
也。"以犀比爲籌箸雖不可從，但以"費"爲"光貌"、"皜然
如日光"，則其是。洪興祖注:""晛，日光也，"則"費"字當作
"晛"。《集韻》:"晛，光也。"《廣韻》:"晛，日光，又物乾也。"
《列子·周穆王》:"酒未清，肴未晛。"取日光乾物之義。《淮
南子·墜形訓》雲:"扶木在陽州，日之新晛。"注云:"晛，猶照
也。"亦如本篇"費白日"之"費"字或寫成晛"。"費"與
"晛"形近而訛。即如《禮記·中庸》所云:"君子之道，費而
隱"的"費"，亦應作"晛"之例相同。以上二句是説，以晉地
所制帶鈎爲博戲的賭注，這種帶鈎在陽光下閃閃發光。

　　㊳鏗（音:坑）:撞也;象聲詞作動詞用，指打鐘。　　篨
（音:劇）:鐘架。這句是説，因用力撞鐘而使得懸鐘的木架搖
晃起來。　　摭（音:甲）:彈奏。　　梓瑟:用梓木做成的瑟。
王逸曰:"摭，鼓也。言衆賓既集，共餚以相娛樂，堂下復鳴大
鐘，左右歌吟，鼓瑟琴也。"

　　㊴娱酒:以飲酒爲娱樂。不廢:不止。　　沈:同"沉"。
沈日夜:白天黑夜都沉溺於飲酒作樂。胡文英曰:"今吳楚有
'沈日沈夜'之諺。"

　　㊵鐙:今寫作"燈"。金屬所制成的插燭座。洪興祖曰:"鐙、
錠也。徐鉉云　錠中制燭，故謂之鐙。"胡文英曰:"鐙、架燭
者。"即後來的燈台。"華鐙":花形之鐙。　　　"錯":通
"措"（音醋），置也。《易·小過》:"初六，飛鳥以兇。"王

弼注：“無所錯足。”蔣驥曰：“錯，置也。”胡注：“錯，錯膏燭于燈，
擎也。”這句說，擎起花形的鐙燭，燈光通明。一說，錯：錯落。
謂夜間各處燈燭齊明，錯落輝映。于義亦通。

　　㊶結撰（讀如：篆）：構思撰述。指酒後賦詩。　　　至思：
猶言盡思，即用心思考。　　　蘭芳：形容詩篇詞藻之優美。
假：借，借助。指借助優美的詞藻以成篇章。王夫之曰：“蘭芳
假者，藻思中發，若蘭蕙之芳相假借也。”

　　㊷極：至極，指在座之人，各盡其情思。賦：誦，即今“朗
誦”之意。朱熹曰：“賦者，不歌而誦其所撰之詞也。蓋人各以
其極而同心陳之也。”

　　㊸先故：死去的祖先，指所招之魂而言。以上二句是說，
痛飲醇酒，盡情歡娛，使祖先的靈魂得到安樂。

　　以上“內崇楚國之美”，是招詞的第二部分。大力鋪叙靈魂
返回故居後，將會享受到的豪華生活和安樂處境，再次呼吁魂
歸故鄉。馬其昶曰：“以上歌舞賽戲之樂。自‘像設君室’至此，
窮極珍靡，皆欲其妥先王之魂。則嗣君之當復仇而未忍溺于宴
樂，意自可見。其辭雖麗，其旨則哀。”
　　巫陽的招詞至此結束。

　　　亂曰：“獻歲發春兮，汩吾南征①。菉蘋齊葉兮
白芷生②。路貫廬江兮左長薄③，倚沼畦瀛兮遙望
博④。

　　　“青驪結駟兮齊千乘⑤，懸火延起兮玄顏⑥。
步及驟處兮誘騁先⑦，抑騖若通兮引車右還⑧。與
王趨夢兮課後先⑨。君王親發兮憚青兕⑩。

　　"朱明承夜兮時不可淹⑪，皋蘭被徑兮路斯漸⑫。湛湛江水兮上有楓⑬，目極千里傷春心⑭。魂兮歸來哀江南⑮！"

　　①亂：古代樂歌中的尾聲。詳見《離騷》注。　　獻：進。獻歲：進入了新的一年。　　發春：春氣發動。即《大招》的"春氣奮發"之意。　　汩（音:欲）：疾也,急速行走的意思。吾：屈原自稱。　　南征：南行。從江北南行至江南的夢澤去打獵，下文"趣夢"可證。"

　　②菉：通"綠"。聞一多云："唐寫本《文選集注》引陸善經本菉正作綠。"（《楚辭校注》）　　蘋（音:貧）：水草名，又名四葉菜。　　齊：列也（《淮南子·原道篇》高注），列，布也（《廣雅釋詁》三）。　　葉：在此作動詞,即長出葉子。"綠蘋齊葉"句：葉已經生長而布列於水面。"菉蘋"與"白芷"相對為文。　　白芷：香草名。綠蘋齊葉，白芷初生，點明春景。

　　③貫：通,穿過。　　廬江：水名，具體地點,説法不一，要而言之，有以下幾説：一説即今安徽省東南地帶之青弋江。洪興祖曰："前漢《地理志》，廬江出陵陽東南，北入江。"顧觀光《七國地理考》引錢坫説："此即今之青弋江也。"　　一説在今湖南省境内，以為不是《隋書·地理志》桂陽縣的廬水，就是《一統志》辰州府瀘溪縣的瀘水。（見徐文靖《管城碩記》）一説為襄漢間中廬水。王夫之曰："廬江，舊以為出陵陽者，非是。襄漢之間，有中廬水，疑即此水。"　　一説以為即今襄陽宜城界之潼水。今人譚其驤曰："廬江當指今襄陽宜城界之潼水，水北有漢中廬縣故城，中廬即春秋廬戎之國，故此水當有廬江之稱。自漢北南行至郢,廬江實所必經。且亂辭在'路貫廬江'

句下有 '倚沼畦瀛兮遥望博?'、'青驪結駟兮齊千乘'、'與王
趨夢兮課後先' 等句，正與襄陽江陵間多沼澤平野之地形相吻
合。若以廬江移置皖境，則全不可解矣。" 　按：諸説之中，
以王夫之説近似，而譚其驤説最爲明晰、確切,與文義頗相合。
至于另有將 "廬" 釋爲 "蘆"，謂 "蘆江"，"或即大江（長江）
初生蘆葦之時"，姑可備一説而已。（説見林庚《招魂地理辨》，
收入其《詩人屈原及其作品研究》） 　長薄：草木叢生的長
林地帶。王夫之曰："長薄，山林互望皆叢薄也。"薄，草木交錯
曰薄，即草木叢生的地方。意思舊説長薄爲地名。王逸曰："長
薄，地名也"，"長薄在在江北。"胡文英更析爲二地，曰："大薄、
長洲，皆地名、在今江南。《招魂篇》：路貫 江兮左長薄。"
皆不可從。這 句 是 説 屈原穿過廬江，沿着長林莽原，向雲
夢澤進發。

　　④倚：依也，靠近的意思。 　沼：像池塘一樣的小水。
畦：一塊塊水田。 　瀛（音：營）：像海洋一樣的茫茫大水。
博：寬廣。此指曠野之地，即上文所云 "長薄"，亦即下文 "與
王趨夢兮課後先" 的 "夢"。 　夫之注："沼，小水如池。瀛，大水
如海。畦，界也。博，遠也。草木勞榮，春水滿澤。"這句的意
思是説，靠近小池望到水田，由水田望到茫茫大水,由小到大，
由近及遠，愈望愈遠，愈看愈寬廣，故云 "遥望博"。這裏所説
的縱橫交錯的池沼水田，一望無際的沼澤地帶，正是雲夢澤。
"獻歲發春" 以下四句，是屈原自叙放逐南行時，經過 "沼畦
瀛" 地區，縱目遠望，下文所寫頃襄王的夜獵，就是望中的情
景和想像。

　　⑤青：青色的馬。 　驪（音：離）：指純黑色的馬。 　結：
連也。 　駟（音：四）：駕一輛車用四匹馬。 　齊：齊發。
乘（讀如：聖）：古代一輛車爲一乘。 　齊千乘，千乘齊發。

這句是説，青馬黑馬連成一組，許多輛車整整齊齊地出發了。

⑥懸火：放火驅趕野獸，以便圍獵。《戰國策·楚策》：
"野火之起也若雲蜺"，即可作爲注腳。如雲蜺之懸掛在天空，
故曰懸火。胡文英曰："懸火，燎田而獵，遠望若懸也。"一説爲
焚林用的火把，即墳燭。（見《周禮》）一説爲懸鐙。均可參。
延起：火勢蔓延，衝天而起。　　玄：黑裏透紅的顏色（一指
黑色，如前"玄玉梁"的"玄"。）　　玄顏：指天空的顏色黑
裏透紅。　烝：火焰薰騰。這句説，焚林獵火的延燒，把天
空變成玄色。馬其昶曰："遙望雲夢，但見懸火烝天，知其爲獵
也。"

⑦步：徒步，即步行的從獵者。　　驟：馳馬。驟處：馳
馬所到之處。　　誘：導也。這裏作名詞用，指打獵時在前面
指揮引導的人。朱熹曰："誘，蓋爲前導而馳騁以先誘獵象，若
《儀禮·射儀》之有誘射也。"　　這句是説，步行的從獵者追
及馳馬所至之處，向導一馬當先，跑在前面。

⑧抑：止也，即控制的意思。　　鶩（音：務）：馳也。
抑鶩，意即勒緊彎頭，控制馬跑。獵象及車馬競相追逐野獸，
人馬混雜，在轉彎時，車馬必須控制速度，以防意外，這樣方
能使人馬順利通過，故下文云"若通"。　　通：通暢，不使堵
塞。　　右還：右轉。胡文英曰："抑鶩，控縱也。若通，執彎
如組也。"蔣驥曰："抑止馳鶩者，使順通獵事，引車右轉以射獸
之左也。"

⑨王：君王。　　趨：奔向。　　夢：楚國雲夢澤的簡稱。
雲澤的範圍很廣，橫跨今湖北省一帶的大江南北。分而言之，
則雲在江北，夢在江南。洪興祖曰："江南則今之公安、石首、
建寧等縣"，這是"夢"的所屬區域；"江北則至沙監利、景陵
等縣也"，這是"雲"的所屬地區。這裏所指，當在江南。　　與

王趨夢，就是説同君王奔往夢澤中圍獵。　　課：考察品較之意。　　課後先：考察隨從人員較量馳騁之先後。馬其昶曰：“與王趨夢射獵而課第羣臣功績之先後，此想望之辭，非事實也。”

⑩君王：指頃襄王。　　親發：親自射箭。　　憚（音：但）：“彈（音：丹）”的假借字或誤字。彈，斃。郭沫若曰：“‘憚’當是‘彈’字之誤。因正好勇爭先，窮歡極樂，不至突然説到恐怖。”（《屈原賦今譯》）　　青兕（音：寺）：一種青色大野牛。《爾雅》：“兕似牛。”注云：“一角，青色，重千斤。”據此可知是犀牛類。這句説，君王親自射出箭去，擊斃青兕。“憚青兕”：疑爲“青兕憚。”聞一多曰：“本篇亂辭逐句有韵，獨此句兕字不入韻。疑‘憚青兕’當作‘青兕憚’，先還先憚四字爲韻也。憚讀爲彈。《爾雅》釋木、釋文引《字林》：‘彈，斃也。’左襄二十七年‘單斃其死’，單亦斃也，單與彈同。‘青兕彈’即青兕斃耳。”（《楚辭校補》）　　一説，憚：小心戒慎、驚懼警惕。這句是説，君王親自射箭，要小心警惕獵得青兕，因爲那要招致三月内死亡的災禍。朱亦棟《羣書札記》：“考《呂氏春秋·至忠》篇曰：‘荆莊哀王獵于雲夢，射隨兕中之，申公子培劫王而奪之。王曰：何其暴而不敬也？命吏誅之。左右大夫皆進諫曰：子培賢者也，又爲百倍之臣，此必有故，願察之也！不出三月，子培疾而死。荆興師戰于兩棠，大勝晉，歸而賞有功者。申公子培之弟進，請賞于吏曰：人之有功也軍旅，臣兄之有功也于車下。王曰，何謂也？對曰，臣之兄犯暴不敬之名，觸死亡之罪于王之側，其愚心將以忠于君王之身，而持千歲之壽也。臣之兄嘗讀故記曰，殺隨兕者不出三月，是以臣之兄驚懼而爭之，故伏其罪而死。王令人發平府而視之，于故記果有，乃厚賞之’。《招魂》所云，正用此事。

憚，有戒心也。即屈子事君致身，惓惓不忘之義。舊注云,憚,
負矢懼而走也。從兕索解，似未得屈子之意。（案：荆哀王宜
作楚莊，見《說苑·立節篇》，但彼又以隨兕爲科雉耳）”此
說可供參考。舊注以爲王射青兕中之而懼走,則不可從。　　按:
寫夜獵至此結束。關於楚王游獵雲夢之事，《戰國策》、《史
記》等典籍都有記載，兹引《戰國策·楚策》的一段描寫，可
與本篇參閱:“楚王游于雲夢，結駟千乘，旌旗蔽日，野火之起
也若雲霓。兕虎嗥之,聲若雷霆。有狂兕牂車依輪而至。王親
引弓而射，壹發而殪。”

⑪朱明：太陽初升時的景象，意謂白天來臨。朱是顏色，
明是指陽光。　　承：接續。　　朱明承夜,言白天承接黑夜，
即夜盡日出。　　淹：久留。　　時不可以淹：時間不容久留
了。馬其昶曰:“日月迅邁，蓋警其忘仇耳。”

⑫皋（音:高）：水旁陸地。皋蘭，水邊的蘭草。　　被：
覆蓋。　　徑：小路。　　斯：此。　　漸：淹没。　　這句
說，水邊陸地長滿了蘭草，把這裏的小路都淹没了。

⑬湛湛（音:站）:江水藍的樣子。一說水深貌。　　楓：
楓樹。《爾雅》注云:“似白楊，葉圓而歧，有脂而香。”洪注:
“《說文》云：‘楓，木厚葉弱，枝善揺，漢宫殿中多植之，
至霜後葉丹可愛，故騷人多稱之’。”

⑭這句承上“遥望博”而言。是說看到頃襄王在雲夢射獵
游樂之後，更目極千里，由楚望秦，想到懷王的慘死，不禁爲
之傷心。屈復《楚辭新注》曰:“頃襄忘不共戴天之仇，而猶夜
獵荒游，此三閭之所以極目而傷春心也。“傷春心”，一作“蕩
春心”。

⑮這句是說，魂魄啊，快歸來！可哀的江南！　　江南：
泛指楚國。這句有兩層意思:“魂兮歸來”，招懷王之魂，歸結本

題；“哀江南”，猶言可哀的江南，指頃襄荒於游畋，造成國勢
不振，令人傷心，也希望魂魄爲之動情，早點歸來。胡文英曰：
“魂若歸來，庶可以得政行道，而哀憐此江南無辜之民，而拯
之也。”蔣驥曰：“卒章魂兮歸來哀江南，乃作文本旨，余皆幻設
耳。”

　　本篇的體式與楚辭其他作品不同。屈原採用了楚國民間流
行的招魂形式，創作了這篇奇文。作品分三個部份：首爲引言，
闡明招魂的原因；尾有亂辭，道出創作的本意；中間爲招魂的
正文，極言上下四方之可怕，故鄉飲食、居處之可樂，意在叫
魂魄勿在外亂跑，快快歸返故居。引言爲叙事，故中間雜有散
行句；亂辭章句中用“兮”字，與屈原其他作品相類似；唯獨正
文（招詞）用“些”字作收聲語詞，不僅與本篇的前後兩部份
不同，而且在楚辭中也是獨一無二的。這與古代招魂習俗有密切
的聯繫，古人在招魂時是把陰陽人鬼分開來的。本篇中凡出自
巫陽口中的言詞都用“些”字，凡作者叙述的語言，即引言和
亂辭部份均用“兮”字，正説明了這一點。
　　“些”字，是楚國方言，實際上乃是荆楚巫覡咒語中收聲
語詞。沈括在《夢溪筆談》中曾明確指出過：“今夔峽湖湘及南
北獠人，凡禁咒句尾皆稱‘些’，乃楚人舊俗。”可證“些”字
是南方巫音的殘存。同時也説明本篇正文沿用了楚國民間招魂
詞的形式。
　　從篇章結構和表現手法方面看，也體現出屈原對民間文學
創造性的運用。楚國民間巫覡所唱的招魂詞，今已無籍可征，
但以今例古，從現存民間招魂詞中，仍然可以看出它的輪廓和
藝術上的特徵、以及它與本篇之間的内在聯繫。如在屈原故鄉
秭歸，至今流傳着這樣一首歌謡：

　　　我哥喲，回喲嗬，嘿嗬也。
　　　大夫大夫喲，聽我説喲，嘿嗬也。
　　　天不可上啊，上有黑雲萬里。
　　　地不可下啊，下有九閟八極。
　　　東不可往啊，東有弱水無底。
　　　南不可去啊，南有豺狼狐狸。
　　　西不可向啊，西有流沙千里。
　　　北不可游啊，北有冰雪蓋地。
　　　唯願我大夫，快快回故里，
　　　衣食無須問，楚國好天地。

這是屈原故里秭歸每年端午節划龍舟時唱的一首《招魂曲》（見《屈原故里秭歸》）。它的格式與屈原的《招魂》極爲相似，即從上下四方呼叫靈魂歸來。據説，“在屈原的故鄉秭歸，從古代起直到解放後，民間死了人，特別是‘當親當路’的老年人，儀式之中有‘招魂’一節。……老一輩的秭歸人，略有文化的都能背誦如流。”（見80年 6 月18日《羊城晚報》《‘招魂’與秭歸的風俗》一文）。

　　招魂的習俗，不僅中國有，外國亦有之。世界上的許多民族、在未開化或半開化階段，都常常舉行招魂。人們以爲每個人都有第二個“我”（即靈魂）存在。靈魂可以從人的孔竅，如口或鼻跑出去。《伊裏亞特》的英雄們則以爲靈魂是通過傷口跑出去的。無論是醒着還是睡着，靈魂都會離開身體。有些病，尤其是受驚駭後的病，乃是由于丟了魂引起的。有時靈魂是被魔鬼强行帶去的，所以巫師們要舉行驅鬼活動，把靈魂看守住。靈魂常常像鳥兒（魂鳥）一樣飛走，也可以撒米將它誘喚回來。弗拉社（James George Frazer）曾記緬甸的招魂詞如下：

　　緬甸的加倫人（Karens）不斷的爲他的靈魂而焦慮，只恐怕靈魂遠離人身而陷入於危險。如果有人猜疑自己的靈魂將要離開了，於是便舉行個留往它或召回它的儀式，全家人都得參加。人們預備好一頓筵席，内有一公鷄、一母鷄、米、一把香蕉。於是家長拿着泡米的碗，在引到屋内去的階梯的最高級上打三下，念道：“啊！回來呀，我的靈魂，別在外面停留呀！天若下雨，你便要淋濕了。太陽若出來，你便太熱了。小蠅們將你刺你，螞蝗們將咬你，老虎們將吞你，雷電將劈你。啊！回來呀！我的靈魂。這兒恰相反，你將異常舒適。你什麼都不會缺少。來吃罷，狂風暴雨都不會襲你。”以後全家都來吃這種菜，而儀式便完結了。每人在腕上繫着術士所施過法的綫。”（《金枝簡編》Le Rameau d'or, edition abreoer 第十八章第二節，弗拉社夫人注譯本，頁一七二至三。轉引自陸侃如、馮沅君《中國詩史》卷一。）

　　陸侃如、馮沅君指出：“最值得我們注意的事：這段本文與緬甸的招魂詞同樣的可分爲兩部份。第一部份述楚以外各處的危險，……正如加倫人以小蠅、螞蝗、老虎等威嚇靈魂一樣。第二部份述楚以内的各種快樂，……即加倫人所謂‘你什麼都不會缺少。’”（《中國詩史》：卷一）這類招魂詞，古今中外都廣泛流傳於民間，往往不謀而合。本篇就是在這種口頭文學的基礎上創作而成的。

　　屈原創作《招魂》，不僅是悼念故君，而且是藉哀死之心激發生者報國雪恥、發奮圖強之念。本篇在創作上的現實意義就在此。

　　司馬遷在《史記》中一再指出“懷王入秦不返，楚人憐之。”（《項羽本紀》）“頃襄王三年，懷王卒於秦，秦歸其喪于楚。楚人皆憐之，如悲親戚。”（《楚世家》）懷王本是個昏

庸無能、喜好聲色的君主，在他執政的三十年中，弄得民貧國
危，兵敗地削，照說已失去民心，不會博得人民的同情。但是
在他被騙入秦國以後，拒絕了秦國“欲先得地”的要挾，表現
出堅强的一面和悔悟的決心，在一定程度上是符合楚國和人民
的利益；最後就這樣忍辱含悲，囚死於秦。因而激起了楚國人
民對他的同情和哀思，燃起了楚國人民復仇的火焰；後來楚人
起義抗秦，他的名字還能成爲一種精神上的號召力。楚國人民
的愛國主義思想通過對懷王的思念而透露出來。對于屈原來
說，無疑有更深刻的哀感。

　　頃襄王嗣位初期，在國內人民的悲憤情緒和“諸侯由是不
直秦”的壓力下，“秦楚絕”，斷絕了幾年邦交關係。襄王六年，
“秦乃遺楚王書曰：‘楚倍秦，秦且率諸侯伐楚，爭一旦之命。
願王之飭士卒，得一樂戰。’”在秦國的武力威脅下，“楚頃襄
王患之，乃謀復與秦平。”（《史記・楚世家》）頃襄王竟然這
樣媚敵忘仇、沉溺于聲色犬馬之樂，置國家民族于不顧，怎不
令屈原失望、憤慨和悲傷呢？據郭沫若考定，“《招魂》作于
楚懷王死時，是襄王三年，屈原四十六歲時做的。”（《屈原
研究》）屈原的被放逐，也當在此時。這也就是本篇的時代背
景。

　　篇首的引言和篇末的亂辭，是作者用自己的語言正面表達
主題思想的部分。從形式上看，引言和亂辭是從屬於正文的序
幕和尾聲，文字也不多，但我們不可輕易讀過，因爲在序幕裏
引出了一條思想綫索，貫串正文，而在尾聲裏，又歸結到通篇
的主題思想和創作意圖。作者在引言裏叙述了楚懷王“離殃愁
苦”的原因和經過，以及他和懷王之間的關係，他是在怎樣的
情況下以怎樣的心情來寫這篇文章。“亂辭”一開始就點明自
己在初春時就被放逐南行，叙述途中的歷程，沿路所見的景物。

故國的一山一水，一草一木，都使他眷戀懷想，一往情深。在
長林豐草、湖沼縱橫的曠野，遥望以寄離別之思。到雲夢澤，
看見遠處野火衝天，原來頃襄王又在夜獵了。於是在他的腦海
裏浮現出一個"鳥獸驚駭争馳逐"的射獵打圍場面。他極力描
寫車騎之强盛，侍衛之矯健，君王之英武。可是，聯係到當時
楚國危機四伏的現狀，不禁憂從中來，令人痛心。頃襄王的昏
瞶無能，荒於游畋，史籍有載，確係事實。《戰國策·楚策四》
莊章説頃襄王"馳騁乎雲夢之中，而不以天下國家爲事"，又
《史記·楚世家》載："楚人有好以弱弓微繳加歸雁之上者，頃
襄王聞，召而問之。"楚人趁機諷諫頃襄王去夜射秦國這只"大
鳥"，也是以射獵爲題來進行諷諫的。這些記載，都可以與《招
魂》亂辭所描寫的楚王夜獵相參閲。屈復曰："頃襄忘不共戴天
之仇，而夜獵荒游，此三閭之所以極目而傷春心也。"（《楚辭
新注》）　　　"朱明承夜"句以下，突然從熱鬧的氣氛中來個
當頭棒喝，以"時不可淹"（時光易逝）來警告夜獵者不要
苟安於燕巢危幕的生活；而"皋蘭被徑兮路斯漸"句則更進一
步透露出一種風雨飄搖、大厦將頃的預感。國内的情況如此，
國外的敵人又虎視眈眈。撫今追昔，觸事興懷，自然會想到被
敵人騙去，最後尚能堅强不屈的懷王，最後他沉痛地喊出："魂
兮歸來哀江南"！與巫陽的呼聲遥相呼應，歸結全篇。

　　　"天地四方，多賊姦兮"，任何地方都不好，只有回到可愛
的楚國，才能得到快樂。懷王既死，不可復生，所能希望他之
歸來，只有飄蕩在異鄉的孤獨的靈魂；然而國仇未復，奇恥未
雪，來日大難，勢所必然，楚國的現實是可哀的，楚國的命運
是可憂的。應當如何來對待這樣嚴峻的現實和不幸的命運呢？
作爲彼時彼境的屈原，別無他法，只能以自己的筆，抒寫思念
故居之情，以此來激發人們發憤圖强之志，言意所寄，和當時

楚國人民深厚的愛國感情是息息相通的。

　　至於招詞正文，由於它的性質和引言、亂辭有所不同，因而作者沉痛心情的表現就更爲曲折隱晦，必須細心體會，方知其中寓意。

　　“外陳四方之惡”，從一般招魂的角度看，目的是清楚的，即爲了威嚇靈魂，使它不敢滯留他鄉。因爲不能準確地知道靈魂的所在，所以上下四方都須説到。同時作者爲了保持招魂詞原來的表現形式的完整，仍然分上下四方來描寫。值得注意的是，作者在不破壞原來表現形式的前提下，又重點地突出了西方這一節，（共十七句，較其它各方六句、十二句至十四句多。）暗示懷王死地之所在（懷王客死於秦，秦在楚西。詳見注文。）、用筆絲絲入扣，用意細致深微。“幸而得脱”等句，又與懷王逃秦走趙不納之事有關。

　　“内崇楚國之美”，目的是召喚靈魂歸返故居，因爲所招者係懷王，自然應照王者的身份去描寫。從客觀效果看，作者不自覺地把當時楚國的經濟、文化生活的高度成就，作了形象的集中的反映。值得注意的是，作者在刻劃中，却偏重於腐化享樂的一面。正如劉勰所謂雜有“荒淫之意”。決不僅僅是一個排比鋪叙和誇張描寫的問題。懷王喜好聲色，不能不用其生前所好誘其靈魂歸來。這裏又恰好説明作者忠實生活，尊重事實的態度。因爲當時的官庭生活就是這樣地富麗奢華而又這樣地享樂腐化，所以作者借巫陽之口，毫無掩飾地反映了這個生活的真實，而這種現實是足以發人深省的。

　　《招魂》藝術上最主要的特點就是運用了排比鋪陳的手法。本篇“外陳四方之惡”，用上下四方相對稱；“内崇楚國之美”，把居處、飲食、歌舞、游戲等各個方面排比起來，都是鋪叙的手法。這種結構形式和描寫手法，對後世文學的影響是很大的，漢賦鋪張揚厲的作風，即濫觴于此。

　　從句式上講，本篇招詞每句八個字，去掉收聲語詞"些"，則大多爲七言句，這在詩歌形式的發展上，也是一場了不起的革命，對于以後七言詩體的形成，起到了積極的作用。

　　從美學意義上說，本篇反復陳述四方上下的恐怖，極力誇飾故鄉的可愛，從而形成强烈的對比，造成一種特殊的美學效果。

　　此外，作品中奇詭神異的想像，華瞻而又窮極變態的辭藻，細膩的描述等，都是值得稱道的，只不過這些特點在屈原其他作品中也多有表現罷了。

大　招

殷光熹　　注釋
殷光熹解題、説明

　　《大招》的作者是誰，歷來説法不一。王逸注楚辭時，它的著作權就不甚清楚了。王逸曰："《大招》者，屈原之所作也。或曰景差，疑不能明也。屈原放流九年，憂思煩亂，精神越散，與形別離，恐命將終，所行不遂，故憤然大招其魂，盛稱楚國之樂，崇懷、襄之德，以比三王，任能用賢，公卿明察，能薦舉人，宜輔佐之，以興至治，因以風諫，達己之志也。"到了宋代，便形成兩種截然不同的意見。晁補之《重編楚辭》認爲"《大招》古奧，疑（屈）原作，非景差辭"，姚寬《西溪叢話》也有相同意見。朱熹《楚辭集注》則説："今以宋玉《大小言賦》考之，則凡（景）差語皆平淡醇古，意亦深靖閑退，不爲詞人墨客浮誇艷逸之態，然後乃知此篇決爲（景）差作無疑也。"兩説之中，朱熹的影響要大得多。

　　以後，一部分學者進一步明確肯定是屈原所作。明代黄文焕《楚辭聽直》這樣説："晁氏曰：詞義高古，非原莫能及。余謂本領深厚，更非原莫能及。"清代林雲銘則列舉了不少論據，比較全面地證明本篇爲屈原所作，並修正了王逸的屈原"自招"之説，認定爲屈原招楚懷王亡魂之作，説法更合作品實際，因此，蔣驥《山帶閣注楚辭》、吳世尚《楚辭疏》、顧成天《讀騷別論》和陳本禮《屈辭精義》等，都贊同林氏之説。

　　另有一部分學者則不主張本篇爲屈原所作，提出了各種不同見解，要而言之，有以下諸家：　　　一、明代桑悦認爲是淮南八公所作，他説：“《大招》體制不出《招魂》，而摛辭命意又與《招隱士》相似，　或者淮南八公之徒，　因宋玉已有《招魂》，復擬作《大招》，未可知也。”（蔣之翹《七十二家評楚辭》引）　　　二、明末清初，賀貽孫《騷箋》、李陳玉《楚辭箋注》均以爲宋玉所作。賀貽孫云：“《大招》作于《招魂》之後，蓋多方以招之也，與《招魂》皆出宋子手而比較鄭重。或云景差作，非也。”（《騷箋·招魂、大招總評》）　　　三、近人梁啓超以爲漢人僞作，他説：“細讀《大招》，明是摹仿《招魂》之作，其非出屈原手，象不必多辯”，並以篇中有“小腰秀頸，若鮮卑只”，定爲漢人之作。（見其《屈原研究》和《要籍解題及其讀法》）　　　四、今人游國恩認爲是秦以後一個無名氏所作。他説：“《大招》既非楚産，又非秦以前人所作，那麽，它至早總在西漢初年，一個無名氏的作品。”　　　五、郭沫若則以“行文呆滯，格調卑卑”等理由，以爲“《大招》不僅不是屈原所作，而且也可能不是景差或任何其他楚國作者所作。”另外還有不少分歧意見，這裏不一一列舉了。

　　我們感到，問題的爭端既然是由王逸引起的，還是仔細地辨析一下王逸注釋的全貌爲好。王逸雖然在篇首有“或曰景差，疑不能明也”之語，但他闡述本篇作意時，還是認爲屈原自招生魂之作，並且將這一見解，貫穿于全文注釋中，如在“魂魄歸徠，無遠遥只”句下注曰：“屈原放在草野，憂心愁悴，精神散越，故自招其魂魄，言宜順陽氣始生而徠歸已，無遠漂遥，將遇害也。”在大量注文中，還出現類似“言我魂歸乎”等“我”字，分明指屈原。因此，可以認爲，王逸是有明確傾向的，即認爲《大招》是屈原自招生魂的作品。只不過爲了謹慎起見，加了“或曰”云云。王逸與屈原時代相距不甚遠，在沒有確鑿證據的情況下，還是姑從王逸古訓爲好：況且後人大都從文章風格立論，並無足够證據，即便有些理由，也受到較有力的反駁，（可參見陳子展《大招作者是誰》,《復旦學報》1980年2期、3期）因此我們還是把本篇的著作權歸之于屈原。

　　當然，王逸的“自招”說，與作品的實際不相合。（這與《招魂》“自招”的問題是相同的,可參看本書《招魂解題》）《大招》的主旨應是招懷王亡魂。如此，則《大招》的作年問題也比較清楚了，陳本禮《屈辭精義》曰:“（頃襄王）三年，懷王卒于秦，秦歸其喪。此靈車未臨，而屈子賦以招之也”,這一說法，是有道理的,《大招》應作于楚頃襄王三年（公元前二六九年）的春天。

　　《大招》與《招魂》同屬招懷王亡魂的作品，但本篇的“大”又作何解釋呢？對此，前人也有些異說。

　　有人認爲，《大招》的末章“歸于政治,所見者大”,故名。陳深《批點楚辭》云:“同一《招魂》而云《大招》者，以宋玉所陳皆宫室園囿侍女游獵之事，而此末章歸于政治，所見者大，故名大也。”另外，賀寬的《飲騷》等也有類似看法。

　　有人認爲，巫覡之事有大小，招魂所及的範圍有大小，故名。李陳玉《楚辭箋注》云:“曰《招魂》，又曰《大招》者，巫覡之事有大小故也。小如求一方鬼神，大如合四方上下之鬼神大索之。”

　　林雲銘則以爲尊君的緣故，他說:“特謂之大，所以別于自招，乃尊君之詞也。”

　　以上諸說，多出于臆測。林氏之說，似乎較合情理，但他的說法，是建立在《招魂》爲屈原自招基礎上的，如此，才頗能自圓其說。但現已考定《招魂》與本篇同是招懷王亡魂之作,

“尊君”云云也就自相矛盾了：既然出于“尊君”的緣故，那麼，另一篇爲什麼也不叫《大招》呢？

我們感到，所以要名之曰《大招》，因爲是在“大斂”時所用的招魂詞。“大斂”又作“大殮”，是將死者尸體入棺。《禮記·既夕禮》：“大斂于阼”，鄭玄注：“主人奉尸斂于棺”。在此“大斂”之際舉行的招魂儀式，可稱之爲“大招”。至于人剛死時替死者穿衣，則稱爲“小斂”，《禮記·喪服大記》云：“小斂，君大夫士皆用復衣復衾。”小斂時也要招魂，則名之爲“復”。《周禮·天官·夏采》：“掌大喪，以冕服復于大祖”，鄭衆注：“復謂始死招魂復魄”。也許是這個原因，懷王靈柩歸來，入土安葬的那次招魂之詞，稱爲《大招》，而屈原剛聽説懷王噩耗時寫下的“復”詞，則稱爲《招魂》。當然，這也是一種猜測，供讀者參考。

　　　青春受謝，白日昭只[1]。春氣奮發，萬物遽只[2]。冥凌浹行，魂無逃只[3]。魂魄歸徠，無遠遥只[4]。

　　　魂乎歸徠！無東無西，無南無北只[5]。

[1] 受：承受，替代的意思。　　謝：去也。此言四時之序，終則有始，由冬及春，自然更替，進入了新的一年。　　昭：明也，指光照良好。　　只：語詞。　　這二句是説，春天代替了已經流逝的冬日，陽光開始變得明媚。朱熹《楚辭集注》曰：“言玄冬謝去，而青春受之也。白日昭者，冬寒則日無光輝，故春氣和暖，而後白日昭明也。”胡文英《屈騷指掌》亦曰：“冬已謝其事，春即代而受其事，故曰受謝。冬日寒而無光，故春日載陽始見昭明也。”

②遽（音:巨）：竟也。指草木萌生，萬物復蘇。胡文英曰：
“吳楚諺爲卧物之蠕動曰遽。”　　這二句是説，春天氣候温暖，
萬物甦醒，竟相滋茂。朱熹曰：“言春氣奮發，而萬物忽遽競起
而生出也。”

③冥：幽暗。　　凌：冰。　　浹（音:加）：潛也，即寒
冷的意思。（用王夫之説）　　逃：竄，亂跑的意思。以上二
句是説，盡管春天來臨，但幽冰和寒氣依然没有完全消失，希
望魂不要到處亂竄。　　一説：冥：玄冥，北方之神。‧　凌，
猶馳，急行也。　　浹：遍，即周圍四處之意。王逸《楚辭章
句》：“言歲始春，陽氣上升，陰氣下降，玄冥之神，徧行凌馳
于天地之間，收其陰氣，閉而藏之，故魂不可以逃，將隨太陰
下而沈没也。”按：似以王夫之説爲妥。

④魂魄：古人認爲人的精氣曰魂，人的形體曰魄。人死魂
氣離散，故有招魂復魄之祭。王逸曰：“魂者陽之精也，魄者陰
之形也。言人體含陰陽之氣，失之則死，得之則生。”　　徠：
字同“來”。歸徠，一作“徠歸”。　　遥：漂遥，猶言漂泊流
蕩。　　蔣驥《山帶閣注楚辭》曰：“庶其乘此來歸，勿久滯于‧
秦土之遠也”，將“遠遥”直指秦國，並在以下二句注釋中説：
“上言無遠遥，指留秦言。此祝其勿他適，以起下文也。”可
參。

⑤以上三句總提四方，下面分而應之，極言四方異俗之恐
怖，告誡魂魄不要流散于東西南北，恐遭賊害也。王夫之曰：
“提綱言之”。

東有大海，溺水㴉㴉只①。螭龍并流，上下悠
悠只②。霧雨淫淫，白皓膠只③。魂乎無東，湯谷
寂寥只④。

①溺（音：逆）：淹没。溺水，王夫之《楚辭通釋》：“溺、與弱通，水無力不能浮物也。”胡文英曰：“溺水，即弱水，不能浮物而善溺物，故謂之溺水。”　　漻漻（音：悠）：水波流動的樣子。“漻漻”亦寫作“浟浟”。《詩經·衞風·竹竿》：“淇水浟浟。”傳：“浟浟，水流貌。”古本作“攸攸”，《説文》：“攸，水行也。”這兩句説，東方有大海，遼闊無邊，其水善沉溺，流波迅疾，不能浮物。

②螭龍：古代傳説中的一種動物，蛟龍之屬。《説文》：“螭，若龍而黄。”《九歌·河伯》：“駕兩龍兮驂螭。”　　上下：謂與流波相上下也。　　這兩句説，大海中螭龍并行浮游，與波濤起伏上下，其情景十分可怕。

③霧雨：海上水氣上升成霧，繼而降雨。　　淫淫：久而不止貌。　　皓：潔白的樣子。　　膠：凝固，凝結。　　這兩句是説，大海之上，白霧彌漫，淫雲不止，一片白茫茫的，好象凝固住一樣，天日不得而見。胡文英曰：“白皓膠，其白皓皓然，有如膠之不可開，魂更無處可行也。”　　一説：皓膠，水凍貌也，下句講冬天的景象。王逸云：“言大海之涯，多霧惡氣，天常甚雨，如注壅水，冬則凝凍，皓然正白，回錯交戾，與天相薄也。”説亦可通。

④湯谷：同“暘谷”，古代神話傳説中的日出之地。《天問》中亦云：“出自湯谷，次于蒙汜，自明及晦，所行幾里？”　　寂寥：寂静空洞的意思。　　這句是説，濃霧籠罩大海，將陽光也鎖住了，所以湯谷顯得寂寥。王夫之曰：“海水蒼莽，但見白霧昏塞，膠固不解，所謂暘谷者，不知何在，無從迎日出之光也。”　　一説，指湯谷之地空寂無人。王逸曰：“言魂神不可東行，又有湯谷，日之所出，其地無人，視聽寂然，無所見聞。”按：兩説之中，前説爲好。“寂寥只”，一作作“寂只”。

魂乎無南，南有炎火千里，蝮蛇蜒只①。山林
險隘，虎豹蜿只②。鰅鱅短狐，王虺騫只③。魂乎
無南，蜮傷躬只④。

①炎：火盛貌。一說指"炎山"，蔣驥注引《玄中記》云：
"炎山在扶南國東，四月生火，十二月滅，余月俱出雲氣"，可
參。　　蝮蛇：又名虺（音：灰）、頭大如拇指，形如三角，頸
細腹寬，體色灰暗，呈褐色斑紋，尾短小，口牙俱毒。是一種
凶惡的毒蛇。《爾雅·釋魚》："蝮虺博三寸，首大如擘。"　　蜒
（音：延）：長曲貌。

②隘：狹小而危險，因山高林密，故云。　　蜿：曲臥思
動貌。胡文英曰："蜿，曲處不勝而思動也。"蜿蜒，皆謂南方山
林地帶藏龍臥虎。王夫之曰："蜿蜒，皆蟠踞之意。"　　這兩句
說，南方有高山深林。地勢險危，虎豹蟠踞，匍匐伺人。，

③鰅鱅（讀如：容庸）：古代傳說中的一種怪魚。《山
海經·東山經》："食水……東北流，注于海。其中多鱅鱅之魚，
其狀如犁牛，其音如彘鳴。"郝懿行箋："《史記·司馬相如傳》
有'禺禺'。徐廣云："禺禺，魚牛也。'徐廣謂之魚牛，則此
經狀如犁牛是也。"　　短狐：即蜮（音：域），古代傳說中能含
沙射人的動物。《說文》："蜮，短狐也。似鱉三足，以氣䠛害
人。"王注云："一名射工，一名射影，一名祝影蟲。背有甲，頭
有角，有翼能飛，無目而利耳，口中有橫物如角弩，聞人聲，
以氣爲矢，因水而射人，或曰含沙射人，中人即發瘡，中影者
亦病。"洪興祖《楚辭補注》曰："谷梁子曰：蜮，射人者也。《前
漢·五行志》云：蜮生南越，亂氣所生，在水旁，能射人，甚
者至死。陸機云：一名射影。人在岸上，影見水中，投人影則
射之。或謂含沙射人。孫真人曰："江東江南有蟲名短狐，谿毒，

亦名射工。其蟲無目，而利耳能聽，在山源溪水中，聞人聲便以口中毒射人。”　　　王：大也；王虺，大蛇。《爾雅》：“蟒，王蛇也。”　　　鶱（音：軒）：舉頭貌。王逸曰：“言復有鯛鱅鬼域，射傷害人，大蛇羣聚，舉頭而望，其狀鶱然也。”

④躬：身體。《史記·司馬相如列傳》：“躬胝無胈。”司馬貞索隱引張揖曰：“躬，體也。”　　　這兩句說，魂啊，不要往南方去，那裏多鬼蜮，必定會傷害人的。林雲銘《楚辭燈》“蜮能水中射人，言即能防諸物之明害，恐難免蜮之暗傷也。”

　　“魂乎無西！西方流沙，漭洋洋只①。豕首縱目，被髮鬤只②。長爪踞牙，誒笑狂只③。魂乎無西！多害傷只。

　　①流沙：傳說中的西方沙漠之地，據說那裏的沙會不停地流動，故名，參見《離騷》注。　　　漭：水廣遠貌。宋玉《高唐賦》：“涉漭漭，馳蘋蘋。”　　　洋洋：廣大無涯。《詩經·衞風·碩人》：“河水洋洋。”亦同“揚揚”。　　　這兩句是說，西方的流沙廣闊無垠，就象無邊的大海。王逸曰：“言西方有流沙，漭然平正，視之洋洋，廣大無涯，不可過也。”

　　②豕（音:始）：猪。這裏指野猪。《左傳·莊公八年》：“齊侯游于姑棼，遂田于貝丘，見大豕。”　　　首：頭。　　　縱目：豎目。　　　被：通“披”。被髮，即披髮。《禮記·王制》：“東方曰夷，被髮文身。”《孟子·離婁下》：“今有同室之人鬥者，救之，雖被髮纓冠而救之，可也。”　　　“鬤”（音：瓟）：髮亂貌。《集韻》：“崖鬤亂毛貌。”

　　③踞牙：其牙如踞，鋒利無匹。“踞”、與“鋸”同。《逸周書·王會》：“義渠以茲白。茲白者，若白馬，食虎豹。”

亦作“倨牙”,《爾雅·釋畜》:“駁如馬,倨牙；食虎豹。”郭璞
注云:“《山海經》云:‘有獸名駁,爲白馬,黑尾倨牙,音如
鼓,食虎豹。’”又作“居牙”,《淮南子·本經》:“句爪居牙,戴
角出距之獸,于是鷙矣。”按:倨、踞均從居聲,與“鋸”字通。
“居”是“鋸”字之省。　　誒(音:嬉):與“嘻”同音通假,
參見《招魂》。　　笑,即嘻笑。　　　一説,笑,強笑。王逸
曰:“誒,猶強也”,朱熹曰:“誒,強笑也。”　　以上四句是説,
西方有神獸,頭象豬,眼睛直竪,爪子特別長,牙齒象鋸齒一
樣鋒利,遇着人就狂笑。王逸曰:“言西方有神,其狀豬頭從目,
被髮鬤鬤,手足長爪,出齒鋸牙,得人強笑熹而狂獝也。或曰:
誒,笑樂也。謂得人熹樂也。此蓋蓐收神之狀也。”　　蔣驥曰:
“今川西有獸名狒狒,長髮豕首,執人則笑,蓋此類也。又《八
絋荒史》:魅國,《山海經》作末國,黑首三角,兩目上竪,
亦夜叉之族。”此説亦可供參考。

　　魂乎無北! 北有寒山,逴龍豔只①。代水不可
涉, 深不可測只②。天白顥顥, 寒凝凝只③。魂乎
無往! 盈北極只④。

①逴(音:卓)龍:即“燭龍。”洪興祖曰:“逴,音卓,遠
也。《山海經》:西北海之外,有章尾山,有神,身長千里,
人面蛇身而赤,是燭九陰,是謂燭龍。疑此連龍即燭龍也。”
豔(音:隙):大赤色。這兩句是説,北方有寒冷的山,而且有
紅顏色的燭龍,人面蛇身,身長千里。　　　一説,逴龍:山名。
豔:赤色,形容山無草木的樣子。王逸曰:“言北方有常寒之山,
陰不見日,名曰逴龍。其土赤色,不生草木,不可過之,必凍
殺人也。或曰:逴龍,色逴越也。豔,懼也。言起越寒山,豔然

而懼，恐不得過也。”按：前面東、南、西三方，均寫有神異怪獸，則這裏的“雄龍”，應從洪興祖的解説爲是。

②代水：水名。代，指今山西、河北一帶。胡文英曰：“代水，應在今山西地，但無可考矣。”王夫之曰：“代水，未詳。楚南去并代遥遠，或聞桑乾嘔夷之水如此爾。”　這兩句説，代水廣闊，不可渡越，其深無底，不可窮測，人過必沉，故不可往也。

③顥（音:皓）顥：光貌，指冰雪映照，其光耀眼。　凝凝：水結冰貌。王逸曰：“言北方冬夏積雪，其光顥顥，天地皆白，冰凍重累，其狀凝凝，其寒酷烈，傷肌骨也。”

④盈盈：滿、充滿。　北極：極北地區。洪興祖曰：“《淮南》云：北極之山曰寒門。”　這兩句是説，整個北方冰雪遍地，直到最北邊都是如此。

以上言四方皆不可往。以下言楚國之樂。

魂魄歸徠，閑以静只①。自恣荆楚，安以定只②。

①閑：安閑。以：連詞，即“而”的意思。　静：清静。閑静，指無他患，不必驚恐。王夫之注：“身無怔營曰閑，言無紛吱曰静。”蔣驥注：“閑静，即無逃意，言歸路安閑鎮静，無有警惕也。”

②自恣：任意無拘。　荆楚：指楚國地區。荆是古代楚國的別稱，因其原來建國于荆山一帶，故名。蔣驥曰：“荆楚，舉全楚言之。”　安以定：身安不危，定居不遷。林雲銘曰：“不言歸故居，以國爲家，即此一句，更可决其爲招懷王而作矣。”胡文英：“一國之中，惟王所欲，故曰：‘自恣荆楚’。其爲招懷王無疑矣。”　以上兩句是説，魂魄歸來吧，不必驚恐，

整個楚國都可以由你隨心所欲，在這裏，將安居無危。

逞志究欲，心意安只①。窮身永樂，年壽延只②。魂乎歸徠！樂不可言只③。

①逞：快心；稱願。《左傳·成公十六年》：“若逞吾願，諸侯皆叛，晋可以逞。”　究：窮也，極也，即窮盡，終極之意。《詩·大雅·蕩》：“靡屆靡究。”毛傳：“究，窮也。”《易·說卦》：“〔震〕其究爲健。”孔穎達疏：“究，極也。極于震動，則爲健也。”　逞志究欲：快意縱情，心滿意足。　心意安只：心情愉快，安樂無憂。

②窮，終。胡文英曰：“窮身永樂，即終身長樂也。”　年壽延只，即延年益壽。王逸曰：“言居于楚國，窮身長樂，保延年壽，終無憂患也。”

③“樂不可言只”句：楚國豐饒快樂之事太多了，不可能一一陳述。

以上總言歸楚之事，下文分別言之。

“五谷六仞，設菰粱只①。鼎臑盈望，和致芳只②。內鶬鴿鵠，味豺羹只③。魂乎歸徠，恣所嘗只④。

①五谷：王逸曰：“五谷，稻、稷、麥、豆、麻也。”　仞：七尺曰仞。一說八尺爲仞。《説文》：“仞，伸臂一尋，八尺也。”　五谷六仞，是説積谷之高。洪興祖、朱熹曰：“言積谷之多也。”一說指谷倉之事，王夫之曰：“言倉庫之積高也”，亦可通。　設：供也。　菰（音：孤）粱：一名雕胡，結實爲飯，

香美可口。胡文英:"菰粱，即菰米，菰米北方謂之高粱椹頭，亦曰高粱甜頭，亦曰菰米。澤中又有一種葛蔣菰米，亦黑而粘，甚中食。"

②鼎:古代炊器。多用青銅制成，圓形，三足兩耳；也有方形四足的。　　　臑(音:而):熟也。　　　盈望:滿望，言其極多，意謂所煮熟羹湯，望之滿案排列。　　　和:調和，加進。致:達到；求得。　　　和致芳只:調以椒桂薑之類，致其芳美。王逸曰:"言乃以鼎鑊臑熟羹臛，調和鹹酸，致其芬芳，望之滿案，有行列也。

③內，應指鼎內所有之物。王夫之曰:"內，鼎內所有也。"上文言鼎鑊滿案，香料調羹，鼎內所煮何物未言，故此處點明鼎內有鵠鴰鶬，又重于豺肉，故羹味尤美。　　　一說"內"同"肭"，肥也(洪興祖說)。　　　鶬:鶬鴰，亦稱黃鶯，黃鳥、黃鸝。羽毛黃色，嘴淡紅色，頭部有黑色斑紋。　　　鵠(音:胡):有白鵠、黃鵠。俗名"天鵝"。頸長，羽毛白色，嘴端黑色。嘴基黃色。羣居于湖泊、沼澤地帶。肉可食。　　　味豺美:和以豺肉，羹味尤美。味，猶和也。

④恣所嘗也:任其所用。嘗，食用也。

"鮮蠵甘雞，和楚酪只①。醢豚苦狗，膾苴蓴只②。吳酸蒿蔞，不沾薄只③。魂兮歸徠，恣所擇只④。

① 蠵(音:協):大龜，俗名靈龜。肉可食。蠵，一作"鱐"。甘雞:蛙類，即甜雞，又名田雞。胡文英:"甘雞，甜雞也，一名田雞，一名蛙，肉似雞而甘美。"　　　一說雞肥則肉甘。王夫之曰:"甘，肥美也。"　　　酪(音:洛):酢(醋的本字)䜴(音:

載，漿也），即醋。王逸曰：“酪，酢截也”。　一説爲乳漿。洪興祖曰：“酪，乳漿也。”　以上兩句説，以鮮潔大龜烹之作羹，再用田鷄之肉和以醋漿，其味清烈。

②醢（音：海）：醬也。　苦：苦酒。王夫之曰：“苦，苦酒，亦酢也。”　醢豚：猪肉醬做成的丸子。　苦狗：用苦酒逼去狗肉的腥味。胡文英曰：“醢豚，以豚和醢，蓋若今肉丸之類也。《禮・内則》：濡豚包苦實蓼。鄭注：謂是苦荼。苦狗，以苦制其腥也。”　膾：細切也。　苴蒪（音：居樓）：植物名，即襄荷。葉如初生的甘蔗，根如姜芽。王逸曰：“切襄荷以爲香，備衆味也。”

③蒿：艾類，有青白之分，嫩時均可食。　蔞：蔞蒿，楚北地産。　沾：汁濃。　薄：味淡。　這兩句説，吳地之人，善調咸酸之味，醃制蒿蔞之類，其味不濃不淡，極爲爽口。王夫之曰：“吳酸，吳人善罨諸菜，若襄荷蔞蒿之屬。皆鹽藏令酸，用以和膾。沾，古添字，濃也。不沾薄者，濃淡皆宜擇。”

④“恣所擇只”句：是説各種味道應有盡有，可以讓魂魄隨意選食。王逸曰：“言衆味盛多，恣魂志意擇用之也。”

　　　　“炙鴰烝鳧，煔鶉陳只①。煎鰿臇雀，遽爽存只②。魂乎歸徠！麗以先只③。

①炙（音：治）：烤也。　鴰（音：括）：本作鴰。《説文》“鴰，麋鴰。”《通訓定聲》：“似雁而黑。”　鳧（音：扶）：水鳥名，俗名“野鴨”，雄者頭部綠色，背部褐黑色。　形似鴨，能飛，肉鮮美。　煔（音：潛）：字與“燂”同。古代獻祭品的一種。沉肉于湯使半熟。沈括曰：“祭禮有腥、燂、熟三獻。”

（《夢溪筆談》）王夫之曰：“黏，音潛，與燖同，沸湯淪也。”鶉（音：淳）：鵪鶉的簡稱。體形似小鷄，頭小尾短，羽毛赤褐色，有黃色條紋。肉和卵可食。胡文英曰：“鶉，鵪鶉也。”這兩句說，有烤糜鴰蒸野鴨，還有鶉肉湯陳列滿案。

②鰿（音：積）：魚名，即“鯽”。王夫之曰：“鰿，今作鯽。”體側扁，稍高。背面青褐色，腹面銀灰色。肉味鮮美，是我國的重要食用淡水魚之一。　臛（音：霍）：字同“膗”，肉羹。這裏用作動詞，指將雀做成肉羹。　雀：黃雀。　遽爽：味佳爽口。胡文英曰：“遽爽，極爽之味也。”屈復《楚辭新注》曰：“遽，急；爽，清快也。老子《道德經》：‘五味令人口爽。’則遽爽者，爽快之味也。”　存：猶在也。這兩句說，有煎鯽魚和黃雀肉羹，吃起來有滋味，很爽口。

③麗：指佳味美品。一作“進”。王夫之曰：“此言諸美品，先進之以爽口也。”

以上皆言食物之美，任其所便。

　　四酎并孰，不澀嗌只①。清馨凍飲，不歠役只②。吳醴白蘗，和楚瀝只③。魂乎歸徠！不遽惕只④。

①酎（音：宙）：重釀酒。經過幾次復釀的醇酒，《禮記·月令》：“〔孟夏之月〕天子飲酎，用禮樂。”鄭玄注：“酎之言醇也，謂重釀之酒也。”四酎，四重釀也。指四次釀成的醇酒。并：俱也。　孰：同“熟”。并孰，每重皆熟，即四重皆熟過、味極醇。　澀（音：色）：即“澀”，苦澀。澀，一作“澀”。嗌（音：益）：咽喉。　這兩句說，四重釀醇酒味很醇，不澀人的咽喉。

②清馨：酒清而香氣散發。　凍飲：冷飲。　歠（音：
輟）：飲，啜。《楚辭·漁父》：“何不餔其糟而歠其醨?”《禮
記·曲禮上》：“毋流歠。”孔穎達疏：“謂開口大歠，汁入口如水
流。”　役：賤也。指下役之人。不歠飲，是説不允許工役人
員飲用，因爲容易酒醉失禮。王逸曰：“言醇釀之酒，清而且香，
宜于寒飲，不可以飲役賤之人。以飲役賤之人，即易醉顛仆，
失禮敬。”胡文英曰：“不歠役，言其貴而不可褻也。”

③醴：甜酒。洪興祖曰：“《説文》：醴，酒，一宿熟。”稍
有酒味。　蘖（音:聶）：亦作“糵”。酒曲，一種釀酒用的發
酵劑。　瀝：壓擠過瀝出的酒汁。指清酒。王逸曰：“瀝，清。
酒也。”胡文英曰：“醴，甜酒。白蘖，白酒，俗謂之酒孃。蓋造
酒必以曲及蘖合，方能成酒也。瀝，壓榨酒也。”這種酒比較清
淡。王逸曰：“言使吳人釀醴，和以白米之曲，以作楚瀝，其清
酒尤釀美也。”

④遽：懼也。《廣雅·釋詁》：“遽，謂遑遽也。《楚辭·
九章》云：衆駭遽以離心兮。《大招》云：魂乎歸徠，不遽惕
只。”　惕：怵惕，戒懼。《書·冏命》：“怵惕惟厲，中夜以
具，思免厥愆。”孔安國傳：“言常悚懼惟危，夜半以起，思所以
免其過悔。”不遽惕，是説不要有惶恐懼怕之感。

以上以飲酒招之。

　　代秦鄭衛，鳴竽張只①。伏羲駕辯，楚勞商只②。
謳和揚阿，趙簫倡只③。魂乎歸徠，定空桑只④。

①代秦鄭衛：指四個地區的音樂。代：王夫之曰：“趙北
地。”　鳴竽張只：竽器吹響了。　這兩句説，代秦鄭衛四
國妙音，聚集于此，吹起竽篪，衆音雜作。

②戲：同“羲”。伏羲，原始社會傳說的氏族首領。《世本》
云：“伏羲作琴”，“伏羲作瑟”、“伏羲作瑟，八尺二寸，四
十五弦。”　　一說舞曲名。王夫之曰：“伏戲，舊作伏羲。今按
伏羲時未有傳樂，當讀如字，與駕辯皆舞名。蓋代秦鄭衛之舞也。”
駕辯：曲名，相傳伏羲氏所作。　　勞商：楚曲名。游國恩《楚
辭論文集》以爲：“勞商與離騷爲雙聲字，或即同實而異名”，以
爲即《離騷》。王逸則以爲“勞，絞也。以楚聲絞商音，爲之
清激也。”

③謳：徒歌爲“謳”。揚阿，即陽阿，楚曲名，參見《招
魂》。　　這兩句説，以趙國之簫，奏陽阿爲先倡，而口唱以
和之也。

④定：留；止。　　空桑：瑟名。王逸曰：“空桑，瑟名
也。《周官》云：古者弦空桑而爲瑟。”“定空桑”，是說希望魂
留在楚國，欣賞瑟樂。王逸曰“言魂急來歸，定意楚國，聽瑟
之樂也。”　　一説，定：指整理空桑的弦。王夫之曰：“定，整
理其弦柱而鼓之”，當以王逸説爲是。

　　　　“二八接武，投詩賦只①。叩鐘調磬，娛人亂
只②。四上競氣，極聲變只③。魂乎歸徠，聽歌譔
只④。

　　①二八：八個人一行，共兩行。參見《招魂》注。　　武：
足迹。《詩·大雅·下武》：“繩其祖武。”鄭玄箋：“戒慎其祖考
所履踐之迹。”武，一作“舞”。　　投：合。　　詩賦：指配樂
的詩賦。王逸曰：“詩賦，雅樂也。古者以琴瑟歌詩賦爲雅樂，
《關雎》、《鹿鳴》是也。”　　這二句是説，十六個人接連而
舞，與詩賦雅樂相配合。　　一説，投詩賦，即賦詩命樂工歌

之。王夫之曰：“投詩賦者，如《春秋傳》賦某詩之類，授詩命工歌之也”，可參。

②叩：擊。　調、和。　　鐘、磬：樂器。王逸曰：“金曰鐘，石曰磬也。”　　娛人：指樂人。　　亂：音樂的末章，尾聲。參見《離騷》注。　　這二句是說，衆樂工叩鐘擊磬，一齊演奏樂曲的尾聲。

③四上：舊説多不通。王逸曰：“四上，謂上四國，代、秦、鄭、衛也。”洪興祖曰：“四上，謂聲之上者有四，謂代、秦、鄭、衛之鳴竽也，伏戲之《駕辯》也，楚之《勞商》也，趙之簫也。”兩者都從音樂上進行解釋，但較牽強。

王夫之從聲韻的角度釋曰：“四上，上聲四韵相叶，古樂府有上聲歌，蓋平濁上清，聲之清者也”，殊不知上古時，還没有四聲之分，這種説法斷不可從。　　胡文英亦曲爲之解，曰：“四上，即今樂人所用四、上、工、尺、六、五。工即宫、上即商、五即羽、六即角、四即徵，古者樂人俱瞽目，使之筆畫少則易記”，亦不可從。　　朱熹等人則注以：“未詳”。　　按：此處四上，似應釋爲四面樂聲齊奏，其聲高聳入雲之意。林雲銘曰：“歌之四而合奏，上達至高，猶秦青遏雲之響，故曰四上”，較合情理。　　競氣，指樂聲競發。胡文英曰：“競氣，後聲欲强于前聲，愈進愈佳也”，可參。　　極：窮。極聲變，指樂聲窮極變化之能事。王逸曰：“窮極音聲，變易其曲。”　　一説，歌聲到了極點，便變化了聲調。林雲銘曰：“至極之聲又成變調”，可供參考。

④ 讄（讀如：撰）：通“撰”，述也。胡文英曰：“讄，緩陳其辭而唱也。”“聽歌讄”，是説聽歌聲陳述的意思。　　一説，讄，通“僎”，具。准備的意思。王逸曰：“讄，具也，言觀聽衆樂，無不具也”，可供參考。

以上以音樂之美招之。

　　朱唇皓齒，嫭以姱只①。比德好閑，習以都只②。
豐肉微骨，調以娛只③。魂乎歸徠，安以舒只④。

　　① 嫭(音:戶)：美麗。　　姱(音:誇)：美好。這兩句是
說，美女朱唇白齒，容貌十分漂亮。王逸曰："言美人朱唇白齒，
嫭眄美姿，狀似姱好可近，而親侍左右也。"　　一說，姱：修
飾。胡文英曰："姱，修飾也"，亦通。
　　②比：同。　　好(音:浩)：愛好，喜愛。　　閑：閑靜。
蔣驥曰："比德，言衆女之德相同也。好閑，言性喜閑靜，不輕
佻也。"　　習：熟習，指懂得禮節。　　都：雅，指嫺雅的風
度。王夫之曰："都，雅也。言其風度醇雅，不妖媚也。"這兩
句是說，衆美女品格相似，性情嫺靜，習于禮儀而風度高雅。
一說，比：比較，選擇。王逸曰："言選擇美人，比其才德、容
貌，都閑習于禮節，乃敢進也。"姑可聊備一說。
　　③豐：豐滿。　　調：和。王夫之曰："言其和藹善娛人也。"
這兩句是說，美人體態豐滿，溫柔可愛，善于使人歡娛。
　　④ "安以舒只"句是說，這裏可以讓你得到安慰，解愁舒
悶。王逸曰："言美女鮮好，可以安意舒緩憂思也。"王夫之曰"安
舒，與處而心志適也。"

　　嫭目宜笑，娥眉曼只①。容則秀雅，稚朱顏只②。
魂乎歸徠！靜以安只③。

　　① 嫭(音:戶)：同嫭，美好，這裏指美麗的眼睛。王夫之
曰："嫭，美目貌。"　　宜：適宜、恰到好處。　　娥眉：形

容眉毛又細又彎，十分美麗。參見《離騷》注。　　曼，長。
這兩句是説，美女們長着一雙雙漂亮的眼睛，笑起來自然又動
人。她們的眉毛，彎彎而細長。

②容：容貌。　　　則：連詞，相當“是”的意思。“則”
所連接的部分是對前一部分的説明或介紹。舊注多訓爲“法”，
似不可從。　　稚，幼。　　這兩句是説，美女儀容秀麗文雅，
臉色紅潤嬌嫩。

③静以安：可以静居安神。王逸曰：“言美好之女，可以静
居安精神也。”

　　　　娉修滂浩，麗以佳只①。曾頰倚耳，曲眉規只②。
　　滂心綽態，姣麗施只③。小腰秀頸，若鮮卑只④。
　　魂乎歸徠！思怨移只⑤。

①修：長。　　滂浩：大方。王逸曰：“滂浩，廣大也”，前
人多從之。在釋句時，又曰“用意廣大，多于所知”，與今所説
的“大方”差不多。胡文英則直接釋曰：“滂浩，大方也”，更爲
簡捷明了。　　麗以佳：即“美而艷”的意思。　　這兩句是
説，美女體形修長，心胸開闊，作風大方，長得艷麗極了。
一説，娉修是修飾打扮。滂浩即浩蕩，有兼採衆美之意。王夫
之曰：“娉修，飾也。滂浩，蕩也。言修飾盡致，兼衆美也。”可
參。

②曾：即“層”，重也。　　頰（音：夾）：臉的兩側。曾頰：
形容美人面龐豐滿，猶今云“雙下巴”之類。　　倚耳：耳朵
緊靠後腦，不張開。否則，成“招風耳”就不美了。王夫之曰：
“倚耳，耳向後倚，不哆張也。”　　規：圓。王逸訓爲“曲眉
正圓”，不妥。王夫之曰：“曲眉規則，眉曲如半規”，得之。　　這

兩句是説，美女臉龐十分豐滿，面頰似乎雙重，兩耳後倚，眉毛彎成半圓。

③滂心：多情。王夫之曰："滂心，情有余。"　　綽態：綽約的姿態。指姿態柔婉，含情脈脈的樣子。蔣驥曰："綽，綽約也。"王夫之曰："綽態，嚬笑語默，含情不盡也。"　　施：即施施，喜悦自得貌。《孟子·離婁下》："而良人未知也，施施從外來。"　　一説舒緩貌。胡文英曰："施，謂施施然舒緩也。"這兩句是説，美女多情含笑，姿態柔婉，姣麗無非。

④小腰：細腰。　　鮮卑：北方少數民族名。這裏指鮮卑族的腰帶。王逸曰："鮮卑，衮帶頭也。"鮮卑，又作"犀毗"、"犀毘"，皆一聲之轉。洪興祖曰："《前漢·匈奴傳》：黃金犀毗。孟康曰：要中大帶也。張晏曰：鮮卑郭洛帶，瑞獸名也。束胡好服之。師古曰：犀毘，胡帶之鈎。亦曰鮮卑，《魏書》曰：鮮卑，束胡之余也。別保鮮卑山，因號焉。"　　按：鮮卑的解釋，前人頗多疑義。王夫之曰："按帶名鮮卑者，因鮮卑束胡之制而立名。東胡別爲鮮卑，在秦漢之際，逸説未是。鮮，或音蘚，少也，微也。卑，斂約也，細腰柔屈之意。"梁啓超更因此句，而疑本篇爲漢人僞作。今按鮮卑一詞，在先秦典籍之中屢見不鮮，故此處仍從王、洪之説。　　這兩句是説：美人腰頸細長而秀美，如同胡姬用寬帶束腰一般。

⑤移：去。王逸曰："言美女可以忘憂，去怨思也。"胡文英曰："雖有所思、有所怨，皆可移情于此而忘之也。"

易中利心，以動作只①。粉白黛黑，施芳澤只②。長袂拂面，善留客只③。魂乎歸徠，以娱昔只④。

①利：靈巧、敏慧。王夫之曰："易中，和易其中。利心，

巧慧其心”。　　這兩句是說，美女心中樂易和平，極靈巧慧，舉止動作，也十分適宜。林雲銘曰：“其中心樂易和平，施之行動作止之間，與人相宜。”

②粉：脂粉。這裏指以粉搽面。王夫之曰：“粉，以塗面。”黛：青黑色顏料，古代女子用以畫眉。這裏指以黛畫眉。王夫之曰：“黛，以畫眉”。　　施：加。　　芳澤：香膏。　　這兩句是說，美女以白粉傅面，以青黛畫眉，以香膏塗鬢髮。王逸曰：“言美女又工妝飾，傅著脂粉，面白如玉，黛畫眉鬢，黑而光净，又施芳澤，其芳香鬱渥也。”

③袂（音：妹）：衣袖。　　這兩句是說，美人翩翩起舞，長袖拂人面，芳香飄逸，吸引着衆客不想離開。王逸曰：“言美人工舞，揄其長袖，周旋屈折，拂拭人面，芳香流衍，衆客喜樂，留不能去也。”

④昔：夜。　　“以娱昔只”句是說，可以終夜取樂。

　　青色直眉，美目媔只①。靨輔奇牙,宜笑嘕只②。豐肉微骨，體便娟只③。魂乎歸徠，恣所便只④。

①青色：指眉毛的顏色　　直：平直。　　媔（音：綿）：眼睛美好的樣子。王逸曰：“言復有美女，體色青白,顏眉平直，美目竊眄，媔然黠慧，知人之意也。”洪興祖曰：“青色，謂眉也。媔，美目貌。”　　這兩句是說，青色的眉毛平直端正，漂亮的眼睛流盼可愛。　　一說，直：當也。指眉毛正好是青色，不必依賴畫眉的黛。林雲銘曰：“直，當也。青色嘗當值于眉，不資于黛。”可參。

②靨（音：夜）：微渦，指嘴兩旁的小酒窩兒。　　輔：面頰。　　奇牙：美齒，好齒。王夫之曰：“奇牙，齒白殊異也。”

《准南子·説林》:"靨酺在頰則好，在顙則丑"。同書《休務》云:"奇牙出，靨酺搖"，高注:"將笑，故好齒出。酺酺，頰邊文，婦人之眉也。"　　嘕（音:掀）:笑貌。　　這兩句是説，美女嫣然而笑，兩頰現出微渦，口中露出美牙，樣子非常嫵媚。

③便娟:輕麗貌。胡文英曰:"豐肉微骨，則疑于太肥矣，故又云體便娟，言其相稱也。"這兩句是説，美人體態豐滿，而又顯得輕盈秀麗。

④便:王逸曰"猶安也"。王夫之曰:"便，與相狎也"。"恣所便只"句是説，有衆多美女，可以任其所便。

以上用美人招之。篇中共描繪了姿態容貌各不相同的五類美女，以招懷王亡魂。王逸曰:"所選美女五人，儀貌各異，恣魂所安，以侍栖宿也"。胡文英曰:"懷王本好聲色，故以美色招其魂。"

　　　夏屋廣大，沙堂秀只①。南房小壇，觀絶霤只②。
曲屋步壛，宜擾畜只③。騰駕步游，獵春囿只④。
瓊轂錯衡，英華假只⑤。菎蘭桂樹，郁彌路只⑥。
魂乎歸徠，恣志慮只⑦。

①夏屋:高殿峻屋。夏，指高大的房屋。《詩·秦風·權輿》:"夏屋渠渠。"《楚辭·九章·哀郢》:"曾不知夏之爲丘兮。"王逸注:"夏，大殿也。"　　沙堂:以丹沙塗之楹楣。　　這兩句説，高大的房屋，又以丹砂塗飾其堂，外形秀雅，適宜居處。

②房:堂的左右側室。　　小壇:石屋之平台。房前築土與堂齊，又專門以石砌之。　　觀（音:貫）:樓也。　　霤（音:溜）:滴下的水。洪興祖引《説文》曰:"霤，屋水流也"。

絶霤：樓檐置水槽，滴水別通，不滴于平台。王夫之注：“絶霤者，檐有承溜絶水，今之筧也。”蔣驥曰：“絶霤，檐有承溜接水，即《檀弓》所謂重霤也。” 這兩句説，向南之房，前築有小平台，樓檐有承接雨水的竹管（水筧），使雨水不致滴流在台上。林雲銘曰：“其中向南之房，又有不屋之平台，房上樓檐，捲水別通、不濺滴于平台也。”一説，霤：屋宇。 絶：相隔很遠。王逸曰：“霤，屋宇也。言復有南房別室，閑静小堂，樓觀特高，與大殿宇絶遠，宜遊宴也。”洪興祖亦曰：“《禮記》中霤注云：-古者複穴，是以名室爲霤。”可供參考。

③曲屋：周閣，圍繞房屋周圍的樓閣，宜于觀賞。 步壛（音：鹽）：長廊。洪興祖曰：“《上林賦》：-步壛周流。李善云：步壛，長廊也。《集韵》：壛，與檐同。” 擾：馴養。畜：指家養的動物。洪興祖曰：“畜，音嗅。師古曰：畜者，人之所養，獸是山澤所育。故《爾雅》説牛、馬、羊、豕，即在《釋畜》；論麋、鹿、虎、豹，即在《釋獸》。《説文》云：嘼，牲也。六畜之字，本自作嘼，後乃借畜養字爲之。” 這兩句是説，亭閣環繞主樓，並與長廊相通，可以周游觀賞，又適宜馴養動物。

④騰：馳。騰駕，駕馬騰馳。 步游：徒步游獵。 獵春囿（音：又）：春天來臨，便到苑林裏去打獵游玩。囿，古代帝王畜養禽獸的園林。 這兩句是説，春天草長兔肥之時，從獵之人，或乘車，或步行，到園林游獵。王逸曰：“春草始生，囿中平易也。言從曲閣之路，可駕馬騰馳，而臨平易，又可步行遂往，田獵于春囿之中，取禽獸也。” 一説，並非真的去打獵，而是到園林中搜玩畜養禽獸。林雲銘曰：“未至囿則乘車，既至囿則徒行。方可盡其遊之樂。獵，搜玩無所不至，若田獵者然，非真獵也”，此説亦可通。

⑤瓊：玉。　　　轂(音：谷)：車輪中心的圓木，中有圓孔，可以插軸。這裏代指車輪，《老子》：“三十輻共一轂”，即指車輪。　　錯：用金子裝飾器物。　　衡：車轅前的橫木。錯衡，王夫之曰：“以金飾衡也。”　　英華：本指草木之美者，這裏指車飾之美。王夫之曰：“英華，車飾之美如花。”　　假：大。即大放光彩之意。　　這兩句是說，用白玉裝飾車輪，以黃金鑲嵌衡木，車上美麗的花紋，光彩奪目。

⑥郁：繁盛的樣子。　　彌：滿。　　王逸曰：“言所行之道，皆羅桂樹、茝蘭香草，郁郁然滿路，動履芳潔，德義備也。”

⑦慮：一作“處”。王逸曰：“言魂乎倈歸，居有大殿，宴有小堂，游有園囿，恣君所志而處之也。慮，一作處。”　　一說，慮：憂慮之意。林雲銘曰：“可任其賞玩，以舒平昔之憂。”按：“慮”作“憂慮”不合招魂旨意，林氏釋爲舒憂，將“恣”釋爲“舒”，缺乏根據。今按“慮”可能是“虞”字，因形近而誤。《漢書‧魏相傳》：“臣聞明主在上，賢輔在下，則君安虞而民和睦”，則“虞”又通“娛”。此句是說，可以放縱歡娛。王夫之曰：“恣志慮者，放意游觀也”，仿佛得其大意，惜未作較詳的論證。

孔雀盈園，畜鸑皇只[1]。鵾鴻羣晨，雜鶖鶬只[2]。
鴻鵠代游，曼鷫鷞只[3]魂乎歸倈，鳳皇翔只[1]。

[1]畜：養。　　鸑：傳說中鳳凰一類的鳥。《廣雅‧釋鳥》：“鸑鷟……鳳凰屬也。”《山海經‧西山經》：“西南三百里曰女床之山，……有鳥焉，其狀如翟而五彩文，名曰鸑鷟。”這兩句是說：孔雀滿園，還養着鸑鳥和鳳凰。

[2]鵾：鵾鷄，又作“鶤鷄”，鳥名。《楚辭‧九辨》：“鵾鷄

啁啾而悲鳴。"洪興祖曰："鶂鶏、似鶴，黃白色。"　　秋鶂（音：秋）：古籍中水鳥名。《詩·小雅·白華》："有鶂在梁。"相傳青黑色，似鶴而大。張翼寬達五六尺，舉頭高六七尺。長頸赤目，頭頸皆無毛。其頂皮方二寸許，紅色，如鶴頂。嘴扁直，深黃色。足如鶏爪，黑色。（見《本草綱目·禽部一》）　　這兩句是說，鶂鶏鴻鶴，晨起羣飛，雜以　鶴之類，鳴聲啾啾。

　　③鴻鵠：大鵠，即天鵝。　　代游：此起彼落的飛翔。王夫之曰："代游，相代飛翥。"　　曼：連接延伸，形容其多。鷫鷞：亦作"鷫䴏"。鳥名，雁的一種。羅願曰："鷫鷞，水鳥，蓋雁屬也。高誘注《淮南子》云：'長脛，綠色、其形似雁。'"（《爾雅翼·釋鳥五》）　　一說是鳳凰別名。這兩句是說，大鵠與鷫鷞往來飛翔，曼延不絕。王逸曰："言復有鴻鵠，往來游戲，與鷫鷞俱飛，翩翩曼衍，無絕已也。"

　　④鳳皇：即鳳凰。此句承前文意，謂衆鳥集于春園，吉祥珍貴之鳥禽自然飛來。王逸曰："言所居園圃皆多俊大之鳥，咸有智漠，魂宜來歸，若鳳凰之翔歸有德然同志也。"

　　以上用離宮囿園可恣游觀招之。

　　　曼澤怡面，血氣盛只①。永宜厥身，保壽命只②。
　　室家盈庭，爵祿盛只③。魂乎歸徠，居堂定只④。

　　①曼：細膩。　　澤：光澤，光潤。　　怡面：面色和悅歡喜。胡文英曰："曼澤，曼膚而有光澤。""怡面，悅懌其容顏"。血氣盛：血氣充盛，指身體强壯，膚色紅潤。　這兩句是說，細膩的皮膚帶着光澤，臉上露出喜悅的神情。紅光滿面，身體强壯。
　　②宜：善也。　　厥：其。林雲銘曰："身養則年可延。"蔣驥曰："宜，善也。言身之舉動，皆合于善，用能保其壽命也。"

這兩句是説，經常善于調養身體，可以確保長壽。

③室家：宗族，指同宗之人。　　　盈廷：滿朝。　　爵禄：官爵俸禄。王夫之曰："盈廷，皆列位于朝廷。爵禄之盛，施及宗族也。"　　這兩句是説，宗族興旺，布滿朝廷，人人都有高官厚禄。　　林雲銘曰："宗族皆在朝受富貴，**此親親之道，致治之本也。**"可參。

④居室：蔣驥曰："謂王室"。　　定：安。　　"居室定只"是説王室安定。蔣驥曰："宋樂豫告昭公曰：公族，公室之枝葉也。枝葉亡，則本根無所庇蔭矣。此所以宗族盛而王室安也。"

以上言魂既還歸，心康體適，以永壽命；宗族兄弟列位于朝廷，王室因之而大爲安定。蔣驥曰："此下皆招之以興道致治，此節言修身親親之事也。"

接徑千里，出若雲只①。三圭重侯，聽類神只②。
察篤夭隱，孤寡存只③。魂兮歸徠，正始昆只④。

①接徑千里：路徑相接，壤地相連有千里之廣，指國土遼闊。王逸曰："言楚國境界，徑路交接，方千余里。"胡文英曰："地壤相接千里之廣，其人皆多如雲，則易爲治矣。楚地至頃襄王十八年，猶有五千里，而此云千里者，王畿不過千里，蓋將以爲行王政之本也。"按：胡氏之説可供參考，但"千里"云云，未免過于拘泥，這裏的"千里"並非實數，只是泛指疆域之大而已。　　出若雲：形容人口衆多。蔣驥曰："出若雲，言人民衆多，其出如雲也。"　　這兩句是説，土地相連，道路萬千，人口衆多，遍布如雲。林雲銘曰："地廣民衆，此有爲之資也"，可參。　　王夫之則認爲："接徑，謂巡行之車，接迹于路也。出若雲者，扈從衆也"，可供參考。

②三圭：指公、侯、伯三種貴族。公執桓圭，侯執信圭，伯執躬圭，故稱。　　　重侯：地位比子、男更重要的諸侯。重，貴。洪興祖曰：“公侯伯子男謂之諸侯，三圭比子男爲重。”一説子、男共一爵，故稱“重侯”，（王逸）似以洪氏之説爲妥。聽：聽訟。　　　類神：察斷如神。“聽類神只”是説受理案件，精審如同神明。　　　按：這裏的“三圭”、“重侯”究竟指那些人，説法不一。王逸以爲指楚國內部的官員，他説：“言楚國所包，中有公、侯、伯、子、男執玉圭之君，明于知人，聽愚賢之類，別其善惡，昭然若神，能薦達賢人也。”朱熹亦曰：“蓋楚僭王號，其縣宰皆號曰公，如申公、葉公之類，其小者應亦比子、男也。”　　　王夫之則認爲指各國諸侯，他説：“言楚行王道，統一天下，行巡狩之禮，諸侯執玉而觀。……與三王受命正統，同其昌大。”　　　兩説之中，當以王、朱之説較合情理，此段所述，實爲楚國內政的問題。

③察：訪。　　　篤：原也。（洪興祖）　　　一説“病也。”（王逸）應以前説爲是。　　　夭：早死。　　　隱：疾痛也。（蔣驥）王逸等則訓爲“匿”，不妥。　　　存：撫恤慰問。　　　這兩句是説，察訪民衆中早死者家屬和患病疾者而厚施之，對孤寡者給予恤問。

④正：定也。　　　昆：後也。“始昆”，猶言先後。　　　“正始昆”是説：定仁政之先後。

以上以廣施仁政，聽察神明招之。

田邑千畛，人阜昌只①。美冒衆流，德澤章只②。
先威後文，善美明只③魂乎歸徠，賞罰當只④。

①田：田野。　　　邑：都邑，城市。　　　畛（音：診）：

田間小路，　　　　阜：盛也。　　　　這兩句是説，楚國田野廣闊，
城市衆多，道路縱橫交錯，人民富裕殷實。

②冒：“帽”的本字，這裏用作動詞，是復蓋的意思。　　衆
流：衆人。　　　章：通“彰”，明也。　　　這兩句是説，美善的
教化普及于民衆，德政的恩澤，十分顯明。

③這兩句是説，楚國爲政，應先以武力，威嚴治天下，然
後興禮樂，實行教化。那麽，美善之政就能有顯著的成效。
一説，是講統一天下之道。王夫之曰：“威，武也。誅强秦，平
五國，先之以武。經天下，興禮樂，繼之以文”。細審文義，此
處亦當導楚國內政，故王夫之説不可從。

④賞罰當：賞罰得當。王夫之曰：“政簡刑清，賞罰允當，
治之盛也。”林雲銘曰：“善美明則賞罰當，勸懲之法備矣”，皆可
參。

　　　名聲若日，照四海只①。德譽配天，萬民理只②。
北至幽陵，南交阯只③。　西薄羊腸，東窮海只④。
魂乎歸徠！ 尚賢士只⑤。

①“名聲若日”二句：謂楚王所實行的德政，天下莫不贊
頌，名聲四揚，如同太陽的光輝，普照四方。照，一作“昭”。

②“德譽配天”二句：楚王的美德名譽可與天比高，萬民
得到了大治。理，一作“治”。

③幽陵：幽州。　　　交阯：地名。《天問》：“黑水、玄趾、
三危安在？”“玄趾”，即交趾（“玄”、“交”小篆形近而誤。
“阯”與“趾”同）。《墨子·節用》：“堯治天下，南撫交阯，
北降幽都。”《尚書》亦云“宅南交。”《漢書·地理志》：“自交
阯至會稽七八千里，百粵雜處，各有種姓。”《尚書》及《墨子》

之南交，所指地包括百粵（百越）。百越，古者江浙閩粵之地，爲越族所居，故謂之百越。如於越在浙江，閩越在福建，揚越在江西，南越在廣東，駱越在安南。這裏的南交阯，泛指我國南方廣大的疆域。漢置交阯，乃專指南越。這兩句是説，北至幽都，南到交阯。

　　④薄：迫近也。　　羊腸：山名，因山形曲辟，狀如羊腸而得名，在今山西太原晉陽之西北。　　窮海：無邊無際的大海。　　王逸曰："言榮譽流行，周遍四極，無遠不聞也。"　　這兩句承上文言，謂楚王名聲傳天下，四面八方，遠近皆聞。所言北南西東，皆爲當時所知極邊遠之地。洪興祖曰："《書》曰：東漸于海，西被于流沙，朔南暨聲教訖于四海。《史記》曰：北至于幽陵，南至于交阯，西至于流沙，東至于蟠木。《淮南》曰：南至交阯，北至幽都，東至陽谷，西至三危。"可見標舉東西南北，極寫名聲、教化的流播，是當時一種習慣手法。

　　⑤尚賢士：舉賢士。尚，舉也。《廣雅·釋詁》："尚者，王制上賢以崇德。上賢，謂舉賢也。'上'與'尚'通。"一作"尚進士"；一作"進賢士"。蔣驥曰："尚賢士者，推本而言之。謂因尚賢而致此效也。發政以下，詳尚賢之實。"

　　　　發政獻行，禁苛暴只①。舉傑壓陛，誅譏罷只②。
　　　直贏在位，近禹麾只③。豪傑執政，流澤施只④。
　　　魂乎徠歸！國家爲只⑤。

　　①"發政獻行"二句：發教施令，進用有德行之士，禁絕苛刻暴虐之事。獻，進也。獻行，進用德行之士。
　　②"舉傑壓陛"二句：選拔俊傑之士處于高位，以彈壓殿庭，罰譏之事，可以息而不用。壓，立于百官之上謂之壓，即

身居高位。一作"壓"。陛，殿階。一作"階"。誅，責而退之。
《周禮·天官·大宰》："誅，以馭其過。"賈公彥疏："誅，責也，
則以言責讓之。"　　譏：查問。《孟子·公孫丑上》："關譏而
不征。"　　罷：止息也。

　　③"直贏在位"二句：正直而富有才能之人皆在顯位，使
其在親近之地輔佐君王。　　直贏，爲人品格正直而才又有余
者。此代指君王。　　麾（音：揮），旗幟。《春秋穀梁傳》莊公
二十五年："置五麾，陳五兵五鼓。"范寧注："麾，旗幡也。"近麾
麾，即在君王左右之意。林雲銘曰："禹麾，禹所制之麾。禹入
山林，不逢不若，故人君所用麾，象其所制，若後世學禹步以
禁邪是也。直贏在位而近麾，則前後左右，罔非正人，而接見
賢士大夫之時多矣。"

　　④"豪傑執政"二句：豪傑賢士主持政事，恩惠流布，民
衆皆受其賜。傑，一作"俊"。執，一作"理"。

　　⑤國家爲：如此，則國家大治矣。　　爲：治理，即得到
治理之意。《國語·周語上》："是故爲川者決之使導。"

　　　　雄雄赫赫，天德明只①。三公穆穆，登降堂只②。
　　諸侯畢極，立九卿只③。昭質既設，大侯張只④。
　　執弓挾矢，揖辭讓只⑤。魂乎歸徠！尚三王只⑥。

　　①"雄雄赫赫"二句：朝廷顯得威武盛大，最高尚的美德
光明四照。雄雄：形容威勢很盛。　　赫赫：顯耀盛大貌。
《詩·小雅·節南山》："赫赫師尹，民具爾瞻。"《荀子·勸
學》："無惛惛之事者，無赫赫之功。"　　天德：配天之德。
明：一作"王"。

　　②"三公穆穆"二句：地位很高的三公帶着和藹可親的神

情，上下玉堂，與君王議政。　　三公：周以太師、太傅、太保爲三公。《書》曰：“立太師，太傅，太保。茲惟三公。”　　穆穆：和美貌。　　登：上。　　降：下，一作“王”。　　堂：玉堂，宮殿之稱，這裏指國君處理政務的地方。

③“諸侯畢極”二句：諸侯都以楚爲歸極而來朝，遂設九卿之官職，真可謂一代興王也。　　極：至也。　　立：設也。九卿：據《周禮·冬官·考工記》“匠人”條下，記宮室規模時云：“内有九室，九嬪居之；外有九室，九卿朝焉。九分其國以爲九分，九卿治之。”注曰：“六卿三孤爲九卿。”六卿，指天官冢宰，地官司徒，春官宗伯，夏官司馬，秋官司寇，冬官司空。三孤，指少師、少傅和少保。兩者合爲“九卿”。

④“昭質既設”二句：射靶椹質已經擺設分明，射布也張掛起來。　　質：即椹（音：斟），椹質，射靶也。《周禮·夏官·司弓矢》：“王弓弧弓，以授射甲革椹質者。”　　大侯，天子大射之侯也，指所射之布，上畫各種獸形圖，如虎侯、豹侯之類。

⑤“執弓挾矢”二句：將士手拿弓箭，舉手互相辭讓，進退有禮。此指射箭之禮節。舉手緩登曰揖，垂手退避曰讓，致話謙讓爲辭。古時大射、燕射、鄉射之禮，將射者皆執弓挾箭，互相揖讓而後升台射之。戰國時此禮已廢。蔣驥曰：“天子當諸侯朝覲之時，與羣臣從容燕射，以司禮樂，此太平之盛治也。”

⑥尚三王：上法禹湯文武之道，以矯衰世之失也。　　尚，尊之而效其法也。　　三王：夏禹、商湯、周文王。一說夏禹、商湯、周文王、周武王。

以上極言治功化理之美，以向往三王盛世爲結。

林雲銘認爲 “接徑千里”至“尚三王只”共五段，“言養民教民，舉賢任能，治國家，朝諸侯，繼三代而興，其自恣荆楚，逞志究欲，可謂無所不盡，語語皆帝王之事，非原所能自爲。讀至此，則爲招懷王而作，不待問而自明矣。"

屈復認爲，從"曼澤怡面"至"尚三王只"，"皆帝王之政，以此招懷王，其心之悲痛爲何如也。此篇招懷王之魂歸楚國，行仁政，朝諸侯，有天下德美備于宮闈，鳳凰翔于園囿，化楚國之家爲三王之世，有可爲之資，竟客死於秦而不還也。"

王夫之曰："此上極言治功化理之美，一皆屈子所志，而楚之君臣不能用者，故幻設一郅隆之象，以慰其幽怨，而誘之使歸，所爲曲達忠貞之隱願，且以見非是則澤畔離魂，犯四方之不祥，雖爛爛而不反，其言愈博，其志愈悲矣。"

蔣驥："余按《離騷》曰：'忽奔走以先後兮，及前王之踵武。'又'昔君與我成言兮，曰黃昏以爲期。'則篇中所云，皆爲左徒時所見信於君而欲措諸行者，不幸中讒改路，徒以末了之願，號之既死之魂，其傷心固有非言所能喻者。嗚呼，能無疾首於讒人也哉。"

以上諸家，對最後一部分的大意和旨歸作了解釋，可供參考。

要了解《大招》的主題思想，必須先了解作者當時所處的社會背景，研究作者的創作動機。

戰國七雄長期角逐，互有勝敗。但論實力、疆域、兵力及其他條件，秦、楚兩國最爲雄厚，楚地更爲遼闊。秦、楚爭雄勢所必然，因此一時有"縱合則楚王，橫成則秦帝"（《戰國策·楚策一》）之說。懷王和頃襄王執政時期，楚國的形勢雖不景氣，但還有相當實力，如果君臣上下齊心努力，這種被動局面是有可能被打破的，統一中國的希望也是有的。屈原就生活在這樣一個歷史時期——楚國歷史發展的關鍵時期。他洞曉天下形勢，懂得歷史發展的趨勢，胸中有一套實現"美政"的政治主張，他要求懷王走先王之路，自己願意忠實地輔佐之："來吾導夫先路！"然而"哲王又不悟"，使屈原的主張終于得不到實現。他所信賴、所依靠的懷王，也被誘捕而客死于秦。盡管如此，楚國還沒有到了不可挽救的地步，直至頃襄王十八年（前二八一），楚人還爲頃襄王打氣："今楚之地方五千里，帶甲百萬，猶足以踴躍中野也"。然而，楚國的政局又實在太復雜，太腐敗了。内部矛盾重重，爭權奪利，相互傾軋，是非混淆，黑白顛倒，小人得勢，好人受壓。"自令尹以下，事王者以千數，至於無妒而進賢，未見一人也。"（《戰國策·楚策》）"今王之大臣，父兄，好傷賢以爲資厚，……是以國危。""楚國之食貴於玉，薪貴於桂，謁者難得見如鬼，王難得見如天帝。"（同上）懷王雖曾一度接受屈原建議，爲縱長，有變法圖强、聯齊抗秦的行動，但不久就被子蘭、上官大夫之流從中破壞了；他内惑于鄭袖，外欺于張儀，以致禍國殃民，還丢了性命。頃襄王繼位，"專淫逸侈，不顧國政"。常常帶着一班人，"馳騁乎雲夢之中，而不以天下國家爲事"（引同上）。楚軍之所以吃敗仗，事出有因；"武安君（白起）曰：'是時楚王恃其國大，不恤其政，而羣臣相妒以功，諂諛用事，良臣斥踈，百姓心離，城池不修，既無良臣，又無守備，故起所以得引兵深入，多倍城邑，發梁焚舟，以專民，以掠於郊野，以足軍食。當此之時，秦中士卒，以軍中爲家，將帥爲父母，不約而親，不謀而信，一心同功，死不旋踵。楚人自戰其地，咸顧其家，各有散心，莫有鬥志。"（《戰國策·中山策》）另外，在《吕覽》、《荀子》、《史記》等書中都有類似的記載。

　　楚國黑暗的政治，使屈原感嘆歔欷，痛心疾首，而楚民族光輝悠久的發展史，楚國對于統一天下所擔負的重擔，又使他壯心不已，鬥志猶存。特別是懷王被欺于秦、被屈死于秦的悲劇，不僅震動了楚國上下，“使楚人皆憐之，如悲親戚”，（《史記・楚世家》）更如晴天霹靂似地震撼了屈原的心靈，引起他的萬千思緒，爲了迎接懷王靈車的到來和即將舉行的歸葬儀式，爲了激勵起全民族同仇敵愾、共抗暴秦的決心，爲了促使頃襄棄穢撫壯，實行“美政”，一篇洋溢着楚宮廷、楚民俗氣氛、帶着濃厚的政治色彩的招魂詞《大招》，就在屈原的筆下誕生了。

《大招》和《招魂》均係屈原爲招楚懷王的亡魂而作，所不同者，前者是懷王歸葬時的招詞，後者是懷王初死時的招詞。二招中所陳皆人君之事；都是爲了悼念故君；都是藉哀死之心激勵生者雪恥復仇、發憤圖强之志；都是按照民間招魂詞的格式，先言四方之惡害，次言楚國之美樂。它們在思想內容和藝術形式方面有着基本相同的一面，也有其不相同的一面，例如《大招》末段（自“曼澤怡面”以下）所叙內容，“皆帝王致治之事”（蔣驥《楚辭餘論》），亦即治國安邦方面的綱領方針、政策措施、禮儀制度，尤其突出地反映了屈原的“美政”理想。因此，《大招》的主題思想，是《招魂》的擴大、延伸和深化。

招魂續魄，本爲民間迷信習俗，但在屈原心目中是別有寄托的。作品通過招魂的形式，一方面藉以安慰懷王的亡魂，按其生前的居處飲食游樂之習慣，誘靈魂歸來。“盛稱楚國之樂”，雖非屈原本願，但確係懷王生前所好，要誘其魂魄歸徠，不如此不行；按招魂風俗，不如此不行；按招詞格式，不如此不行；按帝王身份，不如此也不行。從思想內容看，其中確有不應肯定的地方，當然不必拔高，去發掘什麼“微言大義”，但把它們作爲反映當時楚國的民族風俗習慣、意識形態、思維方式、審美觀念、物質文明和精神文明水平來研究，其史料價值和認識價值也不能低估。

　　更重要的是，屈原借此形式和機會，抒情言志，寄托哀思，宣傳美政理想，開導後人，感化襄王，激勵民衆愛國之志，來振興楚國。總之，屈原是借招懷王的亡魂來喚起活人的覺悟和注意，其主旨不在死者身上，也不在過去，而在活人身上，在于未來。這就使招詞帶上了濃厚的政治色彩，與宮廷生活、宗教迷信的色彩混雜在一起，需要我們去分清，去取捨。

　　如果我們細加辨析，不難看出，本篇的主題思想，突出地表現在作者向懷王亡魂所陳述的“美政”理想上。招詞從各方面誘導懷王的靈魂快快歸楚，除了任其“自恣”以外，希望他能與衆賢臣共同把國家治理好，國强民富，光照四海，這樣，懷王的名聲赫赫，可與禹湯文王比美了。尤其是篇末一大段，長達四十八句，大談治國平天下的道理，與屈原平時的政治理想是符合的，也是本篇的主旨所在。對于這一段詩句，王夫之的解釋比較符合作品實際，他説：“此上極言治功化理之美，一皆屈子所志，而楚人君臣不能用者，故幻設一郅隆之象，以慰幽怨，而誘之使歸，所爲曲達忠貞之隱願，……其言愈博，其志愈悲矣。”（《楚辭通釋》）

　　本篇向懷王靈魂所幻設的政治藍圖，概括起來，有以下五個方面：

　　一、豪傑在朝，佞人落選。

　　朝廷上有賢明君主，下有賢臣輔佐，在位者均爲國家中出類拔萃之人物。他幻想出這樣一種境界：在楚王一統天下的朝廷裏，没有過去那種“鳳凰在笯兮，鷄鶩翔舞”的怪現象（《懷沙》），而是“豪傑執政，流澤施只”、“三公穆穆，登降堂只”；没有那種“背繩墨而追曲”、“倜規矩而改錯”（《離騷》）的壞現象，而是“三圭重侯，聽類神只”，没有“各興心而嫉妬”、“好蔽美而嫉妬”的惡習，而是“尚賢士”、“舉傑壓陛”；沒有“椒專佞以慢慆兮，㮤又欲充夫佩幃”、“蘇糞壤以充幃兮，謂申椒其不芳”（《離騷》）的丑事，而是“直瀛在位，近禹麾只”、“魂兮歸徠，尚賢士只！”這是作者發自內心深處的呼聲，是他日夜盼望能夠實現的理想。

二、發政施仁，賞罰得當。

在那樣理想的社會裏，屈原就用不着象過去那樣“怨靈修之浩蕩兮，終不察夫民心”，也不用着去“長嘆息以掩涕兮，哀民生之多艱”（《離騷》），因爲楚王能夠“察篤夭隱，孤寡存只！”過去他曾慨嘆“世幽昧以眩耀兮，孰云察余之善惡？”現在他看到君王施政能夠“先威後文，善美明只！”在這裏，再不會重演“不量鑿而正枘兮，固前修以菹醢”的悲劇，所以他急呼“魂乎歸徠，賞罰當只！”他反對歷史上的暴君暴政，口誅筆伐，深惡痛絕：“桀紂之猖披”、“后辛之菹醢”，還有貪淫殘暴的啓、澆、羿等。現在人們看到英明的君主能夠“發政獻行，禁苛暴只！”

三、國强民富，揖讓習禮。

屈原過去一再主張“民生各有所樂”（《離騷》），使人民各樂其生，各得其所；現在仍希望楚國的“美政”能夠被覆民衆，德澤彰明，展現在人們眼前的是“田邑千畛，人阜昌只”、“接徑千里，出若雲只”；滿朝文武官員舉行射禮，揖讓而升：“大侯張只”、“執弓挾矢，揖辭讓只！”氣慨威武，氣象肅穆。

四、君德配天，聖哲茂行。

屈原在《離騷》等作品中一再表明自己對禹湯文王之崇仰，希望楚王效法這些先王先哲：“奉先功以照下兮”（《惜往日》）、“昔三后之純粹兮，固衆芳之所在”、“彼堯舜之耿介兮，既遵道而得路”、“舉賢而授能兮，循繩墨而不頗”、“皇天無私阿兮，覽民德焉錯輔；夫惟聖哲其茂行兮，苟得用此下土”（《離騷》）。現在他仍然這樣呼喚：“魂乎歸徠，尚三王只!”這樣做了，楚王的“名聲若日，照四海只!”“雄雄赫赫，天德明只!”上則“德譽滿天”，下則“萬名理只!”一言以蔽之：“國家爲只!”（爲者，治也。）

五、天下統一，諸侯來朝。

春秋戰國時期，列國爭雄，諸侯割據，戰亂不止，給廣大民衆帶來極大的痛苦，對生産力的破壞也極爲嚴重。要結束這種混亂局面，就必須統一，這是歷史發展的必然趨勢，也是廣大民衆的迫切心願。

綜上所述，我們可以這樣説：招之以“美政”，是《大招》的主題思想。

《大招》是“絶世奇文”（林雲銘《楚辭燈》），它的表現手法和藝術趣味，“可謂妙絶千古”（吳世尚：《楚辭疏》）。可與他的姊妹篇《招魂》比美；雙璧輝映，奇光異彩。

《大招》的作者屈原，一方面保持了民間招魂詞的基本格式，另方面對民間招魂詞作了推陳出新的嘗試，從思想内容到表現形式進行了改造和提高。

靈魂觀念和招魂風俗的産生，由來已久。它是蒙昧時代人類頭腦中産生的觀念。這是由當時極其低下的生産水平和認識水平所決定的。當時的人類，因爲對夢境中出現的種種現象不理解，所以作了錯誤的解釋：以爲每個人除了“肉體的我”以外，還有一個“精神的我”，這個“精神的我”就是靈魂。靈魂寄居在每個人的軀體上，是無形的神秘物。人在睡眠時，靈魂就離開肉體出游，當它回轉來時，人也就醒了。肉體是要死亡的，但靈魂永遠不死。當肉體死亡時，靈魂就離開軀體到另一世界生活，或爲神，或成鬼。靈魂可以脱離"肉體"而單獨存在，且能象活着的人一樣生活。所以人們在招魂時，必須招之以美味、佳人、華屋、輕歌曼舞，誘惑它歸來。招魂本身是一種迷信活動，是一種錯誤的聯想，但它保留了原始人類的某些痕迹，透露出人類思維能力的發展程度。

屈原在創作《大招》時，一方面保留了某些傳統的招魂風俗，如説四方的神怪很可怕，能够傷害靈魂；另方面，他又能在例行招魂風俗習慣的外衣下，注入了新的思想，如招之以"美政"；新的表現手法，如文學想像。這類文學想像，並非全屬虛幻，有些是現實生活的真實寫照，如飲食、居處、佳人、游樂等。即使是四方地理形勢、氣候條件的描寫，也有必要的地理、氣象常識爲依據，至少是當時人們所能達到的知識水平。想像的對象有自然界方面的，如大海、山林、炎火、流沙、冰雪；動物方面的，如虎豹、蟒蛇；傳聞方面的怪獸；也有人類社會生活中存在的事物，諸如食品種類，房屋建築，裝飾服式，歌舞樂器，佳人扮態，風俗習慣等等；更有以想像的手法寄托作者的政治理想——"美政"。這些想像，有的是現實生活中曾經出現過的或者可能出現的東西，有的是有歷史作爲根據的，有的雖是傳説和神話，由于創作上的需要，作者用來作爲馳騁想像的材料，總之，這類文學想像，基本上是植根於現實生活基礎上的。具有生活的真實性。在這裏，"招魂"只是作者藉哀悼故君來寄托自己的願望，勸導生者奮發圖强的一種巧妙的方式。確切説，招魂只是手段，而不是目的。當時的楚國巫風盛行，人死必招魂，既成風俗，人皆遵從，懷王尸棺歸葬，更無例外。風俗禮制如此，楚國傳統如此，屈原也不能不如此。當我們透過招魂習俗的外衣，不難發現屈原的隱衷所在。他是利用這種落後的招魂形式、這個易于被人們接受的方式、這個恰到好處的機會，達到哀悼故君、激勵生者發憤雪耻復仇、實現“美政”理想社會的目的。

純係巫術的招魂詞，在語言方面還保留着很濃厚的迷信詞語色彩，屈原的《大招》，大部分詩句是提煉過的書面語言，文字精煉，詞意醇古，風格雅淡。而作者在狀物、寫景、叙事、刻劃人物等方面，層層鋪叙，大段排比，對稱整齊，看上去琳琅滿目，豐富多彩，這些方面，則又保持了民間招魂詞的基本特色。

從招詞的結構層次看，本篇共分三大部分。

第一部份陳四方之險惡。這是爲了嚇唬靈魂，使其不敢在外鄉亂跑或淹留。靈魂是肉眼看不到的，它的行踪難以得知，所以要四面八方都説到，這是民間招魂通行的套式。

第二部份自“魂魄歸徠，閑以静只”至“魂乎歸徠，鳳凰翔只”，内容是“盛稱楚國之樂”，從飲食、音樂、美人、居處等方面誘魂歸返故居。由于所招對象係懷王，自然要按照懷王生前的身份、所能享受的情况去描寫。對這些帝王生活的描寫，固然説不上有什麽思想價值，但從認識價值來説，它在客觀上反映出宫廷生活的腐化現實；從史料價值看，它確乎反映出當時楚國的經濟、文化水平。

第三部分　自“曼澤怡面”至“尚三王只”，直接招之以“美政”。這一點，與《招魂》的隱寓手法不同。作者在《大招》末段，以思念故君之情，直抒己意，毫不隱諱地招之以“美政”，以此來激發生人發憤圖强的志氣。這一大段共四十八句：先祝福楚王保壽養性，親愛家族，富貴興旺；次説聽察神明，廣施仁政；再説開發田園，人昌物盛，有寬有嚴，賞罰得當；又次説開拓疆土，以廣聲威，使賢士來歸；再次説舉豪杰，斥佞人，施德政，禁苛暴；最後説尚武藝，習禮讓，朝諸候，天下歸一，繼三代而興。

九　　辯

楊　金　鼎　　注釋
王從仁解題、説明

本篇是宋玉所作的長篇抒情詩，是一篇在屈原直接影響下而產生的，性質與《離騷》類似的作品。

先秦的楚辭作家，據司馬遷《史記·屈原列傳》記載，有宋玉、景差、唐勒三人。《漢書·藝文志》著錄唐勒賦四篇，但不見于王逸《楚辭章句》。景差賦未見著錄，大約早已亡佚，只有《大招》一篇，王逸《楚辭章句》説，有人懷疑可能是景差所作，但也不可靠。（詳見《大招》解題）因此，宋玉、景差、唐勒三人，現在有作品傳世的，只有宋玉一人。

關于宋玉的生平，現存歷史資料中没有完整的記錄。只有《史記》、《韓詩外傳》、《新序》、《漢書》、《文選》、《襄陽耆舊記》、《水經注》等書裏偶而出現零星片斷的記載，其中有些過于簡略，有些只是作爲遺聞佚事來述説，而不是徵實考信之詞，并且彼此抵捂，甚至連時代也無法統一，即使是劉向一本著作中，説法也不一致，《新序·雜事第一》曰："楚威王問於宋玉曰"，《雜事第五》又曰："宋玉事楚襄王而不見察"，宋玉一人事多朝，上起威王，下迄襄王，殊不可信。

比較可靠的還是司馬遷《史記·屈原列傳》中的那段話，它給我們提供了宋玉、唐勒、景差生平的大致輪廓：第一，他們是稍後于屈原的楚人，他們的創作受到屈原的直接影響，他

們在文壇上的活動時期，在"屈原既死之後"。第二，他們都
以擅長辭賦而知名，繼承了屈原作品某些體制和語言上的特點，
但風格與屈原不盡相同。第三，他們曾經入仕，但地位不高。
如宋玉，王逸説宋玉是楚大夫，習鑿齒《襄陽耆舊記》説他是
楚王的小臣，劉向《新序》説他"事楚襄王而不見察"。而且，
他們在政治上都不象屈原那樣敢于直諫，缺乏抗争精神。唐勒、
景差的作品已無法看到，就宋玉來説，以司馬遷的話印證本篇，
大體是相吻合的。

　　另外，習鑿齒《襄陽耆舊記》説："宋玉者，楚之鄢郢人也，
故宜城有宋玉冢"。酈道元《水經注》（卷二十八）也説："城故
鄢郢之舊都，秦以爲縣，漢惠帝三年改曰宜城。""城南有宋玉
宅。玉，邑人。"兩人都以宋玉爲郢人，可供參考。

　　宋玉的作品，《漢書·藝文志》著録爲十六篇，《隋書·
經籍志》著録有《宋玉集》三卷，但都不知具體篇目内容。王
逸在《楚辭章句》裏題爲宋玉作品的，除本篇外有《招魂》一
篇。蕭統《文選》有《風賦》、《高唐賦》、《神女賦》、《登
徒子好色賦》、《對楚王問》五篇，章樵《古文苑》有《笛賦》、
《大言賦》、《小言賦》、《諷賦》、《釣賦》、《舞賦》六
篇。明劉節《廣文選》有《高唐對》、《征咏對》、《郢中對》
三篇，共得十六篇。其中一部分晚出的作品，顯然出于後人僞
托，其他各篇也有各種不同説法。這裏就《九辯》的作者問題，
作一介紹。

　　《九辯》作者，自王逸以爲宋玉所作，一向没有問題。明
代焦竑，才開始提出不同看法，他在《筆乘》中説："《離騷經》
'啓《九辯》與《九歌》兮'，即後之《九歌》、《九辯》，
皆原之自作無疑。……《九辯》謂宋玉哀其師而作，熟讀之，
皆原自爲悲憤之言，絶不類哀悼他人之意。蓋自作與他人作，

旨趣故當霄壤。乃千百年讀者無一人覺其誤，何邪？"他的另一個理由是："《九辯》，余曾定爲屈子所作無疑，只據《騷經》'啓《九辯》與《九歌》兮'一語，並玩其詞意而得之。近覽《直齋書錄解題》，載《離騷釋文》一卷，其篇次與今本不同。首《騷經》，次《九辯》，後《九歌》、《天問》、《九章》、《遠游》、《卜居》、《漁父》、《招隱士》、《招魂》、《九懷》、《七諫》、《九嘆》、《哀時命》、《惜誓》、《大招》、《九思》。按王逸《九章》注云：'皆解于《九辯》中"則《釋文》篇第，蓋舊本也。以此觀之，決無宋玉所作摻入（屈）原文之理。"

　　焦氏的説法，在當時即引起了一些人的注意。陳第《屈宋古音義》説，焦竑以爲"《九辯》非宋玉作也，反復九首之中并無哀師之一言可見矣。""以是而信弱侯（即焦竑）之見卓絕于今古也。"張京元《删注楚辭》也認爲"必爲原作無疑。"以後，又有人表示贊同並提出了一些新的論據，如清牟廷相《楚辭述芳》、吳汝綸《評點古文辭類纂》等，吳氏曰："後讀曹子建《陳審舉表》引屈平曰：'國有驥而不知乘兮，焉皇皇而更索。'洪《補注》亦載子建此語。'國有驥'二句，《九辯》之詞也，而引以爲屈平，則子建固以《九辯》爲屈子作，不用王氏閹師之説。《九辯》《九歌》，兩見《離騷》、《天問》，《楚辭》此二篇皆取古樂章爲篇題，明明是一人之作。今《九歌》既屈子所爲，獨《九辯》定爲宋玉，不知何所據而云然。"張裕釗在《致吳汝綸書》中説"論《九辯》爲屈子書，尋其詞義，與《離騷》、《九章》諸賦實出一手，殆爲篤論"。

　　近現代也有部分學者同意焦氏的看法。梁啓超開始主張《九辯》爲宋玉作，後來在《要籍解題及其讀法》中，删去《九章》中的《惜往日》，加入《九辯》，·遂認爲屈原所作。另如劉永濟《屈賦通箋》、譚介甫《屈賦新編》、蔣天樞《楚辭論文集》都證爲《九辯》是屈原的作品，但大都未舉出新的證據，唯劉永濟《屈賦通箋》將本篇與屈原南遷時序相印證，以爲"其抒情慮思之辭，與離騷、九章亦表裏相宜"，顯以爲後于《離騷》，先于《九章》之作。

綜上所述，持屈原所作說的，主要有五條理由，但都不能成立。一是說《九辯》"皆原自爲悲憤之言，絕不類哀悼他人之意"，這個論點是針對王逸謂《九辯》爲宋玉惜其師之作而言的。王逸的看法固然錯誤，《九辯》的確不象"哀悼他人"之作，但是，宋玉難道就不可以自爲悲憤之言嗎？以本篇與宋玉生平相印證，可以看出，本篇抒寫的正是宋玉"貧士失職而志不平"的情懷。二是所謂舊本次第問題。且不談這個舊本是否靠得住，即便如此，也只能證明舊本將《九辯》排列在第二篇，而無法證明作者是宋玉還是屈原。三用曹植的話來作佐證。其實，古人文章中誤記的地方很多，不足爲憑。即使曹植並非誤記，真以爲《九辯》爲屈原所作，那至多也只能代表他個人的看法，而不能據此推翻舊說。四是《九辯》、《九歌》同見于《離騷》、《天問》，是古樂章，《九歌》爲屈原作，《九辯》也必然屈原所作。這條理由更不值一駁，爲什麼寫了《九歌》，一定要同時寫《九辯》呢？這裏面沒有絲毫必然聯係。五是屈原南遷行程與本篇相印證，這個做法也不足取。本篇是經過高度提煉的抒情詩，並沒有具體明確的時間和事件的描寫，用尋章摘句的方法，先入爲主，進行比附，只能導之牽強附會。所以，本篇的作者無疑應該是宋玉。

至于其他一些作品，也有不少分歧意見，不再詳叙。一般認爲《招魂》是屈原所作（詳見《招魂》解題），而《風賦》、《高唐賦》、《神女賦》、《登徒子好色賦》等篇，不僅在歷史上多被人引爲宋玉所作，　受到人們的普遍注意，　如關于巫山神女的故事，傅毅《舞賦》、曹植《洛神賦》、杜甫《咏懷古迹》等文學名篇都曾提到。這些作品思想上，藝術上都有可資借鑒之處，雖說未必是宋玉所作，但在文學史上有相當地位，也應引起重視。

　　本篇的題旨，王逸《楚辭章句》以爲宋玉是屈原的弟子，本篇是"閔惜其師忠而放逐，故作《九辯》以述其志"，通篇都是代言體。這個説法並不可靠。先秦時代，文學創作是否有司馬相如《長門賦》之類全部代人抒情的體裁，姑且不論；（即便《長門賦》，前面也有一段説明原委的序言）而宋玉和屈原的師生關係，不但司馬遷不載，同時也不見于其他書籍。（《襄陽耆舊記》所載，本自王氏）王氏可能出之于傳聞和臆測，是難以置信的。再拿本篇内容來看，主要寫"貧士失職"的"不平"，用代言體來解釋，窒息難通，與文義殊不相合。

　　《九辯》之名，來源甚古。《離騷》説"啓《九辯》與《九歌》兮"，《天問》説："啓棘賓商，《九辯》《九歌》"，《山海經》也説："夏后開上三嬪于天，得《九辯》與《九歌》以下"，可見《九辯》是古代流傳下來的樂調。當然，本篇是否能用《九辯》的調子，現在已無法考知了，大致説來，只是沿用舊題而已。王夫之《楚辭通釋》説得好："辯，猶遍也，一闋謂之一遍。蓋亦效夏啓《九辯》之名，紹古體爲新裁，可以被之管弦。其詞激宕淋漓，異于風雅，蓋楚聲也。"也就是説，"辯"是樂曲中相對獨立的一個段落，"九辯"是説由多組音調而合成的樂曲，象後來散曲中的套數一樣。本篇以"九辯"標題，是從音樂意義上取其曲調之名，而不是本篇内容的概括；它和《詩經》的樂調不一樣，屬于南楚的地方樂調。

悲哉秋之爲氣也！蕭瑟兮草木揺落而變衰。

憭慄兮若在遠行；登山臨水兮送將歸①。

沆瀁兮天高而氣清；寂漻兮收潦而水清②。

悽增欷兮薄寒之中人②。愴怳懭悢兮去故而就新；坎廩兮貧士失職而志不平④。廓落兮羈旅而無友生；惆悵兮而私自憐⑤。

燕翩翩其辭歸兮，蟬寂漠而無聲；雁癰癰而南游兮，鵾雞啁哳而悲鳴⑥。獨申旦而不寐兮，哀蟋蟀之宵征⑦。時亹亹而過中兮，蹇淹留而無成⑧。

①悲：傷心，哀痛。　　哉：語氣詞，表示感嘆。相當于現代漢語的“啊”。　　秋之爲氣：秋天所形成的氣氛。　　蕭瑟（讀如：銷色）：形容草木被秋風吹動的聲音。王逸説：“陰冷促急，風疾暴也。”五臣説：“秋風貌。”朱熹説：“寒涼之意。”（《楚辭集注》）王夫之説：“蕭條而索盡也。”（《楚辭通釋》）搖落：動搖，脱落。王逸説：“華葉隕零，肥潤去也。”（《楚辭章句》）　　憭慄（讀如：遼利）：義同“悽愴”。淒涼的樣子子。朱熹説：“憭慄，猶悽愴也。”王夫之説：“不忍其搖落之情也。”　　若：語助詞。　　在遠行：在遠行之中。　　登山臨水：謂縱目上下遠望。王逸説：“陞高遠望，視江河也。”　　將歸：即將完盡的一年時間。　　送：在這裏是送別的意思。秋天到來，登山臨水，極目蕭條，這意味着一年的時間又在向人們告別了。舊説，“送將歸”是送將歸的人。這句意思是説，因離別之情，更觸動了自己思家之感。王逸説，遠行，“遠客出去之他方也。”送將歸，“族親別逝還故鄉也。”朱熹説：“秋者，一歲之運，盛極而衰，蕭殺寒涼，陰氣用事，草木零落，百物凋悴之時，有似叔世危邦，主昏政亂，賢智屏絀，姦凶得志，民貧財匱，不復振起之象，是以忠臣志士，遭讒放逐者，

感事興懷，尤切悲嘆也。……在遠行覊旅之中，而登高遠望，臨流嘆逝，以送將歸之人，因離別之懷，動家鄉之念，可悲之甚也。”王夫之説：“因時而發嘆也。人之有秋心，天之有秋氣，物之有秋容，三合而懷人之情悽愴不容已矣，故爲屈子重悲焉。……草枯木脱，變蒼翠爲萎黄，登山臨水，見其辭枝而孤飛，隨風飄墮，若臨歧送遠，行者邁而居者獨也。”　　一説，“若在”，好象在。“遠行”和“登山臨水兮送將歸”都是比喻，形容秋意的悽愴，而非實叙。屈復説：“若在者，非其在也，言秋之悽愴如此之可悲也。”（《楚辭新注》）細審語氣，都不夠圓滿，和上下文的聯係也不緊密。　　這四句是全篇的總冒：首句是秋天給予人們的季節感受。二句寫秋天景色。三句悲異鄉的孤獨。四句恨時序的遷移。下文都是就這四個方面來抒發自己感慨的。

　　②分承“登高”與“臨水”而言。　　沉寥（讀如：血遼）：空曠的樣子。王逸説：沉寥，曠蕩空虛也。或曰沉寥猶蕭條。蕭條，無雲貌。”王夫之説：“高曠貌。”　　天高氣清：猶言天高氣爽。王逸説：“秋天高朗，體清明也。”朱熹説：“清，無垢穢也。”“氣清”的“清”，古本作“凊”。聞一多説：“劉永濟氏云：‘清爲凊之通假。一本作瀞，當爲瀞之或體。’《説文》曰：‘瀞’冷寒也，楚人語冷曰瀞。’案劉説是也。……王注曰‘秋高氣朗，體清明也，’讀如‘清’字，則與下句‘清’字韵復矣。”（《楚辭校補》）　　“宋”（音：寄）：同“寂”，没有聲音。《説文·穴部》：“宋，無人聲也。從穴，尗聲。”段玉裁注：“宋今字作寂，方言作宋，云静也。江湘九嶷之郊謂之宋。”　　嵺（ㄌㄧㄠˋ）：同“寥”，通“漻”，一本作“漻”。洪興祖説：“嵺，空虛也，與‘寥’同。漻，深清也。”王夫之也説：“波聲幽悄也。”亦通。　　潦（音：老）：積蓄的雨水。這裏指

泛濫的水。　　收潦：大水退盡。夏天水漲，故濁。入秋水退，則清。王逸説：“溝無溢濫，百川净也。言川水夏濁而秋清，傷人君無有清明之時也。”王夫之説：“氣清則天見其高，潦竭而水落以寂。”屈復則説：“清，當作澄，斷未有連句重韵理。”

③惛悽（讀如：慘妻）悲痛，悲傷。惛，同“慘”。　　欷（xi 希）：嘆息聲。　　惛悽增欷：王逸説：“愴痛感動，嘆舒息也。”　　薄寒：輕微的寒氣。　　中（讀如：衆）：侵襲。　　薄寒中人：王逸説：“傷我肌膚，變顔色也。”五臣説：“薄，迫也。有似迫寒之傷人。”王夫之説：“薄寒襲肌，不言悲而孤曠無聊之情在矣。”

④愴怳（讀如：創晃）：失意貌。　　懭悢（讀如：壙朗）：義同“愴怳”。　　愴怳懭悢：王逸説：“中情悵惆，意不得也。”洪興祖説：“愴怳，失意貌。……懭悢，不得志。”去：離開。　　故：指原來所在的地方。　　就：到達。　　新：指新的地方。五臣説：“去故就新，別離也。”　　坎廩（讀如：侃覽）：不平，這裏比喻遭遇不順利。王逸説：“數遭患禍，身困極也。”　　失職：失去官職。　　志：心意。從這句結合下文來看，宋玉當時是受到別人讒毁而失去官職，因家境貧困，不得不飄泊到遠方去謀生。

⑤廓落：空虛，孤獨。　　羇（音：幾）：同羈，本義是馬被繮繩所控制，引申作牽絆的意思。　　羇旅：指留滯異鄉。友生：古代稱知心的朋友爲“友生”。《詩經·小雅·棠棣》：“雖有兄弟，不如友生。”　　羇旅而無友生：王逸説：“遠客寄居，孤單特也。”洪興祖説：“羇旅寓也。”　　惆悵（讀如：仇唱）：因失意而傷感。朱熹説：“悲哀也。”結合前面的幾句，王夫之説：“薄寒中人，感蕭森而愴怳；天高水清，覽曠寂而懭悢；去故就新，江山之容非舊；失職羇旅，離羣無友。遷客自憐之

情，適與風景相會，益動其悲。"

⑥翩翩（讀如：偏）：輕快的飛舞的樣子。五臣説："言秋深也。翩翩，飛貌。"　　辭歸：辭北歸南。指燕子秋天離開北方飛回南方。　　宋漠：同"寂寞"，寂静。　　蟬宋漠而無聲：王逸説："蟪蛄斂翅而伏藏也。"　　雝雝（讀如：擁）：通"雍雍"。和諧的鳴聲。　　鵾雞：鳥名，似鶴，黄白色。王夫之則説："鵾雞，當作莎雞。""喌"（音：召）：大聲。"哳"（音：楂）：小聲。（均見《説文解字》段玉裁注）"喌哳"：大小相間，雜碎而急促的叫聲。這四句都是秋季所見景物，有兩層意思：燕和雁是候鳥，春天北去，秋天南來，而自己則在羈旅之中，欲歸不得，蟬的"宋漠無聲"、鵾雞的"喌哳悲鳴"，是季節氣候的感應，用以興起自己失意中的悲傷。王逸説："燕、蟬遇秋寒將入水穴處而懷憂懼；候雁、鵾雞喜樂而逸豫。言己無有候雁、鵾雞之喜樂，而有蟬、燕之憂懼也。"王夫之説："秋聲之形于蟲鳥如此，或寂或鳴，皆增悲切。"

⑦申旦不寐（音：妹）：通宵睡不着。申旦，通宵達旦。申，到。旦，天明，早晨。寐，睡。　　哀蟋蟀之宵征：聽到深夜裏蟋蟀的鳴聲而更增哀感。征，本義是行，這裏指蟋蟀的跳動。蟋蟀的鳴聲是從兩翅的摩擦而發出來的，跳動時，翅膀振動發聲。蟋蟀宵征，就是説蟋蟀夜鳴。這兩句的意思是説，孤零零的，一夜到天亮都睡不着；深夜裏聽到蟋蟀叫，更加增加我的哀痛。

⑧亹亹（讀如：委）：前進不息的樣子。　　過中：過了中年。王逸説："時已過半，日進往也。亹亹，進貌。"洪興祖引五臣注："亹亹。行貌。過中，謂漸衰暮也。"于省吾説："'亹亹'，在此應讀'微微'。金文'眉壽'之'眉'作'𤉜'，典籍中譌作'亹'。《儀禮·少牢饋食禮》：'眉壽萬年'，鄭注謂

古文眉爲微'．《左傳》莊二十八年的 '築郿'，《公羊傳》和《穀梁傳》均作'築微'。《易‧系辭下傳》：'定天下之吉凶，成天下之亹亹者'， 玄應《一切經音義、九》引劉瓛注：'亹亹猶微微也'。'時微微而過中'，'微'之義爲'小'也，爲'漸'，猶言'時漸漸而過中'，'過中'謂走向衰暮。這與《離騷》'老冉冉其將至兮'句例相仿，均就時間言之。洪氏引五臣注訓'冉冉'爲'漸漸'，可以互證。" 　　　　寋（音:簡）：通"謇"，楚方言，發語詞。 　　淹（音:烟）留：停留，久留。 　　無成：事業無所成就。中年落拓的人，分外感到時間易逝。這兩句和上文"登山臨水兮送將歸"緊相呼應。王逸説："雖久壽考，無成功也。"五臣説："念已將老，淹留草澤無所成也。"王夫之説："日月已逝，忠貞不達，勳名不立，如之何弗悲。此章以秋容狀逐臣之心，清子相若也，寂漠相若也，慘慄相若，遲暮相若也。九辯之哀，此章爲最。不待詳言所以怨，而怨自深矣。"

以上第一段，因秋興感。

悲憂窮蹙兮獨處廓，有美一人兮心不繹①。去鄉離家兮徠遠客，超逍遙兮今焉薄②？

專思君兮不可化，君不知兮其奈何③！蓄怨兮積思，心煩憺兮忘食事④。願一見兮道余意，君之心兮與余異⑤。車既駕兮朅而歸，不得見兮心傷悲⑥。

倚結軨兮長太息，涕潺湲兮下霑軾⑦。忼慨絕兮不得，中瞀亂兮迷惑⑧。私自憐兮何極，心怦怦兮諒直⑨。

①悲憂：指心情。　　窮戚：猶言窮困，指處境。戚，通
“慼(音：促)，局促不安。　　獨：孤獨。　　處：居住。這
裏是“處于”、“處在”的意思。　　廓（音：括）：空虛，空
寂。王逸說：“孤立特止居一方也。”五臣說：“廓，空也。謂己窮
慼，處于空澤。”　　有美一人：即有一美人，句法本《詩經》。
《詩經・齊風・野有蔓草》：“有美一人，清揚婉兮。”“美人”
是作者自比。王逸則說：“位尊服好，謂懷王也。”朱熹又說：“有
美一人，謂屈原也。”　　繹：“懌”（音：義）的假借字，愉快，
喜悅。　　不繹：心中不快。王夫之說：“不繹，猶言無緒。”
②去：與“離”同義，離開。　　去鄉離家：王逸說：“俏
違邑里之他邦也。”　　徠（音：來）：同“來”。　　遠：遠方。
客：用作動詞，作客。　　徠遠客：來到遠方作客。王逸說：
“去郢南征濟沅湘也。”王夫之說：“客，寓也。自國都來寓曠野
也。”　　超：遙遠。　　逍遙：閑散而無着落的樣子。　　焉：
疑問代詞，哪裏。　　薄：通“泊”（音：頗），止，到。王逸
說：“欲止無賢皆讒賊也。”王夫之說：“來處于寥廓之野，悲戚無
緒，今且不知其何所棲泊。”上句說，離開家鄉來到郢都供職，
是追溯過去；下句說，失職之後飄泊而無所依，是敘述現在。
據此，則宋玉寫作本篇時正失去了官職。第一段說“去故就新”，
所謂“就新”，只是一種願望與圖謀，並未實現。
③專：專一，一心一意。　　君：可能是指頃襄王。　　化：
改變。　　專思君：王逸說：“執心壹意在胸臆也。”五臣說：“化，
變也。”　　其：句中語氣詞，表示感嘆。　　奈何：如何，怎麼
辦。這是說，一心想念君王啊不可改變，君王不了解啊可怎麼辦？

④蓄、積：同義，都是“積聚”的意思。　　憺（音：淡）：
憂慮。洪興祖說：“憂也。”一說，震動。王夫之說：“動也。”
煩憺：因憂煩而發愕，指一種沉重的憂思。王逸說：“結恨在

心，慮憒郁也”。　　　食事：吃飲和做事。王逸説：“思君念主，忽不食也。”洪興祖説：“食事，謂食與事也。”一説，“忘食事”，是“忘記吃飯這件事”，也通。王夫之認爲，連同前面兩句，四句的意思是：“思君之情，歷變不渝，而君不知，故當食忘食，臨事忘事，其誠悃有如此者。”

⑤兩句意思説，希望見一見君王，説説我的心意；可是君王的心思和我不同。王逸認爲，上句是“舒寫忠誠自陳列也”，下句是説“方圓殊性猶黑白也。”五臣説：“願一見君，道忠信之意，君心以是爲非，故與余異矣。”

⑥既：已經。　　駕：把車駕在馬身上。　　撥(音：切)：離去。意思説，車子已經駕好，離開這裏回去吧；可是不能見到君王，心裏非常悲傷。這兩句是設想之詞，意謂駕車回去并不難，可是不能見到君王，又有什麽用呢？

⑦倚(音：以)：斜靠着。　　軨(音：靈)：車上欄木。古代車箱前面和左右兩面都有欄木，橫直交結，所以叫“結軨”。太息：嘆氣。王逸説：“伏車重軾而涕泣也。”洪興祖説：“軨，音零。車轄間橫木。”　　涕：眼淚，　潺湲(讀如：蟬元)：水流不斷的樣子，這裏借以形容流淚之多。　霑(音：佔)：“沾”的異體字。浸濕，沾濕。　軾：車前可以伏人的橫板。王夫之説：“屈子當懷王之世，雖放而不用，退居漢北，然猶一致事之大夫，故可駕車歸國，欲見君而陳己志。乃君不悦己，讒人間之，不得召見，故去而旋歸，伏軾而涕零，所謂可奈何也。”

⑧忼慨：同“慷慨”，憤激不平。　　絶：斷。憤激之下，想和楚王斷絶，可又不可能。這句是説内心的矛盾狀態。王逸説：“中情恚恨心剥切也。”　　中(音：忠)：内心。　　瞀(音：貿)：煩亂。王逸説：“思念煩惑，忘南北也。”五臣説：

“歡與相絕而不見，使中昏亂迷惑也。”

　⑨極：終了。　　怦怦（讀如：烹）：忠誠的樣子。一說，心跳的樣子。　　諒直：忠誠而正直。這兩句是說，自己雖然沒有人同情，但是內心無愧。王夫之則說：“忼慨，謂讒佞之人言無所忌者。讒人相踵，不可殄絕；君心迷亂，終不己聽；諒直之心，自憐而已；歸國無期，終于飄泊，今且安所棲止乎。”

　以上第二段，具體敘述自己的遭遇。

　　皇天平分四時兮，竊獨悲此凜秋①。白露既下百草兮，奄離披此梧楸②。去白日之昭昭兮，襲長夜之悠悠③。離芳藹之方壯兮，余萎約而悲愁④。

　　秋既先戒以白露兮，冬又申以嚴霜⑤。收恢台之孟夏兮，然欲傺而沈藏⑥。葉菸邑而無色兮，枝煩挐而交橫⑦；顏淫溢而將罷兮，柯彷彿而萎黃⑧；萷櫹槮之可哀兮，形銷鑠而瘀傷⑨。惟其紛糅而將落兮。恨其失時而無當⑩。攬騑轡而下節兮，聊逍遙以相佯⑪。歲忽忽而遒盡兮，恐余壽之弗將⑫。

　　悼余生之不時兮，逢此世之俇攘⑬。澹容與而獨倚兮，蟋蟀鳴此西堂⑭。心怵惕而震蕩兮，何所憂之多方⑮！卬明月而太息兮，步列星而極明⑯。

　①皇天：對天的尊稱。　　平分：平均分配。　　時：季節。四時，指春、夏、夏、冬四季。每季都是三個月，各佔一年的四分之一，故云“平分”。　　竊：暗自，私下。　　凜（ㄌㄧㄣˇ）：同“凜”，寒冷。一本作“凜”。王夫之說：“凜，凜通。”聞一多說：“凜，正字。”　　凜秋：寒涼而淒清的秋天。

朱熹説：“秋氣凜然而寒也。”五臣説：“秋氣凜然而萬物揺落，喻己爲讒邪所害，是以播遷，故竊悲此也。”王夫之説：“放逐之臣，危亂之國，其衰颯遼戾，皆與秋而相肖，故《九辯》屢以起興焉。”

②白露：秋天的露水。《禮·月令·孟秋之月》：“涼風至，白露降，寒蟬鳴。”　奄（音：眼）：突然。朱熹説：“奄，忽也，遽也。”　王逸則説，“奄”同“淹”，“羅也。”既凋百草，而梧楸同羅此患。百草喻百姓，林木喻賢人。”　離披：分散的樣子。這裏是指枝疏葉落的樣子。王夫之説：“葉萎而不振翕欲脱，無聊之狀。”　梧（音：無）：梧桐，落葉喬木。　楸（音：秋）：楸樹，落葉喬木，樹幹端直。梧桐和楸樹，都是早凋的樹木。王逸説：“萬物羣生將被害也。”五臣也説：“秋氣傷物之甚也。”

③昭昭：光明貌。　襲：進入。朱熹説：“襲，入也。”一説，“襲”是“承、繼”的意思。洪興祖説：“襲，因也。”王夫之則説：“襲，重也。晝恒陰而夜益永也。”　長夜：漫長的黑夜。　悠悠：遙遠無盡，長久的樣子。五臣云：“悠悠，無窮也。”這兩句是説，離開了光明的白天，進入漫漫長夜。這是説自己的處境，在沒有盡頭的黑暗中，看不見光明。就是“長夜漫漫何時旦”的意思。

④芳藹（音：矮）：芳菲而繁盛，形容人的壯年。　方：正當。　壯：壯年。王夫之説：“盛也。”　萎約：萎縮，枯萎而約縮。洪興祖説：“萎，……草木枯也。約，窮也。”這兩句是説，壯盛之年已過，剩下的只是萎縮的體貌，悲愁的心情。王逸説：“去己盛美之光容也，身體疲病而憂貧也。”王夫之説：“芳菲藹茂，所存無幾，有愁悴之色焉。”

⑤戒：警戒。　申：重，加上。五臣説：“申，重也。”

嚴霜：霜殺百草，故稱嚴霜。白露的下降，警告人們的秋天已經降臨；秋天過去，又是冬天的嚴霜。霜露都是自然界肅殺之氣，使草木凋殞。

⑥收：收斂。　　恢台：廣大而潤澤的樣子。孟夏是草木生命力發舒得最充暢的時期，故云。洪興祖說：“召一作㠯，一作烏，五臣云，恢召，長養也。《釋文》，召，他來切。《舞賦》云，舒恢㠯之廣度，注云，恢㠯，廣大貌。㠯與召古字通。黃魯直云，恢，大也。召即胎也。言夏氣大而育萬物，《爾雅》曰，夏爲長嬴是也。’王夫之說：“召，音怡，恢台，盛大而潤悦也。”于省吾則說：“按《補注》引《舞賦》注訓‘恢召’爲‘廣大貌’甚是。但僅得其義而不知‘台’之本字。至于黃魯直謂‘台即胎’，王夫之謂‘台音怡’，訓爲‘潤悦’，都紆曲難通。其實，‘台’乃‘祏’之借字，也通作‘斥’，今作‘拓’。以聲言之，台、祏雙聲；以韵言之，之、魚通諧。《説文》：“祏，衣衧，從衣石聲’。段注：“祏之引申爲推廣之義。玄瑩曰，天地開闢，宇宙祏坦，《廣雅‧釋詁》曰，祏，大也。今字作開拓，拓行而祏廢矣。　庶(斥)與祏音義同。’按段説至確。漢無極山碑：‘恢祏宇室’；班固封燕然山銘（見《後漢書‧祏憲傳》）：‘恢拓境宇。’‘恢拓’也作‘恢祏’或‘揮斥’（從斥聲，古讀‘斥’如‘拓’）。漢趙寬碑：‘能恢家祏業’；《莊子‧田子方》：‘揮斥八極’，郭注：‘揮斥猶縱放也。”按‘縱放’與廣大之義相同。總之，本文之‘恢台’即‘恢祏’之轉語，了無可疑。孟夏之時，‘萬物豐茂’，故以‘恢祏’爲言。”　　　孟夏：初夏。聞一多認爲“孟”字是“盛”字之誤。他説：“案‘收恢台之孟夏兮，然欲傺而沈藏’二句，猶言夏去而秋冬遞來。‘秋’斥秋言。‘沈藏’斥冬言也。然孟夏始去，不能遽及秋候。疑孟當爲盛，字之誤也。《尚

書大傳》：‘夏者假也，吁荼萬物而養之外者也。’鄭注曰：
‘吁荼讀爲噓舒。’又‘陽盛則吁荼萬物而養之外也。’注曰：
‘吁荼氣出而温。’是吁荼之義猶鬱蒸也。‘恢台’‘吁荼’
一語之轉。台本作炱，正字。恢炱字俱從火，故有鬱蒸之義。
盛夏陽氣鬱蒸，熇然酷熱，故曰：“‘恢台之盛夏。’若爲孟夏，
則不得言‘恢台’矣。《類聚》三引孟正作盛，是具確證。”
然：乃，于是。王夫之則説：“然，若然也。猶言如是。”　　欿
（音：坎）：通“坎”。這裏用作動詞，陷落。　　傺（音：斥）：停
止。《方言》第四：“傺，……逗也。”郭璞注：“逗，即今住
字。”王逸説：“楚人謂住曰傺。”　　沈：同“沉”。　　臧：通
“藏”，收藏，隱藏。這兩句是説，秋冬一到，孟夏的生發之氣
完全停止，這繁盛的景象，不知被藏到哪裏去了。五臣説：“言
收斂長養之氣，使陷止沈藏。”王夫之説：“恢召倏而萎約，由衰
思盛，由舍思用，追憶而不可復得，若有沈埋而蔽藏之者。”

⑦菸邑（音：迂邑）：枯萎。王逸説：“顏客變易而蒼黑
也。”王夫之説：“菸邑，黯蔽也。”　　無色：没有色澤。五臣説：
“傷壞也。”洪興祖也説：“菸，音於，臭草也。邑，草傷壞也。”
煩挐（讀如：凡如）：　紛亂，紛雜。王夫之説：“秀差相拒貌。葉
落枝橫，無復團欒，但見其相撑拒爾。”這裏形容葉落後的空枝。
五臣則説：“擾亂也。”洪興祖説：“……牽引也。煩也。”　　交
橫：縱橫交錯。

⑧顏：指枝葉的顏色、植物的外形。五臣説：“顏，容也。”
王夫之説：“顏，枝葉之容。”　　淫溢：過度，過甚。一説，是
“逐漸”的意思。五臣説：“淫溢，積漸也。”王夫之也説：“浸
漸也”。　　罷（音：皮）：通“疲”，疲勞，疲乏。指植物的凋零。
洪興祖説：“罷，乏也，音疲。”朱熹説：“毀也，乏也。”王夫之
説：“盡也。”　　柯：樹枝。　　仿佛：猶言模糊，指不鮮明的

枯黃顏色。　　萎黃：枯黃。這兩句是說，植物到了秋天，生命力發舒的盛時已過，即將凋落。正如王逸所說：“形貌羸瘦無潤澤也，肌肉空虛皮乾臘也。”

⑨ 梢（音：肖）：同“梢”，樹梢。王夫之說：“與梢同，樹杪也。”一說，蕭疏的樣子。形容樹木的花木落盡，只剩下枝幹。王逸說：“華葉已落，莖獨立也。”朱熹說：“木枝束也。”　　橚槮（讀如：肖森）：空禿上聳的樣子。王夫之說：“無葉孤存而劃空貌。”朱熹說：“木長貌。”一說，草木凋零的樣子。　　形：形體、外形。　　銷鑠（讀如：消朔）：熔化，銷熔。這裏指植物受到損毀。王夫之說：“嚴霜迫之使耗也。”　　瘀（音：迂）傷：血瘀。這裏指秋氣肅殺之中植物內部所受到的損傷，是枯殘的意思。凝滯的敗血叫做“瘀”。王逸說：“身體焦枯被病久也。”

⑩ 惟：恩。　　其：指樹木。下句同。　　紛糅（音：柔）：衆多而錯雜。王逸說：“衆殺也。”王夫之說：“敗葉衰草相雜委也”，　　落：殞落。　　恨：遺憾。　　失時：失去了壯盛之時。　　當：遇合，際遇。王夫之說：“當，遇也。”　　無當：沒有好際遇。　　失時而無當：王夫之說：“因今之已衰，恨昔之未能垂時而玩其芳藹。”王逸說：“不值聖王而年老也。”五臣說：“又恨失其明時不與賢君相當。”

⑪ 擥（音：覽）：同“攬”。持，總持。　　騑（音：非）：車兩旁的馬。古代駕車的馬，在中間的叫服，在兩旁的叫做驂，也叫做騑。　　下節：即《離騷》的“弭節”，停車。　　節，度，指車行的速度。王逸說：“安步徐行而勿驅也。”五臣說：“如此擥轡按節徐行，游涉草潭也。下節，按節也。”　　聊：暫且，姑且。　　逍遙：優游的樣子。　　相佯：即徜徉（讀如：常羊）。漫游，徘徊，自由自在的游玩。王逸說：“且徐徘徊以

游戲也。"

⑫歲：年歲。　　忽忽：倏忽。形容時間過得很快。　　遒（音：求）：迫近。　　遒盡：迫近完結。王逸説："年歲逝往若流水也。"洪興祖説："遒……迫也，盡也。"　　壽：壽命。將：長。王逸説："懼我性命之不長也。"五臣云："將，長也。"五夫之説："摧殘者不可久延，如岁之欲暮，過時不用，行將萎折矣。"

⑬悼：悲傷。　　不時：沒有遇上好的時世。　　倱攘（讀如：匼壤）：匆遽而混亂的樣子。王逸説："卒遇潜零而遽遽也。"王夫之説："倱攘，與劻勷通，遑遽也。"

⑭澹："淡"的異體字。安静的樣子。這裏指心情的枯寂。王夫之説："澹，孤寂也"。　　容與：閑散的樣子。朱熹則説："澹容與，徐步也。"　　獨倚：語獨自靠在什麼地方站着。王夫之説："倚，徙倚於檐楹也。"

⑮忧惕（音：觸涕）：憂懼，驚懼。　　震蕩：震動，動蕩不寧。五臣説："忧惕，震蕩驚動也。"洪興祖説："蕩，音蕩，摇動貌。"　　何：怎麼。　　所憂多方：就是所憂齊集的意思。　　多方：許多方面的意思。這句是説，怎麼所憂愁的事情這樣多。

⑯卬（音：養）：通"仰"，仰望。　　太息：出聲長嘆。步：行走。這裏是徘徊的意思。　　列星：衆星。　　極：到。明：天亮。王夫之説："極，至也。明，曉也。至於天曉也。"這兩句是説，仰望着天上的明月長嘆，徘徊在星光之下，直到天明。這是説因憂愁而徹夜不眠。王逸説："周覽九天，仰觀星宿，不能卧寐，乃至明也。"王夫之説："主昏國危，如秋欲暮，盛此百憂俱集，月明星皎，窮秋炯炯，欲告無從，知屈子之心有如此之耿然者。"

以上第三段，承第一段，申言悲秋。

　　竊悲夫蕙華之曾敷兮，紛旖旎乎都房；何曾華
之無實兮，從風雨而飛颺①！以爲君獨服此蕙兮，
羌無以異於衆芳②。

　　閔奇思之不通兮，將去君而高翔③。心閔憐之
慘悽兮，願一見而有明④。重無怨而生離兮，中結
軫而增傷⑤。

　　豈不鬱陶而思君兮？君之門以九重⑥。猛犬狺
狺而迎吠兮，關梁閉而不通⑦。

　　皇天淫溢而秋霖兮，后土何時而得漧！塊獨守
此無澤兮，仰浮雲而永嘆⑧。

①竊：私自，私下。　　悲：悲傷。　　夫（ㄈㄨ）：這，
那。　　蕙華：蕙草的花。“華”同“花”。　　曾敷（音：夫）：
曾經開放。敷，五臣說：“布也。”這裏是開放的意思。　　紛：
衆多的樣子。　　旖旎（音：乙你）：繁盛的樣子。洪興祖則
說：“《集韻》：‘旖，倚可切，其字從可；旖旎，旌旗貌。’
旖，音倚，其字從奇；旖旎，旌旗從風貌。”　　乎：于。　　都
堂：猶說華屋。　　都：華麗，優美。王夫之說：“都，美也。
都房，猶言華屋。”五臣則說：“都，大也；房，花房也。”朱熹也
說：“都，大也。房，北堂也，《詩》所謂背，蓋古人植花草之
處也。”　　何：爲什麼，怎麼。　　曾（音：層）：通“層”，
重疊。　　曾華：一重重的花朵。　　實：果實。　　從：隨
着。　　颺：通“揚”。飛颺：向上飄起；飄散。　　四句意思
是：我私下悲傷那蕙花曾經盛開在華麗的屋裏，怎麼重重疊疊

的花朵却不結果實，讓它隨着風雨而飄散。從這四句來看，宋玉大概是頃襄王的文學侍從之臣。"蕙華曾敷"，是説自己曾經被用；"腐旎都房"，比喻文采的照耀宮廷；"曾華無實"，意謂君王只把他當作有詞華而無實際政治才能的人，並不想真正地重用他；因而一遭讒毀，也就象蕙花一樣，禁不起秋風的吹動而飄颺了。朱熹説："責蕙無實，猶《離騷》責蘭之意。"其實，《離騷》"余既以蘭爲可恃兮，羌無實而容長"的"蘭"，是指那些政治上中途變節的人；這裏的"蕙"，是作者自指。用義各別，不能相混。

②君：君主，君王，這裏指楚王。　獨：僅，只有。服：佩帶。　羌：句首語氣詞。　芳：花草。　衆芳：一般的花草。這裏喻指一般人才。屈復説："初不料蕙之無實飄揚，而竟至于此者，本以君獨服此蕙而竟不然也。"　這兩句意思是：我以爲君王會獨愛佩帶這蕙花，那知他對待蕙草和對待一般花草沒有什麼不同。這就是説，最初以爲君王專心信任自己，那知他也把我作一般人才看待。

③閔：同"憫"，傷念，哀憐。五臣説："閔，自傷也。"奇思：出衆的思想。五臣説："奇思，謂忠信。"　不通：不能上通于君。　翔：飛。五臣説："高翔，遠去也。"　兩句意思是：可憐我有出衆的思想，却不能上通君王，我將離開他而遠走高飛。王夫之則説："奇思，曲盡事變之思。不通，君不相喻，有異心也。將，請也，音鏘。此謂當懷王時，諫不用，而自放于漢北。"

④願一見而有明：就是上述第二段"願一見兮道余意"的意思。　有明：有以自明。王逸説："分別貞正與偏惑也。"兩句意思是：自己內心悲痛，希望能見到君王一面，表明心迹。五臣説："心之憂傷，願見君而自明。"

⑤重（音：蟲）：一次又一次地想着。一説，重（音：衆），看得很重的意思。朱熹説：“重，深念也。”　　無怨：無可埋怨，猶言無罪。　　生離：生別離。重無怨而生離，王逸説：“身無罪過而放逐也。”五臣説：“自念無怨咎于君而生離隔。”意即深念自己無罪而與君王別離。　　一説，“重”，難。《漢書·孔光傳》：“上重違大臣正議。”顔師古注：“重，難也。”這句是説難于無怨而生離，即將懷着怨恨而生離了。　　一説，“生離”這裏是被抛棄的意思。這句是説我把無罪而被棄這件事看得很重。（金開誠《楚辭選注》）　　中（讀如：忠）：内心。　　結軫（音：診）：郁結而沈痛。　　增：加多，更加。　　傷：悲傷。　　中結軫而增傷：意謂心裏積結着悲痛，愈來愈傷心。王逸説：“肝膽破裂心割膈也。”五臣説：“心中結怨軫憂而增悲傷。”

⑥豈：表示反問。難道，怎麽。　　鬱陶（讀如：育遥）：憂思鬱積的樣子。王逸説：“憤念蓄積盈胸臆也。”王念孫《廣雅疏證》卷二下説：“凡經傳言鬱陶者，皆當讀爲皋陶之陶。”九重：九重大門。洪興祖説：“《月令》云：‘九門磔攘’，天子有九門，謂關門、遠郊門、近郊門、城門、皋門、庫門、雉門、應門、路門也。”這裏是極言其深邃，難以見到君王，不一定是實指。五臣説：“雖思見君，而君門深邃，不可至也。”王夫之説：“九重者，言如天之高，不可升也。”　　兩句意思是：怎麽不思念君王呢？天子有九重門，難以見到啊。

⑦狺狺（讀如：銀）：狗叫的聲音。屈復説：“狺，犬争吠聲。”　　吠（音：肺）：狗叫。王逸説：“讒佞讙呼而在側也。”五臣説：“迎吠，拒賢人，使不得進也。”　　關：門關。梁：橋梁。王逸説：“閽人承指呵問急也。”五臣説：“閉關，喻塞賢路也。”屈復説：“言非不思君而九重深遠，猛犬吠而關梁閉，

不得至也。"這裏是借以比喻小人的從中間阻。

　　⑧皇天：對天的尊稱。　　淫溢：過度。這裏指下雨過多。霖（音：臨）：久下不停的雨。　　后土：大地。五臣説："后土，地也。"與上句"皇天"對文。　　滰：同"乾"。　　前面兩句的意思是：天上下着過多的秋雨，地上老是潮濕的，什麼時候能够乾呢。　　塊：孤獨。　　無：通"蕪"，荒蕪。澤：聚水的洼地。　　永嘆：長嘆。　　意謂陰雨連綿，孤獨地困守在荒蕪的大澤裏，分外苦悶。仰天看到浮雲遮蔽太陽，聯想讒邪蔽君，爲之長嘆。這兩句寫秋雨連綿中失意的愁悶。王夫之説："讒佞益張，敵謀益狡，國勢漂摇，四顧而無寧土，一如秋霖之溥淖矣。乃塊然困處于荒蕪沮澤之中，不知自拔；浮雲無開霽之期，曾不悔過，而猶縱吠犬以阻忠告，所爲結軫而增傷也。"然而王逸却説："不蒙恩施，獨枯槀也。愬天語神，我何咎也。"五臣説："衆人皆蒙君澤，而我獨不霑，故仰望而長嘆也。"屈復説："秋霖淫溢，何時得乾。天恩之濫如此，而我獨不蒙其澤，故仰浮雲而長嘆也。"聞一多對王逸的説法，曾有所批評，他説："通審全文，本篇蓋旅途中所作。上文'皇天淫溢而秋霖兮，后土何時而得滰，'方恨積雨難霽，道途泥溥，無時得滰，則下文不得又有'無澤'之嘆。疑無當爲蕪之省借，或誤字。《風俗通義·山澤篇》曰'水草交厝，名之爲澤。'久雨則百草怒生，潢潦淳瀟而成斥鹵，'蕪澤'正言其水多也。王注曰'不蒙恩施，獨枯槀也，'殊失其義。"

　　以上第四段，申言事君不合。

　　何時俗之工巧兮，背繩墨而改錯①！却騏驥而不乘兮，策駑駘而取路②。當世豈無騏驥兮？誠莫之能善御③。見執轡者非其人兮，故騑跳而遠去④。

梟雁皆嗉夫梁藻兮，鳳愈飄翔而高舉⑤。

　　圜鑿而方枘兮，吾固知其鉏鋙而難入⑥。衆鳥
皆有所登棲兮，鳳獨遑遑而無所集⑦。願銜枚而無
言兮，嘗被君之渥洽⑧。太公九十乃顯榮兮，誠未
遇其匹合⑨。

　　謂騏驥兮安歸？謂鳳凰兮安棲⑩？變古易俗兮
世衰，今之相者兮舉肥⑪。騏驥伏匿而不見兮，鳳
凰高飛而不下⑫；鳥獸猶知懷德兮，云何賢士之不
處⑬？

　　驥不驟進而求服兮，鳳亦不貪餧而妄食⑭。君
棄遠而不察兮，雖願忠其焉得⑮？欲寂漠而絶端兮，
竊不敢忘初之厚德⑯。獨悲愁其傷人兮，馮鬱鬱其
何極⑰！

①時俗：當時的習俗風氣。　　工巧：善于取巧。　　工：
善于。擅長。　　背：違背，背棄。　　繩墨：木工打直綫用
的工具——墨斗墨綫，比喻規矩或法度。　　錯：通“措”，指
正常的措施。這二句本自《離騷》：“固時俗之工巧兮，偭規矩
而改錯。”王逸説：“世人辯慧，造詐僞也。違廢聖典，曲背仁義
也。夫繩墨者，工之法度也；仁義者，民之正路也。繩木用，
則曲木截；仁義進，則讒佞滅。二者殊義，不可不察也。”五臣
説：“喻信作僞，棄忠正，易置禮法也。”
②却：不要，拒絕。　　騏驥（音：其計）：駿馬，千里
馬，比喻賢士。五臣説：“騏驥，良馬，喻賢才也。”　　乘：
（音：城）：駕車。　　策：馬鞭子。這裏用作動詞，鞭策，
鞭打。　　駑駘（音：奴台）：劣馬，比喻小人。五臣説：“駑

駘，喻不肖。”　　　　取路：上路，趕路。兩句意思：丟下良馬不騎，却去趕着劣馬上路，五臣説：“喻疏賢才而親不肖也。”

③當世：當今，當代。　　豈：難道。　　誠：實在。御：駕馭。兩句意思是：當今世上難道沒有良馬？實在是因爲沒有什麼人能够善于駕馭。有良馬而不能駕馭，比喻有賢能的人而不能任用。五臣説：“豈無賢才，但君不能用也。”

④執轡（音：佩）者：拿着繮繩的人，即駕車人。轡，駕牲口用的嚼子和繮繩。　　非其人：意謂不是合適的人，即沒有駕馭才能的人。　　駶（音：局）跳：跳躍。洪興祖説：“馬立不常謂之駶。……《釋文》：‘跳，徒聊切，躍也。’”王夫之則説：“駶跳，橫奔而去也。”　　這兩句是説，看見駕車的不是適當的人，所以就都連蹦帶跳地遠遠跑開了。比喻執政非人，則賢才遠引。五臣説：“見君非好善之主，故賢才皆避而遠去。”朱熹説：“言彼賢才見君之不能用，故寧遠引而去也。”王夫之説：“非無賢而不用；古今敗亡之通軌，懷王父子以之。”

⑤鳧（音：扶）：野鴨。　　唼（音：煞）：水鳥或魚類吃食。洪興祖説：“唼喋，鳧雁食貌。”　　粱（音：良）：粟米，小米。藻：水草。　　鳳：鳳凰，古代傳説中的鳥王。一説雄的叫“鳳”，雌的叫“凰”，通常都稱作“鳳”。　　飄翔：聞一多説：“案《御覽》九一五，《事類賦注》一八引翔并作翶，殆是。‘飄翶’，叠韵連語。”　　高舉：高飛。兩句意思説，那野鷄、鴨雁都來吃米吃草，鳳凰就更加高飛遠走了。比喻小人食禄得志，賢人遠走高飛。王逸説：“羣小在位，食重禄也；賢者逝世，竄山谷也。”　　于省吾認爲“粱”應作“梁”。“梁”，指魚梁。他説：“自來解者皆訓‘粱’爲‘米’，非是。‘粱’字本應作‘梁’。《詩·谷風》：‘無逝我梁。’毛傳：‘梁，魚梁。’《周禮·㢠人》：‘掌以時㢠爲梁。’鄭司農注：‘梁，

水偃也。偃水爲關空，以笥承其空，古者設梁于水中以取魚，因而水鳥時常在梁以食魚。《詩・侯人》：‘維鵜在梁’，又《鴛鴦》：‘鴛鴦在梁’，‘梁’皆語‘魚梁’。水藻時常爲魚之聚處，故《詩・魚藻》稱‘魚在在藻。’‘鳧雁皆唼夫梁藻兮’，是説鳧雁皆在魚梁或水藻之處以食魚。魚梁和水藻爲魚之聚處，但并非水鳥所食之物。”

⑥圜鑿（讀如：員做）：圓的榫（音：損）眼，插孔。鑿，榫眼，榫卯。圜，通“圓”。　　方枘（音：鋭）：方的榫頭。枘：榫頭。　　固：原來，本來。　　鉏鋙（音：舉語）：同“齟齬”，不相配合。朱熹説：“鉏鋙，相距貌。”　　這兩句説：圓的榫眼裏要裝進方的榫頭，我本來知道彼此是不相合而難以插進去的。王逸説：“正直邪枉，行殊則也。”五臣説：“若鑿圓穴，斫方木内之，而必參差不可入。喻邪佞在前，忠賢何由能進。”王夫之説：“鉏鋙，如鋸齒之相拒也。小人營私利，則君子必退；君喜邪佞，則法言自不相入。此騏驥之所以必遠也。”

⑦衆鳥：比喻羣小。　　所：處所。　　登：鳥升于樹。棲：鳥類停留、歇宿。　　遑遑（音：皇）：匆匆忙忙，心神不安的樣子。　　集：羣鳥停在樹上，栖止。無所集，没有栖身的地方。兩句是説：鳥兒們都有歇宿的地方，唯獨鳳凰匆忙不安地無處栖身。王逸説：“羣佞並進處官爵也。”五臣説：“賢才竄逐，獨無所托。遑遑，不得所貌。”王夫之説：“遑遑無集，去位而漂泊于野也。所以致此，以直言盡辭，慍于羣小，而見惡于君。”

⑧銜：用嘴含。　　枚：像筷子一樣的竹或木條。　　銜枚：本爲軍事上的術語，這裏是借用。古代軍隊秘密行動時，讓士兵口中横銜着一枝枚，防止説話，以免敵人發覺。五臣説：“銜枚所以止言者也。”洪興祖説：“《周禮》有銜枚氏，枚狀如

箸，橫銜之。" 銜枚無言：猶言閉口不說。王逸說："意欲括囊而靜默也。"按《易·坤》："括囊，無咎無譽。" 嘗：曾經。 被：蒙受。 渥洽（讀如：握恰）：深厚的恩澤。兩句意思：情願閉口不再說話啊，可是過去曾經蒙受君王的厚恩，所以又不忍心不講。五臣說："我亦欲不言而自棄，爲昔者嘗受君之厚澤，故復不能已。"王夫之說："夫豈不知默以取容，懷恩不忍也。"

⑨太公：即姜太公，姜尚。周朝開國賢臣。傳說他未遇時曾在朝歌做屠夫，年老時在渭水之濱垂釣，遇文王，被重用。乃：才，這才。 顯榮：顯赫榮耀。 匹：配。兩句意思是：姜太公九十歲才顯赫榮耀，實在是因爲先前未曾遇到他可以相配、彼此投機的君王。王逸說："呂尚耆老，然後貴也；遭值文王，功冠世也。"五臣說："太公呂尚年九十而窮困，遭西伯而用之，當未遇之時，故無匹偶而與相合也。言己所以棄逐者，其行亦不與君意同也。"

⑩這兩句是說，叫良馬回到哪裏去？叫鳳凰到哪裏栖身？安歸，歸向何方。安栖，栖于何處。五臣說："騏驥安歸，在于良樂；鳳凰安歸，在于聖明。自喻時無知己也。"朱熹說："安歸，安棲，即上文遠去高舉之意。"

⑪相者：相馬的人。相，相馬。借以比喻觀察人才。 舉：推舉，推薦。 舉肥：推薦肥馬，挑選肥馬。兩句意思是：改變了古道，改變了好風俗，世道衰落了；今天相馬的人只知道挑選那些肥馬。王逸說："不量才能，視顏色也。"五臣說："將相士而用，舉肥美者不言其才行，此疾時之深。"朱熹說："古語曰：'相馬失之瘦，相士失之貧。'即舉肥之義也。"這是說馬的優劣，不在肥瘦，但相馬的人往往容易忽略了瘦馬；士之優劣，不在貧富，但用人的人往往容易忽略了貧士。這樣，即使

有騏驥也會被埋沒，借以比喻貧士的不被人看中。這是"貧士
失職而志不平"的原因，與第一段相呼應。所以下句説"騏驥
伏匿而不見。" 一説，"相"，輔佐。"舉"，皆。"今之相者
兮舉肥"是現在輔佐君王的人都肥了。（陸侃如等《楚辭選》）

⑫意謂良馬隱藏起來不出現，鳳凰也高飛不肯下來。比喻
逃世隱居。王逸説："仁賢幽處而隱藏也，智者遠逝 之四方
也。" 伏匿(音:逆)：隱藏。 見 (音:現)：即"現"，
出現。

⑬鳥：指鳳凰。 獸：指騏驥。 懷德：懷念有德者。
這裏有責怪的意思。 不處：不留。 這兩句的意思
是：鳥獸還知道懷念有才德的人， 爲什麼賢士反而不
留在朝廷呢？朱熹説："有德則異物可懷，無德則同類難致。"王
夫之説："君子不求容悦，無德可懷，則去之，何云賢士之樂于
退隱而不處其廷哉。前言感知遇而不能默，此抑云非德可懷則
不處。"

⑭驟進：急進。 服：駕，拉車。五臣説："服，御也。"
朱熹説："服，駕車也。" 餒："餧"的異體字。 妄：胡
亂。妄食，謂不當吃而吃。洪興祖説："楊子曰：食其不妄。
説者曰：非義不妄食，引此爲證。" 兩句意思是：良馬不肯
急速行進，求人用它拉車；鳳凰也不貪求人的喂養而亂吃人的
東西。比喻一個有操守的人，決不肯遷就別人來營求祿位。朱
熹説："士不求君，君當求士。"

⑮其：句中語氣詞，表示反問。 焉：疑問代詞，怎麼，
哪裏。 得：表示情況允許，有"能够"，"可以"的意思。
兩句意思：君王拋棄了我而不辯善惡，我雖然願意盡忠又怎麼
能够？王夫之説："去國之後，日以疏遠，君終不察，義不可以
干祿，則願處位以納忠，不可得矣。

⑯宋漠：即“寂寞”。　　　絕端：丟開不想。絕，斷。端，思緒，指自己對君王的眷戀之情。　　初：當初。五臣説：“言我將心不思于君，不能忘君昔之厚德耳。”朱熹説：“初之厚德，即上文嘗被渥洽也。”　　兩句的意思是：想自甘寂寞，丟開不去想他，可又不敢忘記他當初對我的厚德。一説，前一句是滅去踪迹，隱姓埋名的意思。朱熹説：“謂滅其端緒，不使人知也。”王夫之説：“絕端，謂一意隱遯，不思後進，念不萌而事無望也。”

⑰馮：通“凭”（音：平），憤懑愁悶。馮鬱鬱：愁悶的樣子。　　何極：哪有終極。　　兩句意思是：獨自悲愁可傷身體啊，憤懣愁悶哪裏才是盡頭呢。

以上第五段，結合自己遭遇，慨嘆于賢才遇合之難

　　霜露慘悽而交下兮，心尚幸其弗濟；霰雪雰糅其增加兮，乃知遭命之將至①。願徼幸而有待兮，泊莽莽與壄草同死②。

　　願自直而徑往兮，路壅絕而不通③；欲循道而平驅兮，又未知其所從④。然中路而迷惑兮，自壓按而學誦⑤。性愚陋以褊淺兮，信未達乎從容⑥。竊美申包胥之氣盛兮，恐時俗之不固⑦。

　　何時俗之工巧兮，滅規榘而改鑿⑧。獨耿介而不隨兮，願慕先聖之遺教⑨。處濁世而顯榮兮，非余心之所樂⑩。與其無義而有名兮，寧窮處而守高⑪。

　　食不媮而爲飽兮，衣不苟而爲温⑫。竊慕詩人之遺風兮，願托志乎素餐⑬。蹇充倔而無端兮，泊莽莽而無垠⑭。無衣裘以御冬兮，恐溘死不得見乎

陽春⑮。

①交：並，一齊。　　下：降下。　　尚：還。　　幸：希望。一本作"圶"，古字。　　濟：成功。　　霰（音：憲）：小雪珠，多在下雪前降下。　　雰（音：芬）：雪盛貌。　　糅（音：揉）：雜，錯雜。　　遭命：所要遭遇到的命運。　　四句是說：寒霜白露陰慘慘地一齊落下來，自己心裏還希望它們成不了氣候；雪珠雪片都混雜在一起越下越大，才知道自己所要遭遇的命運即將到來。比喻在內憂外患中，楚國的國運日趨沒落，禍亂日益加深，大勢已去，無可挽回。朱熹說："霜露下而霰雪加。喻衰亂之愈甚也。"王夫之說："謂禍之已成，如草木之已成乎凋落也。雰，雪下貌。雪既雰而又雜糅以霰，寒極而隕落無餘也。此言楚國垂危，惛不知畏，逮及禍之已深，救患無術，賢士雖欲挽回而不可得矣。"　　一說"霜露"句是"君政嚴急，刑罰峻也。""心尚"句是"冀過不成，得免脫也。""霰雪句"是"威怒益甚，刑酷烈也"，"乃知"句是"卒遇誅戮，身顛沛也。"（王逸《楚辭章句》）　　一說，第一句是比喻壞人對自己的打擊與排擠；第二句是心裏還希望打擊排擠不會成功，不能把自己怎樣；第三句是比喻壞人打擊排擠的力量加強；第四句是說這時自己知道所要遭遇的命運就來到了。
（陸侃如等《楚辭選》）

②僥（ㄐㄧㄠˇ）幸：同"僥幸"，偶然的幸運。企圖偶然獲得成功或意外地免去不幸。　　期：期待，等待。　　泊（音：伯）：止息。　　莽莽：野草無邊的樣子。　　埜：古"野"字。洪興祖說："泊，止也。莽莽，莫古切，草盛。"　　這兩句的意思是，原來希望僥幸能擺脫目前的處境，而有所期待；可是現在即象置身于茫茫荒野，將與野草同死。　　一說，"泊"

通 "薄" 是廣大的意思。這裏是説，野草茫茫無邊，自己將要和野草同死。王逸説："冀蒙貰赦宥罪法也，將與百卉俱徂落也。"朱熹説："幸望至再而卒不能免也。"王夫之説："泊，疑洎字之誤，及也。坐而偷安，就危躄，幸不可徼，勢終萎敗，此楚君臣平日苟且之情也。"　　閏一多則説："案泊疑當從一本作汩。汩猶忽也，語助詞，有'出其不意'之意。凡上句言'願'，下句多言事與願違。此曰：'願微幸而有待兮，汩莽莽與壄草同死，'願汩對言以見意。"　　上面六句，有人解釋爲宋玉自述身世遭遇，霜雪和霰雪都是用以比喻小人的讒毀。説雖可通，但和後面 "申包胥" 句義不相屬。下面十句，説自己雖有救國之心，但無法自效。

③自直：自己去辯明曲直。　　徑往：直接前去見楚王。願自直而徑往：一本作 "願自往而徑游。"　　壅（音：擁）：阻塞。閏一多認爲 "遊" 當爲 "逝" 字之誤。他説："案'徑遊'無義。游當爲逝，字之誤也。……逝，去也。'願自往而徑逝'，猶言願自往而直去耳。《抽思》曰：'願徑逝而未得兮'，《七諫‧怨世》曰：'絶橫流而徑逝'，皆言'徑逝'。而《七諫‧怨思》曰：'願壹往而徑逝兮，道壅絶而不通'與此曰'願自往而徑逝兮，路壅絶而不通'，文句幾乎全同，尤本篇字當爲逝之佳證。"　　兩句意思是，想直接去見楚王，辯明曲直，可是道路阻塞不通。王逸："不待左右之紹介也，讒臣嫉妒，無由達也。"王夫之則説："徑，邪徑也。禍之將至，忿而思逞，欲以孤力而抗强鄰。堅不可拔，退而自窮，此臨事僨起之情也。"

④循道：順着大道。　　平驅：平穩地驅馳。　　兩句是説，想順着大路前進，又不知從那裏舉步。這裏的意思是：想照着正常的道路去做人行事，可在目前的情況下，又不知從哪

裏去做。王逸説："遵放衆人所履爲也，不識趣舍何所宜也。"

　　⑤然：乃。　　　中路：半途。自壓按：自我克制。壓按，壓制，克制。"壓"，一本作"厭"。"按"，一本作"桉"。洪興祖説："桉與按同，抑也，止也。"朱熹説："壓按，皆抑止之意。言欲速則不達，欲緩則無門，故自抑而止也。"一説，"壓桉學誦"，猶會伏案讀書。（譚介甫《屈賦新編》）　　　學誦：指學《詩》（即《詩經》），就是後面所説"竊慕詩人之遺風兮，願托志乎素餐。"意思是説，在國家危難的時候，自己無可奈何，只有壓抑着憤激的心情去學《詩》，做到不素餐而已。文義與下文互見。王逸説："舉足猶豫心回疑也，弭情定志吟詩禮也。"

　　⑥性：本性。　　　愚陋：愚昧鄙陋。陋：見聞少，知識淺薄。　　　褊（音：偏）：狹隘。洪興祖説："褊，急也，狹也。"淺：淺薄。　　　以：而。　　　信：實在，的確。　　　達：達到。從容：安逸舒緩，不慌不忙。朱熹説："從容，宛轉委曲之意。"兩句的意思説，自己本性愚陋褊淺，實在沒有達到心情舒緩。也就是説遇到挫折，就不能自我克制了。　　　王夫之認爲這兩句是指楚而言。他説："有賢不用，愚陋也；忿疾狂逞而不念危亡，褊淺也；從容者，憂之于間暇，而亟爲固本自疆之術也。無他，得賢而任之，使安危有可憑而已。未達于此，時世之不固審矣，以言楚之昏昧……"

　　⑦美：贊美。　　　申包胥：春秋時楚國大夫。姓公孫，封于申，故號申包胥。楚昭王十年，吳攻楚，破郢都，楚昭王逃亡在外。申包胥到秦國去求救。他站在秦廷哭了七天七夜，終于感動了秦哀公，出兵救楚，敗吳軍，楚昭王才得以返國。氣盛：志氣壯盛，即指申包胥這種敢于直接去找一個大國的君主，要求出兵挽救祖國的愛國志氣。盛，一作"晟"。　　　時世：時代。　　　固：應作"同"，大概是字形相似而誤。朱熹説："固，

當作同，叶通，從誦，容韵。」　　這兩句似乎是針對頃襄王二十一年白起破郢而言。意思是暗自贊美申包胥志壯氣盛，但是恐怕時代不同了，他的那種做法未必行得通了。　　一説，「固」字没有錯。王夫之説：「時世，當時之國勢也。包胥存楚，必死之氣壯也。以國之不固爲憂，故忘其死。」

⑧規：圓規，畫圓形的工具。　　矩：畫直角或方形的工具。　　鑿（ㄗㄠˊ）：穿孔，打眼。　　改鑿：器物打眼必須與木枘適合，改掉適當的鑿，即不用規矩而胡亂打眼，這裏有「胡來」的意思。　　一説，鑿，爲「錯」字之誤。聞一多説：「案鑿當爲錯，聲之誤也。（鑿錯二音古書往往相亂。《史記・晉世家》出公名鑿，《六國年表》作錯，是其比。）古韵錯在魚部，鑿在宵部。此本以錯與上文固相叶，後人誤改作鑿，以與下文教樂高叶，則固字孤氣無韵矣。《離騷》曰：‘固時俗之工巧兮，偭規矩而改錯’，《七諫・謬諫》曰：‘固時俗之工巧兮，滅規矩而改錯’，本篇上文曰：‘何時俗之工巧兮，背繩墨而改錯，’語意俱與此同，而字皆作錯。《文選・思玄賦》注引此文作錯，尤其確證。」　　兩句意思説，這世道多麼善于取巧啊，竟丟掉規矩而胡來了。王逸説：「静言謰謱而無信也，棄捐仁義信讒佞也。」

⑨獨：僅，只有。　　耿介：光明正大，正直。　　隨：謂隨從世俗。　　慕：敬仰，仰慕。這裏有取法、效法的意思。先聖：前代的聖賢。王逸説：「執節守度不枉傾也，循行道德遵典經也。」意思是説，只有我正大光明而不去隨從流俗，願意效法前代聖賢傳下來的教導。

⑩處：處于。　　濁世：混亂的時世。王逸説：「任亂君爲公卿也，彼雖富貴我不願也。」兩句意思是：處在亂世而飛黄騰達，不是我内心以爲快樂的事。

⑪名：指官高爵顯的名聲。王夫之説：“名，位也。”　　寧：寧可。　　窮處：處于窮困。　　守高：保持清高，保持高潔。意思説，與其無道而有名聲，寧可處于窮困而保持清高。

⑫婾：同“偷”，苟且。　　衣：用作動詞，穿衣。　　苟：苟且。　　兩句意思是，吃東西不苟且，即使未吃飽也感到飽足了；穿衣服不苟且，即使不暖和也感到溫暖了。這是説一個人行爲不苟且，就無愧于心。盡管生活有困難，但他的精神却很愉快，也就等于吃飽穿暖了。王逸説：“何必杭粱與夠紊也，非貴錦綉及綾紈也。”

⑬詩人：專指《詩經》各篇的作者。　　遺風：謂前代遺留下來的崇高風尚。　　托：寄托。　　素餐：白吃飯。《詩經・魏風・伐檀》：“彼君子兮，不素餐兮。”這裏的“素餐”是“不素餐的略文，是不白吃飯的意思。”　　願托志乎素餐：願意用不白吃飯來寄托自己的心志，即以白吃飯爲耻。上句的“慕詩人之遺風”，也就是指“不素餐”而言。王逸説：“勤身修德，樂伐檀也，不空食禄而曠官也。”朱熹説：“言衣食固非不欲其温飽，但不可以非義而苟婾以得之耳，故寧不素餐，無衣裘而饑凍以死也。”　　餐：一作“飧（音：孫）”，熟食。《伐檀》第二章也説：“彼君子兮，不素飧兮。”素飧，也是白吃飯的意思。聞一多説：“案餐當爲飧。”《説文》餐重文作湌，與飧形聲俱近，故相涉而誤。古韵飧餐異部。此與温、垠、春爲韵，是字當作飧。若作餐，則失其韵矣。”

⑭謇（音：减）：通“謇”，句首語氣詞。　　倔：通“詘”。充詘：自滿的樣子。《禮記・儒行》：“不充詘于富貴。”　　無端，没有涯際。　　泊，飄泊不定的樣子。　　垠（音：銀）：邊際，盡頭。上句説在朝小人們志得意滿，下句説自己飄泊而無所歸宿。　　一説，“充倔”，無邊際。《方言》四：“以布而

無緣，敝而紩之，謂之襤褸，自關而西謂之祇裯。"充倔"，同"祇裯"，無邊緣的樣子。　一說，倔，同"屈"，委屈。上句是說，自己所受的委屈沒完沒了。

⑮裘：皮衣。　盇（音：刻）：忽然，突然。　陽春：溫暖的春天。　這兩句是說，我沒有棉衣皮衣抵禦寒冬，恐怕突然死去而見不到溫暖的春天。王逸說："言己饑寒，家困貧也。懼命奄忽，不踰年也。"

以上第六段，有感于楚國國運的阽危，自己處境的窮困。

　　靚杪秋之遙夜兮，心繚悷而有哀①。春秋逴逴而日高兮，然惆悵而自悲②。四時遞來而卒歲兮，陰陽不可與儷偕③。

　　白日晼晚其將入兮，明月銷鑠而減毀④。歲忽忽而遒盡兮，老冉冉而愈弛⑤。心搖悅而日幸兮，然怊悵而無冀⑥。中憯惻之悽愴兮，長太息而增欷⑦。

　　年洋洋以日往兮，老嶚廓而無處⑧。事亹亹而覬進兮，蹇淹留而踟躕⑨。

①靚（音：凈）：通"靜"。　杪（音：秒）秋：暮秋。杪，樹枝的末梢，引申爲年月季節的最後。　遙夜：長夜。繚悷（讀如：遼立）：纏繞而鬱結。朱熹說："繚，繳繞也。悷，悲結也。"　兩句意思是，在寂靜的秋末長夜，心裏纏繞鬱結，充滿哀痛。王逸說："盛陰脩夜何難曉也，思念糾戾腸折摧也。"王夫之說："貞臣廢棄，國無與立，秋盡宵長，哀悼不容自已。"一說，"靚"讀爲"靖"。《文選·思玄賦》："潛服膺以永靖

兮，縣日月而不衰。” 李善注:“靖與靓同。”《方言》一:“靖，思也。”這是説思念秋末的長夜，心裏悽愴而有哀痛。聞一多則把“靓杪秋之遥夜”解爲猶言思量末秋將至，晝漸短而夜漸長也。”

②春秋：指年歲。 逴(音:綽)逴：愈走愈遠的樣子。日高：指年歲一天比一天老。 惆悵 (讀如: 仇唱): 区失意而傷感。 兩句意思是，年紀象走路愈走愈遠那樣，一天比一天老了，我只有傷感而悲痛。王逸説:“年齒已老，將晚暮也，功名不立自矜哀也。”

③四時：四季。《禮記·孔子閑居》:“天有四時，春、秋、冬、夏。” 遞來：一個接一個地更送而來。洪興祖説:“遞，更易也。” 卒歲：過完一年。 陰陽：本指日光的面背，向日爲陽，背日爲陰。引申爲氣候寒暖的變化，春夏爲陽，秋冬爲陰。 儷偕：(讀如:麗邪):共同，一塊兒。洪興祖説:“儷. 偶也。”屈復説:“不可偶而與之偕，言已不能與四時并去也。” 上句因秋深而感到一年的即將完盡；下句慨嘆于時光易逝，無法追及。即第一段“登山臨水兮將送歸”的意思。王逸説:“冬夏更運去若頹也，寒往暑來難追逐也。”

④婉(音:碗)晚：太陽將下山時昏暗的樣子。比喻年老。婉，日將落。 入：指日落。朱熹説:“入，落也。” 銷鑠 (讀如: 消朔):銷毁。這裏是損蝕虧缺的意思，指月缺。洪興祖説:“日出于東方，入于西極，故言入。月三五而盈，三五而缺，故言減毁。”朱熹説:“銷鑠，減毁，謂缺也。” 王逸説，上句是説“年時欲暮，才力衰也”，下句是“形容減少，顏貌虧也。”于省吾説:“王注以‘虧’釋‘毁’，《廣雅·釋言》謂‘毁，虧也，’與王注合。《説文》謂‘毁，缺也’，‘缺’與‘毁’又相因。‘減毁’並屬深喉音，是‘減毁’乃雙聲

連語，毀也減義。鄂君啟節的車節，記載每歲販運物資之數量，以‘車五十乘’爲限。如用馬車馱運物資，則聚足十匹‘以當一車’；如用檐（擔）徒肩挑物資，則聚足‘二十檐以當一車’，以毀于五十乘之中’” （詳《鄂君啟節考釋》）。以上是說，每歲以五十乘爲限度，如用馬車馱運，則滿十匹由五十乘中減去一車之數；如用人力肩挑，則滿二十檐由五十乘中減去一車之數。‘減毀’義雖相因，但是，數目上‘加減’之‘減’，不言‘減’而言‘毀’，在古籍中是未曾見到的。今用懷王時期的楚節與《楚辭》互證，可見以‘毀’爲‘減’，當係‘楚語’如是。”

⑤忽忽：形容時間過得很快。 遒（音：求）：迫近。盡：完、完結。 冉冉（讀如：染）：逐漸。 弛（音：池）：松懈，懈怠。朱熹説：“弛，放也。” 王逸説，上句是說“時去晻晻若鶩馳也”，下句是說“年命逝往促急危也。”兩句意謂年歲很快就要臨近完結；漸漸地老了，心志也就愈加懈怠了。

⑥搖悦：一時動搖，一時喜悦。一説，心動而喜。 日幸：天天希望。 怊悵（讀如：超唱）：猶惆悵。失意感傷的樣子。 冀(音:計)：希望。“日幸”與“無冀”相對成文。這兩句是表現由希望到絶望的心理變化過程。朱熹説：“心謂既老將有所遇，故搖悦而日幸，然卒自知其無所望也。”

⑦中：内心。 憯惻（讀如：慘策）：悲傷，悲痛。 悽愴（讀如：妻創）：悲傷，悲戚。 太息：嘆息。 欷（音:希）：悲嘆聲。這是說心裏悲傷，長聲嘆息。王逸説：“志願不得，心肝沸也；憂懷感結，重嘆悲也。”

⑧年：指歲月，時光。 洋洋：廣大無邊的樣子。這裏用以形容歲月的無窮盡。 嶢廓（讀如：遼括）：空曠，高

遠。這裏形容心情的空虛無着落的樣子。嶸，一作"嵺"，與
"寥"通。　　無處：無所托身。王逸説："歲月已盡去奄息
也，亡官失禄去家室也。"　　兩句意思是，時光無窮無盡在一
天天過去，自己老了却心情空虛，無處托身。

⑨事：指國事。　　亹亹（音：偉）：進行的樣子。這裏有
發展變化的意思。　　覬（音：季）：希望、企圖。　　進：進
身，進取。　　一説，"亹亹"是勤勉的樣子。這句是説勤于
國事而希望進用。　　淹留：滯留，停留。　　躊躇（讀如：
仇除）：徘徊，猶豫。洪興祖説："躊躇，進退貌。"　　兩句的
意思是，國事在變化之中，想進身爲國效力，所以停留在這裏，
猶豫不決，没有離去。王逸説："思想君命，幸復位也，久處
無成，卒放棄也。"

以上第七段，嘆時光之流駛，悲事業之無成。

　　何氾濫之浮雲兮，猋壅蔽此明月①！忠昭昭而
願見兮，然霠曀而莫達②。願皓日之顯行兮，雲濛
濛而蔽之③。竊不自料而願忠兮，或黩點而汙之④。
　　堯舜之抗行兮，瞭冥冥而薄天。何險巇之嫉妬
兮，被以不慈之僞名⑤？彼日月之照兮，尚黯黮而
有暇；何況一國之事兮，亦多端而膠加⑥。
　　被荷裯之晏晏兮，然潢洋而不可帶⑦。既嬌美
而伐武兮，負左右之耿介⑧。憎愠惀之修美兮，好
夫人之忼慨。衆踥蹀而日進兮，美超遠而逾邁⑨。
農夫輟耕而容與兮，恐田野之蕪穢⑩。事緜緜而多
私兮，竊悼后之危敗⑪。世雷同而炫曜兮，何毁譽之
昧昧⑫！

　　今修飾而窺鏡兮，后尚可以竄藏⑬。願寄言夫
流星兮，羌倏忽而難當⑭。卒壅蔽此浮雲兮，下暗
淡而無光⑮。

　　①泛濫：本義是指大水的橫流漫溢，這裏用以形容浮雲的
層層湧現。　　浮雲：比喻讒臣。　　猋（音：標）：犬奔的
樣子，引申爲迅疾的樣子，這裏形容浮雲的飄動。　　壅蔽：
遮蓋。　　明月：比喻君王。兩句意思是，爲什麼漫天的浮雲，
飄來飄去遮蓋了這明月？王逸說：“浮雲唵翳，興讒佞也；妨遮
忠良，害仁賢也。夫浮雲行則蔽月之光，讒佞進則忠良壅也。
朱熹說：“言浮雲之蔽月，以比讒賊之害賢也。”
　　②昭昭：明亮。　　見（音：現）：顯現，出現。　　霧曀
（讀如：陰義）：天色陰暗的樣子。　　霧（音：陰）：雲蔽日。
曀，陰暗。　　莫：不能。兩句意思是，一片忠心亮堂堂的，
希望能够顯現出來；可是天色陰暗而不能够上達。王逸說：“思
竭蹇蹇而陳誠也，邪偽推排而隱蔽也。”
　　③皓（音：號）日：光明的太陽。比喻君王。皓：明。洪興
祖說：“皓，光也，明也，日出貌也。”　　顯行：光明顯耀地在空中
運行，比喻君王明察一切。　　蒙蒙：雲氣迷蒙的樣子。　　蔽：
遮住，遮掩。兩句意思是，希望光明的太陽顯耀地在太空中運
行，但是雲氣迷蒙遮住了它。王逸說，上句是說“思望聖君之
聘請也。日以喻君。”下句是說“羣小專恣掩君明也。”
　　④不自料：不自量。料：估量。洪興祖說：“料，量也。”一
本作“聊”　　或：有的人。　　黭（音：膽）：污垢。　　點：
污辱，玷污。兩句意思是，我不自量而想效忠君王，有的人就
用各種污垢來污辱我。王逸說：“意欲竭死不顧生也，讒人誣謗
以惡名也。”王夫之說：“若靳尚譖屈子泄國憲于人之類，計當

日之誣訐者非一端，後不傳耳。"屈復説。"昭昭之忠霧曀莫達，猶浮雲之蔽月；盡忠而被君之汙辱，猶浮雲之蒙日也。"

⑤四句語本《九章·哀郢》，惟"冥冥"，《哀郢》作"杳杳"，"何險巇"作"衆讒人"。　　堯舜：唐堯、虞舜，傳説中的遠古帝王。　　抗行：高尚的行爲。　　暸：眼光明亮。冥冥：高遠的樣子。　　薄：迫近。兩句意思是：唐堯、虞舜的高尚行爲高可及天。王逸説："聖迹顯著高天顛也，茂德焕炳致乾坤也。"　　險巇（讀如：顯希）：艱險。這裏指險惡的人。嫉妬：忌妒。　　被：加于……之上。　　不慈：對子女不慈愛。　　僞名：捏造的惡名。·王逸説："言堯有不慈之過，以其不傳丹朱也。"這兩句是説，爲什麽險惡的人這樣嫉妒，會把不慈愛的惡名加在他們的頭上？

⑥彼：他們，指堯舜。　　尚：尚且。　　黯黮（讀如：暗淡）：昏暗的樣子。黮　黑。　　瑕（音：俠）：玉上面的斑點，比喻缺點。朱熹説："黯黮，云黑；黯黮日月，使有瑕也。"一國：一個諸侯國。指楚國。　　多端：頭緒繁多。端，頭緒，方面。　　膠加：猶言膠葛，糾纏不清。四句意思是，堯舜象日月一樣照亮大地，尚且被人弄得昏暗而有缺點；何況一個諸侯國，頭緒也多，更加糾纏不清。屈復説："言聖如堯舜，尚被惡名，何況于我；天下且然，何況一國哉。"

⑦被（音：披）：穿在身上或披在身上。　　裯（音：刀）："衹（音：低）裯"的簡稱，短衣。《説文·衣部》："衹裯，短衣也。"段玉裁注："《方言》曰："自關而西或謂之衹裯。"　　晏晏：鮮明的樣子。王逸説："盛貌。"王夫之説："色盛可觀貌。"潢（音：恍）洋：寬闊，這裏形容衣服不着身的樣子。王逸説："潢洋，猶浩蕩不着人貌也。"王夫之説："潢洋，音晃養。披散不著體貌。"　　帶：用作動詞，結上帶子。兩句意思是，披上

荷葉做的衣服，雖然鮮明好看，但寬寬蕩蕩的不能結上帶子。王逸說："言人以荷葉爲衣貌，雖香好，然浩浩蕩蕩而不可帶，又易敗也。以喻懷王自以爲有賢明之德，猶以荷葉爲衣，必壞敗也。"王夫之說："以荷葉爲衣而服之，非不晏晏，而侈張脃薄，束之則裂；辯言亂政，亦足誘人，而責之以實，則滅裂有似乎此。" 一說，裯（音：綢），單被。（或曰床帳）。 晏晏：輕柔的樣子。《爾雅》："晏晏，柔也。"王闓運說："以單被爲衣，故必以帶繫結之，而荷不可帶。喻楚徒外廣大不可用也。"

⑧驕美：自驕其美。 伐武：自誇武勇。伐，誇耀。負：倚恃。 左右：指近侍、近臣。 耿介：正直。這裏引申爲剛勇的意思。朱熹說："驕美，自矜其美也。伐武，自誇其武也。負，恃也。左右，侍臣也。耿介：亦剛勇之意也。"王逸說："懷王自謂有懿德又勇猛也，恃怙衆士被甲兵也。懷王內無文德，不納忠言；外好武備，而無名將。所以爲秦所誘，客死不還。"按：這句是說，楚王認爲他的都"耿介"可靠。 "耿介"，于省吾認爲是"重介"之誤。他說："洪氏《補注》：'逸以介爲介冑。'按《離騷》：'彼堯舜之耿介兮，'王注訓'耿'爲'光'，'介'爲'大'，與此文'耿介'之義不符。此文'耿介'本名作'重介'。下文言'諒城郭之不足恃兮，雖重介之何益，'王注解'重介'爲'身被甲鎧'。'介'訓'甲冑'之'甲'，典籍習見。例如《詩・清人》的"駟介旁旁'，毛傳訓'介'爲'甲'；《左傳》成二年的'不介馬而馳之'，杜注訓'介'爲'甲'。'重介'謂其甲鎧之比次重疊。古籍無訓'耿介'爲'甲兵'者。因此可知，本文之'耿介'自係'重介'之譌。"

⑨四句語本《九章・哀郢》。 憎：憎恨，厭惡。 慍

愉（讀如：吻輪上聲）：忠誠的樣子，這裏用作名詞，指這種忠誠的人。　　修：與“美”同義。　　好（音:耗）：喜愛，喜歡。　　夫（音:扶）人：指那一羣小人。夫，那，那些。慷慨：這裏指表面上很積極的樣子。兩句意思說，忠直的人是好的，可是被楚王所憎恨；而行僞的小人，反爲他所喜歡。　　衆：指小人們。　　蹔躒（讀如：切蝶）：奔竞貌。　　日進：一天天地往上升。　　美：指君子。和“衆”對舉。超遠前邁：愈走愈遠。超，與“遠”同義。踰，與“愈”同義。　　一説，“超遠”作“疏遠”解，“踰”通“愈”。這是說愈來愈疏遠。

　　⑩輟（音：綽）：停止。　　容與：安閑的樣子。　　蕪穢：猶荒廢。形容田地未整治，野草叢生。　　這兩句承前“驕美伐武”而言，由于剥削過重，所以農夫輟耕；由于生産破壞，所以田野荒穢。容與，本義是游戲貌，這裏用以形容輟耕。王逸説:“愁苦賦斂之重數也”，“失不耨鋤，亡五谷也。”朱熹説:“農夫輟耕而容與，言不恤國政而嬉游也。”王夫之説:“茂草之悲，農夫知之，而同昏之君臣不知。”

　　⑪事：指國事。　　緜緜：連綿不斷的樣子。王夫之説：“前後相續也。”這裏有長遠的意思。　　多私：指羣小的以私害公。朱熹説：“多私，徇己意，任女謁，聽讒言之類也。”王夫之説:“黨人恤利而忘君也。”　　竊：謙詞，私自，私下。悼：悲傷。一説恐懼。兩句意思說，國家大事，羣小們長期以來徇私舞弊，我暗自悲傷（或恐懼）今後國家的危險敗亡。王逸説:“政由細微以亂國也，子孫絶嗣失社稷也。”王夫之説:“亡國之臣，亦有淵源。吕惠卿之奸，傳于蔡京，一小人不足以戕數十傳之國家。靳尚之續，復有靳尚，是以危敗不可瘳，古今一轍也。”

　　⑫世：世間，天下。　　雷同：雷聲一發，山鳴谷應，彼

此相同，叫做“雷同”。這裏借以比喻小人唱和，衆口一辭，人云亦云。　　炫曜：矜誇，誇耀，指羣小們互相吹捧。一說，迷惑，惑亂。　　毀：誹謗，講別人的壞話。　　譽：稱贊，贊美。　　昧（音：妹）昧：昏暗的樣子。王逸説，上句是説“俗人羣黨相稱舉也。”下句是説“論善與惡不分枓也。”朱熹説：“人君矜能自用，荒怠邪僻，臣下又承其意，莫之敢違，是以毀譽不核，而聰明壅蔽，國事膠加也。”

⑬修飾：修飾容貌。這裏借以比喻整飭內政，　　窺鏡：照鏡子。人要照鏡子才能看見自己，用以比喻正確估計國內情況。　　竄藏：猶言潛藏，指謹慎自保。這兩句是作者對當時楚國局勢的看法和策劃，也就是下句的“寄言。”朱熹説：“修飾，窺鏡，謂修德行政，而聽人言、考德事以自鑒也。尚可竄藏，言尚可以潛伏而至于滅亡也。”　　一說，“修飾”是比喻克服缺點。“窺鏡”是比喻自己找出毛病。“竄藏”是逃過危難，得以保全。這是對楚王朝提出的希望。　　一說，“修飾”、“窺鏡”，是指羣小矯飾以欺蒙君主。“竄藏”是説以後還可以身隱而名顯。王逸説：“言與行副，面不慙也；身雖隱匿，名顯彰也。”

⑭寄言：托人帶信。朱熹説：“欲附此言以諫誨其君也。”夫（音：扶）：那。　　流星：飛掠過天空的發光星體。　　倏（音：書）忽：忽忽，轉眼之間，形容流星在天空裏來往的疾速。當：值，碰到。兩句意思是，想托那流星帶信，可是流星飛得很快，難以碰上。這是説，自己的忠誠之意，找不到適當的人來轉達于君王。語本《九章·思美人》：“願寄言于浮雲兮，遇豐隆而不將；因歸鳥而致辭兮，羌宿高而難當。”而略變其詞。王逸説：“欲托忠策于賢良也，行疾去逅，路不值也。”

⑮卒：終于。　　壅蔽：隔絕，蒙蔽。　　暗漠：昏暗。

兩句意思説，終于被這浮雲所蒙蔽，下面就昏暗無光了。王逸
説：“終爲讒佞所覆冒也，忠臣喪精而不識謀也。”上述十句，王
夫之有一段論述。他説：“前後相續，既師承以延惡，一時交煽，
又聚黨以文姦，顛倒忠邪，無所顧忌。使其飾容臨鏡，照其不
逞之鬚眉，禍中國家，身將焉往？其尚可以竄藏乎？飛廉之所
以戳于周，宰嚭之所以斳于越也。願寄語小人。其姦讒閃鑠，
中人倏忽，如流星之眩曜，徒不念光景乍起而旋滅乎？乃既以
病國，還以危身，如浮雲之蔽日月，徒令下土暗漠，何爲者
邪！”

以上第八段，痛斥讒人蔽君，敗壞國事。

　　堯舜皆有所舉任兮，故高枕而自適[1]。諒無怨
於天下兮，心焉取此怵惕[2]？乘騏驥之瀏瀏兮，馭
安用夫強策[3]？諒城郭之不足恃兮，雖重介之何
益？[4]

　　邅翼翼而無終兮，忳惛惛而愁約[5]。生天地之
若過兮，功不成而無效[6]。願沈滯而不見兮，尚欲
布名乎天下[7]？然潢洋而不遇兮，直怐愗而自苦[8]。

　　莽洋洋而無極兮，忽翱翔之焉薄[9]？國有驥而
不知乘兮，焉皇皇而更索[10]？寧戚謳於車下兮，桓
公聞而知之。無伯樂之善相兮，今誰使乎譽之[11]。
罔流涕以聊慮兮，惟著意而得之。紛忳忳之願忠兮，
妬被離而鄣之[12]。

　　願賜不肖之軀而別離兮，放游志乎雲中[13]。乘
精氣之摶摶兮，鶩諸神之湛湛[14]。驂白霓之習習兮，
歷羣靈之豐豐[15]。左朱雀之茇茇兮，右蒼龍之躍

躍⑯。屬雷師之闐闐兮，通飛廉之衙衙⑰。前輕輬之鏘鏘兮，後輜乘之從從⑱。載雲旗之委蛇兮，扈屯騎之容容⑲。計專專之不可化兮，願遂推而爲臧⑳。賴皇天之厚德兮，還及君之無恙㉑。

①舉任：舉賢任能，選拔、任用賢能的人。據《史記·五帝本記》說："舜得舉用事二十年，而堯使攝政。攝政八年而堯崩。……而禹、皋陶、契、後稷、伯夷、夔、龍、倕、益、彭祖自堯時而皆舉用，未有分職。于是舜乃至于文祖，謀于四岳，闢四門，明通四方耳目，命十二牧論帝德，行厚德，遠佞人、則蠻夷率服。" 高枕自適：猶高枕無憂。王逸說："安臥垂拱萬國治也。"

②諒：確實。 焉：疑問代詞，什麼。 怵惕（音：處替）：戒懼、驚懼。王逸說："己之行度，信無尤也"，"內省審己，無畏懼也。" 這兩句是說，堯舜確實沒有被天下人怨恨，他們心裏還有什麼可恐懼的呢？

③瀏（音：流）瀏：猶溜溜，如水之流，順行無阻的樣子。朱熹說："瀏瀏，言如水之流也。" 馭（音：裕）：駕馭車馬。安：哪裏。 強策：強硬有力的馬鞭子。兩句意思是，堯舜乘着駿馬跑起來如水之流，暢行無阻，駕馭時哪裏用得着那強硬有力的鞭子？策，用來鞭打馬前進。駑馬遲滯不前，駕馭它的時候，就要用強策；至于駿馬，那就用不着了。這裏用以比喻任用賢人，不待君王的驅使，自然能把國事治理好。王逸說："衆賢並進，職事修也，百姓成化，刑不用也。"

④城郭：內城與外城，泛指城邑。 恃（音：士）：依靠，依賴。 介：鎧甲。 重介：猶言堅甲利兵。兩句的意思是，裏裏外外的城牆都不足依靠，雖有堅甲利兵，又有何益？

王逸説：“信哉險阻何足恃也”，“身披甲鎧猶爲虜也。”朱熹説：“言所任得人，無怨于下，則不假威刑，自成美化，不然則雖有城郭、甲兵，不足恃矣。”王夫之説：“賢不用而失保國之圖，城郭之固，兵甲之堅，奚足恃耶？”

⑤ 遭（音：沾）：回旋不前。洪興祖説：“行不進也。”

翼翼：謹慎的樣子。遭翼翼：回旋不前，小心翼翼的樣子。　　無終：沒有結果。　　忳（音:屯）惽（音：悶）惽：憂郁煩悶的樣子。　　愁約：憂愁窮困。洪興祖説：“愁約，語窮約而悲愁也。”約：窮困。　　一説，“無終”，無級。“愁約”，被愁悶所束縛。王逸説：“竭身恭敬何有極也，憂心悶瞀自約束也。”

⑥ 這兩句意思説，時光易逝，人生一世，如同經過某一個地方一樣，不會久留。自己功業不就，毫無成效。王逸説：“忽若雲馳，馳過隙也”，“道德不施，志不遂也。”朱熹説：“生天地，語人生天地之間也。若過，言如行所經歷，不久留也；古詩云‘人生天地間，忽如遠行客’是也。”

⑦ 沈滯（音:治）：埋没，退隱。　　見（音：現）：顯現。布名：流名。這兩句是説，志願不能實現，還談得上顯名天下嗎？一説，希望退隱自修，還可以流名天下。王逸説：“思欲潛閭自屏棄也，敷名四海垂號謐。”一説，雖甘願自己埋没而無所表現，可還是希望揚名天下，寫思想上的矛盾鬥争。

⑧ 潢洋：形容無所遇合的樣子。　　直：只是。　　怐愗（讀如：扣某去聲）：愚昧的樣子。這兩句的意思是，既然得不到好的遇合，這樣做只是愚昧而自尋苦惱。朱熹説：“怐愗，愚也。言欲退而自修以立名于世，然亦未有所遇，以著其節，空愚昧而自苦耳。”　　一説，“怐愗”是心情憤亂的意思。王夫之説：“願，所願也。見，君不見知也。潢洋，不相附也。怐

愁，音寇茂，心憒亂也。既已不見知而無成效，尚欲白其情以告通國，冀賢姦之別白，侯君他日之悔悟，乃終無以自通，徒懷憒亂。”

⑨莽洋洋：形象荒野遼闊無邊際。《詩·大雅·大明》："牧野洋洋。"毛傳："洋洋，廣也。"　極：盡頭。　翔翔（讀如：敖祥）：在空中回旋地飛。　焉：哪裏。　薄：到，止。兩句的意思是，莽莽的荒野，無邊無際，象鳥兒似地在飛翔，可飛到哪兒去呢？這是說一身飄泊，無所栖止。王逸說："凋行曠野將何之也，浮游四海無所集也。"

⑩皇皇：通"遑遑"，匆匆忙忙的樣子。　更：另，另外。索：尋找，求取。這兩句是說，楚國有駿馬却不知去乘，為什麽還要匆匆忙忙另外去找呢？王夫之說："舍賢不用，冥行于荒野，不知棲泊。舉國昏迷，無圖存之策。豈無可乘之驥哉，而唯奸邪之策是求邪。"

⑪寧戚：春秋時衛國的賢士。傳說他原是在齊經商。有一次，齊桓公夜出，他正在車下喂牛。他望見桓公，就敲着牛角，唱出一曲懷才不遇的歌。桓公聽了，用他為卿。　謳：唱歌。桓公：齊桓公，春秋時齊國國君。曾稱霸于諸侯，為春秋時第一個霸主。這兩句是說，寧戚在車下唱歌，齊桓公聽到之後，就能了解他。　伯樂：春秋秦穆公時人，以善相馬著稱。相（讀如：象）：仔細看，審察。這裏指識別馬的好壞。　譽：稱贊，稱揚。譽，一作"訾"。洪興祖說："訾，音貲，思也，亦通。"朱熹謂訾訓相度，吳汝綸釋作"量"。這兩句是說，沒有伯樂那種善于相馬的人，現在還能讓誰來贊譽好馬呢。王逸說："驥與駑鈍口不別也，後世嘆譽稱其德也。"

⑫罔：通"惘"，悵惘，失意的樣子。　聊：姑且，暫且。慮：思考，考慮。　著意：猶用心。著，"着"的本字。朱

熹説：“著意，猶言著乎心，言存于心而不釋也。桓公惟心常在于求賢，故聞甯戚之歌而知其非常人也。”這兩句是説，在失意悲愁中，且來想一想，只有用心求賢的君主，才能得到賢臣。一説，“聊慮”是姑且抒發自己的思慮。“得之”，是指體察到自己的忠心。王夫之説：“言君子悵惘流涕，聊舒所慮以盡忠謀，惟明主專意體之，乃能得其情理”。　　一説，“得”爲“將”之誤。聞一多説：“案得字于義難通，又與郭不叶。疑得當爲將字之誤也。（草書將作**犸**，形近。）將讀爲獎。（《漢書·衡山王賜傳》：‘皆將養勸之’，注曰‘將讀曰獎。’）‘惟著意而獎之’，願君留意而有以獎勵己之忠行也。”　　紛：衆多的樣子。　　忳（音：諄）忳：專一的樣子。一本作“純純。”　　妒：忌妒。　　被離：通“披離”，衆多而雜亂的樣子。指當時楚國統治集團裏的一羣小人。　　鄣：同“障”，阻塞，遮隔。指造謠中傷，在君王面前造成障礙。這句語本《九章·哀郢》。意謂自己非常願效忠楚王，可是那許多小人在君王面前造謠中傷，造成障礙。王逸説：“思碎首腦而伏節也，讒邪妒害而壅遏也。”

⑬賜：舊指上對下的給予。　　不肖：不賢。自稱的謙詞。軀：身體。　　別離：離別。這句猶言“願賜骸骨歸卒伍”，乞身求去。王逸説：“乞丐骸骨而自退也。”朱熹説：“既爲讒佞所鄣，故願乞身而去也。”　　游志：指放心物外的意向。志：意。乎：用法相當于“于”。這句是説我到雲天中散心游玩。王逸説：“上從豐隆而觀望也。”王夫之説：“游志雲中，懷仙也。既不見用，退而隱處，離塵孤游于方之外，蓋因遠游之旨而申言之。”

⑭精氣：古代指陰陽元氣。朱熹説：“精氣，謂日月。”搏（音：團）搏：結聚成團的樣子。　　鶩（音：務）追求。　　湛（音：站）湛：厚重，深厚的樣子。朱熹説：‘湛湛，厚集貌。”

兩句的意思是，乘着一團團的精氣，去追求衆多的神靈。王逸說：“托載日月之光耀也”，“追逐羣靈之遺風也。”

⑮驂（音：餐）：古代車前兩側的馬。這裏用作動詞，是兩側駕以白霓的意思。霓（音：尼）：副虹。雨後天空中與虹同時出現的彩色圓弧。顏色比虹淡。　習習：飛動的樣子。王夫之說：“數飛貌。”　歷：經過。　羣靈：指羣星之神。王夫之說：“水火木金之精。”　靈：一本作“神”。　丰丰：衆多的樣子。朱熹說：“言多也。”這兩句是說，駕着飛動的白霓，穿過許多星星。王逸說：“驂駕素虹而東西也。言己雖去舊土，猶修潔白以歷身也。”“周過列宿，存六宗也。”

⑯朱雀：星座名。二十八宿中南方七宿（井、鬼、柳、星、張、翼、軫）的總稱。　茷（音：佩）茷：翩翩飛翔的樣子。朱熹說：“飛揚之貌。”王夫之則說：“華盛貌。”　蒼龍：星座名。東方七宿的總稱。　躍躍（音：渠）：行走的樣子。洪興祖說：“躍躍，行貌。”兩句的意思是，左邊朱雀在飛舞，右邊蒼龍在行走。

⑰屬（音：囑）：連接，跟隨。洪興祖說：“屬，朱欲切，連也。”　雷師：古代神話中的司雷之神。　闐闐（音：田）：象聲詞，鼓聲，這裏比喻雷聲。　通：在前面開路。　飛廉：古代神話中的風神。　衙衙（音：余）：行走的樣子。洪興祖說：“衙衙，行貌。”王逸說：“整理車駕而鼓嚴也，風伯次且而掃塵也。”這兩句是說，讓雷師跟隨在後面打雷，讓飛廉在前面開路走。　一說，“通”爲“道”字之誤。一本也作“道”。“道”，同“導”，和上句的“屬”相對。“屬”是連續于後，“道”是導引在前。聞一多說：“案通當爲道，字之誤也。（《管子•輕重甲篇》‘鴟鵊鵠鷰之道遠’，《韓非子•外儲說右篇》‘甘茂之吏道穴聞之’，《呂氏春秋•知己篇》‘壞交道屬，’

《淮南子·主術篇》‘百官循道’，《史記·天官書》‘氣來卑而循車道者，’道今本皆僞作通。）道與導同，此文屬與道對，屬謂屬續于後，道謂導引于前也。吳仁杰《兩漢刊誤補遺》一〇，表文《甕牖閑評》一並引作道，《玉篇》行部《廣韵》八語並引作導，所據本皆不誤。”

⑱輬（音：良）：古代的一種臥車。　輕輬：輕便的臥車。朱熹說：“車之輕而有窗者，《招魂》注云‘軒：輬，皆輕車名，’是也。”“輕”一作“軽。”　鎗鎗（音：槍）：象聲詞，車鈴聲。　輜乘（讀如：資勝）：輜重車。《釋名·釋車》：“輜車，載輜重臥息其中之車也。”　從從（音：叢）：車行時的鈴聲。朱熹說：“鎗鎗，從從，皆其鸞聲也。”　一說，跟着走。王夫之說：“從從，相隨以行也。”　一說，“從從”（音：聰），與下文“容容”爲互文，都是“從容”的意思，指跟得不慌不忙、不緊不慢。　一說，從從，當假爲蹤蹤，車迹多的樣子。《說文》：“蹤，車迹也。”

⑲雲旗：以雲爲旗。　委蛇（讀如：威宜）：旌旗迎風舒展的樣子。　扈（音:戶）：護衛，侍從。　屯騎；聚集的車騎。扈屯騎，以成羣的車騎爲侍從。　容容：盛大的樣子。王逸說：“羣馬分布列前後也。”　一說，“容容”，從容。王夫之說：“御神而游于太清，五官百骸從令而從容，此丹已就而仙也。”

⑳計：心意。　專專：專一。　遂：終于。　推：推廣。　臧（音：臟）：善，好。前面寫遺世神游，精神上超脫了現實的苦痛。這裏寫思君戀國的心情，謂對楚王楚國的心意是專一而不可改變的，但願這種心意終于能够推廣而起到好的作用。王逸說：“我心非石不可轉也，執履忠信不離善也。”朱熹說：“言我但能專一于君，而不可化，故今只願推此而爲

善，明本性固然，非擇而爲之也。"

㉑賴：依賴，仰仗。　　　皇天：對天的尊稱。君：指楚王。
恙（音：快）：憂慮，災禍。洪興祖説："恙，舊音羊。《説
文》：'恙，憂也。'一曰蟲入腹，食人心，古者艸居，多被
此毒，故相問無恙乎。"這兩句是説，仰仗上天的厚德，仍然讓
楚王無病無災。王逸説："靈神覆祐，無疾病也"，願楚無憂，君
康寧也。言己雖升去遠游，隨從百神，志猶念君而不能忘也。"
朱熹説："言若以皇天之靈，使吾君及此無恙之時而一瘳焉，則
是吾之深願也。"王夫之説："國勢垂危，恐不及待，故仰祝皇天，
使楚祚得延。"

　　本篇借悲秋來抒發"貧士失職而不平"的感慨，塑造出
一位坎坷不遇、憔悴自憐的才士的典型形象。篇中對楚國貴族
統治集團的腐朽作了揭露，如形容楚王賢愚不辯，是非顛倒，
説："謂騏驥兮安歸？謂鳳凰兮安棲？變古易俗兮世衰，今之相
者兮舉肥。騏驥伏匿而不見兮，鳳凰高飛而不下"，對楚王和羣
小的抨擊是比較尖鋭的。篇中大量抒寫的固然是個人的失意
和悲愁，但也交織着對人民苦難和國家命運的關懷，他寫道：
"衆踥蹀而日進兮，美超遠而逾邁。農夫輟耕而容與兮，恐田
野之荒穢。事綿綿而多私兮，竊悼後之危敗"，字裏行間，透露
出對國事日非的焦慮。同時，作品也表達了宋玉"獨耿介而不
隨兮，慕先王之遺教。""處濁世而顯榮兮，非余心之所樂；與其
無義而有名兮，寧處窮而守高"的志向。可以看出，宋玉屬於
統治階級中被壓抑的階層，同時，也是一位有良心的文人，這
是不容抹煞的。
　　當然，與屈原相比，無論是在理想的追求，或是抗爭的堅
決等方面，宋玉都遠不及屈原。本篇和《離騷》，雖然同樣抒

寫個人抑鬱牢騷之感，但兩種牢騷是不可相提並論的。屈原在作品中，通過自身的遭遇，反映出思想領域中尖銳復雜的矛盾和鬥爭、政治上的抗議和控訴，憂憤之深廣，決不停留在個人失意上。而宋玉的哀怨，則不免局限在個人的身世遭遇上，對于"無衣裘以御冬"也感到悲嘆不已，更多是懷才不遇的哀怨，即所謂"憫恨兮而私自憐"，"離芳藹之方壯兮，余萎約而悲愁"，因而從思想境界來説，難以與屈原相比。

宋玉的創作受到屈原的直接影響，他有意識地學習屈原，甚至有模似的痕迹。本篇中直接襲用屈原作品或接近屈原作品的句子，計有《離騷》十例，《哀郢》四例，《惜誦》、《惜往日》、《思美人》各一例。至于復述屈原論調，規仿屈原語氣的地方，爲數更多。

可是，《九辯》也並不是對屈原作品的一味模擬，在藝術上也自有其特色，在繼承屈原的基礎上有所發展變化。首先，它善于從環境氣氛的渲染中襯托出黑暗時代被壓抑者的悲哀，將蕭瑟搖落的秋氣與幽怨哀傷的感情融合在一起寫出，開首四句寫道："悲哉，秋之爲氣也！蕭瑟兮草木搖落而變衰。憭慄兮若在遠行，登山臨水兮送將歸"，以凄愴的秋氣籠罩全篇，增強了詩歌的感染力。賀貽孫《騷箋》曾謂"憭慄兮"二句有"七重悲"，"一遠也，二行也，三登山也，四臨水也，五送也，六將，七歸也。將，謂欲歸而猶未歸，故此一字，更悲"，雖不免有隔裂章句之嫌，但從中也反映出兩句的思想內涵還是相當豐富的，藝術手法也相當高超，難怪王夫之《楚辭通釋》將開首四句譽之爲"千古絕唱"。

在另一些句子裏，如"泬寥兮天高而氣清；寂寥兮收潦而水清。憯悽增欷兮，薄寒之中人。愴怳懭悢兮，去故而就新。""皇天平分四時兮，竊獨悲此凜秋。白露既下百草兮，奄離披此梧楸”等等，對深秋的景物感受相當敏銳，表現得也比較細致真切。而他抒寫的惆悵不甘的淪落之情，又使人加深了對蕭瑟寒秋的感受。正如陸時雍《讀楚辭語》所說：“舉物態而覺哀怨之傷人，叙人事而見蕭條之感候。”情和景的描繪，在宋玉的筆下完全是乳水交融，有機結合在一起的。

在語言上，本篇也頗具特色。句式比屈原作品更爲靈活，如開端一句“悲哉，秋之爲氣也”，將散文句式入詩，造成“起勢突兀”，不同尋常的感覺。全詩句式多變，長短錯落，語氣詞“兮”的位置也不斷變化，使得本篇的語言和節奏都相當靈活自由，造成一種跌宕起伏，回腸蕩氣的美感。

本篇還巧妙地運用雙聲叠韵和叠字等修辭手法，讀起來聲韵鏗鏘，饒有音樂美。尤其是結尾一段，在十八句詩中，一連用了“摶摶”、“湛湛”、“習習”、“丰丰”、“芰芰”、“躍躍”、“閴閴”、“銜銜”、“鏘鏘”、“從從”、“容容”、“專專”等十二組迭字，音節復沓，節奏鮮明，有力地烘托出“放游志乎雲中”的熱烈場面。

正因爲如此，宋玉以他的一篇《九辯》，而成爲屈原以後最杰出的楚辭作家，而且以“屈宋”並稱，對後世文學產生了深遠影響。杜甫《咏懷古迹》一詩曰：“搖落深知宋玉悲，風流儒雅亦吾師。遥望千秋一洒淚，蕭條異代不同時。”追慕之情，溢于言表。魯迅也曾這樣評價它：“雖馳神逞想不如《離騷》，而凄怨之情，實爲獨絶。”(《漢文學史綱要》)

附　記

　　這本《楚辭注釋》，除《天問》、《遠游》、《大招》三篇外，其他各篇的注釋、解題和説明，都是在馬茂元《楚辭選》（一九五八年四月人民文學出版社出版）的基礎上編撰而成的，謹此説明。

編　撰　者

國立中央圖書館出版品預行編目資料

楚辭注釋 / 楊金鼎等注釋. -- 臺灣初版. --
臺北市：文津，民82
　　面；　公分. -- (楚辭研究集成：1)
ISBN 957-668-140-5(精裝)

1. 楚辭 - 註釋

832.1　　　　　　　　　　　　　82006504

· 楚辭研究集成 ·

楚　辭　注　釋

編注者：楊　金　鼎　　等
發行人：邱　家　敬
出版者：文津出版社有限公司

地　址：台北市106建國南路二段294巷1號
電　話：(02)3636464　傳眞：(02)3635439
郵政劃撥：00160840 (文津出版社帳户)
登記證：行政院新聞局局版台業字第5820號

本書經湖北人民出版社授權在台獨家出版
大陸初版：1985年6月·台灣初版：民國82年9月
定價：(精)新台幣430元　　印數：1000本
ISBN 957-668-140-5